SANDRA BARNEDA
Reír al viento

SANDRA BARNEDA
Reír al viento

SIEMPRE HAY UN LUGAR

DONDE PERDERSE

PARA ENCONTRARSE

© 2013, Sandra Barneda
© D.R. de esta edición:
Santillana Ediciones Generales, SA de CV
Av. Río Mixcoac 274, col. Acacias
CP 03240, teléfono 54 20 75 30
www.sumadeletras.com/mx

Diseño de cubierta: OpalWorks

Primera edición: julio de 2013

ISBN: 978-607-11-2762-4

Impreso en México

A mis padres

«Cuando veas una pequeña luz brillar, ¡síguela! Si te dirige al pantano, pues ya saldrás de él. Pero si no la sigues, toda tu vida vivirás arrepentido, porque nunca, nunca sabrás, si esa… era TU estrella».

SÉNECA

«Amar duele. Es como entregarse a ser desollado y saber que, en cualquier momento, la otra persona podría irse llevándose tu piel».

SUSAN SONTAG

«Si oyes una voz dentro de ti diciéndote: "No sabes pintar", pinta. ¡Faltaría más! Y la voz se callará».

VINCENT VAN GOGH

Quiero ser ese aire puro que levanta cometas, que huele a canela de ofrendas y humedece pieles que no se olvidan de sonreír. Quiero estar cerca de esos dioses y diosas para vivir eternamente en ese lugar bendecido. No creo en religiones, ni en personas que castran, dividen..., creo en la magia, en la ilusión, en la belleza. Tierra hermosa, lugar perdido que ofrece y ofrenda. Todo aquel que va a buscar... ¡encuentra!

¡Luchadora! Abandona las batallas, suelta las armas. Vive como quieras, levanta las manos y quítate las cadenas invisibles que el miedo nos construye a base de lamentos. Comprueba la fortaleza, siente la energía que, como de la misma tierra, brota dentro de ti.

Viento que sopla en contra o a favor. Huracán que destruye, ráfagas que despejan, brisa que alivia..., pero viento. Libre, hermoso e imposible de atrapar.

Uno

29B. Me acuerdo perfectamente de mi número de asiento y poco de mi compañero de vuelo: pelo canoso, gafas metálicas, ojos… ¿marrones? y nada hablador. ¿O fui yo la que sellé la boca para que no me saliera un exabrupto cuando le veía comer como un cerdo? Veinte horas de vuelo dan para mucho o para nada; como la vida: decides exprimirla o dejarla secar como una pasa. Estoy convencida de que a él le pasó lo mismo: nos dejamos secar porque nos resultamos indiferentes. Nuestras energías chocaron y nuestras neuronas decidieron no perder el tiempo e ignorarse. No fue culpa suya. En ese vuelo, aunque hubiera aparecido el tío más *sexy* del planeta —Keanu Reeves—, no le habría hecho ni caso. Mis ojos estaban ciegos y mi corazón tan helado como un glaciar de su era y no de la nuestra. Mi relación con Gonzalo había llegado a su fin. Nueve años de amor: la Relación se había desmoronado como un castillo de naipes. Ni siquiera recuerdo cómo le dije: «¡Se acabó!». La belleza de las cosas está en que no duren para siempre. Pero en ese avión no era capaz de llegar a esa reflexión, ni a ninguna otra. Estaba destrozada y sin saber por dónde empezar a tirar del hilo. Hacía tan solo dos semanas que Gonzalo se había marchado de casa, con cara de póquer y sin entender nada. Siempre ha tenido el don de la relatividad o de «si no me lo dicen a la cara no me entero». Muy de tío; quedarse en la primera definición del diccionario por norma y, como excepción, mirar el resto. Mi memoria, además de ser selectiva, es caprichosa y decide siempre quedarse con los recuerdos placenteros y enviar al exilio los dolorosos. La ruptura con Gonzalo está dentro de mí, pero muy desdibujada. Incluso metida en ese avión tantas horas y con la cabeza martilleando frases sueltas de aquella noche, de aquel final.

«¡No soy feliz!».

«Se ha muerto la planta».

«Hace años que no nos miramos».

«No hay una tercera persona, sino un… ¡ya no puedo más!».

«Me duele, me duele, me duele mucho».

Fui incapaz de recomponer el rompecabezas. ¿Qué nos pasó? ¿Cuándo empezamos a arrugar el amor hasta convertirlo en una bola de papel destinada a hacer canasta? Lloré mucho en ese asiento: por mí, por no entender y por saber que habría dado lo que fuera para evitar la caída. Después de aclararme con el mando y sus botoncitos e inspeccionar sus múltiples posibilidades, escogí cine: *El exótico hotel Marigold*. Me costaba concentrarme por mi vecino, Mr. Nasty,[1] y sus ruiditos.

También había una niña negra de pelo muy rizado que se paseaba arriba y abajo. A veces se quedaba mirándome fijamente: los niños tienen ese don de atravesar barreras y desarmarte en un ya. No nos dijimos nada, pero nos comunicamos sin el habla. La primera vez que la vi fue porque tropezó y cayó directa sobre mí. Su madre, un bellezón mulato, la fue a buscar y, sin levantar demasiado la voz, le echó una pequeña reprimenda que la niña encajó estoicamente. Me recordó a Yago cuando tenía su edad. A los cinco años y después de una soberana bronca con Gonzalo, nos fuimos los dos al parque. Yago no quiso jugar, se sentó a mi lado en un banco y se quedó mirándome fijamente en silencio. Después de un rato me dijo:

—«Los dos podemos ser muy felices, mamá».

Me quedé patidifusa, petrificada, convertida en estatua. No había encontrado una réplica a ese comentario, cuando vino el siguiente:

—Papá te pone triste y ya no sonríes.

Me tragué las lágrimas y lo abracé.

—Yago…, mamá y papá son muy felices, lo que pasa es que… a veces se enfadan un poco. Como cuando tú y yo nos regañamos, pero nos queremos mucho.

Miraba a aquella niña y me imaginaba a Yago ese día, con sus ojos tan grandes y redondos, sentado a mi lado,

---

[1] Míster Desagradable.

tan pequeño pero siempre tan protector conmigo. Deseando a toda costa mi felicidad, incluso por encima de la suya. Siete años después de esa conversación, se me saltaban las lágrimas mientras me bebía una Coca-Cola y pensaba en mi hijo, que ahora, con doce años, no entendía nada y me culpaba de lo ocurrido. La adolescencia es muy mala compañía, y como niño, futuro hombre, estaba muy unido a su padre.

—¡No! ¡No nos puedes hacer esto!

No supe qué responderle. Ni antes ni ahora ni nunca. Volver habría sido hacerme eso mismo a mí. Por eso estaba en ese avión, con el desconsuelo de maleta, el aturdimiento y la culpa de acompañante.

Todo por una noche de insomnio y desesperación en la que me planteé volver a fumar después de casi ocho años. Terminé con un cubata, la mesa llena de fotos y hablando por teléfono con mi amigo Pablo. Decidí que me tenía que ir de viaje, tenía que encontrarme. Llevaba una semana encerrada en casa. Lloraba, hablaba de Gonzalo y Yago en un bucle de culpabilidad, dormía, volvía a llorar, apenas me aseaba, apenas deseaba nada. Esa noche, mientras hablaba con mi amigo y me abría en canal mirando fotos, en la tele echaban un documental sobre Bali.

—Encima viendo un documental sobre el destino preferido de los recién casados, ¡no te jode…!

Pablo era un enamorado de la isla.

—Álex, ¿por qué no te vas a Bali? Es un paraíso y necesitas pensar y sanarte. Me preocupas.

—¡Tú estás fatal! De paso me llevo alguno de mis libros de «maldito desamor» o «sana tu mente».

—No te iría nada mal aplicarte uno de esos manuales que escribes.

—Sabes que no creo en esas chorradas. Solo me gano la vida con ellas. Son las biblias de las religiones de los agnósticos. En realidad, nada cura la decepción, la desesperación… Nada. Solo aprendes a vivir con ello.

—Necesitas salir de ahí. Dejar esa casa por un tiempo y pensar.

Pablo siguió enumerándome las múltiples razones por las que tenía que irme a Bali mientras yo descartaba cada una de ellas a golpe de cubata y argumentos cada vez más insostenibles. Sabía que tenía que hacer algo, pero mi cuerpo, mi mente y mi corazón se mantenían inmóviles.

—Podrías aprender a hacer surf. Allí es el lugar ideal.

—Sí, a los cuarenta y tres y con una forma física deplorable.

—¿Por qué no? Siempre has querido aprender, ¿no? Pues ya tienes un motivo para irte. Aclararte y aprender a surfear… ¿Hola? ¿Álex? ¿Estás ahí?

Me entró un ataque de risa. Hacía tiempo que no me reía de aquella manera tan…, como si se me acabara el aire y me fuera reventar la vejiga. Me pareció la razón más surrealista de la noche y, a la vez, la que más sentido tenía para mí. Irme a hacer surf, recuperarme, escucharme, aislarme y decidir si cerrar la puerta «Gonzalo y yo» definitivamente o volver a abrirla.

—¡Pablo, tengo que colgarte! He decidido que me voy a Bali.

Sin esperar al día siguiente por temor a que se me pasara el pedo y me echara atrás, inicié la búsqueda de billete. Me metí en foros para saber algo de esa isla y me apunté en una lista todas las cosas que tenía que hacer:

— Hablar con Gonzalo (¡va a flipar!)
— Hablar con Yago (no sé si me perdonará por dejarle)
— ¡Llamar al trabajo y pedir vacaciones ya!
— Llamar a mi padre...
— Banco
— Maleta: poca ropa..., repelente de mosquitos, antiinflamatorios e ibuprofeno
— Pasaporte en regla
— El iPad..., y todos los cargadores...

Después de hacer la lista, procedí a la compra: del 9 de agosto al 25 de septiembre. Mes y medio para reír al viento y aprender surf. Sin querer, este viaje se había convertido en una metáfora de lo que quería: aventura, riesgo, diversión, nuevos horizontes, líneas curvas y no rectas.

Había conseguido quedarme dormida sin partirme el cuello cuando Mr. Nasty pasó como una apisonadora sobre mí con un simple *sorry* para ir al baño. Busqué en la pantallita el mapa del recorrido del viaje: llevábamos solo seis horas de vuelo. ¡Una pesadilla! Para matar a Pablo y matarme a mí. ¿A quién se le ocurre irse al culo del mundo para aprender surf y quedarse sin lágrimas? Cuando una tiene el corazón seco y la barriga llena de alcohol, debería ser delito decidir, porque es un atentado a la cordura. Esperaba a que el botoncito del baño pasara de rojo a verde. (En realidad no es un botoncito, sino una pestaña. Dentro de los aviones hay tantas cositas, fichitas y cartelitos que suelo llamar a todo botoncito). Descalza y aguardando mi turno, me entró el pánico de la insensatez, de la locura de estar en ese avión, lleno de parejitas durmiendo abrazadas con media sonrisa, amigos, jóvenes semiadolescentes en busca de sol, olas y aventuras. Yo era como un pulpo en un garaje o una salamandra en un avión o un león en el fondo del mar, o un pez raya en medio del desierto. Todos ellos animales fuera de su hábitat. ¿Qué narices esperaba encontrar yo en Bali? Sentí cómo el corazón se me aceleraba y las pulsaciones se hacían notar. Ni siquiera tenía una guía turística de la isla, ni sabía dónde iba a dormir ni a qué zona ir.

«¿Bali es una isla grande? Supongo que con el inglés… sin problemas, ¿no?».

Mientras hacía pis (siempre un momento de gran lucidez en mi vida), me di cuenta de que me encontraba en un estado de caos emocional. Exactamente acababa de inaugurar la tercera etapa o secuencia típica en una separación:

1) Conmoción: estado de rigidez física, emocional y corporal en el que, después de decir «¡se acabó!», eres incapaz de articular una palabra coherente y siquiera pestañear. Deambulas como un holograma de ti mismo por la vida. Si puedes, no te quitas el pijama ni te duchas en días; te agarras a la cama, al alcohol o a los clínex. La duración

de este estado depende de la naturaleza de cada uno. Yo permanecí diez días en semiexistencia, en semiapariencia, en semi-partida-por-la-mitad.

2) Negación: estado de no aceptación de lo ocurrido. Es la etapa del sí, pero no. De «ha ocurrido», pero «quizás todo ha sido fruto de una mala interpretación». Fue cuando se me pasó por la mente, como una revelación, que me había precipitado. Cogí el teléfono y llamé a Gonzalo.

—Necesito hablar contigo. ¿Podemos vernos esta tarde? Sí, sí, no importa, en casa.

Me aseé y me emperifollé como si fuera nuestra primera cita. Me repetí cual mantra: «Le sigues queriendo, sigue siendo el hombre de tu vida». Miré el reloj del móvil veinte veces hasta que marcó las seis en punto. Siete minutos más tarde oí las llaves en la cerradura. Me levanté y reprimí las ganas de salir a su encuentro a riesgo de no parecer desesperada. Lo vi entrar.

—Hola.

Seco, cortante y sin apenas mirarme, soltó un amplio resoplido y se dejó caer en el sillón.

—Cuéntame… ¿Qué es lo que te pasa que era tan urgente?

Me quedé callada y en menos de un segundo viajé al estado de conmoción y volví a la negación y me repetí: «Lo quiero, lo quiero, lo quiero, lo quiero, lo quiero, lo quiero, lo quiero, lo quiero…».

—Álex, ¿quieres contarme qué pasa ahora?

Lo miré. Todo estaba igual: barbita de tres días, camisa de rayas, vaqueros desgastados, deportivas, sus gafas de pasta llenas de mierda. Pocas cosas habían cambiado, salvo la más importante: no sentía por Gonzalo lo que quería, deseaba y fantaseaba sentir. Una lágrima empezó en solitario el camino de no retorno; al poco era una auténtica procesión.

—Lo siento mucho, Gonzalo. No sé qué ha pasado, pero ha ocurrido. Hemos pasado pantalla y no la compartimos.

—¡Joder! ¿Para esto me has llamado? ¿Para volver a contarme que lo nuestro ya hacía tiempo que no funcionaba, acompañado de cien justificaciones a cual más absurda?

—No es fácil, ¿sabes?

—Mira, Álex, no te hagas la víctima, porque tú eres la que ha decidido cargárselo. No puedo entender qué coño te ha pasado… Creo sinceramente que tienes una crisis personal y pronto te darás cuenta de la gran cagada de tu decisión.

Gonzalo también estaba en la fase de negación. Se había levantado del sillón y caminaba de un lado para otro del comedor, alzando los brazos enérgicamente, mirándome a mí y al suelo, al suelo y a mí, y soltando por la boca sapos y culebras. Tenía razón, yo fui la que dije «se acabó» por pura supervivencia al no poder seguir sintiéndome infeliz, vacía de pasión, llena de rutina y escasa o amnésica de sexo. Tenía tan solo cuarenta y tres años recién cumplidos y no deseaba pasarme el resto de mi vida de ese modo. Así fue como pasé al tercer estado.

3) Caos emocional: estado en el que empiezas a aceptar que se ha terminado y se despliega ante ti la lista de

proyecciones basadas en el NOS y en el FUTURO. Desequilibrio emocional basado en no poder aguantar más de media hora en una emoción: pena, rabia, alegría, euforia, ira, indiferencia, pasotismo…, la lista de proyectos se alarga y tomas conciencia de cómo el NOS ha empequeñecido el YO hasta reducirlo a tamaño pulga.

En este estado era precisamente en el que me encontraba yo en ese avión. Seguro que los pasajeros que fijaban su atención en mí debían de pensar que estaba medio perturbada o a punto de perder la razón. No existe un orden lógico para la aparición, intensidad y duración de mis emociones. Había perdido el control sobre ellas y era un ser inestable y tremendamente susceptible ante cualquier cosa que oyera, viera, oliera o comiera. Cualquier cosa podía disparar en mí un brote seudopsicótico. Sinceramente, no creía que, para mi enajenación pasajera, un avión fuera el lugar más recomendable en el que estar encerrada durante veinte horas.

4) Aceptación intelectual: momento en el que podemos autojustificar con cierto criterio lógico las razones de la ruptura. Aunque seguimos sintiéndonos mal, nuestra vida empieza a cobrar forma de nuevo. Algo de lo que careció por completo mi viaje a Bali. Metida en ese avión, no podía imaginar cómo mi aventura en la isla iba a ser la decisión más importante que he tomado en mi vida.

El caos es igual al orden como el orden es igual al caos. Fruto del caos, ordené mi vida para comprender que el caos y el orden están hechos para convivir en armonía.

Después de lanzarle una bordería a la azafata cínico-sonriente de nuestra zona por haberse olvidado de traerme la Coca-Cola, decidí a las diez horas y cincuenta minutos de viaje que tenía que organizarme y dejar de lamentarme. Era una auténtica realidad: mi vida, como yo la había proyectado, imaginado y deseado, se había desmoronado ante mis propias narices. Estaba claro que tenía un hijo, cuarenta y tres años y que me ganaba la vida escribiendo librillos de autoayuda para gente con una fe cegadora. Nada más. El resto: una maldita hoja en blanco. ¡Pues a llenarla de nuevo!

Miré alrededor: cabecitas con auriculares mirando a las pantallitas, sonriendo, con los ojos medio cerrados. Cuerpos encogidos, tapados con una manta escasa que apenas te parapeta del frío. La pequeña traviesa ya dormidita en el regazo de su madre, que lee atentamente un libro. Mr. Nasty jugando al Tetris y, al otro lado del pasillo, una mujer de pelo canoso leyendo *Mente sana, cuerpo sano*. Debe de pasar de los sesenta, pero está divina. Parece viajar sola como yo, pero no como yo. Se la ve serena, por su movimiento armónico al pasar de página, por su respiración nada agitada. Tiene la belleza más cautivadora: la de sentirse en paz. ¿Quizás se queda en Singapur? No creo, no tiene pinta de mujer de negocios, aunque tal vez va a ver a su hijo, que vive allí. Ha levantado la cabeza y me ha pillado mirándola. ¡Qué corte! Le he sonreído un poco sonrojada. Me ha devuelto la sonrisa. ¡Qué maja! Es española, sin duda, porque ya me fijé en ella en Barajas. Todos sus movimientos son tan sigilosos, tan pequeños y suaves que llaman la atención. Viste con holgura: vaqueros estándar, sandalias de piel marrón tipo pescador, camisa blanca de lino y un gran pañuelo colgado del cuello. Se ha quitado las sandalias y se ha puesto calcetines, lleva gafas azules para vista cansada y un anillo de plata en el dedo corazón de la mano derecha. Me habría gustado interrumpir su lectura y charlar con ella, pero no me atreví. Cuando me acurrucaba para intentar dormir, no sin previamente pelearme con la minimanta, oí su voz:

—Nunca he entendido por qué las hacen tan finas y pequeñas, ¡con el frío que hace en los aviones!

Giré la cabeza para verla y era esa mujer dirigiéndose a mí. Mirándome por encima de los cristales de sus gafas con sus grandes ojos color miel.

—Un pasatiempo más de a bordo: pelearse con la manta y pelarse de frío.

Sonrió al tiempo que cerraba la revista.

—Me llamo Blanca, ¿y tú?

—Álex, encantada.

—¿De vacaciones a Bali?

—No exactamente… Bueno, sí, quizás… No sé… Puede…

Comencé a perderme en condicionales, expresiones sin sentido porque no sabía qué contarle. ¿La verdad? Gonzalo, ruptura, noche, borrachera, solución-reflexión: Bali.

Sin darme cuenta, me explayé en un soliloquio que ella aguantó estoicamente con media sonrisa. Sentía que me entendía, que comprendía exactamente el punto en el que me encontraba. Seguía contándole cómo había sido mi vida en esos nueve años, lo feliz que me había sentido, al tiempo que veía cómo me había equivocado en tantas cosas. Descubrí que su vida no había sido fácil tampoco. Casada muy joven, madre de dos hijos, Yolanda, de treinta, y Miguel, de veintisiete, y viuda a los cincuenta. La vida le arrancó el amor de su vida, su alma gemela, con una violencia golpista: ataque al corazón fulminante. Y la dejó más de un año en un estado de *shock* del que pensaba que jamás podría salir. Seis años más tarde, después de comprender tantas cosas y aceptar otras que no tienen explicación, se siente en paz con la vida y con ella misma. Viaja dos veces al año a Bali, para fundirse con la naturaleza, hacer un retiro de yoga y conversar con Kemang, el sanador que encaminó su existencia por un nuevo sendero. Me gustaba escucharla, su voz era una melodía curativa; que seca lágrimas y construye optimismo. No se había vuelto a enamorar, pero se había descubierto a ella misma: la mujer. Lejos de la madre, la pareja y la amante. La mujer que había permanecido durante todos esos años callada, escondida y desatendida. Me lo contaba sin reproches ni culpas, más bien como una parte más de su aprendizaje.

—Si hubiera comprendido mi esencia mucho antes, quizás mi vida habría sido mucho más consciente y reveladora.

No es que pensara que no había sido feliz, que sí. Que no fuera una buena madre, que sí, que de descubrirse antes no hubiera amado como amó a Antonio, que sí. Pero lo habría hecho incorporando matices, sus matices, y eso habría provocado una existencia mucho más rica y reveladora.

—El amor no es renuncia ni sufrimiento. No te engañes. El amor es un redescubrimiento del yo y el otro continuo. Nunca una renuncia sobre el otro ni una potencia del yo.

Qué pocas cosas sabemos del amor y qué valientes somos al aventurarnos a él sin red. Cuando nos damos la gran hostia, lo maldecimos, creyendo que a amar se aprende a la primera.

—A amar se aprende andando y cayéndote veinte mil veces. Yo decidí darme los trompazos con la misma persona. Pero hacerlo con distintas no es un fracaso mayor.

Ella me lo decía, pero yo me sentía frustrada por no poder seguir con Gonzalo. Sentía que había fracasado como amante y como madre, y como mujer estaba perdida. ¿Adónde iba yo con cuarenta y tres años y un hijo de doce?

Pasamos el resto del viaje juntas. Charlando y compartiendo experiencias. Me habló de Bali y de su primer contacto con la isla. Me recomendó una pensión barata en Seminyak, cerca de la playa, y me animó a que descubriera el Desa Seni, el refugio orgánico y centro de yoga más maravilloso que había conocido nunca. Estaba en Ubud y era donde ella se alojaría durante quince días. Me apunté los dos nombres en una libretita y todos los buenos consejos que me dio: dónde cambiar las rupias, regatear siempre, pactar precio, no dejar de hacerme masajes y, a poder ser, buscar un chófer para todos los días y pagarle por jornada, disfrutar de los arrozales, los atardeceres y amaneceres. Desconectar, reír al viento, dejarme llevar por la energía del lugar.

Me habló e incluso me convenció de lo acertado de mi destino para limpiar mi interior de tristeza y desconsuelo. Indonesia es un país que representa la manifestación de la energía Dorada, aquella que nos da la oportunidad de trabajar para disolver los aspectos no positivos del karma y la manifestación de nuestros más preciados proyectos. Aunque no creía una coma de todo eso, decidí escucharla y calmar así mi angustia por la abrupta decisión de viajar al culo del mundo sin más plan que aprender a surfear a los cuarenta y tres años.

Me contó que Bali es energía de color azul (no sabía que había energía de diferentes colores) que reside en el volcán Kintamani (templo Pura Besakih), y que es un rincón de apenas 140 kilómetros de largo y 90 de ancho, diseñado para un encuentro hacia lo lejano y exótico, y simultáneamente hacia nuestro interior. Bali significa «ofrenda» y se conoce como la Residencia de los Dioses por la multitud de templos: nadie sabe con precisión su número, pero se calcula que hay trescientos mil.

—El único problema con la isla es que, si la pisas, no vas a querer irte jamás. Cuando lo leí no me lo creí, pero me pasó.

—Sinceramente, me conformo con ligarme a un surfero y quitarme las penas con un polvo.

Me sonrojé por haber soltado tal bestialidad. Nos miramos y nos echamos unas buenas risas. ¡Qué buena terapia es la carcajada!

Blanca me hizo creer durante unas horas que había dado en el clavo con el destino. Una isla pequeña, con buen rollo y magníficos paisajes. Me sentí con ganas de explorar y conocer cada rincón de la isla, me dio fuerza para emprender esa aventura en solitario y disfrutar al máximo de ella.

Apenas quedaban dos horas de viaje, parecía que llevara una eternidad metida en ese avión. Había pasado del lamento más compungido al deseo de llegar, de pisar esa tierra mágica que muchos creen sanadora y vivirla a tope.

Al fin, tierra a la vista. Tenía unas ganas terribles de perder de vista a Mr. Nasty y pegarme una ducha. Me sentía excitada, nerviosa, contenta. La pequeña niña me miró sonriente. Estábamos de pie, a punto de desembarcar. «¿Estará mi maleta?». Siempre que aterrizo me acecha el mismo miedo. Blanca me miraba curiosa, no había perdido un ápice de elegancia después de casi veinte horas de avión. Yo, en cambio, seguro que iba hecha una facha. En realidad, la mayoría, pero contentos de haber llegado al destino.

Ya en la aduana, enseñé el pasaporte, pillé algunos catálogos de excursiones varias, masajes múltiples y planos incompletos de la isla, pagué los veinte euros de tasas y... ¡libre! *Ready for the adventure in Bali!*[2]

Las puertas se abrieron y un gran corrillo de gente nos esperaba. ¡Qué humedad! Todos con cartelitos o buscando con ojos ansiosos reconocer la cara de la persona que habían venido a recoger. Había bastante ruido y movimiento.

---

[2] Lista para la aventura en Bali.

—*Hi, ma'am, do you want a taxi? Can I bring your baggage?*[3]

Me sentía abrumada de ver tantas caras, diferentes a mí, de pisar un lugar desconocido. Era de noche y me entró un poco de pánico. Dios, ¡estaba sola! ¡Qué loca! Me despedí de Blanca fundiéndome en un gran abrazo.

—Estarás bien. Esta tierra acoge a las almas perdidas. Espero verte en el Desa Seni.

La volví a abrazar y se me saltaron las lágrimas. Aquella mujer había sido mi primer ángel del viaje.

—Me pasaré seguro. ¡Gracias por tus consejos!

Casi sin poder despedirnos por la cola de hombres y brazos deseosos de coger clientes, Blanca desapareció y yo me dejé llevar por el primero que se acercó.

—*How much to go to Villa Diana Bali?*[4]

Miré en mi libreta la zona que me había dicho Blanca.

—*It's in Legian! In Jalan kresna.*[5]

El hombre, que no se había detenido ni un momento, me sonrió al tiempo que decía:

—*Yes, yes, no problem, I know!*[6]

Yo iba detrás de él, sin poder procesar el hecho de: lleva mi maleta, estoy sola, no tengo ni idea de nada y me voy con este. ¡No! Nunca he sido una intrépida aventurera, así que encontrarme en esa situación, lejos de agradarme, me descolocaba sobremanera.

---

[3] —Hola, señora, ¿quiere un taxi? ¿Puedo llevarle el equipaje?
[4] —¿Cuánto por ir a Villa Diana Bali?
[5] —¡Está en Legian! En Jalan kresna.
[6] —Sí, sí, sin problema, ¡lo conozco!

—*But, listen! How much to go?*
—*Two hundred and thousand!*[7]

Al principio me pareció no haber entendido bien: ¿doscientos mil? Imposible…

—*Sorry, how much?*[8]

Al volver a repetirme la misma cifra, caí en la cuenta. ¡Hostia! No tenía ni una sola rupia y ni idea de cuántas rupias eran un euro.

—*Wait, wait! Please! I need to find my friend!*[9]

Me fui corriendo a buscar a Blanca. El hombre, con mi maleta, me seguía a mí, sin entender tampoco. Pensaba que la había perdido cuando la vi caminando al lado de otro portador de maleta y destino. Le expliqué mi torpeza, se echó a reír, me cambió treinta euros en rupias y se despidió de mí con un nuevo gran abrazo.

—No dejes que las dificultades te impidan ver todo lo que has venido a aprender aquí.

Estaba en ruta. Recuperada de los nervios de la salida, me concentré en el paisaje.

—¡Joder, cuánto coche! ¡Y conducen al revés! ¡En las motos van tres! ¡Están locos! ¡Y sin casco! ¡Puestos ambulantes de comida en la calle! ¡Uf! No sé yo si seré capaz de comer de ahí. ¡Cuánto caos!

Demasiado asfalto. No me pareció para nada la isla de ensueño que me había descrito Blanca, sino un puto caos.

—*Where are you from?*

---

[7] —Pero ¡oiga! ¿Cuánto por ir?
  —Doscientos mil.
[8] —Perdón, ¿cuánto?
[9] —¡Espere, espere! ¡Por favor! ¡Necesito encontrar a mi amiga!

—*Spain.*

—*Aahhhh. Beautiful countrrry!*

—*Yes, yes. How many minutes to arrive?*

—*Twenty, twenty, paip.*[10]

Me fijé que en el salpicadero del coche tenía una canastilla con flores secas, caramelos y unos cigarros. Supuse que era una ofrenda, pero no pregunté. No tenía demasiadas ganas de socializarme, a pesar de que el tipo me parecía simpático.

—*What your name?*

—*Álex... And yours?*

—*Made, mi name is Made.*

—*Nice to meet you, Made.*[11]

A pesar de no querer hablar, me pasé todo el trayecto conversando con Made. Tenía treinta y cuatro años y dos hijas pequeñas. Me enumeró lugares que tenía que visitar: no retuve ninguno, la verdad. Me preguntó si estaba en Bali por... *holidays!*[12] No quise contarle mi vida, así que... le dije que sí y punto. Me pareció un buen hombre.

—*How much do you want for around eight hours a day?*[13]

---

[10] —¿De dónde eres?
    —España.
    —Aahhhh. ¡Bonito país!
    —Sí, sí. ¿Cuántos minutos para llegar?
    —Veinte, veinte, *paip.*
[11] —¿Cómo se llama?
    —Álex... ¿Y usted?
    —Made, me llamo Made.
    —Encantada de conocerle, Made.
[12] ¡Vacaciones!
[13] —¿Cuánto quiere por unas ocho horas al día?

Llegamos a un acuerdo y Made se convirtió en el chófer de mi viaje. Al menos eso creí.

Me dejó en la puerta del hotel Villa Diana Bali; eran las siete y media de la tarde. Necesitaba una ducha y una habitación donde instalarme unos días para ubicarme y decidir dónde pasar el resto de mis vacaciones. Entré en una especie de cabaña circular de pared de piedra y tejado de paja fuerte. Escalones de piedra, mucho blanco y madera oscura de mueble colonial. Al final, un mostrador. Un joven, vestido también de blanco y con sandalias, me miró sonriente y me saludó con la cabeza mientras me acercaba tímida a él. Le devolví la sonrisa. ¡Aquí todos sonríen!

—*Do you have any room available?*[14]

Me sentía torpe en inglés y completamente oxidada. Les oía hablar y parecía que, en vez de en inglés, hablaran en un dialecto. ¡Bingo! Había habitación libre. Me indicó que le siguiera y entramos en un pequeño oasis ajardinado, con una piscina central rodeada de hamacas que me hizo suspirar del gusto. Alrededor, una estructura de doble planta, con muchas puertas ordenadas por letras. ¡Cuánto silencio! ¡Y ese olor a hierba mojada! Un par de chicas jóvenes salían de una de las habitaciones, se las veía bastante arregladas, irían de marcha. Nos detuvimos delante de la H. Mmm… ¿Hache? No se me ocurrían demasiadas palabras con hache: hamburguesa, hazaña, heroína, hada, hola… Estaba impaciente por ver la habitación. Una cama de matrimonio con mosquitera, un armario de madera blanquecina, dos ventanales. Una mesa de escri-

---

[14] —¿Tiene habitaciones disponibles?

torio del mismo tipo de madera y un baño con ducha de obra. Bueno, no era precisamente un lujo asiático, pero parecía limpia y por cuarenta y cinco euros la noche era una auténtica ganga. Lo primero que hice fue tirarme en la cama. La cabeza me daba un poco de vueltas. Eran las dos de la mañana hora española y comenzaba a sentir el peso en el cuerpo y la espesura en la cabeza. Estuve en silencio con la mirada clavada en la mosquitera varios minutos.

—¡Joder! ¡Me he olvidado de traer repelente de mosquitos! Tengo que comprar, porque seguro que aquí te acribillan.

Después de ese pensamiento, me quedé en el más absoluto de los blancos durante un buen rato. Sentí mi respiración agitada, mi cerebro se detuvo en *off*. Antes de quedarme frita, estiré el cuerpo para sentirlo de nuevo y lancé al viento un enorme bostezo. Hacía por los menos veinte años que no viajaba sola, y nunca lo había hecho sin una preparación o plan. Me di cuenta, en ese momento, mirando la mosquitera de un blanco roto envejecido (que, por cierto, ¡tenía un agujero!), de que todo dependía de mí. Sentí agobio, me froté las manos y me acaricié la cara y la cabeza hasta revolverme el pelo. ¡Vértigo! A eso se le llama tener un momento de ¡vértigo! Nudo en el estómago, cuerpo retorcido…, 1, 2, 3… ¡Llanto desconsolado! Solo llanto, sentido, profundo, o procesado por la mente. Una lágrima detrás de otra, dejar que el cuerpo se vacíe sin juzgar esa emoción y sentirla. Veinte minutos de llanto, íntimo y desgarrador. Después, el vacío; la ligereza.

Decidí lo mejor: una buena ducha, ponerme espectacular (cuando estoy jodida lo mejor que hago es emperifollarme y no dejar de hacerlo hasta que me veo guapa en el espejo) y salir a cenar y a lo que surgiera.

—*No pain!*[15] ¡Nada de lamentos! ¡Eres una tía muy atractiva y estás buenísima!

Salí a las calles, no había mucha gente. El olor era fuerte, intenso. En el suelo, decenas de cajitas trenzadas con hojas de palmera con flores secas, arroz y caramelos dentro. Las ofrendas. ¿Para qué tanta ofrenda? En cada puerta, en cada esquina. Eran apenas las nueve de la noche. Estaba hambrienta, sin dinero y con ganas de tomarme un *gin-tonic* a la salud de todos los que por voluntad mía o suya habían desaparecido de mi vida. A Gonzalo le salvé de la quema por el momento. Hice las tres cosas en distinto orden y comprobé otras tres cosas:

1) Para guardar el dinero en Bali necesitabas un bolso extragrande.

2) Se comía de lujo por cuatro duros y cientos de miles de rupias (tener tantos billetes y hablar de millones me provocaba un extraña sensación nada relajante).

3) Había tíos espectaculares, cañón, buenorros; el único inconveniente: ¡no pasaban de los treinta!

Vestida para el viento y sentada frente al inmenso océano Índico, con los pies descalzos y mi *gin-tonic,* fue el primer instante que sentí mi cuerpo soltando lastre y dejándose caer. El mar era de una profundidad que nunca había visto, podía vislumbrar hasta tres remolinos escalo-

---

[15] —¡Sin dolor!

nados, uno sobre el otro y vuelta a empezar. El sonido del agua corría deprisa a la orilla para susurrar secretos guardados y volverse espuma para llevarse las penas gritadas. ¡Qué bonito lugar! Pocos pies descalzos dejándose remojar, alguna pareja regalando besos al universo, siluetas saladas y desconocidas y yo: recién llegada, maquillada para la ocasión y rendida por agotamiento.

Un joven, de cuerpazo tostado y más de 1,90, me sonreía desde una de las mesas. Hacía años que un hombre no me miraba fijamente mostrándome su deseo. Tenía el pelo revuelto, la mirada ansiosa y poco más de veinticinco años. Un yogurín al que seguramente le ponían las maduritas. La situación me pareció de lo más divertida y excitante. No le devolví la mirada, no fuera a ser que esa noche inaugurara Bali dando clases de sexo a un adolescente.

—*Hi! Are you alone?*[16]

¡Joder con el yogurín! Sin darme cuenta, se había acercado como una flecha y quería invitarme a una copa. Estuve en un tris de rechazarla, pero al fin y al cabo estaba soltera, sola en esa isla y con ganas de pasármelo bien. Podía ser un comienzo extraordinario.

Y lo fue. Estuvimos tomándonos un par de *gin-tonics* más frente al mar. Al terminar el primero, yo babeaba completamente ante él: Hendrick, holandés, veintiséis años, surfero de corazón y recién licenciado en Teleco. Con las piernas en un cruce imposible y entregada a la causa, me reía como una quinceañera y tenía todos los síntomas del tonteo: caída de ojos y risita con la barbilla baja, tono de

---

[16] —¡Hola! ¿Estás sola?

voz más agudo, pestañeo continuado y mordedura del labio inferior. Él me contaba su intención de cazar olas, reír al viento, contagiarse de la energía de la isla y empaparse de cuantas más experiencias sexuales mejor. No tenía pareja y no deseaba comprometerse hasta encontrar a la Chica. «¡Angelito idealista!». A su edad, aunque no te hayas dado varias hostias emocionales, sigues creyendo en el cuento de la rana y la princesa. Con Hendrick y en Bali, decidí matar a todos los príncipes y cambiar a otras especies: a los ogros, duendes, demonios y engendros varios que, sin tantas expectativas, fueran capaces de hacerme volar. Sentía una espiral que recorría mi bajo vientre hasta llegar a mi pecho; me sentía viva por su deseo, sus ojos clavados en mi escote y sus manos deseosas de tocar mi piel. Pagamos y caminamos por la orilla del mar. Andaba de puntillas como una quinceañera y le esquivaba con el pudor de una adolescente; él caminaba detrás de mí, rugiendo como un león deseoso de su presa. ¡Qué alto era! ¡Y qué guapo! ¡Y qué joven! ¡Qué maravilla! Me cogió por detrás y me rodeó con sus enormes garras la cintura, me estremecí y grité con gusto. Me giré y nos besamos con la prisa de la eternidad. Acercó mi cuerpo al suyo y volví a agitarme con espirales de bajo vientre y turbulencias de pasión a punto de explotar. Me buscó por debajo del vestido, le mordí el labio.

—*Stop, Hendrick, not here.*[17]

Aunque estuviera en el culo del mundo, no pensaba hacérmelo en la playa a riesgo de que me detuvieran la pri-

[17] —Para, Hendrick, aquí no.

mera noche. Me sonrió con la saliva todavía fresca, el pelo revuelto y los ojos encendidos. Se apartó medio metro y pateó el agua para empaparse entero: su camisa entreabierta, sus bermudas a rayas… Se acercó con la fiera del deseo y volvió a besarme. Y sentí el ascensor mágico que te lleva al cielo de las feromonas, el frenesí y el «¡soy toda tuya aquí y ahora!».

Pensé en llevarlo al hotel, pero preferí conservar mi habitación como santuario. Acordamos ir a su habitación. Cogimos un taxi y él se encargó de todo, porque yo era incapaz de pensar. No hay cosa que más me guste que besar en los taxis, será por el retrovisor y por saberme observada. Pues en ese taxi, en Bali, me dejé ir completamente y por poco no follamos ahí mismo. ¡Qué placer! Dejarse llevar por el deseo sin imponer ni poner límites. Dejar la mente en un rincón, haciendo crucigramas, mientras disfrutas de la pasión del momento sin juicios, ni morales que te trepanan y te atan a la culpa.

No recuerdo cómo fue pero ya estábamos en la cama, besándonos, y Hendrick mordiéndome entera, levantándome el vestido, agarrándome los pechos, quitándome las bragas, abriéndome de piernas y acercándome a su Gran Yo. Era tan grande y tan fuerte, tan enérgico, tan impaciente, tan precipitado… Me dejé llevar por sus enérgicos rugidos, por su fuerza de semental que necesita saciarse con premura. Esa noche me entregué a un joven desconocido sediento de sexo, de mujeres y vida. Me penetró como un animal salvaje y gemí de gusto con cada sacudida. Mi cuerpo entero se erizó y supuró sudor. Lo hicimos durante horas. Me dejé lamer, comer y penetrar por todos los lados. Éramos una fuente inagotable de placer, de morbo y de fantasías. Me volví loca, porque no recordaba lo maravilloso que es ser el objeto de deseo de alguien, su ensoñación, su motivo de empalme, agitación, suspiro e insomnio. Me alimenté de Hendrick, de sus ganas inagotables, de su juventud insaciable. Me dejé llevar hasta perderme en laberintos sensoriales jamás vividos. Hasta que la fiera cayó rendida y se convirtió casi en un niño, con su cuerpo desnudo, un peso muerto postrado sobre la cama. Hendrick cayó inconsciente, como el guerrero después de una ardua batalla, como el león después de arrancar y devorar las tripas de su presa.

¡Qué belleza más helénica! Miguel Ángel habría esculpido otro David si, como yo, hubiera estado en esa cama, contemplando el éxtasis y el tormento. Me sentía tan rendida que al poco mi cuerpo decidió abandonarme por el reposo. Abrí los ojos por primera vez y presté atención: ropa por todos los lados, latas de cerveza, bolsas de patatas, ceniceros con colillas y sillas forradas con pareos. Todo en completo desorden, oliendo al caos del divertimento y el ocio, lejos del equilibrio de la responsabilidad y el excesivo pensamiento. Nada que ver conmigo, lejos de mi universo, pero esa noche, día o lo que fuera me dio la vida. Seguía desnuda al lado de Sansón dormido, frotándome el cuerpo, relamiéndome lo vivido. ¡Locura deseada! ¡Maravillosa experiencia!

Hora de partir, momento de buscar las prendas escondidas, lanzadas a golpe del deseo más fugaz por esa habitación. No encontraba las bragas. «¿Será posible?». Todavía me costaba mantenerme en equilibrio a una pata. Miré por todos lados: entre las sábanas, debajo de la cama, en el suelo, en la mesilla... ¡Nada! ¿No se las habrá comido el muy animal? Después de haberme follado a un joven de veintiséis años, recién aterrizada en un isla mágica y con más de treinta horas sin dormir, a una servidora no le quedaba ningún complejo por andar por la calle sin bragas.

A punto de salir por la puerta, volví a mirar a la fiera. ¡Qué bellezón! No pude resistir la tentación de volver a repetir la experiencia. Busqué un papel y le dejé lo necesario:

Thanks for the night... And for another sexy night...[18]
Hotel Villa Diana. Room H
Mobile (+34) 696 763 456

Álex

Cerré la puerta con cariño para no despertarlo y me fui con la sonrisa a cuestas. No tenía ni idea de la hora que era ni de dónde estaba. Mi cuerpo flotaba, mi mente seguía ausente. Había gente en la calle, caminando con ganas de sol; el gran astro apretaba, los coches pitaban y las tiendas estaban abiertas y con las bandejitas de ofrenda en la puerta. Me negué a mirar el reloj. Tomé el primer taxi, creo que me tangó, y perdí el conocimiento, aunque mi cuerpo siguiera en movimiento. A veces creo que el teletransporte existe. No tengo ni idea de cómo llegué, pero me encon-

---

[18] Gracias por la noche... Y para otra noche sexy...

traba ya metida en esa mosquitera agujereada, oliendo a sexo y con la consciencia a punto de abandonarme. 3..., 2..., 1..., ¡sueño profundo!

Abrí un ojo mientras mi consciencia todavía dormía. Sentí un extraño placer pesado. Venció el párpado y volví a desconectarme. Tomé consciencia de mi respiración antes que de mi realidad. Conseguí, no sin esfuerzo, mover algún músculo, estirarlo, las piernas, sentir mis dedos, la cabeza, respirar, suspirar..., y caí en la cuenta: «¡Estoy en Bali! ¡Ayer me follé a un yogurín!».

Dejé de respirar, abrí los ojos como sin querer hacerlo, arrugué la nariz, apreté los dientes.

«¡Ayer me follé a un casi adolescente!». Me retumbaba todo. Demasiado alcohol e información para mi estado de resaca existencial: sin planes ni expectativas.

Me levanté de la cama, no sin pelearme con la dichosa mosquitera, como una elefanta encinta, y me fui directa a la ducha. Imprescindible deshacerme del olor animal y recobrar el mío. Guardé el pasaporte y el dinero en metálico en la caja fuerte, me puse unos *shorts* vaqueros, una camiseta de tirantes, mi mochila con el pareo, la cámara de fotos, dinero y móvil..., ¡y a vivir Bali!

Después de diez minutos andando, empecé a sentir la asfixia de la humedad. Llevaba más de diez saludos devueltos con sonrisa incluida, carteles de centros de masajes, tatuajes, centros de belleza, tiendas de camisetas, pulseras... Los coches se detenían para preguntarme si necesitaba taxi. ¡Qué tráfico! No era un paisaje bello, sino más bien decadente: predominaba el gris, había muchas motos y el olor era fuerte. Estaba en la zona de Kuta. Hendrick me había dicho que la playa de Kuta era la mejor para aprender a hacer surf. Quería tomarme un café y preguntar cómo llegar a la playa. Caminando por una calle que se llamaba Legian, que más tarde descubriría que es una de las principales para ir de compras, me metí por otra más pequeñita y descubrí una enorme tienda de surf. ¡Parecía una señal! Entré sin complejos para cotillear, inspeccionar y preguntar. Se llamaba DrifterSurf y me deslumbró nada más entrar. Me sentía como una niña en Toys'R'Us. Era una inmensa nave llena de brillantes tablas de colores, perchas elevadas llenas de pantalones, bañadores y camisetas, grandes marcos de madera con fotos en blanco y negro de jóvenes a la caza de la gran ola. Al fondo, una gran estantería repleta de libros sobre Bali, surf y aventuras con el agua. En el techo y sostenidas cada una con cuatro gruesas cintas metálicas, seis tablas de surf con unos espectaculares dibujos galáctico-espirituales. Estaba hasta mareada de lo fascinante que era aquel mágico lugar con alma de surf. Mi sorpresa fue descubrir que también era cafetería. «¿Sería el momento de empezar a hacer caso de las señales?». Me hice con una guía de Bali, me compré una pulsera de cuerda con una diminuta tabla de surf metálica de color rosa y ¡a disfrutar del café y del lugar!

Sentada en un patio interior, en una silla metálica de color rojo, rodeada de jóvenes melenudos de mechas rubias y con una taza entre mis manos, me topé con el Cartel de pizarra que consiguió escupir cualquier duda en relación con mi presencia en Bali. Con letras pintadas con tizas de colores, azules y rosas, mayúsculas y minúsculas, sentí cómo un hilo de cosquilleo recorría mi cuerpo mientras leía el cartel:

SURF. Cree en ti mismo. Abrázate a la pasión de la vida. Encuentra tu coraje. Escucha más de lo que hables, pero, cuando tengas algo que decir, ¡dilo! Haz lo que amas. Aprende algo nuevo cada día. Inspira, sé amable y agradecido. Persigue tus sueños, pero mantén los pies en el suelo. Baila con las olas como si nadie te estuviera viendo. Sonríe a los extraños y a ti mismo. Viaja a lugares desconocidos. Sé apasionado con lo que haces y exprésaselo al mundo. ¡Hazlo! Surfear en el océano es nuestro regalo. Sé entusiasta con la vida.

Firmado por un tal Derek Doods. Jamás sabré qué ha hecho este Derek con su vida, pero su escrito empezó a cambiar la mía.

Cuando no llevaba ni un día entero en Bali, decidí abrirme a la vida. Apartar las vallas mentales y vivir mi mes y medio con el auténtico espíritu surfero: ¡libre!

«¡Espero que hayas llegado bien! No habría estado de más enviarme un *whatsapp* para informar a tu hijo de que su madre está sana y salva».

¡Dios! ¡Gonzalo! No había reparado ni en él ni en Yago. Solo me había dado tiempo a aterrizar, follarme a un surfero, descubrir una tienda de surf y tomarme un espectacular *caffè latte*. «¡No lo había pensado!». Aunque asomaba la culpa por no haber enviado ese mensaje, apreté las nalgas y me negué a darle más rienda que los segundos que tardé en leer el mensaje de Gonzalo y responderle:

«¡Perdona! ¡Me quedé *KO!* ¡Llegué bien! Dale un beso a Yago. Intento conectarme por la noche por Skype».

Respiré profundamente hasta abandonar el mal rollo que me había provocado esa toma de contacto con una realidad que estaba a miles de kilómetros. Respiré profundamente. Volví a Bali, al café Drifter y a centrarme en mis clases de surf. Todo fue sencillo: Mark, el buenísimo dependiente australiano de la tienda, me puso en contacto con Wayan, un amigo suyo balinés que mañanas y tardes daba clases particulares de surf en la playa de Kuta. El material y todo lo necesario me lo facilitaba él. Yo solo me tenía que preocupar de divertirme y soñar con atrapar una gran ola. ¡Esa misma tarde podía empezar!

—*Thanks, Mark! See you!*[19]

Salí de allí flotando y encarrilada a la playa. Ya no solo veía sonreír, sino que era yo la que saludaba sonriendo. «Hi! Hello!...». Me entraron ganas de llamar a Pablo y decirle: «¡Gracias por tener estas ideas tan locas que hacen que la vida sea tan grande!». Sentía que la vida me sonreía por primera vez en mucho tiempo, que había hecho lo correcto, que estaba cogiendo las riendas de mi vida, sintiéndome libre de verdad para hacer lo que me apetecía en todo momento. No podía imaginarme que, en menos de cinco horas, pasaría del éxtasis al tormento.

---

[19] —¡Gracias, Mark! ¡Nos vemos!

Kuta Beach no me impresionó por su belleza, pero sí por su inmensidad. Para llegar al agua tuve que caminar no menos de doscientos metros, para que mi cuerpo quedara medio cubierto. La gracia no era esa, sino ver que pasas a formar parte de un inabarcable horizonte acuoso de tres niveles de espuma blanca arremolinada que te recuerda a una gigantesca fuente zen. ¡Una barbaridad descomunalmente bella! Fue mi primer baño, mi primer batido al sol, rodeada de vendedores ambulantes de comida, ropa, collares y pequeñas tallas de madera. Vestidos con gorros y pareos de colores, aparecían y desaparecían con el arte de los auténticos tuaregs del desierto. Un par de niños se acercaron a mi hamaca para venderme pulseras y llamar a la puerta de mi solidaridad lastimera. Solo consiguieron una foto y algunas palabras. Estoy en contra de la explotación infantil en todas sus vertientes y, aunque me encontraba en la playa y ellos tenían impreso en el rostro el brillo de la felicidad, no quise comprarles nada. ¡Son niños y no deben vender!

No me sentía ni sola ni como una sardina en escabeche. Había turistas, pero sin aglomeración. El espacio vital era, más que amplio, vasto. Mucha gente joven y pocas familias. Si Mark, el dependiente australiano, me había comentado que la playa de Kuta era una de las más concurridas, cuando pisara las menos frecuentadas quizás mis pisadas en su arena retumbarían en forma de eco. Me quedé traspuesta esperando a que llegara la hora de la primera clase de surf.

Caminé siguiendo las instrucciones de Mark hasta encontrar el árbol a pocos metros de la orilla donde, debajo de su copa y apoyadas en una estructura de bambú, había una docena de tablas de surf de diversos tamaños. Dos jóvenes lugareños vigilaban sentados en dos cajas de madera, al lado de una antigua nevera metálica de Coca-Cola.

—*Hello! Is Wayan here?*[20]

Uno de los dos se levantó y me tendió la mano.

—*Hi! Álex?*[21]

Me senté en una de las cajas de madera clavadas en la arena, dispuesta a escuchar los primeros consejos. Wayan me dijo que tenía que tener paciencia y mucho tesón para llegar a planear sobre una ola. Pero que me prometía que en tres semanas dejaría de remar sobre la tabla y empezaría a oler la libertad del surfero. Acordamos tres clases a la semana a quince euros la clase. ¡Un chollo!

Antes de meternos en el agua, me hizo elegir la tabla, la que sería mi compañera de viaje, la que conmigo descubriría la magia de la llamada unión perdida, aquella por la que tantos, una vez la encuentran, deciden no separarse del mar ni del surf. Aunque tenía la certeza de que el surf no se convertiría en mi estilo de vida, me gustaba descubrir cómo aprender a cabalgar olas era mucho más que eso, era toda una filosofía basada en las leyes del propio océano.

Wayan, que no contaba con más de veinticuatro años, medía menos de 1,70 y no tenía ni una pizca de grasa en su cuerpo escultural. Me contó cómo rompen las olas, los efectos de la marea, la importancia del viento y la dirección del oleaje para surfear. Me puso sobre aviso de los peligros

---

[20] —¡Hola! ¿Está Wayan?
[21] —¡Hola! ¿Álex?

de las corrientes fuertes, de cómo identificar y manejar las zonas peligrosas.

Nos acercamos a la orilla, cada uno con su tabla. Me enseñó cómo impulsar la tabla, cómo sentarme en ella. Aviso que, por fácil que parezca, no fui capaz de hacerlo ese día. Aunque sí de recostarme en ella, colocar los pies y aprender a remar correctamente. ¡Qué gusto! Hacer lo que una se ha propuesto. Estaba en medio del océano Índico, flotando en una tabla y aprendiendo surf a mis cuarenta y tres años. Si salía airosa de eso, estaba segura de que podía llegar a hacer lo que quisiera. Terminé con los dedos arrugados, los labios morados y tomándome una Bintang (la cerveza balinesa de la que ya no me despegaría en mes y medio) con Wayan y su compañero Ketuc en la playa mientras contemplábamos una de las puestas de sol más impresionantes que he visto en mi vida. Un fenómeno de la naturaleza que te deja sin habla, te llena de energía renovadora y te invita a la vida. La fusión de colores, con el círculo central descendiendo como un péndulo para fundirse con el agua, me dejó inmóvil, pasmada y con la mirada fija en el descomunal punto de fuga. En ese preciso momento experimenté lo que en más de una ocasión había escrito en mis libros de autoayuda sin creer un ápice de eso. Comprendí a Abraham Maslow y sus denominadas «experiencias cumbre o del atisbo», los momentos más altos de la vida, cuando viajamos más allá de lo mundano y, aunque solo sea para olerlo, llegamos al epicentro de nuestro verdadero ser en calma y plenitud. Solo un suspiro detrás de otro puede sobrevenirnos en ese estado de completo éxtasis. Cumplida la puesta, escondido el sol, me levanté como otros a aplaudir, gritar y danzar. Todo era perfecto y daba gracias por estar viviendo esa aventura. Wayan y Ketuc se reían conmigo. Me tomé unas cuantas Bintang más hasta desaparecer por la arena, haciendo eses y con la felicidad a cuestas.

Caminaba dando saltos por las baldosas de asfalto de la acera de las calles de Kuta como si fuera Dorothy en *El mago de Oz*. Me dirigía venturosa hacia el hotel cuando, sin poder evitarlo, en una de mis alegres zancadas di con una baldosa rota que terminó de soltarse y me precipité a meter la pierna en un agujero y caer en plancha y de morros. Sentí un pequeño crac proveniente de mi tobillo izquierdo, que se había quedado atrapado en el agujero de la baldosa. Lo siguiente fue saber que apenas podía moverlo, que mi boca sabía a sangre y que acababa de liar una buena.

Varios hombres se acercaron a ayudarme. Me dolía mucho la pierna. Solo pensaba en que me acababa de joder las vacaciones. «¿Y ahora dónde coño hay un hospital?». Me metieron en un taxi, hablaron en su idioma todos a la vez, se montó uno de ellos conmigo atrás y nos fuimos cagando leches al hospital de Denpasar, la capital de Bali. Se llamaba Sanglah General Hospital y estaba escondido detrás de una larga calle. Nada más entrar casi pierdo el conocimiento al ver multitud de gente, de pacientes colocados en camillas tercermundistas por los pasillos. El chófer y el hombre que me había recogido del suelo me llevaban a cuestas. Enseguida se nos acercó un hombre con una camisa floreada y una flor blanca en la oreja izquierda. Nos indicó que le siguiéramos hasta una sala pequeña con una camilla y poco más. Me colocaron en ella; me miraban con una bondad extrema y una media sonrisa que me daba serenidad. Apenas sabían hablar inglés. Nos entendíamos a base de sonidos guturales y agudeza visual. Incluso en esa pequeña habitación había depositada una ofrenda a los dioses, compuesta de flores, arroz y caramelos. Me puse a rezar a ese dios: «¡Por favor, que no sea grave, que no sea grave, por favor!».

Me dolía mucho. Pensé en Yago, en Gonzalo, en mi mala suerte. Mi cabeza trataba de reconstruir el momento de la caída. ¿Qué narices había pasado para acabar en el suelo?

Enseguida entró en la habitación otro hombre, de mayor corpulencia y edad que el de la camisa floreada. Supuse que sería el doctor. Me saludó con la cabeza, me inspeccionó con la mirada y fue directo a mi tobillo. ¡Grité! Me lo volvió a tocar, volví a gritar.

—*Don't worry, miss! It's not broken. You only need one week in calm and you'll be ready again.*[22]

«¿Una semana? ¿En reposo, inmóvil?». Me eché a llorar. Me dejé llevar por el llanto, la rabia y el cabreo. No podía tener tan mala suerte. Nuevamente la vida se encargaba de atizarme bien y de desmontar el puto cuento de hadas en el que había comenzado a creer. Lloré mientras me vendaban, mientras me inmovilizaban el tobillo; lloré cuando me sacaron de allí a cuestas y me volvieron a meter

---

[22] —¡No se preocupe, señorita! No está roto. Solo necesita una semana de calma y estará lista otra vez.

en el coche. Los dos pobres hombres estaban con la mirada triste, preocupados por mis lágrimas.

—*No worry, miss, no worry*[23] —apenas sabían decir. Apenas podían decir más.

Me llevaron al hotel. Me ayudaron a abrir la puerta, me colocaron encima de la cama y se fueron. Me pasé un buen rato inmóvil, mirando al techo. Las lágrimas brotaban en silencio sin alterar lo más mínimo mi cuerpo petrificado, mi rostro inerte, incapaz de pestañear. Estaba sufriendo claramente un *shock:* momento en el que tu mente se colapsa porque es incapaz de digerir la realidad de los hechos. Postrada en esa cama, con la pierna izquierda vendada hasta la mitad y la derecha tatuada con un gigantesco rasguño, me sentí muy desgraciada. Pasé por todas las fases: cabrearme con la vida, maldecirme, querer que todo fuera un sueño, volver a maldecirme, cabrearme con la vida, todo es un sueño… Me quedé un buen rato en ese bucle estéril, pero necesario para consolar mi desconsuelo. Me sentía patética: me vino a la mente todo lo que había hecho en esa maldita isla y me parecía propio de adolescente. Irme sola y ponerme de *gin-tonics* hasta el culo, follarme a un veinteañero para sentir que todavía resulto apetecible y pretender aprender a surfear. Estaba tan perdida con mi vida que pensaba que se me había ido la cabeza por completo. Mi mente estaba feliz porque le había abierto las puertas para que me torturara hasta caer inconsciente. No llegué a ninguna conclusión, no decidí cuál sería mi plan dada la nueva situación, no pensé, solo me cagué en

---

[23] —¡No se preocupe, señorita, no se preocupe!

todo, pero sobre todo en mí, hasta fundirme con la desgracia, caer rendida y esperar que el sueño fuera reparador.

Un sonido seco, violento, brusco y en una secuencia intermitente me arrancó del sueño. Abrí los ojos asustada. Nuevamente el ruido secuencial y agresivo. Tardé unos segundos en identificar de dónde provenía. ¡Alguien estaba aporreando mi puerta! No tenía ni idea de la hora que era ni cuánto tiempo llevaba dormida. Un calor vaporoso de pánico inundó mi cuerpo. Quise levantarme y caí en la cuenta de lo sucedido. ¡Estaba con la pierna inmovilizada! Me agarré a la punta de la cama, puse el pie derecho en el suelo y, de un impulso y a la pata coja, me levanté. Fui dando saltitos hasta llegar a la puerta de la habitación. Me apoyé en la pared y respiré lo que pude para calmarme.

«Seguramente es un turista borracho que se ha confundido de habitación».

Mientras estaba sumida en una cadena de pensamientos exculpatorios y tranquilizadores para la extraña situación, oí una voz seca, directa, fuerte:

—*Police! Open the door, please!*[24]

¿Policía? ¿Había oído la palabra «policía»? Me recorrió un calambrazo de miedo por todo el cuerpo que casi me hizo perder el equilibrio y desplomarme. No sabía nada de esa maldita isla, ni cómo funcionaba, ni qué política seguían, ni nada de nada. Y tenía a la policía aporreando la

---

[24] —¡Policía! ¡Abra la puerta, por favor!

puerta de mi habitación. Me temblaba la pierna, me costaba respirar.

— *Open the door, please!*

— *One moment, please!*[25]

De un salto me trasladé al otro lado de la puerta, para apoyarme en la mesa de despacho y poder abrirla cómodamente.

Un hombre vestido con pantalón verde, camisa marrón y cinturón de chapa dorada acompañado de dos hombres más, uno de ellos el chico de la recepción, estaba clavado delante de mí.

— *Good morning, miss.*[26]

Me enteré así de que me había quedado frita toda la noche. Le pregunté qué hora era y me dijo que las nueve y diez minutos de la mañana. Me pidió entrar en la habitación. Dando saltitos me senté en el borde de la cama, sin perder de vista a los dos policías, que caminaron con paso firme y mirada examinadora en busca de detalles.

El más alto y de mirada más fría se presentó. Creí entender que se llamaba Mulyadi y era el inspector jefe de la Polisi Pariwasata, la división especial del departamento de policía que se encarga de prestar servicio a los turistas de la isla. Yo solamente me había hecho un esguince en el tobillo izquierdo, así que no sabía por qué narices esos dos hombres estaban en mi habitación ni qué buscaban.

---

[25] — ¡Abra la puerta, por favor!
— ¡Un momento, por favor!
[26] — Buenos días, señorita.

Me pidió el pasaporte. Juro que se me paró el corazón mientras lo miraba.

—¿Miss Alejandra Blanc Galdón?

Sí, esa misma era yo. Miró con atención la foto del pasaporte y me miró a mí, que intentaba poner la misma expresión que tenía en la foto. Me devolvió el documento y conseguí tragar saliva. Casi me caigo de la cama o me desmayo cuando Mulyadi sacó una foto y me la enseñó, mientras me preguntaba si lo conocía. ¡Pues claro que lo conocía! Me había tirado casi doce horas follando con él. Era Hendrick, el surfero veinteañero. Me contó que llevaba más de un día desaparecido y que en la habitación del hotel habían encontrado una nota con mi nombre y dirección. Me disparó tantas preguntas seguidas que no fui capaz de pillar ninguna. Pero... ¿de qué va todo esto?

De qué le conocía. Qué relación tenía con él. «¿Cuándo fue la última vez que le vio? ¿A qué ha venido a Bali?».

Me sentí interrogada y señalada por ese policía que de amable tenía lo que yo de petarda. Fui respondiendo en la medida que podía a todas sus preguntas. Cuantas más explicaciones le daba, más culpable me sentía. ¡Yo no había hecho nada! El pobre chaval se habrá cogido una cogorza y estará medio inconsciente en alguna playa.

«¿Lo invitó a cenar? ¿Pagó usted las copas? ¿Se ha acostado con algún otro surfero?».

Pero, bueno, ese tío... ¿de qué iba? Me habría gustado decirle que se largara de allí si seguía con aquellas malas formas, pero me la envainé porque no sabía cómo podía terminar todo aquello. Le expliqué más de veinte veces que solo lo había visto una noche, que acababa de llegar a Bali, que apenas llevaba dos días y ya me había pasado de todo. Que no conocía a Hendrick de nada y que le había dejado esa nota porque nos habíamos acostado y por si quería repetir encuentro. No recordaba apenas nada porque bebimos bastante, ni siquiera si fui yo la que pagó las copas. Seguramente por la diferencia de edad, me debió de parecer lo más correcto. Y no, rotundamente, ¡no me había acostado con ningún otro surfero!

Me dijo que tenía que inspeccionar la habitación. Me quedé tiesa, en el borde de la cama, mirando cómo aquellos hombres, enfundados en uniformes de policía, revolvían todas mis cosas. Entré en estado de *shock*. No sentía mi cuerpo, mis ojos estaban abiertos al máximo, mis manos agarradas como zarpas a la cama. Sacaron todas las cosas de la maleta, la palparon como si buscaran un doble fondo, registraron todos los bolsillos, miraron en mi neceser, sacudieron boca abajo mis libros… Lo desordenaron todo y asaltaron mi intimidad hasta reducirme a la nada. Uno de ellos me pidió el móvil. Señalé con el dedo mi mochila y le pedí que me la acercara. Sabía que, si me movía, podía acabar en el suelo.

Miraron todas mis fotos, me sentí violada y perdida. Cerré los ojos para evitar llorar y aguantar el tipo. Era la primera vez en mi vida que la policía me registraba. Viendo la premura y el detalle de su inspección, caí en la cuenta de que quizás le había ocurrido algo grave a Hendrick. La policía nunca te cuenta lo que pasa realmente. Al menos eso es lo que había visto en las películas y había podido intuir por todas las preguntas que me había hecho el inspector. Después de revolver toda la habitación, Mulyadi me dio una tarjeta con su nombre y un teléfono. Me recomendó no desaparecer y, si me cambiaba de hotel, que se lo comunicara. Por supuesto, si Hendrick se ponía en contacto conmigo, tenía que llamarle inmediatamente. Asentí con la cabeza sin poder pronunciar palabra. Vi cómo salieron los dos individuos, dejando la puerta abierta y todas mis cosas desparramadas por el suelo. Este viaje se había vuelto una pesadilla y solo quería irme cuanto antes de allí. Sabía que de momento no podría abandonar la isla, el inspector se había anotado algo mientras miraba mi pasaporte. Seguramente el número y mi nombre y apellidos. ¿Estaba fichada por la policía indonesia? Tenía *overbooking* de información. Cerré la puerta y me eché de nuevo en la cama. Estaba en *shock,* aterrorizada. Pensé en llamar a Blanca, en pedirle que me ayudara, que me sacara de ese hotel y me cuidara. Me quedé nuevamente inconsciente con el cuerpo doblado en posición fetal.

Dos

Has llamado a la policía?
—Sí, no te preocupes, ¡todo está bien! Descansa.

Mi cabeza reposaba en el hombro de Blanca. Me había rescatado y estaba anidándome como una madre cuidadora. ¡Necesitaba tanto cariño! A veces le damos la espalda al amor, a la piel con el otro, y, en realidad, es la gasolina para el alma. ¡Qué bello es que te acaricien el cabello! Que sientas que te comprenden desde el silencio y que no te exigen ni te juzgan. Solo hizo falta un «¡ayúdame!» y, como si se teletransportara, Blanca apareció en el hotel, resolvió todo el *check-out*, rehízo la maleta, pescando todo lo esparcido, y me metió en una furgoneta. Ni una pregunta por lo ocurrido, por mi pie izquierdo inmovilizado, por el caos encontrado, por tener que avisar a míster inspector. No lo hizo porque es una mujer sabia que sabe leer los estados de las personas, y el mío era de bajo fondo. Me sentía doblada, sin energía. Ni siquiera sentía desesperación, que al menos te levanta para la lucha. Como tampoco sentía rabia o ira, que te revuelve las tripas para el combate. Me había quedado en la ausencia de emoción, en la derrota, en la falta de acción y pensamiento. *¡KO!* En momentos así, viajo siempre a una imagen de infancia: catorce años, inmóvil, casi sin respirar, con las manos abiertas, la palma apoyada contra un cristal y mis ojos clavados en mi madre: tumbada, metida en un ataúd. Sola ella; sola yo. Me costó entender su marcha, mi abandono tan temprano. Me dejó tan noqueada que estuve más de diez días sin pronunciar palabra. La realidad me aplastó sobremanera y me dejó encogida, con la mirada congelada y sumamente derrotada. El mundo era todavía demasiado grande para mí y para mi madre, la madre cuidadora se había ido, llevándose todas las respuestas a tantas preguntas lanzadas al aire en esos años… Aprendí temprano que martillear la mente —«¿Por qué? ¿Por qué? ¿Por qué? ¿Por qué? ¿POR QUÉ? ¿POOOR QUÉÉÉ?»— no te sirve para alcanzar una respuesta, sino para aprisionarte, para asfixiarte en la búsqueda de una razón que supera nuestro entendimiento. La vida sigue su propio curso sin detenerse a pensar en sus razones. ¡Actúa! Firme, sin contemplaciones ni dilaciones. Y como en un río, si intentas nadar a contracorriente, te acabas ahogando.

Respiré profundamente, sentí las caricias de Blanca en mis cabellos. Miré por la ventana la paleta de verdes, de palmeras, de hojas gigantescas, de árboles con fuertes troncos. Respiré profundamente, deseando contagiarme de esa belleza, del orden majestuoso de la naturaleza. Subiendo cuello, barbilla, ojos, miré a Blanca. ¡Qué serena belleza! Su rostro de piel brillante, con las arrugas en calma, los labios reposados uno sobre el otro en una media sonrisa, los ojos enjuagándose con el paisaje, pero atentos al interior con el pestañeo pausado. Le di las gracias con el pensamiento: «Mi salvadora-cuidadora, mi refugio del *KO*. ¡Gracias!».

Dirigió su mirada a mí con la ternura de la pureza, respiró acompasada conmigo y acurrucó bien mi cabeza en su hombro.

—¡Descansa! ¡Todo irá bien!

Me sonó a un bálsamo para el alma. Yo no creía en estas cosas, pero sentía que aquella mujer había aparecido en mi vida por algo. ¿Sería una de las llamadas chamanas? Jamás había conocido una, pero por lo que contaban y había escrito en mis «libros para desesperados», su sola presencia te inundaba de paz. Así me ocurrió en el avión y en esa furgoneta, camino de no sabía dónde, aunque tampoco me importaba mientras estuviera a su lado.

No logro recordar cuánto tardamos en llegar a uno de los lugares más bellos que han visto mis ojos. Mi lamentable estado seguramente triplicó el deslumbramiento, pero su efecto fue de éxtasis santateresiano. El chófer y un joven enfundado en un traje parsis color crema, con dientes relucientes y sonrisa revitalizante, me ayudaron a bajar de la furgoneta. Subí, no sin la ayuda de los dos, los cinco enormes escalones de piedra que separaban la tierra del paraíso. Respiré, miré a Blanca con ojos de pasmosa fascinación y crucé al séptimo cielo. Atrás quedaba mi *KO*. ¿Cómo demonios lo había conseguido tan rápido? Eso indicaba que mis sospechas iban a ser ciertas: Blanca era una chamana. Una gigantesca puerta de madera tallada con deidades y demonios, rodeada de una colosal estructura de piedra que terminaba en un enorme tejado de madera roja para guarecerse de la lluvia y los objetos celestes no identificados.

«¡Dios! De aquí salgo como nueva», fue lo primero que pensé al entrar en ese oasis de vegetación, de silencio, de jardines tropicales, huertos orgánicos, caminitos marcados por piedras sagradas y lugareños con cara de ángel, que bajaban la cabeza a modo de saludo al verte pasar. Llegamos a una inmensa piscina, rodeada de hamacas y camas alzadas cubiertas de cojines y una mesa central, cobijadas en una estructura de madera que guarecía del sol y de la lluvia. «¡Esto debe de costar un pastón! Y yo...».

Como si me hubiera leído la mente, Blanca, recostada en una de las camas alzadas, me dejó bien clarita su declaración de intenciones:

—Álex..., aquí vas a estar como invitada mía. Te vas a quedar en mi cabaña.

—Pero...

Ni siquiera me dejó acabar, ni yo, sinceramente, puse demasiada oposición por lo caro del lugar y por mi poca energía.

—No opongas resistencia. Me quedan unos diez días y quiero que te recuperes en este lugar que, para mí, es sagrado.

Nos trajeron un zumo de color verde, con una caña de bambú para sorber el líquido. Supuse, sin probar, que aquello era depurativo y el inicio de mi recuperación. Nos quedamos un tiempo, tumbadas allí, de cara a la piscina y a las palmeras y plantas tropicales de grandes hojas que rodeaban las doce auténticas cabañas indonesias que fueron traídas hasta este lugar desde distintas partes del país y restauradas con mucho mimo y pasión. Blanca llevaba un vestido-túnica de color azul celeste y, mientras bebía, me observaba en silencio. No me venía a la cabeza un comentario con suficiente peso como para romper su reposo. Callé, esperé y me bebí ese brebaje que sabía a rayos.

Después de unos minutos, Blanca me contó que aquel lugar era un retiro de yoga y espiritualidad. Un lugar adonde acuden las almas perdidas para encontrarse con su Yo más profundo. Un paraíso en la tierra donde refugiarse, mimarse y dejarse guiar. Todo eso, aunque me sonaba familiar por los libros, me resultaba extraño. No sabía cómo decirle que yo no creía en esas cosas sin herirla ni parecer desagradecida. El lugar era espectacular, la calma impresionaba y estaba segura de que aquello era lo que en mi tullido estado más me convenía. Pero no quería hacer ningún tipo de meditación, ni yoga ni cura interior. Solo disfrutar del vergel, de los zumos —con la esperanza de que no todos fueran como el Parayos…—, de la piscina y de la lectura. Yo ya había desconectado varias veces y Blanca seguía hablando de los beneficios de aquel lugar. Era una mujer tremendamente increíble, con una fe conciliadora, pero yo sinceramente no estaba en esas, ni quería que nadie removiera mi interior, sobradamente atizado.

—Quiero que conozcas a mi sanador. El hombre que me hizo entender tantas cosas de mí misma hace más de diez años. El sanador de almas que encuentra el camino hacia tu propio equilibrio.

—Blanca, yo no creo en estas cosas y no quiero que te lo tomes a mal, pero prefiero quedarme en la piscina y leer.

Se quedó callada. Me asusté al ver que tardaba en hablar. Había sido demasiado brusca después de todo lo que estaba haciendo por mí. Cuando iba a lanzar una batería de excusas y justificaciones, me interrumpió y, con la mano extendida, paró cualquier lamento.

—No forzaremos nada. Una vez reposes, tu alma te pedirá hablar. Y, si lo hace, prométeme que le vas a dar la libertad que merece. ¡Prométemelo!

No entendí nada de lo que me estaba diciendo, pero me comprometí a dar señales de espiritualidad si mi voz interior me llamaba a ello. Mientras eso no sucediera, me dedicaría a descansar y pensar en todo lo que en tan poco tiempo me había ocurrido en esa isla.

—¿Y Hendrick? ¿Habrá aparecido? Menudo mal rollo.

Edén, paraíso, nirvana. Eternidad, infinito. Llevaba tres días en aquella fantasía de lugar de Canggu, llamado Desa Seni, y parecía que hasta el tiempo había decidido tomarse unas vacaciones. No niego mi cansancio de mi aparatosa condición de poca o nula movilidad, pero había recuperado algo de ilusión para proseguir la aventura en Bali. Había preferido no contarle a Gonzalo lo ocurrido con mi pie, y mucho menos mi encuentro con la poli y la desaparición de Hendrick. ¡Dejar que la vida siga su curso! Agradecida a Blanca por su apoyo silencioso, lejos de charlar y reflexionar, llevaba los tres días prácticamente mutis, respetando mi desconexión con la vida y con el mundo. Había soltado las palabras justas: para pedir, para dar los buenos días o las buenas noches y poco más. El resto: yo y mis circunstancias echándose una siesta.

Me levantaba temprano, miraba al techo, recubierto de vigas de madera oscura, volvía la vista a un lado y a otro de la cabaña, decorada con objetos ancestrales de la cultura indonesia. Un gran salón, con una espectacular y robusta mesa de comedor rectangular de madera noble, cuatro sillas tapizadas con telas coloridas. Un cilindro de madera de paragüero en un rincón. Un extraño estante que hacía de zapatero. Cuadros y retablos de dioses hindúes que para mí no son más que dibujos de seres metamorfoseados: mitad hombre, mitad animal. Pero para los balineses, un todo al tributo y a la adoración. El ritual era siempre el mismo: Blanca solía avisar a dos chicos para que me ayudaran a levantarme y llevarme al baño. Ducha con una banqueta y una bolsa en la pierna…, bikini, pantalones cortos, camiseta y toda la mañana en la piscina, en la cama alzada, llena de cojines de colores, inciensos que apaciguaban cualquier demonio, y mis lecturas de verano. Esa mañana estaba impaciente por comenzar la biografía de Van Gogh —¡un tochazo para volverse tan loca como él!—.

Mientras yo dormitaba, leía y volvía a dormitar, Blanca hacía su clase colectiva de yoga y sus encuentros con el sanador Kemang: su maestro, con el que charlaba sobre lo divino más que sobre lo humano durante horas. Empezaba a picarme la curiosidad por saber de sus conversaciones. —¡Quizás algún día pueda ir de oyente!—. Sobre las doce, después de la clase de yoga, se llenaban las hamacas. La mayoría de los huéspedes eran de mediana edad, acudían solos o en pareja. Ninguna familia. Todos con pinta de sanotes y de tener pasta. La mañana anterior me pareció reconocer a unas españolas. Me hizo gracia. Lo supe porque iban hablando en castellano a un volumen muy de nuestro país, pasaron a mi lado y se tumbaron en las hamacas más cercanas. No tenían demasiada pinta de espirituales, sino de carnales y fiesteras. Por la tarde, la más joven salió con pinta de estrella de *pop-rock* de su cabaña y se tomó un par de Bintang con un joven visitante en la piscina. Se dejaron llevar por la pasión y el alcohol, y montaron una escena digna de reproche en aquel lugar. A pesar del arrebato algo fuera de lugar, esa chica me resultó graciosa. Se fue, cogida del joven, previa disculpa, y desapareció de mi vista.

—*Do you want any natural juice to drink this morning?*[1] —¡Qué majos eran!

—*Yes, please. A vitality juice, please.*[2]

Me había enganchado a las pajitas de caña de bambú y al *vitality:* apio, zanahoria, naranja, plátano y jengibre.

---

[1] —¿Quiere algún zumo natural esta mañana?
[2] —Sí, por favor. Un zumo vitalidad, por favor.

Sabía que tenía que tomar decisiones al respecto de qué hacer, dónde alojarme en la isla y si seguir o no con las clases de surf. Sabía que tenía que resolver mi cuadro de vida. Mi estado de postración permanente durante las últimas setenta y ocho horas, de cama en cama, me habían dejado holgazana o con miedo a decidir. ¿Vivimos para elegir, o elegimos porque estamos vivos?

—Perdona, ¿me puedo sentar contigo? Es que hoy la piscina está a tope y no hay hamacas libres.

¡Era una de las dos españolas! No me apetecía nada compartir mi pequeño *chill out,* pero comprendí que no tenía más remedio.

—Claro, claro...

Lo dije casi sin levantar la mirada del libro y simulé hiperconcentración para evitar la charla.

—¿Van Gogh?

—Sí, su biografía.

¡Vaya! Ya empezábamos sin poder evitarlo. ¿Por qué la gente no se ahorra la cortesía a veces?

—¿Qué te ha pasado en el pie?

—Una caída torpe.

Si seguía con respuestas breves, quizás se cansase pronto y dejara de hablar.

—Eres española, ¿no?

—Sí.

—¿Has venido sola?

—No... Bueno, estoy de invitada de Blanca.

—¿Blanca? ¿La mujer mayor española?

—Sí.

—¡Qué maja es! ¡He coincidido en clase de yoga con ella! ¡Qué paraíso este!, ¿verdad?

—Sí.

—¿Practicas yoga?

—No.

—Cuando te pongas bien te lo recomiendo, yo es la primera vez y estoy encantada.

Con los espacios de silencio, no perdía la esperanza de que se callara definitivamente y entendiera que no me apetecía hablar ni con ella ni con nadie, porque no quería todavía pertenecer al mundo. Me habían dejado *KO* y, aunque se disipara por momentos, ¡yo seguía ahí!

Pero… no dejó de hablar.

—Perdona, ¿cómo te llamas?

—Álex. —¡Maldita educación!—. ¿Y tú?

—Me llamo María.

Era menuda, pero con la mirada fuerte. Debía de tener unos treinta y pocos y comenzaba a intrigarme qué narices hacía en ese complejo para yoguis. Llevaba rímel en los ojos, las uñas pintadas y trencitas en el pelo. No era precisamente una *natural woman*. Siguió ignorando mis ojos pegados a la lectura, mi cuerpo tenso por las interrupciones y mis monosílabas respuestas. María no paró de hablar en dos horas.

—¡Qué gusto poder hablar en castellano con alguien! ¡Tenía unas ganas!

Se estiraba de cuerpo entero, respiraba profundamente y volvía a mirarme intrigada. Me contó que viajaba con su hermana pequeña, Raquel, que se habían tomado un año sabático por circunstancias varias para recorrer lugares. Que empezaron por Australia y que, por un novio surfero de las antípodas, habían aterrizado en Bali.

—Mi hermana…, ¡la pasión la arrastra!

Fue la primera vez que me hizo sonreír. Parecía maja. Al cabo de un rato, había conseguido que abandonara el tochazo y escuchara con más atención. Tenía una manera particular de expresarse. Cortaba sin previo aviso las frases para quedarse colgada con ella misma, y luego volver a retomar desde la calma. Su voz tenía cierto deje nasal, y era de boca pequeña y ojos chisposos.

—¿Te apetece una Bintang?

La verdad es que un poco de cervecita en la venas empezaba a apetecer. Así que dimos cuenta de la rica bebida balinesa y nos soltamos la melena. Cuando Blanca llegó, nos encontró charlando y riendo con los dos camareros y con varias Bintang en el cuerpo.

Blanca se unió a la fiesta. Pidió uno de sus zumos verdes que te limpian hasta el alma y le puso a la noche mucho sentido del humor. Los chicos nos hablaron de la fortuna y del destino de pertenecer a una isla bendecida por los dioses. —En ese lugar, parecía que no había manera de mantener una conversación frivolona. ¡Ni siquiera con unas Bintang!—. Según ellos, el universo estaba conectado con las almas de la tierra, descendidas para labrarse una vida mejor. Parte de su tiempo libre lo invertían en agradecer y satisfacer tanto a sus dioses como a los demonios. El mundo no podía estar en equilibrio sin la coexistencia del bien y del mal.

—Esa es una de las bases del hinduismo balinés —añadió Blanca reforzando la explicación de uno de ellos—. Sabedores de que la lucha entre ambas fuerzas es infinita, no tienen el objetivo, como nuestra cultura judeocristiana, de acabar con el mal. Para ellos, su presencia es necesaria para la supervivencia del bien.

María asentía con la cabeza, muy atenta a las explicaciones de Ketuc, y se acordó de lo que una mujer le contó en la playa:

—En Bali es como si cada día se celebrara una fiesta. Se pasan un tercio de su tiempo libre ofrendando y de ceremonias. ¡Me parece un lugar que tributa con el optimismo!

—¡Hasta la muerte la celebran!

Blanca y María se lo estaban pasando en grande. Ketuc seguía insistiendo en la importancia del equilibrio de fuerzas para los balineses. Por ello, si un nativo sufría una racha de mala suerte, era sometido a rituales de purificación. Si, por el contrario, llevaba una larga racha de buena suerte, debía practicar ritos que invocaran el retorno de las fuerzas de la oscuridad.

—*Without balance, the dark side becomes the most powerful!*[3]

A la reunión se unieron Raquel, la hermana de María, que venía de pasar el día con su amor surfero, y Kemang, el maestro espiritual de Blanca. Aprovechamos y cenamos todos juntos.

---

[3] —Sin equilibrio, ¡el lado oscuro se convierte en el lado más poderoso!

Las noches en el Desa Seni no tenían desperdicio. Velones dibujando los caminos, el cielo pintado de constelaciones y el aire embelesándote con un aroma que te coloca de pasión por la vida. Siempre que oscurece, mi sentido de la vista pierde liderazgo y los otros toman protagonismo. En las noches balinesas, mi olfato se desarrolla sobremanera: canela, café, sándalo, humedad, calor acumulado —mmm…, mmm…— y una dulzura floral difícil de describir. Después de colocarme con el aire, volví a la mesa. —¡Dios! ¿Es que no se cansan?—. Llevaba por lo menos dos horas aguantando la chapa del bien, el mal, el equilibrio, los dioses, las almas, los ángeles y que la vida es una concatenación de circunstancias reveladoras. Sinceramente, comenzaba a estar un poco borracha de las Bintang y de tanto rollo espiritual. Raquel parecía también algo ida del tema. Se concentraba en llevarse a la boca a buen ritmo el nasi goreng. ¡Qué rico estaba! Era el plato típico a base de…, ¡cómo no!, arroz frito, leche de coco, salsa de soja, lentejas, verduras y su secreto mejor guardado: las especias.

—¡Yo quiero aprender a hacer este plato!

—¡No me extraña!

—¡Es que está buenísimo!

—Pues podríamos preguntar a ver si nos dan una clasecilla de cocina. ¡Espera! ¡Ya verás!

Levantó la mano y, con una sonrisa que abría corazones, hizo venir al camarero casi en tiempo récord. Con su inglés de barrio alto y su dulzura innata, no tardó ni cinco minutos en conseguir su objetivo.

—¡Listo!

Me guiñó el ojo, me sonrió cómplice y levantó la Bintang reclamando la atención del resto.

—¡Chicas! ¡Escuchadme, por favor!

Antes de seguir, se disculpó con Ketuc y el sanador por ponerse a hablar en castellano.

—*Sorry, only one minute!*[4] ¡Chicas! ¡Mañana por la tarde estáis invitadas a una sesión de *Como agua para chocolate!*

—¿Un masaje nuevo? —apuntó María, predispuesta a la aventura, uniendo su cerveza a la de su hermana.

—No, no... ¡Vamos a aprender cocina balinesa! Mañana... ¡una clase de dos horas para nosotras cuatro!

—¡Me parece estupendo! —comentó Blanca juntando su Bintang.

—¡Por nosotras! —Choqué mi botellín con los otros.

¡Menuda mezcla! Apenas sabía nada de las dos hermanas, pero me parecían un gran hallazgo. Tan distintas y tan iguales al mismo tiempo. María, aparentemente más metidita para su interior, pero con golpes de aterrizaje que te desmontaban de la risa. Mientras que Raquel —apenas sabía de ella, la verdad— parecía más echada para delante, más resuelta, nerviosa y con una ternura de pan recién hecho.

—¡Un momento! ¡Quiero hacer un intercambio!

—¿Qué quieres decir?

Blanca nos miró a todas antes de desvelar la propuesta. Me miró fijamente con la consabida responsabilidad de que, fuese lo que fuese a sugerir, no me podía negar. Per-

---

[4] —¡Perdón, solo un minuto!

maneció en silencio con la mirada puesta en mí, esperando mi confirmación. Aunque todo me olía a gato encerrado, no tuve más remedio que asentir con la cabeza. ¡Qué lista que era aquella mujer!

—Bien, si Raquel nos invita a *Como agua para chocolate*, ¡yo a *Descubrir vuestro interior!*

Todas nos quedamos con la boca abierta, pero por motivos bien distintos. Raquel y María, de asombro encantado. Yo, de asombro encerrona.

—Para ello, tenéis que concederme un día entero y toda vuestra confianza. Hace años, Kemang me ofreció lo que yo os propongo y resultó ser una de las mejores experiencias de mi vida.

María y Raquel están entusiasmadas con la idea. Ambas se ponen a aplaudir y a contonearse en una especie de baile coreografiado, mientras cantan a coro:

—*Life is good! Is goooooood! Goooooood!*[5]

Blanca sonreía mostrando su aprobación y me miraba de soslayo.

—Pero yo… no voy a poder moverme con lo del pie.

—Resultaba la mejor de la excusas y la verdad es que era cierto, pero poco tiempo le faltó a Blanca para echármela por tierra.

—Te quedan pocos días. Te esperaremos, ¿no, chicas?

Blanca sabía que había hecho su jaque mate. Estiró los brazos al cielo, respiró profundamente y decidió iniciar la retirada. La noche había sido muy provechosa y tocaba reponer fuerzas para el día siguiente.

---

[5] —¡La vida es buena! ¡Es bueeeena! ¡Bueeeena!

—¡Buenas noches, chicas! ¡Pasadlo bien! Ah, ¡y acompañad a la cojita hasta el ocho!

Se alejó silenciosa, con su túnica blanca, sus sandalias marrones y su pelazo blanco. ¡Qué mujer! Si no fuera porque era una incrédula, aquella noche hubiera jurado que la había visto levitar por entre el camino de velones hasta difuminarse con el paisaje.

—Qué, chicas, ¿pasamos al *gin-tonic*?

Las tres al mismo tiempo levantamos las manos con la energía del buen rollo, de la diversión y de las ganas de seguir bebiendo y compartiendo la noche.

Me gustaba su compañía, me hacía olvidarme de mí. ¡No saber qué hacer con mi vida! ¡Me resistía a despertar de entre los muertos! De alguna manera, me acogí a mi pata mala para dejar de lado mi mala pata y volverme un ser carente de raciocinio. Raquel se interesaba por mi vida, pero le di largas a base de monosílabos.

—Pero ¿estás casada entonces?

—Como si lo estuviera.

—¿En crisis?

—Algo así.

No me extrañaba que María y Raquel fueran hermanas…

—¿Él te sigue queriendo? ¿Vas en busca de una aventura? ¿Por qué Bali? ¿Pregunto demasiado? No quiero pasarme. ¿Qué edad tienes? ¿Y tu hijo?

Menos mal que María interrumpió su fuego abierto y, con mucha agudeza, centró su atención en Lindonn, el novio-amante o lo que fuera… Australiano, joven, rubio, alto y que estaba como un quesss... «¡Dios! ¡Hendrick!».

—Y... ¿qué te iba a decir? Mmm... ¿Lindonn se relaciona con otros surferos?

Traté de averiguar si, por alguna remota casualidad, Lindonn conocía a Hendrick. No lo supe hacer, no fui capaz de hablar de él con exactitud por miedo a que las chicas sospecharan de mí. Bueno, de mí con Hendrick; de mí con la policía; de mí con la desaparición y... ¡ya está! Porque..., si algo le hubiera pasado, me lo habrían contado, ¿no? Ni siquiera sabía si había aparecido. Lo más probable era que sí. ¡Un tío no desaparece sin más! Pablo me había contado que Bali era un lugar muy seguro, donde la policía está de atrezo y poco más. Pues eso esperaba. Que ya hubieran hecho su aparición estelar y nunca más. Estaba muy nerviosa con todo lo sucedido. Inquieta. Me preocupaba no solo el paradero de Hendrick, sino, de ponerse mal las cosas, las consecuencias que eso me podría acarrear. Sin darme cuenta, me había desconectado de las chicas hasta meterme en un bucle de pensamientos terroríficos y triangulares: yo-policía-Hendrick, policía-yo-Hendrick, Hendrick-policía-yo. No encontré ninguna salida porque no se trataba de eso, sino de quitarle hierro, importancia a lo que poca sustancia tenía. Al fin y al cabo, solo fue un polvo: ¡polvazo! Pero nada más.

—¡Joder! ¡Tengo las tetas a punto de explotar!

Ese comentario de María me devolvió a la realidad.

—¿Cómo?

—Mis tetas, que... o me baja la regla o revientan.

Cómo la entendía. ¡Qué soberana suerte la de los tíos! Nosotras nos desangramos cada 28 días y ellos sueltan esperma con cada orgasmo. ¡No está nada compensado! Nuestros desarreglos hormonales, el dilema del reloj biológico y la menopausia.

—¿Cómo es ser madre? —me preguntó de repente María. Comprendí su pregunta y su interés. Tenía 35 años, hacía menos de seis meses que había roto su compromiso de boda con su chico de toda la vida, y el proyecto de maternidad seguramente se le había ido al traste. Al menos, en un futuro inmediato.

—Ser madre es un descubrimiento, una aventura maravillosa y uno de los mayores retos de mi vida.

Curioso verme hablando sobre la maternidad. Si no hubiera sido por Gonzalo, seguramente no habría sido madre. Yo lo veía como una esclavitud, un impedimento para desarrollarme socialmente, una cortapisa para mi libertad.

—Yo no quiero ser madre.

Raquel miró a su hermana estupefacta por lo que acababa de soltar.

—Lo dices porque ya no estás con Félix.

—No. Lo digo porque lo siento. No quiero ser madre.

Las dos hermanas se embarcaron en una conversación obtusa sobre por qué no y por qué sí, que terminó con un soberano cabreo.

—¡Mira quién habla! ¡La que quiere ser madre y es incapaz de comprometerse con nadie!

—La rompecompromisos me lo dice.

Decidí mirar el paisaje y darle al *gin-tonic*. ¿Acaso podía hacer algo más? Hay momentos de subidón y de bajón. Ellas necesitaban su momento de «¡Y yo más!», «¡No, y tú más!», y nadie podía evitarlo. ¡Yo menos!

—Eres una imbécil, ¿sabes?

La fase insultos había comenzado. Buena señal, porque la bronca estaba en su fase final. Llegaba a su momento culmen. Batería de insultos, improperios y reproches. La duración dependía del fuelle de las interesadas. Yo empezaba a sentirme incómoda, pero sabía que el tema era cuestión de minutos para que explotara y se hiciera el silencio.

—¿Alguna vez en tu vida podrías ejercer de hermana mayor?

Raquel me miró y agotó su *gin-tonic* en silencio. María hizo lo mismo, pero sin levantar la mirada del suelo. Silencio. Había llegado. La bronca podía estar en fase de oxigenación o terminal. Si no lo remediaba, intuía que solo sería una toma de aire y las dos se arriesgaban a salir malheridas emocionalmente. ¡La de barbaridades que llegamos a soltar cuando nos envenena la ira! «¡Piensa, Álex! ¡Piensa! ¡Rápido!».

—Mmm… ¿Y cuánto tiempo pensáis estar en Bali?

Silencio. La verdad es que mi comentario no había sido de lo más creativo, pero, dadas las circunstancias, no se me había ocurrido nada más.

—Mmm… Yo un mes y una semana.

Silencio. Raquel, con la mano apoyada en la cabeza y contemplando el infinito. María con los ojos mirando al suelo.

—Mmm... En cuanto me recupere, tengo que buscar un sitio donde estar. Esto es demasiado caro para mí.

Monólogo. No me parecía una mala opción, porque así les ayudaba a disipar sus demonios y apagar la bronca o, al menos, a posponerla. Estuve hablando un rato más hasta que me agoté de mí misma. Las tres permanecimos en silencio, cada una con su movida interior. Curiosamente, la incomodidad había desaparecido. Había un vientecillo que hacía la noche agradable. Éramos las únicas que quedábamos por ahí. No era muy tarde, debían de ser las doce y media de la noche, pero aquel lugar no era para fiestas, sino para retiros y depuraciones del alma. Nosotras, aquella noche, rompimos un poco el protocolo. Bebimos para celebrar y también para olvidar. Bebimos porque hay que emborracharse para que los demonios que tenemos encarcelados salgan de paseo. Tenía muchas ganas de quitarme la venda del pie y volver a caminar. Ser autónoma de nuevo, al menos de cuerpo y movilidad. De espíritu y pensamiento no lo era. Tenía demasiados peros, mi mente acumulaba barreras arquitectónicas que me impedían el libre pensamiento. «¿Quien soy yo realmente? ¿Qué me hace feliz? ¿He conocido el amor o solo he vivido la proyección de mi deseo de amar?». María y Raquel se habían perdido también en sus laberintos internos. ¡Pobre María! Admiraba su valentía de, a menos de tres meses para su boda, cancelarla y emprender un viaje hacia el «quién soy yo y quién no soy». Raquel, en cambio, parecía tener bien agarrada la existencia, haber entendido que la vida es, no hay que añadirle más, porque ella misma se va definiendo instante a instante.

—Será mejor que nos vayamos a la cama. Mañana tengo clase de yoga a primera hora.

Ninguna de las tres volvimos a pronunciar palabra. A veces, es necesario seguir en silencio y dejar pasar la tormenta sin truenos. María y Raquel me acompañaron a mi cabaña, la ocho. Me abrieron la puerta y casi hasta me meten en la cama.

—Tranquilas, chicas, ya puedo yo sola. Buenas noches, ¡descansad!

—¡Buenas noches, Álex!

Las dos hermanas se alejaron en silencio, separadas por medio metro, cada una con sus pensamientos. Estaba claro que ese viaje también sería revelador para las hermanas Velasco. Me temía que muchas cosas saldrían a la luz. Aunque…¡quién sabe! En Bali o donde fuera que ellas decidieran que sería su siguiente destino. ¡Qué envidia un año sabático para viajar! Lo haría con los ojos cerrados, pero primero tenía que terminar sana, a salvo y con ilusión la primera etapa: Bali.

Los preparativos para nuestra sesión de *Como agua para chocolate* fueron excitantes. Ketuc nos fue a buscar a la cabaña central, donde las cuatro estábamos desayunando. Nos presentó a Luah, la encargada de la cocina del Desa Seni. Nada más vernos, clavó sus enormes ojos oscuros en nosotras, desplegó una infinita sonrisa matademonios y juntó sus manos a la altura del pecho para pronunciar el Salamat Tinggal, el saludo tradicional de bienvenida en

Bali. Luah no hablaba ni papa de inglés. Ketuc nos contó que quería que la acompañáramos al mercado tradicional para hacer la compra y experimentar la comunión de frutas, verduras, tumulto de gente y olores de Pasar Badug, el mayor mercado de Bali en Denpasar. A las cuatro nos pareció una gran idea. El desayuno, aunque Blanca insistía en que nos lo tomáramos con calma, fue engullido en unos minutos por la excitación. María y Raquel se fueron directas a su cabaña, para preparar su estilismo, la cámara de fotos y demás enseres.

—Como decía la Crawford, ¡es muy importante ir vestida según la ocasión!

Raquel nació presumida, se crio coqueta y la combinación entre las dos la han convertido en una especie de maniquí delicado y bello, al que no le falta detalle. La puedes observar por tercera vez y siempre descubres un nuevo ornamento. María, aunque siempre impoluta y acicalada, tiene un aire de *on my way by the way,* lo cual, a diferencia de su hermana, la convierte en una mujer que, con poco y bien colocado, se mimetiza con la naturaleza. Es como una especie de salamandra, menuda, bella, escurridiza y con un vestuario que, como si fuera su piel, se funde con el paisaje en todo momento. Me divertía sobremanera observar a las Velasco y sus modelitos. Yo, al contrario, siempre he sido muy práctica con eso. Aunque en ese viaje estaba dispuesta a dejarme llevar y sabía que ponerme en sus manos podía ser otra experiencia religiosa. Siempre he sido una mujer muy reservada con mi cuerpo, o llena de complejos absurdos, pero que te acompañan y te fastidian. He vestido elegante, pero evitando que la sensualidad asomara. ¿Existía en mí la sensualidad? ¿Dónde vive mi atractivo sexual? Nunca me he divertido probándome cientos de vestidos, ni me lo he pasado excesivamente bien mirándome al espejo... Así que decidí ser práctica: estar el menor tiempo posible para arreglarme. Cuando intentaban definir mi estilo, poco ornamentado, bastante repetitivo y escaso o carente de maquillaje, yo siempre respondía como mi amiga Patricia hace años me definió: «*Casual*, Álex. ¡Tú eres una mujer *casual!*». Entonces no supe si ser *casual* era un insulto o un elogio. Más tarde me di cuenta de que dependía del momento y de la entonación.

Blanca se tomó su tiempo para su gran desayuno a base de frutas, fibra y cereales. Se levantaba al alba para meditar en el vergel, recibiendo al gran astro; después, hacía la clase colectiva de yoga y, antes de desayunar, se acicalaba bien, previo baño a base de esencias florales. Yo me quedé con ella, porque tal cual iba vestida —*shorts*, sandalias y camiseta estampada— era como pensaba ir al mercado. Me quedé con ella, porque me encantaba su compañía, observarla, cómo se movía, comía y se tomaba la vida. Sin que ella lo supiera, y después de ocho días juntas, había decidido adoptarla como madre. Ella ya tenía a sus hijos, pero yo no tenía una madre desde hacía demasiado. Seguro que mi madre, estuviera donde estuviese, estaría contenta de mi decisión. Al fin y al cabo, no era reemplazarla, sino compartirla. Adoraba a aquella mujer, más que adorarla la veneraba sobremanera. Había tenido una vida llena de momentos crudos para quedarse en el hoyo y, sin embargo, había tirado para delante con un conocimiento mayor.

—La vida, Álex, es la gran maestra, la mayor de las escuelas. Hay que saber escucharla y esforzarnos por ser buenas alumnas.

¡A mí me costaba tanto! Siempre quería entender las cosas que sucedían y Blanca no dejaba de repetirme que no todo tiene un porqué. La escuchaba atenta, pero no podía parar mi máquina pensadora llamada mente, que necesitaba, me suplicaba, me imploraba siempre los endemoniados porqués.

—¿Os vais a ir a vivir juntas las tres?

Blanca apuraba su zumo y me miraba divertida.

—Lo estamos pensando. Me caen muy bien y creo que… ¡mejor no estar sola!

Las dos nos reímos cómplices. En apenas dos días que pasé sola en Bali, jodí con un extraño que resulta que desapareció y no se sabe nada de él, y me jodí el tobillo de la manera más torpe. Así que, siguiendo los consejos de mi madre-hada madrina, escuché las señales y pensé que no sería buena idea seguir viajando en solitario. Blanca se puso muy contenta con la decisión, María y Raquel le caían de fábula y sabía que me podían contagiar de alegría la vida. Estábamos buscando una villa con tres habitaciones para alquilarla durante un mes. Que estuviera bien situada y no nos costara más de 1.800 euros al mes. Que fuera bonita, diera buen rollo y nos infundiera confianza. Y, a ser posible y si no era mucho pedir, que estuviera cerca del mar. Blanca me dijo que hablaría con Kemang por si sabía de alguien que alquilara villas. Estaba feliz de verme mejor, de que mi pie ya pudiera tocar suelo y yo empezara a caminar.

Nos fuimos a la entrada del Desa Seni, cruzamos el gigantesco arco de piedra y el portón de madera tallada, bajamos las escaleras y vimos, ya en la furgoneta, a Ketuc, Luah, María, Raquel y el chófer. Nos montamos en ella y abrimos bien los ojos para disfrutar del camino, del verde de este paraíso esmeralda, de sus arrozales escalonados que parecía que descendían del cielo, de su salvaje paisaje tan espontáneamente bello. Raquel no dejó de preguntarle cosas a Luah, sobre su vida y la comida balinesa. Lo hacía a través de Ketuc, que le traducía a Luah y formaban un divertido triángulo de conversación.

Lo único borrable de la isla era el tráfico. Las motos, los coches, los atascos. Estábamos relativamente cerca de Denpasar, pero tardamos tres veces más de lo previsto. Al descender al asfalto, se hizo la nube gris, el ruido y contemplamos barbaridades como viajar sin casco y hasta darle el biberón a un bebé yendo de paquete en la moto. ¡Todo parecía posible en aquel lugar!

Llegamos no sin problemas al gigantesco mercado Pasar Badung: un colosal edificio bermellón parecido a un aparcamiento de cuatro plantas que, en vez de estar lleno de coches, lo estaba de puestos de fruta, verdura, artesanía, pescado, especias. Un meticuloso caos organizado desde las afueras hasta los rincones más ocultos. Las cuatro avanzamos unos pasos detrás de Luah y Ketuc con la boca abierta, observando la frenética actividad del lugar, un hormiguero de gente que cargaba enormes cestos trenzados de hoja de palma, hechos a mano, de mujeres sujetando paraguas para evitar el sol, mientras elegían la mejor fruta, pescado, carne o verdura para sus recetas del día. Un colosal bodegón tridimensional de puestos con montañas de frutas de colores, jugosas, apetecibles, de compradores negociando el precio de su compra, de vendedores mostrando sus viandas. María y Raquel estaban extasiadas con tanto movimiento, saludos, sonrisas y colorido. Raquel deseaba hacerse con un paraguas y María, maravillada con las especias, preguntaba como loca a Ketuc por cada una de ellas. Si pudiera, se tiraría en plancha en cada montaña de especias para quedase impregnada unas horas con su aroma y tintura. Luah y Ketuc se paraban en puestos y compraban los ingredientes para la cena que íbamos a cocinar. Blanca y yo nos perdíamos observando a la mujeres, cargando los cestos, vendiendo los *sarongs* y hablándote con esa mirada profunda que te lo dice todo. Desfilamos un par de horas por ese paraíso de olores, colores y sabores. ¡Flores frescas! ¡Qué maravilla! Siempre me han gustado las flores, sus formas, su fragancia. Bali era el escenario perfecto para las flores, silvestres, felices. María compró una bolsa de cominos. Estaba encantada, porque Ketuc le había explicado con detalle los poderes afrodisíacos de algunas especias. Los hindúes le dan al amor el valor del sacramento y, de la misma manera que el sexo es energía, la comida tiene las mismas propiedades. Por eso la cocina es tan delicada y deliciosa.

—Cominos, me llevo cominos, que dice que son ideales en sus aceites para lociones balsámicas y filtros de amor.

Después de enseñarnos su saquito, sacó tres más y nos dio uno a cada una.

—Os he comprado un regalito. Ketuc y yo hemos elegido una especia para cada una.

María era una mujer especial, sin lugar a dudas. Tenía esa sensibilidad natural que hacía grande lo más pequeño. Formamos un círculo en medio del tumulto para escuchar con interés las especias que nos habían elegido. Volvíamos a tener las cuatro la boca abierta, de placer, de gusto, de disfrute máximo. Para Blanca escogieron lavanda, que, aunque todos la usemos por sus propiedades calmantes, los antiguos la utilizaban en la cocina como un poderoso afrodisíaco. Para Raquel, su hermana no dudó en escoger un saquito de jengibre en polvo. Hacía unos años le encantó la historia que leyó en un libro sobre los condimentos de *madame* Du Barry, la última amante del rey francés Luis XV, que preparaba a base de yemas de huevo y jengibre. Esa mezcla mágica inducía al rey y a sus decenas de amantes a la lujuria desatada.

—¡Ahora solo te queda comprar huevos y hacer la mezcla para Lindonn!

Las cuatro nos reímos encantadas y animamos a Raquel a que, en nuestra sesión de cocina, preparara el ungüento. Y, si funcionaba con Lindonn…, ¡lo patentaríamos en España!

—Para Álex… —qué vergüenza siento siempre en estos momentos en los que una es el centro de atención—, azafrán. Maravillosa y sagrada especia, de un color anaranjado de vida. Un gran estimulante, para una amiga estimulante.

Aquellas palabras llegaron incluso a emocionarme. Después de un «¡ooohhh!» largo y agudo, abracé a María con cariño. En esos días, nos habíamos unido mucho, habíamos charlado de nuestras vidas, de nuestros errores y promesas sin cumplir. Éramos diferentes, pero nos entendíamos a la perfección. Ella admiraba mi fuerza robusta forjada a base de fragilidad y yo admiraba su tributo a la espontaneidad. Paseamos un buen rato más, decidimos comprar una ofrenda y, por la noche, dejarla a la puerta de nuestras cabañas. Hasta entonces, habíamos visto miles de ellas, pero jamás habíamos participado del ritual. Las compró Blanca y nos las regaló.

—Mañana partimos a meditar. Antes, estaría bien agradecer a los dioses.

Yo seguía torciendo el morro con esa excursión, aunque empezaba a entender que todo lo que en la vida te produce mucho rechazo es porque esconde un gran miedo. Así que, no sin esfuerzo, quería probar la experiencia y dejarme llevar por todo lo que mi hada madrina había venido a enseñarme de la vida.

Nos montamos en la furgoneta desprendiendo la esencia de la felicidad. Cuando te dejas llevar por las sensaciones de la isla, todo se viste de una armonía embriagadora que te tatúa la sonrisa en el rostro, esa que, nada más aterrizar en la isla, tanto te sorprende que todo el mundo lleve.

Luah nos llevó a la cocina de cerámica volcánica de color negro, cuatro fogones enormes, cuencos de madera, ollas de metal color bronce antiguo y mucho orden. A la clase se unieron Ketuc como traductor y Kemang, que deseaba aportar las propiedades terapéuticas de la cocina. Yo estaba como una niña pequeña jugando con su primera cocina de juguete. María se sentía como dentro de la novela de Laura Esquivel, pero en vez de en México, en Bali. Raquel, presa de la excitación, era incapaz de pronunciar palabras, solo onomatopeyas: «ah», «oh», «huy», «mmm». Kemang se sentó en un taburete de madera, mientras Luah y Ketuc preparaban todos los ingredientes y los ponían en cuencos. Aunque toda esta aventura había nacido de querer aprender a cocinar el plato nacional balinés, el nasi goreng, Luah había decidido enseñarnos a hacer el rijsttafel, un combinado degustación a base de doce platos en uno. Todo un rito de conocimiento, según nos contó Kemang, porque, según se coma y con quién se coma, puede identificarse qué grado de virtud humana posee cada comensal. El arroz es el ingrediente principal de la comida balinesa y se ha convertido en un símbolo de la gratitud y la sapiencia. Todas escuchábamos atentas las explicaciones del sanador, incluso yo me quedé embelesada. Según él, la cocina es uno de los mayores actos de amor.

—*Love comes through our stomach. The food is a vital energy, so we have to cook with love to eat love energy!*[6]

Tenía sentido a medias para mí, pero, en todo caso, aunque me lo creyera relativamente, me resultaba tremendamente apetecible cocinar desde esa delicada perspectiva. Pelamos fruta como si fuera de cristal, sentimos su aroma, porque todo aquello nos estaba despertando los sentidos

---

[6] —El amor nos llega por el estómago. La comida es una energía vital, así que tenemos que cocinar con amor ¡para comer energía de amor!

y provocando en nosotras una explosión de placer. No se utilizó ninguna conserva, todas las salsas las hicimos a mano y al momento. ¡Ni siquiera la leche de coco! ¿Quién no ha comprado una lata de leche de coco para hacer un pollo al curry, por ejemplo? Pues ahí... ¡cero latas! Habíamos adquirido varios cocos; Ketuc los abrió con gran habilidad, rayamos la pulpa y sacamos su leche. La mezclamos con especias..., infinidad de especias cuyo nombre apenas recuerdo. —¡Seguro que María se acuerda de todas!—. Pimienta, cúrcuma, algunas tenían unos nombres que, a mi parecer, no han llegado al viejo continente. Tenían muchos colores y diferentes texturas. Una vez elegidas todas ellas, las majamos en un enorme cuenco de roca volcánica. Luah nos enseñó a macerar el pollo, también emborrachándolo de especias. Aprendimos a hacer una bolsita con hoja de plátano y, como si de rellenar un pavo se tratara, introdujimos el pollo y la cerramos con un palito de bambú. ¡Más mono!

Observé a las chicas, cada una ensimismada en su propio elixir de disfrute. Muy aplicadas en las instrucciones, reposando con zumos y charlando sobre la importancia del tempo de las cosas y de la vida. Kemang empezaba a parecerme interesante. Vestido siempre con un *sarong*, cada día que lo vi con un estampado diferente, camisa blanca, turbante y flor blanca en la oreja. Nos acompañó durante toda la clase de cocina, nos habló de la importancia de convertir cada detalle de la vida en arte. Y, como una de sus máximas expresiones está en la comida, por eso era tan importante ritualizar todo el proceso. Su voz sonaba a modo de mantra, hasta conseguir que las cuatro entráramos en una especie de comunión con la comida, el lugar y cada fase de la preparación. La belleza debía estar también en la ornamentación de los platos, la disposición de la mesa y los trajes elegidos para recibir ese delicado manjar, para él una ofrenda más de los dioses. Terminamos la preparación y Luah nos agradeció nuestra entrega juntando las dos manos a la altura del pecho; nosotras le devolvimos el gesto con una amplia sonrisa y mucha emoción acumulada. Se acercaba la hora de cenar y nos dispusimos, prácticamente sin hablar, como hipnotizadas por las palabras de Kemang, a realizar la ceremonia previa a la cena: bañarnos en aceites esenciales preparados por él y elegir desde el corazón nuestro atuendo.

Me sentía como si llevara una semana en un barco y tocara tierra por primera vez. Era una especie de mareo y burbuja flotante. Caminamos nuevamente pronunciando solo onomatopeyas, soltando respiraciones y casi sin pronunciar palabra nos desviamos cada pareja a su cabaña. Blanca quiso prepararme el baño, ella quería irse a meditar un rato antes de la cena. Me tumbé en la cama. Ah… ¡Me sentía en el paraíso! Y era incapaz de ponerlo en palabras. Me quedé frita al instante.

—Álex, el baño está listo. En hora y media nos vemos en la piscina. ¡Disfruta, mi niña!

Abrí los ojos a media frase de Blanca. Por una milésima de segundo, creí no estar en la tierra, sino en un lugar donde flotas, las arrugas son de tanto placer y tu cuerpo carece de importancia. Con la velocidad de un caracol, me fui a la bañera y casi me da un soponcio santateresiano. ¡Llena de pétalos de rosa y velones iluminándola! Me sumergí en aquella belleza acuosa que olía a diamantes y metales preciosos. Me sentí Cleopatra en sus mejores momentos, reposé la cabeza, miré la luz de las velas, respiré hondo y volví a quedarme frita.

—¡Mmm!

—¡Álex, que te vas a arrugar!

Abrí los ojos con la pesadez de haberme fumado cien porros. Me costó enfocar, porque querían volverse a cerrar.

—¡Álex, que te tienes que vestir!

Era María, toda bonita, con su pelo planchado y un vestido de tirantes de encaje blanco como del siglo pasado. Estaba como una ninfa salida de un cuento. Sonriéndome.

—Vaya, me quedé planchada otra vez. ¿No llevarían algo esos zumos?

Me puse el albornoz y salí del baño arrugada y casi sin poder procesar una palabra coherente.

—¿Qué te vas a poner?

¡Vaya! Habíamos llegado al momento de qué ponerme y realmente no tenía ni idea. Pues, ¿shorts, camiseta, sandalias?

—No, no, no… Hoy te vas a poner un vestido y te voy a arreglar el pelo.

María revisó mi armario con esmero y comenzó a sacar prendas hasta que localizó una falda floreada y una camisa de algodón semitransparente blanca.

—¡Así te veo esta noche! ¿Te gusta?

Asentí con la cabeza, mientras ella me secaba el pelo. Me lo peinó… ¡Tan bonito! Qué arte que tenía la Velasco, algo que para mí era ciencia ficción. Me vestí con lo elegido, me maquillé un poco, me puse mis sandalias de pescadora y… ¡a cenar con amor!

La cena prosiguió con la misma armonía que el día que llevábamos. Todos estábamos de un guapo subido. ¡Lo que hace la felicidad! Me sentía otra vez en forma y con ganas de proseguir mi aventura en esa isla. Mi momento *KO* se había evaporado por completo y volvía a estar en la vida. Percibí la mirada de Blanca en mí, la miré, nos miramos en silencio. Sabía que había llegado la hora de volver a la superficie, a la lucha, a pensar en Gonzalo, en Yago, en mí y en permanecer como estoy o apostar por mi «no sé», pero sabiendo que es mi desconcierto. Bueno…, ¡un lío! Aterrizando de nuevo en Blanca, sus ojos tenían una profundidad hipnótica; su rostro, una bondad que anidaba en el alma. Me sonrió cómplice, levantó su zumo y, desde la otra punta de la mesa, brindó por mi retorno. Lo hizo en silencio, mientras las Velasco intercambiaban recetas españolas con Luah, Kemang y Ketuc. La noche dejaba caer alguna estrella fugaz (bueno, o eso me imaginaba yo para la velada perfecta, porque no vi ni una) y las flores esparcían su aroma nocturno. Levanté mi Bintang, la miré con sincero agradecimiento y completé el brindis. Solo por conocer a esa mujer, el viaje había merecido la pena.

La cena transcurrió entre risas, bromas, intercambios culturales y mucha complicidad. Era temprano, pero no podíamos alargarnos demasiado, teníamos que madrugar para nuestra jornada de meditación y llevar no sé cuántas horas de ayuno antes de comenzar el ritual. Reconozco que estaba un poco nerviosa, porque jamás había hecho nada de eso y porque era la única que mostraba poco o nada de interés. Kemang empezaba a caerme bien y no quería resultar irrespetuosa, pero todo su discurso de almas, ángeles y esencias me sonaba a teoría empíricamente imposible de aplicar. Durante la noche, tanto el sanador como Blanca fueron observadores silenciosos de mis reacciones a los comentarios sobre la excursión de introspección. Me sentí un tanto cohibida, no lo niego. ¡Tener cuatro ojos clavados coarta de todas todas tu libertad de expresión! No lo niego. Me corté de expresar mi escepticismo por no decir rechazo a estas cosas. Me parece que son maneras de captarte, de comerte el coco para que te hagas seguidora de tal o cual persona: sanadora, chamán, curandero…, ¡da igual cómo se llamen! Todos buscan lo mismo: seguidores. Me guardé esos comentarios para no romper el buen rollo y tener la fiesta en paz. Decidí esperar a ver qué deparaba la jornada, decidí dejarme llevar. «¡No tengo nada que perder!». Le había prometido a Blanca que me entregaría al disfrute de la nueva experiencia. «¡Será bueno incluso para mi próximo libro-receta espiritual!».

La excitación no me dejaba conciliar el sueño. Gonzalo llevaba una semana callado, apenas me había escrito unos *whatsapps* para contarme cuatro cosas de Yago, el piso y unas cartas que me habían llegado. Tenía que pensar en él, en nuestra relación, tenía que pensar en mí, en cómo, en cuanto miraba hacia dentro, me sobresaltaba el vértigo.

«¿No soy capaz de amar? ¿Le pido demasiado al amor? ¿Con qué cuento me quedé? Quiero que me rescaten, protejan, consuelen, equilibren... ¿Qué quiero? ¿Soy como las demás?».

Tenía un nudo en la garganta, hacía días que las lágrimas no se dejaban ver. A veces nos avergüenza confesar que la vida nos supera, como la tecnología que avanza demasiado deprisa, y eres incapaz de llegar a todo lo que te ofrece. Me encogí hasta quedar hecha una bola, busqué mi propio calor, procuré concentrarme en respirar. «Respira, respira, respira, Álex...». Hay que darle aire a las cosas y a una misma.

—Respira, respira, respira...

Tres y media de la mañana. Cuatro mujeres frente a un pequeño templo. De espaldas, cada una de ellas con una ofrenda: una bandeja de hoja de palma con incienso, flores, arroz y algún dulce: símbolos del respeto al todopoderoso, limpiadores del alma y bendición divina. Cuatro mujeres en silencio, sintiendo su respiración y la energía de grupo. Cerrados los ojos, abierta la escucha. Solo la mayor tomó la palabra:

—Oh, Shiva, el benévolo. Dios de la destrucción... Escúchanos y ayúdanos a sacar en este día nuestros demonios, nuestros miedos más profundos. Emprendemos el viaje a nuestras tinieblas, a nuestra oscuridad.

Cuatro mujeres sujetando las ofrendas. Yo entre ellas, con los ojos a media asta. «¿Dónde coño me he metido?».

Ketuc y Kemang nos esperaban fuera con la furgoneta. Blanca seguía hablándole a un muro, lleno de bandejas como las nuestras. Las Velasco no levantaban ni una ceja. Yo, intentar lo intentaba, pero...

—¡Oh, señor Shiva! Tú, que estás sentado en el monte Kailasa, cuya frente está adornada por la luna, que llevas al rey de las serpientes por corona y eres el océano de la misericordia y el destructor de la ilusión, solo tú puedes protegernos. Nos rendimos a ti.

Blanca, mirando primero al frente y luego al cielo, depositó su ofrenda a los pies de una especie de altar de piedra. Las Velasco se acercaron y depositaron también las suyas. Miré la mía —¡era bonita!— y la dejé con el resto con cierta extrañeza, inseguridad y escepticismo al respecto. Pero había decidido abrirme a nuevas experiencias, porque estaba cansada de las conocidas. Así que entregué la ofrenda y me dejé de rollos: «¡Por ti, Álex, por ti!».

Blanca nos cogió las manos y nos dijo que repitiéramos con ella:

Kailasarana Shiva chandramauli
phanindra matha mukuti shalali
karunyasindhu bhavaduhkha hari
thujavina shambho maja kona tari.

Hicimos coro, cada una con mayor o menor acierto. Repetimos aquellas palabras impronunciables. Yo incluida, sin saber lo que estaba diciendo. *Karun-yasindahu bravaduka-hari tuja-vinashambo...* Lo repetimos unas cuantas veces. Luego, silencio. Ninguna de las tres nos atrevíamos a romperlo. Blanca nos soltó las manos y abrió los ojos.

—¡Empieza la aventura, chicas!

Kemang y Ketuc habían cargado las provisiones en la furgoneta: botellines de agua y fruta variada. *No more food!* Ese día no podríamos ingerir nada más que eso hasta la noche.

—*Kemang..., where are we going?*[7] —preguntó Raquel impaciente nada más montarse en la furgoneta.

—*We are going to Muncan, near Agung, to meet Asram Ratu Bagu's family.*[8]

Las tres nos miramos con la curiosidad en la frente. Blanca solo sonreía y nos decía que nos dejáramos llevar, que confiáramos en el suceder de las cosas. Nos contó que, de camino, recogeríamos a una amiga de Kemang, Hera —ese era su nombre—, una pintora, española también, que vivía desde hacía siete años en Bali.

—Hera es una mujer muy especial. ¡Os va a encantar! ¡Ah! ¡Y tiene una villa para alquilar!

Era temprano, apenas había dormido por el cague de una jornada intensa para el alma. Las Velasco estaban pletóricas, con la sonrisa y los ojos amplios. Nos pusimos en marcha y nos fundimos con el verde. ¿Muncan? No tenía ni idea de adónde íbamos, ni qué íbamos a hacer. Cerré los ojos y traté de que mi cuerpo descansara y de parar la mente. Algo aparentemente sencillo, pero que suele convertirse en un ejercicio de funambulista. —El cuerpo

---

[7] —Kemang..., ¿adónde vamos?
[8] —Vamos a Muncan, cerca de Agung, a ver a la familia de Asram Ratu Bagu.

para, la mente coge velocidad, el cuerpo se activa, la mente calla o se despista—. Logré detenerme en un estado de semiinconsciencia —ese que da tanto gustito, porque no desapareces del mundo, pero parece que el mundo no vaya contigo—. Raquel no paraba de rajar. Preguntaba a Blanca por su primera vez en Bali, su encuentro con Kemang y su despertar espiritual.

—Reconozco que estoy feliz por esta experiencia, pero también que tengo un poco de miedito.

—Lo desconocido siempre abre las puertas del miedo. Déjalo ahí, que comparta contigo la experiencia.

María seguro que se había perdido como yo con el *traca-traca* de la furgoneta y el runrún de su hermana con Blanca. Estaba segura de que directamente había perdido la conciencia y entrado en fase REM. Envidiaba la facilidad de María para desconectarse del mundo y de igual forma volver a conectarse en el lugar y momento que fuera.

Cuando la baba estaba a punto de resbalar por mi boca semiabierta, la furgoneta se detuvo. Aproveché para absorber la saliva sin despegar mi cara del cristal, abrí los ojos como una china y, con una tremenda pesadez de párpados, vi a una mujer de pelo largo moreno entrar en la furgoneta y sentarse delante con Ketuc y Kemang. ¡La pintora española! Volví a cerrar los ojos, ni siquiera un saludo cortés salió de mi boca. La furgoneta se puso en marcha. Raquel hizo su protocolo habitual, pero esta vez en castellano.

—¡Hola! ¡Me llamo Raquel! Encantada de conocerte.
—Igualmente. Me llamo Hera.

—Las dormilonas son mi hermana María y Álex. Todas españolas, ¡mira qué bien!

¡No escuché ni pío! María, de las mías, si duerme, duerme. Ya habrá tiempo para las presentaciones.

Después de esa minipresentación, me desactivé. No recuerdo nada hasta sentir la mano de Blanca sobre mi brazo.

—Álex, despierta, ya hemos llegado.

Definitivamente había babeado, me había entregado al sueño y perdido totalmente la consciencia. «Llegado... ¿adónde?», fue lo primero que pensé, pero mi mente me respondió nada más abrir los ojos.

Salí de la furgoneta estirándome, vi a María con la misma cara de dormida que debía de tener yo. Miré al suelo para no caerme al bajar, me recoloqué el pelo, me froté los ojos, bostecé y sin demasiada energía me uní al grupo. Nos recibió un isleño de larga barba, gafas de alambre redondas, camisa y *sarong* a juego de color naranja y una campanilla en la mano derecha.

—*Welcome! Welcome!*[9]

Me fijé en sus pies, lo dedos tremendamente separados y muy anchos. Miré los de Ketuc y Kemang, y les pasaba exactamente lo mismo. «¡Darwin verdaderamente fue un visionario! ¿Por qué serán así sus pies?». Un misterio, pero tarde o temprano querría encontrar respuesta a dicho enigma.

Nos facilitaron una linterna a cada una. Nos pusimos a andar, todas detrás del «gran maestro» en silencio. Si hablabas..., tenías que susurrar. Yo todavía estaba medio aton-

---

[9] —¡Bienvenidos! ¡Bienvenidos!

tada del viaje, apenas alcanzaba mi cabeza a seguir la luz de mi propia linterna. Hacía frío, tenía sueño y empezaba a pensar que todo aquello era una soberana tontería. ¿Qué coño hacíamos siguiendo a un tío, por un camino en medio de la selva o vergel, que no paraba de tocar la campanilla?

—Está anunciando nuestra llegada a la madre naturaleza.

Blanca intuyó mi desconcierto.

—Te presento a Hera.

—¿Cómo?

—Hera, con hache.

—Qué nombre más especial (por no decir raro). ¡Encantada! Me llamo Álex.

No sé si aquella mujer tenía pinta de pintora, pero sí daba todo el perfil de iluminada, como los que iban delante. Blanca…, Blanca igualmente, pero a ella ya le había cogido cariño. Hera también llevaba *sarong*, zapatillas como de *trekking*, forro polar y el pelo recogido en una trenza muy larga. ¡No es que fuera muy conjuntada, la verdad!

Hablamos poco las tres, Blanca me iba susurrando y animando.

—Huele la naturaleza, escucha su silencio, mira el cielo estrellado.

—Allí está el Cinturón de Orión.

Raquel y María trataron de enfocar con las linternas y se acercaron a nosotras.

—¿Cómo? ¿Dónde?

—Hola, soy María.

—¡Encantada! Hera.

—¡Qué nombre más bonito! ¿De dónde viene?

—Una diosa griega, conocida como la Reina de los Dioses.

La pintora mitológica ya se había ganado al grupo con su nombre y señalando unas estrellas en el cielo. No es que me cayera mal, pero reconozco que me sentí durante el camino un poco celosa con tanta atención. Confieso que esas cosas ocurren en un grupo en el que la recién llegada es la que acapara toda la atención, como en el juego, que se llama la suerte del novato. Hera nos señaló, la verdad es que con mucha dulzura, hay que reconocerlo, el Cinturón de Orión.

—Ahí lo veis, con sus tres estrellas, la tres Marías, de izquierda a derecha: Alnitak, Alnilam y Mintaka.

Las cuatro nos detuvimos a observar, alzamos nuestros cuellos y abrimos no solo los ojos, sino también la boca embelesadas por las explicaciones de Hera.

—Según la mitología griega, Orión fue el gigante que nació de los orines de Zeus, Poseidón y Hermes.

—¡Orión! De ahí su nombre, ¿no? —apuntó divertida Raquel

—¡Exacto! También se le conoce como el Cazador. Porque la constelación representa a un guerrero alzando su espada o arco y cubriéndose del enemigo con un escudo. La podemos ver desde cualquier lugar del mundo. La constelación es preciosa por sus nebulosas y una de las más bellas a mi parecer.

Hera terminó su breve explicación, dejándonos a todas con ganas de más. A Raquel se le saltaban los ojos de ver, de repente, tantas estrellas y querer saber: de dónde son, qué hacen o a qué constelación pertenecen. Y sobre todo qué mito esconden.

—Te gusta la mitología, ¿no?

A María le había enganchado la historia de los dioses y semidioses. Avanzó al lado de Hera, mientras esta le contaba su interés por los antiguos. El camino, las estrellas, la noche clara… Empezaba a sentirme que estaba en medio de una aventura, en vez de una locura de introspección interior. Nos quedaba cerca de una hora de camino hasta llegar a la base, según nos contó Kemang, del monte Agung, monte sagrado, al parecer. En su falda es donde comenzaría nuestro viaje interior. En el fondo, sin ser demasiado conscientes, ya había comenzado. Hablamos poco más y anduvimos con el único ruido del viento, nuestras pisadas y alguna otra cosa no identificada que, sinceramente, preferí no indagar demasiado.

Al llegar, Kemang y Ratu nos colocaron a cada una a unos cinco metros de distancia; sentadas sobre una esterilla para evitar calarnos con la humedad del suelo. Ellos dos se sentaron delante de nosotras, a unos dos metros. Todos mirando al monte, al volcán de Agung. Después de varios minutos en silencio, Ratu empezó a hablarnos.

—*Everything is energy. We are all energy. The earth is full of energy. The sun is energy.*[10]

Siguió hablándonos del poder de nuestro fuego interior, de la necesidad de sentir nuestra propia energía y

---

[10] —Todo es energía. Todos somos energía. La tierra está llena de energía. El sol es energía.

aprender a gozarla para que se convierta en una fuente inagotable de sanación.

No me atreví a girarme para mirar a Raquel, Blanca, María o Hera. Todo me parecía un tanto raro. Sentía cómo las piernas empezaban a dolerme. —Había calculado mal la postura para tanto tiempo—. Si no hablaba uno, hablaba el otro, Kemang.

—*In thirty minutes you will fell the power of the sun. His energy will became our energy inside us. You will fell how the power is inside ourselves.*[11]

Cuando se me había dormido media pierna, decidí romper el protocolo, moverme y cambiar de postura. Todo aquello se estaba poniendo demasiado serio. Blanca me miró con súplica de que no tirara la toalla, todavía. Estábamos en medio de la nada, así que ¡poco podía hacer!

Decidí intentarlo. Me concentré en la respiración, me dejé seducir por la belleza del paisaje, invadir por la inmensidad del lugar. Poco a poco, los atisbos de los primeros rayos de sol aparecieron. Mi cabeza iba a toda mecha: Hendrick, GONZALO, yo como madre, mi madre, mi culpa, mi deseo de vivir, mi vida y mis vacíos, Yago aquí, Yago allí…

La negrura fue cubriéndose de una manta de verdes del gigantesco vergel de palmeras y arrozales en que nos encontrábamos. La oscuridad fue dando paso a los violetas, naranjas, rojos y amarillos. Mi mente dejó de existir:

---

[11] —En treinta minutos sentiréis el poder del sol. Su energía se convertirá en nuestra energía dentro de nosotros. Sentiréis cómo el poder está dentro de nosotras mismas.

«¡Dios! ¿Hay algo más bello?». No podía dejar de mirar aquel fenómeno tan increíble de la naturaleza. La pureza de los ciclos de la vida: la noche muere y le da paso al día sin lucha y con armonía. Termina, deja de ser para que otra cosa empiece.

Pensé en mi madre y en mí. En Yago y en mí. No quería fallarle. Mi madre no me falló, pero ¿a quién cedió el testigo cuando dejó de existir? Me emocioné y comenzaron a brotar lágrimas sin poder evitarlo. La belleza me partió el alma en dos. Me di cuenta de que, cuando mi madre murió, decidí darle la espalda a la belleza, a la vida, a sentirme viva. No podía parar de llorar. Sentí unas manos en mi espalda.

—Tranquila, sigue respirando y sintiendo la energía del sol.

Era la voz de Blanca, que se confundía con la voz que recuerdo que tenía mi madre. El sol seguía estirando sus brazos con orgullo de presencia. Yo seguía descargando mi rabia vestida de desconsuelo. No había sido justo tal abandono, no había sido justo.

—Perdona, Álex. ¡Perdona para seguir adelante!

No quería perdonarla. No podía perdonar su ausencia. ¿Qué tenía que hacer tan importante para irse tan pronto? Lloré durante horas, a ratos en silencio y a ratos a bramido limpio. Me pasaron fugaces pensamientos de vergüenza por el espectáculo y por lo que podrían estar pensando las demás. Pero mi rabia llevaba demasiado tiempo enjaulada y emergía sin control.

—Deja que salga, tienes que vaciarte para liberar tu energía, tu fuego.

No sabía qué narices significaban esas palabras. No creía en las energías, ni en los fuegos internos, ni en las diosas, ni en la mitología. Pero aquel amanecer sentí que un demonio salía de mi cuerpo en forma de pelotas, bolas o balones. Salían por mi boca en forma de lamento, eructo o risa de Juana la Loca. Con el tiempo, he comprendido que aquella mañana experimenté un exorcismo energético que liberó mi ser de emociones enquistadas. Lo supe pasados unos años, entonces estaba tremendamente asustada por lo que me estaba pasando. Perdí la noción del tiempo, incluso de la realidad. Oía voces, me habían tumbado en el suelo. Noté varias manos a mi alrededor. Quise levantarme, pero la locura desatada, los gritos, el llanto y las convulsiones lo impidieron. Mi voz se fue quebrando a golpe de desgarros, mi cuerpo estaba empapado de sudor, mis manos clavadas a la tierra. Todo se fue apagando hasta caer en un sueño de profunda inconsciencia.

Viento, solo el rugir del viento que choca contra las hojas y las aviva como si de fuego se tratara. Viento acariciando mi rostro. Desperté poco a poco de mi inconsciencia. Sentí poco a poco mis pulmones hinchándose, para vaciarse y volver a hincharse. Respiraba, soplaba el viento, crepitaban las hojas... Moví los labios, uno sobre el otro. Mmm..., los tenía secos. Lo mismo que mi garganta. Mi cuerpo salía de la inmovilidad, restregándose, tensándose, sintiendo la fricción, destrenzándose. Tierra cubierta de una especie de césped silvestre, cuatro pies descalzos moviéndose a lo lejos. Mi perspectiva del mundo parecía haber cambiado de ángulo. Oscuridad. Respiración. Muchas veces se necesita de una gran valentía para salir del sueño. «¡Estoy tumbada en el sueeelo!». Mi mente supo recolocarme. Volví a ver la tierra verde húmeda y los cuatro pies moviéndose. Blanca y María. Parecían bailar, pero sin música: con la del viento. Me incorporé con la torpeza y pesadez de una elefanta. Me envolví entera con esa colcha gigante que me había resguardado del frío. ¿Qué demonios había pasado?¿Qué hora era? ¿Dónde estaban los demás? Demasiadas preguntas para mi aletargamiento. Apenas podía concentrarme en otra cosa que no fuera respirar. Mis ojos se quedaron abiertos con la mirada congelada de no estar todavía en el mundo.

—¡Álex! Te has despertado.

Pestañeé buscando la voz. María venía brincando hacia mí. Detrás, a paso más tranquilo, Blanca. Se sentó a mi lado y me ofreció un botellín de agua. «¡Agua!». No dejé ni una gota, absorbiéndola de un trago precipitado por la sed.

—¿Tienes hambre?

Blanca también se sentó, había traído consigo una bolsa llena de fruta: bananas, mangos. «Puaj, durianes, odio esta fruta que huele a rayos, es como un puercoespín por fuera y por dentro muy cremosa y de color vainilla». «Mmm… ¡Langsat! Una especie de nísperos asiáticos un poco rasposos, pero a los que te acostumbras…, ¡como cacahuetes!».

—Tómate mejor media papaya. Llena tu estómago de la fruta de la salud para que termines de limpiarte por dentro.

Cogí la fruta y, sin rechistar y con mucho apetito, la disfruté a bocados cada vez menos espaciados. Luego, un par de bananas y un mango entero hasta roer el hueso. No pronuncié palabra, solo engullí a riesgo de atragantarme. Blanca y María se quedaron a mi lado, observando mi gula desmedida. Alcé la vista, degustando el hueso.

—¿Mmmónde mmmestán losotrosssmmm?

—Han avanzado por el camino de vuelta hasta las cabañas de Ratu.

—No sé si preguntar qué me ha pasado...

Blanca me acarició el pelo, la miré sintiendo mi fragilidad y todas las imágenes que había recuperado mi mente, espíritu o lo que fuera durante esa especie de purga. ¡Archivo infinito, la memoria, que se despliega por donde no te imaginas!

—Has hecho la primera toma de contacto con tu alma. Ella es muy sabia y te ha hablado esta mañana.

Era cierto que había conseguido desprenderme de algo muy pesado. Me sentía liviana y cansada al mismo tiempo. Había mucho desconcierto, es verdad, pero la resistencia había desaparecido. No alcanzaba a comprender, pero empezaba a darme igual. Blanca me abrazó, me abrazó, me abrazó como si no existiera el tiempo. Me apoyé en su hombro un buen rato.

—Gracias. Gracias por creer que podía romper mi propio muro.

A María, sentada a nuestro lado, le sobrevino la emoción. No pudo ni quiso evitar fundirse con nosotras en el abrazo. Abrazar es uno de los momentos mágicos de la vida, reconfortante al máximo. La piel, de piel. ¡Qué poco nos acariciamos y cuánto nos reprochamos! Ahí seguimos las tres, en medio de ninguna parte, sin que nos importara, sintiendo nuestro calor humano. Sin darle más sentido que el que tenía en ese momento: un precioso acto de amor.

Recogimos los bártulos e iniciamos el camino de retorno para encontrarnos con el resto. Tardamos un par de horas. Disfrutamos de nosotras, del paisaje, del aire.

—Siento que haberte conocido me va a servir de mucho.

—¿Por qué?

María estaba muy reflexiva, apenas dijo nada, solamente nos miraba, miraba el entorno y se metía para dentro con sus pensamientos. Me sorprendió su comentario tan de repente. «¿Yo? ¿Venirle bien a alguien en esos momentos?».

—Porque me das la fuerza que a veces me falta para saber que no me he equivocado. Que a mis 35 años, dejar a Félix a las puertas del altar con toda una vida proyectada no ha sido un error.

María habló. Lo que no había hecho en ese tiempo. Soltó todos sus miedos, los escupió uno a uno en ese camino: ¿seré una cobarde? ¿Valiente? ¿Quiero seguir siendo abogada? Si no es con Félix..., ¿con quién?

—Álex, tú al menos has disfrutado en el amor. Pero yo no. Yo construí mi vida para contentar a mi padre y no sentirme diferente. Soy abogada como él, pero no amo la profesión. Siempre he amado la libertad, pero ahora no sé qué significa: la libertad, ¡mi libertad!

Llegamos a una especie de comuna de cabañas. Blanca preguntó por Kemang, Hera y Raquel. Estaban en una doble sesión de meditación en grupo en la carpa central. Acababan de comenzar, nos habían esperado un poco, pero tardábamos demasiado y decidieron empezar. Tenían por delante cuatro horas de meditación, de silencio exterior y escucha interior.

—¡Lo siento!

Me salió mirando a Blanca.

—Nada, nada. Lo tuyo de hoy ha sido mucho más importante. Poco a poco te irás dando cuenta de cómo cambia tu vida.

Se nos acercó una mujer occidental, vestida de lugareña. Tenía un pelazo pelirrojo y una piel muy blanca. Era Niychola, la mujer de Ratu. Nos estaba esperando para llevarnos a su cabaña y que conociéramos a la madre de Ratu, Nini: quería darnos la bienvenida e invitarnos a un té.

La cabaña era una especie de bungaló, de decoración muy sencilla con figuras y dibujos de deidades, un pequeño altar, olor a incienso y velas encendidas. Nos descalzamos al entrar y enseguida vimos a una mujer muy mayor, muy menuda de tamaño, que nos sonreía sin apretar los labios. —¡Quizás ya no tenía dentadura!—. Ni entendía ni hablaba inglés, solo el bahasa indonesio.

—*Selamat datang!*

Nos daba la bienvenida y nos alzaba las manos en señal de acogimiento y para que nos sentáramos alrededor de ella. Niychola nos hacía de traductora. Nini era una mujer de las consideradas sabias por la comunidad, tenía 96 años y una energía como pocas.

Nos quiso agradecer nuestra presencia en Bali, que hubiéramos elegido esa tierra para pasar un tiempo de nuestra vida. Me costaba mirarla a los ojos. Su mirada traspasaba paredes y era capaz de ver lo que una llevaba guardado en la caja fuerte. Miró a Blanca, y sonrió por primera vez mostrando su boca desdentada. Levantó las manos, indicando que se acercara a ella, le cogió la cara, mojó sus dedos en un líquido que tenía en una vasija y la santiguó de alguna manera, pronunciando palabras que Niychola decidió no traducir. ¡Fue bonito! Yo me sentía extrañamente en paz o incapaz de procesar nada de lo que ocurría: primero mi exorcismo y ahora una anciana santiguando. Al terminar con Blanca, noté su mirada sobre mí, me aterraba levantar la vista y encontrarme con sus ojos incoloros, como de una ciega pero sin serlo.

—Nini quiere que te acerques y le des tus manos.

María me puso la mano en el hombro, animándome a ello. «¡A mí que no me diga nada, que ya he tenido suficiente por hoy!». Estábamos a pocos centímetros la una de la otra. Ella, inspeccionando mis manos, las tocó, las palpó un buen rato. Me atreví a alzar la mirada. Tenía los ojos cerrados y no paraba de murmurar. «¡Como una devota rezando el avemaría en bucle!». Miré a Blanca de soslayo, a Niychola a ver si traducía algo. Nada. Todas las presentes esperando a que la anciana dejara de ser santa Teresa. Ella seguía recitando mantras u oraciones, y yo sentía unas ganas terribles de apartar mis manos. ¡Estaba cagada! ¡Para qué engañarnos! Dejó de rezar. Abrió los ojos y me miró con una bondad que arrancaba lágrimas. Niychola me traducía sus palabras:

—El amor está en ti. Tendrás que descubrirlo y dejarlo libre. Deja que el ángel que hay dentro de ti te guíe. Bali y sus dioses te bendicen para amarte y amar. Estás preparada para amar, solo necesitas creer.

Cerró los ojos de nuevo sin soltarme las manos y estuvo un buen rato murmurando.

—*Saya harap Anda baik-baik saja.*

—Nini te desea muy buena salud.

Ese día mis ojos apenas podían cerrarse. La intensidad era desmedida. Bajé la cabeza, dejé que mis lágrimas siguieran brotando y decidí abandonar un rato este mundo. Directamente me desactivé. Sentada, en compañía y en una cabaña extraña, me desactivé por saturación.

María fue la que me sacó del trance. No tenía ni idea de cuánto tiempo había pasado. Nos despedimos de Nini y de Niychola.

—*Terima Kasih Banyak.*

¡Muchas gracias! De las pocas cosas que habíamos aprendido en indonesio. Salimos en fila india en silencio. Estuvimos paseando un buen rato por los caminos de ese refugio de meditación. Había bastantes occidentales, seguramente de retiro espiritual. Nos indicaron el lugar donde tomarnos algo y esperar al resto. Una carpa gigante, con los techos de caña de bambú y una especie de paja, y las vistas a la cascada de arrozales más impresionante que he visto en mi vida. Nos pedimos unos zumos y Blanca desapareció un momento para comprar unos ungüentos especiales que hacían en ese lugar.

—¡Me ha dejado un poco tocadilla la anciana!

María se había quedado encogida y muy pensativa. No me había enterado de nada de lo que le había dicho a Nini. Me contó que le había explicado que la magia de esa isla es que todo el mundo que aterriza en ella tiene algo que descubrir o curar.

—¿Qué has venido a hacer a este mundo? ¿Qué es lo que estás buscando? No existen las respuestas si no se acepta el karma: lo que debes seguir, lo que debes aprender.

—La verdad es que no sé qué decirte, María.

La abuela le había soltado un discurso sobre el karma y la trinidad de Om: creador, protector, destructor, que yo no sabía por dónde coger.

—Quizás Blanca te puede decir...

—Mmm... Bueno, sí... ¿Y tú qué? Amor, ¿no?

—¿Yo? No sé si he entendido algo de lo que me ha dicho.

María creía que la sabia me había dicho que iba a encontrarme con el amor en Bali. ¡Ja! ¡Estaríamos buenas!

—Pues tú el sentido de tu vida, ¡no te fastidia!

Las dos nos comenzamos a reír y a echarle un poco de frivolidad al asunto, porque tanta profundidad nos estaba alelando.

—¿Te has fijado qué monos que son los que vienen aquí de retiro?

María ya había puesto el radar en funcionamiento, y la verdad es que no le faltaba razón. ¡Aunque a mí que sean tan sanos y profundos me tira un poco para atrás! A ella, en cambio, no le importaba, Félix era todo lo contrario, un básico: «Un dos más dos son cuatro y fuera de la matemática y la materia no existe nada». Estábamos de acuerdo en que el hombre estaba en fase de metamorfosis y que las mujeres no terminábamos de aclararnos qué modelo nos gustaba más, si el *vintage* «yosoymachoprotectorporquelavidamehahechoasí», el emocional «necesitoquemeabracesyllorarentuhombroynomepreocupaquepaguestúlacena», o el nuevo hombre «esequetodaslasmujeresdescribimosperonuncaencontramos».

Nos pasamos un buen rato seleccionando a los «machos iluminados»: compro, descarto, yogui, me mata de hambre...

Estábamos de acuerdo en que la vida no era sufrimiento ni redención, lo que no sabíamos era de qué coño se trataba, pero ¡a sufrir no hemos venido!

—Por cierto..., ¿quién es Hendrick?

¡Joder! Esa pregunta no me la esperaba. Es como cuando en las pelis de repente dejan de sonar los violines y se escucha una rayada. «¿Cómo sabía de Hendrick? ¿Habría hablado con Blanca? ¡Imposible!».

—¿Por? —Fue lo único que se me ocurrió para ganar tiempo.

—Porque durante tu sesión de esta mañana no paraste de repetir ese nombre.

Ya sabía yo que el tema de la meditación no era bueno. ¿Ahora qué coño le digo yo? ¿Que fue un surfero que me tiré una noche y que había desaparecido y que la policía sospechaba de mí?

—¿Has dicho Hendrick?

—Sí, Hendrick...

—Mmm... Pues... no me suena de nada...

—¿Ah, no? Mmm... ¡Qué raro! Pues lo habrás nombrado unas seis veces...

—¡Pues ahora no caigo! Bueno, ya sabes, esto del inconsciente. ¡A lo mejor es mi futuro amor! Ese que tengo que encontrar en Bali.

María me miró como si toda esa explicación mía le sonara un poco a chino. La vi que se contenía para no seguir insistiendo, para no preguntarme más. Relajó la mandíbula y decidió dejarlo estar.

—Pues tendremos que estar atentas a todos los Hendricks con los que nos crucemos.

No es que me hiciera mucha gracia haberle mentido, ni que ahora se quedara con el nombre de Hendrick, pero sinceramente no me apetecía contarle nada sobre el pobre chico hasta que apareciera y todo quedara en un susto. Porque... ¡aparecerá!

Al rato llegaron Blanca, Raquel, Kemang y la pintora española. Raquel estaba pletórica. Había tenido tiempo para meditar, relajarse y ¡encontrarnos villa!

—Chicas..., Hera nos alquila una villa maravillosa para nosotras tres ¡y a un precio increíble! Este día es maravilloso.

Nos alegramos mucho las tres. Enseguida, María empezó a preguntar:

—¿Dónde está?

—En Ubud.

—¿Y eso está cerca de la playa?

—Bueno, no tienes la playa a cien metros, que digamos. Pero, hermana, ¡es el pueblo del arte! Y dice Hera que la casa es preciosa.

Tenía tres habitaciones, cada una con su baño —una circunstancia que sumó tres puntos—, un jardín suficientemente amplio y una piscina.

—Además, Hera vive en la villa de al lado y pinta allí, y está preparando una exposición y nos ha invitado a ir. ¡Es una señal, chicas!

Raquel estaba emocionada con la idea. Estaba convencida de que teníamos que alquilarle la villa a Hera y le buscaba todas las señales posibles.

—Se queda la casa libre en dos días, justo cuando tenemos que dejar el Desa Seni.

A mí me parecía bien, solo que sin ver la villa y sin apenas conocer a la pintora, creía un poco arriesgado llegar ya al acuerdo. No fuera a ser que... ¡la casa fuera una cutrez y nos la tuviéramos que comer sí o sí! Decliné ese mal pensamiento y acepté la propuesta.

—Por mí, sí.

María, obsesionada con una casa al lado de la playa, se hizo un poco la perezosa. Pero pocas veces podía negarse al entusiasmo de su hermana.

—Próximo destino: Ubud, en Villa Hera.

— Villa Gebe, se llama Villa Gebe... en honor a la diosa de la juventud.

Las tres nos miramos divertidas. No podíamos negar que el nombre de Villa Gebe nos gustaba.

—¿Lo veis, chicas? Una casa bendecida por Gebe, ¡la diosa de la juventud! Eso sí que es una ¡pedazo de señal!

No sé si era un señal, pero... ¡Villa Gebe nos estaba esperando con los brazos abiertos!

Tres

Error. *Mistake. Fake.*[1] Fatal.

Alquilar Villa Gebe había sido nuestra gran equivocación. Lo peor de todo era que solo yo lo veía y sabía que hablarlo con María o con Raquel sería tensar la cuerda más de lo que ya estaba. En solo dos días había podido ver que, efectivamente, tres son multitud (a las Velasco no las cuento por separado, claro). La pintora mitológica había seducido hasta hipnotizar a las hermanas y había roto la pareja, nuestro grupo que tanto prometía. Me levanté el tercer día de un humor de perros. La noche anterior, Gonzalo y yo la habíamos liado por Skype, me había montado la escena de la lágrima y «¿por qué nos has hecho esto?», que me había dejado hecha una mierda. —¿Quién demo-

---

[1] Error. Falso

nios inventó el chantaje emocional? ¡Delincuente!—. Yo también estaba sufriendo con todo eso y él solo veía en mi estancia en Bali unas vacaciones de ensueño de una egoísta sin límite (¡refiriéndose a mí!). Pero ¿por qué los hombres tardan tanto en reaccionar? Cuántas veces le había dicho: «Gon, esto no va bien. No soy feliz, me falta cariño». Ni mu, nada de nada. ¿Cuántas? No las puedo ni contar con los dedos, pero ahora es él el abandonado, el pobre hombre que lo ha hecho todo y no entiende cómo lo he dejado de querer. ¡Pues yo tampoco lo entiendo! No entiendo cómo se deja de querer, pero ocurre y hay que apechugar con eso. Y de ahí... ¡Bali! ¿Por qué? Porque me da la real gana. Podía haber sido más sencilla —¡cierto!— y elegir Benidorm, pero no se trata de sencillez sino de necesidad de desaparecer del mapa. Para conseguirlo, hay que echarle horas de vuelo, evitar que te recriminen y escenitas como la de Skype.

Humor de perros, mala hostia, cabreo, enfurruñamiento, sin paciencia para que me toquen las narices.

Así amanecía yo el tercer día de nuestro nuevo nidito de aventuras y diversión, que, por el momento, no lo estaba siendo. Al menos para mí. Hera, unaególatra encantadora de serpientes, se había dedicado a invadir nuestra intimidad. Hacer de un trío un cuarteto y sin pedir permiso. ¿El resto? ¡Encantadas! Yo, sinceramente, no soporto a las que van de profundas y tienen un ego enorme. Sí, lo reconozco, no me caía nada bien... ¡Doña perfecta! Exescaparatista barcelonesa de éxito que decide dejarlo todo para dedicarse a la pintura. Llega a Bali y se vuelve una artista reconocida a la que todo el mundo adora y quiere casarse con ella. ¡Fin de la historia! Pero a mí... ¡no me la da! Yo ya tengo mis añitos para saber que esta tiene gato encerrado. Siempre TAN divina, TAN comprensiva, TAN interesante, TAN sabia, TAN perfecta, TAN TAN que ¡NO me lo creo! Y lo que más rabia me daba era que las demás, desde que llegamos, se pasaban todo el día detrás de ella. Hera por aquí, Hera por allá... ¿Ataque de celos? ¡Puede! Pero no solo eso, yo tengo intuición, el sexto sentido siempre me ha funcionado de maravilla y a mí siempre me dio que Hera escondía algo. Ella sabía perfectamente que conmigo tenía poco que hacer y, por eso, se mantenía mucho más distante. Además, hay una cosa que se llama intimidad y, aunque las dos villas estuvieran conectadas por el jardín a través de una puerta, no era nadie para entrar y salir cuando ella quisiera. Me parecía simplemente de mala educación. Para Raquel y María, maravilloso porque todo era mucho más grande y mayor aventura. Lo mejor que tenía eran sus dos perros. ¡Pobrecitos, a la que tenían que aguantar! Hasta para ellos había buscado nombres rebuscados: *Maya y Orión.* No podía ponerles *Toby* y *Bobby*... Más normal, ¡no! Hasta para eso tenía que dar la nota. Pues yo..., que sepáis que los llamo *Bobby* y *Toby*.

Me gustaba pasear con ellos. Se habían convertido en mi excusa perfecta para evitar terminar a gritos con doña perfecta y poder gritar sin que nadie me preguntara. «¿Estás bien?», y yo mentir como una bellaca, respondiendo: «Sí, ¿por?». Lo reconozco, estaba encabronada, porque los planes en Villa Mitología no habían salido como yo me imaginaba: tres mujeres solteras en Bali que, después de pasar unas semanas de profundidades, almas y ángeles, deciden tirarse a la frivolidad de la vida. Alcohol, jovencitos, música, olas y lo que venga. ¡Pues nada de eso! Mil problemas con mi ex, mi hijo sometiéndome a un chantaje emocional que casi adelanto el billete de vuelta y una «artista» (sí, entre comillas lo de «artista») que va de auténtica, con sus cuadros:

—Para mí son reproducciones de mis propios sueños. ¡Lo que me dicta Morfeo!

—¿Y te acuerdas de tantos sueños?

—Sí, de todos. Es cuestión de práctica.

—Pues yo no me lo creo.

Y entonces las Velasco casi se me tiran encima. Porque sencillamente están hipnotizadas, hechizadas por esta mujer que no deja de ganar dinero a nuestra costa. Y sí, cuando algo no me cuadra, tengo un carácter y una mala leche que no veas. ¿Es que no tiene amigos o amigas? Y, para colmo, lo que me faltó fue llegar del paseo matutino y encontrarme con otro planazo.

—Esta noche Hera nos invita a tomar pescadito fresco en la orilla del mar, en Uluwatu.

Fenomenal.

—¿No te parece un planazo?

María me miraba esperando no solo mi aprobación, sino mi alegría. Lo que sentía era incomprensión, soledad y ganas de largarme de allí.

—¡Genial!

Sí, genial. Eso es lo que respondí. Así que, además de provocarme una úlcera en el estómago, estaba practicando lo que no iba conmigo: la falsedad. Raquel había decidido pasar el día encerrada en la villa, porque tenía que ponerse a escribir letras de canciones. La muy… (dejémoslo ahí), la muy no me contó hasta llegar a la villa que era la cantante de Casiopea, el grupo tecnopop que hace unos cinco años se lo llevo todo con su *Sueña realidades.* A mí, ya me sonaba de algo, pero como soy tan despistada, apenas veo la tele, no leo revistas de cotilleo y de música me quedé en los noventa…, pues ¡cómo iba a imaginarme que estaba compartiendo casa con una famosa!

El caso es que «la hermana» se había propuesto componer y ser letrista de sus propias canciones. Al menos de algunas. La discográfica se lo había pedido; a ella le entró un ataque de pánico y decidió poner tierra de por medio. Resultado: un año sabático viajando y buscando la inspiración. Por el camino se llevó a la otra «hermana», que, tras romper su relación de toda la vida, quiso también poner tierra de por medio. Los entendidos seguro que le dan otro sentido más terapéutico a la «tierra de por medio» que no sea una simple huida de tu realidad. De momento, en quince días no había avanzado un milímetro en mis cuestiones y las Velasco, en casi dos meses poco más o menos, tampoco. Por ese motivo, la benjamina decidió que se quedaba en la villa para entregarse a sus miedos y ver si conseguía escribir alguna letra. Hera, tan dispuesta como siempre, se ofreció a prepararle la comida y estar pendiente por si necesitaba cualquier cosa. Ella se iba a quedar en su estudio a pintar. María y yo: sin opción. Nos habían echado no de una, sino de las dos casas. Menos mal que María despertó del hechizo, se dio cuenta y se pilló un soberano cabreo. Fue un enfado de almorrana: silencioso, de poco *reprise,* fuera de la villa, claro, y camino de la playa. Había conseguido localizar a Made, el conductor que me llevó del aeropuerto a la pensión, para que nos pasara a recoger y nos llevara a la playa. Sobre las cuatro, volveríamos a buscar al otro par para irnos a Uluwatu.

—*Made, we want to go to a beautiful beach, with beautiful boys to see. Do you understand, Made?*[2]

Esa era mi María. Parecía que había despertado de un plumazo del encandilamiento de la «mitológica». En realidad, estaba un poco harta de ir a remolque de su hermana.

—Como decide que necesita la casa vacía para inspirarse, ¡las demás nos tenemos que ir! Me parece fatal.

—Y la otra ofreciéndole la otra casa.

Sí, estaba metiendo cizaña para ver si le terminaba de abrir los ojos con Hera.

—Mi hermana es una malcriada. Una consentida, que siempre le han dejado hacer lo que ella quiere.

Durante todo el viaje aguanté el soliloquio encabronado del «pobrecita de mí», que «ella siempre la bella y yo la bestia». Yo «el patito feo» y ella «el cisne». Y mientras ella se descargaba con su hermana a gusto, yo pensaba que la culpa de todo la tenía Hera. ¿No estaba siendo un poco exagerada con tanta rabia depositada contra aquella mujer? La pintora me sacaba de quicio demasiado rápido —¡cierto!—, pero, igual que conectas y adoras a al-

---

[2] Made, queremos ir a una playa bonita, con chicos guapos que mirar. ¿Entiendes, Made?

guien en un segundo, te puede pasar lo contrario en ese mismo segundo.

—Tú la has tomado con Hera.

¡Zas! Directa. Sin aditivos ni conservantes. Caminando por el mar y sin venir a cuento me lo soltó.

—¿Por qué lo dices?

—Porque a todo lo que hace o dice tuerces el morro. Y, sinceramente, no creo que sea para tanto. Solo trata de ser amable.

No sabía qué contestarle. ¿Que era una manipuladora? ¿Que las había hechizado? ¿Que estaba celosa de tanta atención a la nueva incorporación?

—Desde que hemos llegado a la villa te noto supertensa, Álex. ¿Te ocurre algo?

—No me cae bien Hera, simplemente. No la veo del todo sincera. Para mí, que... ¡esconde algo! ¡Demasiada perfección es sospechosa!

María se quedó mirándome, fijamente, sin decir nada. ¿No quería sinceridad? Pues ya lo había soltado. Estuvo un rato jugando con el agua y sintiendo el viento en su piel. Hasta que ella también decidió ser sincera:

—No todo el mundo es malo, Álex. Ni todo el mundo está en tu contra.

Se zambulló y comenzó a nadar mar adentro, dejándome con la palabra en la boca y los pensamientos pidiendo la vez dentro de mí. Comprendí que no quería hablar sobre Hera ni escuchar ninguna mala palabra. Me tuve que comer la lista de improperios preparados para ella y escuchar mis propios pensamientos. Me fui a la orilla, me tumbé, me puse música y me aislé cuanto pude de ellos. Estaba enfadada conmigo y con el mundo. Echaba de menos a mis amigos, me sentía como una niña pequeña a la que nadie comprende. La realidad era que no era pequeña, pasaba de los cuarenta y tenía suficiente cerebro como para darme cuenta de que me había pasado con Hera. ¿A qué venía tanta rabia? Reconocí mi vulnerabilidad, mis ganas o necesidad de atención por encima de cualquiera. Vi cómo la envidia me había arrastrado al lado oscuro. Aquella mujer era sinceramente fascinante. Tenía una dulzura fuera de lo común, una tranquilidad de espíritu que, francamente, empezaba a creer que la adquirías respirando el aire de aquella isla. No podía engañarme y engañar. La pintora había tenido un comportamiento exquisito con todas nosotras. Tenía un «no sé qué» que hacía que te quedaras embobada cada vez que abría la boca. Tumbada en aquella playa, me reconocí los celos, la posesión, el orgullo y toda esa mezcla de sentimientos encontrados que hacía que mi autoestima hubiera descendido muy por debajo de los infiernos. ¿Qué podía aportar yo más que mala hostia y un sentimiento de frustración con la vida y el mundo? Echaba de menos las palabras de mi querida madre adoptiva. La habría llamado si no fuera porque estaba de retiro silencioso. «¡Eso es lo que necesito practicar yo, de vez en cuando!».

Abrí los ojos y presté atención a mis oídos. Sonaba *Fragile,* de Sting (este tío… no sé si me ha gustado siempre por su voz o por todo lo que irradia). No podía mantener la mirada en el cielo sin entrecerrar los ojos. ¡El sol! El azul tan azul del cielo. ¡Amarillo hasta blanquecer! La inmensidad de la naturaleza había conseguido de nuevo sedarme: disipar la rabieta y disminuir las pulsaciones. Volvía a sentir cerca la calma y a despegarme de la ira. No sabemos suficiente de las emociones, ni siquiera definirlas bien desde la mente, como para ser conscientes cuando nos atrapan y nos hacen sus esclavas. Hacía el esfuerzo de mantener los ojos abiertos, resistiéndome a pestañear, hasta que sentí la primera lágrima acariciándome. Los cerré, me escocía la sal incrustada en la piel. Me escocía la vergüenza por todo lo sentido en los últimos días. Sting le cedió el testigo a Alicia Keys y su temazo *Doesn't Mean Anything:... Because it's over when you say goodbye.*[3] Gonzalo... Qué difícil es decir adiós, despedirse y soltar a quien has amado. Yo no sé si amé a Gonzalo como mi cabeza creía amarle, pero me costaba dejarle ir. Vacía de amor, llena de dolor. Una vez escribí en uno de esos libros de «sopa para el alma» que, cuando algo duele mucho, es aquello que tú no te das a ti mismo. A mí me dolía dejar a Gonzalo y todo su amor. Amor..., ¡qué inmensidad! y qué poquita porción del pastel dejamos para nosotros. Tampoco había sido justa con él ni con nuestro forcejeo por Skype, pero necesitaba tener mi momento pataleta, como los demás tienen su momento: yo, yo, yo. No podía volver con él, no por el momento...

—Ni tampoco regresar todavía a España, mi niña.

—¡Joder! ¡Qué susto!

Me incorporé de golpe a punto de dejarme la oreja con los auriculares. Había visto a la anciana... ¿Cómo se

[3] Porque se ha acabado cuando dices adiós.

llamaba? Nini. Me había hablado con la voz de Blanca. ¡Menuda paranoia! Estaba sentada con los ojos cerrados, muy cerrados. Miedo de volverlos a abrir y encontrarme la misma escena. Estaba sencillamente asustada. «Tranquila, Álex, cuenta tres y abre los ojos…: 3, 2, 1».

—No tengas miedo…, deja que la vida te sorprenda: ¡la gran maestra!

¡Joder! Había vuelto a pasar: la sabia anciana, sentada frente a mí, vestida toda de blanco y con la voz de Blanca. ¿Llevaré mucho tiempo al sol? No podía ser real todo aquello, sino fruto de una visión esquizoide, producto de la falta de hidratación. Como cuando uno se pierde en el desierto y en las pelis te enseñan las visiones de la gente. ¡Igual! Por si acaso, me tumbé de nuevo, cerré bien los ojos y me concentré en Alicia Keys o lo que estuviera sonando en aquel momento. ¿Leona Lewis? No. Mmm… ¿Cher? Ya sé que no tienen nada que ver Leona y Cher, pero los nervios de ese instante me dejaron con la oreja en Pernambuco. Ahí me quedé, muy quieta y escuchando a Cher con los seis sentidos: el sexto lo puse también a oír música, no fuera a ser que le diera por darle «sentido» a lo que acababa de ocurrir.

Cuando ya estaba todo casi, casi controlado…, sentí cómo algo rozaba mi brazo. Acto reflejo: brinco, grito y pasos danzarines a la pesca de mi corazón, que se fue a dar un baño.

—¡Joder, María! ¡Joder! ¡Qué susto me acabas de dar!

María, con un coco con pajita en cada mano, casi se mea encima de la risa que le dio toda la escena. Mi brinco, mi grito y mis doscientos «¡Joder! ¡Joder! ¡Joder!» componiendo un rap muy particular.

—¡Joder! ¡Y encima no te rías!

No hay cosa que más rabia me dé que quien casi te hace palmarla se parta de la risa. María seguía sin poder parar, se dejó caer de rodillas en la arena y, de tanto reír, casi se tira los cocos encima y la volvemos a liar. La miré todavía con los vellos erizados, el cuerpo espasmódico y ganas de matarla. La insulté unas cuantas veces más, me tiré de rodillas yo también y nos revolcamos de la risa, tras haber clavado bien los cocos. Cuando ya llevábamos un buen rato riendo, con dolor en el estómago y sin siquiera saber ya por qué y de qué nos reíamos, nos dejamos llevar…, hasta que la risa se detuvo y guardó silencio. Tuvo suficiente. Boca arriba, rebozadas en arena, con la sonrisa muda dibujada en los labios y mirando el cielo azul, estábamos en la gloria.

—¡Joder! Casi me matas, primero del susto y luego de la risa.

Y vuelta a empezar. Cuerpos retorcidos y a carcajada limpia. Así de automático. La risa contagiosa es imposible controlarla, lo mejor es gozarla. ¡Ojalá con la vida fuera capaz de hacer lo mismo!: gozarla sin más, sin tratar de controlarla.

Estuvimos un largo rato riendo y bebiéndonos el coco. Yo… ¡del tirón! No podía olvidarme de lo ocurrido con la anciana Nini con voz de Blanca y, por si las moscas, prefería hidratarme a arriesgarme a vivir otra visión paranoide. Esta vez con María presente. Por suerte, no ocurrió nada de nada. Nos dimos un par de baños más y nos hartamos de sol. Decidimos que era el día para probar la comida autóctona en un *warung;* uno de los puestos ambulantes con forma de carrito que hay en las calles. Habíamos quedado con Made en que nos pasara a recoger a las 15:30 para ir a buscar a las chicas a la villa y prepararnos para la cena en Uluwatu. Eran apenas las dos de la tarde, nuestras pieles tenían sobredosis de melanina y nuestro estómago carencia de alimento. Así que: *shorts,* camiseta, chanclas y... a por el puesto ambulante. A punto de abandonar la playa, a la sombra, había un grupo de balineses, sentados en círculo, tocando la guitarra y cantando. Era una canción conocida, pero versionada a su estilo. ¡Madre mía! ¡Hasta a Bali había llegado Adele! Nos sentamos con ellos a oír su *Lovesong* con el sonido de sus manos golpeando una madera y una guitarra... Adele era otra, pero su letra me entró con la misma fuerza.

— *You make me feel that I'm free again... However far away... I will always love you...*[4]

Seguimos dando palmas y cantando a capela a Adele. María seguramente con la mente en Félix y yo en Gonzalo. ¡El poder de la música de teletransportarte adonde la emoción te lleve! Nos mirábamos, nuestros cuerpos seguían el ritmo de la acústica, nuestras bocas, las sonrisas de los espontáneos. En menos de un segundo, habíamos viajado con la nostalgia de la mano a un pedazo de vida ya vivido. Experimentamos la vuelta atrás intensamente,

[4] —Me haces sentir que vuelvo a ser libre... No importa cuán lejos. Siempre te querré.

gozamos de ello hasta terminar la canción. Y con el último acorde... ¡zas! ¡Vuelta al presente! Aplaudimos y nos fuimos en busca del *warung* más auténtico de todo Bali.

Con la arena pegada a los pies, los pies solo protegidos por la goma de la chancla, María y yo marchamos pensativas sin una dirección más clara que la del olfato. ¡Cuánta gente va de la mano en esta isla! Bali también es un rincón para el amor, para lo bello, para la fugacidad del sentimiento supremo o, como dicen los más profundos, de la gasolina de nuestro espíritu. ¡Ojalá hubiera venido enamorada y con mi enamorado de la mano! Es un lugar tremendamente romántico, no solo por sus paisajes, sino también por su humedad, por caminar semidesnudos con las prendas pegadas a la piel, esquivando ofrendas en el suelo, pasando por altares de colores, minitemplos camuflados y playas inmensas que compartes con pocos. Seguíamos bordeando la playa de Kuta, queríamos comer algo en un lugar auténtico, no de los que había por la playa con buena música y surferos de cuerpo-escultura. Nuestro capricho nos llevó casi media hora de camino, con la comprensible protesta de nuestras tripas. Cuando estábamos a punto de desistir, vimos al final de la calle uno de esos carritos de madera y metal con letras pintadas de colores; parecido, pero en grande, a los carritos sesenteros de los helados o de los *hot dogs* norteamericanos. Era una estructura suficientemente grande, con una cristalera prominente que mostraba las montañas de comida a elegir en platos blancos. Era un Padang Food, también conocido por el nombre de Rumah Makan (casa de comida). Al fin habíamos localizado lo genuino. La comida no es que tuviera una pinta deliciosa, pero nuestra cabezonería nos envalentonó a riesgo de sufrir luego un colapso intestinal que nos llevara el resto del día al baño. No teníamos ni idea de cómo funcionaba aquello. El balinés de pelo largo recogido y cara de pocos amigos que servía nos pasó un plato lleno de arroz blanco y nos indicó que miráramos el mostrador: verduras, pollo, un tipo de pescado con pinta de pocos amigos, cerdo en una salsa roja, tofu rebozado o salteado, huevos hervidos y... más alimentos que no identificamos. Nuestros ojos trataban de procesar la información con la máxima celeridad. Los ojos del cocinero no se despegaban de nosotras. ¡Cuánta presión! Al final, elegí pollo, con unas verduras y una salsa no identificada. María se atrevió con el misterioso pescado, un poco de tofu y unas verduras. ¡A saber qué era aquello! Nos sentamos en una mesa de hule compartida con una pareja oriental —no logro identificar si son chinos o japoneses—. En fin, sin ofensas: ¡oriental!

Nos sentamos una frente a otra, con nuestros platos a rebosar y la Bintang. Nos quedamos un rato mirando a la pareja devorar su plato. Miramos el nuestro, tragamos saliva y abrimos las aletas de la nariz. María revuelve con el tenedor un poco las verduras e inspecciona el pescado —no identificado— y le da un sorbo a la Bintang.

—A mí se me ha ido un poco el apetito.

A veces, guiarse por los impulsos tiene eso: que una vez hecho es cuando te preguntas: ¿Y ahora qué? No nos quedaba otra que hincarle el diente. María fue la valiente.

Masticó bajo mi atenta mirada a la espera de cualquier reacción.

—A mí me sabe un poco raro, pero no está malo.

Traducción. Sin filtros, quería decir que ¡estaba asqueroso!, aunque «¡vamos a darle una oportunidad!». Yo ya hace tiempo que me di cuenta de que, cuando algo te sabe mal o huele mal a la primera, tienes muchas posibilidades de que no mejore con posteriores intentos. María y yo comimos eso, con las aletas de la nariz bien abiertas, mucha salsa picante y bastante silencio. El «simpático» cocinero-dependiente de pelo largo recogido no soltó una sola sonrisa. Fue la primera persona con conatos de mala hostia que veía desde que aterricé en Bali. ¡Al fin! Después de tantos días, comenzaba a pensar que allí la mala uva era un estado emocional inexistente. Gritó un par de veces a un compañero suyo, con cuerpo de fideo, medio metro de estatura y los palatales salidos. Casi me pongo de pie a aplaudirle, pero me contuve a riesgo de no ser entendida. Un momento para criticar algún comportamiento me ayudaba a rebajar presión al mío. Esos días en Bali y tanta perfección emocional me habían hecho sentirme muy culpable por mis ataques de ira, de antipatía o asociabilidad. Ese punto de «todo el mundo es bueno» ¡es agotador! Ver a ese cocinero en un brote de cabreo y maltrato al chiquitín no era para alegrarse, pero sí para un buen consuelo. María estaba demasiado ocupada con la biopsia alimentaria como para percatarse de la escena cabreobalinés.com Claro que casi me da una arcada cuando, al observar a mi compadre de ira, me percaté de sus uñas. ¡Dios! Cerré los ojos, no queriendo retener lo que acababa de ver: un exceso de negrura, porquería, mierda... ¡Uf! Definitivamente, dejé de comer y de observar al malhumorado. Miré a María terminar su plato con esfuerzo y buena voluntad. Me tragué lo visto y traté de disimular mi asco retenido, mis tripas revueltas y mis ganas de salir de allí. No pude contenerme.

—¡María, deja ya de comer eso! ¡Acabo de verle las uñas al tío y casi me da algo!

—¡Joder, tía! ¡Qué asco!

Escupió incluso lo que tenía en la boca. Dejó los cubiertos, volvió a aletear la nariz, apretar la boca y retirar la barbilla. Se frotó los dedos de las manos, le dio el último gran trago a la Bintang y se levantó de un brinco.

—¡Vámonos! Estoy con un revoltijo que no veas...

Salimos de ahí con la cara mustia y aguantando la respiración. Aceleramos el paso, esperando que lo ingerido pasara de la garganta al estómago y no al revés. Tragamos saliva, nos miramos y nos entró un nuevo ataque de risa. No podíamos haber sido más palurdas y quisquillosas.

—¡Cierto! Las uñas sucias en la cocina dan arcadas—. No podíamos buscar lo autóctono y esperar cinco tenedores. ¡Lo que decía yo de los impulsos! Una vez estás en el fregado, no sabes cómo has llegado ni cómo apañártelas para salir ilesa de allí.

Durante el camino de regreso a la playa para encontrarnos con Made, aprovechamos para mirar tiendas. Bali también estaba hecha para los ataques de consumismo: baratos y caros. A María se le ocurrió comprar unas pulseras y regalarlas por la noche, en la cena. Mi acto reflejo fue torcer el morro, pero me reprimí de comentarios y gestos. —Esa noche, tenía que reconciliarme con Hera y evitar celos absurdos—. Así que me dejé entusiasmar por la idea. Nos pusimos a buscar pulseras. Había tiendas de abalorios a montones, en las que con solo entrar ya te saturabas. Pero María en eso era un lince. Ni se cansaba ni se abotargaba, y sabía encontrar la aguja en el pajar. Así que la dejé elegir, mientras yo me empanaba con tanto collar, pulsera, anillo y pendientes. Al final, todos me resultaban lo mismo. —La sobreinformación hace que me pierda los matices—. María iba excitada de un pasillo a otro, mirando, remirando y llamando mi atención cuando creía haber encontrado las Pulseras.

—¿Qué te parecen? Con el buda... Mmm... Un poco típico, ¿no?

Ella misma se respondía, alzaba la vista a la caza de otras y me dejaba todavía dilucidando. Decidí esperarla fuera, sentada en el escalón y disfrutando de la calle. Eran las tres y media de la tarde y había poco movimiento. Los comerciantes de al lado sacaban la cabeza para saludarme y sonreírme. Aproveché para respirar hondo y tomar el pulso a mis pensamientos. Desde que habíamos llegado a Villa Gebe, estaba un poco más inquieta de lo normal. Echaba de menos a Blanca, ella seguro que sabría darle una razón a mi inquietud. Ya había aceptado sentirme perdida. Había creído entender que la cuestión estaba en no buscar el camino sino en disfrutar de cada paso. Sentía que había iniciado un proceso de metamorfosis, pero no me quitaba esa inquietud, esa angustia que, según cómo, salía a la luz en forma de mala hostia.

—Simplifica, Álex, simplifica.

Cuarenta y tres años. Madre de un hijo adolescente, recién separada, escéptica en proceso de creer en un no sé qué, perdida en una isla llamada Bali para encontrarse. La verdad es que la vida, como el mundo, es un círculo infinito, es un pez que se muerde la cola, porque todo lo que se va vuelve, para volver a desaparecer. ¡Qué lío!, ¿no? Quería creer que si me sentía perdida era porque tarde o temprano me encontraría. Confiaba en que mi sentimiento de profunda soledad se traduciría tarde o temprano en compañía. Deseaba con todas mis fuerzas que mis miedos, tarde o temprano, terminaran siendo mis confidentes para convertirme en mejor persona. Tarde o temprano, temprano o tarde… No tenía que buscar la solución, así me lo dijeron Blanca y Kemang. «Solo ponerle atención, énfasis, al proceso». Miraba a los turistas que pasaban delante de mí, a los que me sonreían, a los que me ignoraban, a los que caminaban mirando al suelo o al cielo. «¿Se sentirán como yo? ¿Cómo se enfrentarán a sus fantasmas?». Sentada en aquel escalón, sentí una imperiosa necesidad de ser abrazada. Me di cuenta de que estaba muy falta de cariño y que, en parte, había sido mi responsabilidad. Para recibir hay que dar, y para que te ofrezcan lo que deseas hay que expresarse. Envalentonarse. Comunicar tus anhelos y necesidades. ¡Como si fuera fácil! Reconozco que nunca había practicado la apertura en canal o la pesca de antojos interiores. Mi deporte había sido el «no importa» o el «es igual» o el «no pasa nada», anulando mi voluntad, desoyéndola hasta dejarla *KO*. Acostumbrada a colocarme al final de la fila de prioridades, no sabía cómo avanzar puestos, porque no identificaba con claridad mis necesidades. Allí sentada descubrí una: cariño. Sí, estaba claro que necesitaba mucho cariño.

—Cuando te brote una necesidad, no la abandones. Trata de satisfacerla.

Cariño. Mimos. Achuchones. Carantoñas. Arrumacos. Halagos. Necesitaba kilos de todo eso y no sabía cómo pedirlo. Me sentí muy vulnerable, nuevamente pequeña. Volvía a ser yo, niña otra vez, cruzada de manos y piernas, sola y sentada sobre la moqueta verde del comedor de casa de mis padres. Fue la primera vez que sentí la ausencia de cariño. Habíamos vuelto de enterrar a mi madre, los dos, mi padre y yo: en silencio.

«Alejandra, ¿estás bien?». Es el único que me ha llamado por mi nombre completo. Le miré, tenía los ojos hundidos de tanto llorar. Bajé la cabeza varias veces, afirmando, afirmando por no llorar. Mi padre se metió en el baño y yo me quedé sentada en la moqueta verde del comedor, con los brazos y las piernas cruzados y oyendo llorar a mi consuelo. Nunca se le dio bien expresar las emociones, para eso ya estaba mamá. Eran el complemento perfecto y si faltaba uno el tándem quedaba cojo. Él cojeó toda la vida, me dio su amor como pudo y ocultó su pena eterna por la pérdida de su alma gemela. Mi madre y mi padre se amaban, se amaban como en las películas. Y tanto amor perdido de un plumazo no podía terminar de otra manera: una muerte en vida. La de mi padre. No se repuso nunca de la ausencia de mi madre. Me crio con delicadeza, sin mimos, pero atenciones y caprichos los que quisiera, carantoñas y «te quieros» contados con los dedos de las manos. Adoré, adoro y adoraré a mi padre. Ya es un anciano al que la vida se le alarga demasiado. Dedica su tiempo a pasear por el monte y montar maquetas de todo tipo. Tiene una habitación llena de ellas, todas las que ha construido estos años y no ha regalado, donado o roto en un ataque de rabia. Ha sido su terapia. Desde que murió mamá, su consuelo fueron millones de fichitas por colocar en millones de horas que perder. No quiso ni pudo enamorarse de nadie más. Fue su elección: cuidarme y llenarse de la ausencia de mamá. Por respeto a mí y empeño de mi tía Concha, desmanteló el altar a mamá y se deshizo de todas sus cosas. Solo se quedó con las fotos en álbumes, un puñado de cartas de amor y un par de abrigos que han sido mi herencia. Me vienen un poco cortos de mangas, pero, cuando siento su ausencia insoportable, me pongo uno y respiro hondo. Nunca me los he puesto para salir a la calle, pero tienen un lugar privilegiado en mi armario. Papá se volvió un hombre de pocas palabras y menos arrumacos, pero un corazón enorme. A su manera, me ha dedicado el trozo de vida que le quedó al morir mamá y yo lo he entendido, pero no comprendido. Quizás solo lo comprendan los privilegiados que hayan encontrado un amor de esas dimensiones tan estratosféricas para mí. Gonzalo había sido lo más grande hasta el momento y perderlo de vista se había convertido en una mezcla de consuelo y orfandad. El día que me separé de él,

Yago estaba en la escuela. Tuve la necesidad de volver a esa niña sentada en el suelo, de brazos y piernas cruzados, falta de cariño. Me puse cualquier cosa, pillé el primer taxi y fui a ver a mi padre. Me abrió la puerta con sorpresa y preocupación, me abalancé sobre él y lo abracé para poder llorar. Sentí su cuerpo tenso, sus manos robotizadas tocando mi espalda con una torpeza delicada. Lloré un buen rato abrazada a él, lloré por mamá y por Gonzalo. Fue una extraña sensación que apenas supimos expresar. Cuando mis lágrimas tuvieron suficiente, me separé de papá y con la mirada en el suelo le dije lo inesperado:

—Me he separado de Gonzalo.

Sus ojos se abrieron y su cuerpo dio un paso para atrás. Sabía que poco podría decirme, porque para eso siempre estaba mamá. Sabía que él no podía entender que el amor se rompiera sin más. Sabía que no habría consuelo en él ni arrumacos, ni mimos, ni carantoñas, ni besos.

—¿Estás bien?

Fue lo único que pudo decirme. Preparó un té en silencio y me dejó sentada en el suelo, llorando y mirando el álbum de fotos de mamá. Me sentía fracasada ante ellos por no haber encontrado el Amor, por haberme rendido.

—Papá, no amo a Gonzalo como tú amas a mamá, ni como mamá te amó a ti. No sé si ese amor existe en mí o para mí.

Sentado en una silla y mirando la taza de té, supe que aquellas palabras le habían golpeado. En poco tiempo, se había vuelto un anciano, de cuerpo frágil y largos silencios. No sabía qué decirme, pero deseaba darme ese consuelo.

Aquel día, yo sentada en el suelo y él en la silla y con la taza de té en las manos, papá y yo compartimos tristeza. Un sentimiento que nos había unido siempre.

—¿Qué vas a hacer?

Una nueva pregunta para la que no tenía respuesta, ni en aquel momento ni sentada en ese escalón en Bali. Mi padre me amaba con locura, deseaba verme bien, pero no podía entender que no amara a Gonzalo como él había amado a mi madre. Respetó mi decisión. En silencio. Como había hecho con todas mis decisiones que él no había compartido ni entendido. Es un hombre bueno al que la vida no le dio el don de la palabra. Estuvimos un par de horas juntos. Nos terminamos el té y le ayudé a montar un portaaviones estadounidense, modelo CVN 65.

Sentada, esperando a que María saliera con las pulseras, me entraron ganas de llorar. Estando a más de 13.000 kilómetros de distancia, me di cuenta de que jamás le había dicho a mi padre lo importante que era para mí. Me entró una imperiosa necesidad de llamarle. Miré el reloj: las 15:50. «Seis horas menos…, en España son las diez de la mañana». Sin pensármelo dos veces, llevada por un nuevo impulso, cogí el móvil y le llamé a casa. En el proceso de conexión de llamada, me vinieron a la memoria muchas imágenes de él y yo juntos, de mi padre mirándome de soslayo, guareciéndome de cualquier peligro en silencio. A diferencia de Gonzalo y Yago, entendió mi necesidad de desaparecer del mapa, de viajar a Bali o lo más lejos posible, pero no comprendió que lo hiciera. Él jamás me dejó, aunque tuvo la imperiosa necesidad de perderse para encontrarse. Ahora sé que decidió perderse para estar junto a mí y no encontrarse nunca. Yo no era tan bondadosa como él o no era tan fuerte. Ya llevaba dos tonos de llamada y no había respuesta. Estaba ansiosa por escuchar su voz, necesitaba decirle que le quería muchísimo, en superlativo y con acento.

—Ha llamado al 91 754 87 79. No está disponible. Por favor, deje su mensaje. *Piii*.

Pensé en colgar, pero me forcé a expresar lo que en mis cuarenta y tres años todavía no le había dicho a mi padre.

—Papá, soy Alejandra. Supongo que habrás salido a pasear un rato. Nada..., que... estoy bien aquí en Bali. Es un lugar muy bonito, seguro que te gustaría. Estoy bien y... he pensado en ti y te he llamado. Me apetecía oír tu voz... y que... Te quiero, papi. Te quiero mucho. Quería que lo supieras. Nada más... Mmm... Te llamo en otro momento. Adiós.

Me quedé un buen rato con el móvil en las manos. ¡Qué importante es decirle a alguien que le quieres! Me sentía abrumada, feliz por haber expresado y actuado en impulso.

—Ya está, guapi. ¡Ya las tengo! ¡Te van a chiflar! Pero no te las voy a enseñar, porque así también es sorpresa para ti. ¿Te parece?

—Genial.

Solo pude pronunciar esa palabra, mientras aterrizaba de mi viaje a la infancia, de mi padre y de mi falta de cariño. Nos fuimos casi corriendo en busca de Made, el pobre llevaba un cuarto de hora esperándonos, aunque el tiempo en esa isla no tenía el mismo valor que el que le damos nosotros.

Llegamos sobre las cinco y media de la tarde. Hera y Raquel estaban charlando y tomándose unas Bintang en el jardín de Villa Gea. *Toby* y *Bobby*, bueno, está bien, *Maya* y *Orión*, me ducharon a besos de la alegría de verme. Nos unimos a las Bintang, una, solo una porque teníamos que arreglarnos y salir pitando para Uluwatu. Hera y Raquel habían estado todo el día trabajando en sus creaciones, pero no quisieron contarnos apenas nada y lo dejaron para la cena. Ellas ya estaban listas: Raquel con una minifalda de lentejuelas falsas de colores y una camiseta negra de calaveras medio rota. Hera con el pelo suelto rizado al aire, un vestido de tirantes azul celeste ajustado al cuerpo y largo hasta los pies, calzados con unas sandalias de pedrería de color.

—Vamos, Álex, nos toca a nosotras.

María y yo cruzamos con nuestras Bintang la puerta que separaba Villa Gea de Villa Gebe. María había decidido nuevamente hacerse cargo de mi estilismo. Yo no supe ni pude negarme. Era una muestra de cariño hacia mí y había decidido dejarme mimar.

—Maríííaaa… No tardéis tres horas, por favor…, que nos tenemos que iiir.

Menos mal que Raquel conocía a su hermana y le recordó los tiempos, porque, cuando se trataba de adorarse y acicalarse, María perdía el tiempo y el mundo de vista. Salimos oliendo a aceites esenciales, peinadas y vestidas para la ocasión. Yo, con un mono verde y un cinturón de María grueso, marcando la cintura. Ella, con unos *shorts* naranjas, una blusa semitransparente y unas sandalias con algo de tacón. ¡Monísimas! De superlativo y con acento. Listas para Uluwatu y la cena a orillas del mar.

Todo el día creyendo que íbamos a Uluwatu para descubrir que el lugar era otro. Llamado Jimbarán, cerca de Uluwatu y típico para cenar marisco a pie de playa. Hera nos iba contando detalles que veíamos al pasar, pero sin mostrarse demasiado plasta. En su justa medida, como solía ser para todo.

—¿Y dónde vamos a cenar?

Hera lo tenía todo preparado, pero no quería desvelarnos nada. Todo debía ser una sorpresa que esperaba que estuviera a la altura de nuestras expectativas. Las mías eran bastante bajas…, ¡para qué negarlo!

Made nos dejó prácticamente a pie de playa. Tuvimos que caminar pocos minutos hasta divisar la media luna de arena blanca y el océano turquesa. ¡Qué maravilla! Había bastante gente, sentada junto a mesas de madera, colocadas en hileras en la arena, como dispuestas a comer y disfrutar de las vistas. Faltaba poco para que comenzara la puesta de sol. Descalzas por la orilla y en fila india, seguíamos a paso ligero a Hera.

—Chicas, ¡hay que apresurarse! Hay que tener las Bintang y estar sentadas para contemplar la maravilla de la naturaleza.

Pasamos por unos cuantos restaurantes, todos se parecían; mesas, turistas con cervezas y olor a pescadito frito. El lugar no era para nada íntimo, sino todo lo contrario. Era de visita obligada como la Torre Eiffel en París, el Coliseo de Roma o el Museo del Prado. Me sentía un poco oveja-turista en el rebaño, pero al mismo tiempo me apetecía cenar en plan comuna, con los pies descalzos en la arena y oliendo a marisco. Hera salió de la orilla y se fundió en un abrazo con un lugareño. Medio minuto más tarde, nos indicó que nos acercáramos. Era Kadec, el propietario del restaurante Menega Café. Nos acompañó a una mesa un poco apartada del resto, con mantel blanco, platos hermosos y copas de cristal.

—Es la cena y decoración que les preparan a los recién casados VIP.

—No estoy casada, pero no me importa ser VIP.

Raquel se giró para guiñarnos el ojo a María y a mí. El plan sin duda nos gustaba. Un poco de intimidad y sentirte fuera del rebaño. Nos sentamos a la mesa, por el momento las cuatro con vistas al océano: Raquel, María, Hera y yo. Acababa de empezar la puesta de sol.

—¡Justo a tiempo!

María alzó la Bintang e inauguró la noche con el primer brindis. Las miré a las tres, mientras enmudecíamos ante la naturaleza. Éramos unas desconocidas, sentadas en la orilla y a punto de vivir la fiesta de color del atardecer. A veces me gustaría poder controlar los momentos que mi memoria archiva o desecha. Ese era uno de los que le habría pedido que retuviera para siempre.

Las cuatro contemplando la explosión de rojos, azules, naranjas y amarillos, mientras la gran bola iba descendiendo hacia la línea del horizonte. Nuestros ojos experimentaban el éxtasis de la evidencia: la poderosa naturaleza. «¡Guauuu!» u «¡oooh!» y exhalaciones profundas. Eso y observar cómo el pincel divino iba cambiando la paleta de colores a un ritmo vertiginoso. ¿Cómo será contemplar una aurora boreal? Me sentía integrada, mimetizada con el ambiente, siendo una integrante más de la madre naturaleza, a la que tantas veces le damos la espalda. El gran astro alzó sus brazos con fuerza, para regalarnos su calor y acompañarnos a darle la bienvenida a la noche, a la luna y sus encantos. Los bañistas perdieron su identidad para tornarse simples sombras en movimiento. El cielo era un tornasol, un difuminado inmenso de rojos, rosados, violetas, naranjas… Los verdes de la tierra y el blanco de la arena se habían fundido a negro. Resultaba imposible no alzar la cabeza y rendirse a la inmensidad cromática. Apenas duró veinte minutos, pero sentí que mi cuerpo se vaciaba de tonterías y se renovaba por dentro. Esperamos boquiabiertas a que la gran esfera se hundiera en el océano hasta desaparecer por completo. Automáticamente, empezamos a vitorear, silbar y aplaudir. Celebrábamos en comunión lo vivido, dando las gracias por el maravilloso espectáculo visual. Lo hicimos nosotras y el resto de turistas; todos hablamos la misma lengua por unos instantes.

—Bueno, chicas, estoy emocionada. ¡Un brindis por esta noche!

Raquel estaba pletórica, bella de felicidad. Tan sonriente que parecía que la boca se le iba a salir de la cara. Hera nos explicó que el ritual de la cena consistía en dirigirnos a una especie de mostrador, como de una pescadería de mercado de toda la vida, para elegir nuestros pescados. María y yo fuimos las primeras en aventurarnos. Un chico con un pañuelo en la cabeza y cara muy sonriente esperaba nuestro pedido. Nuevamente, no sabíamos demasiado de pescados.

—*Prawns for eight! Sixteen? Is it enough?*[5]

También elegimos almejas. Nos recomendó que, si éramos mujeres intrépidas, las probáramos con la salsa picante que era especialidad de la casa. ¡Nos atrevimos! Tenía todo una pinta espectacular, todo el pescado dispuesto uno sobre el otro, sobre grandes piezas de hielo. Nuestro problema era que no reconocíamos ni lenguados, ni gallos, ni meros ni ningún pescado parecido al que comemos en España. Así que, a riesgo de meter la pata nuevamente, recordando nuestra experiencia en el *warung,* María decidió ir a buscar a Hera para que fuera ella quien eligiera los pescaditos. Yo me quedé observando el lugar. Al final y de cara al océano, todas las mesas dispuestas, el cielo había empezado a cambiar de lienzo y salpicarse de estrellas. ¡Cómo me gustan las estrellas!

—Si encuentras una estrella fugaz…, ¡avisa!

Casi me desnuco al volver en mí y ver a Hera y Kadec a mi lado.

—Es que me encanta mirarlas… y me embobo sin darme cuenta.

---

[5] —¡Gambas para ocho! ¿Dieciséis? ¿Es suficiente?

—Son pura magia. Si quieres, luego te enseño algunas cosas de ellas.

—¡Me encantaría!

Kadec nos explicó con paciencia todos los tipos de pescados que tenían y sus distintos sabores. ¡Había algunos gigantescos! Jimbarán es un lugar pesquero y cada día se sale a faenar para las comidas y cenas. No alcanzo a recordar el nombre de los pescados, ni sus texturas, pero sí que terminamos eligiendo unos en forma de dorada pero de color rojo y otros como truchas pero de océano. Kadec quiso enseñarnos todo el proceso de elaboración y nos llevó a un inmenso grill, donde preparaban todos los pescados. Elegimos la salsa de hierbas y aceite. Los dos chicos que manejaban el cotarro allí tenían las manos ennegrecidas, sudaban la gota gorda y se protegían media cara a lo bandolero. Era un espectáculo en sí mismo esa plancha gigante: una inmensa humareda que olía a mar, que te achinaba los ojos y hacía rugir las tripas. El devenir de unos y otros llevando pescados listos, abiertos en dos mitades, a las mesas y colocando pescados en el grill. Conté unos diez camareros sirviendo las mesas; bebida y comida a buen ritmo, pero sin estrés. ¿Habrá llegado el estrés a Bali? El estrés, ese contenedor de infinidad de dolencias, brotes y síntomas que tan difícil me ha resultado siempre definir. ¿Qué es el estrés? Tiene que ver con los límites, con traspasar los propios límites y aun así seguir. ¿Tendrá que ver con la falta de equilibrio interior? En Bali se veía actividad, en ese restaurante había muchas mesas que atender como había visto cientos de veces en Madrid, pero la actitud de los camareros era diferente. Sus movimientos parecían una coreografía de Chi Kung, armonizaban con el ambiente, sosegado pero al mismo tiempo en continuo movimiento. Los grandes maestros descubrieron hace siglos la reveladora diferencia entre ritmo y tempo. A los de Occidente creo que se nos ha olvidado la mayoría de los sabios preceptos para mejorar nuestra existencia, en pro únicamente de la materia, de lo tangible. Parecía todo perfectamente orquestado, los camareros, el grill, el chico del mostrador con los pescados, en la barra preparando cócteles, todo era sonoro, pero nada era ruidoso. Hera me cogió la mano, volviéndome a sacar del ensimismamiento.

—¡Vamos a por las ensaladas!

Lechugas distintas, zanahorias, tomates, una especie de legumbres no reconocidas. Estábamos hambrientas y fuimos generosas con los platos. Hera me provocaba mucha curiosidad: cuarenta y cinco años, exescaparatista de éxito que lo deja todo para dedicarse a la pintura y vivir en Bali. ¿Qué le había ocurrido a esa mujer para dar un giro tan grande a su vida?

Ponerse a hacer la vertical a riesgo de que, por la ley de la gravedad, todo lo que pese caiga conlleva un riesgo tremendo. Y la cobardía, aunque discreta, es muy aplicada y constante y, a ritmo de caracol, se come metros de nuestra vida hasta dejarnos sin alma. Solo una muerte, una separación —que es al fin y al cabo otra muerte— o una enfermedad mental o física te enganchan al poder del clic: volver a la vertical, a tu vertical, para darle la vuelta completamente a la vida que llevas y que ya no te lleva. ¿Qué fue lo que le ocurrió a Hera? Estaba decidida a averiguarlo esa noche, aunque no tenía ni idea de cómo descubrirlo o sacarlo a colación en la conversación.

—Chicas, quiero hacer otro brindis.

Raquel se había levantado con su Bintang y nos miraba a las tres emocionada. La belleza tiene esas cosas, que despierta las emociones y las coloca a flor de piel. Sentí cómo la menor de las hermanas estaba a punto de descorchar una antigua botella. Sus grandes ojos azules andaban dudosos entre arrancarse del todo o dejar la lágrima a media asta.

—He decidido ser valiente y confesar. Ayer lo dejé con Lindonn, porque no le quería y porque estoy cansada de darle la espalda al amor y conformarme con mamarrachos.

—Así se habla, hermana.

María puso el broche al brindis al que todas nos sumamos. ¡El amor! Todo depende de eso, de aprender a amar, de darnos la libertad para amar y alejarnos del resto.

—Yo no me he enamorado nunca.

¿Enamorarse? María lo soltó sin más. Las demás esperamos en silencio una continuación. Tenía treinta y cinco años y aquella noche estrellada y con luna mora se dijo a sí misma y a nosotras que jamás se había enamorado. No hubo más, por el momento. Suficiente como para compartir reflexiones sobre enamorarse. Raquel no había dejado de enamorarse. De sentir el deseo tan incontrolable como platónico por alguien.

—Mi problema es ir un paso más allá. Os aseguro que llevo a Cupido en el bolso.

Por eso comprendía tan bien a los tíos que pasaban de comprometerse con nadie. Reconocía estar enganchada al subidón de la novedad, a la explosión de feromonas que cosquilleaban por su cuerpo colmándola de placer. Los amores le duraban un viaje de montaña rusa; cuando la cosa empezaba a decaer, como si de una yonqui se tratara, tenía que buscarse otra droga, porque ya había desarrollado tolerancia. Félix, para María, no fue el primer novio, pero sí el primero y único con el que se había ido a la cama.

—¡No me jodas! ¿Y Roberto?

—Con Roberto no pasamos del sobeteo, pero no llegamos nunca al final.

Raquel se quedó planchada con lo que acababa de confesar su hermana. Puso cara como de hacer cuentas y soltó un alarido.

—Entonces…, hermana…, ¿hasta los veintiséis no perdiste la virginidad?

—Sí, hasta los veintiséis.

Enamorarse, perder la virginidad. Al final todos terminamos, aunque tengamos un lugar idílico para disfrutar, hablando de sexo.

—Yo a los quince con Alfonso, el vecino de abajo.

—¿Con Alfonso? No te creo.

Las Velasco estaban de confesiones, cada cual más sorprendente para ellas. A veces hay que irse al fin del mundo para descubrir a las personas que crees más próximas. Aunque con el sexo siempre hay sorpresas, porque no siempre encontramos el lugar o no nos atrevemos a ser del todo sinceros. Yo confesé que perdí mi virginidad a los diecinueve con Luis, un compañero de universidad con el que me encontré por casualidad hace un par de años y casi me caigo de culo. ¡Dios! ¡Qué cambio! Apenas charlamos cinco minutos, ni siquiera un café. En medio de una calle, la gente pasando y nosotros sin conseguir pasar del «¿Qué tal? ¡Qué bueno verte! ¡Qué ilusión! ¡Cuánto tiempo! Cómo estás… y ¡que te vaya bien!». Siempre había idealizado a Luis, su cuerpo, sus besos… Siempre hasta que me lo encontré y comprendí que la memoria, aparte de selectiva, es una gran inventora de mitos y leyendas. Seguramente no fue tan «¡la hostia!» mi primera vez, pero… prefiero recordarlo así.

Las Bintang seguían cayendo casi al ritmo del romper de las olas. Estábamos muy a gusto con nuestras confesiones sobre sexo, amor y lo que fuera. De vez en cuando, girábamos la vista alrededor para divisar el paisaje. Raquel le había echado el ojo a un par, y se había informado de un chiringuito para el baileteo y copeteo.

—Hermana…, eso de que solo hayas estado con Félix lo tenemos que solucionar.

—Es verdad, María, hay que buscarte un candidato.

María no le daba importancia al tema. Todo lo contrario. Ella estaba feliz con su decisión, con su vuelco en la vida, y no tenía prisa por conocer a nadie, porque su verdadera urgencia era atenderse a ella misma.

—Yo lo que quiero es darme placer en todos los sentidos.

Hera había estado callada prácticamente toda la noche. Tampoco teníamos confianza para darle a que se arrancara, pero… Mmm… Tanto silencio, tanto silencio… María me acribilló con la mirada, como si supiera perfectamente dónde estaban mis pensamientos. Raquel seguía divertida la conversación-monólogo sobre sus aventuras y desventuras sexuales.

—Pues una vez hice un trío. No me gustó, porque siempre estás compitiendo con la otra tía. ¿Y tú, Hera?

—¿Yo? ¿Que si he hecho un trío?

—No… Bueno, sí, también eso. Pero a qué edad perdiste la virginidad, si te has enamorado, si estás enamorada, si… Eso, no sé…

Dejamos las tres de comer el pescado, de chuparnos los dedos y casi hasta de respirar, esperando ansiosas y divertidas la respuesta de la pintora.

—Bueno, pues… yo perdí la virginidad a los diecisiete, me enamoré por primera vez a los veinte y amé con locura de los treinta a los treinta y nueve. Y… no he hecho ningún trío, pero me acuesto con mujeres.

«¡Glups!». Menuda plancha. Raquel bajó la mirada y no dijo «lo siento» porque no era para eso, pero no sabía ni qué decir ni dónde ponerse. Fue el perfecto ejemplo de que, a veces, más vale hablar poco y bien. Nos habíamos quedado las tres sin saber qué decir. Nos había sorprendido su respuesta y, por supuesto, su confesión. Sentimos en ese momento más que nunca la brisa marina. No pude evitar mirar las estrellas y, como si de un acto reflejo se tratara, terminar de meter la pata.

—O sea, ¿que eres gay?

—Lesbiana, gay, homosexual…, como quieras y sientas que debas catalogarme.

Me miró tan fijamente a los ojos que sentí un hormigueo en mi interior. Su mirada estaba llena de ternura al mismo tiempo que de densidad. Comprendí que aquello era un *déjà vu* para ella, parecido pero superior al mío de «¿Escribes libros de autoayuda?». Sentí que mi rostro enrojecía, avergonzada por la obviedad de mi pregunta. Hera me sonrió cómplice, apaciguando mi torpeza. María se levantó de la mesa y alzó su Bintang.

—Chicas, quiero hacer un brindis.

Yo seguía mirando a Hera. Me había dejado con muchas preguntas e intuyendo su venida a Bali. Definitivamente, había sido por una separación: la separación. Lo mismo que yo con Gonzalo y mi llegada a Bali. Hera parecía tener un interior fuerte, en calma, aunque su exterior fuera frágil y aparentemente vulnerable. Me quedé embobada mirándola, con ganas de preguntarle cómo le fue el viaje, como fue la partida, el último adiós. Mientras María formulaba los prolegómenos interminables del trigésimo cuarto brindis, yo contemplaba a Hera. Me parecía mirarla por primera vez y atender a la infinidad de cosas en común que podíamos tener.

—Y estoy tremendamente contenta y muy feliz de estar con vosotras esta noche. Y en este lugar tan mágico y en esta isla tan maravillosa.

María seguía con su discurso a presidenta de los turistas en Bali y yo medio ensimismada en mis pensamientos. Hera ladeó lentamente la cabeza y me pilló de pleno. Suspiré sintiéndome cazada y bajé la vista para volver a subirla y ver que seguía allí. Esperando a que me recompusiera y me dejara ver también yo. En todos esos días, había evitado mirarla, a pesar de sentir su mirada en mí. Sentía una extraña vergüenza que rechazaba al instante. Tenía que mirarla sin problema porque no lo había; mi pie izquierdo jugaba con la arena. Yo seguía con la Bintang alzada y con la vista en el suelo. ¡Qué ganas de fumarme un pitillo! Me empezaba a parecer una soberana tontería no poder mantenerle la mirada a Hera. Así que... conté hasta tres: 1, 2, 3... y alcé la mirada. Ya no estaba la suya.

—Y porque os quiero y, os lo digo, quiero brindar esta noche por el AMOR... Por estas tres cositas guapas que para mí ya sois muy especiales.

Raquel se abrazó a su hermana. Luego Hera se unió al abrazo para terminar fundiéndome yo, con el cuerpo extraño y la mente en blanco. Creí sentir cómo un nuevo *KO* estaba asomando la patita. No era producto de la policía, ni del surfero holandés, ni de Gonzalo, ni por mi madre. Era por... Hera, con hache, la pintora mitológica.

Cuatro

Made era un hombre escrupulosamente puntual y respetuoso. Llegaba siempre media hora antes, se sentaba en las escaleras de entrada de la villa, se fumaba unos pitillos y nos esperaba fuera con la furgoneta, escuchando la radio. Nunca quiso entrar ni tomarse un café, una infusión o un té con nosotras.

¿Qué pensaría de tanta mujer junta y cada cual más alborotada? Entre lo poco que hablaba inglés y lo tímido que parecía, nunca llegué a adivinar si le caíamos bien, le importábamos de verdad o solo éramos un medio para hacerse con el sueldo de meses a nuestra costa. Doy fe de que él ni se planteó todas esas cosas, pero yo, con el tiempo y sin entendernos demasiado, le aprecié. Siempre tan dispuesto, de sonrisa fácil y contagiosa, con su mirada baja y chisposa, su flor blanca en la oreja derecha, su combinado de *sarongs,* pañuelos en la cabeza y camisas. Todo él me terminó gustando, aunque nunca pasamos del *How are you? Are you happy? Are you married? Children?*[1], poco más. Le tomé más cariño que a otras personas con las que he tenido mucha más conversación.

Abrí la puerta de Villa Gebe y me lo encontré como cada día, apurando su cigarrillo y escuchando música con la radio de la furgoneta encendida.

—*Are you fine, Made? We will be fifteen minutes late, is it OK for you?*[2]

Tenía una paciencia de santo, o al menos a mí me lo parecía. ¿Tendrán ellos el concepto de la impuntualidad? No conseguimos ni un solo día salir arregladas a la hora pactada. Saber que aunque nos retrasáramos lo que nos retrasáramos él seguiría ahí provocaba en nosotras la falta de prisa…, puro egoísmo. Sumado a que éramos cuatro mujeres, un problema de difícil solución. Corrijo: tres, porque Hera, cuando venía con nosotras, siempre estaba puntual. El resto…, ¡nada de nada! Yo, porque, apurando, se me pegaban las sábanas; María, porque sus duchas eran bañeras; y Raquel, porque necesitaba probarse veinte modelitos antes de elegir el adecuado. Las tres con motivos suficientes como para que cada mañana nos turnásemos para hacer el mismo ritual: sacar la cabecita por la puerta y contarle a Made que tenía que esperar un poco más. A eso se le llama cara, morro, ingratitud… ¡Demasiado!

---

[1] ¿Qué tal? ¿Eres feliz? ¿Estás casada? ¿Hijos?
[2] —¿Estás bien, Made? Saldremos quince minutos tarde, ¿te va bien?

—Un día vamos a salir y no estará —les dije con media sonrisa y media banana en la boca. María, todavía con el pelo mojado, volvía a entrar en la villa para sorpresa de todas. Un minuto más tarde, con una galleta en la boca:

—¡El pareo! Por si acabamos en la playa. ¿Queréis una *cookie?*

Raquel subió la última a la furgoneta, tecleando en el móvil compulsivamente para aprovechar las rayitas de Wi-Fi antes de abandonar la villa.

—María, es mamá... ¡Ya te vale! ¡A ver si le escribes!

¡La familia! Yo empezaba a tener una comunicación un poco más fluida con Yago. Llevaba veintisiete días de retiro y ochenta y dos de separada. Sí, como hacen los presidiarios y los náufragos, yo también contaba los días, pero sin palitos en la pared. Yago me echaba de menos y yo me moría por verle y darle un achuchón. Pasada la rabia, llega la tristeza —lo he escrito hasta gastar la tinta en mis manuales y parece ser así—, la otra noche por Skype se me derrumbó.

—Mamá, ¿cuándo vuelves?

No hay cosa que me pueda doler más que ver a mi hijo llorar y estar a trece mil kilómetros de distancia. Ante la impotencia, yo también me eché a llorar. No hay cosa que le pueda doler más a un hijo adolescente que ver a su madre llorar y no saber de qué o por qué llora. Nos tiramos un buen rato soltando lágrimas los dos y preguntándonos al unísono: «¿Estás bien?». «Sí, sí, no te preocupes». Le miraba. ¡Qué guapo estaba! ¡Y qué mayor se le veía por la pantallita!

—Mamá, se te ve un poco delgaducha.

—Bueno, cariño, no te preocupes, porque como mucho. Aquí la comida es muy rica.

Hablamos de lo que hacía meses se cortó abruptamente. Yago necesitaba su proceso y entender que estar con la rabia a cuestas no era el camino. Estoy segura de que hubo mucha mano de Gonzalo en su reacción. Siempre ha sido un padrazo… ¡Ojalá hubiéramos sido igual de buenos como amantes!

—¿Quieres ir delante, Álex? Detrás del todo te puedes marear…

—No te preocupes, Raquel, voy muy bien atrás solita.

Nos habíamos puesto en marcha. Me encantaba sentarme en la furgo y disfrutar de la inmensidad del paisaje. Olvidarme hasta de mí y contemplar cómo el camino era una historia en sí para contar. Imposible retener tanta información, la paleta de colores no se detenía hasta pintar la obra de arte más perfecta ante nosotras.

—¿Y qué tal es Bali, mamá? Por las fotos que he visto en Google, ¡parece chulo!

Había intentado explicarle la magia de aquel lugar. Me había afanado en buscar adjetivos precisos para que pudiera hasta respirar el aire especiado de Bali. Sentada en la furgoneta supe que Yago y yo volveríamos juntos a estas tierras. Tuve claro, como una revelación sagrada, que, fuese como fuese y en el momento de vida que fuese, volvería a respirar, pisar y saborear Bali. Regresaría para mostrarle mi respeto y gratitud por acogerme y sanarme de la manera que lo estaba haciendo. Observando mi propio reflejo en la ventanilla, fusionado con la paleta de verdes del asilvestrado vergel, me di cuenta de que no era la misma que aterrizó sin rumbo. Había cambiado, sin ser capaz de traducir esa sensación en palabras. Tuve la certeza de que no solo no me había equivocado, sino que estaba haciendo uno de los viajes más importantes de mi vida. Un antes y un después. Un principio y no un fin. Nunca me lo había permitido: viajar sola. ¡Ni siquiera en la facultad! Sentirme libre de elegir qué hacer en todo momento. Demasiado condicionada por mis prejuicios, mis obligaciones y todas las responsabilidades que, aunque no me pertenecieran, me adjudicaba. Sentí una emoción embriagadora al descubrir tal certeza: la no equivocación, ante todo pronóstico, y habiendo superado tantos miedos. Me moría de ganas de compartirlo con Blanca, porque ella había tenido mucho que ver en todo eso. Habíamos quedado con ella para disfrutar juntas de una de las siete maravillas de Bali: los arrozales. Para los balineses, el arroz no era solo su medio de subsistencia, sino un elemento sagrado de su naturaleza. Estaba impaciente por llegar. Hera nos había comentado que pasear por las terrazas de arrozales era rozar el alma de la isla. La naturaleza se abría ante ti imperiosa, con toda su inmensidad, para que te rindieras a ella y —¡ahí va la leyenda!—, si paseabas el tiempo necesario, tu alma regresaba a tu cuerpo para cambiarte para siempre. Made nos recomendó la zona de Ubud. A Hera no solo le parecía bien, sino que había planeado un trayecto de senderismo de unos diez kilómetros entre arrozales, cocoteros y aislamiento de la civilización. A mí me apetecía sobremanera olvidarme de la humanidad para contemplar la divinidad en forma de montaña de verde húmedo. Pasó cerca de una hora hasta que Made pudo descansar del interrogatorio de Raquel, parar la furgoneta y dejarnos en el punto de reunión: el Café Lotus.

En la entrada y sentada sobre la piedra, nos esperaba Blanca con una sombrilla abierta que la guarecía del sol. ¡Qué ilusión verla! ¡Estaba guapísima!

Fuimos besando y abrazando a la gran maestra una detrás de otra. Apenas llevaba unas horas de vuelta al mundanal ruido después de casi una semana de retiro y silencio. —¡Yo me habría vuelto loca!—. Nos pusimos a hablarle todas a la vez. Todas menos Hera, que se quedó algo rezagada detrás, divirtiéndose con la escena. Parecíamos como las protagonistas de la novela de Louisa May Alcott, *Mujercitas,* cuando la madre llegaba a casa y todas las hermanas salían corriendo a recibirla y la llenaban de besos y abrazos. Hera actuó un poco como Jo, la hermana más sensible pero más timidilla para expresar en público sus sentimientos. ¡Yo adoraba aquella novela! En un chasquido de pensamiento, viajé por el tiempo hasta mi habitación, llena de pósteres de estrellas de la *Superpop* grapados en el techo y yo tumbada en la cama devorando por enésima vez *Mujercitas.* ¡Qué tiempos aquellos de acné y despertar sexual!

Blanca estaba resplandeciente. Sus ojos habían cambiado hasta de color —¿sería de tanto meditar?—, eran traslúcidos de la luz que emitían.

—Chicas, yo propongo un café aquí…, ¡que parece la bomba!

Todas estuvimos de acuerdo con Raquel. El aguachirle que nos tomábamos en el desayuno, de cafetera de filtro de papel y café balinés, nos servía para evacuar sin problemas, pero no para despertarnos. Intentamos mejorar la calidad probando distintos tipos de café, hasta que desistimos de alcanzar el *Dolce Gusto*, aunque nos lo agradeciera nuestro tránsito intestinal. Cuando viajo, mi reloj siempre se altera, Gonzalo era puntual hasta para eso. ¿Las mujeres tenemos más problema que los hombres con eso? Seguro que en esta isla hasta tenían una explicación espiritual al hecho de acumular heces por los intestinos hasta casi reventar.

María apenas había hablado. Estaba todavía dormida y algo aturdida. La mayoría de las noches, o salíamos a tomar algo o nos quedábamos de charleta en la villa. Nos daban las tantas, y por la mañana blasfemábamos a los miles de dioses hindúes.

—¡Uf! ¡Hoy estoy agotada!

—Pues anda que yo… Estuve el resto de la noche hablando con Yago.

Apenas habíamos dormido cuatro horas y nuestro cuerpo empezaba a pesar. María tenía claro que compraría unas latitas de Burn para aguantar la excursión.

—Si yo no me tomo eso, no aguantaré cuatro horas andando.

—Yo, si me tomo eso, mi corazón se escapa, corre una maratón y luego vuelve.

Las hermanas tenían un cuerpo a prueba de bomba. María le daba a las cervezas como al agua y Raquel, a los *gin-tonics* y…, ¡milagro!, nada de resaca. A la mañana siguiente, para aguantar, ¡Burn, la solución! Esa bebida energética que para mí era un matarratas con sabor a medicamento.

María y yo nos habíamos quedado rezagadas, haciendo honor a nuestra lentitud mañanera. Al entrar en el Café Lotus, tuvimos la sensación de adentrarnos en un santuario que rendía un tributo sagrado a la flor de loto. Hera, Raquel y Blanca habían elegido la zona de Lesehan (terraza cubierta), con mesas bajas y sentadas sobre una especie de tatami de paja entrelazada de bambú.

—¡Colócate ahí! ¡Qué chulaaa…!

Una foto más para el recuerdo. Fotografías robainstantes, pistas visuales para la memoria; esa que decide por sí misma darle movimiento a la instantánea y completar el cuento. A María le encantaba captar el momento sin más compostura que la de la escena de la vida en la que estuviéramos. Yo era tan precisa como plasta: composición, marco, luz y agonía para quien posara. No podía evitar tomarme mi tiempo y…, si después de encuadrar, localizar y definir no me convencía…, me alejaba del objetivo y pasaba de tomar la foto para sorpresa y protesta del resto.

—¡Anda, pesada! ¡Haz ya la foto!

María tenía mucha paciencia conmigo. Nos admirábamos mutuamente. Yo de ella, la naturalidad que iba adquiriendo con el viaje; y ella, la serenidad que poco a poco me invadía. ¿Serenidad yo? Dejamos los bolsos con ellas y nos fuimos a caminar por ese santuario de piedra enmohecida, agua bendita —si no lo era, poco me importaba—, flores de loto y una especie de templo al final del camino.

—¿Qué será aquello?

Esa era la entonación de María cuando le invadía el espíritu de Dora la Exploradora. Se le afilaba más la nariz, dispuesta a seguir el rastro hasta descubrir el hallazgo. Elegimos el único camino para alcanzar nuestro objetivo: un pasaje empedrado, con estanques de loto a cada lado y, a cada metro y por cada lado, unos guardianes de piedra con cara de dragón o mono —¡me costaba diferenciarlos!—. Me daban un poco de mal rollo, así que tampoco perdía demasiado tiempo en saber si eran monos o dragones.

—Son dragones, Álex, parecidos a los de las máscaras.

Solo le faltaba la lupa y sustituir el cigarrillo especiado por una pipa con olor a clavo. María estaba encantada con aquel descubrimiento. En Bali ocurrían esas cosas. Abrías una puerta y te encontrabas con un mundo nuevo, un paraíso olvidado lleno de árboles ancestrales, flores y grandes piedras. Al final del corredor, una especie de plaza cilíndrica que unía la superficie de los estanques de lotos y el camino. Otros curiosos, turistas como nosotras, contemplaban el paisaje y aprovechaban para captar ese momento con la cámara, el móvil o, los japoneses, con el iPad. ¡Hacer fotos con el iPad me parece poco práctico! Ellos felices, y, seguramente, allí tendrían descargada su guía, incluso auditiva, de Bali y todos sus rincones. Mientras yo hacía y deshacía este embrollo mental sobre si era práctico transportar un iPad a todos los paseos por la isla, María ya había encontrado un nuevo amigo.

—Te presento a Wade. Hemos llegado a un acuerdo —dijo frotándose el pulgar y el índice— para que nos haga de guía.

Al principio me extrañé. No creía yo que ese lugar requiriera de visita guiada, pero más tarde descubrí que andaba muy equivocada. Además, nos costó la friolera de treinta mil rupias, que viene a ser poco más o menos dos euros. Sin perder la sonrisa y con muchos aspavientos, Wade nos desveló, al fin, qué era todo aquello.

—*We are in the center of the Pura Taman Saraswati Temple.*[3]

El templo de la diosa de la sabiduría, la enseñanza y las artes. La plaza donde nos encontrábamos, que unía el camino, los estanques de loto y el templo, era usada para los espectáculos de danza con esas máscaras de dragón con cara de pocos amigos. Nos contó, promocionándonos el espectáculo de esa misma noche, que se llamaba danza Barong, en honor al animal mitológico más popular de la isla, que representa el bien, y a Rangda, un monstruo, también de la mitología hindú, arquetipo del mal. En Bali aprendí el sentido de la dualidad sobre el que tanto había escuchado y escrito. Experimenté mis propios demonios y mi luz blanca. Ellos dedican toda su vida a mantener ese equilibrio divino entre las fuerzas opuestas y necesarias para la armonía universal. Esa danza era otro

---

[3] —Estamos en el centro del templo de Pura Taman Saraswati.

ejemplo más de la importancia de la coexistencia de los opuestos, del bien y el mal, con la consiguiente búsqueda infinita de la convivencia en la aceptación y no en la aniquilación.

—Álex… ¿Estás muy profunda esta mañana o es que a mí hoy no me da?

Me había quedado encantada mirando uno de los dos demonios guardianes del templo. Menudos, de apenas un metro de estatura, ataviados con el *sarong* del templo: a cuadros negros y blancos, y banda dorada. Por un momento, pensé que ese ser había despertado de los infiernos y le había hablado a mi bajo vientre.

—María, estos bichos te hablan, le hablan a tu interior…

La hermana, ya dispuesta con su *sarong* a entrar en el templo, no supo qué decirme. Yo seguí con la broma:

—No me mires así y pruébalo. Mírale atentamente en silencio un buen rato y escucha a ver si te dice algo.

La Velasco hizo lo que le pedía, para mi sorpresa. Sin pronunciar una palabra, se puso en cuclillas a medio metro delante del guardián y permaneció inmóvil un buen rato. No sabía si lo hacía por la venganza de «quien ríe el último ríe mejor» o por puro convencimiento. Ella tenía la virtud de ser piedra cuando estaba rodeada de ellas, así que no me extrañaba nada que intentara comunicarse con el ser inanimado. Reconociendo que había sido yo la provocadora del enredo, me tragué mis palabras, respeté su silencio y esperé junto a Wade a que despertara o dejara de simular que se comunicaba con una estatua de piedra de menos de un metro. Al rato, para nuestro asombro, dejó de estar de cuclillas y procedió a sentarse en la postura de la flor de loto.

—¿Qué hace mi hermana?

Raquel se había unido a nosotros tres. Había pasado más de un cuarto de hora desde que nos fuimos y acudía a ver qué pasaba. Le presenté a Wade y le conté lo del templo de Saraswati, la diosa de la sabiduría, la enseñanza y las artes.

—¡Ah! ¡Yo también quiero entrar! ¿Esperáis a que avise a las chicas?

Raquel se fue con premura para que Hera y Blanca supieran que íbamos a conocer el templo de esa diosa de nombre impronunciable, pero tan sabia. «Sa... ras... wa... ti, ¡Saraswati!». Me gustaba ese nombre. María seguía en flor de loto cara a cara con el demonio guardián. Los turistas que pasaban por su lado la miraban entre curiosos y divertidos.

—*Look at the lake with all lotus flowers swimming... and the most important: surviving!*[4]

Un gran estanque lleno de lotos, partido por un camino empedrado, era un bellísimo cuadro al más puro estilo de Monet. Con Wade comprendí la atracción de esa flor. El loto crece virtuosamente en lugares pantanosos y fangosos. No solo es un símbolo de pureza, sino de vencer frente a las adversidades y salir airoso. Ese era el objetivo de mi vida: aunque me cubra de lodo, seguir flotando.

---

[4] —Mirad el lago con todas las flores de loto nadando... y lo más importante: ¡sobreviviendo!

—¿Por qué la mierda flota? Nunca lo he entendido—. Miraba los lotos y observaba atentamente a Wade. Sabía que, a partir de ese día, la flor de loto formaría parte de mi vida.

—*Wade... What's the most important meaning for the buddhist?*[5]

Había llegado Raquel con su curiosidad insaciable y sus ojos chispeantes deseosos de saber. A mí no se me habría ocurrido tal pregunta y tampoco me interesaba lo más mínimo su respuesta. Pero escuché la explicación de Wade. Los budistas comparaban las cuatro virtudes del loto: fragancia, limpieza, ternura y suavidad, con las cuatro virtudes del reino del Dharma y el objetivo de todo budista: permanencia, regocijo, uno mismo, pureza.

—*Every creature in this world has a loto inside.*[6]

Según Wade, todos tenemos un loto creciendo en nuestro interior en el que convive la esencia: la perfección de lo sencillo. Wade se encendió un cigarrillo-clavo, Raquel estaba fumando otro y yo me mordía las uñas porque, aunque lo intentara con todos mis sentidos, tenía la sensación de que me estaba perdiendo algo. ¿Perfección de lo sencillo? Definitivamente, no estaba tan profunda como para dar con todas las aristas de la frase. Raquel, a su manera, también había tenido suficiente de flores y espiritualidad, pero no de preguntas. Bocanada a bocanada, Wade y Raquel se resumieron en un tris su vida: *Spain, Madrid, no boyfriend, singer... Yes, single, but singer too*[7]. Y Wade lo mismo: «Ba-

---

[5] —Wade... ¿Cuál es el significado más importante para los budistas?
[6] —Cada criatura de este mundo tiene un loto en su interior.
[7] España, Madrid, sin novio, cantante... Sí, soltera, pero cantante también.

li, married, three children[8], tallador de budas». ¡El arte transpiraba en la isla y todos sus habitantes parecían bendecidos por los dioses con el don de la creación artística! Wade tallaba en su casa y llevaba sus artesanías al pueblo de Mas, dedicado íntegramente a la madera. En Bali había pueblos enteros para la plata, la piedra o la madera. Después de ver budas hasta en la sopa, empezaba a caerme bien y hasta a gustarme como para llevarme uno de recuerdo.

—Oye…, ¿y si le damos un golpe a esa? Que, cuando le da, se queda así horas…

Raquel ya estaba inquieta. Wade nos había contado las cuatro cosas de ese templo construido en la década de 1950 por el príncipe de Ubud, que escondía un palacete de una antigua emperatriz y poco más. Piedras, altares, turistas paseando su *sarong* de cuadros y… ¡visto!

—¡Yo la despierto y punto!

Se levantó en un tris y fue directa hacia su hermana. Le acarició la espalda con suavidad para que María no saliera volando del susto y hablaron un rato. Le di las gracias a Wade por su miniguía y el descubrimiento de la pureza del loto y le pagué las treinta mil rupias para que buscara a otros clientes. Las hermanas se acercaron a mí abrazadas, María estaba aterrizando al mundo otra vez y yo esperaba ansiosa que descendiera rápido para que me contara qué había sucedido en ese trance suyo.

—Ya te vale, casi una hora, guapa.

Me sonrió picarona y, dándome un abrazo, me confesó al oído todavía con voz de ensueño:

---

[8] Bali, casado, tres hijos.

—He hablado con el guardián y me ha dado un mensaje para ti.

Me quedé bloqueada con el comentario. La miré con los ojos entreabiertos como platos y entrecerrados; crédula y a la vez sospechando que me la estaba pegando bien pegada. Pero la muy muy aguantó tan estoicamente mi inspección que hizo tambalear mis cimientos de incredulidad para abrir una mínima duda de que aquello le hubiera sucedido de verdad. «No pienso picar jamás, ni preguntarle qué le ha dicho el enano ese». Y jamás se lo pregunté, pero, hasta el día de hoy, confieso que me queda la duda.

Hera y Blanca nos esperaban tomándose un té tranquilamente en el Café Lotus. Para no perder más tiempo y emprender cuanto antes nuestra excursión por los arrozales, absorbimos en vena nuestro café y salimos pitando en busca de Jalang Kajeng Road, una de las calles principales de Ubud. Cuando llevábamos unos diez minutos andando y seguíamos viendo civilización y motos en sentido contrario cada tres minutos, empezaron a aflorarme las dudas.

—¿Seguro que es por aquí, Hera?

Hera estaba segura. Ese era el camino, la cuestión era no perder nunca el norte. ¡Qué fácil decirlo y qué difícil cumplirlo! Mi vida ha ido cambiando y el lugar del norte con ella. He tardado muchos años en aprender que el norte no siempre está en el mismo sitio. En la vida es lo más difícil de conseguir y, por otro lado, si una no lo pierde de vez en cuando, todo sería tan previsible como aburrido. Ella parecía haber alcanzado su brújula interior, pero a mí me daba que Hera tenía cierta tristeza vital. Blanca me apretó la mano y siguió un buen rato así, a mi lado. Seguíamos viendo mucha civilización, ruido y poco o nada de verde.

—La excursión es de unas dos horas. Tranquila y disfruta del viaje.

La impaciencia me ciega, y yo estaba tan tremendamente impaciente como excitada por ver aquella maravilla de la naturaleza y del hombre. Blanca me pidió que aminoráramos el paso y nos alejáramos un poco del resto. Así lo hicimos. Nos detuvimos en una especie de puestos ambulantes con cuadros de todos los tamaños a la venta. Cinco minutos más tarde, proseguimos a paso lento.

—¿Qué pasa?

Blanca sacó de su mochilita un ejemplar del *Bali Echo,* el periódico local en su edición en inglés. Me extrañó que Blanca lo hubiera comprado, porque apenas habla inglés. Lo abrió buscando una noticia hasta que, habiéndola encontrado, lo dobló por ahí y me la enseñó.

—Este es Hendrick, ¿no?

Me quedé helada al ver una enorme foto —¡ocupaba casi media página!— del surfero holandés.

—¡Hendrick!

Casi me da algo al reconocer su cara. El corazón me golpeó con fuerza pidiendo salir de mi cuerpo y el pulso se me aceleró como si estuviera corriendo un *sprint.* Por unos minutos, fui incapaz de leer el titular ni lo que decía la noticia. Sentí miedo, vértigo por saber qué había ocurrido. ¿Estará muerto? ¿Seguirá desaparecido? ¿Hablarán de mí? ¿De qué va todo esto? No era capaz de reaccionar, es cierto que el terror es capaz de paralizarlo todo. En mi caso, me bloqueó tanto la mente como el cuerpo. Necesité que mi cuerpo se desvaneciera sobre una piedra, cerca de la galería *hippy*. Blanca no despegaba la mirada de mí, a la espera de saber de qué iba todo aquello. ¿Y si no sabíamos y dejábamos ese periódico allí mismo? ¿Por qué hay que saberlo todo? ¿No dicen que el conocimiento te hace sufrir? Pues yo desde luego prefería seguir con mi proceso interior antes que saber nada relacionado con aquella historia que para mí no había sido nada más que una gran noche de sexo y buena compañía. ¡Joder! ¡Hay que joderse!

—Vamos, Álex. Lee qué dice y déjate de tonterías.

No era ninguna tontería decidir no leer. Tenía el periódico apretujado contra mi pecho. En un acto reflejo, lo habría cogido y hecho trizas allí mismo. Intuía que era una mala noticia y no sabía si estaba preparada para saberla. ¡Joder! ¡Joder! ¡Hay que joderse! Miré a Blanca, sabía que no podía huir de aquello. Yo había estado con aquel chaval, la policía había venido a aporrear mi puerta y registrar todas mis pertenencias. Sabía que, me gustara o no, formaba parte de aquella historia y debía saber qué había pasado con Hendrick. Alcé la cabeza, miré al cielo, respiré profundamente y me dispuse a leer la noticia. *Four surfers disappeared within one month. First to go was Hendrick van Veeldvoorde. The only foreigner of the four missing.*[9]

---

[9] Cuatro surferos desaparecidos en un mes. El primero fue Hendrick van Veeldvoorde. El único extranjero de los cuatro desaparecidos.

—¡Joder!

—¿Qué pasa?

—Pues que han desaparecido tres surferos más en este tiempo. Hendrick fue el primero y es el único extranjero.

—¡Qué raro! Esta es una isla muy tranquila.

Blanca estaba tan preocupada como yo. Extrañada con todo aquel suceso.

—Dice aquí que todos ellos tenían en común el surf y que se acostaban con extranjeras a cambio de... ¿regalos o dinero en metálico?

Me quedé pensativa y me percaté de que Blanca trataba de atar cabos con todo aquello. «Hendrick... Mmm... *Gigoló*». Me miró como buscando una respuesta a algo que no se atrevía a preguntarme. Entonces, soltó un enorme suspiro.

—No estarás pensando que yo... ¡Qué fuerte! No le pagué ni un duro a Hendrick.

Blanca suspiró aliviada al escuchar mi respuesta y yo recibí su alivio indignada. «¡Será posible!». Esa noche estaba necesitada de cariño, ando muy escasa de arrumacos, pero de momento jamás me he planteado pagar por tener sexo. Aunque el chaval tenía veinte años menos que yo..., estoy de suficiente buen ver como para que a nadie se le pase por la cabeza semejante estupidez. Menudo rebote me pillé... ¿Blanca pensando eso de mí?

—No te sulfures... Simplemente trato de entender la conexión contigo.

—Casualidad, Blanca, puñetera casualidad... ¡Nada más!

Seguramente, el inspector como se llamara volvería a contactar conmigo, porque tanta desaparición empezaba a ser sospechosa. Las chicas nos hicieron señales desde lejos con el brazo. Nos pusimos a andar, mientras yo terminaba de leer la noticia. Hacía un par de años, un realizador de Singapur llamado Amit Virmani hizo un documental sobre los *gigolós* de las playas de Kuta titulado *Cowboys in Paradise*.

—O sea, que... ¿existen de verdad?

—¿Habías oído hablar de ellos?

—Hace unos años me comentaron algo sobre ese documental. Los isleños recuerdo que se enfadaron mucho, porque ensuciaba la imagen de Bali.

—No sé, yo no sé nada de *gigolós*, pero aquí pone que los cuatro desaparecidos solían frecuentar las playas de Kuta y Legian en busca de mujeres de mediana edad, solteras o separadas, que acuden a la isla para curar *heartbreaks on the beach*.[10]

Estaba claro que yo era un clara diana para ellos. Mujer recién separada de edad intermedia que llega a la isla más desorientada que otra cosa. Recuerdo que Hendrick insistió mucho para que fuéramos a mi pensión y que fui yo la que preferí ir a su cama. Quería preservar mi intimidad. Y empezaba a pensar, leyendo todo aquello, que fue la decisión más sensata.

—Y... ¿qué hacemos?

Me salió de dentro. Sabía que no podíamos hacer más que asumir esa realidad. Esperar que pronto se solucionara y que Hendrick apareciera vivito y coleando. El caso es

---

[10] Corazones rotos en la playa.

que yo era la última persona que le había visto antes de desaparecer y que encajaba muy bien con el perfil de clienta de los *surferos-gigolós...*, pero me resistía a pensar que Hendrick fuera uno de ellos.

—¿Y si se han equivocado con Hendrick?

—¿Qué quieres decir?

Era cierto que él era surfero, pero holandés. Estaba de vacaciones con otro amigo para competir en olas y en mujeres. De los cuatro, él era el único extranjero y a mí, cumpliendo a la perfección con las descripciones de las clientas de los «machos por dinero», en ningún momento me pidió *money for sex*.

—¿Y dónde está esta gente? ¿Por qué han desaparecido? ¿Secuestrados? ¿Muertos?

No entendía nada, pero todo aquello empezaba a olerme muy mal. Haber visto muchas películas no es demasiado bueno en casos como este, porque enseguida piensas en asesinatos en serie, psicópatas, y todo es muy dantesco. La desaparición de Hendrick empezaba a preocuparme, y la de los otros tres chicos no arreglaba el asunto, sino que lo complicaba aún más.

—¿Qué ha pasado? ¿Alguna mala noticia que debamos saber?

María nos había pillado con las manos en la masa y mi reacción refleja de esconder el periódico no hizo más que fulminar la poca naturalidad que le quedaba a la escena. Por un momento, creí que lo más conveniente sería explicarles todo el asunto a las chicas y dejarme de tonterías. Pero me resultaba muy embarazoso tener que dar detalles sobre mi primera noche en Bali, el surfero veinteañero y toda la concatenación de hechos hasta llegar al periódico y la noticia de las otras desapariciones. ¡A saber qué pensarían de mí! No me conocían apenas y quise evitar los comentarios de haberme acostado con un veinteañero o tener que escuchar sospechas de que, por esa noche, yo había pagado. Blanca miró al suelo en silencio esperando a que yo contestara o le diera sentido a todo aquello. María tenía una mosca enorme sobrevolándole la cabeza. Sinceramente, no supe qué decir y me escabullí como pude.

—Nada, nada... Es una sorpresa que no podemos decirte. ¿Verdad, Blanca?

Blanca afirmó sin demasiado entusiasmo, pero intentando seguirme el rollo. María no se tragó la bola, pero prefirió dejar de preguntar y que la mosca siguiera revoloteando por ahí.

—Vámonos, que las chicas nos están esperando y hay un largo camino por recorrer antes de que anochezca.

Apenas era la una y media. Tampoco tenía mucho sentido decir lo del ocaso, pero Blanca hizo lo que pudo. Las tres caminamos en silencio hasta encontrarnos con el resto. Yo guardé el periódico en la mochila para terminar de leerlo más tarde sin peligro de ser pillada. Las motos seguían pasando como mosquitos cojoneros en sentido contrario, alterando nuestra armonía. Poco a poco, el camino se fue estrechando, dejando atrás los edificios urbanos. Abandonamos el cemento para caminar sobre tierra por un camino menos ancho que dibujaba los primeros brotes de naturaleza.

—Preparadas para fundirnos con la selva...

Sentimos que hasta el aire había cambiado y el silencio parecía dispuesto a entonar un solo. Hera nos confirmó los datos. Excursión, seis kilómetros a paso tranquilo. Raquel protestó suavemente —¡no iba con el calzado adecuado!—. Todas nos reímos por el comentario sin hacer mayor caso a su queja. Yo estaba encantada con la noticia de andar, andar y andar. Necesitaba perderme en mis pensamientos después de lo que acababa de leer. Nos dispusimos en fila india a contemplar el paisaje. A ambos lados del estrecho camino de tierra, aparecieron, como por arte de magia, dos canales de agua que nos acompañarían todo el trayecto. En más de una ocasión, estuvimos a punto de meter el pie y dejarlo calado. Pero la buena fortuna nos acompañó y ninguna sufrió el acuoso incidente. En sentido contrario a nosotras divisamos a una anciana mujer. Era una *nenek*, una abuela. Iba vestida con una camisa color violeta y un *sarong* blanco de flores lilas. Ataviada con un pañuelo blanco en la cabeza, pasó por nuestro lado cargando unas cañas de bambú, enrolladas con un hilo. Nos saludó al pasar sin olvidar la sonrisa. ¡A saber cuántos kilómetros iba a recorrer con esa carga! No siempre la menudez del cuerpo expresa debilidad. Aquella abuela llevaba lo más grande dentro de sí: la grandeza de espíritu. Lo sé porque, cuando me miró, sentí su paz, su falta de conflicto. Ligera en sus andares, a pesar de la carga. Levitaba con pasos cortos y movimientos suaves. Percibí la tranquilidad de su conciencia. Vivimos con la cabeza demasiado llena de pensamientos que abotargan nuestra existencia hasta apesadumbrar nuestro propio esqueleto, sintiéndonos incapaces de soportar el más leve peso: emocional o físico. Unos minutos más tarde pasaron un grupo de niñas con bermudas rojas, camisa blanca y trencitas en el pelo. La infancia y la senectud, dos momentos de nuestra existencia que cohabitan en nuestro mundo y en otros, sin que les demos la mayor importancia. Me agradó volver a verme niña con las estudiantes balinesas, me inspiró la *nenek* para concebir mi vejez. Me costó imaginarme de anciana, quizás porque mi presente era más que nunca un libro abierto. Todo podía ocurrir y cada vez tenía menos sentido hacer cábalas sobre cómo sería mi vida. Salí de mis pensamientos. —¡Fuera! ¡Fuera! ¡Fuera!—. Cuando veo que entro en un bucle infinito, le ordeno a mi mente que salga de mí. Locura para la mayoría, pero a mí me funciona. —¡Fuera! ¡Fuera! ¡Fuera!—. Observé la maravilla que se abría ante nuestros ojos: gigantescas palmeras, plantas tropicales de inmensas hojas, un verde vital, y a los lados del camino empezamos a ver pedazos de tierra encharcados de agua y bordeados por una franja de verde que daban la sensación de un enorme *patchwork,* que reflejaba las nubes del cielo. Al final, unos bungalós y decenas de palmeras de todos los tamaños. Seguíamos en fila india. De vez en cuando, María esperaba a su hermana y andaban un tramo en pareja. Blanca iba en medio, había recogido una rama de bambú y se apoyaba en ella a modo de bastón. Hera iba delante de mí. Se había recogido el pelo con una trenza y se protegía del sol con un borsalino de paja. Tenía un andar despistado, despreocupado. Tendía a abrir los pies hacia fuera. Todos andamos de una forma particular y esa era la de Hera. En realidad, su verdadero nombre es Júlia, pero cuando decidió romper con su vida anterior pensó que ponerse otro nombre también ayudaría. Y eligió Hera, la más poderosa de todas las diosas del Olimpo; la diosa de las diosas.

Ella tenía mucho poderío etéreo, un efecto de imantación sobre los demás que la hacía una mujer tremendamente bella. Era sigilosa, apenas se hacía notar, porque, como Blanca, era una mujer en calma consigo misma. Ambas se aceptaban de manera íntegra, la lucha entre su yin y su yang había finalizado y convivían en armonía.

La observaba cuando ella no se daba cuenta. Así, podía explayarme sin juicio ni vergüenza alguna. Me gustaba aquella mujer, me producía una curiosidad tremenda su vida y empezaba a querer saber cualquier detalle de su existencia. Prefería no pensar en si aquello tenía algún sentido o se salía de los patrones que hasta ese momento había conocido. No era la primera mujer gay que conocía, aunque jamás me había despertado tanta curiosidad la homosexualidad como en aquellos días.

Hera me contó que Indonesia era bastante liberal con la homosexualidad en comparación con otros países musulmanes, aunque el islamismo radical estaba empezando a ejercer presión social. Incluso tienen a una especie de Oprah Winfrey, reina de la televisión, llamada Dorce Gamalama, que es transexual. Bali, isla hinduista y turística, es una especie de oasis: existe cierta tolerancia, aunque, por su religión, no puede ser del todo un destino *gay friendly*. Si dos personas del mismo sexo alquilan una habitación, no tendrán problema alguno. En otros lugares de Indonesia… puede que sí. En fin, una complicación que, hasta ese momento, no había analizado ni siquiera un segundo. Me parecía una barbaridad la segregación por tendencia sexual, la discriminación y mucho más la persecución y condena. Aunque en España, por suerte, la condena jurídica terminó con la abolición de la ley de vagos y maleantes, y se legalizó con la ley de matrimonios de personas del mismo sexo, la sombra de lo diferente seguía planeando como un manto segregador y, para muchos sectores, todavía era amoral. Los prejuicios son un rodillo con ansias de exterminio basado en adormilar, controlar a la masa y acabar con todo conato de diferencia. Yo soy zurda y mi abuelo lo era también. Recuerdo cómo me contó que a él en la escuela le ataron la mano izquierda a la espalda para que aprendiera todo con la derecha. ¡Estaba mal visto ser zurdo! Él me adoraba por ser su nieta preferida y por ser zurda como él. Nunca cesó de repetirme que jamás dejara que me ataran. Por supuesto, lo decía en sentido metafórico, pero siempre me inculcó el respeto e incluso la admiración por la diferencia. Y siempre me ponía el mismo ejemplo. «El gran Leonardo, Leonardo da Vinci, fue diferente, un genio avanzado a su época. ¡Un gran zurdo, como nosotros!». Mi abuelo fue también un hombre revolucionario, ilustrado autodidacta que siempre prefirió la duda razonable a la censura castradora.

Le habría encantado Bali y caminar entre arrozales, pigmentados de un verde flúor que regeneraba el alma y rejuvenecía el rostro.

Habíamos abandonado totalmente la civilización, apenas se veía una casa, como mucho unas cabañas de paja o material similar a lo lejos. Nos habíamos fusionado con esa jungla de cañas de bambú, palmeras gigantescas y bañeras de arrozales y nuestro camino de tierra.

—¿Cómo vas?

Hera se había detenido para esperarme. Caminamos un buen rato juntas, más en silencio que charlando. A lo lejos, asomaban figuras humanas, campesinos con sus sombreros de paja o bambú de forma cónica que, al vernos pasar, alzaban los brazos para saludarnos. Estábamos a punto de llegar a la primera parada de nuestra excursión. Una maravilla de restaurante-granja ecológico en medio de los arrozales llamado Sari Organik. Uno de los lugares preferidos de Hera y una de las primera granjas de comida ecológica de Ubud. Empezaba a estar cansada cuando vimos el cartelito del lugar y nos desviamos del camino para entrar a la granja, con plantaciones a los lados de... ¡vete tú a saber qué! Algún tipo de verdura u hortaliza que yo era incapaz de adivinar o diferenciar. El lugar era una superficie alzada, hecha con cañas de bambú, tejado incluido, en la que, al entrar, subías unas escaleras y todo estaba dispuesto en mesas de madera y cojines de colores. Sencillamente, tenías ganas de quedarte allí toda la eternidad.

Había apenas seis personas, así que estábamos prácticamente solas. Elegimos la mesa con vistas a los arrozales del interior. Cascadas de arrozales a lo lejos que daban la sensación de una gigantesca escalera construida por el hombre para tocar el cielo y tomar el té con los dioses. Nos quedamos de pie mirando el paisaje tan abrumador. Su belleza nos dejó sin respiración. Pensé en España, en Madrid, en los coches, en el asfalto, en el ruido y en cómo allí le hemos dado la espalda a la naturaleza. Cómo nos hemos despegado corriendo el riesgo de convertirnos en una especie mutante con la piel endurecida como el cemento y los pulmones enfermos del aire putrefacto. Respiré lo más profundo que pude varias veces para sentir la pureza de aquel milagro de la naturaleza y del hombre. Antiguamente, el hombre vivía y construía buscando la coexistencia. Lo antiguos, los romanos, los griegos, los egipcios…, las grandes civilizaciones intentaron alterar el entorno con los cánones de la armonía y no de la destrucción. Nuestra civilización se ha basado en el imperialismo, en la conquista de la naturaleza para florecer en cemento, metal, piedra y asfalto. Observando escaleras de arrozales de un verde infinito, me sentí avergonzada de pertenecer a esa civilización que decidió darle la espalda a ser y formar parte de la naturaleza en aras del ego.

Nos sentamos a disfrutar de la comida, el paisaje y la compañía. Decidimos pasar la tarde en aquel lugar, a base de zumos naturales servidos con cañitas de bambú para tomártelos y… ¡sin las Bintang! El tiempo parecía haberse detenido o ir más despacio. Quisimos pasar el resto del día y contemplar el atardecer en aquel lugar mágico enterrado en los arrozales, con campesinos cargando cestas dobles a sus espaldas y haciendo ofrendas al campo y a la diosa del arroz, Niwi Sri. A mí ya me iba bien, porque no me apetecía más ejercicio. No haber dormido nada me había dejado con la batería en reserva.

—Nada de ensalada, chicas… Hoy tenemos que comer arroz y sentirnos parte de la naturaleza.

Raquel estaba encantada, ilusionada con toda aquella belleza, y propuso la mejor de las ideas: nutrirnos del ingrediente más sagrado y mágico de la isla, eternamente bendecido por los isleños: el arroz. Esa tarde la pasamos como los ríos en calma, fluyendo y escuchando nuestro propio runrún, sin prisa. ¡Maravilloso bienestar! Aquella tarde, nos acompañó el equilibrio milagroso de Bali para deleitarnos con la perfección de la sencillez. ¡Magia pura!

Aceites calientes sobre la piel. Manos fuertes patinando sobre la espalda y recorriéndola en un majestuoso baile. Agua que cae sin prisa, olor a incienso que embriaga el ambiente. Placer absoluto, delicado ritual del otro sobre ti, sobre tu cuerpo, tus músculos, tu interior. Adoré los masajes en Bali, me convertí en una auténtica dependiente de ellos hasta el punto de necesitar uno cada dos o tres días. Raquel y María, cuantos más, mejor: en la playa, en un centro de belleza, en la villa o en un *spa*. Yo tenía mis lugares y repetía hasta que descubrimos a través de Hera el supremo arte del masaje balinés en un lugar llamado Hari Menari, en Seminyak. Reconozco que, al principio, desconfié un poco. ¿Masajes solo por hombres? Hera nos lo dijo de camino y todas la miramos con cara sospechosa por aquello del «final feliz». Cada una con lo suyo tenía sus necesidades, pero no pretendíamos probar, al menos ese día, ese tipo de masaje.

—Yo, con un *gin-tonic,* me atrevo

Raquel era la más espontánea y siempre andaba dispuesta a probar nuevas experiencias.

—Chicas, estamos en Bali... Lo que pasa en Bali... ¡se queda en Bali!

No quiso escuchar a Hera, que aseguraba que era un masaje tradicional balinés sin «final feliz». Ella ya había echado a volar la imaginación con lo que sería vivir algo así. Menos mal que Made no entendía nada de castellano, porque Raquel estaba decidida a vivir la experiencia de su vida.

—Chicas, hoy y mañana, en Seminyak, tenemos que vivir como si se fuera a acabar el mundo.

Habíamos decidido pasar un par de días en Seminyak, la zona más turística y de más marcha de Bali. A Raquel, unos surferos le habían chivado que era el segundo aniversario de La Plancha, uno de los locales de moda de la zona. Hera iba solo a pasar el día con nosotras, aprovechando que tenía que reunirse con un galerista en Legian. Pero las Velasco, en la furgoneta, le insistieron para que se quedara por la noche. Las hermanas habían preparado el plan de chicas y esa noche estaban dispuestas a arrasar. A Hera le costó un poco decidirse, pero al final aceptó. Habíamos hecho buenas migas y no la veíamos demasiado. Estaba ultimando los detalles para su próxima exposición, *Obsessions,* y andaba muy liada. *Obsessions?* Tenía ganas de ver lo que pintaba, era la única que todavía no había visto nada de nada.

—¡Está bien! Un descanso me irá bien.

—¡Yuuuju!

Las Velasco juntas tenían un poder de convicción infalible y una energía que revitalizaba al exhausto.

—Tendréis que dormir juntas. No os importa, ¿no?

No nos importaba lo más mínimo. Aunque confieso que sentí cierto rubor en las mejillas que me desconcertó un poco.

Faltaban menos de diez minutos para la hora convenida para el masaje y el atasco era monumental. Motocicletas, coches, bicicletas… ¡Allí no se movía ni un mosquito! (¡Malditas sabandijas! Todavía tenía todas las marcas de la masacre que me hicieron a la vuelta de los arrozales).

—*Made, will we arrive in fifteen minutes to the massage?*

—*I don't know… A lot of traffic. Not far from here.*[11]

Estábamos seguras de que él haría lo imposible para que llegáramos a tiempo. Confiábamos en él y no nos defraudó. Aunque fueron diez minutos de retraso, no nos pusieron ninguna objeción para nuestro masaje.

—*Four Perfect Massages?*[12]

No teníamos ni idea de en qué consistía el llamado *Perfect Massage*. Hera nos recomendó que nos dejáramos llevar por ese viaje de 120 minutos. Le costó poco convencernos para que aceptáramos la invitación sin apenas preguntas.

—Oye, y… ¿podemos elegir al chico?

---

[11] —Made, ¿llegaremos dentro de quince minutos al masaje?
—No lo sé… Mucho tráfico. No lejos de aquí.
[12] —¿Cuatro masajes perfectos?

María había estado muy hábil con la pregunta, la verdad es que, ya que te lo daba un hombre...

—No, te toca el que te toca, pero ninguno de ellos defrauda, te lo aseguro.

Cuando Hera aseguraba, no dejaba espacio a la duda, su convencimiento contagiaba al resto. Estábamos impacientes por empezar ese misterioso ritual llamado *Magic Fingers*[13]. Era una técnica específica de masaje que solo impartían en ese lugar. Mientras esperábamos en la recepción y tienda, Raquel inspeccionó todos los objetos al detalle: *sarongs* de todos los colores, aceites esenciales, sales de baño, inciensos equilibradores, budas y hasta preciosos mandalas. (Nunca he creído en el poder sanador de los mandalas, pero me parecen muy bellos). No habían pasado ni cinco minutos cuando aparecieron cuatro chicos, vestidos con pantalón tailandés oscuro y camisa de cuello Mao de color blanco.

Las cuatro nos miramos, esperando a que Hera tomara la iniciativa. Ella dio el primer paso y enseguida todas nos distribuimos cada una con un chico y en una cabina independiente.

—No seáis golfas y, si hay final feliz, se cuenta, ¿eh?

Menos mal que Raquel tenía esas salidas que desengrasaban cualquier momento embarazoso. A mí me ayudó para soltar un poco el corte que me había entrado por que un hombre me diera un masaje mientras yo estaba en tanga. Aparte de Gonzalo y algunos otros novios mañosos, ningún hombre me había dado un masaje.

---

[13] Dedos mágicos.

Me tumbé en la camilla dispuesta a disfrutar de la experiencia fuera cual fuera y a que, poco a poco, me bajaran las pulsaciones. Del corte, ni siquiera le había visto la cara al chico que me había tocado. Sabía que era mucho más alto que yo y poco más. Al final, lo importante era que tuviera unos dedos mágicos e hiciera de ese momento un gozo absoluto.

Y… ¡lo fue! Más allá de mi imaginación. Sentí desde el primer momento una delicadeza cautivadora. Sus manos eran tremendamente fuertes, pero de una finura que me hizo pensar que habíamos entrado en un lugar donde los hombres eran *geishas* o los hijos de las *geishas.* ¡Qué manera de mover las manos! «¡Mmm! ¡Oooh! ¡Aaah!». Era puro gemido del gusto. Sentí que estaba siendo cuidada con un amor desconocido, tratada con tanta fragilidad que consiguió que, a los pocos minutos, me hubiera entregado por completo a él. Mi mente entró en conflicto con esas sensaciones tan placenteras como desconcertantes. «¡Fuera! ¡Fuera! ¡Fuera!». De nuevo, la hice callar para seguir con el disfrute.

Se movía sigilosamente, su olor era de aceite esencial, sus dedos recorrían mi espalda escribiendo una partitura perfecta. Intuían a cada instante mis puntos de dolor y me los calmaba con una fuerza rotunda y al tiempo refinada. Mi respiración era profunda y sonora. Estaba en el paraíso de los paraísos conocidos y por conocer. —¡Dios! ¡Un placer indescriptible!—. Estuve las dos horas en una semiinconsciencia en la que todo se me quedó desdibujado menos ese profundo suspiro, salido como de ultratumba.

—*Are you OK?*[14]

Su voz me despertó del sueño. Sensual, delicado, íntimo, reparador. Ese hombre desapareció sin que pudiera verle la cara, habiéndome hecho sentir la mujer más cuidada de la tierra. Jamás nadie me había tocado de esa manera tan cardinal, tan absoluta. Tardé en incorporarme de la camilla. Seguía en un estado de *shock* placentero. No era capaz de poner en pensamientos lo que mi cuerpo y todo mi ser acababan de sentir con ese masaje. Entendí perfectamente que lo llamaran *Magic Fingers,* porque aquel hombre era un mago, un ser extrasensorial que me había dejado en la órbita de Venus. Mis pies apenas tocaban el suelo, estaba completamente desorientada y me costó llegar al vestuario. Al entrar, me encontré con las chicas y sus caras también lo decían todo. María llegó arrastrando la toalla, con los pelos todos revueltos y los ojos en órbita.

—¡Chicas, esto es la leche!

Sentadas en la banqueta, nos mirábamos, sonreíamos, suspirábamos y ¡vuelta a empezar! El cuerpo apenas nos daba para más. Salimos del Hari Menari con cara de haber pasado por un éxtasis. Decidimos que lo mejor sería relajarnos en el bungaló y prepararnos para la noche de fiesta en La Plancha. Estaba un poco apurada con esa salida, porque el lugar, aparte de ser uno de los más de moda de la isla, era el campamento base de los surferos. ¿Se habría largado a su país el amigo de Hendrick? No me apetecía encontrarme con el inspector de policía ni con la pandilla de Hendrick.

---

[14] —¿Estás bien?

«¡Fuera! ¡Fuera! ¡Fuera!». Dejé volar los malos pensamientos y seguí saboreando el plácido recuerdo del *Magic Fingers*.

El efecto relajante fue tal en nosotras que nos quedamos inconscientes a la de menos tres. Las cuatro en la misma cama nos tumbamos y, en menos de un suspiro, nos fundimos. ¡Bendito placer! «Mmm...».

María fue la primera en despertarse y la que me sacó de mi coma inducido. Había recibido un mensaje de correo electrónico de Félix y estaba toda revuelta. —¿Cuánto tiempo tarda uno en digerir un final? ¿Cuándo dejan de activarse las vísceras?—. Tocaba terapia en silencio y en tiempo récord antes de que las demás despertaran. La pobre estaba con los ojos hinchados de tanto llorar y en pleno ataque de ¿culpabilidad?, ¿arrepentimiento?, ¿flagelación? Se hallaba en ese momento en el que una dice las mayores estupideces contra ella misma y contra el mundo. Cuando un amigo se encuentra en el estado de ánimo que estaba María y reclama tu ayuda, estás jodida. Digas lo que digas, intentes lo que intentes, algún hachazo involuntario directo a tu víscera vas a recibir. Los seres humanos somos como un frasco de perfume refinado. Primero nos creemos ser el frasco, luego caemos en la cuenta de que quizás seamos el perfume y más tarde pensamos que somos lo que hay entre el líquido y el cristal más allá del aroma —lo escribí en uno de mis libros—. No he conocido a nadie que haya llegado a ese lugar tan elevado de consciencia. A mí me sirve para quitarme marrones. Si me duele el cuerpo: «¡Álex, el cuerpo no eres tú!». Si me duele el alma: «Álex, esa no eres tú...». Al final, acabo enviando al carajo el frasco, el perfume y todo lo que se me ponga por delante. Cuando tengo una crisis como la que estaba sufriendo María, me da por romper cosas. Lo que pillo..., ¡al suelo! No las elijo a conciencia para evitar destrozar algo carísimo. Cuando me da, es ¡al suelo! Con lo que sea. Un acto totalmente de perturbada visceral. Descargo un buen rato y luego me relajo recogiendo los pedacitos. Gonzalo ha vivido estos momentos de «no puedo más con mi vida, estoy agotada». Me ha mirado, pero jamás me ha dicho nada al respecto. Sabia elección, porque en esos momentos él también habría terminado ¡al suelo! Gonzalo es un ser extraño que sabe respetar y apenas juzga. ¿Por qué me desenamoré de él? O ¿por qué no me llegué a enamorar del todo? Seguía sin aclararme en el amor y esa tarde me tocaba encarnarme en la doctora Francis.

—Me sigue queriendo, Álex, y dice que me espera, que me tome el tiempo que quiera.

—Mmm... —Silencio—. Mmm...

No se me ocurría nada lo suficientemente brillante. Me entraron unas ganas terribles de fumarme un pitillo de hierbas balinés. No tenía claro que María no siguiera queriendo a Félix, ni María tenía claro si lo que la había pillado era un ataque de pánico tan brutal como para cancelar una boda y un proyecto de vida.

—Le quiero, Álex, pero no quiero volver con él porque necesito vivir primero mi vida.

Estaba como un pajarillo, con el pareo por encima y recogida en la silla mirando al suelo. Se sentía muerta de pánico, sabía que tenía que tomar una decisión más allá de Félix y su historia de amor. Me emocioné con ella y por ella. Reconocía ese desconsuelo que la invadía hasta dejarla en aquella figura tan desvalida. Sabía de lo que hablaba su «no sé qué hacer y me siento perdida». ¿Era una locura lo que había hecho María? ¿Un acto de valentía y coraje? De valientes está lleno el cementerio y de cobardes el mundo. ¿Es mejor enterrarse en vida? Ella tenía que elegir. Me confesó que no quería seguir viajando con su hermana porque había llegado el momento de vivir bajo sus propias elecciones y ser responsable de sus actos. Raquel lo era, había decidido tomarse ese año para viajar, enamorarse y escribir canciones de desamor que más o menos pudieran cantarse. Pero María... María había dicho un NO enorme, gigantesco... Después, se había vuelto a dejar llevar. ¿«No» era suficiente? No. Estoy convencida de que los seres humanos no solo somos de hábito de acción, sino también de emoción. Si durante un tiempo te has dejado de querer para querer al otro, en cuanto tratas de poner remedio, no hay que bajar la guardia, porque cuando menos te lo esperas te ves otra vez colocándole la alfombra roja al otro y tú caminando sobre charcos. Gonzalo caminó kilómetros por una alfombra roja y lo más triste es que, seguramente, a él no le gustan las alfombras rojas.

—Lo que más te gusta de mí es mi mayor defecto.

Ser capaz de mimetizarse con el ambiente. Ser de pared, ser de playa, ser de aire, ser balinesa... María era capaz de ser todo y convertirse en todo para no ser ella misma. ¡Cierto! Pero, pese a su riesgo, admiraba ese poder de fundición con el ambiente, porque yo era incapaz de no ser fluorescente. Ella, en cambio, toda su vida había practicado la «mujer invisible perfecta» que necesita impregnarse de otros para ser visible.

—¿Alguien puede entender que, aunque nazcas hermana mayor, puedes tener alma de hermana menor?

Raquel hacía las veces de mayor y María simplemente se dejaba llevar en el ánimo que tocaba: locura, tristeza, aventura, silencio. Pero, desde ese gran y primer «no», empezó a no estar cómoda en la existencia transparente. Deseaba ser opaca, pero le faltaba encontrar cómo hacerlo.

—Solo tienes que ir expresando lo que quieres y lo que te gusta en cada momento.

—Uy —yo sabía que esa frase era una de esas que, cuando la oyes, golpearías al listillo que la ha escupido—, ¡no te fastidia! Solo tienes... ¡Como si fuera tan fácil!

María fue condescendiente con mi torpeza y no se inmutó. Tenía que conseguir que se animara un poco y saliera del abotargamiento mental. Era absurdo darle más vueltas al tema, no iba a encontrar una solución y las chicas estaban a punto de dejarse ver.

—¿Estás segura de que no quieres volver con Félix?

Esa pregunta me la podía hacer a mí misma, pero cambiando el nombre por Gonzalo, así que... no sé si le preguntaba para ayudarla o porque me interesaba escuchar su respuesta. Al menos había logrado que me mirara y se quedara con los ojos fijos meditando la respuesta. La mía era cada día más ambigua, al tiempo que lo tenía claro, no tenía claro nada y entonces me agarraba al «más vale malo conocido que bueno por conocer».

—¿Les pasa lo mismo a los gais?

María casi se atraganta con la Bintang al escuchar la salvajada que acababa de salir por mi boca. «Pero... ¿qué había dicho?». No tenía la más remota idea de por qué había soltado ese comentario, pero tenía que reaccionar.

—No te rías, a lo mejor no se comen tanto la olla como nosotras.

María empezó a reír y a farfullar que el masaje me había dejado dormido el cerebro.

—¿Por qué sales ahora con estas?

Me sonrojé. ¡Cierto! Me acaloré por la estupidez de mi comentario y la terquedad de querer encontrarle lógica a aquello. Me bebí media Bintang de un trago. Lo único que me venía a la cabeza era Hera, y aquello, sinceramente, tenía menos sentido.

—Tú llevas unos días un poco rara con este tema, Álex. ¿No serás homófoba?

—¿Yo? ¡Pero qué dices! Si tengo muchos amigos gais.

«Uy». Es lo que se dice siempre, pero lo que estaba claro es que, desde que me había enterado de que la pintora era lesbiana, a mí me habían entrado todo tipo de prejuicios absurdos que hasta ese momento no había tenido.

—No te molestará dormir con Hera esta noche, verdad? Porque si quieres duermo yo, ¿eh?

María había puesto el dedo en mi llaga, pero estábamos desviando la atención hacia mi «yo y mis circunstancias» y era el momento de su «yo y sus circunstancias». Sinceramente, no tenía ganas de escarbar en el tema, pero puestos a sugerir...

—Si te soy sincera, no me hace mucha gracia, pero ahora quedaría feo que tú durmieras con ella, ¿no?

María no podía abrir más los ojos. Estaba alucinada con mis reparos de compartir cama con Hera. ¡Lo sabía perfectamente! Que le gustaran las mujeres no significaba que le gustaran todas o que no pudiera reprimirse. No podía evitar sentir incomodidad al respecto y no sabía cómo salirme del embrollo en el que yo misma me había metido. La situación se estaba volviendo un poco violenta, así que retomé como pude la conversación.

—No te me escapes. ¿Volverías con Félix?

—No... Mmm... ¡NO!... —Silencio largo—. No, no, no, no, no, no, no.

Había entrado en un bucle de noes, se había puesto encima de la silla para gritar el NO más alto y mirar más de cerca el infinito. María no sabía qué quería hacer, ni dónde vivir, ni con quién vivir, pero tuvo claro aquella tarde que quería ser ¡LIBRE! Empezó por gritar como una posesa frases de despedida a Félix: «¡Hasta luego! ¡Ciao, ciao! ¡Que te vaya bonito! ¡Nos vemos en otra vida!»; bailar sobre la silla hasta casi romperla *I'm sexy and I know it*,[15] gritar: «¡Basta de sufrimiento ya! ¡A vivir! ¡A gozar!».

Raquel apareció, asomando la cabeza con marcas de cojín en la cara.

—¿Qué es lo que os pasa?

---

[15] Soy sexy y lo sé.

—¡¡¡Hermana!!! ¡¡¡Que no vuelvo con Félix!!! ¡¡¡Que no me caso!!!

María seguía dando botes y Raquel, visto y conocido el brote de su hermanita, sin pronunciar palabra, se metió de nuevo en el bungaló. Estuvimos de locura y de cháchara hasta que se hizo de noche y se acabaron todas las Bintang. Nada mejor que una ducha reparadora, maquillaje y ¡fiesta!

Cientos de jóvenes desperdigados por enormes cojines de colores, haciendo de silla sobre la arena; cometas de colores abanderando el cielo y siguiendo el compás del viento y de la música; color; mucho ambiente; gente joven vestida con bermudas y chanclas pero muy chic. «Hay que ver la gracia que tiene según quién para vestirse con cuatro trapos». Esa fue nuestra primera impresión de La Plancha. Definitivamente, era el lugar de moda. María y Raquel se dieron cuenta del error de cálculo. ¿A quién se le ocurre venir a la playa con tacones? Parecía que estuviéramos en Ibiza, pero la Ibiza de los años setenta. Nos enteramos de que los dueños eran españoles. ¡Parecía que habíamos colonizado la isla! El local estaba muy bien montado. Era una enorme estructura de madera de bambú con barra para copas y comida enorme en la planta de abajo. Gente en mesas comiendo o en taburetes con copa en la mano y ritmo en el cuerpo, mirando la enorme explanada de arena de la playa repleta de los gigantes pufs y mesas bajas que se iluminaban de colores y desembocaban en la orilla y el gran océano. En la planta de arriba, a la que ascendías por unas escaleras también de madera, un solar espectacular con mesas para contemplar el atardecer mientras te tomas una tortilla de patatas. «Mmm... ¡Gazpacho!». Después de casi un mes en esa isla, tan solo con leer comida española en un menú te dabas cuenta de cómo se echa de menos la comida del país. ¡No me iba de esa isla sin probar el gazpacho de ahí! Decidimos situarnos en la arena, Raquel divisó y cazó al vuelo una mesa libre y corrió a hacerse con ella.

Primera ronda de Bintang sobre la mesa, pies descalzos en la arena, pantallas proyectando imágenes de fiestas anteriores y muchos chicos pendientes de nosotras. Éramos las recién llegadas y nos estaban echando el ojo, la inspección, el radar para tenernos fichadas. ¡El mundo de la noche! Hacía años que no lo vivía, me sentía un poco fuera de lugar con tantos críos veinteañeros y pocos cuarentones. Era también el tributo de la isla: no solo a los dioses y a la espiritualidad, también a la juventud. La gran mayoría éramos extranjeros, prácticamente ningún isleño de fiesta. Era un local hecho y diseñado para el turista. No nos importó lo más mínimo. Las Velasco estaban excitadas, yo un poco cortada. ¡Dios! ¡No recordaba ni cómo se bailaba! Y Hera contemplando con cierta distancia la escena.

No tardaron en acercarse un par de moscones. Uno de ellos se lanzó en plancha en el puf que quedaba libre, al lado de Hera. ¿Sería por eso por lo que se llamaba así el lugar? ¿Porque para ligar uno se lanza en plancha sin preguntar? El chico solo sonreía y no decía nada. ¡Menudo monazo que llevaba! Al final comenzó a hablarle a Hera, las demás ignoramos el instante y nos pusimos de pie a bailar un temazo que acababan de poner. Mi cuerpo todavía estaba acostumbrándose a volver a sentir el baile como una adolescente. Miraba de reojo a Raquel, que tenía el ritmo en los genes, para copiarle algún movimiento. ¡Quién no lo ha hecho cuando se le acaban las ideas! Mis recursos en el baile eran limitados; dos o tres pasos adaptados para todas las canciones. Del 4, 3, 2 y 1 no había nadie que me sacara. Odiaba las canciones con coreografía grupal, porque era incapaz de aprendérmelas y, cuando sonaban, me veía obligada a hacer el ridículo. María se movía con gracia, muy de cintura y cadera y poco de brazos. Pequeños meneos, pero suficientes.

Las tres seguíamos bailando sobre la arena mientras Hera charlaba con el agregado en los pufs. (¡Los agregados! Una gran tribu urbana). Habíamos entrado en el trance del ritmo y no podíamos parar. Llevábamos la segunda Bintang y pronto caería el primer *gin-tonic*. Raquel no tardó en fichar y ligarse a un armario rubio de dientes deslumbrantes. Iniciaron el baile de cortejo y, después de un buen rato, se perdieron por el local.

—Esta noche me gustaría tirarme a alguien.

Directa. Escueta. Sin contextualizar ni avisar. Así era María.

—Esta noche me tiro a alguien.

Estaba decidida a dejar atrás a Félix y probar lo de acostarse con otro chico. En esos meses, nunca había pasado del sobeteo y le apetecía un revolcón. No tenía tanta destreza como su hermana en el arte de ligar y, si esperaba que yo la ayudara en eso, iba lista. Mi única experiencia en años del «aquí te pillo, aquí te mato» fue Hendrick, y acabó como acabó. Ni lo sabía ni le hubiera importado, porque aquella noche estaba decidida a pillar cacho fuera como fuera.

—Aquí están todos cañón, así que alguno habrá para mí… ¡Seguro!

—¿Y adónde piensas ir?

—Álex…

Me miró ladeando la cabeza y extendiendo los brazos para que mirara alrededor.

—¿Quieres decir que te lo quieres montar por aquí?

Lo tenía muy claro. Esa noche quería hacerse lo que yo llamo un «completo de riesgos»: sexo con desconocido por la calle a riesgo de pillar algo y que te pillen. A mí con Hendrick se me habían quitado las ganas de experimentar, aunque si me entraba un san bernardo, no le iba a hacer feos.

Había llegado la hora del *gin-tonic*. Raquel seguía desaparecida. Hera le había dado puerta al agregado, yo me había tirado al cojín para descansar un rato de tanto baileteo. María había ido a por las copas.

—¿Conocías este sitio?

—Había oído hablar de él, pero no había estado nunca.

Le hice algunas preguntas más, pero enseguida se me acabó la conversación. Seguía cortada con Hera y eso me rallaba sobremanera. Solo esperaba que ella no notara mi desconcierto con todo aquello.

—¿Qué tal estás? ¿Cómo vas con tu proceso?

Iba y venía de lo mío, pero estaba infinitamente mejor que como había llegado. No sé si era también una propiedad de la isla o la distancia que había de por medio, pero todo me parecía menos, o me importaba lo justo y necesario. Me estaba permitiendo ser yo y hacer lo que en cada momento me apeteciera. Empezaba a disfrutar de esa nueva Álex que no protesta por todo y que duda menos de sí misma. Le sonreía más a la vida, a los demás y a mí misma. Empezaba a mirarme al espejo sin acritud.

—Me han dicho que a la una de la mañana hay preparados fuegos artificiales.

¡Qué emocionante! En menos de una hora, asistiríamos a la ceremonia de celebración que tenían preparada por el segundo aniversario de La Plancha. Desde que era pequeña, no había visto fuegos artificiales en la playa y me apetecía mucho.

María se había traído a un invitado, Philippo, italiano de pura cepa y residente en Nápoles. *Mamma mia!* A ese no se lo quitaba de encima en toda la noche. Me guiñó el ojo, haciéndome saber que su plan iba por el buen camino de cumplirse. Raquel llegó al poco, sola y sin el ligue con el que había desaparecido hacía un par de horas. No preguntamos. No hacía falta. Había salido rana y para qué perder el tiempo.

Mmm… ¡Los hombres rana! Podría escribir un libro sobre estos especímenes que no tiene tanto que ver con ellos sino con mis proyecciones sobre ellos:

— El caballeroso: se te cae el mito cuando no hace ni el ademán de sacar la cartera para pagar la cena, esperando que la pagues tú.

— El moderno: quiere hacer un trío pero con otra chica y ni hablar de otro chico.

— El romántico: te hincha a regalos y detalles hasta que un día te deja colgada por un partido de fútbol con los amigos.

— El intelectual: lee a Balzac, pero tira gargajos mientras camina.

— El posesivo: deja de serlo cuando te la pega con otra.

— El tímido… Mmm…, mejor dejarlo ahí.

Podría seguir con mi anatomía de hombres rana. Raquel descartaba antes de haber catalogado al hombre con un arquetipo. ¡Todos catalogamos! Gonzalo siempre me decía que yo era una «independiente reprimida» con peligro de convertirme en una «amargada». El día que me lo soltó en medio de una soberana bronca, estuve a punto de irme de casa. Habría sido lo mejor, aunque no sería madre de un ser tan excepcional como Yago. El tiempo le dio la razón a Gon. En Bali me di cuenta de que era una reprimida de la vida e iba camino de volverme una amargada.

Estaban a punto de empezar los fuegos. Las pantallas comenzaron una cuenta atrás: 20, 19, 18…

La gente dejó de bailar, se desplegó a los lados y se situó de cara al mar para disfrutar del espectáculo.

—*Eight, seven, six…*[16]

_____

[16] —Ocho, siete, seis…

Todos vitoreábamos los números cómo si celebráramos Nochevieja. La gente se abrazaba, nosotras hicimos lo mismo, la música cambió drásticamente y… ¡pim!, ¡pam!, ¡patapatapapúm! Empezó uno de los espectáculos más increíbles que he visto en mi vida. Más de diez minutos de palmeras, fuentes, lluvia de colores, cenefas chispeantes, sauces llorones celestiales, cometas que viajaban a la luna y al más allá, misiles rosas cargados de deseos, nebulosas que aparecían y desaparecían hasta tejer en el cielo una tabla de surf. Contemplamos esa maravilla visual, silbando, aplaudiendo y gritando como si estuviéramos en un concierto. Le hicimos una ola gigante descargando la emoción de todos por la grandeza visual. Nos dispusimos a disfrutar la traca final, botando en la arena y abrazadas. ¡¡¡PARAPARAPARAPARA PUM PUM PARAPÚM PARARA PUM!!! En el cielo quedaron impresas las letras del local: «La Plancha». Al tiempo que brotaban, se acompasaron con el ritmo de una espectacular versión *house* o *techno* —no controlo demasiado esos géneros— del *We Will Rock You*, de Queen. Si hubiéramos estado en un escenario, se habría hundido del subidón que nos dio a todos. Dando palmas y desplazándolas al aire, dando palmas y volviéndolas a desplegar. Fue un momento mágico de descarga de adrenalina total.

La noche siguió su curso y, a medida que nuestro cuerpo ingería más alcohol, el descontrol era mayor. María se perdió con Philippo y cumplió al dedillo con el objetivo marcado.

—¡Ha sido la hostia, Álex! ¡Hay más mundo que Félix!

Estaba feliz por haberse atrevido y empezar a salir de sus miedos. Me tranquilizó saber que lo habían hecho con protección y que el italiano no era surfero ni le apetecía practicar ese deporte. Raquel se encontró con su ligue y vio cómo se enrollaba con otra. Presenciar esa escena le hizo ser consciente de su pedo y decidir que la noche había terminado para ella. Antes se tomó unos cuantos chupitos más para asegurarse una caída limpia en la cama. A esas horas, las mesas y los pufs habían desaparecido y la explanada de arena se había convertido en una enorme pista de baile con barras a los laterales. Nuestros zapatos y bolsos estaban enterrados en la arena. Hera estuvo parte de la noche hablando con dos chicas, Berta y Laurel, una de ellas compañera de clase de escultura. Yo hice lo que pude, pero sin demasiado éxito ni ganas. Desde que las dos chicas aparecieron en la fiesta, a mí también me cambió el humor. Hice amagos de ligar, dando vueltas sola por la pista y casi me caí de culo cuando a lo lejos vi al amigo de Hendrick. Él no me vio. Me habría encantado ir allí y preguntarle si sabía algo, pero preferí no hacerlo. Salí por patas deseando abandonar el lugar cuanto antes. No me quitaba de la cabeza al surfero holandés y haberme encontrado con su amigo era una señal lo suficientemente fuerte como para ponerme en contacto con el inspector y saber qué estaba ocurriendo con Hendrick y los desaparecidos.

Volvimos a rastras o como pudimos al bungaló. Al final, María durmió con Hera y yo dormí con Raquel. La Velasco hizo como si le viniera bien y me echó el capote de buena amiga. La cuestión es que… al final fui yo la que me convertí en una mujer rana. Dormí mal. Me pasé la noche dando vueltas sobre el colchón, luchando con mis demonios y prejuicios. Resistiéndome a aceptar que esa noche me había sentido celosa de esas chicas y arrepintiéndome de no compartir cama con Hera. Tenía que hablar con Blanca antes de que regresara a España y para eso quedaban solo dos días. ¿Me podía estar pasando? ¿A los cuarenta y tres años? ¿Con una mujer? ¡No me jodas!

Cinco

Odio estar en cama. Detesto encontrarme mal y ser dependiente. Me enfurruño. ¡Qué mala suerte! Tenía que tocarme el ovario de los dolores fuertes, el izquierdo, que me había salido revolucionario y daba una guerra que no veas. Habría preferido el derecho, que, aunque me deja a lágrima pura, no me inmoviliza el primer día. Estaba mala y de muy mal humor. Las Velasco y yo habíamos pactado una reconciliación de mi Yo con el surf y dar juntas unas clases. Y la primera... ¡nada! Con el periodo malo: el doloroso y abundante que me deja por los suelos.

—Ven igualmente, Álex, ¿Qué vas a hacer aquí sola?

¡Flagelarme un rato! Sabía que era una decisión necia, pero estaba en pleno puchero de enfurruñamiento. Decidí quedarme en la villa, intentar hablar con Pablo y Yago por Skype y tirarme a la bartola con mi biografía de Van Gogh, que la tenía muerta de risa.

—Si más tarde te quieres unir, nos envías un mensaje al móvil balinés, ¿vale?

—Por la tarde queremos ir de compras un ratín...

No hubo manera de sacarme de aquel estado. María y Raquel lo intentaron con mimos, haciéndome reír, repasando algunas fotos del viaje, hasta que desistieron.

—¿Seguro que no te vienes?

—No. Además, yo la primera clase ya la di. ¡Pasadlo bien!

Era el primer día que me quedaba en la villa sin más intención que sorberme los mocos. Desde que me recuperé del esguince, no había parado un solo día quieta y apenas había estado conmigo misma, excepto por las noches. ¡Las noches! ¡Qué difíciles se me hacían! Era el momento del día en el que afloraban los miedos, sentía la distancia entre Bali y mi casa, y entre Bali y mi hijo, y me sentía más sola que nunca. Por las noches, si no caía inconsciente a base de *gin-tonics,* era cuando más vulnerable me sentía. Era cuando me recriminaba a mí misma todo, mi huida o mi encuentro. ¡Qué más daba! Nadie entendía cómo me había ido de golpe y porrazo. Por las noches, me costaba también encontrarle la lógica a todo aquello. A lo mío.

Nada más irse las chicas, volví a la cama para retorcerme con las sábanas y quedar hecha un ovillo. Estaba rara, y no solo por la menstruación. Intenté volver a quedarme dormida, pero no hubo manera. Di vueltas unas cuantas veces hasta quedarnos hechas una croqueta, yo y la sábana, y decidí intentar distraer mis pensamientos con la lectura. Arrastré como pude hacia mí, estirando el brazo y sin apenas moverme de mi postura, el tocho de Van Gogh. Lo dejé al instante. ¡Demasiada espesura! Me abstraje apagando y encendiendo el ventilador del techo. ¡Clic! Las aspas en movimiento rápido. ¡Clac! Las aspas desacelerando hasta detenerse. ¡Clic!... Mmm... ¡Clac! ¡Clic! ¡Clac! Así un buen rato. No sabía de Gonzalo hacía días, ni un *whatsapp,* ni un correo, nada de nada. ¿Habría ligado con alguien? ¿Y a mí qué me importaba? Me daba por la posesión, porque me cuesta perder las cosas, soltarlas sin más. Sufrí mis dolores de estómago al desprenderme de una carta que me escribió Miguelito, mi primer novio de la escuela. ¡Lo había hecho! Me había separado de Gonzalo y estaba dispuesta a no volver, pero no soportaba la idea de que me hubiera olvidado con la facilidad con la que se pasa la página de un libro.

Seguí un buen rato con esos pensamientos que bajaban mi autoestima a niveles infernales, permanecí quieta queriendo ser una croqueta, sintiendo mis dolores de regla y escuchando a mis tripas revolverse. Cuando creía estar a punto de alcanzar el duermevela, ¡una voz a grito pelado! «¿Qué es eso?». Era la voz de un hombre hablando. «¡Yo qué sé!». ¿De dónde venía aquella voz de tómbola de feria de pueblo? Sonaba a través de altavoces, un poco metálica y muy chillona. No entendía nada, porque era indonesio, pero cada cinco minutos repetía lo mismo o parecido. Cerré los ojos. Intentaba ignorar aquel sonido discordante en mi mañana enfurruñada. Me concentraba, arrugaba la cara hasta achinar los ojos con el mayor número de arrugas posibles, subía el labio superior hasta enseñar la dentadura. Intentaba por todos los medios no oír esa voz rallante. ¡El cojín sobre la cabeza! «La, la, la, la, la, la, la, la, la». A la desesperada, usé la técnica infalible de cantar por encima una melodía. Al final, después de unos minutos de terquedad y no querer asumir la realidad, me dejé de gilipolleces y me incorporé, vencida y cabreada con el mundo.

¡Ducha! Agua muy caliente. Estar unos minutos debajo del agua. Poco ecológico, pero muy útil cuando no eres capaz de soportarte. El agua no solo limpia las bacterias de la epidermis, también me ayuda a soltar, a descargarme de mala leche. Me encanta levantar la cabeza y dejar que caiga un buen chorro de agua, sentir su fuerza masajeándome. No abrir los ojos, jugar a ser parte de una fuente abriendo y cerrando mi boca. Siempre que lo hago, me parece una cochinada, pero sigo haciéndolo. A veces, las cochinadas y el placer van de la mano. En mi caso, meterme agua de la ducha en la boca para luego escupirla a modo de sifón, meado de querubín en la fuente o boca de pez. La cuestión es llenar para luego vaciar y hacerlo un buen rato. Concentrarme solo en eso y en el ruido del agua al caer. Visualizar que estoy en una cascada, rodeada de vegetación, como Brooke Shields en *El lago azul*. ¡Todo es imaginar! A veces me encantaría ser como ella o Eva antes de ser expulsada del paraíso. Ser la única mujer en la tierra para que el único hombre me adore y cuide como nunca. ¡Sí! Tengo una carencia afectiva tremenda.

Uf, me costaba abandonar la ducha. Me sentía como el agua, con las emociones recorriendo mi cuerpo por mis venas como si estuvieran en Port Aventura. ¡Uf! ¡Inaguantable! Me sentía tremendamente vulnerable, «¡al cien por cien!». A pesar de que los chamanes de todos los lugares y culturas le dan a la menstruación un poder mágico, yo me siento un desecho humano, una sombra de lo que soy, que se arrastra, sin apenas fuerza para tirar con la vida. Ese día, para no ser la excepción a mi tradición menstrual, me pesaba la vida.

Estaba hinchada, mi vientre de perfil era como el de una embarazada de tres meses, mis pechos duros a riesgo de hostia a quien los tocara, rozara o incluso mirara. ¡Mis piernas! Abotargadas como dos patas de elefanta, y mi cara… ¡Menuda facha! Ojerosa, piel sin brillo. Mejor no mirarse y arreglarse lo más posible. Camiseta, *shorts*, chanclas. Mis cremitas, un poco de antiojeras, algo de rímel para abrir los ojos y… poco más.

Arrastraba los pies, necesitaba otro café y unos tapones para las orejas que me aislaran del tormento de esa rallante voz de tómbola. ¿Cuándo pensaba callarse?

No solo no había enmudecido, sino que se le había unido… ¡una banda entera de música! Parecía una broma pesada de alguien que quería que aquel día rayara en el desquicie. ¿Una banda de música? No solo eso, sino que parecía que tocaban directamente en mi oreja. «¿Qué pasará ahí fuera?».

Ni Pablo ni Yago estaban conectados al Skype, en cambio mi jefe sí. ¡Qué pesado! Hacía un par de días que me perseguía para charlar.

—¡Álex! Pero… ¿dónde te has metido?

— Estoy de vacaciones, Bernard, va-ca-cio-nes.

—Ya, joder, pero aquí estamos todos un poco preocupados… ¿Se puede saber adónde te has ido?

—¡No! ¡Secreto!

—¡Estás morena! Al menos has sido lista y estás en
un sitio de playa…

—Venga… ¡Suéltalo! ¿Qué quieres?

—¡Nada! Solo saber cómo estás, joder, que no paras
de darnos sustos y… ¿Estás escribiendo?

—Va-ca-cio-nes… No, no escribo, pero tendrás el
siguiente manual en fecha, no te preocupes.

Le dejé unos minutos más para que me diera la charla de padre protector, me preguntara por mi estado de ánimo y me dijera que podía contar con él. Desde que me
contrató hace más de doce años, cuando tan solo era una
cría, me había considerado la niña de sus ojos. El pobre
perdió a su única hija en un accidente de coche cuando
solo tenía veinte años, y yo le recordaba en el carácter a
Cristina. Perder a un hijo es un mazazo del que nunca se
recupera uno. A Bernard le costó el matrimonio y dos in-
fartos. Pero decidió vivir y eso le salvó. Eligió quedarse en
el mundo cruel que le había arrancado lo que más quería
y le había despellejado hasta dejarlo solo con su pequeña
editorial de psicomagia y espiritualidad. Se puso en manos
de profetas, pseudomaestros que curan el alma, curande-
ros de pacotilla. Se dejó media fortuna con engaños y promesas de hablar con los muertos. Le engañaron, se dejó
engañar, se aprovecharon, dejó que se aprovecharan, se

perdió y bajó a las profundidades, pero resistió y, aunque no ha vuelto a ser el mismo, sigue en pie. Bernard es un superviviente que reconoce a las almas perdidas con solo olerlas. Mi hedor hace doce años ya apuntaba maneras, pero en el último año era putrefacto de perdición y Bernard sabía que mi camino era descender a los infiernos.

—Bernard, estoy bien... No te preocupes, de verdad...

Se preocupaba, porque me quería y yo había estado arrastrándome por el fango hasta que decidí huir a Bali abruptamente. «¡Dios!». ¡El café seguía sabiendo a rayos!

Me despedí de Bernard con cariño y palabras tranquilizadoras. «¡No lo soporto más!». Mi curiosidad por el jaleo exterior pudo con mi ostracismo y mi cuerpo escombro. Salí de la villa para ver qué sucedía con aquella voz, la música y todo aquel jolgorio.

Siguiendo los alaridos insoportables, me zambullí por un camino de piedras, algo de vegetación asilvestrada y algunas chozas con perros ladrando a lo lejos. Caminaba sin prisa, observándolo todo, con la esperanza de descubrir lo que estaba pasando. En menos de cinco minutos, el cielo se punteó con decenas de cometas de diferentes formas y colores que volaban unas sobre otras, arañando el viento para emitir un extraño zumbido. «¿Cometas?». Con forma de calavera, de pez gigante, de dragón, de pájaro exótico de grandes plumajes y de mariposas de colores. Comencé a cruzarme con chavales que sujetaban su cometa a una especie de arco que emitía un curioso alarido al ladearlo para controlar el vuelo. Cada cometa llevaba en su cuerda celestial un número identificativo. Empezaba a tener claro de qué iba todo aquello: ¿concurso de cometas? Era una opción. El camino me llevó a un enorme descampado, con cometas en el suelo, familias enteras mirando el espectáculo y una mesa enorme de metal con ocho personas sentadas, entre ellas, ¡la Voz! «¡Ajá! ¡Te pillé!». Sujetaba una especie de megáfono. «¡Ojalá se hubiera atragantado!». Debía de tener algún récord en capacidad pulmonar, porque, a la velocidad que hablaba y encadenaba las palabras, cualquier otro se habría desmayado. Era incluso capaz de sonreír a la vez. Me dejaron alucinada él y el circo que había allí montado. Los de la mesa parecían ser el jurado o los organizadores de aquel espectáculo. A su lado, una pizarra enorme con un cuadro lleno de números que se iban sobrescribiendo. ¿Qué serían aquellos números? Al lado de la pizarra, un corrillo de gente algo excitada gritando y levantando las manos con fajos de billetes de rupias. ¿De qué iba aquello? Aquel mundo paralelo a medio identificar consiguió alejar mis obsesiones y dolores menstruales. ¿Un concurso de cometas? ¿Apuestas? Cientos de personas reunidas y tres puestos de comida ambulante. Uno de fruta —me compré una bolsa de mango cortado y dos bananas—, otro de bebidas y el otro de arroces y alimentos diversos. Me senté lejos del mogollón para analizar la escena y llenarme de glucosa. La mayoría eran isleños, apenas había turistas. Definitivamente, me decanté por una especie de juego de apuestas con cometas, pero ignoraba en qué consistía. A mi lado se sentaron dos niños de unos ocho años y una niña un poco mayor. Arrastraban una cometa con la cuerda enredada y se afanaban en librarla de nudos. Estuvieron un buen rato hablando, intuí que decidiendo la mejor manera para desenredarla. ¡Discutieron por el primer intento nulo! A la segunda, consiguieron nudos más profundos, hasta que, después de un buen rato, se tiraron al suelo bramando de frustración. «¡Qué mala es la frustración!». El más pequeño se echó a llorar, sin consuelo del resto, ocupado en idear un nuevo camino para el desenredo. La niña se percató de mi observación y, aprovechándose de mi espontáneo interés, captó mi mirada y la atrajo para que me acercara. «¡Qué lista! Si no encuentra la solución dentro del grupo, pide ayuda». Me acerqué a ellos dispuesta a ayudarles. No es que fuera muy buena desenredando. Ni las cuerdas, ni mi vida. El pequeño dejó de llorar. Debió de ver en mí la esperanza de hacer volar esa cometa. Lo importante era desenredar por orden. Descubrir cuál era el primer nudo. No siempre es tarea fácil. Nos levantamos los cuatro y nos dispusimos, con la cometa en el suelo, a estirar la cuerda. Explicándoles por señas, fuimos desenredando uno a uno los nudos. El pequeño ya sonreía y los demás me seguían divertidos y concentrados al mismo tiempo. Trabajando en equipo y consiguiendo una buena coordinación, tuvimos lista la cometa para su vuelo. Enrollamos la cuerda sin nudos y la dejamos preparada para ir soltándola a medida que su dragón ganara altura. Cuando estuvo lista, los tres aplaudieron de emoción y agradecimiento. No hablaban ni papa de inglés, nos seguíamos comunicando por señas y gestos, pero habíamos logrado entendernos perfectamente. Los dos niños salieron corriendo con la cometa, la niña me cogió de la mano y entendí que quería que corriera con ella. ¡Corrí! «¿Adónde íbamos?». ¡Corrí! Detrás de los dos revoltosos y el dragón rojo. Se detuvieron al llegar a otra explanada, llena de niños con cometas como ellos. El más alto y robusto de los tres fue el encargado de coger el dragón. La niña tomó el arco, dispuesta a alzarla con éxito. El pequeño se quedó a mi lado, aplaudiendo y dando saltos de excitación. El dragón y el niño comenzaron a correr, la niña soltó cuerda y... por arte de magia la cometa empezó a bailar con el viento, desplegando su imponente cola de tiras de colores. Me quedé embobada mirando cómo el dragón escalaba peldaños de cielo, rugiendo a los dioses y ahuyentando a los malos espíritus. Aplaudí con ganas y compartí con mi equipo el éxito alcanzado. Les desee toda la suerte y me despedí de ellos. La niña pronunció unas palabras cuyo significado no alcancé a comprender en sí, pero me llegó su agradecimiento, sus gracias por la ayuda recibida.

En mi vida, las palabras habían tenido demasiado protagonismo, eclipsando mensajes mucho más importantes que lo que ellas mismas me habían hecho llegar. A lo largo de mi existencia, he escuchado millones de palabras y ¿cuántas he guardado o se me han grabado a fuego? Muy pocas que mi consciente sea capaz de recordar: algunos «te quiero», algún que otro «¡no!» fuerte y seco, un «¡estás castigada!» que me costó quedarme sin ir a la nieve. Pocos «lo siento», porque no creo ni en el indulto ni en la redención. Cada cual que aguante su vela como quiera. A lo largo de mi vida he escuchado interminables justificaciones. ¿Por qué? Por evitar el mal trago de cortar al explicador, me he tragado infinidad de sapos. Hasta yo me he visto envuelta en un bucle sin salida de palabras y más palabras, diciendo todas lo mismo. ¿Por qué? Por inseguridad de no ser entendida y desear serlo a toda costa. ¿La gente nos entiende? ¿Me entienden como yo quiero que me entiendan? Palabras, palabras, palabras. Demasiada importancia a un instrumento que, a veces, más que comunicar nos desvirtúa el mensaje más importante. Aguanto poco el silencio. ¡No lo soporto! Me cuesta, me tensa, me corta la respiración. ¿Por qué? Por inseguridad, por deseo de control. En el fondo, no haber usado ninguna palabra con aquellos niños me sentó muy bien. No necesité palabras. No nos ocultamos en ellas. Nos dejamos llevar y fluimos. Entendí por qué Blanca hacía sus curas de silencio. Yo necesitaba mandar callar a mis palabras y dejar hueco a lo que hay más allá de ellas.

Estaba de nuevo en el descampado de los mayores. Cometas mucho más sofisticadas sobrevolaban los cielos y provocaban en la tierra temblores de deseo por alzarse con el premio, con la apuesta. Había interiorizado la Voz de tal manera que ya ni notaba que siguiera allí. Pero seguía: repitiendo sonidos parecidos a los anteriores, hablando a la velocidad de la luz y practicando el umbral de los agudos que achinan los ojos y desquician al más necio. «¿Podría yo apostar?». Me pareció una buena terapia participar y formar parte de aquel corrillo exaltado. Me apetecía chillar un poco y poner mi adrenalina a correr. Primero debía enterarme de cómo funcionaba aquello.

—*Excuse me, do you know how bets work?*[1]

La vendedora de bebidas me miró como si le hablara en chino.

—*Water? Bintang?*

—*No, no. Do you know what this people are doing with money?*[2]

Señalé el corrillo de gente. Le enseñé los billetes. Golpeé mi pecho con los dedos de mi mano izquierda. La mujer se quedó mirándome, procesando todo lo que le había intentado explicar por señas. Ella me sonrió y me habló en su idioma. Ahora era yo la que no entendía nada.

—*No understand...*[3]

Alzó un poco más la voz, pero sin llegar a gritar. Un chaval de unos quince años le respondió con pocas ganas. Se acercó a nosotras sin despegar apenas la mirada del cielo. Habló un buen rato con aquella mujer, seguí sin entender ni papa. Me sentía algo perdida, pero estaba dispuesta a dejarme llevar por aquella situación de «no control».

—*Sorry, ma'am. Only men are allowed to bet. But if you want, I can do it for you.*[4]

¿Solo los hombres? Al principio no niego que me enfurruñé por dos razones. La primera, conmigo misma, por no haber caído en la cuenta de que solo había hombres en el corrillo de las apuestas. La segunda, porque como mujer aquel sectarismo me ofendía sobremanera. Pero el

---

[1] —Disculpe, ¿sabe cómo funcionan las apuestas?
[2] —¿Agua? ¿*Bintang?*
 —No, no. ¿Sabe qué hace esta gente con el dinero?
[3] —No entiendo.
[4] —Lo siento, señora. Solo los hombres pueden apostar. Pero, si quiere, puedo hacerlo por usted.

chaval me había ofrecido una solución. Ser él mi bróker, manejar mi dinero bajo mis órdenes. Me pareció tentador y, al mismo tiempo, provocador colarme en ese ambiente de hombres. ¡Menudo reto! Había decidido que apostaba sin saber todavía qué ni cómo, porque quería llevarme el botín y que todos esos hombres vieran cómo una mujer ganaba. En menos de tres segundos, me había subido al pedestal de las heroínas que consiguen salvar el mundo a riesgo de terminar en la hoguera. Acepté envalentonada la propuesta del chico y convenimos que se llevaría cincuenta mil rupias por sus servicios (no llegaban a cuatro euros) y, en caso de ganar, un pellizco del bote. Se llamaba Wayan. «¿Es que en esta isla solo hay tres nombres?». Por fin, alguien me resolvió la paranoia que empezaba a tener con todos los Mades, Wayans, Kadecs y Kemangs que había conocido. En Bali, por su religión, se nombra a los hijos siguiendo un protocolo, indistintamente de si son mujer u hombre. Primero: Wayan o Putu; segundo: Kadec o Made; tercero: Nyoman o Kemang; Ketuc para el cuarto hijo o hija. Me pareció tan extraño que fui incapaz de ponerle un adjetivo a tanto sentido práctico. Con tantos nombres de dioses y ninguno repetido, ¿cómo era posible que todos se llamaran igual en función del orden de nacimiento?

—*And what happens if you are born in the fifth place?*
—*Your name is like the first child. Like me: Wayan.*[5]

Vuelven al principio de la cadena y problema resuelto. Fue una de las primeras cosas, junto con el tráfico, que

---

[5] —¿Y qué pasa si naces en quinto lugar?
—Tu nombre es como el del primer hijo. Como yo: Wayan.

no me gustó de esa isla. Me parecía despersonalizador. Había oído de todo al respecto de poner nombres. Acudir al santoral, a la naturaleza, a la moda del inglés con las Jennifers, Jonatans y Kevins. A la influencia del cine, de la mitología o la literatura, pero jamás algo así. Sinceramente, me parecía horroroso. Muy práctico, eso sí, pero feo para un ser que llega al nuevo mundo. Yo me rompí los cuernos hasta dar con el nombre adecuado —¡por consenso!— para mi hijo: Yago, variante española de Jacob, que significa «Dios ha protegido».

Después de mil y una vueltas, llegamos al nombre de Yago y, a pesar de que el significado no comulgaba demasiado con mi religión agnóstica —porque el agnosticismo es también una religión—, me rendí a su sonoridad y fortaleza. Después de tanto buscar y darle soberana importancia al nombre, mi hijo tiene uno cuyo significado entra en conflicto con mis creencias, pero al fin y al cabo es su nombre, su vida y no la mía. ¡Principio de tolerancia! Por ese motivo, cedí a que su nombre fuera Yago. Por eso y porque estaba mareada con el famoso libro de los nombres, las listitas y las propuestas de Gonzalo, a cual más creativa y espantosa.

Seguí a Wayan. Antes de proceder a las apuestas, quería estar muy informada de cómo funcionaba aquello. Se trataba de apostar por la cometa que consiguiera volar más alto. Doce cometas, para cada ronda de unos cinco minutos. La que volara más alto se clasificaba para las semifinales y la gran final. Las apuestas iban subiendo en número de participantes y dinero a medida de que se acercaba la final. Si no quería, no tenía que apostar en todas las rondas, pero me recomendaba que no me perdiera la final. Todos apostaban la misma cantidad de dinero: veinte mil rupias; a mitad del vuelo, te daban la oportunidad de doblar. Al final, si ganabas doblabas o cuadruplicabas tu apuesta. No entendí demasiado el mecanismo, pero tampoco me preocupó. Seguía empeñada en el «no control», así que me dejé llevar más por el lenguaje de signos que por las palabras, que poco o nada me habían aclarado. Quedaba solo una ronda para llegar a la final. Decidí con Wayan mirar la última ronda, hacer de observadora y jugárnoslo todo a la final. ¡Todo o nada! El chico me miró un poco raro, seguramente no entendía por qué quería esperar a la final, ni siquiera yo tenía idea de por qué, pero me pareció lo más emocionante sin entender demasiado aquella carrera de galgos voladores.

—*Do you want to see the finalist dhshdsjjaja* (nombre difícil de repetir)?[6]

Supuse que me quería enseñar las cometas que se habían clasificado para la final a la espera de conocer la décima segunda. Me pareció un buen plan, elegir la cometa ganadora. Wayan me llevó a paso ligero por un camino estrecho y lleno de maleza salvaje. Llegamos a otro descampado. ¡Aquel lugar era un laberinto de descampados! Seguramente, desde el cielo una colmena de descampados y caminos diferentes que daban a más descampados. Al que llegamos era el descampado de los Elegidos, los triunfadores del día. Los gladiadores del cielo que habían ven-

---

[6] —¿Quieres ver la *dhshdsjjaja* finalista?

cido y reposaban antes de la última batalla. Sus armas estaban desplegadas en el suelo, mientras los guerreros se tomaban una Bintang sin perderlas un solo segundo de vista. Fuimos una a una, tenía que elegir la mía, la que volaría hasta el infinito y más allá. Había de distintos tamaños y formas. Wayan me dijo que no me guiara por el tamaño, que no condicionaba el vuelo. ¡Cosas de la ciencia que yo nunca alcanzo a entender! Me contó que la tradición de las cometas en Bali es mucho más que un juego. Familias enteras colaboran para construir la suya. Una vez terminada, se bendice con agua salada. Fueron usadas por primera vez, con forma de gigantesco pájaro, para ahuyentar a las aves de las cosechas. Con el tiempo, escalaron hasta convertirse en sagradas, en instrumentos de nexo entre el mundo de los dioses y el nuestro. ¡Siempre me han gustado las leyendas populares! Los cuentos de los antiguos que pasan generación tras generación de boca a oreja y de oreja a boca hasta llegar a mí. Cada uno poniendo de su propia cosecha hasta que de la historia inicial se construye una nueva que poco o nada tiene que ver. En el fondo, es lo mismo que hacemos con los recuerdos: almacenar fragmentos de nuestra vida edulcorados que poco o nada tienen que ver con lo que fueron.

«¡Me gusta el gran pez de colores!». Era un enorme pez manta, a rayas de colores. Wayan supo que había elegido la cometa o la cometa me había elegido a mí. El creador de mi favorita era un joven veinteañero con ambición en la mirada y fibrosa seguridad. «¡Ganaremos seguro!». Empezaba a estar nerviosa con todo aquello. Un pez, una cometa con forma de pez, mi representante en los cielos. ¿Un pez? Nunca me han gustado demasiado los peces. Mi madre me tenía que tapar la nariz e inventarse mil historias de piratas y bucaneros para que me comiera el pescado de la cena. No me gusta la vida de pez. De ningún pez: el de pecera, el grande que se come al chiquito, el que se hincha... Vivir bajo el mar tampoco es lo mío. Todo el día mojada, no soy animal marino y estoy segura de que mi vida como pez duraría muy poco, porque soy de las que pico el anzuelo a la mínima ocasión. Aunque ojalá tuviera una memoria de tres segundos, no siempre, pero que para lo que uno quisiera olvidar, cuentas 3, 2, 1 y a la trituradora de recuerdos. Si el cuerpo es una máquina perfecta, el cerebro es bastante imperfecto, porque no tiene ni la función de reinicio, ni de papelera.

—¡Dios! ¡Se ha clasificado una imponente calavera! *That's amazing!*[7]

—*If you want it...*[8]

Dudé en dejar de ser pez raya y convertirme en pirata de los mares. Me parecía mucho más emocionante. Me gustaba más estar sobre el agua que dentro. ¡Era precioso! De pequeña siempre soñaba con ser una pirata y encontrar un tesoro. Me regalaron un parche para el ojo y mi madre me dejaba ponerme sus pañuelos en la cabeza. Los piratas viven de robar, de invadir y de secuestrar. Son los malos, pero a veces los malos son los buenos. Y ¿qué pasaba si quería ser mala? ¡Estaba harta de tanto juzgar mi interior!

---

[7] —¿Es increíble!
[8] —Si quiere...

Estaba decidido: seré Pata Mala y la Calavera surcará los vientos a mi favor.

— *Wayan, let's bet on number thirty five!*[9]

El chico ni preguntó por el cambio ni se extrañó. Me dijo que me mantuviera a unos metros del corrillo. No niego que me molestó, pero decidí cambiar de rumbo mis pensamientos. En vez de sentirme una segregada social en un mundo de hombres, una discriminación en toda regla, logré concentrarme en imaginarme millonaria, forrada de pasta como para acudir a una casa de subastas, «Mmm... ¡Sotheby's!», con Wayan como mi ayudante que pujaba cuando yo se lo decía y paraba cuando yo se lo ordenaba. No me pringaba, los forrados nunca se pringan. Observan desde lejos y controlan los hilos sin pisar el fango. Pues yo estaba lista para hacer lo mismo, sin oler a sobaco ni ofender a mi oreja con gritos a dos milímetros, me iba a hacer con el botín. Prefería verme así que como el resto de mujeres relegadas a segundo plano. Estaba en el culo del mundo y la mujer también había sufrido la segregación, la aniquilación social. Quizás en otro mundo fue el hombre el que estuvo así, o en el próximo le tocará experimentar esa existencia. No es que lo desee, simplemente quizás debería ser así por el tema de los «equilibrios kármicos». No tengo muy claro exactamente en qué consiste, pero es algo así como que, si te joden mucho en esta vida, es porque en las anteriores jodiste mucho. En todo caso, si fuera así, significaría que las mujeres hemos sometido previamente al hombre antes de

---

[9] — ¡Wayan, apostemos al número treinta y cinco!

que él nos sometiera. Mmm…, no me aclaro. Este argumento lo descarto porque me cargo de un plumazo todo el feminismo. ¡Feminismo! ¡Machismo! Ya lo decía mi abuelo el zurdo, que todos los ismos abducen la mente hasta reducirla a la nada.

—¡Joder! ¡El bucanero va penúltimo! Y el pez raya tercero! —¿Me habré equivocado con la elección?

Wayan, metido en el corrillo de hombres, no paraba de levantar el brazo enseñando los billetes y hablando con ellos. ¿Cuánto faltaba para terminar? ¿Cómo lo sabía la gente que miraba como yo? Reconozco que para los juegos soy un poco lenta, tardo un poco más que la media en procesar el mecanismo, en entenderlo. Creía recordar que en nada llegaríamos al ecuador, y podríamos doblar o cambiar de apuesta y cometa. ¡Estaba de los nervios! Mi calavera era una galera perezosa que se resistía a subir alto. El pez raya iba directo al infinito. ¡No sabía qué hacer! ¿Cambio o doblo? Tampoco podía consultarlo con nadie y Wayan estaba demasiado lejos y en medio del barullo como para entenderme y decidirlo juntos. ¡Odio decidir a bote pronto! ¿Barco o pez? Mmm… ¡Joder!… Mmm… Había llegado el momento, Wayan me miraba para saber qué tenía que hacer: doblar o cambiar. El bucanero había escalado dos posiciones y el pez bajado un par. Mmm… ¡Qué estrés! Mmm…

—*Wayan, double!*[10]

¡Lo hice! Me arriesgué con mi primera opción…, aunque mi primera opción en realidad había sido el pez.

---

[10] —¡Wayan, dobla!

El bucanero de repente tomó bien el timón, apuntó su proa a lo más eterno y empezó a escalar posiciones, como si fueran olas. ¡Qué subidón! ¡Iba tercero! Acababa de dejar atrás al pez raya y le quedaban un dragón y una pequeña mariposa. La cosa iba muy igualada, la gente estaba más excitada, botaba, aplaudía, animaba en su idioma. Yo no me enteraba de nada. Mi adrenalina me metió en el efecto túnel de ¡ganar! Al ver al bucanero en segunda posición, me di cuenta de que deseaba ganar, que me daba igual el dinero que estuviera en juego —no tenía ni la más remota idea de cuánto—, lo importante era ganar. Hacía tiempo que no me sentía tan competitiva. Habría hecho todo con tal de que mi barco fuera el que volara más alto. La cosa estaba muy igualada. El treinta y cinco —¡el mío!— y el once —la pequeña mariposa—. La gente empezó a corear los dos números. Grité treinta y cinco como una poseída, hasta casi dejarme las cuerdas vocales.

—*Thirty-five! Thirty-fiveeeee!*[11]

No tenía ni idea de cuándo acababa la carrera. ¡El treinta y cinco va primero! Me sentí excitadísima, comencé a saltar y a gritar más fuerte todavía. *Thirty-five! Thirty-five!* Aplaudí hasta que mis palmas se enrojecieron, grité, boté y hasta perdí la cabeza señalándome a mí, mirando alrededor y gritando: *It's mine! It's mine! Thirty-five! It's mine!*[12] Sabía que se me estaba yendo la cabeza, que la emoción, la excitación por el triunfo me habían perturba-

---

[11] —¡Treinta y cinco! ¡Treinta y ciiiinco!
[12] —¡Es la mía! ¡Es la mía! ¡Treinta y cinco! ¡Es la mía!

do un poco. Me dio igual. En ese momento estaba poseída por la ambición de la victoria, ¡quería ganar! El corazón brincaba conmigo, estaba ya casi celebrando mi éxito y saboreando mi fama. De repente y sin saber por qué, mi bucanero empezó a perder el equilibrio y descender de los cielos a una velocidad vertiginosa. Ni siquiera me dio tiempo a reaccionar cuando vi que estaba a punto de tomar tierra. De estamparse contra el suelo. No podía creer lo que acababa de ocurrir, era incapaz de procesar el descenso a los infiernos desde el reino de los cielos. Me quedé clavada, incapaz de reaccionar, mirando a mi bucanero. La gente empezó a aplaudir, la carrera parecía haber terminado. Me sentía triste y rabiosa al tiempo. No quería saber quién había ganado, quién me había arrebatado el triunfo. Me había quedado atónita, con el sabor de la victoria todavía en los labios. ¡Joder! Confieso un poco avergonzada que incluso se me saltaron las lágrimas. Era un juego de nada, pero yo me lo tomé como algo personal. Nunca antes había estado tan a punto de ganar algo. Jamás me había tocado la lotería, ni el bingo, ni la primitiva, ni siquiera había ganado un mísero concurso de dibujo en la escuela. Así que estar rozando el éxito y pensar que es tuyo por primera vez en la vida… fue agradable, muy agradable. ¡Maravilloso! ¿A quién no le gusta ganar? La caída fue dolorosísima, como si me clavaran una espada que me atravesara las entrañas. Apenas me despedí de Wayan. ¡Estaba cabreada! ¡Triste! ¡Jodida! ¡Avergonzada! El pobre chico me dio unos golpecitos en la espalda para animarme.

—*Losing is always a great learning. Success tends to be blind.*

—*Thanks, Wayan.*[13]

¡Perder para aprender! Empezaba a estar harta de tanto aprendizaje y tan pocas victorias en mi vida. Le di los cuatro euros en rupias al chaval y me largué indignada de aquel lugar. ¡A ver si ahora la Voz dejaba de martillearme el cerebro! Estaba cabreada conmigo misma por haber perdido y por haber jugado a esa apuesta de pacotilla que ni siquiera había entendido demasiado bien en qué consistía. Volví a la villa, mirando el suelo y rezando más bien poco. Chapuzón en la piscina, hamaca, cascos, dos capas de crema solar y... ¡buena siesta! A ver si al despertar se me había pasado el soberano cabreo.

Abrí los ojos. Estaba frita y asada. Fui directa al agua para refrescarme y despertarme. Mi cerebro todavía no había vuelto del paseo. Seguía completamente dormida. Me hice un par largos y me apoyé en las escaleras. Recordé el mundo de apuestas y cometas. Me sentí un poco ridícula por haber apostado y por el soberano cabreo. La mala uva, si no la controlo, en algún momento me perforará el estómago. «¡Menudo día llevo!». Tenía que hacer algo para cambiar como fuera el día, porque apuntaba maneras para terminar en un precipicio de llanto y pérdida de perspectiva. No es que vislumbrara con claridad, pero al menos

---

[13] —Perder siempre es un gran aprendizaje. El éxito tiende a ser ciego.
—Gracias, Wayan.

había conseguido dejar de juzgarme. Necesitaba compañía, no seguir hablando conmigo misma. Abandonar el monólogo interior. Callar a la vocecita, ¡chitón! La única manera posible era buscando entretenimiento. Salí de la piscina y esperé unos minutos al sol para secarme y ponerme la camiseta y los *shorts*. Cogí el móvil, la cámara de fotos, la cartera, el teléfono del inspector de policía —por si acaso— y el pasaporte. Prefería ir documentada por aquello de prevenir.

Al salir por la puerta, me crucé con Hera. Llegaba cargada con la compra, así que la ayudé a meter todas las cosas. Apenas nos habíamos visto en los últimos dos días. Andaba arriba y abajo con la exposición. Quería avanzar lo máximo posible, porque estaba a punto de llegar su amiga Jud de visita para la inauguración de la exposición y para pasar juntas unos días. Era la primera visita de su amiga a la isla desde que Hera vivía allí. Estaba muy contenta con su llegada.

—¿Y las chicas?

—Se han ido a su clase de surf y de compras luego por Saminyak.

—¿Y tú no tenías que ir?

La regla. El periodo. Lo entendió al segundo y no insistió ni preguntó más. Silencio. Incomodidad con el silencio. Al menos ella iba de un lado para otro de la cocina guardando los enseres que había comprado. Yo no sabía si despedirme o iniciar una conversación y quedarme un rato más. El caso es que me apetecía quedarme. Era la primera vez que estábamos a solas Hera y yo. «¿Sentirá ella el mismo corte?». Había escrito en mis manuales que todo lo que ocurre fuera es porque también está ocurriendo dentro. Así que, por la misma regla de tres, todo lo que estaba ocurriendo dentro podía ocurrir fuera: en el otro, en Hera. «Yo estoy cortada, pero ella también, aunque sabe disimular mejor». ¿Y si simplemente no tenemos conversación? Podía ser otra posibilidad, que entre nosotras no fluyera porque no había química. Bueno, también podía ocurrir bien al contrario, por exceso de química. ¿Qué estaba insinuando? Me entró el pánico repentino y quise salir de allí por patas.

—¿Has comido? ¿Quieres comer? Voy a prepararme un pollo al curry ¿Te apetece?

¿Comer? ¿Apetecer? ¿Pollo al curry? Acepté sin lengua ni palabra. Con corte, sonrojada y la mirada baja. Hera me sirvió una Bintang y yo se lo agradecí. Me estaba empezando a cansar ese silencio. Ella tampoco hacía esfuerzos por dar conversación y… tampoco era nada malo estar en silencio. Me callé y tragué cerveza.

—¿Qué planes tienes luego?

—Quiero ir a Seminyak con las chicas, a ver si me compro un anillo.

Necesitaba un anillo promesa. El único que tenía desde hacía años era el que me regaló Gonzalo. Fue una promesa de amor y, terminado el amor, promesa en el olvido. Arrojé el anillo por el retrete en un arranque de rabia y dramatismo. Lo había visto en alguna película y siempre había querido hacerlo. A veces me va el drama por el drama, por aquello de descargarme de responsabilidades y sentirme solo víctima de todo y todos. Tirar el anillo me parecía una escena ideal para mi momento drama-drama. ¡Lo hice! Lo lancé, lo miré un buen rato. Él en el fondo, yo de rodillas. Y, sin pestañear, agarré la cadena y tiré fuerte, decidida, seca. No dejé de mirar hasta que el remolino se lo hubo tragado y desapareció de mi vista. Desde entonces, me siento huérfana de promesas y tenía pendiente comprarme un anillo de promesa conmigo misma. Promesa de mi fidelidad, de mi amor, de mis decisiones. Yo, yo y yo. Estaba harta de compartir anillos y promesas con otros.

—Yo y los anillos nunca nos hemos llevado bien. Y por eso he decidido no llevar anillos.

No recordaba haberla visto con uno. Tenía unas manos largas, de dedos huesudos y finos. Unos anillos habrían adornado un poco tanta longitud, pero Hera se prometió no llevar nunca más un anillo. ¡Las promesas! ¿Quién demonios inventó el arte de prometer? Me contó que a lo largo de su vida, cuando había perdido un anillo, había sido siempre señal de mal augurio para la persona que se lo regaló. Le ocurrió con tres anillos solo, pero suficiente como para dejar de llevarlos y evitar saber antes de que se produzca la catástrofe.

—¿Catástrofe por?

—Porque significaba el fin. Los dos primeros fueron anillos de pareja. Un primer novio de jovencita me regaló el primero. Lo perdí en la playa y descubrí a los pocos días que me engañaba con otra.

—¿Un hombre?

Me sentí avergonzada y me subieron los colores. Hera había tenido novios y no tenía ni por qué asombrarme ni preguntar. ¡Qué torpe!

—El segundo lo llevé siete años exactos. Me lo regaló mi expareja en nuestro segundo aniversario. En el noveno, me lo dejé en una habitación de un hotel. Llamé para recuperarlo, pero no hubo suerte.

—¿Y qué pasó?

—Me dejó a la semana. Sin apenas explicación. Desapareció sin más, después de nueve años.

Silencio. ¿Cómo alguien puede desaparecer sin más después de nueve años? Me costaba entenderlo, pero me daba apuro preguntar en exceso y meter la pata.

—¡Qué bueno está el pollo! Te ha salido riquísimo.

Fue un intento por cambiar de tema. Silencio. Hera había viajado al baúl del dolor para permanecer un rato ahí. El suficiente para rescatar aquella experiencia del olvido. No la quise interrumpir. Reconocía perfectamente ese dolor. Me hacía cómplice de su abandono y la reminiscencia de la tristeza supuraba en su mirada perdida. Seguí comiendo en silencio, respetándola y viajando yo también a mi baúl del dolor. Sentí cómo la tristeza me invadía hasta paralizar mis manos y dejar los cubiertos sobre la mesa. No quería meterme en ese laberinto de pena, melancolía y dolor. Decidí cerrar mi baúl de un plumazo.

—Y… ¿el tercero?

—¿Perdona?

—El tercero… ¿Qué pasó con el tercer anillo?

Ojalá hubiera mantenido el pico cerrado. Con la pérdida del tercer anillo, fue consciente por primera vez de que, si no lo encontraba, algo malo podía sucederle a quien se lo regaló. Era una alianza de oro blanco con una pequeña esmeralda, regalo de su madre por su vigésimo quinto cumpleaños. Se lo ponía poco por miedo a perderlo. Durante un tiempo, por no querer recordar a su madre.

—Le costó mucho entender mi homosexualidad. Bueno, jamás la entendió y a mí me costó mucho aceptar que jamás la entendería ni la aceptaría.

Al llegar a Bali, después de un par de años y en medio de una mudanza, se volvió a reencontrar con el anillo. Y decidió ponérselo. Durante años, le acompañó y se convirtió en una especie de amuleto. Siempre que tenía una exposición o alguna reunión importante lo llevaba. Una mañana, después de la ducha, al mirarse en el espejo, se percató de su ausencia. Registró la casa entera, revolvió la cama, miró las mesillas de noche, abrió cajones, en la cocina, en armarios, hasta en el bote del azúcar… ¡Nada! Al no encontrarlo, llamó a su madre para cerciorarse de que todo iba bien.

—Estoy bien, hija. No me pasa nada.

No quiso explicarle la razón de su angustia, ni de su llamada ni de su preocupación desmedida. Con la llamada, se quedó algo más tranquila. Algo, porque seguía sintiendo un pálpito extraño. A las 16:30 del día siguiente, Hera estaba en su estudio pintando. Sonó el teléfono. Era su hermano Ferrán, el pequeño. Con el que se llevaba bien.

—*Júlia, la mama s'ha mort aquest matí. Un atac de cor.*[14]

Muerta. Ataque al corazón. Sin previo aviso. En la cama. Lo primero que recordó fue su pálpito y la pérdida del anillo. Después, todas las palabras silenciadas con su madre.

---

[14] —Júlia, mamá ha muerto esta mañana. Un ataque al corazón.

—Así que decidí no llevar anillos.

Me dejó helada. Seguimos comiendo. Hera se había quedado a flor de piel. Se había arriesgado a revolver en el baúl y se le había quedado el cuerpo extraño y cerrado el estómago. Dejó de comer. Me dio mucha pena por lo de su madre. Sentí la ausencia de la mía. Ella se fue demasiado pronto y me quedaron muchas cosas también por compartir. Comprendí perfectamente el laberinto en el que se había perdido Hera. Instintivamente, le cogí la mano. Sentí un vuelco, una minidescarga eléctrica del estómago al esófago cuando giró su cara hacia mí y me miró. La miré, pero bajé la mirada pudorosa.

—Álex…

La volví a mirar. Seguíamos con las manos superpuestas, congeladas. Sin mover un solo dedo. Volvió el ascensor del estómago al esófago para caer en picado hasta sentir pánico por lo que me iba a decir Hera. Se había dejado el pelo suelto y, de cerca, me parecía que el marrón de sus ojos era color miel. No pasó ni un segundo hasta que Hera continuó hablando, pero a mí me dio la sensación de que alguien había decidido darle al botón de pausa y dejarme a punto de que me desplomara allí mismo de un ataque al corazón. Me sudaban las manos y la entrepierna.

—Gracias.

Gracias. Nada más. Gracias y se levantó a preparar café de filtro balinés. Gracias y como si nada. Dejándome a mí al borde del desmayo y sin entender lo que me acababa de suceder. «¡Joder! ¡Menudo día llevo!». Me tomé el café tan rápido que me abrasé la lengua. Pero resistí sin rechistar para salir de allí por patas. Era incapaz de articular palabra sin tartamudear. ¡Un ataque de ansiedad o pánico! Necesitaba salir de allí y que esa mujer no me rozara ni un centímetro. No podía soportar volver a sentir el ascensor: del estómago al esófago y caída libre. «¡Hasta ahora eso solo me había pasado con los tíos!». Me despedí sin demasiada gracia, mucha torpeza, la boca seca, sin besos, ni abrazos, ni roces. Desde la distancia y como los cangrejos; marcha atrás.

—¿No quieres que te lleve?

—No, no, no te preocupes. Gracias por todo.

Cerré la puerta de la villa y caminé a ritmo de marcha sin querer procesar nada. Con palabras amontonándose en mi cerebro. «¡Fuera! ¡Fuera! ¡Fuera!». Intentaba controlar mi mente, mi respiración era más entrecortada, me costaba llenar los pulmones. Jadeaba y sentía un calor interno. ¡Pánico! «¡Joder! ¡No sé cómo encajar todo esto!». Cuando no sé dónde colocar lo que me ocurre, simplemente trato de congelarlo. Lo envuelvo con papel de plástico transparente y me imagino cómo poco a poco se va petrificando. Hago un ejercicio mental y me concentro hasta que lo visualizo tan duro como un filete helado. Sé que no es la solución pero sí un freno, un alto en el camino para evitar un nuevo estado de *KO*. Lo ocurrido hacía menos de quince minutos había estado a punto de provocarme una crisis, no tanto como una de identidad (no por el momento), pero sí de reconocimiento.

—*How much to go to Seminyak, Bali Café, please?*[15]

---

[15] —¿Cuánto por ir a Seminyak, Bali Café, por favor?

Después de unos minutos de negociación con el taxista y de aconsejarle que pusiera en marcha el taxímetro (es lo que me había recomendado Blanca), me relajé, al menos lo intenté, escribí a las Velasco y me mentalicé para terminar el día sin más aventuras excitantes ni desequilibradoras. Confieso que fue difícil dejar que Hera no inundara mi mente de interrogantes y frases tan sueltas como inconexas. ¿Qué debía hacer con todo aquello que me estaba sucediendo? Si lo pensaba, entraba en pánico. Sinceramente, ni quería ni estaba preparada para explicarme a mí misma las sensaciones tan físicas que comenzaba a sentir, estando cerca de la pintora.

«¿Será posible… las cosquillas en el estómago?». A lo mejor tan solo se trata de una reacción momentánea a mi fracaso amoroso con Gonzalo. ¡Es un hombre! «Será posible… ¿fijarme en una mujer?». Puede que sea una fase normal cuando una se siente decepcionada por los hombres.

No me atrevía a contárselo a las Velasco. Sabía que me aliviaría su punto de vista, pero me daba vergüenza. ¿Empezaba a sentir una especie de atracción por una mujer? Sí, me daba vergüenza, porque me hacía sentirme vulnerable y juzgada por los demás. ¡No entraba en mis planes! ¡Qué extraño! De repente, me importaba sobremanera el juicio externo. ¿Qué dirán? ¿Cómo me verán? Demasiada importancia le estaba dando yo a lo que me había pasado.

—¡A lo mejor es que estoy cachonda! Necesito echar un quiqui y simplemente mis feromonas se han confundido.

¿Que te atraiga una mujer es fruto de una confusión? No sé, no sé… Uno se confunde con la derecha y la izquierda, con el verde y el rojo si eres daltónico..., pero ¿confundirse con el sexo? ¿Con la química? Necesitaba hablar con alguien. Pero ¿con quién? En casos de extrema necesidad es imprescindible elegir bien al interlocutor. Cuando tengo un problema emocional, intento no darle la brasa a todo el mundo, sino elegir al más adecuado y descargarme a fondo. Tenía que encontrar a alguien que no me juzgara, cuya mente estuviera preparada para evitar la conmoción, su conmoción. La cosa había llegado a un punto que debía compartir todas esas sensaciones. Corría el riesgo de entrar en un soliloquio perverso de prejuicios internos y externos. De culpas y bucles interminables de «¡Imposible! ¡No puede ser!» negacionistas que solo embrollan, pero no aclaran, ni desatan, ni consuelan. ¡Consuelo! Necesitaba comprensión y consuelo. ¿Qué hay de malo en el consuelo? ¿Por qué tenemos que saberlo todo al momento y en cualquier situación? Yo no sabía nada de que mi cuerpo decidiera reaccionar más allá de mi mente. Congelado, y lista mental de candidatos:

María y Raquel... ¡Descartadas!

Blanca... ¡Podría ser una opción!

Bernard nunca me ha juzgado, pero... un poco fuerte contárselo a mi jefe.

Pablo... Mmm... ¡Al fin y al cabo por él estoy en Bali!

A mi padre... ¡le da algo seguro!

A un desconocido del Bali Café... Mmm... ¡Joder! ¡Qué corte!

Y... ¿Hera? ¡No! La que no me atrevo soy yo.

—*Is this your first time in Bali?*[16]

¿Me hablaba a mí? ¡Claro! Por un momento, había perdido la noción más básica de ¿quién soy?, ¿dónde estoy?, ¿qué hago aquí? Me llevó unas milésimas de segundo aterrizar. «¡Ah, taxi!».

—*Yes.*

—*Are you enjoying?*[17]

No me apetecía hablar, pero lo hice. Sin ganas, pero con la voluntad de despistar a mi mente. Playa, sol, compras, fiesta, templos. En eso podía resumirse mi viaje a Bali, el viaje de la mayoría. La isla te acoge y está dispuesta a ofrecerte lo que tú quieres vivir. ¿Qué deseaba vivir allí? Hablamos sin entrar en detalles para pasar el rato. Era el primer taxista que me recordaba a los de Madrid, los que hablan sin más intención que llenar el tiempo compartido. Sin más expectativas. Lo hicimos hasta llegar al destino: Bali Café. Pagué lo que ponía en el taxímetro y cada uno siguió con su vida. Con toda probabilidad él y yo no volveríamos a vernos y, seguramente, en menos de dos días él se olvidó de mí y yo de él. Eso mismo me pasa con la mayoría de la gente que se cruza en mi vida. ¿Retengo a los que merecen la pena? A veces he pensado que, como de un reloj de arena que es imposible detener, se me han escapado personas maravillosas que jamás volverán a cru-

---

[16] —¿Es su primera vez en Bali?
[17] —Sí.
—¿Está disfrutando?

zarse por mi vida. No lo digo por ese taxista, del que ni siquiera supe su nombre, pero al bajar del coche tuve el presentimiento de que en mi vida se me estaba escapando algo. Me dio un pinchazo en el bajo vientre, sentí un puño de emoción contenida golpeando mi estómago, como un tambor de procesión. «Bom… Booom… Booom…». El reloj de arena, ese que se pone en marcha cuando nacemos, seguía corriendo y, sin poder detenerlo, deseaba no quedarme atrapada en el embudo ni ahogada por la acumulación de granos de arena desaprovechados. ¿Cómo saber que no se te está escurriendo la vida?

— *A double coffee latte, please.*[18]

Me sentí diminuta. Como un mísero grano de arena frente a la inmensidad de la vida y mi incapacidad para sostenerla sin cagarme de miedo. ¡Qué mala compañía es el miedo! Sentada en un gigantesco sillón blanco de piel ajada, observé el exterior para buscar dónde agarrarme. Paredes muy altas de ladrillo desgastado pintadas de blanco, cuadros de dioses hindúes, estatuas de budas por todos lados, incienso, los techos de vigas también blancas. Todos los grandes ventiladores en marcha, llevándose toda la humedad. Aquel día hacía mucho calor o a mí me sudaba el alma. Llevaba el pelo alborotado, rugoso, como de sal marina. Me sentía asilvestrada, me toqué la piel, caliente, los labios algo secos. Me miré los pies de chancla con el esmalte medio cuarteado y agrietados a falta de piedra pómez. «Le diré a las Velasco si les apetece una manicura y pedicura». No me importaba lo más mínimo mi aspecto,

---

[18] —Un café con leche doble, por favor.

porque tenía fácil solución. Me asustaba mi desconcierto, mi temblor de piernas, espalda y muslos durante la comida con Hera. ¿Qué se suponía que tenía que hacer? Había señal Wi-Fi y aproveché para enviarle un *whatsapp* a Gonzalo. ¿Qué ponerle? ¿Qué decirle? No sabía. ¡Qué extraño! En menos de tres meses nos habíamos convertido en unos extraños que apenas sabíamos el uno del otro. ¿Para qué escribirle? Mientras me decidía, me saltó un *whatsapp* de Pablo: «¿Cómo va la aventura en Bali? ¿La villa bien? ¿Tú bien? Te echo de menos... ¿Para cuándo un Skype? Bs.».

¿Debía confesarme a Pablo? Tenía que decidirlo antes de hacer un Skype con él. Si me veía la cara, a los cinco minutos sabría leer que algo había ocurrido en mi vida. No lo tenía claro, no sabía... ¡Habían sucedido tantas cosas en tan poco tiempo!

—Hola...

Era María. Tenía el rostro neutro y su hola fue seco, apagado y carente de energía. Me alegré de verla, me alivió pensar que, en menos de diez minutos con la mayor de las Velasco, mi mente haría un *stop* con Hera... En fin, los embrollos que suele hacerse la mente con nuestros deseos no registrados o temidos.

—¿Y Raquel?

—¡Ni idea!

¿Ni idea? Sospechaba que ese «ni idea» encerraba una soberana bronca entre hermanas que había terminado en chupinazo, tú por un lado y yo por otro. Se pidió una Bintang y permaneció en silencio. Me daba a mí que sería yo la que tendría que despistar a su mente.

—Mmm… Mmm…

Siempre he sido muy torpe para levantar el ánimo. Lo mismo que para contar un chiste. No soy de las que hago gracia, ni me gusta demasiado la gente graciosa. Pero reconozco que es necesaria en este mundo. En ese momento habría deseado convertirme en la mosca cojonera que tira millas charlando de cualquier cosa sin inmutarse de lo que le sucede al otro. Yo soy más bien de las de callar o bien meter la pata hasta el fondo y en línea recta.

—¿Quieres hablarlo?

María seguía callada. Respeté su silencio, tomándome mi café con leche y jugando con el móvil. ¡Por lo menos podía haberme contestado! «No, no me apetece, gracias». Me sentía un poco incómoda, lo reconozco. No me parecía agradable estar con un ser que había aparecido de la nada, se había fundido en el otro sillón blanco frente a mí, se había tomado una Bintang y había callado para siempre. «Para estar con cara de besugo al horno, ¡podría haberse ido con su silencio a dar una vuelta!». Reconozco que me cuesta ser tolerante con las decisiones de los demás cuando me incomodan gratuitamente. «¿Ahora qué se supone que tengo que hacer? Comerme el marrón de estar en silencio con ella… ¡Toda la tarde!». Empezaba a pensar que el día se estaba complicando por momentos. La vida siempre te recuerda que es ella la que gobierna y no tú. María y su pasividad me estaban poniendo de los nervios. Tenía ganas de levantarme y dejarlos ahí, a su silencio y a ella. Una tiene que reconocer los días que no se siente compasiva ni consigo misma, ni con los demás ni con el mundo.

Ese era uno de esos días para mí, y no era el más indicado para practicar la empatía solidaria: ni yo me entendía, y no me apetecía traducir al resto.

—No hay nada de que hablar. Mi hermana se ha cruzado y ha hecho como siempre: ha desaparecido.

Pista 1: ¡Se ha cruzado! = Ha explotado, se ha hartado de mí, me ha mandado a la mierda, me ha insultado...

Pista 2: ¡Ha desaparecido! = ¡Ahí te quedas! ¡Yo me voy a la villa, de compras, de masaje o a hacerme la manicura...! ¡ME VOY! Sola, sin ti ni el mal rollo que me produces en estos momentos.

—No creo que esta noche vaya a dormir a la villa.

—Pero ¿qué ha pasado?... *Could you bring me two more Bintang, please?*[19]

La situación requería dejar el *caffè latte* y pasarse a la cerveza. María estaba ausente, apenas me miraba y se encogía como una bolita sobre sí misma. Se frotó la cara con las dos manos, miró al techo y comenzó su vómito, lo sucedido. Terminaron la clase de surf. María con ganas de no volver a meterse al agua con una tabla en su vida y Raquel deseando que el surfero se la metiera. Una misma experiencia con sabores bien distintos. ¡Suele ocurrir! Raquel se había pasado casi las tres horas de clase seduciendo al jovencito: caídas de ojos, sonrisas, guiño del izquierdo, mordida de labio inferior, guiño del derecho y contoneo en bucle de caderas y culo. María, en cambio, casi se ahoga en la indiferencia. Ahogarse, del verbo «ahogar» y en sentido literal. En un intento por llamar la atención y cortar

---

[19] —¿Podría traerme dos Bintang más, por favor?

el rollo Romeo-Julieta de las aguas, se fue con la tabla decidida a coger una ola. Raquel y el profe ni se enteraron. María se levantó como pudo con la fuerza de la rabia de la indiferencia. Apenas manteniendo el equilibrio sobre la tabla, se encaró con una ola de casi metro y medio. Enfurecida con el mundo y preferentemente con su hermana, se acercó enajenada a la ola dispuesta a luchar hasta la muerte, consiguiendo por poco perecer en las fauces de Neptuno. Resbaló de la tabla, se golpeó la espalda y fue engullida por un salvaje remolino de arenas, algas y agua que, de milagro, no encharcó sus pulmones hasta convertirla en una sirena de por vida. Viajó por el torbellino, vivió el rebozado de una croqueta y la fuerza innata del mar. Sacó como pudo la cabeza para respirar antes de ser engullida de nuevo por la gran espuma blanca. Así hasta tres veces. Pensó que le había llegado la hora, que su vida llegaba hasta ese preciso momento. No sintió pena, ni miedo. Apenas sintió, solo se dejó llevar, aceptó el momento, su torpeza de ir a por la ola. De no hablar, de callar tanto, de silenciar su necesidades y de verse morir por no haber enviado a su hermana y a su Romeo a freír espárragos. Abrió los brazos, dejó de luchar y sucedió; ¡el milagro! Una gigantesca fuente de agua salió de la nada desde las fauces del gran océano, directa para embestirla hasta liberarla de la gran ola. La golpeó brutalmente hasta escupir su cuerpo, que salió precipitado de un salto a casi medio metro de distancia, fuera de las olas, fuera de los remolinos, fuera de peligro. La vida y la muerte, qué cerca están, separadas por un fino hilo, como el amor del odio, como la cordura de la locura. Apenas recuerda cuánto tiempo tardó en aterrizar a la vida, a esa playa, a Bali y volver en sí. Para María fue toda una vida y un renacer, para Raquel..., NADA. Ni se había inmutado. El profe y ella habían pasado a mayores, besándose apoyados en la tabla y con medio cuerpo en el agua.

—Me sentí muy mal. ¡Una gran mierda! Podía haberme muerto y ella dándose el lote con ese tío.

Volvió a la arena, se quitó el neopreno y se tumbó en la arena para olvidarse del mundo. Necesitaba recuperar la cordura y calmar la rabia por tanta indiferencia permitida, de su hermana y de tanta gente en su vida. No quería ni mirar ni hablar con Raquel, porque intuía el diluvio universal. A la media hora, la menor de las Velasco se acercó a su hermana con la energía de una ninfa; pizpireta, a saltitos y embrujada por el jueguecito del amor. Se encontró con un orco, lleno de verrugas y a punto de explotar. Raquel no entendía ni el mosqueo ni el repentino maltrato de su hermana.

—Tu problema es que tú nunca quieres enterarte de nada. ¡Eres una egoísta, tía!

—¿Me puedes decir qué te pasa?

—Que estoy harta de seguirte el rollo, de que seas siempre el centro de atención, de tu vanidad y de tu frivolidad con la vida.

—¿A qué viene esto? ¡ Se te ha ido la olla!

—¿Cuándo vas a crecer?

—¿Y tú? ¡Mira quién habla! La gran mujer de treinta y cinco años solterísima, que, como siga así, se le va a pasar el arroz con los tíos y con ser madre.

—¡Que no quiero ser madre! ¡¡¡Que no quiero ser madre!!! A ver si te enteras…, no soy como una puta que se va con cualquiera…

—Yo seré una puta, pero tú una frígida.

¿Frígida?… Seguí escuchando la reproducción de la bronca, Bintang en mano.

—No haber venido conmigo de viaje si tan poco me aguantas…

—Me voy a quedar en Bali, para que lo sepas… ¡Estoy harta de tus cosas de niña malcriada!

—María, eres una amargada y estás celosa porque me he ligado al surfero.

Amargada, celosa, rencorosa, envidiosa, reprimida, frígida, cobarde, acomplejada, atontada, torpe… Siguió un buen rato hasta que se quedó sin culebras dentro. Las Velasco habían explotado y se lo habían dicho todo sin filtro. Habían abierto ese baúl que debe desaparecer o permanecer siempre cerrado: el del rencor. Decidieron destapar de golpe lo silenciado, vomitaron sus frustraciones y rebotaron su malestar la una con la otra. Explotaron como un volcán, como un *tsunami*, como un terremoto, maremoto o tornado. ¡Booommm! ¡Destrucción masiva! ¡Boooooooooommmmmmm!

María permanecía hundida en el sofá blanco de piel gastada, fumando un pitillo tras otro y tomando una Bintang tras otra. La escuchaba entendiendo, pero apenas comprendiendo el dolor causado. Habría dado lo que fuera por tener una hermana con la que compartir viajes y confesiones. Una hermana para sobrellevar la soledad y tener esa almohada que te hace la vida más confortable. ¿Cómo podían haber llegado a ese extremo? ¿Era necesaria la lluvia de escupitajos? No es que fuera yo una fiera mansa, pero una hermana era una pieza intocable.

—¿Y cómo sabes que ni viene a dormir?

—¡Porque la conozco! En Sídney me hizo lo mismo... Le gusta castigarme. Se pasa una noche fuera y luego vuelve con la barbilla alta.

¡Menudo día! No tenía la menor idea de cómo animar a María y reconozco que no me hacía demasiada gracia que Raquel decidiera perderse una noche por la isla.

—Y... ¿se fue con el surfero?

—¡Claro! Esta noche la pasa con él seguro. La muy idiota no se da cuenta de que lo que quiere el otro es... que le invite a un buen restaurante y... ¡vete tú a saber!

—¿Cómo lo sabes? No seas cruel con tu hermana.

—Es la verdad, Álex. El tío primero lo intentó conmigo, supongo que porque soy la más fea y mayor... ¡Fue a saco! Pasé de él y fue a por mi hermana.

¿Un *gigoló*? ¿Un surfero *gigoló*? ¿Acaso estaba insinuando eso María? Seguro que lo decía por el rencor en las venas, para desfogarse. Me vino lo de Hendrick a la cabeza y sentí un puñetazo en el estómago. «¿Y si fuera verdad y Raquel estuviera con un *gigoló* surfero?». No tenía ni idea de qué tenía que hacer. Si contarle mis sospechas y ponernos a buscar a Raquel como locas, o pasar del tema, de emparanoiarme con los surferos desaparecidos, desconectar e irme de pedicura.

Pedicura fue la opción. ¡No soporto tener el esmalte cuarteado en los dedos!

Entramos en un salón de belleza balinés de apenas cincuenta metros cuadrados. Nos sentaron en unos sillones negros y esperamos turno, decidiendo con la paleta de uñas el color de la semana. María quiso atreverse con un naranja fosforito, yo prefería el granate clásico convencional.

—¡Ni de coña! Álex, tú tienes que atreverte con un… Mmm… ¡Verde pistacho!

¿Verde pistacho? Manos y pies de ¿verde pistacho? Si cedía con eso, luego vendrían las trencitas en el pelo y las camisetas decoloradas con lejía y mal cortadas. Aunque lo quisiera, no era tan moderna y tampoco de las que se atrevían con los grandes cambios. A María le dio por aleccionarme: no te aprovechas nada, siempre llevas lo mismo, con lo guapa que eres…

—Luego nos vamos a ir de compras y te voy a hacer un estilismo *sexy*…

La dejé hablar, hasta cedí en el verde pistacho. Tenía razón en que no me atrevía con mi imagen. En general, no me atrevía con los impulsos que me estaba dando la vida, pensé que empezar por darme un color de uñas atrevido sería un empujón para todo lo demás.

Aquí cualquier cosa se convierte en un placer en mayúscula. La pedicura y manicura fue de matrícula. A los cinco minutos, ya jadeábamos de placer como dos adolescentes. ¡Qué manos que tienen en esa isla! Confieso que disfruté, pero con el velo de la inquietud por Raquel y su novio surfero balinés. Que después de Hendrick hubieran desaparecido más surferos y todos isleños me tenía un poco obsesionada. ¿Qué está pasando con esta isla y los surferos? No podría perdonarme no hacer nada... Bueno, hacerme la pedicura, mientras a Raquel la estaban... Mmm... Bueno, le podía estar sucediendo algo malo. ¡Es raro lo de las desapariciones! Decidí contárselo a María y convencerla de ir a encontrar a su hermana.

—Tenemos que ir a buscar a Raquel.

Con las manos estiradas para que se secara el esmalte y los dedos de los pies separados por algodoncillos, María me miró con cara de extraterrestre y la resaca de seis Bintang.

—Le puede pasar algo y nosotras tan tranquilas.

María seguía inmutable a mis razonamientos. No pensaba emprender ninguna búsqueda de nadie y menos del bicho soberbio y malcriado de su hermana.

—¿Y si la secuestran?

Ni caso. Seguía con los ojos de huevo y las manos y los pies como ancas de rana. No encontraba la manera de convencerla y comenzaba a ponerme nerviosa. «¡No hay tiempo que perder!». Tenía claro que de la manicura nos íbamos directas a buscar a Raquel.

—Álex... ¿Quieres dejar de ser paranoica? Yo me voy de compras.

¿Paranoica? ¿De compras?

—Te lo digo en serio, si no encontramos a tu hermana puede que la secuestren o le pase algo malo.

María no daba crédito a ese repentino temor. Me insistía en que Raquel se había ido por voluntad propia, porque lo hacía siempre y porque quería tirarse a un surfero. Según ella, su hermana padecía el síndrome de «¡necesito que me follen ya!», y cuando le entraba el mono, solo entendía el «aquí te pillo y aquí te mato» como solución. Me repitió veinte veces que me dejara de excusas y que nos fuéramos de compras para encontrar un *look sexy* con el que transformarme en una mujer fatal.

—María…, déjate de rollos y… ¡reacciona! Han desaparecido cuatro surferos en un mes y, según la poli, todos eran *gigolós*.

María se calló en seco y me miró con el rictus congelado. Silencio (1, 2, 3, 4). Sabía que su cabeza se había convertido en la rueda de un hámster con ataque de ansiedad.

—¿Y qué pasa?… Mmm… ¿Y tú cómo lo sabes?

—Porque la primera noche en Bali me acosté con un surfero veinteañero y fue el primero en desaparecer.

En un acto reflejo, se rascó el pelo y se fastidió el esmalte de la mano derecha. ¡Vuelta a empezar! En el proceso de lacado nuevo, la puse al día: Hendrick, policía, inspección y desaparición de cuatro más. Estaba molesta, porque la había mentido con Hendrick, porque le había ocultado el periódico con Blanca en los arrozales y porque toda esa historia no tenía nada que ver con su hermana y su rebote.

—¡Chantaje emocional! Álex… ¡No pienso arrastrarme e ir a buscar a mi hermana! ¡Déjate de películas!

Me puso a caer de un burro, me hizo trescientas preguntas. Pasó del cabreo más absoluto conmigo y la indiferencia por su hermana al temor de cualquier funesto suceso.

—La llamo al móvil…

Salimos de allí dispuestas a encontrar a Raquel. María caminaba como la hija del viento y sosteniendo el móvil con las yemas para no volver a fastidiarse las uñas.

—¡Joder! La muy orgullosa no contesta. ¡Llámala con el tuyo, Álex!

Sonó varias veces el tono de llamada hasta que saltó el contestador.

—Raquel… Soy Álex, llámame cuando puedas, es urgente… ¡Gracias!

Paseamos por Seminyak, entrando en las tiendas por las que María intuía que podía haber pasado su hermana de haber decidido ir de compras.

—Dudo que mi hermana se haya ido de compras.

Fuimos a la playa de las clases de surf. Preguntamos por el profesor Romeo y su posible paradero. Nadie nos sabía decir dónde vivía. A punto de desistir, un jovencito se nos acercó y nos comentó que creía que vivía en Bangli. ¿Bangli? No habíamos oído hablar de esa zona, al parecer en el interior de la isla, no demasiado cerca de donde estábamos. Sin pensarlo dos veces, buscamos taxi y nos pusimos en dirección a Bangli.

—*Any place?*[20]

El conductor nos pedía el lugar concreto de Bangli. Nosotras no lo sabíamos, quizás era de locas llegar allí y confiar en que encontraríamos dónde vivía el surfero y que Raquel estaría con él. ¿Por dónde empezar si no conocíamos nada?

---

[20] —¿Cualquier sitio?

—*We don't know… Which place do you recommend us?*[21]

María fue más rápida y pensó por las dos. Lo mejor sería comenzar a buscar por el lugar más turístico. De estar ahí Raquel, con suerte la pillaríamos visitando ese sitio antes o después del gran polvo.

—¿Sabes cómo se llama el profe surfero?

No se acordaba. Aunque poco importaba, porque apenas había cuatro nombres que se iban repitiendo. ¿Cómo podíamos describirlo para localizarlo?

—Enseñando una foto de mi hermana y diciendo que es profe de surf en Kuta.

María ya se había convertido en Watson y, además, tratándose de su hermana, sería capaz de dar con el rastro más difícil. En el trayecto, se informó al máximo de Bangli; de los antiguos nueve reinos que tenía la isla, el único interior y sin mar. Negoció la tarifa para que nos hiciera de chófer en la búsqueda y decidió nuestro primer alto en el camino: el templo de Pura Kehen.

—A mi hermana le chiflan los templos, no por las piedras, sino porque cuando despliega sus alas le encanta ponerse metafísica.

Nos despedimos del taxista y convinimos nuestro encuentro dentro de una hora. ¡Qué pena no haber avisado a Made! ¡Me cae mucho mejor y es más barato! Salimos del coche con la lupa puesta, y cada una con una foto de Raquel en el móvil. Pagamos 5.000 rupias, nos colocamos el *sarong* sobre los *shorts* y entramos a marcha atlética. Subimos de dos en dos los peldaños de la escalera principal del

---

[21] —No lo sabemos… ¿Qué sitio nos recomienda?

templo, a pulmón. Le sacaba una cabeza a María y casi medio metro de pierna, pero ¡estaba en forma! Crucé la puerta principal dando resoplidos, y alejándome lo antes posible de su principal guardián: una intrigante cabeza de dragón de piedra volcánica. Inspeccionamos cada pequeño rincón del inmenso patio y los adyacentes.

Me fascinó el gigantesco árbol, de majestuosas raíces centenarias, como epicentro del templo. Seguro que era un árbol sagrado, venerado por los visitantes y los lugareños. En Bali, no solo se convive con la naturaleza, sino que, después de un tiempo en la isla, eres capaz de sentir la vibración de la tierra madre. Allí me aficioné a abrazar árboles, una cosa que sigo haciendo hoy. Cierro los ojos y me quedo pegada al tronco un buen rato sin pensar en nada. La primera vez, no niego que me fuera imposible detener mis pensamientos, pero consiguió cambiarme el humor. Blanca me lo enseñó. Las dos nos abrazamos, una a cada lado del tronco de más de un metro de diámetro. Miramos al cielo, para contemplar las decenas de brazos que, como cera caída, se desprendían de la copa hasta ser parte del tronco y de la tierra. Contados y apreciados en la isla, no solo se cree que los dioses arrancaron esos árboles del paraíso para uso y disfrute de la humanidad, sino que tienen propiedades curativas para el alma. Si te abrazas a ellos, te escuchan y te aconsejan.

—¡Álex, vamos a abrazarnos! Pídele que nos ayude a encontrar a Raquel.

Cerramos los ojos y solicitamos ayuda al sabio tronco. Respiramos profundamente. Confieso que también aproveché para pedirle un sabio consejo sobre lo que debía hacer con Hera. Se me aceleró el pulso al pensar en ella de nuevo y solté mis brazos de golpe, no fuera a ser que me hablara de verdad y la cagara.

—Álex... ¿Qué te pasa? ¿Quieres abrazarlo?

No me hacía gracia seguir con el ritual, le había preguntado también por Hera y por mí y... Me aterraba pensar que pudiera hablar sobre eso. La verdad es que, si un árbol me habla, me diga lo que me diga, ¡me cago de miedo! Lo volví a abrazar, con los ojos semicerrados y arrugas en la frente. Estuvimos unos minutos... ¡Nada! A mí, ni un suspiro, pero pasé del susto a la media sonrisa y me sentí muy a gusto. No quería despegarme de él porque formaba ya parte de él, serena, tranquila. Era árbol y el árbol era yo. Me había olvidado de Raquel, de Hera, de Gonzalo, de mis angustias y temores. Estaba en paz.

—¡Vámonos! Tenemos que irnos de Bangli, no están aquí. Se han quedado en Kuta para ver el atardecer en la playa.

Salí de mi estado mimético a golpe de tirón de mano. María tiraba de mi brazo para que me diera prisa, debíamos encontrar al conductor y llegar antes de la puesta de sol a Kuta Beach.

—¿Te lo ha dicho el árbol?

La pregunta no dejaba de ser retórica y sonaba un poco a guasa, porque no iba a tragarme que el árbol milenario había entrado en comunicación con María. Ya me la pegó con el guardián mono del templo de los lotos, y no estaba dispuesta a caer dos veces. Localizamos sin problemas al taxista, que estaba con el resto de taxistas fumándose unos cigarrillos, y salimos pitando rumbo a Kuta Beach.

—*It's a bit late to arrive on time for the sunset.*
—*It isn't so far...*[22]

María le estuvo metiendo presión todo el trayecto al conductor. «*Hurry up!*[23] ¿No hay otro camino más corto? ¡Menos mal que el tío va a taxímetro!». ¡Qué santa paciencia la del pobre! Hasta la fecha, no la había visto tan nerviosa. Se fumó un cigarrillo tras otro en el coche, hasta que le pedí que no encendiera ningún otro o acabaría echando el zumo de mango por la ventanilla. Le costó lo suyo acceder a mi súplica. Se mordió las uñas, cambió mil veces de postura y se despeinó por completo. La hora baja de sol se acercaba y nosotras estábamos metidas en un atascazo.

—No creo que lleguemos.

—*Could you go faster, please?*[24]

Le daba igual que estuviéramos paradas y no se moviera ni el viento. María había decidido hacer responsable al pobre taxista de cualquier calamidad, de todo, hasta de los graves y desquiciantes atascos. Tenía el estómago revuelto y unas ganas tremendas de bajarme del coche. La conducción había sido prima hermana del ataque de ansiedad de María: brusca, de fuertes arranques y secos frenazos. Mi cuerpo no estaba para esos achaques ni para aguantar a María hablar como una apisonadora: volumen insoportable y silencios inexistentes.

—Necesito parar. Creo que voy a vomitar.

---

[22] —Es un poco tarde para llegar a tiempo a la puesta de sol.
—No está tan lejos.
[23] ¡Deprisa!
[24] —¿Podría ir más rápido, por favor?

Me miró con actitud de haber tenido el pensamiento de asesinarme. Al tiempo que le decía al conductor *go, go, please!*[25], sacó una bolsa de plástico del coche y me la dio.

—¡No hay tiempo! ¡Vomita aquí si quieres!

En ese preciso momento era yo quien la habría matado si no fuera porque estaba verde y moribunda. ¡Uf, qué malo es el mareo! Al menos, con algo de empatía y consideración, calló y nos dejó respirar. No eché la pota, pero tuve el estómago del revés, tanto que creí ver mis pies en la cabeza y la cabeza en mis pies.

Llegamos de noche. Apenas quedaban paseantes en Kuta Beach, pero la recorrimos de punta a punta y, con la aplicación linterna del iPhone, iluminábamos siluetas que parecían Raquel o el surfero balinés. Yo iba siempre un par de pasos por detrás de María, que a lo Watson buscaba pistas en cualquier rincón, aunque sin éxito. Sabía que sufría un sentimiento de culpa, no porque se hubiera contagiado de mi paranoia de los surferos desaparecidos y creyera que a Raquel le podía haber pasado algo. Actuaba con la culpa de haber dañado a su hermana, de haberla herido para tapar su propia herida, la de mujer sola que abandona sueños de otros sin saber el suyo propio. La veía correr, linterna-móvil en mano, con la cabeza ladeándose a velocidad de radar, con las orejas atentas a cualquier sonido conocido. La observaba concentrada en su culpa, en el arrepentimiento de lo dicho sin procesar, lo escupido porque se siente, pero olvidándose del otro. Yo rezaba pidiendo un milagro para dar con Raquel y volver a la villa las tres. ¡Qué poder

---

[25] ¡Vamos, vamos, por favor!

magnético tiene la orilla del mar con las parejas! Pocas personas solas, muchas con las manos entrelazadas y acompasadas en el caminar, arrastrando los pies para exfoliarse la planta y llenarse de belleza de amor y naturaleza. Me gustaba fundirme entre ellas, me apenaba haber dejado de sentir como ellos. Se miraban acaramelados, se abrazaban en la intensidad y se besaban construyendo burbujas entre ellos y el mundo, el mundo y ellos. ¡Cuántos besos les quedarán por compartir! ¿Habría sido diferente si hubiera reconocido mi último beso con Gonzalo? Besar, me encantaba besar, necesitaba besar a alguien y que el otro me besara, conjugando mi saliva con la suya y nuestras lenguas inventando su primer baile. Necesitaba ser besada y besar. Apenas recuerdo el último beso con Gonzalo, pero llevo grabado en la memoria el primero: mojado de agua de lluvia y cubierto de eternidad. ¡Un momentazo! El primer beso, un comienzo, una nueva ilusión, un nuevo despertar del que no quieres volver.

—María... ¿Llamo a Raquel?

Sonó el tono de llamada, esperanzada de que terminara respondiendo. Volvió a saltar el contestador. Dejé un nuevo mensaje, diferentes palabras, mismo contenido: «¡Llama! Es urgente. Álex».

Recordé que debía llamar a Yago, a mi padre y, si conseguía reunir unas frases con sentido, enviarle el *whatsapp* a Gonzalo. No tenía ni idea de cómo recolocarlo, era el padre de mi hijo y estaría para siempre en mi vida. Le quería, le estaba inmensamente agradecida por haberme amado, pero en esos días me era tremendamente difícil ser conciliadora con él y con el lugar que debía tener en mi vida. Era curioso no quererlo como pareja, pero no soportar saber que hay una nueva mujer. «¿La habrá?».

No hubo suerte y María decidió abortar la búsqueda y confiar en que Raquel volviera de madrugada a la villa. Durante el trayecto, apenas hablamos, nos dejamos llevar por las estrellas, el silencio y las buenas artes de nuestro paciente taxista. Nos dejó sobre las once de la noche, decepcionadas, algo inquietas y con el estómago vacío. Apenas recién llegadas, María llamó a la puerta de Villa Gea. Le contó a Hera lo sucedido: pelea, surfero, Hendrick, desaparecidos, *gigolós,* policía, misterio. Estaba un poco cortada con la historia y por lo que Hera pudiera pensar de mí. Apenas la miraba, paseaba por el jardín con *Orión* y *Maya* de guardianes y pelota aquí, pelota allí. Volvimos a llamarla, esta vez lo hizo Hera con su móvil y conectó el altavoz. Las tres nos pusimos alrededor de la mesa, esperamos con ansia el tono de llamada.

—Ha llamado al 649 78 65 46. El teléfono no está disponible, por favor deje su mensaje al oír la señal. Gracias. ¡Piiiiiiip!

Colgamos. Estuvimos un buen rato en silencio tratando de interpretar el hecho de que hubiera saltado directamente el contestador del móvil.

—Puede que no tenga cobertura...

—O que se haya quedado sin batería. ¿Lleva el cargador?

—Mmm... Creo que no lo cogió... También puede ser que haya apagado el teléfono.

María sabía que la discusión había sido de las gordas y que su hermana estaba muy dolida. Era capaz de haber escuchado mis dos mensajes y aun así apagar el móvil.

—Debería haberla llamado yo, así sabría que pasaba algo grave.

Estuvimos un buen rato sumergidas en la paranoia y las especulaciones. Viajamos al fascinante mundo de las alucinaciones que, como en la tómbola, jamás tocan o suceden en la vida real. ¡Nadie puede saber con exactitud qué está pensando una persona! Pero la mayoría deseamos saberlo y por ello caemos en las garras de lo posible y lo imposible.

—Chicas, creo que me voy a retirar. Estoy agotada...

—¿Y qué hacemos con tu hermana?

María decidió que lo mejor sería irnos a dormir, esperar que al día siguiente Raquel hubiera vuelto y dejara el tema resuelto. En caso contrario, la mejor opción era llamar al inspector Mulyadi, contarle el suceso y que él nos ayudara a localizarla. Hera y María no creían que fuera necesario, porque Raquel aparecería de madrugada o por la mañana con su buena dosis de sonrisas y la cara de cabreo-indignación para su hermana. Las cuatro iríamos juntas a pasar el día con Blanca, su último día en la isla, y, al poco y con paciencia, se produciría la reconciliación de las Velasco. ¡Fin de la historia! Ellas lo veían así, yo no cerraba la opción al suceso, a la tragedia. También esperaba no tener que llamar a Mulyadi, me cayó fatal y no entraba en mis planes volver a mirarle el careto ni de perfil.

La reunión se cortó con apenas unas buenas noches y mi ágil escape a la invitación de Hera de compartir una última Bintang. No quería arriesgarme a sustituir el ascensor interior de la comida por el Dragon Khan. Estaba despejada, pero espantada de nuevas emociones. Decidí esconderme en mis aposentos y distraer la tentación desfogándome con un mensaje a Pablo confesándole mis sospechas y mis temores. Él había sido el consejero elegido.

María se fue directa a la cama y estoy segura de que apenas se quitó la ropa para caer inconsciente. ¡Estaba rendida! Su cuerpo sentía las magulladuras de su traumática zambullida por los mundos de Poseidón. Le dolían espalda y cervicales, y las piernas tatuadas de arañazos. Nos besó sin hablar, se fue arrastrando los pies y mirando al suelo.

Hera no me besó, yo no la besé, pero volví a sentir el ascensor en mi cuerpo de los bajos al más allá.

—Me voy a pintar un rato. Buenas noches. Que descanses, Álex.

—Gracias. Buenas noches.

Escribía a Pablo y no podía evitar imaginármela pintando uno de sus enormes cuadros, una de sus veinte obsesiones. Rostros de mujeres, partes de su cuerpo recortadas, a brochazos, mostrando su irregularidad, sus imperfecciones, sus mundos interiores alterados. Todos, diosas y dioses, transformados en mujeres. Así me lo había contado y así me la imaginaba. «¿Pensará en mí?». Me habría gustado llamar a su puerta y charlar con ella mientras pintaba u observarla tan solo. ¡Menuda locura! Solo los locos gozan de valentía y yo… no había perdido todavía la cordura. Escribí hasta casi desfallecer de sueño y… debo confesar que también de un extraño y desconocido deseo que comenzaba a brotar dentro de mí y era incapaz de controlar.

Seis

Denpasar, la capital. Vestidas como occidentales y no como turistas. Fuera *shorts*, camisetas y chanclas. Vestidas para aparentar decencia y respetabilidad. ¡Menuda hipocresía! Bofetada de calor, humedad asfixiante, la ropa pegada a nuestras pieles. Sudor y ruido. Motos, mosquitos metálicos, coches pequeños y grandes, carros llenos de gente. Ellos no habían perdido las sonrisas, nosotras sí. Ofrendas cuadradas, ovaladas o en forma de estrella en el salpicadero de los coches. No habían perdido la fe, nosotras tampoco, aunque Raquel no hubiera aparecido por la mañana. Su móvil seguía inoperativo, el cargador se lo había dejado en la villa. Decidimos pasar al plan B: el inspector Mulyadi. Nos esperaba en las oficinas centrales del departamento de policía. Uno de los pocos edificios altos de la zona, lleno de ventanitas, gris y de una forma indeterminada.

Entramos decididas a descubrir el paradero de Raquel y volver a nuestro paraíso particular de playas, buena comida, sol, risas y vacaciones. Al traspasar las puertas automáticas, sentimos el frío del aire acondicionado, que erizó nuestra piel y a mí me dio una mala vibración. Callé porque no quería preocupar a María y porque casi nunca confiaba en mi intuición. ¿Qué es la intuición? ¿Un exceso de observación? ¿Un chivatazo de sucesos venideros? Preferí callar y no compartir ese temblor de piernas que me entró al pisar esas oficinas llenas de hombres y con tan pocas mujeres. Preguntamos por el inspector y esperamos de pie en el vestíbulo sin apenas hablar para observarlo todo. Olía a clavo del tabaco especiado, era un lugar ruidoso donde pocos sonreían. Un microuniverso de rostros compungidos, serios y con cara de pocos amigos. Pasaban delante de nosotras y apenas nos miraban. No me apetecía estar en aquel lugar demasiado rato. Apostaba a que en las paredes se había quedado impregnada la maldad, que se paseaba como si estuviera en su casa y tentaba a todos los presentes. ¡Policía corrupta! En su mayoría cazaturistas para llegar a casa con el aguinaldo. No creo en la policía, no me gusta el poder con arma, el estandarte de defensores del bien. Un cartel demasiado grande para cualquier ser humano.

Tardó unos minutos en aparecer un joven uniformado que vino a por nosotras. Subimos en ascensor a la quinta planta. No hablábamos. Tampoco sonreíamos. Él apoyaba una de sus manos en la funda de su pistola. ¿No se fiaba de nosotras? ¿Protegía su arma? Hacía frío, sientes más el frío cuando el ambiente está cortante porque la tensión hiela la sangre. María apretó su mano con la mía para tranquilizarme. El joven policía nos miró de soslayo y abrió un poco más los ojos. ¿Se habrá pensado acaso que somos pareja? Fue el único momento en todo el camino que hicimos juntos por pasillos interminables que se dignó a mirarnos, que emitió algún tipo de expresión facial. El resto del trayecto se mantuvo impenetrable emocional y físicamente. Todo aquello era un laberinto de oficinas, y todas me parecían iguales, humeantes y decadentes.

—*Wait here, please.*[1]

Nos detuvimos frente a una puerta que él cruzó y nosotras no. Esperamos unos minutos hasta que salieron el inspector Mulyadi y él.

—*Welcome, miss Blanc and...?*

—*Miss Velasco, inspector...*[2]

Entramos todos. Era una habitación de quince metros cuadrados. Lo sabía porque Gonzalo es aparejador y me he pasado años escuchando los metros de las habitaciones; las nuestras, las de la familia, las de los restaurantes, las de los amigos. Era una de sus aficiones, esa y los sudokus. A Gonzalo le encantan los números y su vocación frustrada es la de matemático.

---

[1] —Espere aquí, por favor.
[2] —Bienvenida, señorita Blanc y...
   —Señorita Velasco, inspector...

Al entrar en esa sala con las paredes forradas de corcho y el corcho forrado de recortes ilegibles y fotografías, una mesa llena de carpetas, un cenicero rebosante de colillas... ¡parecía que nos habíamos metido en un fotograma de cualquier película de cine negro! Mulyadi no se parecía en nada a Bogart, no llevaba gabardina y no tenía atractivo, pero sí mucho misterio. Era la primera vez en mi vida que estaba en el despacho de un inspector de policía y era clavadito a los que había visto en las películas policíacas. Nos sentamos en las sillas como si fueran plantas carnívoras. Nos dejamos engullir en sus respaldos a la espera de que Mulyadi dejara de ahumarnos y comenzara a hablar.

—*What happened with your sister? What's her name?*[3]

—*Raquel, Raquel Velasco Abelardo.*

—*Age?*[4]

—*Twenty eight.*[5]

Metro sesenta y siete, ojos marrones, pelo rubio surfero. Delgada, de pecho medio y muy resultona para los hombres. Así fue como María describió a su hermana con lágrimas en los ojos y temblor en las manos. El paseo en silencio, la mirada inquisitiva del joven policía y aquel lúgubre despacho nos habían disparado todos los temores que desde hacía veinticuatro horas intentábamos mantener bajo control. El policía mostró un ápice de humanidad y le acercó una caja de clínex a María.

—*Thank you.*[6]

---

[3] —¿Qué le ha pasado a su hermana? ¿Cómo se llama?
[4] —¿Edad?
[5] —Veintiocho.
[6] —Gracias.

María siguió relatando la pelea con su hermana, la clase de surf y su desaparición voluntaria, pero que, dadas las circunstancias y la imposibilidad de localizarla, nos había llevado a contactar con la policía. Mulyadi escuchaba atentamente y anotaba de vez en cuando. Ella no iba documentada, porque el pasaporte se lo había dejado en la caja fuerte de la villa. Llevaba una pequeña mochila con un monedero de tela lleno de rupias, la tarjeta de crédito, puede que el DNI, un neceser con maquillaje (nunca se sabe), un pequeño frasco de perfume, una funda con tampones (nunca se sabe tampoco), el pareo y unas bragas de repuesto.

—*Do you remember the face of the surf teacher?*
—*I think so.*[7]

El inspector miró a su ayudante, le dijo cuatro cosas en su idioma y el otro salió casi sin pestañear del despacho. Nos quedamos en silencio los tres. El inspector reparó en mí y emitió una torpe sonrisa. Lo de torpe, porque ni era el momento, ni sabía qué significaba esa mueca, ni sentía empatía con aquel individuo que había invadido mi intimidad a golpes y sin ningún tipo de delicadeza. Ladeó la cabeza y miró mis piernas por debajo de la mesa. «¡Será cabrón!». Al rato volvió a sonreír más ampliamente. «Como siga mirándome las piernas, le digo algo...».

—*I see you are better.*
—*Sorry?*

---

[7] —¿Recuerda la cara de su profesor de surf?
—Creo que sí.

—*Your leg, miss… Don't you remember?*
—*Oh, yes, I'm fine, thanks.*[8]

Me sentí mal por haber pensado de él que era un cerdo por mirarme las piernas, cuando solo se interesaba por la recuperación de mi tobillo. Me sentí mal por estar ahí, por Hendrick y por que María estuviera asustada. Le había entrado un ataque de llorera y no había manera de detener su llanto. La dejé estar y me centré de nuevo en el inspector. No dejaba de mirarme, de inspeccionarme. De ahí el nombre de su profesión, los inspectores tienen la habilidad de quedarse horas observando y escudriñando cualquier detalle, por escondido o pequeño que sea. ¿Qué buscaba en mí? No me gustaba su mirada inquisitiva y de superioridad. Tampoco su aspecto, rudo y de piel amarilla de mucho despecho, exceso de luz artificial y poca playa y diversión. No llevaba anillo de casado. ¿En Bali los casados llevan anillo o es solo una tradición occidental? No me había fijado si Made llevaba uno, ni tampoco en todos los balineses a los que habíamos conocido esos días. Se me había pasado por alto ese detalle y allí, sentada frente al inspector, me roía la curiosidad por saber si existía una mujer que aguantara a semejante besugo. Con más motivo teniendo en cuenta que estábamos en la tierra del «buen rollo, las sonrisas y la espiritualidad», y aquel espécimen irradiaba todo lo contrario. «¿A qué esperamos? ¿Dónde se ha metido el otro pequeño besugo?». Quería observar los corchos

---

[8] —Veo que está mejor.
  —¿Perdón?
  —Su pierna, señorita… ¿No se acuerda?
  —Oh, sí, estoy bien, gracias.

de las paredes, pero el peso de su miraba me molestaba y me inquietaba. Seguí mirando las paredes; había recortes de prensa balinesa o indonesia, no sabía distinguirlas. Hojas impresas, subrayadas y fotografías de algunos jóvenes: ¡Hendrick! y... ¿yo al lado? ¿Una fotografía mía al lado de la de Hendrick? ¿Qué representaba todo aquello?

— *Why is there a photo of me on the wall?*[9]

María se secó las lágrimas y miró la pared en la dirección que señalaba mi dedo. El inspector ni se inmutó.

— *I don't understand. Why do you have a photo of me on that wall?*[10]

Era una fotografía que alguien me había hecho en la playa. Apenas se veía mi cuerpo, solo cara y torso. No era capaz de reconocer ni la playa ni el día. Llevaba el bikini blanco y negro, pero nada más.

— Hay cuatro fotografías de cuatro mujeres más.

¿Cuatro mujeres más? María tenía razón. No era la única mujer, había cuatro más y todas nos dábamos un aire. Teníamos cierto parecido físico. Media melena, morenas, cara ovalada, ojos grandes, el color... no sabría apreciarlo, boca grande.

— *Could you tell me what this means?*[11]

Mulyadi se puso en pie y se fue a la pared de las fotografías. Con las manos en los bolsillos, miró la pared y a nosotras dos. Bajó la cabeza, sacó una cajetilla de tabaco, nos ofreció un cigarrillo. María aceptó uno, él soltó

---

[9] —¿Por qué hay una foto mía en la pared?
[10] —No lo entiendo. ¿Por qué tiene una foto mía en la pared?
[11] —¿Podría decirme qué significa esto?

la primera bocanada de humo y volvió a mirar al corcho de las fotos.

—*Five surfers have disappeared in the last month.*

—*Five?*

—*Yes.*[12]

Cinco desaparecidos. A la noticia del periódico se había sumado uno más. Pero ¿qué tenían que ver las fotografías de aquellas mujeres? ¿Por qué estaba mi foto colgada al lado de la de Hendrick? El inspector descansó sobre la mesa, le vi dubitativo, silencioso, como pensándose si contarnos lo que estaba sucediendo ese verano en Bali.

—*Inspector, I need to know what is happening.*[13]

Me clavó la mirada, mientras apuraba su cigarrillo. Tenía mal aspecto, ojeroso, descuidado, mal afeitado y poco aseado. Debía de llevar un día sin dormir, o varios días sin aparecer por su casa. Eso, o era un cerdo al que le gustaba mucho la mierda y poco la higiene. Finalmente abrió el pico y se dejó de tanto misterio. Aunque habría sido mejor que lo hubiese cerrado y que, con sus explicaciones, no hubiera abierto la caja de los miedos.

—*We think that there is a serial killer in Bali.*[14]

Serial killer?[15] Se me erizó todo el pelo al oír «asesino en serie». Me costó reaccionar a esas palabras. ¿Qué quería decir con aquello? Creía que los psicópatas eran una creación de la ficción, producto de las películas, pero que jamás

---

[12] —Han desaparecido cinco surferos durante este último mes.
—¿Cinco?
—Sí.
[13] —Inspector, necesito saber qué está pasando.
[14] —Creemos que hay un asesino en serie en Bali.
[15] —¿Asesino en serie?

formarían parte de mi realidad. Me entraron ganas de coger todas las cosas y largarme de esa isla. Sentí frío en el cuerpo. Miré a María y parecía que se había mimetizado con la silla, incluso una de sus lágrimas se paró en seco a medio recorrido. A mí no se me había perdido nada allí y menos sabiendo que un tío se cargaba a gente. ¿Y las cinco mujeres? Mulyadi nos explicó que era su modus operandi. Al parecer, las últimas personas en ver a los desaparecidos habían sido todas mujeres, las mujeres de las fotografías del corcho, incluida yo. Todos surferos balineses menos uno: Hendrick. Todos habían tenido sexo con aquellas mujeres, todas extranjeras. Morenas, de ojos castaños y grandes, de mediana estatura y entre los cuarenta y cuarenta y cinco años.

—*Are all the women alive?*
—*This is all I can explain, miss.*[16]

María y yo nos miramos. ¿Qué significaba que eso era todo lo que nos podía contar? Porque no respondía a si todas las mujeres estaban vivas. ¿Quería decir que se había cargado a alguna? ¿A todas menos a mí?

—*If you were in danger, I would protect you.*[17]

No me podía creer lo que estaba escuchando. *Danger?* ¿Peligro? Ni siquiera se me había pasado por la cabeza semejante barbaridad. De estar desconectando tranquilamente del mundo, de Gonzalo y tratando de recomponer mi vida, había pasado a ser el objetivo de ¿un asesino en

---

[16] —¿Todas las mujeres están vivas?
—Esto es todo lo que le puedo explicar, señorita.
[17] —Si estuviera en peligro, la protegería.

serie? Me resistía a pensar en la remota posibilidad de que aquello pudiera ser así. Me levanté de la silla y me acerqué hasta estar a unos centímetros de Mulyadi. Le miré a los ojos con los nervios de no saber qué narices representaba todo eso. Le pedí, le grité que me dijera si mi vida corría peligro en esa isla, porque tenía derecho a saberlo y porque, en cuanto saliera de ese edificio, me largaba en el primer vuelo.

—Tranquilízate, Álex…

¿Tranquilizarme? Ese mentecato de inspector con cara de zombi terminal me iba a decir en ese preciso instante si yo era objetivo de un asesino en serie. No pensaba largarme de ahí sin que escupiera lo que sabía respecto a mí. El miedo que corría por mis venas lo sacaba al exterior en forma de rabia descontrolada. Cerré los puños y le volví a preguntar al inspector:

—*Am I in danger? Does the serial killer want to kill me? Inspector, please!!!*[18]

Al fin se dignó a hablarme. Me recomendó que volviera a mi silla, igual que a María, que también se había puesto en pie. Trató de tranquilizarme. ¿Tranquilizarme? Entiendo que la policía no cuente todos los detalles de la investigación —lo he visto mil veces en las películas—, pero ¿no decirme si el asesino quiere matarme? Desde luego o ese mentecato me contaba algo que me convenciera o yo me largaba de la isla ese mismo día. Volví a levantarme, alcé la voz y sufrí un pequeño ataque de pánico, una crisis de ansiedad. Sudoración en las manos, me faltaba el

---

[18] —¿Estoy en peligro? ¿El asesino en serie quiere matarme? ¡¡¡Por favor, inspector!!!

aire, me costaba respirar, trataba de gritarle, pero sentía que me ahogaba y me quedaba sin fuerzas. Me costaba mantener los ojos abiertos, todo empezaba a darme vueltas y apenas si veía borroso, tuve la sensación de estar a punto de desplomarme. María me sujetó del brazo. El joven policía volvió a entrar al despacho con cuatro carpetas de colores. ¿De qué iba todo aquello?

El inspector Mulyadi, con las carpetas de colores sobre la mesa, nos suplicó que nos volviéramos a sentar. María se resistió hasta que no nos contara si mi vida corría peligro. Yo apenas podía hablar del ataque de pánico que estaba sufriendo. Al final, Mulyadi soltó prenda. ¿Por qué había tardado tanto? ¿Acaso le gustaba ver sufrir a la gente?

—*No, miss Blanc is out of danger. I swear that your life is not the target of serial killer. The five women are alive. I can't say anything else, and please... don't tell this to anybody.*[19]

¡Fuera de peligro! Me desplomé en la silla con un gran suspiro. «¡Será hijo de pu...! ¿Por qué ha tardado tanto en decírmelo?». Sentí bombear mi corazón como un caballo desbocado, el rostro me ardía y los ojos echaban fuego. María le bombardeó a preguntas: ¿Está seguro? ¿No nos estará mintiendo? ¿No era Bali una isla segura? ¿Está todo controlado? ¿Está mi hermana en peligro?

¡Raquel! Me había olvidado por completo de Raquel y su desaparición voluntaria, que podía pasar a mayores si

---

[19] —No, la señorita Blanc no corre peligro. Le prometo que su vida no es el objetivo del asesino en serie. Las cinco mujeres están vivas. No puedo decir nada más, y por favor..., no le cuente esto a nadie.

no descubríamos pronto su paradero. El ayudante de Mulyadi le pasó a María las carpetas de colores. Todas contenían fotografías de jóvenes balineses, todos surferos y, todos, al menos eso creían ellos, se acostaban con mujeres extranjeras. Lo más dudoso era saber si lo hacían a cambio de dinero o por puro disfrute. Dudoso por difícil de comprobar, ya que ninguna mujer había afirmado que había pagado por tener sexo. María estuvo observando detenidamente cada una de las fotografías a fin de identificar en una de ellas al profesor de surf, el ligue de Raquel y posible objetivo del asesino. Mulyadi nos tranquilizó, porque la Velasco era mucho más joven que las mujeres, entre ellas yo, con las que se habían acostado los surferos desaparecidos. Me costaba creer que Hendrick fuera un *gigoló* y, además, ¿por qué había desaparecido un extranjero si todos eran isleños? Por la misma regla de tres, el ligue surfero de Raquel podía ser un objetivo, aunque la Velasco apenas llegara a los treinta. También cabía la posibilidad de que el surfero no fuera un *gigoló*. ¿Y por qué todas esas fotografías de surferos? ¿Estaban fichados? Todo aquello me parecía surrealista. Si no se podía comprobar que practicaban sexo a cambio de dinero, ¿por qué estaban sus rostros en aquellas carpetas? Estaba segura de que Mulyadi no quería contarnos todo. María seguía pegada a las carpetas y apenas respiraba. Llevábamos más de dos horas en aquel lugar y me moría de ganas de darle esquinazo. Mulyadi nos pidió una fotografía de Raquel. En caso de no reconocer a su ligue en las fotos y no aparecer en unas horas, pondría el operativo de búsqueda a través del departamento de Asuntos

Exteriores. No hubo suerte. El Romeo de las aguas no estaba en esas fotografías.

—*Are you completely sure?*[20]

María había revisado al detalle dos veces cada una de las fotografías y estaba completamente segura de que el ligue de su hermana no se encontraba allí. Le contamos que vivía en Bangli, que apenas llegaba al metro ochenta, que tenía un cuerpazo delgado pero pura fibra, y poco más de su aspecto porque, como me pasa con los orientales, me cuesta destacar un rasgo particular. ¡Todos me parecen iguales! Seguro que, si conviviera con ellos un año, comenzaría a distinguir distintas narices, ojos e incluso tonos de piel. Pero en apenas un mes, tanto María como yo éramos del todo incapaces de describir con precisión al romance de Raquel.

Nos despedimos con un apretón de manos, miradas de sospecha mutua y con la esperanza de no tener que volver a vernos. Recorrimos a la inversa el laberinto de pasillos hasta llegar al ascensor, coincidir allí con dos policías y un esposado, evitar su mirada y salir zumbando de aquel siniestro lugar donde la maldad te acosaba en cada esquina.

—¿Y ahora qué hacemos?

La pobre María estaba muy preocupada por su hermana y no terminaba de digerir lo del asesino en serie. Era difícil de creer que en una isla tan pacífica como Bali pudiera estar sucediendo algo así. Made nos esperaba con su media sonrisa, su flor blanca en la oreja y su medio cigarrillo en la boca. «¡Al fin alguien con buen rollo!». Nos

---

[20] —¿Está completamente segura?

habría encantado compartir nuestras dudas con Made, pero Mulyadi nos había prohibido comentarlo con nadie.

—*Made, we are going to Kuta Beach.*[21]

Decidimos volver a la playa, al mismo lugar donde el día anterior María y su hermana habían conocido al Romeo.

—Si es profesor de surf, tendrá de que dar clases, ¿no?

Volvió Watson con sus grandes deducciones. Nos perdimos con el paisaje de motos, coches y pequeñas carreteras. La playa de Kuta está en una de las zonas más turísticas y explotadas de la isla. Deseaba fundirme con el verde salvaje, las palmeras, los cocoteros y las gigantescas plantas del vergel esmeralda. La naturaleza tiene un efecto sedante para mí, y mi sistema nervioso necesitaba unas dosis de valeriana selvática. «¡Ojalá aparezca Raquel y todo quede en nada!». Sentada en la furgoneta, con María al lado, me di cuenta de que quería a esas hermanas, que se habían convertido en una pieza fundamental en mi vida. Mi vida en aquel momento era Bali, un universo difícil de comprender desde la distancia, desde España. Sentía necesidad de compartir mi viaje con aquellas dos mujeres, tan distintas y tan iguales al mismo tiempo. Abracé a María y apoyé su cabeza en mi hombro. No hablamos. Ella estaba sufriendo y a mí me daba mucha pena no saber cómo consolarla. Acaricié su pelo y pensé en Yago. Era lo más querido que tenía en mi vida, como Raquel lo era para María. El mínimo pensamiento de saber que podía perder a mi hijo me revolvió el estómago y sentí ganas de vomitar.

---

[21] —Made, vamos a la playa de Kuta.

Algo parecido debía de estar pasándole a María. No estamos preparados para que la vida nos arrebate lo más preciado de golpe y sin previo aviso. Yo estaba preparada para muy pocas cosas. Durante años, había permanecido refugiada en el control, en la vida prefabricada que aprendí de pequeña con las películas y las urbanizaciones fantasma de los libros de inglés. Vivir con el flotador te convierte en inútil a la larga. Yo me había creído mi propia ficción, hasta que casi reviento de pena y me apago con apenas cuarenta y tres años. Me sucedió conduciendo, en medio de un atasco, justo después de dejar a Yago en el colegio. Mi vida se sucedía en orden, apenas me planteaba nada y, de repente, se me bloquearon los brazos, apenas podía mover las piernas, sentí varios pinchazos en el pecho y estuve a punto de estamparme contra el coche de delante. Como pude, lo aparqué en la acera, me creía morir. Paré un taxi a duras penas y me dirigí al primer hospital: presentaba el típico cuadro de ¡ataque de ansiedad!

—¿Ha ocurrido alguna desgracia últimamente en su vida? ¿Se le ha muerto algún ser querido? ¿Es feliz en su matrimonio? ¿Le gusta su trabajo?

Estuve un par de horas tumbada en una camilla, dopada con algún tranquilizante. Le envié un *whatsapp* a Gonzalo para que fuera a buscar a Yago al baloncesto. Me inventé una excusa y seguí allí tumbada, con la mirada fija en el techo blanco y algo agrietado de aquella sala. Me sentía flotar, cerraba los ojos y balbuceaba cosas sin sentido que no fui capaz de retener. Repasé mi vida... ¿Acaso no era feliz? Jamás me había planteado tal cuestión. Yo era como los burros de carga, que tiraba millas sin tener la mínima duda. No existía el campo de las especulaciones. Para evitar sufrir más, tras la muerte de mi madre, había extirpado el «y si...» y todos sus derivados de mi vocabulario. Lo que era, era, y no podía ser de ninguna otra manera, porque era. Tumbada en aquella camilla, con la consciencia adormilada y la mente drogada, me sumergí en la pesadilla de no haber caído en la cuenta de que, con la vida que llevaba, cabía la posibilidad de que no fuera feliz. Y así comenzó el principio del fin o el principio de un nuevo principio. En menos de seis meses, metida en múltiples terapias, con varias consultas de tarot y conversaciones de amigos, me separé de Gonzalo y me metí en un avión con destino a Bali. Así sucedió, de pronto mi ficción dejó de tener sentido. De sopetón, alguien me pinchó el flotador y me hundí en mi propia mierda. En esa furgoneta, con María a mi lado, me di cuenta de que no me había equivocado. Que estaba preparada para vivir sin que el control me ganara la batalla. Que quería aprender a escucharme y buscar mi propia felicidad por encima de la felicidad de los demás. Me sentía tranquila, dispuesta a casi todo. Con ganas de agarrarme a la vida y no soltarla, me ofreciera lo que me ofreciera.

Llegamos a Kuta Beach. María saltó prácticamente en marcha de la furgoneta. Yo me quedé negociando con Made la hora de recogida. Salí corriendo detrás de María. Me estallaba el corazón. «¡Seguro que está Raquel! ¡Seguro que está Raquel! Seguro que está... ¡el surfero!». A lo lejos estaba María hablando con un joven en la playa. Intuí que al fin habíamos dado con el ligue de Raquel. Me acerqué a ellos, respirando de forma entrecortada. Definitivamente no estaba en plena forma. María preguntaba insistentemente por su hermana. ¡Era él! ¡Lo habíamos encontrado!

—*Don't you know where she went? Shopping?*

—*Maybe, maybe…*[22] —Solo sabía decir eso y sonreírnos.

«¡Qué empanado!». Raquel se había largado de la playa hacía poco más de media hora. Se despidió del surfero con un «hasta luego», que traducido era un «hasta nunca», y desapareció sin una mínima declaración de intenciones. ¿Masaje, compras, pedicura-manicura, retorno a la villa, otra playa? El abanico era amplio y las pistas escasas o nulas. La menor de las Velasco era capaz de pasarse el día entero sola y hasta de ligarse a otro surfero, extranjero o tío bueno andante. Llevaba a la diosa Afrodita dentro, gobernando su atractivo sexual y destronando cualquier asomo de Atenea, de lógica o consciencia.

—Prueba a llamarla al móvil, por favor. Yo voy a telefonear a Hera para saber si va a estar en la villa hasta por la tarde.

¡Nada! Me saltó el contestador. Colgué antes de dejarle un mensaje. María caminaba salpicando arena y moviendo los brazos como un molino de viento. Habíamos estado cerca de localizarla, pero por una cuestión de minutos se nos escapó. ¡Cómo deseaba abrazarla! La buena noticia era que ya no estaba con ningún surfero, la mala, que con la pequeña de las Velasco nunca se sabía. Como el vien-

---

[22] —¿No sabes adónde fue? ¿De compras?
—Quizá, quizá…

to, cambiaba de dirección sin previo aviso y era imposible de sostener en las manos. Libre, soñadora y llena de energía. Así era Raquel.

—Hera estará todo el día metida en su estudio trabajando. Si llega Raquel nos avisará.

Decidimos recorrer la calle principal de las compras en Seminyak. María recordó que su hermana había descubierto una tienda donde vendían bolsos de piel de serpiente a precio de plástico. ¡Era una posibilidad! No recordaba exactamente el lugar, ni cómo se llamaba. Caminamos por las tiendas de diseño de la zona. Bali era una tierra llena de contradicciones. Espiritualidad, templos, consumismo, vegetación salvaje…, todo en unos pocos kilómetros, no más grande que Ibiza.

—¿Podemos parar a tomar un café? ¡Estoy molida!

Aproveché para llamar a Made y cambiar el lugar de recogida.

—*Thanks, Made! I'll call you when I know the new address…*[23]

La vida puede cambiar en unos segundos y, como un río, discurrir a distintas velocidades. Llevábamos veinticuatro horas de aguas bravas, evitando chocar contra las rocas. A María ni siquiera le quedaba rímel en las pestañas. Era la primera vez que la veía sin él, y casi no iba conjuntada. Tenía los ojos hundidos y las ojeras muy pronunciadas. «¡Apenas habrá dormido!». Removía a enérgicas cucharadas el café con leche, sin prestar atención a que había echado a perder media taza.

---

[23] —¡Gracias, Made! Te llamaré cuando sepa la nueva dirección.

—¡María! ¡María! El café...

—¡Oh! ¡Joder! ¡Lo siento, no sé dónde estoy!

En la culpa, en la preocupación, en el agotamiento mental que te deja fuera de combate y de la realidad. Dejó de remover, encorvó los hombros hacia delante y echó las manos sobre sus piernas. Apretó los labios, fijó la vista en la mesa hasta parecer hipnotizada, dejando de pestañear. La observé con preocupación, pero respetando su silencio, su viaje interior. Dos lágrimas brotaron de sus ojos inertes, recorrieron sus mejillas sin la menor reacción de su cuerpo. Brotaron dos más, sin lograr cerrar los párpados. Sus hombros comenzaron a temblar, su rostro se arrugó hasta desplomarse toda ella en un llanto de desgarro, a corazón abierto. La dejé con sus lágrimas y su desconsuelo unos minutos. La calma solo llega después de la tormenta; y la tormenta, porque hay nubarrones que necesitan de una buena descarga. María estaba soltando lo ocurrido, todos los nervios contenidos y los «y si...» acumulados.

—Tranquila, Mery. Raquel está bien, seguro. Ya pasó todo... Seguro que está de compras o dándose un masaje.

Siguió llorando, soltando un buen rato. Hasta que se vació el pozo de las lágrimas por su hermana. Se tomó a sorbitos el café con leche ya frío y me miró con una ternura que me conmovió. ¡La dulce Mery! No hay cosa más bella que la ternura sin flotador, grande en su pequeñez, soberbia en su humildad, intensa en su suavidad. ¡La dulce Mery! Se rindió, abandonó la ira y se lanzó a los brazos del desconsuelo para anidar en la ternura.

—No sé qué habría hecho de perder a mi hermana.

Ella y Raquel se habían llevado bien a ratos y por temporadas. María había buscado su lugar, reclamado su dosis de atención y cariño, porque el tifón de su hermana arrasaba con todo. La más guapa, la más graciosa, la que acapara las miradas, la que siempre se sale con la suya…, ¡la hija perfecta! María se sentía la segunda en todo y, con el tiempo, dejó de luchar y se destronó ella misma. Se volvió sumisa, gris y sin gustos ni sueños. Le dejó el terreno libre a su hermana y se creyó que, si hacía lo que los demás querían, ella conseguiría un lugar en el mundo.

—Le dije que no me iría con ella de viaje. Que me quedaba en Bali.

—¿Estás segura? ¿Te quieres quedar en la isla?

Afirmó con la cabeza. No sabía qué hacer todavía ni por qué se quería quedar en la isla, pero tenía claro que no volvería a España y que ya no sería la doncella de su hermana. La animé a emprender su propia búsqueda y hacer el resto de su aventura en solitario.

—Tengo miedo, ¿sabes? No sé por dónde empezar.

Me recordaba a mí misma en mi estado de *KO*, subida a un avión. No sabía nada, lo único que precisaba era salir de España, dejar a Gonzalo y a Yago. Necesitaba escucharme. A María le había llegado y estaba nuevamente como un pajarillo abandonado. Era una mujer tremendamente valiente y con mucha valía, pero incapaz de verse así. Estaba segura de que lo conseguiría y que tarde o temprano encontraría su camino.

—Joder, Álex… Ya hablas como Blanca…

¡Mi madre adoptiva! Cuántas cosas me había enseñado y cuán agradecida le estaba por ello. Ese día era el último de su viaje, y habíamos quedado en cenar las cinco en Villa Gebe para despedirnos, para besarnos y para llorar su ausencia. La necesitaba en mi vida, pero me había enseñado a soltar las cosas que quieres para vivir en libertad contigo misma y con los demás. Me costaba trabajo hacerlo, pero deseaba que se sintiera orgullosa de mí. Ella volvía llena de paz, con ganas de disfrutar de sus hijos y de continuar con su vida. Me había mostrado el camino para disfrutarse a uno mismo, para llorar en compañía de uno mismo y reír en compañía de uno mismo. Me había enseñado la fuerza del uno, a desprenderme del miedo a la soledad. Blanca, mi querida y sabia Blanca. Todas la adorábamos, pero yo la sentía más mía que el resto. Y, en eso, era... ¡incapaz de ceder!

—Álex, creo que te está sonando el móvil...

No había reparado en él. Estaba volando en mis pensamientos, en Blanca, en la pena que sentía por el hecho de que se fuera. No oí el *Himno de la alegría* de Beethoven que salía de mi mochila. En Barajas decidí cambiarme el *Stayin' Alive* de los Bee Gees por el *Himno de la alegría,* a ver si de tanto escucharlo se me secaban las lágrimas. Después de casi un mes y pocas llamadas, seguía sin reconocerlo como parte de mi móvil. Así que sonaba con desesperada frustración: no había manera de reclamar mi atención.

—¡Álex! ¡El móvil!

Revolví con la máxima premura las tripas de mi mochila, hasta dar con él. «¿Hera?». Me dio un vuelco por ahí dentro, en mi entrañas. Sentí un calor más allá del bajo vientre y me entró la timidez que sonroja las mejillas.

—¿Sí?... Ah... ¡Hola! —Intentaba disimular con la tan manida indiferencia. Me gustaba cómo sonaba su voz al teléfono. Tranquila, pausada, melosa, tierna, te abrazaba y te mecía. En cuanto reparé en mi posible cara de embobamiento, corregí la postura: cerré la boca, pestañeé y pronuncié una concatenación de «¡ajá! Mmm... Ah. ¡Qué bien! Sí, sí... ¡Vale! Gracias por llamar, ¡ahora volamos!».

María me miraba intrigada. No tenía la menor idea de quién estaba al otro lado del teléfono, ni de que Raquel había llegado a la villa como si nada, ni de que todo se había acabado. Me miraba con la sospecha de que eran buenas nuevas las de esa llamada. Movía las cejas arriba y abajo, se rascaba la cabeza, nerviosa por saber quién era y qué era lo que quería. Colgué sin asegurarme de haberlo hecho, me levanté de la mesa y me fui directa a abrazarla.

—Raquel está en la villa... ¡Volvemos a casa, hermana!

Nos abrazamos un buen rato. Saltamos de alegría. «¡Yuuujuuu!».

—La mato, a mi hermana la mato cuando la vea. ¡Te lo digo yo!

Y volvimos a la realidad: Made, coche y buen rollo. El susto había pasado, habíamos aprendido cada una lo suyo. Yo seguía intranquila por lo del asesino en serie, pero no quería pensar más en ello. El resto del día era para nosotras y para prepararle la cena de despedida más maravillosa a Blanca.

Hola, Dixie:

Aquí tu Pixie, escribiéndote nada más terminar de leer
tu correo y todavía algo en *shock* por lo que me has contado. Primero de todo, me muero de envidia por no estar
allí contigo y disfrutar de ese paraíso que, por lo que cuentas, es tal y como sale en la tele. ¡Mejor! Te siento diferente, Dixie, parece que la tristeza va desapareciendo de
tu vida y que, poco a poco, recuperas esa cabeza loca que
dejaste atrás cuando decidiste hacerte una persona mayor
y responsable. Me siento orgulloso de ti, de ver cómo te
has atrevido a tirar adelante, a pesar de los pesares y de lo
que diga la gente. Por cierto, ¿me puedes traer incienso?
Ya sabes que es mi perdición y allí dicen que es... ¡la leche! Yo sigo soltero y sin moras en la costa. Cada vez
entiendo menos a las mujeres y la única por la que daría
la vida se ha divorciado y, al parecer, desea emprender el
camino paralelo. ¿Hera se llama? Ja, ja, ja, ja. ¡Qué fuerte
eres! Lo tuyo con la vida es no dejar de sorprenderla a
ella. ¿Consejo? Uf... No sé... ¡Tíratela! Ja, ja, ja, ja. Perdón por la brusquedad, pero ¡qué más te da! Estás en el
culo del mundo, en ¡Bali! En la tierra de los dioses, ¿no?
Pues permite que esto que está ocurriendo en tu vida sea
una bendición y no una pesadilla. ¿Qué hay de malo? Yo
nunca me he sentido atraído por un hombre, pero te aseguro que si me pasara tiraría adelante. Ya sé. Ya sé, Dixie,
una cosa es decirlo y otra sentirlo. ¿Y qué si eres homosexual? No quiero ser bruto, pero... sé lo que estarás pensando, que... ¡una polla es una polla! Ja, ja, ja, ja, ja, ja.
Pero... ¡qué más da! Siempre te he dicho que le des la

espalda a los miedos y vivas como sientes y no como crees que quieren que vivas. Dixie…, tú eres una mujer muy especial y has sufrido mucho en esta vida, así que ahórrate sufrimientos que no lo son. Ya sabes que soy un bárbaro, pero te quiero con locura y… te aseguro que querer y que te quieran es algo bueno. No pienses en lo demás, no te plantees nada… ¡Deja de cagarte de miedo! Por cierto, es guapa, ¿no? ¡Te mato como no me envíes una foto! Ya sabes que si no…, ¡no dormiré en días! Ja, ja, ja, ja, ja, ja… Tranquila, prometo guardar el secreto. ¡Soy una tumba!

Álex, déjate llevar, haz el favor. Estás acojonada y es normal, pero estás en el otro lado del mundo. Yo sé poco en lo referente al amor y mucho de la seducción y el enamoramiento. Y esa mujer te ha seducido… ¿Que cómo se hace con una mujer? Casi me caigo de la silla de la risa que me ha entrado. Jamás me hubiera imaginado hablarte de cómo se tiene que besar a una mujer. ¡Esto es la hostia, Álex! Pero ¡vívelo! Ja, ja, ja, ja.

Ahora en serio… ¿Cómo besar a una mujer? Lo he pensado un buen rato, y creo que tú sabes mucho más que yo sobre eso. Eres mujer, ¿no? Pues sé mujer y besa con la misma delicadeza que te gusta que te besen, con la misma pasión que te quita el hipo y…, ¡haz el favor!, ¡no pienses en los prejuicios! ¿Qué te decía tu abuelo el zurdo? La mente es la que fabrica los prejuicios y no el alma. El alma es libre, así que… dale a tu cuerpo lo que pide. Busca estar a solas con ella y… ¡lánzate! Vuela por encima de tus miedos y… no dejes de explicarle a tu Pixie todo, todo. ¡Quiero todos los detalles!

¿Sabes? Me encanta verte así. Te he leído y vuelves a ser la adolescente que conocí. Estoy orgulloso de ti. Reconozco que un poco celosón… Ya sabes, sigo enamorado de ti y lo estaré toda la vida. Pero sé que siempre vas a estar ahí y yo también. Así que… ¡haz el favor de liarte con ella y dejarte de gilipolleces! Y ¡disfruta, Álex! A ver si se te pega algo de mí y dejas de calentarte tanto el coco. Las tías siempre os metéis en unos bucles absurdos y los tíos siempre la acabamos metiendo. Ja, ja, ja, ja, ja… Sí, soy un bruto, pero te quiero y quiero lo mejor para ti. ¡Haz el favor! Si está tremenda, no la dejes escapar… ¡Joder, Álex! Menuda sorpresa… Me podía imaginar de todo, pero esto… Ja, ja, ja, ja, ja…

Bueno, Dixy, haz los honores y vive la vida como se merece que la vivan.

Aaah…, y dale un beso en los morros a Hera como se merece de mi parte… Je, je, je.

Te quiero. Escribe pronto.

Pablo Pixie

Hera había terminado esa misma tarde de rematar sus veinte obras, sus veinte obsesiones. Llamó a la puerta de Villa Gebe. Abrí y la vi con el mono de pantalón corto que se ponía siempre para pintar. Desgastado y lleno de manchas de color. Llevaba un pañuelo en la cabeza y el pelo recogido. Me miró y percibí algo de pudor en su mirada. «¿Se ha ruborizado?». Llamamos a las Velasco. Raquel estaba en la ducha y María salió escopetada a saludar a Hera. La

abrazó como un mono. Desde que había visto a su hermana, estaba feliz y repartía cariñitos en todo momento.

—¿Has terminado? ¿Podemos ir a verlos ya?

—¡He terminado! Sí. ¿Esperamos mejor a Raquel?

—No, no, yo no puedo aguardar a verlos. Que los
vea ella después con Blanca.

María se puso unos *shorts,* me guiñó un ojo y salimos
detrás de Hera. Tenía una casa bonita, algunas estatuas de
diosas griegas en el jardín. «¿Qué tendrá la mitología que
tanto la obsesiona?». Apenas sabía nada de Afrodita, ni
de Atenea, ni de Perséfone, ni de todas esas diosas del
Olimpo que desaparecieron de nuestras vidas.

—Todas ellas no se fueron, Álex. Viven dentro de
cada mujer.

Otra profunda de la vida que a todo le sacaba espiritualidad. Las diosas, en el caso de que existieran, se extin-
guieron, como los faraones, el Imperio romano y los oto-
manos. «¡Otra que inventa nuevas religiones!». Sentía que
empezaba a calentarme, a sacar punta a cualquier comentario de Hera. Notaba que me estaba dejando dominar por
el miedo. «¡Vive, Dixie! ¡Déjate de prejuicios!». Estábamos
las dos plantadas en el jardín de Villa Gea, esperando a
María. Llegó corriendo con una botella de champán, tres
copas y su sonrisa más pícara.

—Esto se merece un brindis a tres, ¿no creéis?

¡Lo que me faltaba! Alcohol para sobrellevar el tema.
«¡Lánzate, vuela por encima de tus miedos!». Su estudio
era un lugar mágico. Un anexo de la villa, un nuevo solar
colindante, conectado desde el interior de la villa por un

gran portón de madera. Para los isleños podía haber sido el templo; para los católicos, la capilla del castillo. Para Hera, su cueva, su lugar de creación. Un inmenso espacio sin paredes, de piedra vista y suelo de hormigón y vigas de madera blanca. Todo blanco, lleno de velas y caballetes de madera empotrados en las paredes para desplegar los rollos de lienzo que colgaban del techo. Botes de pintura vacíos que hacían de portavelones en el suelo, una gran estatua de una mujer, suponía que una diosa griega, que presidía el centro de la sala.

—Esta es Hera, la diosa de las diosas, la esposa de Zeus.

Apoyadas en la pared, estaban las veinte nuevas obras de Hera. Nos acercamos con mucho respeto a ellas.

—¡Qué emoción!

María llegó la primera y se detuvo un metro antes a observarlas desde lejos. Tomando la primera perspectiva de las veinte. Yo me fui directa a una de ellas, esa que desde que entramos me llamó la atención. Era una cara de mujer, con la epidermis de papel de periódico, el ojo negro y rasgado y los labios en un solo trazo de pincel rojo y rugoso. Estaba de perfil, llevaba el pelo recogido en un moño y una especie de postizo de flores de papel. En su cuello, pintadas unas letras. «¿Será japonés?». Me hechizó nada más verla, me conmovió su dulzura, su belleza en calma, su poder de seducción de tan solo un ojo y de perfil. Era una *geisha*.

—Es una *geisha*, la Afrodita de Oriente.

—¿Son todas diosas?

—Todas son mujeres que en un momento u otro de mi vida me han obsesionado.

Obsessions, la exposición más personal de Hera. Su mundo pictórico eran los isleños, las divinidades hindúes, los arrozales, los campesinos, los niños, sus caras... Hasta ahora había retratado, con periódicos, brochazos, arcilla, en blanco y negro o con la paleta entera de colores, el alma de la isla. Sus cuadros eran famosos por su belleza y por ser «atrapaespíritus». Pero, en aquella exposición, Hera había decidido sacar a pasear sus propios fantasmas, sus miedos y sus obsesiones más profundas. Con cada cuadro se dejó las entrañas, habían sido cuadros-terapia. Necesitaba desprenderse de sus obsesiones para volver a crear otras y dejar que la vida la volviera a sorprender.

—¿Sí? ¿Félix? ¿Pasa algo? No, no, puedo hablar, tranquilo.

María salió del estudio de Hera para hablar con el que durante años había sido su prometido. Desde que la conocía, era la segunda vez que Félix la llamaba y, para qué engañarnos, supe que esa llamada no la dejaría con las aguas en calma. Sentí ganas de salir corriendo detrás de ella y escapar de esa situación —Hera y yo a solas— cuanto antes. Pero no me atreví, apreté el culo, aguanté mi corte y seguí observando cuadros. Me temblaban otra vez las piernas y no podía resistir que Hera estuviera detrás de mí a menos de un metro de distancia. Comenzaba a sentir mis pulsaciones a mil por hora, no me atrevía a pronunciar una palabra, ni era capaz de moverme un centímetro de la obra que estaba mirando. Otra mujer, otro rostro de periódico pintado a brochazos de marrón, que me miraba de frente y me impregnaba de tristeza. Sentía el palpitar de mi corazón, era incapaz de mover una pestaña. Decidí contener la respiración un rato. Cerré los ojos para aguantar el cague que tenía. «Dixie, bésala como si te fuera la vida en ello. ¡Venga, valiente!».

—Es una esclava.

Salté del susto y solté un pequeño alarido.

—¡Qué susto! Estaba tan concentrada...

No me giré ni a mirarla. No podía mirarla. No me atrevía a mirarla. ¿Qué me estaba pasando? La oí respirar detrás de mí, me sudaban las manos y no era capaz de concentrarme en esclavas, ni en *geishas,* ni en diosas. «Piensa, Álex, piensa». ¿Qué podía hacer? ¡Estaba muerta de miedo y de deseo al mismo tiempo! Eché mano de mis vísceras y encontré el valor y coraje suficiente para atreverme. Contar diez y girarme. «10, 9, 8, 7, 6, ¡tú puedes, Álex!, 5, 4, 3, ¡venga, Dixie!, 2, 1...». Apreté el culo, tragué saliva, llené los pulmones hasta reventar y di media vuelta dispuesta a estamparle un beso en los labios.

—¿Hera? ¿Hola?

¡Se había ido! ¡Estaba sola! Al fin me había lanzado a cometer la locura y... ¡había desaparecido! Creía que me iba a caer redonda al suelo ahí mismo. Mi respiración era entrecortada. Estaba llena de calor, de fuego en el cuerpo. Me sentí huérfana, abandonada. Estaba decidida a besarla ¡y se había marchado!

—¡Estoy aquí dentro! Detrás de la cortina, poniendo un poco de orden a los lienzos antiguos.

Me acerqué siguiendo su voz. Levanté un poco el enorme tapiz de tela de saco y me colé dentro de su pinacoteca. Apenas había luz, Hera estaba en cuclillas colocando un par de lienzos pequeños. Me senté a su lado. ¡De ahí no salía sin un beso! Esperé impacientemente a que colocara los lienzos y me mirara. Necesitaba clavar mi mirada en la suya. Sentir cómo el corazón me bombeaba hasta estallar. Saber que ella necesitaba ese beso como yo y dejar que la pesadilla se tornara una bendición.

—Qué guapa se te ve con esta luz…

¿Guapa? Sentí un escalofrío que recorrió todo mi cuerpo. No supe qué responderle. Permanecí en modo pausa mirándola fascinada, hipnotizada por su belleza. Supe que era el «ahora o calla para siempre». Me entró la torpeza de la novata, la inseguridad de no saber hacerlo. Mi mente entró en un bucle de posibilidades: «¡Acaríciala primero y bésala! ¡Bésala directamente, sin caricia! ¡Cierra los ojos y acerca tus labios a ella, tócale el pelo y luego bésala!». No llegué a besarla, no pude besarla, porque fue ella la que me besó. Posó sus labios en los míos y fue tal el impacto que me caí de culo. Al intentar sostenerme, agarré una de las cortinas que separaban las filas de cuadros y me la llevé conmigo, desmontando medio chiringuito.

—Perdona. Lo siento.

Me incorporé temblorosa, tratando de quitar importancia a lo que acababa de ocurrir —«¡Me ha besado! ¡Me acaba de besar!»— y concentrándome en el destrozo que mi torpeza había hecho. Parecía una metralleta de disculpas, perdones y excusas. Hera se acercó a mí sonriendo y callada, me cogió la mano. ¡Estaba helada! De nervios, de ataque, de cague, de terror... Me miró de nuevo y me volvió a besar. Cerré los ojos. «¡Fuera! ¡Fuera! ¡Fuera! ¡Fuera!». Detuve mis pensamientos y... entré en el paraíso de las diosas griegas y las luces de colores. ¡Placer! Jugoso placer, el primer baile de nuestros labios juntos, armonía. ¡Fácil fluir! Besos cortos, de labio superior, besos pequeños, grandes, tímidos, dulces, recorriendo cada rincón de nuestras bocas para no dejar ni un poro sin ser besado... Nos besamos en silencio y sin atrevernos a abrir los ojos. Nos besamos por impulso, por deseo silenciado de días. Nuestras bocas conectadas, imantadas, se separaron abruptamente al percatarse de la entrada de María en el estudio. Dejamos de besarnos, sin tiempo ni palabras para digerir lo sucedido.

—¿Chicas?

—Estamos aquí, detrás del telar... Le estoy enseñando a Álex alguna obra antigua.

—Guauuu... ¡Qué maravilla!

Estuvimos un buen rato las tres entre bastidores. Hera le enseñó varios cuadros de colecciones anteriores. Yo no dejaba de tocarme los labios por la paranoia de tener el carmín corrido. ¡Ni recordaba si llevaba pintalabios! Intentaba mirar a Hera para comprobar cómo tenía ella los labios. Sentía mis mejillas muy calientes. «¿Me habré despeinado?». María estaba encantada con los cuadros de Hera y no dejaba de hacerle preguntas sobre su obra. Era incapaz de seguir la conversación, mi mente había viajado al país de Nunca Jamás. ¡Me acababa de besar con una mujer!

Sentí que me fallaba la respiración. Salí de la trastienda y las dejé a las dos con los colores, texturas y formas.

Me fui a *Obsessions*. Contemplé las obras sin saber qué pensaba mi mente. Sin poder traducir un solo pensamiento. ¡Me había quedado bloqueada! ¡Era incapaz de procesar lo que acababa de ocurrir! Se tendría que poder rebobinar sucesos de la vida para saber exactamente qué y cómo ocurrió. Cerré los ojos y me asaltaron *flashes* de nuestros besos, destellos de mis labios junto a los de ella. Los volví a abrir. Me toqué los labios, me acaricié el pelo. Me di cuenta de que mis caderas se movían en la curva del deseo, que mi cuerpo se había quedado sediento. No era capaz de procesar nada, solo sentir mis pulsaciones alteradas y la sudoración de mis manos. Alcé los ojos y me fijé en el cuadro que tenía frente a mí. Era la silueta de una anciana, se parecía a Nini, la madre del sanador que me habló del amor y se me apareció en la playa con la voz de Blanca. «¿Por qué la habrá pintado Hera?». Tenía la misma mirada intrigante, la piel arrugada, las manos largas y huesudas. Su calma sabia, su inteligencia muda. Aquella anciana volvía a mí, pero ahora en forma de cuadro. Me miraba como si esperara algo de mí, como si llevara un tiempo esperándome. La miré sin entender qué quería de mí, pero diseccionando cualquier leve movimiento. Ya sé que los lienzos no cobran vida, pero aquella anciana era una maga y estaba convencida de que era capaz de eso y más.

—¡Háblame! ¡Necesito tu ayuda!

Me salió. ¡Estaba hablando con un cuadro! Me acababa de besar con una mujer y estaba hablando con un cuadro. Era una actitud de desquiciada, de abandono del juicio y la lógica. Lo sabía, pero no podía evitar concentrarme en aquella pintura y esperar que me hablara. La miré embobada, extasiada, fijando mis cinco sentidos en ella. Estaba segura de que Nini me iba a dar algún mensaje, algunas palabras que desatascarían mi bloqueo.

—Álex, nos tenemos que arreglar para la cena... ¡Oye! ¡Despierta, que te has quedado en Babia!

María se puso delante del cuadro y me devolvió a la vida. Estaba petrificada, convencida de que iba a recibir noticias. No llegaron. Ni siquiera pestañeó. Seguía mirándome fijamente, sentada en la silla y con las manos sobre las rodillas.

—¡Anda...! Esta es la anciana que nos habló en el retiro ese, ¿no? ¿Se llamaba Nini? ¡Está igual!

Di media vuelta, respiré hondo, me abracé a María y miré a Hera de soslayo. Teníamos que hablar de lo ocurrido, teníamos que encontrar el momento para estar a solas. Lo sabía. No podía quedar así. Había besado a una mujer, había comprobado la permeabilidad de los pensamientos y de las creencias.

Me fui a la habitación arrastrando los pies, casi en silencio. Me miré al espejo. ¡Estaba pálida! Del rubor había pasado al pánico. «¿Qué he hecho?». Había traspasado la línea de no retorno, había despertado a la fiera del deseo, estaba hambrienta y le había dado de comer. Me desnudé y, antes de meterme en la ducha, me miré fijamente al espejo. No era una cría, mi cuerpo mostraba curvas de la flacidez del paso de los años. Observé mis pechos un poco más caídos, mis caderas hundidas, mi barriga a lo Rubens. No me vi bella, ni fea. Examiné mi cuerpo como si fuera la primera vez que lo veía. No lo reconocía, como tampoco a mi deseo. «¿Quién soy? ¿Qué me ha pasado?». ¡Agua! ¡Agua sanadora! Abrí al máximo el grifo de la ducha y me sumergí en la enorme cascada de agua caliente. Los pensamientos caían de mi mente revolucionada a la misma velocidad que el agua me salpicaba con fuerza. ¡No quería pensar! Todo había sucedido demasiado rápido, pero había sido real. Me olvidé del tiempo, de mí y me convertí en agua. Necesitaba reponerme para la cena. Ser capaz de mirarla sin pudor, ni vergüenza ni deseo. Disimular. Disfrutar de Blanca. Vivir con toda la intensidad que se merecía la última cena.

Siete

La última cena. La última de Blanca en Bali. Apenas quedaban veinte horas para que despegara su avión con destino a España y estábamos con la pena a cuestas. Se nos iba la madre espiritual, la Gran Consejera, la señora de las Buenas Virtudes. ¡Cuánto tiempo juntas! Me apenaba dejarla ir, me sentía otra vez huérfana. Ella había sido un tótem en mi viaje, en mi partida. ¡Qué rápido pasa todo! Esa noche me habría gustado saber cómo agarrar la vida para que le costara un poco más engullir las horas, como engulle los días sin detenerse a ver si los disfrutamos con la intensidad que se merecen. Yo había sido una inconsciente, le quité importancia al tiempo durante más de dos décadas y me perdí en la postergación, en el «¡Ya lo haré! ¡No importa! ¡Qué más da!». Y sí daba, daba todo, porque, cuando las arrugas llegaron, las canas inundaron mi cabellera y la energía desbocada de la juventud se transformó en «¡No puedo más! ¡Menuda resaca! ¡No me da el cuerpo!», se me activó el reloj interno con la cuenta atrás. Clic, clac, clic, clac, y fui consciente de que la vida iba tan en serio como que tenía un final. Así descubrí, una mañana aparentemente normal, quitándome las legañas, que la eternidad de la vida se acaba cuando te das cuenta, mirándote en el espejo, de que de la juventud, de tu juventud, no queda ni la sombra de lo vivido. ¡Vivir! Es la única receta que encontré para combatir mi crisis de edad.

Llevaba algo más de un mes en la isla y me parecía toda una vida. No era la misma, ninguna de nosotras era la misma. María, Raquel y yo quisimos prepararle la mayor de las despedidas a Blanca. Nos habíamos puesto manos a la obra antes de que apareciera. Ahí estábamos, decorando el jardín de Villa Gea con el corazón algo encogido. ¡Siempre me han gustado los preparativos! Son mis mejores momentos, aunque sean para una despedida, porque puedes hacer que lo más pequeño sea grande. Yo quería que esa cena fuera inmensa como muestra de gratitud a aquella mujer que me enseñó el camino en Bali, me cogió de la mano, me rescató de mi desastroso aterrizaje con Hendrick y la policía, y me llevó a su santuario de yoga, zumos y tranquilidad en medio de la nada. «¿Dónde pongo las ofrendas?». Los preparativos en general suelen ser los mejores momentos, aunque reconozco que, de la propia excitación, también me estresan. Y esa tarde me sentía algo descontrolada emocionalmente. Apenas habían

pasado cinco horas desde que Hera y yo…, desde el beso…
Bueno…, los besos. ¿Cuántos fueron? Había pasado todo
demasiado rápido. A pesar de haber engullido parte del
Amazonas en la ducha, seguía llevando su olor a cuestas.
No la había vuelto a ver desde entonces, no me había visto, no nos habíamos visto. No podía aislar de mi cabeza la
huella de esos besos. En la milésima de segundo de cada
parpadeo, aparecían fogonazos del furtivo encuentro entre
bambalinas; de su olor, de su tacto, de sus caricias. Sentía
mi cuerpo estremecerse a flor de piel, intentaba calmarme
exhalando suspiros, tratando de controlar mi susto y esa
vulnerabilidad desconocida que me acompañaba en nebulosa. Hera se ofreció con la casa para la gran cena. Tenía
un jardín más amplio y contrató a Wayan, la chica que
limpiaba las villas, para que cocinara con su hermana la
cena de la noche. ¡Todas queríamos que fuera especial!
Y preparamos cada detalle a conciencia. Wayan había llegado a la casa hacía una hora, cargada de compras, rebosante de bolsas, con Made y su hermana. Se metió en la
cocina y nos prohibió entrar para no revelar los ingredientes secretos, el menú de la noche.

— ¿Cuál va a ser el menú? ¿Alguien está enterado?

María necesitaba saber algo. Estaba inquieta también.
La llamada de Félix la había alterado. No compartió con
ninguna lo ocurrido, lo dicho, pero su silencio hablaba por
sí solo. Algo había ido mal. Estaba metidita para dentro,
decorando con diademas de flores las diosas griegas del
jardín, colocando velones por todos lados y farolillos de
colores. Raquel también andaba retraída desde que había

vuelto de su peregrinaje con sexo. Según nos contó, todo fue bien con su Romeo surfero, pero ni a María ni a mí nos convenció del todo. Estaba ausente y se le había apagado el brillo de los ojos, esa chispa que enamoraba a cualquiera. La tristeza es una planta mustia, una mala compañía que te seca el alma. Aquella tarde, en el jardín de las diosas, deambulamos como tres almas en pena, sin la alegría y el cachondeo habituales. Apenas hablamos, apenas nos miramos..., respetamos el silencio. Necesitábamos nuestro espacio, nuestra intimidad para hacer sin explicar, sin justificar, sin compartir. Esa tarde vestimos con nuestra melancolía un jardín ya bello hasta transformarlo en hermoso. Nuestra compañera máter terminaba esa noche su viaje y a todas nos afectaba, nos removía y nos devolvía a esas realidades que dejamos aparcadas a tantos kilómetros de distancia.

España, ¡qué país! Un lugar recóndito del planeta Tierra, particular como muchos, ¡nuestro hogar! Un punto en el mundo, un suspiro en el universo que algunos bautizan como patria para sentirnos parte de un colectivo, grandes, enormes, importantes, formando parte de ese microcosmos. Añoranza, por lo nuestro y los nuestros. La lejanía te da libertad, pero también mucha soledad. Te sientes nadie, te sientes libre para hacer lo que te plazca, pero, al tiempo, echas de menos volver a ser tú, a cagarla y a que te reconozcan en tus cagadas. Me senté en una butaca de mimbre, necesitaba reposar lo vivido, lo sentido en tan poco tiempo. ¡Qué ganas de fumarme un cigarrillo! Una yonqui del tabaco toda la vida, siempre tentada con pillar un pitillo y volver a ser chimenea. Esa tarde, contemplando el jardín, me lo habría fumado. No lo hice y casi me quedo sin uñas. Sí, una manía espantosa que nunca he sido capaz de controlar en esas situaciones en las que ni sientes tu cuerpo. Esa tarde se mereció el alicatado de uñas. «¡Qué asco! ¡Ya!». Pero es mi mísera realidad.

Observé a las Velasco, caminaban sobre el césped, cada una por su lado, colocando los elementos decorativos para la cena. María andaba cargada de velones de colores. Los habíamos comprado en una cerería espectacular a precio europeo, porque, en Bali, hay precios de allí y precios muy de aquí. Y los velones eran precio de aquí. ¡Pagamos el lujo de tener buditas derritiéndose en nuestro jardín! Una horterada con poca gracia que nos costó, para qué engañarnos, un ojo de la cara. Pero Hera se había puesto terca con lo de encargarse ella de la cena, y encargarse incluía también el dinero, así que… nosotras decidimos gastarlo en decoración y en un regalito para cada una. Un recuerdo de nuestro viaje juntas. «¡Quién sabe si después de Bali habrá vida para nosotras juntas!». Éramos muy diferentes y nuestra vida en España también. Seguramente nuestros amigos no nos caerían bien y nuestras respectivas parejas poco o nada tendrían que ver. ¡Me encantaría seguir compartiendo con las Velasco! Pero, igual que hay amores de verano, también hay amigos de verano. No siempre el tiempo mide la intensidad o la importancia de una amistad. Ellas formaban parte del antes y el después de mi vida, de la crisis, del despertar, del renacer. Era imposible olvidarlas. Mi deseo era seguir en contacto, pero hasta en los deseos hay que saber ponerse límites y contar con que pueden no ser compartidos. Raquel estaba subida a una silla, terminando de colgar unos banderines-mantra y unos globos de colores con mensajes dentro. Decidimos que esa noche jugaríamos a verdad o acción. El beso lo dejábamos aparte, porque éramos todo chicas y…, claro, no tenía gracia. «¡Menos mal!». Solo habría faltado el beso como parte del juego. Raquel era la única que sabía el contenido de las acciones y decidimos que, en caso de elegir verdad, entre todas seleccionaríamos la pregunta. Reconozco que acordarme del juego me asustó un poco. Quería controlar lo sucedido y ni tan siquiera sabía cómo reaccionaría mi cuerpo al volver a ver a Hera.

—No te habrás pasado con las acciones, ¿verdad? ¡Que te conozco, hermana!

Raquel miró picarona a su hermana desde lo alto de la silla. ¡Al fin sonrieron! María había hecho una pausa para fumarse el pitillo y la observaba desde la penumbra. Comenzaba a anochecer. No se fiaba un ápice de Raquel. Estaba segura de que esta había sacado a pasear su lado más gamberro como fuente de inspiración.

—Piensa que hay una mujer mayor en el grupo…

Las dos casi fusilamos a María por el comentario. Jamás habíamos tratado a Blanca como a una anciana, jamás habíamos hecho diferencia por la edad, y mucho menos lo íbamos a hacer esa noche.

—Seguro que Blanca se atreve a muchas más cosas que tú, hermana…

María seguía pensativa, pitillo en mano. Deseaba encontrar una respuesta a la contestación de Raquel. Sabía que, en el fondo, tenía razón, y que a ella eso de las acciones no le iba demasiado.

—Como te hayas pasado, te vas a enterar...

Las tres nos reímos a la par. Cada una por un motivo diferente. Raquel, porque, con toda seguridad, se había excedido en las acciones; María, porque sabía que iba a colgar a su hermana de la palmera más alta al día siguiente; y yo, porque empezaba a estar tan nerviosa que cualquier cosa me hacía gracia. No era capaz de controlar mi cuerpo, me temblaba el pulso y las piernas me fallaban. «¿Dónde se habrá metido Hera?».

El jardín estaba quedando precioso. Velones formando un camino, farolillos de luz en los árboles y globos de colores. Una horterada de las que te hacen sentirte parte de un grupo, de una celebración.

—¿Os habéis enterado de que mañana llega una amiga de Hera?

María ya se había sentado en una silla y servido una Bintang. Había decidido hacer una pausa y comentar un poco la jugada de la nueva adquisición.

—Ya podría ser tío y hetero. ¡Y que estuviera como un queso! Es una chica, ¿no?

La Watson del grupo se había informado de la nueva en escena. Se llamaba Judit (aunque todos la llamaban Jud), tenía la misma edad que Hera, pero eran dos gotas de distinto grifo. Eran amigas de la infancia, se querían mucho, pero no solo su vida había transcurrido por distintos derroteros, sino también su manera de vivirla, verla e interpretarla. En los siete años que Hera llevaba en Bali, era la primera vez que Jud la iba a visitar.

—Llega sola. Sin marido ni hijos. Porque está casada… ¡y bien casada! Con un político catalán.

—¿Y tú cómo te has enterado de todo esto?

Imagino a María acribillando a preguntas a Hera y la pobre respondiendo sin tiempo a procesar la siguiente pregunta. Estaba claro que a María no le hacía demasiada gracia la llegada de una nueva inquilina.

—Invitada, dirás…

—Bueno…, pues eso. Es que me da a mí que no es de muy buen rollito. Debe de ser de buena familia y… no sé, no sé.

A veces ocurre que, antes de conocer a alguien, ya le has clavado la espada de Damocles, y María había hecho eso mismo con Jud. Sin confesarlo abiertamente, las tres supimos que no era santo de su devoción. Así que mejor que fuera la pera, si no queríamos tener mal rollo en el ambiente. María era en ese sentido como Mae West: «Cuando soy buena, soy buena; pero cuando soy mala, soy mucho mejor». Así era también la mayor de las Velasco, de familia bien, pero, cuando le tocaban la fibra…, navajera como la que más. La verdad es que, a esas alturas del viaje, nos habíamos vuelto un poco mafiosas con el tema de abrir el círculo y dejar entrar a cualquiera. Ya teníamos suficiente con el maravilloso universo de cuatro mujeres —porque incluíamos a Hera y no a Blanca—, como para incorporar a otra más y arriesgarnos a romper la armonía. A mí tampoco me hacía demasiada gracia la presencia de alguien tan cercano a Hera. ¿Celos? Puede que lo fueran, con la distancia sé que lo fueron, pero aquella tarde y noche fui bastante torpe en reconocer mis propios sentimientos.

—A lo mejor te sorprende y es superenrollada.

No la sacamos de sus sospechas. Le dio por pensar que llegaba la cabrona al grupo y no hubo manera de convencerla de lo contrario. Según ella, el universo tenía que compensar sus fuerzas y, hasta el momento, todas nos habíamos llevado de miedo, habíamos congeniado sin problemas y, por cuestión de justicia divina, tenía que venir alguien y provocarnos rechazo. Raquel se quedó pensativa al respecto, María se acercó a nosotras con dos Bintang. «¡Descanso!». Definitivamente era la hora de la cerveza y la charleta.

—Yo creo que es mejor no pensarlo, porque si no provocamos aquello de que… se cumple.

—Hermana, me juego lo que quieras a que no te cae bien. Yo creo que va a ser doña Perfecta y doña Tocapelotitas.

—Tampoco hace falta aguantarla. Es la amiga de Hera, ¿no?

Me había perdido en mis mundos y caído de un cerezo cuando me acordé de que muchos de los planes de visita a la isla los habíamos postergado para hacerlos con Hera y su amiga. Ella tampoco conocía Bali y acordamos que sería un buen plan. «¿Todos los días viendo a Hera?». Más que un buen plan, me pareció una soga en el cuello. «¡Lo mejor será obviar el beso y quedar tal y como estamos!». Por culpa de Pixie y sus consejos me había metido en un lío. ¿Cómo podía dejar las cosas tal y como estaban? «¡Seguro que Hera me va a entender! Al fin y al cabo, a mí no me gustan las mujeres».

—¿Cuándo dices que llega la amiga de Hera?

—Tres horas después de que se vaya Blanca. ¿Tendremos que esperarla en el aeropuerto todas?

María nos había convencido en lo que respecta a la mala víbora de la amiga de Hera. No nos apetecía nada recibirla en el aeropuerto. Nos sentíamos algo mal por pensar así y ser tan ingratas en el recibimiento. Pero, ¡consejo!, si evitas el origen del mal rollo, quizás consigas evitar el corte de rollo. ¡Éramos unas exageradas! Sentadas en el jardín de Hera, la habíamos puesto a caldo. Para nosotras, ya era la madrastra de Blancanieves, la bruja de los cuentos, la malvada de las series. Habíamos caído en un bucle de chismorreo con la nueva y nos había dado por criticarla. En Bali, tenías pocos objetivos para sacar tu rabia. Yo, aparte de Mulyadi, nadie, y las Velasco, aparte de la una contra la otra, nada. Así que la amiga de Hera se nos presentaba como el blanco perfecto para nuestra descarga de mala leche. Si hay que dar tartazos, mejor tener una cara a la que lanzarlos, y la invitada, sin que todavía hubiera hecho aparición en escena, ya había recibido unos cuantos.

—¡Qué bonito os ha quedado!

¡Hera! Me dio un vuelco todo, no sabría decir qué es lo que me removió, porque acto seguido, o al mismo tiempo, se me bloqueó la cordura. Estaba con una timidez de primera comunión, me había convertido en la mudita de los siete enanitos, solo pestañeaba y sonreía como una bobalicona. ¡No podía evitarlo! «¿Será posible volverse así de idiota?». La verdad es que estaba muy guapa. Hera no tenía una belleza explosiva, «no como te gusta a ti, Pixie...», ni exótica, ni graciosa, ni resultona. ¿Cómo era su belleza? Me había besado con ella y no había reparado qué era lo que me había trastocado tanto como para atreverme a romper el molde, traspasar fronteras y besarme con una mujer. «¿Seré bisexual? Porque, el beso, gustarme me ha gustado». No sabía qué decir respecto a su belleza, apenas sabíamos de ella, era reservada con sus recuerdos, con «su otra vida», como solía llamarla. La vida que dejó en España, la vida de Júlia. De manera delicada, huía de remover ese pasado que se fue. ¿Qué quedaba de Júlia en Hera? La miraba sin verla, tapándola con mis propios pensamientos sobre ella, su vida y mi recién reconocida atracción por aquella mujer.

—¡Qué guapa te has puesto! ¡Me encanta el vestido! ¡Esta noche te has vestido de diosa total!

En pocos segundos, Raquel había inspeccionado el *look* de Hera y, sinceramente, estaba espectacular. Había pasado de *sarongs,* monos de pintura y túnicas, y había sacado de su armario un vestido de color blanco que definía su figura a la perfección. Se había dejado el pelo suelto, sin pañuelos ni trenzas, ondulado al viento y negro espeso como la noche. Había oscurecido ya. Blanca estaba a punto de llegar, la cena tenía una pinta deliciosa. La saboreamos por el aroma que nos llegaba de la cocina. Con la decoración y los tartazos a la amiga de Hera, se nos había echado la noche encima y seguíamos sin arreglar. Raquel fue la primera en salir pitando, ella necesitaba su protocolo de pruebas de cambios y recambios hasta dar con el *look* acertado para la cena.

—¿No lo tienes pensado todavía? ¡Uf! ¡Pues nos dan la uvas, chata!

Si María desaparecía como el Guadiana, a mí me daba algo. Así que, antes de que se terminara el cigarro, me di a la fuga detrás de Raquel, con la inseguridad de qué ponerme a cuestas. «¡Cualquier cosa! Total...». No era ni por asomo mi realidad, pero tenía que buscar en el pasotismo una fuente de seguridad, porque sabía que podía entrar en una crisis de «espejito, espejito, como no me digas que soy la más guapa, ¡te rajo!». Hay que asumir que las inseguridades salen cuando más joden, y a mí me salieron todos los complejos físicos aquella noche antes de saber qué ponerme. Abrí el armario, tampoco es que una lleve ropa de fiesta en Bali y sus humedades, pero me apetecía ponerme atractiva. Decir guapa habría sido decir demasiado. No es que no sea una mujer resultona, que sí, incluso algunas veces me he llevado yo al tío bueno a la cama..., pero no soy a las que sueltan un «¡guau!». Esa era Raquel; con solo caminar, provocaba la caída de las fichas de dominó. María era la de «si me da por ahí, lo consigo, el problema es que pocas veces me da» y yo..., bueno, ¡tampoco era una muerta de hambre! Mi físico era resultón, el problema era que hasta el momento no me había dado por dedicarle el suficiente tiempo. «Cuando llegue a España ¡me apunto al gimnasio!». En ese viaje me había mirado más al espejo que en años. Me asusté al principio, tengo que reconocerlo, pero después me fui mirando cada vez con más mimo y cariño. «¡Qué importante es el concepto que una tiene de sí misma!». Ya te pueden llover elogios de fuera, que, si tú te tratas como una mierda, mierda eres y mierda serás. Así lo creí durante mucho tiempo y, con la crisis, las canas y la separación de Gonzalo, me dije: «¡Mierda *pal* otro, que *pa* mí ya me duró bastante!».

María, habitación contigua a la mía, había comenzado su ritual. Primer paso: música cañera a todo volumen. Segundo paso: colocar todas las pinturas sobre el baño, encender la plancha del pelo, darse cremita y ¡uñas! Tercer paso: elegir el *look* y los zapatos (¡tenía decenas de chanclas y sandalias!). Cuarto paso: maquillaje y peluquería. (Para ella el pelo era una extensión del *look*, y meditaba mucho el peinado para cada ocasión). Quinto paso: ¡vestirse!

—*Ella se ha cansado de tirar la toalla, se va quitando poco a poco telarañas...* —¡Cómo me gusta esa canción! María había activado el primer paso y la oía cantar como si le fuera la vida—. *Ella se ha puesto color en las pestañas, hoy le gusta su sonrisa, no se siente una extraña.* —Me uní a ella a grito pelado. Estaba claro que o me animaba, o no salía de mi habitación ni a tiros. Me entraba la risa de oírnos a las dos, histéricas cantando al unísono a Bebe. ¿También Raquel?—. *Hoy sueña lo que quiere, sin preocuparse por nada, hoy es una mujer...* —Asomé la cabeza por la puerta, vi a la menor de las Velasco en bragas y con una percha de micro. Se acercaba brincando, me uní a ella hasta llegar a la habitación de María, que nos sorprendió abriendo sus puertas correderas con un peine en la mano. Entramos en el cuarto de María bailando y cantando las tres. Raquel se subió a la cama y empezó a botar—. *Hoy vas a descubrir que el mundo es solo para ti, que nadie puede hacerte daño...* —Nos subimos las tres a la cama y cantamos hasta terminar la canción, nos dejamos las cuerdas vocales, perdimos casi la voz, menos Raquel, soltamos doscientos gallos, pero Bebe nos dio la vida. ¡La energía había vuelto a nosotras! Estuvimos un buen rato montando el *show* en la habitación de María, sonara lo que sonara, lo cantábamos. Supiéramos la letra o nos la inventáramos. ¡Qué buena risa!, ¡qué buen momento! Se nos paró el tiempo, o eso es lo que pensamos…, porque Blanca llegó, y nosotras por arreglar.

—¡Ahora tú, hermana!

María puso el tema *Sueña realidades,* con el que Raquel y su grupo Casiopea habían tocado el cielo. No le apetecía demasiado cantarlo… Lo había interpretado tantas veces, y era lo que todo el mundo quería oír, que la tenía aburrida. Era su pasado, pero a la gente le daba igual. ¡Quieren oír esa canción sí o sí! Y nosotras esa noche éramos las pesadas de turno que le suplicábamos a Raquel que nos cantara *Sueña realidades.* Había oído el tema varias veces en la radio, no era una gran fan de la canción, pero me hacía mucha ilusión oír a Raquel y verla en acción.

—¡Está bien, hermanita! ¡Va por ti y porque te quiero mucho! Una y no más, ¿vale?

—¡Vale! ¡Espera, que le doy otra vez!

Comenzó a sonar la batería, luego un acompañamiento de saxo y piano. Raquel se había sentado en la cama y seguía con la percha de micro. ¡Estaba graciosa! Al cuarto compás, comenzó a cantar, su cara se había transformado, parecía otra. Era la artista, subida a una cama y con dos fans a los lados tiradas en el suelo. Al poco, había entrado en ese semitrance de todos los cantantes, con un pie en la tierra y el otro..., ¡quién sabe adónde viajan! El tema parecía distinto, me gustó escucharlo en directo. Ella misma había creado una doble voz con la del CD, podía ver en cada sutil movimiento que la música era su vida, y comprendí el miedo de enfrentarse a escribir sus propias canciones. La verdad es que me había interesado bien poco por sus avances, por un lado por no querer inmiscuirme en cosas de «artistas» y evitar hacerme la pesada. Por otro, porque no me resultaba demasiado fascinante su mundo. «¡Ni que fuera para tanto!». Hacía años que me pasaba horas escribiendo manuales para el espíritu, unos cuantos versitos, sin pretensión de ser Miguel Hernández, que me parecieron de lo más llevaderos. No era melómana, todo lo contrario, me consideraba una ignorante del proceso creativo de la música. Observé a Raquel y me di cuenta de que el personaje que mostraba al exterior era muy traicionero: esa frivolidad sumada al «¡hago lo que me da la gana en cada momento!» me confundió hasta ser incapaz de ver a la artista que llevaba dentro. ¡Lo era en todo! En la ropa, en sus andares, en su poder de seducción, en cocinar, en decorar un jardín, en cantar... y por supuesto en componer. Hasta ese momento fui incapaz de juntar las piezas de su rompecabezas y verla como lo que era: una artistaza. Ella estaba luchando por salir de la casilla donde su público la había colocado: cantante de masas de canciones pegadizas. Una Kylie Minogue española, pero con grupo, Casiopea... Ella deseaba ser más guerrera, más profunda, más desgarradora, más Patti Smith. Ella lo deseaba y por eso batallaba en medio de la incomprensión de la mayoría, que la veíamos como una Spice Girl, pero sin las Girls.

Terminó la canción. María y yo aplaudimos como locas, silbé en silencio, siempre me ha gustado la imagen en los conciertos, pero jamás he conseguido emitir ruidito colocando mis dedos debajo de la lengua. ¿O era entre?

—Chicas, hay que darse caña, en menos de treinta minutos... ¡listas!

Raquel fue la primera en darse cuenta de nuestro cuelgue y de que Blanca acababa de llegar a Villa Gea. Menos mal que Hera andaba lista desde hacía dos horas y podría hacerle los honores de bienvenida como correspondía. «¿Y qué narices me pongo?».

Las Velasco siguieron con sus respectivos rituales de construcción de *looks*. Raquel huyó como un tifón a su habitación, y María siguió planchándose el pelo. Había decidido hacérselo como una patata chip de las de sabor a jamón (que son las que más me gustan). Tenía preparada una minifalda blanca de lino ibicenca, una camisa salmón de transparencia y una camiseta blanca de tirantes. Un collar, cien pulseras y sus sandalias de piedras de colores. ¡Lista! ¿Y yo? Seguía espatarrada en el suelo de la habitación de María, pensando en todas las posibilidades de *look:* vestido azul, mmm..., me lo puse, pantalón largo..., demasiado calor.

—¡Álex! ¿Qué haces que no te vas a cambiar? ¿Necesitas ayuda de la Velasco?

Me leyó el pensamiento y me quitó la losa de encima. Esperé a que terminara con su pelo y me hizo un minirrecogido con el mío.

—Mira que estás guapa con este minimoño de aguja japonesa...

La verdad era que sí. Siempre me ha favorecido el pelo despejado de la cara, y más con la piel morena que ya lucíamos. No perdió la oportunidad de colocarme ella el *eyeline* y la máscara de pestañas *waterproof*.

—Por si acabamos en el agua... Con las acciones de mi hermana... nunca se sabe.

Perfilador de labios y un buen *gloss* de color barbarella (esa noche me enteré de que ¡el barbarella es un color rosado de pintalabios!). Después del maquillaje y la peluquería, se vistió, terminó de redefinirse con unas veinte vueltas al espejo; paso adelante, media vuelta, morritos, paso atrás. Al rato de estar convencida, y sin ordenar el desguace de su habitación —¡menudo desastre!—, pasamos a la mía. Abrió el armario, los cajones y meditó un par de minutos.

—¡Ya lo tengo! Hoy te vas a poner el mono este verde, con mi camiseta verde pistacho de tirantes ¡y sin sujetador! ¡Cómoda y *sexy!*

Casual chic! Volvía a mis orígenes, lo de «parece que no voy arreglada pero está todo medido al detalle». Miré ese mono de pantalón corto que me había comprado hacía años en Diesel. Jamás pensé que sería un *look sexy* ideal para una cena. Pero María lo quiso, lo tuvo claro y me convenció hasta colocármelo con doscientas pulseras y mis sandalias de cintas de colores. ¡Lista también!

—María, vete de avanzadilla, porque me ha llamado Gonzalo al móvil y voy a intentar hacer un Viber rápido con él. Enseguida voy.

¡Qué oportuno! Llamé un par de veces y no me respondió. Decidí dejarlo estar y llevarme el móvil por si las moscas, no fuera que pasara algo con Yago. Al estar en la villa, teníamos Wi-Fi y podíamos llamar sin problemas, enviar *whatsapps* y consultar el correo. «¡Paso de enviarle un *whatsapp!*». Lo intenté, pero seguía sin encontrar las palabras adecuadas. Al pensar en Gonzalo, sentí un poco de culpa. «¿Culpa de qué? Si no estoy con él…». Culpa de sentir por otro, bueno…, otra. De haberme besado con deseo con otra persona. Lo de Hendrick, con el susto de la poli y su desaparición, no me dio tiempo a que brotara. Se quedó como un escarceo sin importancia, aunque…, de no haber desaparecido, estaba segura de que habríamos repetido capítulo. Me senté un rato en la hamaca de nuestro jardín, con el móvil entre las manos y las voces de las chicas a lo lejos. Necesitaba respirar hondo, tomar aire; un poco de soledad después de tanta emoción. ¡Estar tan lejos de mi lugar hacía más fácil vivir en la locura, en el no pensamiento! La noche estaba tremendamente bella, cubierta de estrellas y con la luna menguante. ¿O creciente? Nunca me aclaro. Si tiene forma de C es menguante y de D, creciente. Así que crecía para hacerse llena y volverme del revés. A mí la luna llena me ataca sobremanera, me despierta todos los instintos y estoy siempre para que me aten. He tenido las noches de sexo más maravillosas en luna llena y también las discusiones más vergonzosas. Me ataca, magnifica mi estado hasta revolucionarlo para bien o para mal. Cada veintiocho días es una tómbola. ¿Sexo o bronca?

—¿Qué haces que no vienes? ¿No quieres despedirte de mí?

¡Blaaancaa! Había venido a rescatarme de mis propios pensamientos y llevarme con las demás. ¡Qué guapa estaba siempre! Se había puesto mi túnica preferida, la blanca, con la que me vino a rescatar de la pensión. Se sentó a mi lado y me acarició el pelo. Nos quedamos en silencio, observando las estrellas y pescando palabras para el adiós.

—Te quiero, Blanca.

Me salió sin pensarlo, me ayudó estar a oscuras y a solas con ella. Esa noche tenía las emociones muy sueltas y le largué lo que hacía días llevaba queriéndole decir: «Te quiero». ¿Por qué nos asusta expresar lo que sentimos? «Te quiero» tiene un peso mal compensado. Por un lado, se usa con demasiada frecuencia hasta restarle valor y, por otro, es casi terreno exclusivo para la pareja o la familia. No hay muchos amigos que me hayan dicho «te quiero», ¡excepto Pablo, claro! ¿Será que no tengo buenos amigos? No, será que los «te quiero» nos dan corte. A mí mucho, y, cuando está fuera del contexto romántico-familiar, más. Pero lo hice, le dije a Blanca que la quería y ella me respondió con una nueva caricia en el pelo y un beso en la frente. Sin palabras, solo silencio y mimos. Estuvimos unos minutos más disfrutando de nuestras «no palabras», de la oscuridad, de la brisa y la humedad que esa noche hacía imposible que llenaras los pulmones sin sentir algo de asfixia. Eso… o yo no me quitaba el ataque ni la respiración entrecortada. Me habría quedado allí toda la noche, con

Blanca, ella y yo a solas, para disfrutar de mi madre adoptiva en solitario y para evitar la cena con Hera.

—Será mejor que vayamos o poco falta para que María aparezca en plan moscón.

—Me ha encantado conocerte, Blanca...

—A mí también, Álex. Eres una mujer muy especial y, en algunas cosas, me recuerdas a mí de joven: rebelde, apasionada, ingenua, divertida y con unas ganas tremendas de aprender. Sigue así y deja atrás los miedos. Tu vida solo te pertenece a ti, así que olvídate de vivir para los demás y escúchate, siéntete. No hay nada malo en tomar decisiones por uno mismo sin tener en cuenta al resto en todo momento. Decide, elige tú... y todo se irá colocando, ya verás.

Me gustaba oírla y me daba pena, pena de egoísmo, sí, de la mala, porque, a beneficio mío, no quería que se fuera. De haber podido, habría cerrado el aeropuerto de Denpasar por una caída de dioses hasta mi fecha de partida. Habíamos intentado convencerla de que se quedara unos días más, pero su viaje había terminado y deseaba volver a su casa. Para ella era un «hasta luego», a los seis meses volvía a Bali y a nosotras tenía la certeza de que nos volvería a reunir en España.

—¡Prepararé una comida de abuela a lo grande! Vendréis a verme todas y pasaremos un día estupendo.

¡Quién sabía si su deseo terminaría por cumplirse! María estaba con las cejas alzadas en distintos niveles y medio cabreada. Había rayado en la mala educación acaparando a la invitada estrella, lo sabía, pero... ¡era ella quien había venido a mí!

—Sí, claro, y las demás cazando moscas.

Estaba enfadada porque hacía media hora que Wayan tenía la cena sorpresa lista y la comida podía haberse enfriado algo. Hera no decía nada, porque solía hablar poco, y Raquel, porque había decidido que su estado anímico de la noche sería el buen rollo pasara lo que pasara. María y yo éramos más como la marea y, en ese momento, la suya estaba muy alta, al menos conmigo. «¡Se le pasará!». Sabía que no le iba a durar más de diez minutos, pero me sabía mal estar medio enfadada con ella.

—¿Y cómo nos sentamos?

Ni siquiera había reparado en la mesa ovalada del jardín, cubierta con un mantel de bordados (de la difunta madre de Hera) y un centro de flores silvestres y velones espectacular (obra de Hera también). Ni siquiera me había planteado la disposición de las invitadas a la mesa. «¡Yo al lado de Hera, ni de coña! ¡Blanca a mi lado!».

—Hera y Blanca presidiendo la mesa cada una en un extremo, mi hermana y yo enfrente la una de la otra, y Álex... en el bando que prefieras.

—Lo siento, Raquel, al lado de tu hermana.

—¿Y al lado de Hera o de Blanca?

La primera en la frente, pero fue fácil el regateo.

—Al lado de Blanca, por supuesto.

No miré a Hera, no la había mirado en todo el rato, pero sentí su media sonrisa clavada en mi cogote a fuego de hierro de marcar ganado. Nos costó, pero al fin estábamos sentadas alrededor de la mesa dispuestas a disfrutar de la velada de buenos manjares y extraordinaria compañía. Wayan y su hermana comenzaron a sacar un festival de cuencos, llenos de cositas de colores, de verduras varias y hortalizas sin identificar. Salsas y entrantes que estaban para chuparse los dedos.

—*Delicious, Wayan, a little spicy, but... amazing.*[1]

Picante no, muy picante. De almorrana por la mañana, pero merecía la pena y ayudaba a darle a la bebida y a apagar el fuego doble: el de mi lengua y el de mi interior, que había vuelto a encenderse. A Hera se le cayeron dos copas de vino y le temblaban algo las manos. Me fijé lo que pude sin apenas mirarla, ella tampoco me miraba y apenas comía. Estaba más ausente que de costumbre. Las Velasco no paraban de hablar, brindar y recordar anécdotas comunes con Blanca. Las escuchaba y desconectaba, lo mismo que ella. Me reí con la del profesor suplente de yoga del Desa Seni, que se había enamorado de María y, al irnos del lugar, le declaró su amor con una ofrenda entre las manos y delante de nosotras. María se quedó muerta porque el pobre no había recibido el don de la belleza y porque jamás se lo habría imaginado.

—¡Ya podía haber sido un Hugh Jackman! Con ese seguro que me da por la flor de loto y le hago el saludo al sol las veces que quiera.

Nos tronchamos de risa todas con el pobre profesor de yoga. Un tirillas simpático que no daba para más. Con el cachondeo y la guardia medio baja, nos cruzamos la mirada y volvió a activarse el ascensor. Ella clavó con gusto su mirada en mí, yo hice idas y venidas hasta que decidí

---

[1] —Delicioso, Wayan, un poco picante, pero... increíble.

ver quién aguantaba más. ¡Mal juego! Me puse del revés con tanta mirada y recorrido visual arriba y abajo del rostro. Que, porque estuviera sintiendo deseo por una chica, una vez descorchado el champán, el espumoso es igual para todos. Los códigos similares: mirada intensa clavada en el iris, a los labios, vuelta al iris, toque de pelo, otro en la oreja, caída de ojos, la boca entreabierta, labios y vuelta a empezar hasta decir ¡Baaasta! Me levanté por las ganas de hacer pis que me habían entrado y me fui directa al baño de mi villa.

—Álex, ¿te pasa algo? ¿Adónde vas? —me gritó María, que tampoco me quitaba el ojo de encima en toda la noche.

—Al baño.

—Puedes ir al de mi casa. Al lado de la cocina hay uno.

Me sonrojé y a ella le salieron tres gallos, ¡que conste! Pero me fui sin perder la dignidad, y sin las chanclas, al baño. Me encanta ir descalza, sé que en un baño, aunque sea el de tu propia casa, es una guarrada, pero pasaba de volver atrás. Descalza y de los nervios, eché el primer pis de la noche, no fue el último. Ese baño y yo compartimos orines y lavados de cara. Mi piel ardía y mis mofletes eran como los de Heidi. Estaba claro que necesitaba estar a solas con Hera. «Álex, ¡contrólate y no bebas demasiado!». Hablarle al espejo en voz alta me ha resuelto muchos embrollos en mi vida. No he tenido siempre ni las ganas ni el dinero para un psicoanalista, pero sí un espejo cerca. Lo hago desde que, siendo adolescente, practiqué conmigo misma el primer beso. Un poco Narcisa y no del todo eficaz, pero descubrí las amplias posibilidades del espejo. Practiqué mi primer «¡se acabó!», descubrí mi primera arruga, «¡que le den!», confesé mi pena de no ser correspondida, me animé con un «¡tú puedes, Álex!» para aprobar un examen. La fuerza del espejo es infinita y sus caminos, como los de Dios, inescrutables. Esa noche también recurrí a él unas cuantas veces, la cuestión es que, aparte de las dos primeras, no recuerdo qué fue lo que compartimos.

Las Velasco estaban impacientes por comenzar a pinchar los globos, pero Blanca nos tenía preparada una sorpresa. Una de sus aficiones eran las diosas, no solo de la mitología griega sino de todos los imperios y religiones. Creía firmemente en el poder que ejercen para quien las venera, pero es imprescindible saber cuál es tu diosa. A veces pueden acompañarte varias diosas e incluso una de ellas para toda la vida.

—Eso es algo que, si os apetece investigar, tendréis que descubrir vosotras mismas.

Ella había meditado con todas nosotras para que la «sabia luz» la guiara hasta dar con cada una de las diosas que necesitábamos venerar en ese momento. Con mucho amor y dedicación, había preparado unas tarjetitas con cada diosa, a modo de estampitas de santos, para repartirlas esa noche.

—Quiero que os la metáis en la cartera y que no os desprendáis de ella al menos en todo un año. ¡Veneradla! ¡Contempladla! Aunque no creáis, ella lo hará por vosotras.

Nos quedamos maravilladas con el regalo que nos había preparado Blanca. «¡Qué mona!». Raquel estaba impaciente por conocer a su diosa, lo mismo María, Hera apenas gesticuló y yo estaba… que no sabía ni dónde estaba.

—¿Por quién empezamos?

María suplicaba comenzar ¡ya! Blanca nos avisó de que podía pasar que nos rebotáramos con la diosa que nos adjudicara. Eso era parte del proceso: «Lo que duele en el exterior es porque no nos lo damos en el interior». Esa lección me la había aprendido bien durante esas vacaciones. No sabía aplicarla demasiado, pero conocía la teoría como las tablas de multiplicar.

Decidió revolver sobre la mesa las estampitas. Wayan y su hermana retiraron los platos y decidieron hacer una pausa antes de los postres. «¡Qué bueno estaba todo!». Las volvió a poner en un montón y comenzó a destaparlas una por una.

—Tara Verde.

No tenía ni idea de quién era esa figura colocada en la postura del loto, con la piel verde y rodeada de círculos de colores. «¿Será para mí?». Apuesto a que todas pensamos lo mismo con la boca abierta, medio en Babia.

—La Tara Verde es una diosa hindú y budista cuyo nombre significa «estrella» en sánscrito. Es una veloz ayudante que ofrece auxilio de emergencia a quien lo necesita y gran entendimiento para situaciones estancadas.

—¿Para quién es?

María no podía concentrarse en la diosa sin saber si era para ella o para otra.

—Raquel, tu diosa es la Tara Verde. Ella te mostrará el camino para encontrar tiempo libre para la meditación y el sosiego. El sosiego que ansías no viene de la lucha ni la disputa, sino de aprender a pedir ayuda y tomar decisiones. No trates de ser una supermujer y pide ayuda, porque la debilidad no reside en ser una jugadora de equipo.

Puedo asegurar que la diosa de Raquel no le sonó demasiado bien. Lo de «estrella» vale, pero lo de que tenía que compartir y pedir ayuda no lo vio demasiado claro. En cambio, su hermana estaba totalmente de acuerdo con la Tara Verde y su misión con Raquel. Por si las moscas, Blanca puso otra diosa de por medio antes de que se volvieran a enganchar con lo de «¡y tú qué!» e «¡y tú más!».

—¡Ishtar! La encarnación de la energía femenina de Venus, venerada desde los antiguos babilonios. Es la reencarnación de lo femenino por antonomasia en todos los aspectos: maternidad, sensualidad, fertilidad, protección, sabiduría… Ishtar es una diosa multidisciplinar.

La verdad es que no tenía ni idea de a quién podía haberle tocado una diosa tan completa. De no saber que Raquel ya tenía la suya, habría apostado que se la adjudicaría a ella. Blanca no jugaba. Quedábamos Hera, María y yo.

—Álex, Ishtar será la diosa que te acompañe este año. —¿A mí?—. Ella te enseñará a amarte lo suficiente como para decir no a las demandas de otros sobre tu tiempo y energía. Aprende a no hacer las cosas por culpa u obligación.

Me había quedado petrificada con Ishtar. ¡Yo era la reencarnación de la diosa de la feminidad! No pude contener la risa, por el alcohol y por la vergüenza que me entró de repente. María no dejó de hacer el payaso con mi diosa.

—Sí, Álex, eres la diosa de la sensualidad, alma máter del *sex appeal*… ¡Tenemos que aplicarlo de marcha! ¿Cuándo vamos al Vida Loca? Tengo unas ganas de baileteo…

Raquel se había quedado pensativa contemplando la Tara Verde, Blanca me dio la mía y giró la siguiente estampita. Me entró la risa tonta, de repente Blanca parecía Rappel… ¡echándonos el tarot de las diosas! Me callé para no ofender, porque era la única que se reía, las demás esperaban atentas.

—María Magdalena, el amor incondicional.

—Esa, aunque lleva mi nombre, creo que no es para mí. ¡Y por lo de puta tampoco!

—¡Chist! ¿Quieres dejar de interrumpir a Blanca? ¡Qué bestia eres!

María estaba muy graciosa. Era la apuntadora de la noche, sacaba punta a cualquier comentario o desenredaba cualquier momento de semitensión. Blanca nos aclaró que, a pesar de haber sido tachada de prostituta-pecadora, la Magdalena perdona incondicionalmente y tiene una luz blanca, limpia y cegadora.

—Hera, María Magdalena te acompañará para que te ames a ti misma, a los demás y cada situación, sin importar lo que las apariencias externas indiquen. Ama como lo haces, desde la suprema consciencia. Como un buen día elegiste, porque tu diosa te acompaña y sonríe a tu lado.

Todas nos quedamos calladas. Raquel levantó la mirada de su estampita para no perderse la reacción de Hera.

La verdad es que la diosa le venía como anillo al dedo. Renuncia a España, rechaza las críticas por ser diferente —si no me hubiera besado con una mujer, ¿habría dicho homosexual, gay, lesbiana?—, construye su vida a pesar del qué dirán en el culo del mundo y... por su «amor incondicional» se besa con una mujer que jamás ha besado a otra mujer. ¡No te fastidia! Empezaba a cabrearme todo ese rollo de diosas y misiones. No me sentía para nada identificada con la mía, era de tercera división. ¿Antigua Babilonia? ¿Quiénes coño eran los babilonios? ¡La gran Tara Verde y la perfecta María Magdalena! Ishtar, de tercera regional, sin duda.

Hera agradeció con pocas palabras y mucho silencio la estampita. Esa noche seguía especialmente callada y con la mirada caída, fija en la mesa.

—¡La última! Damara..., la guía de los niños.

Casi me entra un ataque de risa al ver la cara de mustia que se le había puesto a María con su diosa. Sabía perfectamente lo que estaba pensando: «¡Que yo no quiero ser madre!».

—Damara es la diosa de la fertilidad celta, que significa «gentil».

María se estaba rebotando con su diosa, y todas mirándola al detalle y aguantándonos la risa. «También de tercera regional, la suya. Mmm... ¿Los celtas?». Blanca aguantó la pausa dramática para ver cómo respiraba la Velasco.

—Que sea la diosa de la fertilidad no quiere decir que sea madre, ¿no?

¡Cada una con sus obsesiones! La de María era pasarse media vida adulta justificándose por el hecho de ser mujer y no desear ser madre. ¿Por qué a los hombres no se les presiona de la misma manera?

—Tu diosa, Damara, te descubrirá tu verdadera vocación. Tienes un talento especial ayudando, aconsejando y sanando niños. Te aconsejo que pases un tiempo con ellos y charles de corazón a corazón. Así sanarás tu vacío y búsqueda. Damara te acompañará.

Las cuatro nos quedamos nuevamente en silencio, cada una sorbiendo su copa y mirando de soslayo. María no soltó prenda, se quedó observando a su diosa, y se la guardó en el minibolsito. El resto hicimos lo mismo con nuestra estampita, colocarla en un lugar seguro.

Raquel: dejarse AYUDAR.

Hera: AMAR y amarse a pesar de las críticas.

María: rodearse de NIÑOS.

Yo: potenciar mi ¿feminidad?, ¿sensualidad?, ¿SIN CULPA NI OBLIGACIÓN?

Wayan y su hermana hicieron la entrada triunfal con los esperados postres en el momento más oportuno. Tal y como Blanca vaticinó, las diosas habían provocado cierto rebote en todas nosotras, incluso en Hera, que enseguida le dio la vuelta a su estampita y no la volvió a mirar. «Estoy segura de que, de poder, la habría roto allí mismo». La rabia contenida es la más peligrosa de todas, y me daba a mí que tanto silencio y tanto misterio ocultaban mucha frustración o impotencia. Creía en Blanca como excepción del ser supremo, del ángel en la tierra. Ella ya era mayor y tenía pocas cosas que perder. Pero Hera era más un león con piel de cordero que la Virgen María. Y lo de María Magdalena no me cuadró demasiado, aunque no me extrañaba, apenas sabía nada de ella. Hacía poco que la conocía y confianzas, las justas —la casera de tu villa no tiene por qué compartir sus amoríos— hasta que me besó. Todo cambia, ¿no? Cuando uno besa, traspasa una pantalla con un grado de intimidad superior. ¿Por qué no me hace caso en toda la noche? ¿Es que piensa estar todo el rato así? El alcohol y el jueguecito de las diosas me habían metido en un laberinto de pensamientos peligrosos que, si no conseguía detenerlos, podrían causarme una escenita de las de arrepentirse con posterioridad. Detuve la ansiedad lanzándome de cabeza a la espectacular fuente de seis pisos de chocolate y suculentas bandejas de fruta cortada. ¡Mmm!… ¡Adoro las bananas sumergidas en chocolate! Me reconforté dándome ese gustazo y pasando del resto de la mesa. Me había entrado mal rollo. Es que, sin avisar, te entra y tiene un efecto alienante y ególatra. «¡Que le den a todo el mundo! Yo conmigo me apaño, y al resto, ¡ni agua! ¡Yo no he venido a sufrir!». Sin saber pararlo, me concentré tanto en la fruta y el chocolate que me dio un ataque de compulsividad: mango-choco, papaya-choco, banana-choco…, y ¡tan feliz!

—Félix sale con otra y hace una semana que se han prometido.

¡Ahí estaba la segunda bomba de la noche! (la primera, el atracón de chocolate… y ¿el beso? ¡No cuenta!). ¿Félix, el prometido de María hasta hace cinco meses, saliendo con otra chica y prometido con ella? O a mí el mundo me pesa demasiado y mi colador es muy fino o la gente miente más que habla. Resultaba difícil de creer que el novio de toda la vida de María hubiera rehecho su vida hasta el punto de prometerse... ¿ya? No hay duda, ¡Félix engañaba a María! La pobre pasó directamente a la droga dura: ¡*gin-tonic!* y cigarrillos.

—¿Cuándo te has enterado?... Pero... ¿no quería volver contigo hace unas semanas? Mmm... ¡Será una estrategia para ponerte celosa y que recapacites!

Raquel siguió encadenando pensamientos en voz alta, las demás ni respiramos, esperábamos pacientes a que María levantara la vista de la copa y nos contara lo ocurrido. Lo hizo escueta, directa y sin perderse en detalles superfluos.

—Hacía año y medio que me la estaba pegando con una del trabajo. ¡Muerto el perro, se acabó la rabia! ¡Se casan y punto!

Su hermana se enteró esa misma noche de que Félix le había puesto los cuernazos a María. «¿Por qué ha tardado tanto en compartirlo?». No levantaba la mirada del *gin-tonic,* pero sí la copa y con brío. Raquel se preparó el suyo y el resto, menos Blanca, decidimos ser solidarias en ginebra. No era justo para María sentirse la segunda incluso en el amor. ¡Frustrante! ¡Triste! ¿Kármico? ¿Hasta qué punto no estamos condenados a repetir los mismos esquemas y errores durante toda nuestra vida? Debo confesar que, con lo de Félix, volví a pensar en Gonzalo y me puse mala de imaginarme tal situación. Llamada, tengo novia, me voy a vivir con ella, igual a ¡eres pasado! No me gusta ser pasado, sí pasar página, pero cuando yo lo decido. ¿Injusto? ¡Cierto! Pero mucho más agradable que lo contrario y, puestos a elegir, prefiero ser egoísta que estar como María, hecha polvo y más jodida que lo que Félix le hizo en la cama. «Me apuesto algo a que estos, encima, follaron lo justo... ¡Será mamón!». Me entró un cabreo poco conciliador. No sabía qué decir y me llenaba de indignación. Con él perdió la virginidad y, por lo que me había contado, fue el único hasta... ¿Bali? Debería ser obligatorio tener experiencias sexuales con distintas personas antes de elegir con quién quedarte. Aunque quedarse con uno para toda la vida es buscarse estar como María, emborrachándose para pasar la pena.

—Soy una jodida segundona en todo.

Estaba hundida y la carta de la diosa la había terminado de machacar. Blanca se acercó a abrazarla, consolándola desde la caricia. Yo preferí dar oxígeno, como cuando alguien se cae y van todos en masa a levantarle. Tenía mi mano en su pierna y poco más podía hacer. Acompañarla para que soltara y se liberara con exorcismos o echando la pota. «A los cabrones o cabronas, me da igual su sexo, tienes que ¡extirpártelos! ¡O acaban contigo!». Raquel se acercó también a su hermana y se puso en cuclillas para hablarle de cerca, a la altura de la silla.

—Hermana..., tú para mí eres la primera, la número uno, ¡la mejor!

Se sentía la tara, el desecho, los restos, porque la perfección estaba frente a ella. Raquel: belleza, éxito, dinero, ligues, fiesta, diversión y ¡libertad! Ella lo había intentado, con todas sus fuerzas, hasta quedarse sin energía y sentir que se estaba agriando como el vinagre. La frustración es una célula del envejecimiento tan agresiva que no se detiene hasta sorberte la ilusión y la alegría de vivir. María no era un espectro, ni mucho menos, pero en su interior había comenzado a brotar la semillita de esa planta carnívora. Necesitaba encontrar su propia luz, su lugar en el mundo y… ¡aceptarse! ¿Por qué nos cuesta tanto aceptarnos? ¿Quién fue el imbécil que dijo que lo que nos distingue de los animales es la inteligencia? La aplicamos para jodernos la existencia. Fue un listo, porque los animales poco se joden. Viven y punto. Si fuésemos inteligentes de verdad… ¡Habríamos construido casas en Saturno! ¡Viajado a la Luna como quien va a Benidorm o descubierto la vacuna contra todo tipo de cáncer! Utilizamos el cerebro para machacar al otro y principalmente a nuestro yo interior. María fue valiente alejándose de Félix; la droga que la hubiera matado o convertido en una ciruela seca sin hueso. No era una segundona, su vida acababa de tomar la alternativa; ¡otro camino! Siempre hay alternativas… Blanca era un ejemplo, Hera a su modo también (aunque apenas conocíamos los detalles) y Raquel estaba en su propio proceso lleno de turbulencias poco compartidas. Mi abuelo el zurdo me enseñó que no siempre los trenes van directos a tu destino y, si quieres alcanzarlo, tendrás que tomar varios, o incluso hacer parte del trayecto a pie, en moto, en coche, en barco, en avión, en monopatín, en canoa, en helicóptero, en furgo, en paracaídas, en ala delta, en esquí o hasta volando…, pero de ese modo llegarás siempre al lugar que deseas. María no sabía qué deseaba, pero sí lo que no, y en esa lista estaba Félix. Lo mismo que yo con Gonzalo. ¿No era pasado? Pues si se folla a su secretaria..., ¡a mí qué más me da! Cierto que era difícil, que no me entraban ganas de arrancarle la cabeza, porque ¡no podría caer más bajo! No por el hecho de reemplazarme por una secretaria, que no tengo nada en contra, pero con la Espe... ¡Ni de coña!

—Bueno, chicas... ¡Ya está! Estoy bien. Félix puede hacer lo que quiera, porque no estamos juntos, no me voy a casar con él, no le quiero, él tampoco me quiere y... ¡a tomar por culo!

Blanca alzó la copa de vino y nos pidió con la mirada que juntáramos las nuestras. Nos pusimos de pie, nos apretujamos alrededor de María y nos abrazamos un buen rato. Blanca quiso brindar y fue la encargada del brindis.

—Por el sanador y curativo... ¡A TOMAR POR CULO!

Nos pilló por sorpresa. Tardamos un poco en reaccionar y chocar nuestras copas. En todo ese tiempo, era la primera vez que oía a Blanca semejante expresión... ¿soez? En su boca parecía sucia y nos chocó tanto que, después de un largo silencio..., le dimos con ganas a un estallido de varios «¡a tomar por culo!». Seguro que Félix, en el otro lado del mundo, debió de sentirse aludido.

Raquel decidió cortar la intensidad y seguir con las risas. Al menos intentó que nos dejáramos de lloriqueo y nos pusiéramos manos a la obra con el juego de los globos.

—Álex, ¿globo-acción o verdad?

Tenía que ser yo la conejilla-pardilla de Indias que iniciara la partida. «Yo qué sé... ¿Globo? ¿Verdad?». Siempre que había jugado a eso, había salido mal parada. Soltar un poco de adrenalina era lo que necesitaba para sacar los nervios y bajar un poco el alcohol.

—Mmm... ¡Globo!

—¿Estás segura?

Raquel estaba encantada con su jueguecito, María había recuperado el interés por la noche y por verme hacer el ridículo. ¿Una acción? ¿Bañarme vestida en la piscina? ¿Beberme del tirón un *gin-tonic?* ¿Trepar a un árbol? ¡Joder! ¡Menuda movida! No me lo pensé demasiado y pinché el globo más cercano. Cayó el papel, y María y Raquel fueron como hienas en su busca. «¡Serán...!». Al final, María se hizo con él. Lo leyó primero para sus adentros y soltó la acción:

—Bebe un buen trago de las copas de todas y hazle un masaje de hombros, cuello y cabeza a Raquel.

¡Menuda parida! Sí, pero tenía que hacerlo. Estaba claro que la gran beneficiada de las acciones iba a ser sin duda Raquel. Bebí un sorbo de cada copa, incluido del zumo de Blanca, mi mareo iba *in crescendo,* y me coloqué detrás de Raquel para acometer el dichoso masaje.

—¡Qué fresca! Eso no vale...

Nadie se animaba a ser la siguiente. Estábamos algo perezosas con el juego de adolescentes. Se había hecho tarde y la cosa no estaba como para pinchar globos. Blanca partía temprano y quería acostarse pronto. Abortamos el juego con berrinche de Raquel y cabreo merecido mío. «Si lo sé..., no me lío ni hago un ¡masaje gratis!».

—Álex tiene razón, al menos deberíamos hacer una ronda todas. Propongo solo verdades. Podéis empezar por mí, si queréis.

María me había echado un cable de *buenrollismo*. Así que pensaba ser piadosa con su verdad. Su hermana, en cambio, decidió ir a la yugular, ya se sabe que el alcohol juega malas pasadas. Pero ¿quién pregunta?

—Propongo que mi pregunta me la haga… Mmm… ¡Hera!

¡Qué lista! Sabía que Hera no se ensañaría, la pobre apenas había abierto la boca en toda la noche.

—Está bien… ¿Es verdad que no te has enamorado nunca?

—Verdad.

No más comentarios. ¡Siguiente! Hera decidió que yo le hiciera la pregunta. A mí se me colocó de repente un nudo en el estómago. «¿Es verdad que me has besado esta tarde? ¿Es verdad que quieres verme luego?». Decidí ser chorra y preguntar cualquier cosa.

—¿Es verdad que mañana llega una amiga tuya a Bali?

—Verdad.

María me miró con complicidad y maldad. Ya sabíamos que la recién llegada lo tendría difícil para entrar en nuestro grupo. El jueguecito tuvo cero interés, dos preguntas más para cumplir el expediente y rematamos el tema.

María tenía ganas de irse a bailar, no le apetecía meterse en la cama y menos después del notición. ¡Félix se casa! Apenas era la una de la madrugada, Made estaba esperando para llevar a Blanca al Desa Seni y podíamos aprovechar para echar unos bailes en el Vida Loca. Yo... ¡me hice la loca! Hera..., ¡lo mismo! A Raquel le faltaron segundos para apuntarse al baileteo con la orquesta en directo. El cubano que cantaba la pirraba bastante y, después de un día medio extraño, le apetecía marcarse unos pasos y enviar a tomar viento cualquier chaladura de la cabeza. ¡Al fin me iba a quedar con Hera a solas! Había aguantado estoicamente la cena, pero o hablábamos o a mí me daba un ataque que me dejaba tiesa. Durante toda la velada sufrí sofocos, ascensores internos y escalofríos que me recorrieron el cuerpo. ¿Estaba pasando de verdad? Con el mareo de las copas, sentía como si esos besos mojados, rápidos, ávidos de deseo y gruesos de tensión hubieran sido producto de mi imaginación o puro holograma de desvarío pasajero. Llevaba toda la tarde una nebulosa encima y, como santa Teresa, vivía sin vivir en mí. Me gustaba lo que había sucedido en el estudio de Hera, pero me asustaba sobremanera el siguiente paso. «¿Ahora qué?».

Me levanté de la mesa para acompañar a las chicas a la puerta y despedirme de Blanca. No atinaba demasiado con las palabras, mi lengua empezaba a ser de trapo y, con los nervios y la tristeza de la despedida, mi torpeza había ganado en agudos. Abracé a Blanca con todas mis fuerzas, viajé a mi infancia de nuevo, me dejé transportar por todo el amor que se me quedó dentro al morir mi madre. Sentí mi corazón y el suyo, un calor placentero y una emoción brotó por mis ojos. ¡Otra despedida! No había sido consciente de lo doloroso que me resultaba hasta que me vi reteniendo entre mis brazos a Blanca. No podía soltarla, no me veía con fuerza suficiente para seguir la aventura sola. Se me había despertado un dolor muy antiguo y profundo que me dejó el cuerpo completamente anestesiado. Blanca me sostuvo la cara entre las manos y me miró con todo el amor que supo y pudo. Estaba deshecha, muerta de miedo, como siempre lo ha estado esa orfandad que jamás he conseguido arrancarme.

—Tienes el rímel corrido...

Me acarició los ojos con los dedos, me recorrió la cara y volvió a besarme en la frente. Yo era una especie de cantante de los Kiss con todo el rímel enmascarado. «¿No era *waterproof*?». No fui capaz de decirle nada, todo estaba ya dicho, pero me hubiera gustado transmitirle de nuevo mi agradecimiento. La emoción impidió mi habla y descontroló el llanto. Blanca salió por la puerta de madera maciza, partía y la vida continuaba. Raquel y María se fueron con la risa a otra parte, a por la noche y lo que diera de sí.

—¿Seguro que no te quieres apuntar?

—No, no... Gracias...

Seguí con la mirada cómo se metían en la furgoneta, Blanca me saludó desde la ventanilla con un beso, María y Raquel se sentaron detrás entre risas broncas y Made arrancó; motor, luces, primera y ¡en marcha! Salí de la casa para contemplar su lejanía hasta desaparecer de mi vista. Con los hombros hacia delante, los brazos estirados y un par de servilletas en la mano, me quedé contemplando la estela de vacío. La vida transcurre en la alternancia del todo y la nada, y se debe aprender a vivir en ese extraño equilibrio. No resulta nada fácil acostumbrarse. Al cabo de unos minutos de inmovilidad corporal y tristeza profunda, sentí los primeros síntomas de vida. ¡Frío! Estaba helada, me había quedado tiesa con mi mono corto y la camiseta de tirantes de color pistacho. Cuando la vida te roba algo preciado, es como si un vendaval intentara llevarse tus entrañas. Suspiré y me entregué a las estrellas. Miré al suelo y me percaté de que seguía descalza y con la piel de gallina. Entré en Villa Gea y vi a Hera sentada a la mesa. «¿Y ahora qué?». Me dio un brinco todo, pero el frío hablaba por mí, necesitaba algo de abrigo y dejar de temblar. «Temblaba de frío, ¿no?». Crucé el jardín casi de puntillas para evitar…, ¡chorradas! Crucé de puntillas porque entre la borrachera y el ataque de pánico no daba pie con bola.

—¿Te vas?

Desde lejos, sin moverse, Hera me pilló abriendo la puerta que comunicaba las dos casas.

—No, no, ahora te ayudo a recoger. Voy a por un jersey.

Llegué de un brinco a la habitación, cerré la puerta corredera, eché las cortinas y me senté en el borde de la cama tiritando. Estaba helada y mi mente me saboteaba con mensajes que provocaban estallidos directos en mi cabeza. Decidí no darle tiempo al mal pensamiento, busqué revolviendo una prenda de abrigo, me tomé un ibuprofeno y salí zumbando sin tiempo a echarme atrás. Era la única manera, o actuaba por impulso, o me quedaba en la casilla de salida.

El deseo es un fuego que extermina la mente. El deseo te golpea y te vuelve su esclava. El deseo aniquila la consciencia y te posee las entrañas. El deseo crece silvestre y no se detiene hasta saciarse.

Hera colocaba los platos en el lavavajillas, hablábamos de… ¡ni recuerdo qué! Yo estaba poseída por el deseo de zambullirme en el agua, por oler a tierra mojada, por contemplar la aurora boreal, por oír el canto de sirenas. Estaba sentada con el cuerpo prieto, tenso como una granada antes de explotar. Hera hablaba a una velocidad superior a mi entendimiento. Escuchaba su voz, pero mi cerebro se perdía en traducir las líneas de su cuerpo antes que sus palabras. Había bebido mucho, cada movimiento suyo se me desdoblaba, cada roce de su vestido con mi epidermis era un estallido de placer. Ella me hablaba, yo apenas respiraba. El aire apenas pasaba del esófago para volver a salir. Exhalaciones entrecortadas por la duda y el deseo, por el deseo y la duda. «¿Qué hacíamos recogiendo los platos y charlando de viajes?». Era incapaz de levantarme por el mareo. Sentarme en un taburete y mantener el equilibrio había sido una odisea. Un pie en el suelo para mantenerme firme y en equilibrio, otro en movimiento espasmódico. Seguía con el frío y la nebulosa en la frente.

—¿Quieres que prepare una tisana?

Me pareció una buena idea, me parecía bien todo. No era dueña de mi razón. No sabía ni entendía cómo mi cuerpo me había llevado a ese taburete incómodo. Se sentó frente a mí esperando a que el agua alcanzara el punto de ebullición. Nos miramos, me balanceé hacia atrás de la sensación. Deseo que aprieta manos, que encoje el estómago, que abrasa el interior, que suplica con la mirada. Silencio, respiraciones, silencio, silencio, silencio…, beso, beso delicado que pide permiso a ser más grosero para invadir y compartir. Ojos cerrados, sentir mis labios junto a los de ella, gozar de su textura, su humedad y la mía. Manos prietas, cuerpo tenso de no atreverse a rozar siquiera su cuerpo. Deseo que quema pidiendo más en su insaciable impulso. Aprieta mi mano, sujeta firme en el taburete. Siento un revolcón interno, nos engullimos con los ojos cerrados y el cuerpo pidiendo ser curva. Termina la primera embestida, sus labios se alejan a medio palmo, siento aire caliente, los míos quieren seguir con la danza. Me aprietan la mano. Abro los dedos para sentir cómo los suyos se entrelazan como serpientes subiendo a un árbol. Mi cuerpo se estremece. «¿Qué me está pasando?». Mi mente intenta detener el deseo con los prejuicios para alejar la evidencia. No soy dueña de mis actos, impulsos silenciosos y hambrientos que necesitan explorar sin detenerse.

Silencio. El agua llegó al punto de ebullición. Respiración entrecortada. Abrí los ojos y salí de la ensoñación. No podía pronunciar palabra, ni apenas mirarla. Nos trasladamos al sofá, con la tisana y el deseo que rozaba en el camino nuestros cuerpos. Me froté las manos, las escondí entre las piernas, bajé la cabeza. Hera sirvió el té, yo me reconcomí. La culpa se abrió camino, me juzgué, me rallé, me subí a la mente y me enfrié hasta desaparecer de escena.

Perdí totalmente la perspectiva, todo me daba vueltas. «¿Qué estoy haciendo? ¡Mejor irme!». Me levanté con esfuerzo e intención de abortar el deseo, pero el suyo me alcanzó con una mirada que desplomó a la culpa. La tisana se la toman las diosas, nosotras apenas con cuatro pasos y a punto de caernos al suelo a besos, tomamos la cama. Me oí gemir, la miré, sus labios, sus manos sobre mi cuerpo, me estremecí, me perdí, me enredé en su cuerpo. Me llené de fuego, me entregué para ser remolino, espuma de mar, viento de piel. ¡Placer! Silencio a besos, caricias, miradas que perforan la mente, risas, complicidad…, torpeza de una primera vez, delicia a flor de piel. Sentir, sentidos…, dos cuerpos entrelazados jugando a ser primavera, flor de una noche o de toda la eternidad. Sudor, pasión agitada, gemidos…, ¡placer! Miradas, silencio, sonrisas que tatúan el alma. Me dejé llevar, se dejó llevar. ¡Placer! Esa noche perdí la consciencia en un lecho de amor desconocido, de pasión reencontrada y sudor agradecido. Me sentí parte de otra persona, me fundí por primera vez con otra mujer. Me dejé llevar en la torpeza y en la pasión. Me entregué a Hera sin redes, ni poder evitarlo. Me entregué a mi propio deseo con todas mi ganas. Subí al monte más alto para descender en canoa, recorriendo cada poro de su piel. Había olvidado el poder del deseo. Aquella noche, desfallecí de hermosura, de entrega, de silencios llenos. Besé, nos besamos hasta perder la fuerza, hasta desplomarnos de gusto.

Ocho

Un día entero de playa. ¡Relax! No pensar en nada. ¡Placer! Concentrarse en sentir las olas rompiendo en la orilla hasta hacerse espuma y vuelta a empezar. Hacer de ese ruido un mantra. ¡Soledad! Bali te permite intimar con la naturaleza y escucharla en su máximo esplendor. Raquel, María y yo definitivamente decidimos darnos un respiro de cuartetos y quintetos, y dedicar el día a holgazanear y descubrir nuevos rincones de la isla. Las tres en nuestra salsa, a solas…, sin surferos, ni ligues de una noche ni recién llegadas con cara de pocos amigos. Apenas había dormido, apenas habían dormido. Todas de resaca, tumbadas en la playa solitaria, más de un kilómetro a la vista de costa. Tres pareos, tres pares de chanclas, nuestras mochilas con bocadillos y una botella de agua. Nada más.

Cada una con sus auriculares y su música. ¡Libertad! Todas boca arriba, lagartas al sol de la una de la tarde respirando reposo, tranquilidad y pensando en nuestras musarañas. Made nos había traído a una playa casi virgen de arena negra volcánica y fuerte oleaje. Un paraíso poco conocido ni conquistado por turistas que sacaba tu espíritu de Robinson Crusoe. Desear construirte una cabaña de palmeras y quedarte por tiempo indefinido. A lo lejos podía divisar las siluetas de unos cuantos pescadores, caña sujeta, paciencia al horizonte y sombrero como protector solar. ¿Utilizarán ellos la misma cantidad de potingues que nosotros? Lo dudo. ¡Me gustaría saber la proporción de cáncer de piel de los balineses frente a los que nos embadurnamos hasta quedar sepultados en cremas solares! Siempre he pensado que el consumismo es una rueda que necesita crear nuevas cosas para ser compradas y fabricadas, compradas y fabricadas… sin fin. Hasta qué punto esas cremas y aceites nos ayudan o son solo placebos… Eso lo saben solo unos pocos científicos y privilegiados. El resto compramos para prevenir y prevenimos gastando. Por si las moscas y para evitar el abrasamiento epidérmico, me había puesto mi dosis de factor cincuenta para el cuerpo y protección total para la cara. Aunque a mí el sol y la bartola me agotan a la media hora, ese día mi cuerpo no se movía ni para expulsar el aire. Parecía de secuencia de dibujos animados, integrado totalmente en la arena, manos y piernas semiabiertas, como caído del cielo. Apenas había dormido dos horas y mi cerebro estaba tan aplastado en la arena como el cuerpo. Mezclar alcohol siempre es desaconsejable, menos si tienes que vivir tu primera experiencia sexual con una persona de tu mismo sexo. ¡Totalmente recomendable! El mejor desinhibidor posible. Estaba contenta, porque me había permitido ser, borracha perdida, pero conseguí que mis impulsos gobernaran a mi mente. Fui yo y mi deseo sin barreras ni prejuicios. Estuve en aquella cama olvidándome de mi sexo, de su sexo y explorando mis propios límites. Miré a Raquel de soslayo, era la más joven de las tres y la más moderna. ¿Qué pensaría de mí? ¿Que me he vuelto loca? ¿Existen límites para el amor? Me había levantado más femenina que nunca y con la sensualidad a flor de piel. En la ducha, cada pequeña friega reactivaba los cientos de caricias que mi piel retuvo en su memoria. Me sentí extrañamente comprendida en la cama, sentida y atendida a mi gusto. No desmerecía el sexo con hombres, para nada, pero… me resultó extrañamente placentero. ¡Y eso que era la primera vez!

El sol me abrasaba, estaba rendida a su poder, me di la vuelta para dorarme la espalda.

—¡Menudos bailoteos ayer en el Vida Loca! ¡Hasta las seis y media de la mañana!

El cansancio en Bali apenas hace mella en el físico. Esa isla tiene el poder de hacerte bella hasta en tus horas más bajas. María… ¡estaba radiante! Gafas de sol, pañuelo en la cabeza y superbikini última adquisición de la Isla de los Dioses. Las Velasco tenían una colección de bikinis a cual más *ideal*. Con ellas estaba aprendiendo la importancia de hacerse regalos, de decorarse con el mimo con que ellas lo hacían. La dedicación a una misma es fundamental para subir el ánimo y sentirse la protagonista de tu telenovela. María lo hacía y estaba cada día más libre, más suelta, más salvaje.

—A mí me va a costar mucho ponerme un jersey o un zapato cerrado... Ya te lo digo...

Miraba al infinito, al oleaje, al cielo. Compartía pequeñas reflexiones en voz alta, Raquel se había desenchufado del mundo y se había convertido en un ser babeante con auriculares tirado en la arena. La pequeña Mary y yo observábamos la inmensidad del lugar..., ¡kilómetros de playa para nosotras! A eso es a lo que deben de llamar lujo asiático, porque hasta la fecha no lo había visto nunca... Aunque depende de qué Asia. En Tokio te sientes privilegiada si vives en veinte metros cuadrados y aquí la naturaleza y tú sois lo mismo.

—Hoy tienes los ojos casi azules... ¡Estás superguapa, Álex!

Raquel me había regalado uno de sus pañuelos para la cabeza y me enseñó cómo ponérmelo. Yo sabía lo de los hombres y su libro de instrucciones para los nudos de corbata; Windsord, simple, medio simple, doble... Con las Velasco descubrí el mundo de los pañuelos. Estaba convencida de que ellas habían inventado distintas formas de colocárselo; de cinturón, en el cuello, estilo poncho... Bali desprendía ese bienestar interior que te daba la libertad para ser quien tú soñaras y atreverte a vestir como habías deseado, pero nunca osado. A mí me pasó con el tema de las pañoletas en la cabeza. Desde siempre me pareció una prenda de lo más elegante; recuerdo a Grace Kelly y las películas de los adorados años cincuenta de Hollywood. ¡Me fascinan! Las pelis de la Kelly y sus pañuelos. Con las gafas de concha setenteras que me había prestado María y el bikini con *culotte*, me sentía una estrella del cine dorado. La brisa, el mar, solo me faltaba Burt Lancaster para rociarme en la orilla y emparedarme a besos. ¡Qué extraño! ¿Cómo son los iconos sexuales de los gais? Jamás me lo había planteado. En el caso de la famosa escena de *De aquí a la eternidad*, con Lancaster y Deborah Kerr... ¿Los gais desearían rebozarse con él y las lesbianas con ella? Entiendo que se diga que tienen una sensibilidad mayor, porque, como con los zurdos, el mundo, por el momento, no está adaptado para ellos y tienen que echarle el doble de imaginación para todo. Apenas existen referentes, muy pocas escenas de amor. ¿Quién inventó los términos heterosexual y homosexual? Ganas de diferenciar y tener que dar explicaciones a tu coco y al resto.

—¡¡¡Ááleeex!!! ¡Áleeex! Eeeooo... ¿Me escuchas?

—Perdona, me había ido no sé adónde... ¿Qué?

—¡Que estás superguapa hoy! Se te ven los ojos casi azules.

—Es que estoy feliz, amiga, feliz de estar aquí con vosotras.

¡Qué gozada! Parecía que al mundo se lo hubiera tragado el océano y fuéramos las únicas supervivientes. El color negro de la arena le daba al paisaje un toque apocalíptico que le iba de maravilla a mi imaginación, que, esa mañana, tenía ganas de echar a volar. El sol me cegaba, me puse mis supergafas y me incorporé para dar un paseo de exploración. María se animó con su pamela de paja de colores. ¡Menuda pinta llevábamos de fin del mundo! ¡Glamurazo hasta el final! Hasta llegar a Bali, no había perdido el tiempo en esa cosa llamada *glamour*. Sigo sin entender demasiado qué es exactamente.

Glamour: sello de la moda para definir la estética, la elegancia, los excesos y la vanidad en la forma de vestir, según la cultura y la época.

Reconozco que mi gran aportación al *glamour* había sido hojear alguna revista de moda en la peluquería sin demasiada pasión ni atención. Esa isla y el viaje, aparte de ser un punto de inflexión en mi vida para muchas cosas, también lo fue para incorporar a mi diccionario la palabra y el sentido de *glamour*. Lo aprendí de las Velasco, dos hermanas que me hicieron entender la importancia de la estética y del *on my way*. Entendí que el *glamour* es atreverse con la vida y desquitarse de barreras. Ser glamurosa es hacer lo que te plazca, buscando siempre el equilibrio y la armonía. Y si eso no tiene nada que ver con el *glamour,* a mí me dio por darle ese sentido. María caminaba por la arena clavando pisadas y con el pareo colocado a lo túnica romana. Su caminar era casi de puntillas porque, según ella, las piernas se veían infinitamente más bonitas, se hacía ejercicio y se estaba prevenida para una instantánea sorpresa. En esa playa descubrí la importancia del andar, de tomar conciencia de la caída de los pies en cada pisada, del contacto de la planta con la arena mojada, de cómo el agua rompe en las piernas para salpicar con fuerza hasta las pantorrillas. María disfrutaba con cada pequeño paso, y se imaginaba bella en cada instante. Sonreía a la vida, a pesar de que a veces a esta le costara lo suyo devolverle la sonrisa. Se sentía única aunque el planeta Tierra y sus habitantes se empeñaran en colocarla de segundona.

Esa mañana caminamos con la parsimonia de la isla, hacía días que no practicábamos su tempo. Cada lugar tiene su ritmo, e igual de importante es adaptarse a la cultura de cada sitio como a su tempo. La vida es la gran danza y, como todo baile, hay que ir acompasados. Ser arrítmico en cualquier cosa es lo peor que te puede pasar. Llegamos al punto donde las siluetas de los pescadores comenzaron a tener forma y rostro. Eran ancianos de edad indefinida. En Bali me resultaba difícil ponerles años a los mayores, es una de las cosas que más me cuesta cuando viajo a culturas diferentes de la nuestra. Suelo acertar con los viejos de Occidente, pero los orientales me siguen despistando, como los negros. No soy racista, solamente una ignorante de otras culturas. La playa era de una longitud considerable y una profundidad de arena no muy amplia hasta cortar con rocas acantiladas de las que caían brotes de flora salvaje. María se detuvo a la sombra de un pequeño despeñadero para contemplar a los pescadores. Cañas sencillas de bambú, sin rodete ni motor, plantadas en la arena. Cuatro ancianos, con bolsas de plástico, mirando al infinito sin más prisa que la luz del día. Les saludamos, nos saludaron. Apenas hablaban inglés, María intentó mantener conversación con el más espabilado. El resultado, una charla peculiar y carente de sentido. Seguramente habían nacido cerca de allí y se habían pasado toda la vida en la zona, no conocían otras tierras ni se habían preocupado demasiado por descubrir los países que conforman el globo terráqueo. Estaba completamente desdentado, pero su sonrisa transmitía mucho más que muchas bocas tan de moda como artificiales. No debía de conocer la existencia del bótox ni de la cirugía plástica. Su rostro era un pliegue continuo de arrugas que, como olas, se ponían en movimiento con cada mueca, cada gesto. ¡Era bello verlo! Las huellas de la vida habían permanecido en su rostro, inalterables, algo difícil de ver en nuestro mundo. Adoramos la vida, pero extirpamos cualquier signo del paso del tiempo. Cierto es que nos impactó tanta arruga y tan poco diente en un solo rostro. Al principio nos produjo rechazo, pero al rato sentimos ternura y una nostalgia perdida.

—Ya ni nuestras abuelas son así de entrañables.

—La abuela de mi padre tenía una arrugas como este pescador.

—¿Y tú? A tu edad ya te habrás hecho por lo menos una sesión de bótox, ¿no?

Confieso que tuve mi toma de contacto con el bótox, pero mi hipocondría me salvó de convertirme en un rostro de cera. A los cuarenta, con la crisis de «¡me estoy haciendo mayor!» y las preguntas existenciales que tienen prisa por encontrar respuesta, me dio por ¿la solución? Bótox en la frente y en las comisuras de los labios.

—¿En las comisuras de los labios?

Ahí y en el principio de código de barras que empezaba a tener en el labio superior. Fui a un centro de belleza que me recomendó mi vecina «la rusa», que estaba siempre al día de lo último y al mejor precio. Yo, ignorante en labores de estética y con una necesidad imperiosa de recuperar la juventud perdida, me puse en sus manos y por poco no termino con una parálisis facial. El tratamiento era tan barato como sospechoso, pero yo me fie, no de Anita *la Rusa,* sino del excelente cutis de Anita *la Rusa.* Más tarde comprendí que la genética… ¡cuenta! Y que Anita *la Rusa* se ganaba unas perrillas llevando gente a la doctora Muerte. La muy perra…, a mí solo me coló una sesión y porque, como en el tren de la bruja, una vez está en marcha no puedes pararlo… Me di esos pinchazos con tanta sensación de arcada y acojone dentro que, en vez de reducir, salí de allí con varias arrugas de más. El lugar carecía por completo de higiene, era un semisótano con olor a humedades, sin ventanas ni divisiones, todo fluorescentes que colgaban de un hilo y amueblado con restos de muebles de la calle sin apenas haberles sacudido el polvo. Ignoraba los peligros del bótox, pero me tranquilizó que en las roñosas paredes colgaran diplomas de medicina con el nombre de una mujer. ¡Seguro que ni eran de la doctora Muerte! Todo aquello me fue dando mala espina, pero mi intuición fue perezosa o yo estaba demasiado obstinada en volver a la juventud. Me di los pinchazos y salí de allí directa a llamar a mi amiga Marta, la pija, estudiosa de la imagen y derivados.

—¿Que te has dado bótox dónde? Álex… ¡Estás loca! Para que te pillaran un nervio y te pifiaran toda la cara. ¿Por qué no me has llamado?

No la llamé porque me daba vergüenza confesarle, después de tantos años de discusión, que a mí también me preocupaba envejecer. Porque si la llamada de la selva pasa con el tema de la maternidad, el reloj no biológico pero sí vitalista te envía cañonazos de «tictac, ¡ya no eres joven!, tictac, ¡comienza la cuenta atrás!». Reconozco que se me activó tarde, pero me vino de golpe y sin previo aviso, me provocó un fogonazo de realidad de parada cardíaca. No podía soportar mirarme al espejo sin deprimirme. «¡Me he hecho mayor! ¡ME HE HECHO MAYOR!». Me lo repetí cientos de veces, con intensidades y tonos distintos, y seguía sin entrarme en la cabeza. Y, antes que aceptarlo, preferí someterme a una doctora Muerte. ¡Imbecilidades de la madurez! Cada etapa de la vida lleva sus imbecilidades. Durante la niñez, fueron las hostias que me costaron puntos de sutura y varios dientes partidos. Las de la juventud, el susto de un casi embarazo a los veintidós, conducir borracha perdida y follarme a varios desconocidos con pinta de pocos amigos, y me guardo las peores por vergüenza. La madurez tiene también las suyas. Las mías las inauguré con el pseudobótox que por poco me deja lela. Con la conversación telefónica con Marta y su descripción detallada de todos los peligros, decidí despedirme de la eterna juventud y caer derrotada frente al espejo durante unas semanas. Al final, solo fueron unos días…, por algo dicen que el ser humano es rápido en adaptarse al hábitat. Si mi realidad no iba a cambiar, debía modificar las rutinas. Aprendí a mirarme de soslayo y hablarme desde la semipenumbra.

—¿No te dices guapa cada mañana? ¿No te miras hasta cansarte cuando te arreglas para salir? ¿Qué cremas utilizas? ¿Vitaminadas? ¿Cuántas limpiezas de cutis te das?

María parecía una máquina de hacer preguntas y yo una de dar la negativa por respuesta o zanjarlo con un «No sé, mmm... No sé...». ¿Acaso toda mujer tiene que saber de potingues? Apenas controlaba la diferencia entre hidratante y nutritiva, seguía lo de la «exfoliación en casa» cada dos semanas y me embadurnaba con mis anticelulíticas, que poco resultado me daban. ¿Sesiones de vitaminas? ¿De oxigenación para la piel? María se había convertido en un catálogo ambulante de remedios contra el envejecimiento. Tenía una piel estupenda, pero yo a sus treinta y cinco años también lucía así de bien. ¿Y qué hacer cuando las carnes van hacia abajo? ¡Cirugía! La única solución y yo..., antes que pasar por un quirófano, me iba a vivir a Bali cuando las arrugas me comieran el rostro, para ser aceptada en sociedad y no considerada un bicho raro. Aquel pescador me daba envidia, porque su cuerpo no había sido manipulado para retrasar o esconder la longevidad. A veces me gustaría ser vino, para tener más valor y prestigio con la edad. ¿Crisis? Es lo mínimo que te puede pasar cuando pasas de los cuarenta, porque empiezas a caer en la «bolsa» de valores sociales. La madurez y la senectud nunca llegaríamos a ser una superempresa del Ibex 35, porque nadie invierte en nosotros. María y yo nos enzarzamos en una batalla dialéctica sobre los cuidados, los excesos y las obsesiones por estar estupendas. ¿Que si me miro al espejo y me digo guapa? No todas las veces que debería, pero he llegado a la conclusión de que la mayoría de «guapas» que no me he dicho ha sido más por no aceptarme tal y como soy que por mi facha exterior. ¡Hasta Cindy Crawford tiene complejos! Así que el resto de las mortales, a empezar a asumir los flotadores, las arrugas, los agujeritos en el pandero y la celulitis, salga por donde salga.

—Obsesionarse, no…, pero sacarse el mejor partido… Tú, Álex, no te lo sacas…

¿Estamos obligadas a sacarnos todo el partido físico? ¿Y qué pasa con el intelectual? Yo decidí que, para ponerme al día en esas cosas, necesitaba una vida entera, porque con la estética y sus productos pasa igual que con la tecnología. Cuando tienes un producto o dominas un programa…, ya se ha quedado antiguo, porque ha salido otro muy superior. Así, el eterno bucle hasta volverte una esclava que termina desarrollando como poco el trastorno obsesivo compulsivo. Reconozco mis debilidades, mis carencias, y, ¡cierto!, nací torpe en estética. María, en cambio, era una Beethoven del estilismo, los potingues y elixires de la eterna juventud. Le apasionaba el tema y hasta ciega habría sido erudita. Yo… intentaba mejorar, pero reconozco que me estresaba ver tanto campo ante mí.

Me levanté algo agitada y sobresaturada con tantos nombres de cremas y sesiones que debía probar y hacer a la vuelta de Bali. Decidí despistar a la Velasco con la búsqueda de conchas agujereadas para hacernos un collar de recuerdo. Había decenas enterradas en la arena… Siempre que viajo, me gusta llevarme algo de la tierra: piedras, maderas, arena, conchas… Nos seguimos alejando de Raquel, que seguro que seguía soñando con surferos. Nos daba cosa dejarla sola, pero nuestro espíritu aventurero pudo más. Escalamos por unas rocas y descubrimos una zona residencial de lujo y una playa seguramente privada a la que accedimos sin ser pilladas.

—¿Y si intentamos ver alguna casa o así? Seguro que se hospedan millonetis y artistas de cine…

Watson había puesto la directa y no había quien la parara. La verdad es que el lugar merecía la pena. ¡Cuánto lujo! El centro residencial estaba dividido, porque habían construido un enorme campo de golf. Pasó un cochecito con huéspedes y balinesas vestidas con una especie de kimonos y sombreros en forma de cono que parecían salidas de *Memorias de una geisha*. Nos fijamos y todos eran hombres, y ellas… sujetando sombrillas para guarecerles del sol mientras daban el golpe o estudiaban la jugada. ¡Curioso! Cruzamos el césped, con miradas de sospecha ante nuestra presencia, y llegamos a un camino de piedra que nos llevó a los primeros apartamentos. Pequeños chalés, todos con su piscina privada y vistas al Índico. María probó sin éxito a abrir la puerta de uno de ellos para verlo por dentro. ¡Tenían que ser una pasada! Estuvimos un buen rato inspeccionando a riesgo de que nos pillaran y tuviéramos que salir por patas. Aquello definitivamente era tan privado que estaba a prueba de fisgonas como nosotras.

—¿Cuánto valdrá una noche aquí?

—Más de quinientos euros, seguro.

Era un laberinto de jardines, caminos y casitas; la más grande, dedujimos que también la más cara, tenía tres plan-

tas, un piscinón e hidromasaje externo para veinte personas. Las vistas eran... ¡de escándalo! Vista directa de
Tanah Lot, el único templo de Bali que está construido en una pequeña isla de rocas. En unas horas nosotras
lo visitaríamos para ver, según nos habían vendido Made
y todas las guías de Bali, la mejor puesta de sol de toda
la isla.

—*Excuse me, are you hosted here?*

—*Yes!*

—*No!*[1]

Aunque hubiéramos coincidido en la respuesta, ¡dábamos el cante! Teníamos más pinta de turistas que se han
colado para fisgonear que de mujeres de millonetis. Descalzas, yo en bikini y... nada más. María en pareo, muy bien
colocado, pero ¡de quince euros! Pañuelos en la cabeza a
lo Grace y gafas de sol de concha. Muy monas, pero había
que asumir la realidad: ¡turistas de tercera y fisgonas! El
tipo se enrolló (no debía de ser la primera vez que le ocurría) y nos dejó recular el camino por la playa y no salir
por el interior. Habríamos muerto de asfixia porque, según
nos contó amablemente en un inglés correcto, era el doble
de largo. Sin la aventura deseada, emprendimos la vuelta a
nuestro pedacito de playa. Volvimos a cruzarnos con las
geishas en carrito pero sin clientes. María las saludó efusi-
vamente, ellas le devolvieron el saludo con una delicada
caída de cara y una sonrisa que giraba cabezas.

—*¡Geishas!* Te digo yo que las han traído de Kioto.

---

[1] —Disculpe, ¿se aloja aquí?
   —¡Sí!
   —¡No!

Fantaseamos parte del camino con ellas y su arte de la seducción con un simple movimiento de manos. Cuando viajas, de cualquier cosa fuera de lo común te haces una película. Aquel lugar que descubrimos era de los que te enseñan en las revistas para ponerte los dientes largos, pero para disfrute de cuatro gatos. Después de mucha imaginación, llegamos a la conclusión de que no debía de ser tan exclusivo si dos pringadas como nosotras se habían colado sin el menor problema.

—Si yo tengo esa pasta, me voy a otro lado donde tenga una privacidad garantizada. ¡Ese lugar es para los quiero y no puedo!

¡Lo que hacía la envidia! En el fondo, nos habría encantado encontrarnos con un millonetis que nos hubiera invitado a una Bintang Luxury, con unos aperitivos japos y un masaje balinés a cuatro manos. En lugar de eso, conseguimos solo un «¿por qué no os piráis?». Eso sí, con la mejor de las sonrisas.

Al pasar junto a los pescadores, nos volvió a saludar el desdentado y nos enseñó encantado su trofeo. Un enorme pez, de tipología difícil de identificar, que había pasado a mejor vida y pronto al estómago del señor y su familia. ¡Menuda vida! Yo seguía viéndole a aquel lugar más ventajas que desventajas, aunque también es verdad que yo era presa del asfalto y la polución, y que como periodo de desintoxicación era ideal, pero, con un destierro como el de Hera, a mí me daba un pasmo seguro.

Raquel seguía frita, con su música y su vuelta y vuelta. Llevaba por lo menos dos horas de babeo y sol abrasador. La despertamos, nos ganamos un miniberrinche, pero era la hora de los bocatas. Desmontamos el campamento y buscamos un lugar de sombra entre las rocas del acantilado. El viento se había puesto bravo y el oleaje comenzaba a marcar bravura. ¡Seguíamos solas! Localizadas las rocas, dejamos el tenderete y nos dimos un baño quitasofocos. Apenas salimos de la orilla, pero disfrutamos de nuestro mar, de la espuma, de la corriente, de los peces que picoteaban tus pies, de la arena acariciándote como queriéndote arrastrar. Estábamos de lujo asiático y en ese momento nos daba igual todo.

—¿Ayer cazaste algún surfero?

Raquel me salpicó entera. Fui mala, pero no hubo noche que no se llevara trofeo, así que era de esperar que aquella no fuera diferente. Pero lo fue, porque algo le estaba pasando a la pequeña de las Velasco. Desde que había vuelto de su escapada con el profesor de surf, no era la misma. Estaba más ausente y, aunque seducía en cada esquina, lo hacía más por la costumbre que por su propio impulso.

—No, ayer nada. No había nadie interesante.

María y yo nos miramos comprendiéndonos al instante. Cuando un animal de caza no encuentra presa es porque está empachado o porque ha probado un bocado irremplazable. ¿Qué le ocurría a Raquel? ¿Se había hartado del picoteo? ¿Le ocurrió algo con el profe surfero que no nos quería contar? Diferente sí estaba y algo barruntaba, porque no era la misma. Esperamos a que saliera primero para poder hablarlo a solas. Al poco, hizo lo esperado y abandonó las aguas. María se adentró un poco más, yo la seguí algo acojonada, el mar nunca me ha inspirado confianza y no se me da bien nadar.

—Tú también la notas rara, ¿no?

—Sí... ¿Ayer fue todo bien?

Todo fue bien hasta lo que su estado de embriaguez le permitía recordar. Raquel bailó y rechazó a todos los candidatos, jugó un rato con ellos, pero al poco se cansaba. No estaba por la labor de seducir, solo de beber y bailar a su onda.

—A mí me da... que mi hermana se ha enamorado..., ¡pero enamorado de verdad!

—¡No jodas! ¿Del profe surfero?

Solo nos faltaba llevarnos del viaje a un balinés enamorado. A los padres de las Velasco seguro que les iba a encantar el asunto. Me habían contado que su familia era de lo más conservadora y, si todavía no había digerido tener una hija cantante y que la otra hubiera cancelado su matrimonio, se podía imaginar cuál sería la bienvenida al novio balinés... ¡Demasiado!

Todo era posible en la vida y las aventuras de Raquel. Pero... el profe de surf no era un pecho lobo, ni tenía pinta de gran seductor... Lo descartamos como candidato.

—¿Por qué tiene que estar enamorada? A lo mejor está nostálgica o ¿cómo lleva el tema de las canciones?

Raquel era muy echada para fuera, pero había construido una pantalla de cristal entre ella y el mundo. Sentías que podías llegar hasta ahí, y vuelta a empezar. Te divertías, te reías, compartías, te acompañabas, pero siempre hasta ahí y vuelta a empezar. Ni siquiera su hermana había podido traspasar esa pantalla y ahorrarse el desesperante bucle que impide conocer las entrañas de la persona. ¿De qué se protegía tanto Raquel? Siempre andaba con la sonrisa a cuestas y la energía a dos mil. Ella era de arranque enérgico y, si algún día tenía que arrancar al ralentí, no se enteraba ni Dios. La tristeza se la tragaba en soledad y los malos pensamientos parecía haber aprendido a ahuyentarlos o encerrarlos en el baúl de «¡ya lo pensaré mañana!». A primer golpe de vista, Raquel era una mujer gastaemociones, que necesita vivir con la adrenalina a tope porque se bebe la vida a tragos. Pero, al convivir con ella, comienzas a arrugar la nariz, como cuando alguien no ha podido contener sus gases y por poco te intoxica. Comienzas a observarla en detalle, descubriendo sus tics nerviosos y sus sonrisas pantalla. Raquel había decidido hacer de la vida una carrera de cien metros y vuelta a empezar. Nunca miraba hacia atrás ni le iba la reflexión. ¿Acaso huía de algo? Raquel había aprendido a despistar a la gente con banalidades, había potenciado al máximo su lado frívolo y superficial. Mientras salía del agua con María, vi a Raquel por primera vez vulnerable, estirando su pareo, untándose de crema sin su sonrisa, con la mirada baja y... sola, muy sola. Intuí que estaba sufriendo, que algo había cambiado y no estaba bien. María no le dio tanta importancia.

—¡La resaca! ¡Una neura pasajera! Seguro que en un rato está como siempre. Mi hermana es así... Se apaga unas horas y, al momento, como si nada.

Nunca contaba la razón del apagón, de su seriedad repentina, de su mirada perdida, de su fragilidad. Volvía a su pantalla de cristal con amnesia temporal y su recurrente «bah…, no fue nada».

Cuando el cuerpo pide alimento, devoras sin contemplación. Los bocadillos no eran espectaculares. Los hicimos con lo que pillamos de la nevera: queso, salami, pavo, aguacate, lechuga, mantequilla…, varios sándwiches de distintos sabores que nos sabían a gloria. Las tres estuvimos como animales, comiendo a bocados, depredadoras ansiosas que apenas cierran la boca y muerden de nuevo sin terminar de masticar lo anterior. Nos olvidamos de la conversación, del aire, del mar y del entorno para concentrarnos exclusivamente en engullir. Estos ataques de salvajismo me dan siempre que he desatendido una necesidad básica. Lo mismo me ocurre con la risa. Si hace tiempo que no la saco a pasear, de golpe me entra un ataque de risa que me paraliza el cuerpo y amenaza con reventarme la vejiga. Lo mismo con el sueño y el sexo. La narcolepsia me da hasta parecer un oso en fase de hibernación, y puedo ser como una insaciable máquina de fabricar orgasmos. Reconozco que no he practicado todo el sexo que mi imaginación ha tejido para mí. Pero con el sexo, suele pasar…, vivimos más de nuestra propia ficción que de nuestra realidad.

Apenas habíamos desayunado, la playa vacía, aún más el estómago, y la resaca que te seca por dentro. Estábamos en fase saciadora primaria. Ni siquiera nos mirábamos, solo mordíamos, masticábamos, tragábamos y vuelta a empezar. Así hasta calmar nuestras vísceras y recuperarnos poco a poco. Con la boca a punto de reventar, desperté mis sentidos con la curiosidad por saber por qué una familia de balineses, que había aparecido a lo lejos, cavaba en la arena. ¿Querrán hacer un castillo? ¿Una muralla? ¿Esculpir alguna estatua como en las costas españolas? Eran cuatro, el matrimonio y dos niños de no menos de diez años. Todos semiestirados, cavando y cubriéndose de... ¿arena? ¿Se estaban enterrando? Me pareció de lo más curioso lo que hacían, no pararon hasta que cuerpo, pies y manos estuvieron metidos en la arena: cuatro cabezas y cuatro pequeños montes. «¿Por qué lo hacen?». La curiosidad me había llevado a levantarme, con un nuevo sándwich, y acercarme para observar la escena con más detalle. Estaban colocados frente al agua, habían construido una pequeña base, para que la cabeza les quedara más alta y poder contemplar el mar. Uno de los niños y la madre tenían los ojos cerrados, los otros dos abiertos. ¿Una nueva forma de rezar al dios de los océanos? Me detuve a una distancia prudencial para no sentirme invasora de su intimidad. Me terminé el bocadillo y me senté un rato en la arena a esperar ver algo más. ¡Nada! No se movían, solo abrían y cerraban los ojos. Sentía una tremenda curiosidad por preguntarles qué significaba todo aquel ritual, pero no me atreví a molestarles. Ellos apenas me miraron de soslayo, quizás les iba a interrumpir el rezo.

—¡¡¡Áleeex!!! Miiiraaa.

Me giré al grito de Raquel y vi cómo una manada de vacas se acercaban por la orilla desde el otro lado de la costa. ¿Vacas? ¿Será posible? Las Velasco se habían levantado para no perderse detalle de la invasión de las vacas a nuestra playa solitaria. Me fui corriendo hacia ellas para verlas pasar y disfrutar del momento. ¡Qué pasada! Por lo menos había cien, todas de color marrón clarito, con las patitas blancas y los cuernos cortos. No eran muy altas ni corpulentas, poco tenían que ver con las cebradas blancas y negras que había visto desde pequeña. No entiendo de vacas y, sinceramente, me daba igual la clase y si eran de leche o no. O si eran vacas u otra cosa. Había un hombre con una enorme caña de bambú que las acompañaba. ¡El pastor del rebaño! No debían de ser vacas, parecían más asilvestradas y no veía las tetillas por ninguna parte. Pasaron por delante de nosotras con la parsimonia del rumiante, a ritmo de paseo playero. Algunas llevaban un collar con una especie de cencerro que emitía un sonido particular, pero alejado de la campana. «¿La familia enterrada?». Giré la cabeza aterrada por el destino fatal de sus miembros. No les pasó nada, se habían colocado lo suficientemente alejados de la orilla como para evitar ser pisoteados por el ganado. Durante un buen rato fueron las dueñas de la playa. Las tres aprovechamos para inmortalizar la escena. Seguramente iba a ser la última vez en nuestra vida que estuviéramos en una playa desierta de arena negra y fuéramos invadidas por un rebaño de cien vacas majestuosas y primarias. Las contemplamos en silencio hasta que se desdibujaron con el paisaje. ¡Placer! ¡Calma! Terminamos nuestro almuerzo y volvimos a montar el chiringuito para echarnos la siesta del borrego. «¡Qué gusto! ¡Pienso aprovechar y quedarme roque!». Con el estómago lleno de bolas de pan con lo que fuera, comenzaba a sentir la pesadez en los párpados y un amago de somnolencia que pedía a gritos abandonar la consciencia. Me tumbé espatarrada sobre el pareo, reposé la cabeza sobre la mochila-cojín y escuché adormilada a Raquel y María hablando de la nueva incorporación: Jud. Antes de irnos de excursión, la vieron llegar con Hera a Villa Gea. Poca cosa. Un saludo seco, justo de palabras, ojos penetrantes y algo censuradores y ni un asomo de sonrisa.

—No veo lógico que alguien se quede mirándote el escote con cara de asco.

—No ha sido tan así. Lo que pasa es que, antes de que llegara, ya le habías cogido manía.

— ¡No! Yo creo que es como intuía: una esnob de las que se creen estar por encima del mundo.

Las Velasco echaron el pitillito de después de la comida y mucha pimienta a la recién llegada. Yo no podía opinar, porque no la había visto. ¡Menos mal! Me habría cruzado también con Hera y se me habrían subido todos los colores. «Mmm… ¿Cómo estará Hera? ¿Se lo habrá contado a Jud?». Nos quedamos tan fundidas en la cama que no comentamos los detalles importantes. ¿Qué decir? ¿Qué contar? ¿Cómo disimular? Ni siquiera me había planteado si deseaba repetir la hazaña, estaba demasiado cansada para pensar en ello. Y de Jud, pues no sabía apenas nada. A María se le había cruzado y yo esperaba sinceramente que no llevara razón, porque no me apetecía tener cerca a una quisquillosa tocanarices. «¡No creo que le cuente nada! Espero… ¡Solo ha sido una noche!».

Cuando me estreso, es cuando más me apetecen los pitillos. Aspiré con fuerza el humo de las Velasco y traté de atontar de nicotina los pensamientos que comenzaban a joderme la tranquilidad. Me pesaba el cuerpo, y me concentré en aspirar nicotina y escuchar a las hermanas diseccionando a la nueva.

—¡Iba vestida muy clásica! ¡Para mí que es de derechas!

—¿Y qué más te da? Papá también es de derechas... María, dices unas tonterías...

—Tú ríete, pero esta nos jode el buen rollo del grupo en tres días. ¡Yo no iría a las Gili con ellas!

—¡No seas boba! Fue seca porque llegaba de viaje. Veinticinco horas de vuelo ¿Te acuerdas? María, deja de echar mierda injustamente sobre la mujer...

—Zzz...

¿Cómo se lo estaría pasando Yago? En unas horas se iba a ver a Lady Gaga en concierto y estaba como loco. Reconozco que a mí y a su padre no nos hacía demasiada gracia la idea de que se fuera con su prima Susana, de diecinueve años, y su pandilla «basura». Son unos pintas de mucho cuidado y siempre se meten en líos. No nos pedía apenas nada y, desde nuestra separación, no había mostrado interés por casi nada. Cedimos, pero con la mosca detrás de la oreja y mil avisos y advertencias a Susana. «Vas con un menor, vigila qué bebe, qué hacen tus amigos y, al terminar el concierto, directos a la salida y llama a Gonzalo». Si hubiera estado en Madrid, me habría gustado ir con él, aunque no sé si a él le habría parecido bien la idea. A veces olvido que soy la madre y que, por ser su madre, hay cosas que, aunque desearía hacerlas con mi hijo, a él no le apetecen. A mí Lady Gaga me hace gracia y no me habría importado ir a la actuación. Las masas no son lo mío, pero siempre que he visto un concierto me lo he pasado en grande. El verano pasado se fue con su padre a ver a Bruce Springsteen. Gonzalo es fan del Boss. ¡Volvieron locos, emocionados! El verano pasado ninguno de los tres habríamos pensado que sería nuestro último verano juntos. Yo no era feliz, pero no entraba en mis planes de futuro vivir sin Gonzalo y que Yago estuviera partido por la mitad. Una de las cosas que no dejaba de pensar en Bali era en cómo hacerlo para que Yago no sintiera que vive entre dos aguas, y agitadas, a merced del viento. Lo había intentado hablar con Gonzalo por Skype, pero estaba a por uvas, y solo la idea de cómo organizar nuestra vida y, sobre todo, recuperar nuestra armonía por Yago le ponía muy tenso. La vivienda me la había quedado yo, él se fue a compartir piso con Martín, su amigo del alma, que hacía dos años se había separado también. Acordamos que Yago viviría conmigo para evitarle más cambios, pero apenas había querido estar en casa. A mí me rechazó desde el principio y encumbró a su padre. Verdugo y víctima, así clasificamos culpa y castigo. Él lo hizo y me dejó de hablar. Gonzalo se portó como yo no lo habría hecho. Jamás tuvo una mala palabra para mí, me defendió ante Yago y no permitió que nuestro hijo hiciera sangre con su madre.

—Álex, es cuestión de tiempo. De momento, mejor me lo quedo yo de viernes a lunes, ¿te parece?

Siempre ha sido un padrazo. Jamás una queja, ni siquiera la hubo cuando fui yo la que rompí el triángulo, la familia. En Bali dejé de sentirme culpable por haber tomado yo la decisión, y me sentí responsable de retomar la relación con Yago y con Gonzalo, con cada uno como correspondía.

Lo intenté por Skype. Con Gonzalo fue un auténtico desastre; desde que me marché, se le vino el mundo abajo. Seguramente se dejó de engañar y se dio cuenta de que yo iba en serio y de que no volvería con él. Estaba más seco, callado y a la defensiva. Apenas le contaba detalles del viaje, pero a la mínima dejaba caer comentarios directos al chantaje emocional: «Menudas vacaciones, ¡estarás de fábula! Tu hijo no lo está pasando bien, tu hijo, tu hijo, tu hijo, tu hijo...» y acabábamos discutiendo en 3, 2, 1. Intentaba respirar, era imposible. Solo podíamos tocar el tema «Yago», el resto..., silencio por su parte y por la mía. En el último Skype me lo preguntó:

—¿Te has liado con alguien?

—¿Y tú?

Me salió como un acto reflejo. En realidad, no cambiaba las cosas, pero me di cuenta de que me importaba, que me afectaba saber si había tenido un lío o se veía con alguien. ¿Quién respondía primero de los dos? ¿Debíamos responder la verdad o mentir? ¿Exagerar para joder? Yo me había liado con Hendrick, un surfero de apenas veinticinco años que había desaparecido y al que se le consideraba un *gigoló*. ¿Qué parte debía omitir? *Gigoló*, veinticinco, surfero, holandés, desaparecido...

—No... No es asunto tuyo, Gonzalo. Sinceramente, no creo que estemos preparados para contarnos esas cosas.

—¿No o sí?

—Ya te lo he dicho, no es asunto tuyo.

—Eso quiere decir que tienes un ligue allí... Seguro que te has buscado un jovencito. Me he estado informando, ¿sabes? Pues yo el otro día salí con Martín y me ligué a una tía.

—La, la, la, la, la, la, la, la, la. —No quería oír nada de lo que me estaba contando Gonzalo. Estaba agresivo, yo creo que llevaba unas copas de más y necesitaba descargar su rabia contra mí.

Bali me había dado sosiego, pero no la calma suficiente como para no terminar a gritos si no dejaba de dar detalles. ¿Por qué tenemos que pasar por estas situaciones tan dolorosas? Ambos sabíamos que la relación estaba muerta, pero nos resistimos, nos agarramos aunque agonice. No estamos preparados para ningún tipo de muerte, y terminar una relación es sufrir una muerte en vida. Cada día somos testigos de principios y finales, de que pocas cosas son perennes, la mayoría caducas. Así que no debemos sentir esa frustración cuando se nos acaba el amor, pero la sentimos y pasamos por las fases que necesitamos hasta volver a nacer. Estaba convencida de que a Gonzalo le vendría bien un viaje como el mío. Olvidarse de mí, de Yago y ocuparse de él. Siempre había querido ir a Chicago, podría ser un buen plan... Terminamos la conversación con un seco «¡adiós!» y sin ganas de volver a conectarme hasta la vuelta a Madrid. Si no fuera por Yago..., pero necesitaba estar en contacto y que me pasara el parte.

Estaba dormitando con mis pensamientos: Yago, Gonzalo, vida, muerte..., de camino al templo de Pura Tanah Lot. Habíamos quedado con Hera y su amiga para ver el atardecer. Yo seguía atontada y narcolépsica perdida. De la playa, nos metimos en la furgoneta y caí a golpe de cristal. Oía el runrún, la musiquita de la radio de Made y, como si estuviera en una mecedora, babeaba a gusto. Raquel y María se habían dejado el Burn para luego, habían gastado toda su saliva en la amiga de Hera y habían caído como dos angelitos. Una sobre la otra, con la boca medio abierta y soltando baba también. ¡Qué ricas son estas siestas! No sabía si en el mercadillo del templo habría cafeterías con Wi-Fi, empezaba a estar un poco inquieta, porque ese día no me había conectado una sola vez para consultar los *whatsapps* y saber algo de Yago. Solía ocurrirme que, tras unas horas de estar desconectada de mi hijo, me asaltaba un nerviosismo que solo conseguía suavizar teniendo Wi-Fi en el móvil. Necesitaba saber de él, le había dicho que me mandara una foto del concierto y me contara cómo se lo había pasado. Intuyo que su nueva novia, creo que se llama Patricia, estaría por allí para susurrarle la musiquita al oído. Yago era todavía virgen, lo sabía porque seguía demasiado enganchado a mí, ya fuera desde el enfado, la rabia o el «te echo de menos». Si hubiera probado, degustado y disfrutado del sexo compartido, mi hijo estaría en la fase de desapego rebelde, del ya he encontrado otra mujer que también me da la vida. No era así, aunque esa Patricia, muy a mi pesar, porque no me caía del todo bien, podía ser la candidata al estreno. Era dos años mayor, tenía un descaro de «controlo mi vida y hago lo que quiero» y unas piernas infinitas que mantenían a Yago hipnotizado. Me hacía gracia pensar en mi hijo y su transformación a hombrecito. Me recordaba en sus formas metódicas a Gonzalo; su orden, su seguridad afianzada a golpe de rutina y repetición, y su admiración por quien traspasa la norma y vive en apariencia sin límites. Quería ser ingeniero, vivir de los números y fórmulas, como su padre. ¡Los genes! Curiosos microorganismos que viven en nuestro cuerpo y nos determinan media vida.

Después de un mes y días en Bali, no llegaba a acostumbrarme a la música indonesia. No era capaz de identificar el estribillo y me sentía perdida, desorientada y arrítmica. Melódicamente era el reflejo de cómo estaba externamente. Aunque la somnolencia apenas dejó que la mente hiciera de las suyas, el hecho de estar a punto de volver a ver a Hera me tenía atacada, perdida y arrítmica. No quería que se nos notara nada, no estaba segura de querer más. No me sentía segura de nada. En casos así, me relajaban los estribillos de las canciones y, con esa música, era imposible. Nuevamente yo y mi propio reflejo en la ventanilla. Se acabó el babeo. María también había abierto los ojillos y se entretenía con el paisaje. Nos estábamos asilvestrando con el tiempo.

—¿Cuánto queda?

—Unos diez minutos.

Estábamos impacientes por llegar y disfrutar de esa extraña maravilla de la erosión del tiempo. Un templo construido en unas rocas que el paso de los años había convertido en una apariencia de islote conectado por sucesivas pequeñas rocas por las que, con buenas piernas y cortos saltos, llegabas a tierra. Como la mayoría de los lugares sagrados de la isla, estaba vestido de leyendas que incrementaban su magia y el deseo de los curiosos. Una particularidad es que, al subir la marea, quedaba prácticamente cubierto por el agua. Así, a diario el lugar era bendecido y todas las penas vertidas con los masivos ruegos de los feligreses, arrastradas hasta las profundidades de Neptuno. Al dejar las carreteras alternativas y tomar la principal, nos quedamos atascados por completo. ¡El tráfico! La gran hilera de vehículos, como hormigas, transportando cargamento al templo, cientos de turistas dispuestos a gastar, ser bendecidos y despedir al astro rey. Después de unas horas de náufraga, me agradaba volver a sentirme parte de un ganado en busca del mismo prado. Nunca me ha disgustado ser parte de la sociedad, ser homogénea en gustos. Salvo que no te puedas salir del grupo y volver a entrar con libertad y sin ser juzgada. «Uf... ¡Me estoy mareando!». Los arranques bruscos y frenazos a disgusto siempre me han revuelto el delicado estómago.

—*Made, how far is Tanah Lot?*
—*Distance? No, no, only the traffic...*
—*Walking, Made... How long is it walking?*
—*Fifteen minutes.*[2]

---

[2] —Made, ¿cuánto hay hasta Tanah Lot?
 —¿Distancia? No, no, solo el tráfico...
 —Andando, Made... ¿Cuánto se tarda andando?
 —Quince minutos.

María sabía que, si me quedaba más en la furgoneta, me iba a poner malísima. Quince minutos no era nada y al menos quedaba una hora de luz.

—Raquel…, despierta, nos bajamos…

Quedamos con Made para la recogida, pillamos las mochilas y, después de evitar el leñazo de Raquel bajando de la furgoneta, emprendimos la caminata. Fila india: «Plátano, Balú, un, dos, tres… ¡Jop!». Siempre he sido fan de Balú, de *El libro de la selva*. Aunque Walt Disney es como una secta en sus moralinas, hay personajes de sus dibujos que me acompañan desde pequeña. El conejito Tambor, amigo de Bambi, el ratón gordito comequesos, de *Cenicienta*, Golfo, de *La dama y el vagabundo*… Hay gente a la que le gusta imaginarse la vida en blanco y negro para darle ese toque romántico, nostálgico, de película antigua. Como cuando Gonzalo fumaba y se ponía la gabardina, antes de salir a la calle, con el pitillo en un extremo de la boca, se giraba con la frente arrugada y, tapándose los agujeros de la nariz, me decía: «Siempre nos quedará París», y cerraba la puerta de casa. ¡Qué recuerdos! Al final, tanto hablar de París y nunca la pisamos juntos… «Plátano, Balú, un, dos, tres… ¡Jop!». Había entrado en un bucle sin sentido. Es el sustitutivo ideal al no haber sido capaz de localizar ni repetir ningún estribillo de éxito indonesio. Iba la primera, Raquel en medio y María cerrando el grupo y recobrando energía a sorbos de Burn.

A mí me gustaba imaginarme que a veces el mundo era de dibujos animados. Los dibujos sufren, es verdad, pero se ponen a cantar, les hablan animales o los hechizan durante un tiempo. Prefiero ser un dibujo animado que la novia del malo o el bueno del cine negro. Me encantaría poder apretar un botón y pasar a mi propia realidad, pero en dibujos animados y, cuando me cansara, volver a ser de carne y hueso.

—Uf, nos estamos envenenando con tanto tubo de escape, chicas…

Raquel se había levantado de mal humor y caminar al lado de los coches le parecía lo peor. ¡Normal! Dormía plácidamente, María la despertó a gritos y toque militar y recibió una bofetada de gases de combustión que recubrieron su refinado rostro con una capa de polvo gris. «Plátano, Balú, un, dos, tres… ¡Jop!». Tenía curiosidad por conocer a la recién llegada, pues el rechazo irracional de María me recordaba a cuando iba a la escuela. Siempre nos costaba aceptar al que llegaba nuevo y le hacíamos la vida imposible. Le llenábamos de papel de plata el pupitre, le arrancábamos las hojas de los deberes de su libreta, no le dejábamos jugar a pichi o al churro, media manga mangotero. Yo no estaba influenciada por los comentarios de María, pero reconocía que me daba cierta pereza compartir viaje con otra más. ¡Todas mujeres! Ya podía haber venido un amigo de Hera, seguro que la mente práctica habría equilibrado el ambiente, que comenzaba a estar algo cargadito de reflexiones y bucles interminables del «ser y no ser».

—¿Falta mucho? Estoy a punto de matar a Álex como no deje de cantar el tema del platanito.

Definitivamente, estaba de mala hostia. Raquel había despertado perezosa y con el entrecejo fruncido.

—Pues cántanos algo, hermanita, anda…

María estaba ya a tono de Burn y se movía bailando sobre el asfalto. Adelantó a su hermana, que seguía refunfuñando, y me cogió de la cintura para hacer el baile del trencito para divertimento de los conductores y turistas. Se vive bien en la lejanía, a kilómetros de distancia de tu mundo, la relatividad es tu día a día, no hay imposibles. Nos dio por la Jurado: *Como una ola*, *A que no te vas*, y terminamos vociferando como si el mundo no fuera con nosotras *Se nos rompió el amor*.

—«¡¡¡Me alimenté de ti por mucho tiempo, nos devoramos vivos como fieras!!!».

Raquel no pudo resistirse a la tentación y se unió a nosotras. Los desechos de nuestras frustradas experiencias en el amor los escupimos allí, en ese asfalto, imitando el arranque de la Jurado. Algunos conductores bajaron la ventanilla para escuchar a tres locas vociferando abrazadas el final del amor.

—«… Y una mañana gris, al abrazarnos, sentimos un crujido frío y seco, cerramos nuestros ojos y pensamos: se nos rompió el amor de tanto usarlo…».

El amor une corazones y el desamor, almas desperdigadas por el mundo que se quedaron sin rumbo. Las tres volvimos a ser la unidad de los corazones que se han quedado sin dueño, ni objeto de deseo. Raquel decidió abrir su Burn, aparcar sus rarezas y seguir dándole a la canción española. Me di cuenta de que no era la única a la que le entraba el brote nostálgico del cancionero español al estar lejos de casa. Ese efecto contagioso de cantar a pulmón y gallo debe de producir un efecto beneficioso en el organismo, segregar un chorro de serotonina, porque las tres le dimos a gusto.

—«Vuela esta canción para ti, Lucía...».

Al terminar una canción, cualquiera comenzaba a cantar otra y las demás nos uníamos con una emoción quinceañera. ¡Serrat! María y yo saltamos de alegría, nos apasionaba *Lucía*.

—«... La más bella historia... que tuve y tendré...».

Nos abrazamos las tres, mirando al cielo, al infinito o con los ojos en blanco. Nos detuvimos para llenar nuestros pulmones y proyectar lo más lejos posible nuestras voces.

—«No hay nada más bello... que lo que nunca he tenido..., nada más amado que lo que perdí...».

Estuvimos todo el camino repasando la banda sonora de nuestra vida y, en silencio, repasando experiencias vividas. La música nos transportó a los laberintos de memoria olvidada; imágenes secuenciales, fotogramas de nuestra existencia, personas que un día fueron y se despegaron o nos despegamos, lugares a los que no volveremos jamás. A reencontrarnos con nuestros yos que ya no somos, ni seremos. Nos mirábamos, buscando complicidad en cada palabra, en cada canción, a las Velasco les brillaban los ojos, me vino el pensamiento de querer recordar para siempre ese momento; atasco, caminata en chanclas por el arcén, cantar a grito pelado, abrazos, risas, miradas, olvido puntual de nuestra vida. ¡Qué gusto! ¡Qué placer! Sentí que todo nos había dejado de importar, que cada canción abofeteaba nuestros miedos y se reía de las preocupaciones. Solo me empecinaba en cantar lo más alto posible y recordar las letras. Cuanto más cantábamos, mayor euforia sentía. Y unas ganas tremendas de gritar a los de los coches, al cielo, a las estrellas, al universo. No tenía claro qué ni por qué, pero necesitaba gritar, reivindicar mi propia existencia, rebelarme contra el statu quo, gozar de la locura, disfrutar corrompiendo lo establecido.

—Aaahhh...

Grité, salté porque me sentía tan viva que me sobresaltaba.

—Aaahhh...

Las Velasco me siguieron, moviendo sus cabezas como las aspas de un molino, levantando los brazos queriendo tocar el infinito, botando como en un concierto. Las tres sufrimos en esa carretera, a la vista de todos los curiosos, un extraño exorcismo, un instante de «psicomagia» (¡tanto había escrito sobre eso y tan poco había creído!). No sabría describir con exactitud qué nos ocurrió, pero tuve la certeza de que cada una liberó una cadena muy antigua. Superado el terror a desatar nuestra locura, nos dejamos llevar, soltamos sonidos guturales y gritos primarios difíciles de repetir. Por un instante, abandonamos el mundo de los «no», del «bien y mal», de lo «correcto», de lo «normal» y, sin pensar, sin «control»..., nos desbordamos, como tres volcanes en erupción.

—Aaahhh...

La vida nos regaló ese instante y las tres decidimos rendirle tributo. Danzamos, perdimos el juicio, reaccionamos a impulsos, con fuerza primaria, y nos llenamos de una fuente de energía renovable.

—¡Joder! ¡Qué a gusto me he quedado!

Nuestros labios apenas podían sostener la grandeza de nuestras sonrisas. Tersas, inmensas. Estábamos pletóricas, como si hubiéramos traspasado la barrera del sonido. ¡Qué placer! Caminamos con alegría de comparsa, abandonando los humos y los atascos mundanos. Nada tenía importancia, todo parecía ser pequeño a nuestro lado. Ese día descubrí, de puntillas, la plenitud de disfrutar el instante, la gracia de conseguir reunir todos los sentidos en el ahora. Un pequeño éxtasis en una carretera de Bali, llena de coches, pitidos y vegetación muerta. Todo asfalto, poca belleza. Superamos nuestra resaca, nuestros pensamientos ciegos y llegamos renovadas al templo con más encanto de toda la isla.

Nos plantamos en el camino de entrada al templo. Era el punto de encuentro con Hera y Jud. Como nosotras, había cientos, un hormiguero de turistas que nos dirigíamos a paso más o menos ligero al mar para contemplar la caída del sol, a orillas del Pura Tanah Lot, el templo de «tierra en el mar». En menos de diez minutos, aparecieron Hera y Jud.

—Álex, te presento a mi amiga Jud.

—Encantada.

—Igualmente.

Decidí dejar a un lado las tempestades de María contra la nueva y comenzar limpia de prejuicios, dándole la oportunidad que se merecía. Hera y yo cruzamos una fugaz mirada que me revolvió el estómago. María comenzó a caminar en cuanto llegaron, sin darles un respiro tomó la delantera, evitando cruzar más que un seco «hola» con Jud y Hera. Raquel y yo, desplegando cortesía y educación, caminamos con ellas todo el trayecto.

—¿Adónde habéis ido?

—Nos hemos quedado por Seminyak. Unos cafés, un poco de playa y la he llevado a comer a La Lucciola.

—Ah…, me han hablado de él, es el que está en la playa, ¿no? ¿El que tiene unas vistas increíbles? ¿Y te ha gustado, Jud? ¿Qué habéis comido? ¿Es comida italiana? ¿Es caro? Estaba lleno, ¿no?

Raquel y sus preguntas… Jud y Hera no llegaban a responder con la suficiente celeridad a todo. La pequeña de las Velasco estaba algo nerviosa, inquieta también por la recién llegada, contaminada por las impresiones de su hermana, y necesitaba llenar los silencios.

—¿Y estás casada, Jud? ¿Tienes hijos? ¿Dos? ¿De diecisiete y doce años? ¿Niño y niña? ¿En Barcelona? ¿Sant Gervasi? Mmm…, no conozco el barrio.

Hera y yo aprovechamos para mirarnos de reojo y sonreír con timidez. «¿Le habrá contado a Jud lo nuestro?». Desde que la había visto llegar, se me entrecortaba la respiración, sentía sudor en el cogote y cierto sonrojo. «¡No quiero que se me note!». El silencio de Hera tampoco era nada sospechoso, porque ella no gastaba demasiado en palabras.

—¿Veinte años casada? Pero eres muy joven, ¿no? ¿Desde los veinticinco? ¡Guaaaauuuu!

Raquel había desplazado a Hera y se había puesto al lado de Jud para proseguir con el interrogatorio.

—¿Dónde has hecho escala? No conocías Bali, ¿no? ¿Es la primera vez que viajas sin tu marido? Aaah.

Hera y yo nos rozábamos sin querer y a mí me estaba dando un ataque. No me atrevía a preguntarle apenas, no sabía de qué hablar sin que me embobara. Sentía la mirada de Jud clavada en su amiga, sin querer perderse ningún detalle a pesar del incordio de responder a las mil preguntas de Raquel.

—¿Qué tal la comida?

—Bien, muy bien... Hacía por lo menos dos años que no nos veíamos.

—¿Dos años?

—Sí... Desde que se murió mi madre no he pisado Barcelona. Estando lejos es fácil dejar atrás el dolor y... tampoco me esperaba nada allí.

Aunque hablaba con dulzura, sus argumentos me parecían demasiado rotundos como para atreverme a la réplica. No quise, no me atreví a revolver en su mierda. La muerte de una madre es de asimilación lenta y cada uno sobrevive a esa tragedia como puede.

—¿Qué tal has pasado tú el día?

No me esperaba esa pregunta. Me entró el corte, temiendo que fuera descubierta nuestra estrenada intimidad.

—Álex, no te preocupes, Jud no sabe nada...

—Aaah, vale, vale.

Hablé con el atropello de las palabras, no me apetecía seguir con el tema, pero me alivió saber que su amiga no sabía nada. Con la brusquedad de la torpeza y la timidez repentina, me alejé de Hera sin apenas excusa y me adelanté a buscar a María, que se había ido a las antípodas con tal de no compartir el mismo aire con Jud. No entendía su reparo, tampoco nos había hecho nada la nueva y, si no conseguía convencer a María para que cambiara de actitud, tendríamos en breve un estallido de la discordia.

—No te entiendo... Yo creo que te has rallado sin motivo.

El paseo para llegar al templo se había convertido en un auténtico bazar de recuerdos de Bali. A cada lado del camino, puestecillos de pulseras, camisetas, pañuelos, pareos, cometas con forma de barco y pájaro, puestos ambulantes de comida, telas, dibujos de Tanah Lot y... ¿monumentos fálicos? ¿Penes de madera de todos los tamaños? María y yo nos fijamos en ese detalle en uno de los puestos y pensamos que debía de ser una excepción. Al descubrir su presencia en varios de ellos, dedujimos que sería un lugar de tributo a la fertilidad o algo similar. Nos entró la risa tonta observando tallas de madera de penes gigantescos y la reacción espontánea de los turistas al descubrirlos. Algunos desviaban la mirada, otros apenas arqueaban las cejas, otros compartían el hallazgo con un golpe de codo, comentario gracioso y señalando divertidos con el dedo. Los más osados se acercaban para no perderse detalle e incluso lo sostenían entre las manos. María fue a por el pene más grande y a grito pelado se lo enseñó a su hermana, levantando los brazos y blandiéndolo como si fueran las orejas del toro. Desde luego, la reacción de las tres fue bien distinta: Raquel siguió enseguida la broma de su hermana, alzando también los brazos.

—Hermana... *Thankius! Thankius! Pa* mí, *pa* mí...

Hera sonrió divertida con la escena dejando a medias la conversación con Jud para no perderse detalle. Jud tardó en caer en la cuenta de que lo que tenía en alto María era un pene descomunal. Casi me muero de la risa al ver cómo pasó de la media sonrisa al apretón de dientes, cabeza baja y mirada al suelo. Se avergonzó de María y de ver entre sus manos un pene. Estaba dando la nota, ondeándolo como una bandera. Raquel le devolvió el saludo desde el puesto de al lado con el pene más pequeño que encontró. Los turistas las miraban divertidos o espantados, pocos detenían el paso y algunos lo aceleraban. Reconozco que jamás tendría uno de esos en la estantería de mi casa, porque, sinceramente, lo considero un homenaje excesivo y, como símbolo de la fertilidad, me parece más justo la vagina o, en todo caso, ambos fusionados. «¿Acaso no colaboran ambos órganos?». Mientras observaba a María y a Raquel, me sentí desplazada por las religiones y me dio un golpe de rabia, estaba en un proceso de autorreafirmación con mi vida y mi ser y, sinceramente, me repateaba ver cómo todo seguía girando en torno al falo, el pene o el sexo masculino. No era cuestión de que me estuviera volviendo una feminista radical, pero comenzaba a rebotarme tanto imperialismo de lo masculino sobre lo femenino. María y Raquel escucharon mi discurso demoledor sobre el exceso de «falocracia» con la risa asomando en la boca, Jud había tomado la delantera y el silencio por montera, y Hera miraba compasiva mi brote de «soy mujer y estoy hasta el coño». En medio de mi poco controlado soliloquio, Hera señaló una especie de vasija de piedra semicircular con un bastón también de piedra erguido en el centro, en un agujero.

—¿Sabes qué es esto?

—Un mortero de piedra, ¿no?

—Son un *yoni* y un *lingam*.

Las tres nos acercamos para verlo de cerca. Hera nos contó que *yoni* era sánscrito y significaba «vagina» y *lingam* significaba «falo» o «pene erecto». Esa especie de superficie de piedra con un agujero en medio para colocar el falo era un tributo a las creencias hinduistas basadas en la no dualidad del dios Shiva y la diosa Párvati, masculino y femenino. Ellos creían en el poder de su fusión para conseguir la evolución de la vida y dar un nuevo orden al caos. Nos quedamos sorprendidas, desconocíamos el tributo a la vagina en ningún sentido y, para qué engañarnos, al menos a mí me sentó bien saber que se me homenajeaba de alguna manera. Raquel estaba ensimismada mirando otro, pero en vez de forma de vasija la base era más como un pequeño laberinto de piedra con un agujero en medio y el palo clavado justo en el centro. ¡Era bello!

—*How much does it cost, please?*

—*Two hundred fifty five thousand.*[3]

—¿Cuánto son doscientas cincuenta mil?

—Unos veinte euros.

---

[3] —¿Cuánto cuesta, por favor?
—Doscientas cincuenta y cinco mil.

Hera calculaba mucho más rápido que el resto, a mí me seguía atolondrando tanto número y el exceso de billetes en el monedero. Al volver a España, seguro que me sentiría como una mendiga cuando llevara tan solo dos o tres billetes. En Bali, necesitaba un monedero solo para los cincuenta o sesenta billetes, más las monedas que casi se las llevaba el viento de lo poco o nada que pesaban. Raquel no se lo pensó y se compró el kit completo para la creación. Ella necesitaba mucha inspiración para su nuevo disco y eso, fuera donde fuera, le daría la energía necesaria.

—Hermana, tú te estás mutando en otra persona.

María se extrañó de la adquisición de su hermana y puso cara de no entender nada. Llevaba razón, la compra de su monumento a la fertilidad nos sorprendió a todas. Apenas nos había dado tiempo a digerir lo que eran un *lingam* y un *yoni,* y Raquel ya había sacado los billetes.

—Seguro que lo pierde o se lo deja en otra ciudad a la que vaya.

—Quizás le ha gustado.

—¿Estás hablando de mi hermana? Álex, o mi hermana piensa que está embarazada, o se ha dado un golpe en la cabeza.

Me pasó la Bintang Big Big que acababa de adquirir en un puestecillo. ¿Raquel podía estar embarazada? Miré a María con la cerveza en la mano incapaz de reaccionar a lo que acababa de soltar sin pestañear. ¿Bali nos estaba inmunizando frente a cualquier situación fuera de lo común?

Le eché un buen trago para superar el susto y pasar el calor que comenzaba a tener con tanto paseo y tensiones sin resolver.

—Lo dices en broma…, ¿no?

—No sé por qué lo digo, pero, Álex, algo le pasa a mi hermana. No está fina, te lo digo yo, y hace cosas que no van con ella.

Decidí aparcar la mínima duda y pensar que María lo había soltado más por exceso de preocupación que como prueba de indicio de realidad.

—¡Cómo va a estar embarazada!

El grupo se había disgregado. Hera y Raquel se habían quedado atrás, comprando el monumento a la fertilidad. María y yo, dándole a la bebida y a la charleta para variar y Jud… ¡Jud! ¿Dónde se hallaba Jud? Delante de nosotras no estaba, miramos atrás, a un lado y a otro. ¡Nada! Esperamos a que llegaran Hera y Raquel por si se encontraba con ellas. ¡Tampoco!

—¿Dónde está Jud?

¡Habíamos perdido a la nueva! Nos acabábamos de dar cuenta de su ausencia.

—¿Cuándo fue la última vez que la visteis?

—Yo creo que con el homenaje a las pollas se las piró espantada.

Todas menos Hera nos reímos con el nada considerado comentario de María. Pero tenía razón, todas recordábamos a Jud hasta el espectáculo tauro-pene de Raquel y María. Miramos a un lado y a otro. Éramos muchos turistas y todos íbamos en la misma dirección.

—¿Y si la esperamos cerca del templo? ¿Sabía que íbamos allí?

La recién llegada, bajo los efectos del agotamiento después de tantas horas de vuelo, apenas debía de enterarse de dónde estaba. No andaría muy lejos, pero podía haberse desorientado fácilmente. Permanecimos un rato, plantadas en el centro del reguero, con la esperanza de reconocerla entre el gentío. Decidimos esperar juntas, nadie creía que no fuera a aparecer en breve...

Veinte minutos de espera y sin rastro de la nueva. María tenía los alerones de la nariz a punto de explotar, faltaba muy poco para que comenzara la puesta de sol y no se la quería perder. Así que, con los brazos y piernas cruzadas, volvió a insistir.

—¿No será mejor esperarla al lado de Pura Tanah Lot? ¿La habéis llamado al móvil?

—No contesta. Salta el buzón.

—Pues ya llamará... ¿no? No le puede haber pasado nada.

¿Tenía batería? ¿Sabe espabilarse? ¿Tiene la dirección de Villa Gea? Tres preguntas y tres negativas. María decidió por las cuatro y pensó que lo mejor era hacer dos grupos. Uno que se fuera al mar y el otro que se quedara esperando junto a los *souvenirs*. Me fui con María, a regañadientes de Raquel, partidaria del «todas a una». La mayor de las Velasco puso el turbo para llegar lo antes posible a las cercanías del islote con el templo. No tenía intención de buscar a la nueva, sino de encontrar un buen lugar para disfrutar de la puesta de sol.

—Álex, esta tía es lerda… ¡De verdad! Apenas dura veinte minutos…, lo vemos y luego la buscamos.

Tenía dos opciones, quedarme con María o intentar encontrar a Jud. Nos subimos a unas rocas, para contemplar la explanada de la playa. Había cientos de turistas mirando al cielo que comenzaba a mutar en rojos y naranjas. Me senté en una esquina del peñasco y decidí hacer las dos cosas: ver la puesta de sol y dar con la nueva. María no perdió un segundo más en ella y, con la cámara, comenzó a captar la instantánea de aquella maravilla de luces y formas. Divisé varias parejas de recién casados aprovechando las mágicas horas de luz para completar su álbum de fotos. «¿Otra vez iPads?» Muchos hacían un corazón con el índice y el pulgar de sus manos y, de espaldas al sol, intentaban colocar al astro rojizo en el corazón. ¡Era la foto turística del lugar! Un tributo al amor para las parejas, para uno mismo o para la cursilería. María no dudó en probarlo. Se giró hacia mí, me dio su cámara y nos tiramos un buen rato a la pesca del sol entre sus dedos. ¡Lo conseguimos! Nos costó lo suyo y una buenas risas. Me divierten sobremanera las fotos típicas; aguantar la torre de Pisa, tener una pirámide de Egipto en la palma de la mano o conseguir el efecto de tocar con el dedo la punta de la Torre Eiffel en París. Una horterada que siempre me ha divertido. María y yo hicimos lo propio. Todavía no habíamos dado con la foto y… ¡al fin! Era lo más cursi, pero merecía la pena tenerla para el recuerdo. Así que me dispuse yo también. Índices, pulgares, corazoncito, carita de felicidad y a pescar el sol. Ninguna de las dos estábamos en fase rom ántica así que todo aquello nos parecía una cursilería. ¿Cómo puede el amor transformarnos en seres tan bobalicones capaces de hacer semejante tontería? ¿Corazoncito atrapasol hecho con una mano de cada uno y besito? ¡Era muy cursi! Hace mucho tiempo que abandoné el concepto de romanticismo yanqui y aposté por el europeo, a mi modo de ver con menos ositos de peluche, cartitas para San Valentín, globitos de purpurina o collares de corazones partidos por la mitad. María y yo, con esas fotos, colaboramos a engrosar la cursilería, la enfermedad mortal del romanticismo, el espanta *sex appeal* y aleja sexo. ¡Cierto! A cambio de una maravillosa instantánea para la posteridad. El templo se había tornado una silueta en medio del festival de colores, un contorno para el fondo de luz anaranjada intensa que se colaba por las densas nubes que impedían observar con claridad la fusión del sol con el horizonte del océano. La gran esfera tocó las aguas, rodeada de neblina. La intensidad de color quedaba dispersa, difuminada, pero todos seguíamos enganchados a su despedida, a su bendición serena. Ver un atardecer tiene el mismo efecto que entrar en las aguas termales, comienzas con ánimo de charla y terminas en el más absoluto silencio. Se hundió a toda velocidad, nos embelesamos hasta el último despunte de sol, exhalamos el último rayo y aplaudimos agradecidas por su presencia un día más. En esa isla, como en los lugares donde la naturaleza se impone ante el hombre o convive en armonía, el saludo al sol y la reverencia a la madre naturaleza te brota desde el inconsciente colectivo.

Bajamos de las rocas en estado alfa, saboreando los ecos visuales de esa puesta de sol que todavía daba vueltas en nuestra mente. La belleza te transporta a otro mundo que no es el que pisamos, y nosotras nos dejamos llevar hasta olvidarnos de las chicas y de la desaparición de Jud. Raquel nos vio a lo lejos y fue a por nosotras. Jud había aparecido con el cabreo a cuestas y echando pestes de aquel lugar que olía a sudor. Volvimos a ser grupo, aguantamos la escena de Jud y salimos de allí en busca de Made. María se estaba mordiendo la lengua para no responder al cabreo de la nueva. Las otras tres asentíamos y entonábamos cierto *mea culpa* para disipar cuanto antes el amago de tensión.

—Estás cansada también y algo lenta de reflejos, pero ya nos hemos encontrado.

¿Lenta de reflejos? El comentario de María no fue el más empático, pero llevaba razón, aunque la nueva no lo encajó demasiado bien. María le ofreció un poco de Bintang como pipa de la paz y buen rollo.

—No, gracias, no me gusta beber de la misma lata de la gente.

Silencio. Escrupuloso silencio. Rápidamente Raquel buscó cualquier tema intrascendente para evitar ir a mayores. Made apareció en el momento justo, nos metimos en la furgoneta y... silencio. Silencio reparador. El cansancio nos venció a todas. Nos volvió a unir, nos fundió a la de tres. «¡Joder, no ha llamado Gonzalo! ¡En la villa lo llamo sin falta!». 3... 2... 1... ¡Sueño reparador!

Nueve

«Solo podemos liberarnos del temor cuando nos conocemos a nosotros mismos».

KRISHNAMURTI

H ola, Dixie:

Acabo de leerte y no puedo desengancharme de la silla e imaginarme cómo fue aquella noche. ¿Sabes que es una de mis fantasías? Hace años hice un trío con dos tías y fue… ¡para repetir! Has sido poco generosa en los detalles, ¿eh? Y no me digas que te da vergüenza, porque tú y yo nos lo hemos contado todo, todito todo. ¿Sabes? Me alegro de que le echaras lo que tienes y te atrevieras… ¡Así se hace! Y… por lo visto te gustó, ¿eh? Ja, ja, ja, ja. No te comas la olla pensando demasiado, no comiences con los rollos de la gente. Tú no eres LA GENTE, eres una tía que siempre se ha pasado por el forro el qué dirán, el si soy esto o aquello, si me gusta lo otro o lo de más allá. ¿Sorprende? Mucho, pero es verdad, es tu verdad. Es lo que te está pasando y tienes la obligación de no pervertirla tú. ¡Que lo hagan los demás! Tu vida es lo más preciado que tienes, así que... ¡respétala con todo lo que te ofrece! ¿No era lo que tú me dijiste cuando me enganché a Irene? Una tía casada que no pensaba dejar a su marido y yo, coladito por ella. No me digas que no es lo mismo porque lo es... ¿Porque no es un tío? Anda, Álex, ahora tú y yo, y a nuestra edad, nos vamos a impresionar por esa chorrada. ¿Gay, lesbiana, homosexual? ¡Chorradas! Personas que sienten, y tú... has sentido, has sido valiente y te has acostado con tu objeto de deseo. ¿Una mujer? ¡Qué envidia! Ja, ja, ja, ja, ja, ja, ja. ¿Y qué? No entiendo, Dixie, que no se lo hayas contado a nadie. ¡Yo se lo habría dicho al viento y a toda la isla! Ja, ja, ja, ja. Además te lo pasaste de lujo, ¿no? Esa isla parece un parque de atracciones, yo el próximo verano me voy para allá de cabeza. Ja, ja, ja, ja. ¿Vendrías conmigo? Por cierto, hablé con Yago y Gonzalo... Yago bien, pero Gonzalo un poco deshecho con todo, creo que no termina de encajarlo. No quiero cortarte el rollo, pero está muy delgado y... Ya sé que no puedes hacer nada, pero, ¡joder!, has estado casi diez años con él, ¿no? Pues preocúpate un poco más, Álex. Además tenéis un hijo en común y, sí, sabes que te apoyé hasta el final para que te fueras a Bali, pero también te digo que, a la vuelta, ayudes a Gonzalo. Ay... ¡Qué gusto saber de ti! Mi vida sigue aburrida, además no paro de trabajar y el cabrón de mi jefe no me deja ni un segundo.

Por cierto, ¿he entendido bien que ya no se va a volver a repetir la escena de cama lésbica? Ja, ja, ja, ja, ja.

¿Te lo ha dicho ella? Mmm…, algo hiciste mal, Dixie. Ja, ja, ja, ja, ja. ¿Cómo se puede quedar todo en un polvo? Yo no lo entiendo, pero las mujeres sois así de complicadas. Después de tanto rollo para acostaros, ahora va y te dice que… ¿mejor dejar las cosas tal y como están? Es normal que te sientas un poco rara… Mira, a lo mejor lo ha dicho por decir y de aquí a dos días se muere por estar contigo. Lo que no entiendo es que tú me digas que por ti también está bien… ¿No te gustó? ¿No te lo pasaste de miedo? Pues ¿por qué cortar el deseo? Porque sinceramente no me creo que ya no sientas nada por ella, aunque las tías sois así. Recuerda a la brasileña que se moría por mí y, al rato de acostarnos, prácticamente ni se acordaba de mi nombre. Eh, eh, que sé lo que estás pensando… ¡Yo me lo monté de lujo! ¡Que conste! Nada de gatillazo ni de ir «a mi rollo», ¡¡¡de lujo!!! Ja, ja, ja, ja. Joder, es que las mujeres… ¡sois frías y calculadoras! Me da igual si me escupes en la pantalla, pero es verdad… ¡No os entiendo! ¿Ahora no hay más sexo entre vosotras? Mira, sinceramente, o no le gustas o se ha cagado de miedo. Pero también te digo…, puede ser de esas que lo que dicen va a misa y, como una roca, no hay quien la mueva. Bueno…, tú a lo tuyo, a seguir disfrutando, que ya te queda poquito para la vuelta. ¡Tengo ganas de verte! Estás un poco delgada, ¿no? En la foto que me has enviado veo que hay chica nueva en la oficina… Ja, ja, ja. Por cierto, ¡la más pequeñita está como un tren! Sí, sí, insisto para que no se te olvide que a tu Pixie le gusta. ¿Se la presentarás a tu Pixie? Ja, ja, ja, ja, ja. Prometo ser bueno, gentil y caballeroso... Ja, ja, ja, ja, ja. La nueva por lo que me cuentas debe de vivir en el país de las maravillas y no en la vida real. Una princesita cuarentona con demasiados prejuicios y poco sexo. Consejo: no te metas en líos y menos de faldas, que ¡mira cómo has terminado! Ja, ja, ja, ja, ja. Tú a tu rollo y a seguir desconectando de tu vida. Aprovecha tus días allí al máximo y ¡vive! Que es lo único que tenemos que hacer: ¡vivir! Y dejarnos de tantas gilipolleces. Y la soplapollas esa..., ¡ni caso! He conocido a muchas mujeres de esas y son de las que envenenan al grupo. ¡Haz caso a la chica guapa! ¿María se llama? Me encanta esa mujer... Como no me la presentes..., ¡te mato! Ja, ja, ja, ja, ja.

¿Sabes? Estos días me acuerdo mucho de ti y estoy orgulloso. Eres una valiente y siento que vuelves a estar con la vida, de su lado. No te preocupes por la vuelta, todo se irá colocando poco a poco, lo importante es que tú te estás colocando, vuelves a ser mi Dixie... ¡dándolo todo! Ja, ja, ja, ja, ja. No pienses, Álex, sobre todo no pienses, que eso es lo peor que puedes hacer. Y a ti el coco te va demasiado rápido y por el lado equivocado. ¡Déjate de culpas, prejuicios y chorradas! Ah..., y yo que tú... repetiría con la pintora. ¡Vamos, no me jodas! Yo quiero una segunda parte... ¡Seguro que con tus dotes de seducción te la llevas otra vez a la cama! Recuerda lo que dice tu Pixie: un «no» en una mujer es una ciencia interpretable..., ¡nunca exacta! Ja, ja, ja, ja, ja. Así que... ¡a por ella!

Te quiero mucho y me maravillas con tus aventuras en Bali.

¡Disfruta! ¡Pásalo en grande!

Besos,

P. Pixie

1:45 de la mañana, hora de Bali. Apenas llevaba una hora en la cama y ya me sonó el despertador. En un cuarto de hora, Made nos recogía en la puerta y, a poder ser, debíamos ser puntuales. No podía abrir el ojo, María y yo nos enganchamos a la cháchara y había dormido nada o menos. Comenzaba a entender a los científicos que dicen que de sueño te mueres, o de no dormir, que es lo mismo. Apenas era dueña de mi cuerpo, no reaccionaba a las órdenes de mi cabeza: «Levántate, Álex. ¡Arriba! *Up!* ¡Vaaamosss!». Ni un párpado levantado. Si no conseguía mover un músculo, corría el riesgo de volver a dormirme. ¿Estaba despierta? ¿Me había dormido? Lo que sentía era un agotamiento infinito que me tenía frita. En esa isla se vivía muy bien, pero te energizaba tanto que era difícil acostarse y al otro día madrugar, y pocas horas de sueño. Nos las apañábamos con el sueño a trompicones y donde podíamos nos enganchábamos a él un ratillo: en la furgoneta, en la playa, en una cafetería. Nos habíamos vuelto unas expertas, solo cerrar los ojos y... ¡ya! Directas al país de los sueños. Incluso podía elegir qué soñar, al estilo videoclub, y también película, pero con sueños: monstruos, amoroso, sexual, placentero, batallas, discusiones... Solo controlaba el principio, el final era cosa de Morfeo, así que podía comenzar en una aventura erótico-festiva y terminar en un desierto pasándolas canutas. Ahora, lo de interpretar..., nunca he sido capaz de entender por qué un desierto significa momentos de soledad o de angustia personal. Que se te caigan los dientes, temor a hacer el ridículo, y tenerlos llenos de caries son problemas con el trabajo. ¿De dónde han sacado esa información? No me entran en la cabeza todas esas descripciones y significados... Los sueños, sueños son, ¿no? Pues a dejarse de tanta tontería, que a todo tenemos que encontrarle un porqué. Si sueño que cruzo un desierto, cruzo un desierto y punto, si se me caen los dientes, me quedé sin dentadura y, si los tengo con caries, es que me he pasado con las gominolas o he sido una gorrina porque me los he lavado poco. Siento que a veces, con tanto manual para todo, he estafado a la gente. ¿No es cosa del inconsciente? Pues que se quede ahí, en la tierra del «no sé, no tengo ni idea y no quiero saber». A veces tengo la sensación de que vivimos con la ansiedad de interpretarlo todo en vez de dejarnos llevar. Nos perdemos la vida con tanto «¿Qué quiere decir? ¿Me pasa esto?». En Bali aprendí, a golpe de resistencia, a escuchar a mi cuerpo. La incapacidad para moverme un centímetro de la cama me indicaba que estaba forzando la máquina. ¡Estaba completamente agotada! Necesitaba descansar, era un hecho, pero ¡ya lo haré mañana! La poca energía que me quedaba estaba invirtiéndola en cómo conseguir sacar un pie de la cama y, con impulso, levantar el resto del cuerpo. Tiré de las entrañas, de la rabia, de donde quedaba un mínimo de energía, y conseguí incorporarme. Me entraron ganas de llorar, apenas abrí los ojos y mi visión era doble, me mareaba… ¡Necesitaba dormir! Estuve en un tris de volver a la cama y dejar que las chicas se fueran a la excursión del volcán. ¿Un *trekking* de tres horas y media? No me veía con fuerzas de subir al volcán, pero necesitaba hacerlo. Ese viaje era mi purgatorio y no estaba dispuesta a perderme nada. Me vestí sin consciencia y como una cebolla, a capas y abrigadita; pantalón largo, camiseta, jersey, calcetines y deportivas. Made nos había avisado de que en el monte Batur hacía mucho frío. ¡Ver amanecer! Solo había contemplado la salida del sol en dos ocasiones y las dos, medio borracha, apenas disfruté del momento.

—Álex… ¿Te preparo un cafelito rico, rico?

—Ah… Sí, por favor. ¡Estoy que no existo, Mary!

María y yo seguíamos inseparables. Ella me cuidaba y yo hacía lo mismo con ella. Había estado en un tris de contarle lo mío con Hera, pero me eché atrás por no encontrar el momento y, cuando Hera me dijo que mejor lo dejábamos así, que fue muy bonito pero… «¡ya está!», pensé que para qué contarlo y liarla. Decidí no hablarlo con María, pero me seguía pesando. Honestidad a cambio de honestidad. Y yo… no había sido del todo honesta.

Me sorprendí en el espejo apenas abrí los ojos, pero fui capaz de encontrarme. Mi pelo se había aclarado y mi tez estaba de un moreno rojizo envidiable. ¡Bali me estaba sentando bien! Sentía que, como los lagartos, había renovado la piel y mutado en otra, más optimista, abierta y capaz de todo y con todo. ¿De dónde sale esa fuerza? Qui-

zás mis libros tengan razón y haya que cultivar la autorreafirmación para encontrarse, estaba distinta hasta en el
vestir. ¡Ya sabía colocarme yo sola los pañuelos en la cabeza! Elegí uno verde, porque iba a juego con mis pantalones. Cremas en la cara y un poco de cacao en los labios...
¡Lista! ¡Guapa! ¡Feliz!

Me tomé el aguachirle de un trago, dejándome media
taza. ¡No me acostumbraba a él! Raquel tenía marcas de
las sábanas en la cara y se metió directa a la furgoneta para
seguir durmiendo. María y yo revisamos todo, cerramos
y...*bon voyage!* Hera y Jud prácticamente ya dormían,
Raquel apenas había pronunciado un «buenos días».
A María y a mí, delante, nos entró un poco la emoción del
viaje, hablamos cuatro palabras, un par de risas, y se nos
apagó el motor interno.

—*How far is the Batur, Made?*
—*About two hours, I recommend you sleep.*[1]

Sleep. Dormir. Escuchar la musiquita de la radio de
Made y desconectarse. Nos costó poco hacerle caso. Con
el paso de los días, se había vuelto como un padre para
nosotras. Nos cuidaba, se reía con nuestras locuras y nos
daba consejos para que nuestras experiencias en la isla fueran mejores. ¡Me gustaba Made! Pero seguía sin conectar
del todo con él. ¿Era porque apenas hablaba inglés? ¿Porque pertenecíamos a dos culturas muy distintas? El mundo, al contrario de lo que piensa la mayoría, para mí es
muy grande. Necesitaría cien vidas para vivirlo, exprimir-

---

[1] —¿Cuánto hay hasta Batur, Made?
—Unas dos horas, te recomiendo dormir.

lo con toda su riqueza. Mi cuerpo había encontrado la postura y estaba preparado para desplomarse. Reposé mi cabeza en el hombro de María, que ya respiraba dormida, y me abandoné al descanso. Menos mal que María llevaba provisiones de Burn, esa noche me daría a la bebida electrovigorizante y lo que hiciera falta con tal de subir a la cima del volcán.

Llegamos a la cuna del monte Batur, al norte de la isla, con las legañas puestas, pero dispuestas a ascenderlo sin queja ni pausa. Nos despedimos de Made y nos dirigimos a una especie de cabina de obrero de la construcción para encontrarnos con los que serían nuestros guías. Nos dieron la bienvenida y nos mostraron el mapa del monte Batur y las excursiones que se podían contratar; de la más larga a la más corta. Eran las 3:30 de la mañana, me costaba entender el inglés-balinés, y menos capaz aún era de hablarlo. Raquel era la única que preguntaba, a Jud había que traducirle todo porque apenas hablaba inglés y mucho menos el inglés-balinés.

—Hay dos excursiones posibles: la larga de ascenso al volcán, ver la salida del sol con cafelito en la mano y desayuno, caminata hacia el lago y al otro cráter y descenso. *Excuse me, how many hours does the excursion take?*

—*At twelve you'll be here again.*[2]

At twelve? ¿A las doce de la mañana? Las cinco nos miramos, mascullando onomatopeyas y con la bobería de sueño en el rostro. Repetíamos *at twelve?*, *at twelve?* Pe-

---

[2] —Disculpe, ¿cuántas horas dura la excursión?
—A las doce estarán aquí de nuevo.

ro ninguno de nuestros cerebros era capaz de calcular cuántas horas de caminata representaba eso. Raquel nos convenció de que debíamos elegir la excursión del «todo incluido», «¡cuantas más cosas veamos, mejor!». Acordamos la de *at twelve*.

—Y, si me canso, ¿me puedo quedar en algún lugar y me recogéis más tarde? —dijo Jud.

Miré a María y casi se me escapa la risa porque intuía perfectamente su pensamiento. «¡Ojalá te quedaras ahí y te perdiéramos de vista, maja!». Jud comenzaba a ser un grano en el culo. Se quejaba por casi todo, llevaba todo el tiempo un palo metido por el culo y nos trataba como si fuéramos unas «balas perdidas». ¡Cierto! Lo éramos, pero ella no tenía ni idea de viajar, ni mucho menos de hacerlo en grupo. Aparentemente, el ambiente era bueno, pero solo aparentemente. María y Jud no se soportaban, se lanzaban pequeñas pullas y el resto silbábamos para no liarla.

—No, Jud, tenemos que hacerlo todas todo, porque en el descenso no pasamos por el mismo sitio.

—Así haces un poquito de deporte..., ¡venga!

Las cuatro nos reímos entre dientes con el comentario de María. Jud lo pasó por alto completamente y aceptó el reto de caminar más de ocho horas sin apenas haber dormido. Acordamos 500.000 rupias, un polar para cada una, una linterna, café antes de salir y desayuno con el amanecer. Dos guías para cinco y mucha paciencia para todas. Salimos de la cabina y nos fuimos al *warung* de enfrente, que repartía los cafés y unas galletas. ¡Menudo frío! Unos listos habían encendido una hoguera en un enorme bidón y estaban sentados alrededor. María me dio el polar —¡de color rojo!— y nos fuimos a por el café. El lugar no habría pasado la inspección de salubridad, pero, después de tantos días en la isla, aquello era un paraíso. «¡Cafééé!». Solo rezaba para que no fuera aguachirle. Repartimos uno a cada chica. Jud se notaba que llevaba poco y refunfuñó por el vaso, con el cristal algo empañado.

—Pide tú que te lo cambien. ¡A mí me da vergüenza!

Hera la acompañó y las demás nos fuimos a compartir lugar con la hoguera. La emoción de la aventura comenzaba a despertar mis sentidos. Había decenas de turistas que, como nosotras, se preparaban para el ascenso. Ningún español a la vista, apenas se veía nada. Raquel encendió su linterna y nos mostró la hilera de puntos de luz que se veían a lo lejos.

—Aquello seguro que es gente, dándole a los pies.

—¡Qué bonito!

Parecían luciérnagas en la noche que dibujaban una de las laderas del monte Batur. Los guías nos apresuraron con el café, debíamos ponernos en marcha cuanto antes si no nos queríamos perder la salida del sol. Nos recomendaron ir en fila india, como mucho de a dos. Uno de ellos se colocaría a la cabeza y el otro a la cola del grupo.

—*Are you ready, girls?*

—*YEEES!!!*[3]

Made nos había contado que el monte Batur es un eje energético de la isla y del mundo. Hay lugares en la tierra que son auténticos transmutadores de las energías de los

---

[3] —¿Están listas, chicas?
—¡¡¡Sííí!!!

cuatro elementos y, cuando se accede a ellos, hay que aprovechar para sanar, expulsar desechos y llenarnos de energía renovadora.

—*Enjoy the trip and feel your hearts and trash the old feelings.*[4]

Made, como la mayoría en esa isla, era un sabio. Pertenecía además a la más alta esfera social. En Bali, no existen las castas, ni clases sociales, ni apellidos. Su sociedad se organiza en función de la integridad, pureza y sabiduría del ser, y no de la riqueza que poseas. Tus ancestros y los actos de bien en sus vidas son los que te han colocado en un lugar u otro de la escala social. Puedes ser pobre de bienes, pero te deben guardar el mayor de los respetos por pertenecer a un alto linaje de seres de luz. Made nos contó que su jefe, un balinés muy rico, le trataba con el mayor de los respetos, e incluso le reverenciaba cuando la ceremonia lo requería. Ellos no rezan para pedir, sino para agradecer lo que la vida les ofrece en cada momento. Con los días, comprobabas lo terapéutico de agradecer y no de pedir. Sentías la libertad del disfrute, la pureza en la aceptación del mundo, del universo y de uno mismo. Nuestro querido chófer nos había regalado cinco piedras a cada una para lanzar en la cima del volcán. Cada piedra debía contener un aspecto antiguo, obsoleto, que ya no formara parte nuestros seres. Las cinco habíamos guardado esas piedras y encajado a nuestra manera el mensaje.

---

[4] —Disfrutad de la excursión y sentid vuestros corazones y tirad los viejos sentimientos a la basura.

Estaba feliz de sentirme parte de un grupo ascendiendo, caminando a la luz de una linterna, en busca de la luz del sol. Los antiguos, mucho más conectados con las maravillas del mundo, seguro que diariamente veneraban la salida del sol. Como un parto, nos dirigíamos al milagro de la vida, caminábamos en la oscuridad, repitiendo los pasos del guía, pisando donde pisaba la antecesora, escuchando el ruido de la montaña, el crepitar de nuestros pasos, nuestra respiración aeróbica. ¡Buena marcha! Habíamos entrado en un círculo de extraña meditación. Linterna enfoca al suelo, pisa donde el otro, respira, deja entrar el aire frío para que salga el caliente evaporado. Estuvimos un buen rato, en silencio, concentradas en la acción, en la energía del lugar y en nuestros propios pensamientos. Raquel iba delante de mí, seguía ausente, nos tenía algo preocupadas a María y a mí. Pero no soltaba prenda a pesar de nuestra insistencia. «Que no me pasa nada, solo estoy algo nostálgica... ¡Nada más!». Era todo lo que nos había dicho de sus silencios, sus «me voy a la cama temprano» y sus ojeras matinales. Alcé la vista a riesgo de darme un leñazo, me detuve un instante y comprobé que ya éramos parte de la culebra de luz.

—*Be careful!*[5]

El camino comenzaba a elevarse y a llenarse de una peligrosa arenilla que, si te despistabas, te mandaba a comer tierra. Comenzamos a subir piedras como peldaños, a colocar los pies en pequeños agujeros y agarrarnos a plantas para no caer. Sostenerse en la hojarasca no era el

---

[5] —¡Cuidado!

mejor método, pero confiabas en la de detrás, tu sombra, que evitaría que te despeñaras o sufrieras cualquier accidente. El guía llevaba un ritmo atlético, el sudor brotaba, goteaba y comenzaba a calar en la primera capa. Hacía frío, pero ya no sentía hielo, exhalaba vapor percibiendo el calor del fuego de Batur. Raquel fue la primera en quitarse el polar y atárselo a la cintura. Al rato lo hicimos todas. María dejó la cola del grupo, escaló posiciones hasta situarse a mi lado. Estaba empapada, me estrechó la mano para no perder el equilibrio. Nos reímos para soltar alegría. Su emoción era similar a la mía. ¡Aventura! Jamás había hecho una proeza parecida y estaba excitadísima. Levantarme a la una de la madrugada, viajar hasta la falda de una montaña y andar hasta la cima para ver amanecer. Estaba contenta por estar ahí, por decir «¡sí!» y caminar rumbo al cielo.

—No para de quejarse la nueva.

No había conseguido que la llamara por su nombre —sino «novata», «esa», «la amiga de Hera»—, y mucho menos rebajar el rechazo que sentía por Jud. Eran antagónicas y el rebote era de piel por ambas partes, pero María llevaba peor controlar la incontinencia. Aunque le faltaba el oxígeno, no dejaba de hablarme de Jud mientras ascendíamos. Le daba igual que estuviera a menos de diez metros y con el oído puesto a todo. Yo no sabía si me subían los calores por el esfuerzo o por la incomodidad de la situación.

—¿Puedes dejar de fijarte en ella y… disfrutar?

—¡No! ¡No puedo! ¡Me tiene negra!

Casi me doy una leche por andar con la mirada puesta en María. Menos mal que Raquel estuvo al quite y me agarró la mano.

—¿Quieres callarte ya, hermana? ¡Chist!

—*Are you OK?*

—*Yes, yes, it was nothing.*

—*I told you, girls. Be careful, please!*[6]

—¿Estás bien, Álex?

—Sí, sí, Hera, no me ha pasado nada; gracias, todo bien.

—¡Vamos, equipooo!

Raquel se había hecho con el liderazgo del grupo y no dejó de animarnos en la ascensión. María desistió, se colocó la tercera, por delante de Jud, y se concentró en sus pisadas.

—Ahora…, si… resbala…, ¡que la pille su maridito perfecto!

Fue lo último que me dijo al oído y reconozco que no pude evitar la risa. Estábamos algo saturadas de las virtudes de Jaume, ¡el hombre perfecto! Desde que había llegado, Jud no paraba de nombrar al superhombre, supermarido y superfamilia. Estaba claro que Jud era torpe en causar buenas impresiones, y confundía la amabilidad con la soberbia y «a mí todo me va bien». Yo intentaba ignorar sus comentarios de «chica de clase alta que viaja con chicas de clase inferior». Lo hacía por Hera y por no ponerla en una situación violenta. Si entraba…, María entraba a capón,

---

6 —¿Estás bien?
—Sí, sí, no ha sido nada.
—Os lo dije, chicas. ¡Tened cuidado, por favor!

porque ganas no le faltaban. Llevaba un par de días evitando los *gin-tonics* y el exceso de Bintang para que no se me calentara la boca. Raquel se retiraba pronto a sus aposentos y María… A María había que frenarla, porque cada día que pasaba trepaba un poco más al árbol. «¿Cómo pueden ser amigas Hera y Jud?». La amistad tiene esas cosas, que te crías, creces y, de repente, dejas de tener algo en común con quien había sido tu confesora y cómplice de aventuras durante años. Estoy segura de que, al vivir en Bali, Hera se ha transformado en otra persona.

—¿Alguien quiere agua?

—¿Cuánto falta para llegar?

Hera y Jud iban algo rezagadas en la ascensión. Demasiado esfuerzo para la «novata», que si pisaba un gimnasio era para irse de cabeza al *spa*. Llevábamos una hora de camino y nos quedaba una hora más. Jud se paró en seco y Hera nos llamó para que nos detuviéramos. Éramos un grupo y no podíamos abandonar a nadie. Otros turistas nos adelantaron y nos miraron de soslayo, sudados pero satisfechos por seguir la marcha y no detenerse.

—¿Qué ocurre?

—Que necesito descansar un poco… ¡Vais muy deprisa!

Jud estaba que apenas podía hablar, ¡cierto! Pero necesitábamos ir a buen ritmo si no queríamos perdernos el amanecer. ¿Por qué nos enganchamos a la queja en vez de al elogio? Es verdad que, para lo joven que era, estaba un poco revenida con la vida, con lo que le ofrecía y con la compañía en general. Si tener una vida perfecta (amor, dinero y salud) era ser así..., yo prefería ser incompleta y darme oxígeno a mí y a los demás.

—Es que va a salir el sol..., ¿sabes?

María mascaba chicle para mitigar su ansiedad y repentina mala hostia. Raquel se había apoyado en una roca y le estaba explicando al guía que necesitábamos parar cinco minutos. ¡Qué bonitas eran todas aquellas luces en la oscuridad! Apenas veíamos y tenía unas ganas tremendas de que llegara la luz del día para descubrir la belleza del lugar. Me gustaba la sensación de la espera, de disfrutar del deseo sin consumar, de estar presente en el lugar, de taponar el sentido mayor, la vista, para disfrutar del resto antes de que el sentido mayor eclipsara a todos. María jugaba con su linterna a enfocar la cara de Hera... ¡No veas cómo molesta eso! Hera aguantaba el tipo girando la cabeza y achinando los ojos.

—¿Quieres estarte quieta?

Miraba a Hera y, extrañamente, la sentía más lejana que de costumbre. Hacía apenas un día que paseamos juntas por la playa, nos distanciamos un poco del grupo y me sorprendió con sus palabras.

—Álex..., he estado pensando y creo que lo mejor es dejarlo ahí. Fue maravilloso y será un estupendo recuerdo. ¿No te parece?

A eso se le llama un planchazo en primera regla o estar en dos universos distintos. Yo me había escapado con ella del grupo y me sentía feliz de estar un rato a solas y poder hablar de lo ocurrido, de los besos, de la cama y demás. Estaba en el intentar dejarme llevar, sin plantearme nada, cuando… me sale con el «se acabó». Muy sutil, muy fino, muy suave, pero «se acabó». Nuevamente me había pillado a la contra y no supe apenas contestarle. Así que aparenté responder, lo digo porque de mi boca salió su eco más que mi respuesta.

—Claro, claro. Yo estaba pensando lo mismo.

—Me alegro, entonces.

Seguimos caminando ya de regreso con las chicas. Hablamos de Jud, de sus niños, de lo contenta que estaba con la llegada de su amiga, de sus cuadros, de la exposición, de Bali… ¡Hasta de poesía! No volvimos a tocar el tema, «se acabó», y, aunque en ningún momento me había planteado iniciar nada con Hera, estaba sorprendida con su «hasta aquí». ¿Por qué? Creo que era la primera vez en mi vida que me habían dado el «se acabó» y… ¡una mujer! Era una sensación doblemente nueva, y reconozco que no me había hecho demasiada gracia. Me había dado en el amor propio, en el orgullo. Bali significaba *on my way*, yo me atrevo con la vida y decido cómo quiero que sea mi vida y hago lo que quiero. Sinceramente, no entraba en mis planes que alguien me rechazara en plena ebullición, descubrimiento o investigación de mi propia persona. «¿Y ahora qué? Pues te la comes con patatas, Álex!». Así lo hice, pero me tuve que agarrar al orgullo y a la indiferencia para sostener mi rabia. Por supuesto que sentía rabia, cada minuto que pasaba entendía menos su «se acabó», pero tampoco iba a ser yo la que insistiera en el tema, ¿no? Así que decidí seguir adelante y olvidarme completamente de lo ocurrido. «¡Entre Hera y yo no ha pasado nada! Nada de nada». Me lo repetía como un mantra y, al mirarla, me autoconvencía de que nuestra noche había sido un instante cegador.

Iluminada con la luz de la linterna y riendo, la vi más guapa que de costumbre. Me enfurruñé por sentir eso. ¿Acaso no había dicho basta? La miraba, me miraba y parecía que había levantado ante mí una pared de cristal. Parecíamos dos desconocidas, yo me cortaba y no sabía de qué hablarle, y ella apenas se dirigía a mí. Un nuevo fin de la historia, no el más rápido que he vivido, pero sí el más inesperado. Será porque es otra mujer y… si es no, es no, porque los hombres, aunque sea por seguir teniendo buen sexo asegurado, habrían continuado. Y yo también…, ¿por qué había dicho «se acabó»? No lo entendía. Quizás Pixie tuviera razón y un «no» no es un «no», sino un «ahora no» o «por el momento no» o «ya veremos» o hasta un «no pero sí». Yo había practicado este tipo de noes muchas veces y, aunque había traído de cabeza al pobre de turno, yo me lo había pasado en grande. El tema es que ese «no» te da el control de la situación y, por supuesto, todo el poder. ¿Acaso quería el poder sobre mí?

—¿Subes o no?

Hera me tocó un poco la espalda baja, me giré algo sobresaltada, me había quedado inmersa en mis pensamientos y no me había dado cuenta de que habíamos reanudado la marcha.

—Ay sí, perdona.

Encendí la linterna y ¡aúpa! Seguí la procesión de lucecitas sin conocer más rumbo que la pisada de María, y así durante una hora más. Terminamos en manga corta y todas sudadas, pero llegamos a la cima con el cielo a punto de despertar. Los guías nos buscaron un sitio en zona privilegiada, un banquito de madera a primera vista de la nada, porque no veíamos nada. Estábamos sentadas cerca de un pequeño barranco. Nos colocamos las sudaderas de nuevo, nos abrazamos para celebrar la gesta y nos preparamos para vivir el espectáculo.

—Mmm… ¡Qué rico! Café caliente.

Tenía el cuerpo entumecido por el sudor y por la humedad exterior. Me protegí cuello y garganta con el pañuelo de la cabeza para evitar resfriarme. Al sentarme, sentí la falta de horas de sueño. Mareo, picor en los ojos… El propio cansancio me mantenía en un estado de bruma interior que me impedía encallar en cualquier pensamiento. Uno de los chicos llegó con una bandeja llena de sándwiches de plátano frito y huevo duro. ¡El desayuno! No era mi combinación ideal, pero tragamos como animales. Comenzó a clarear, se había formado una especie de vaho que podía entorpecer el festival de luz y color para una nítida salida del sol. De la opacidad más absoluta… a los primeros trazos de sombras de montañas y siluetas de rocas. Era el momento en el que oscuridad y luz medían sus fuerzas. El mundo estaba naciendo de nuevo a nuestros pies, brotaba de una neblina grisácea y mostraba orgulloso su grandeza, su poder celestial. Sentí que mi corazón bombeaba de vida, de exaltación a lo que existe pero que se renueva a cada paso. Mis ojos evitaban parpadear, se habían quedado hipnotizados para no perderse el levantamiento del velo a un mundo lleno de color. Primero su contorno confuso en la espesura y de fondo una bruma de paleta de naranjas que, como si fuera la propia aura del mundo, lo envolvía todo. Éramos decenas de personas concentradas en aquel lugar y solo se oían exhalaciones. Había comenzado el proceso y nada ni nadie podía detener aquella maquinaria tan perfecta que emitía destellos cada vez más intensos de luz. Lejano, pequeño, diminuto, se dejó ver, la esfera del sol naciente nos saludaba. Embriagada de una felicidad desconocida, tomaba conciencia por primera vez del nacimiento de un nuevo día, de la esencia de la vida, del no retorno, del final para un nuevo principio, de la rueda que no se detiene. Miré a mis compañeras de viaje, todas embelesadas por esa luz que conectaba con nuestra propia energía. Raquel inició la cadena, agarró de la mano a Hera, Hera a Jud, Jud a María y María a mí. Seguimos absortas su ascensión, cruzamos todos los colores del arcoíris, de los azules y violetas hasta que, con la pureza del inicio y final de todo, mostró su esfera y desplegó toda su fuerza irradiando luz en círculos amarillos y rojos. Apretamos nuestras manos, nos miramos con la emoción concentrada en la garganta, con los ojos chispeantes incapaces de procesar tanta belleza en tan poco tiempo. ¡Agradecimiento a la vida! Hera se levantó, el resto la acompañamos para no romper la cadena de manos atadas. Alzó sus manos y como una ola hicimos lo mismo, María chilló lo más fuerte que pudo, rugió desde las entrañas, Jud y yo nos reímos a carcajada suelta y contagiosa sin saber por qué. Raquel fue la más callada, la más interna, contemplando la claridad del nuevo día, con los brazos alzados y los ojos llenos de lágrimas. De pie, delante de la inmensidad, me acordé del instante en el que vi por primera vez la cara de mi hijo. Fueron quince horas de parto, le costó salir, o a mí dilatar, empujé como una bestia, grité de miedo y, por primera vez, experimenté el llanto de amor, el amor más puro que jamás he sentido. Aquella mañana, en la cima del monte Batur, lloré sin lágrimas porque comprendí mi desdén, mi atrevimiento y mi dejadez. Advertí que la vida es belleza y que cada criatura de la tierra es parte de esa perfección. Sentí el tiempo perdido en mi abandono, mis frustraciones, mis rencores y mis desmanes. Un dolor tremendo en el bajo vientre me forzó a romper la cadena y bajar las manos. Me dobló la conciencia del peso de mi propio abandono, del descuido de mí misma. Me senté en el banco como un animal herido, las chicas se preocuparon y me rodearon. No sabían qué me ocurría. Yo, al fin, comenzaba a entender demasiadas cosas.

—¡Álex!

—¿Estás bien?

—¿Qué te pasa?

—Mejor que la dejemos respirar… ¿Necesitas agua?

Fue tan solo un minuto, para ellas la eternidad, para mí un instante. Nuevamente la relatividad del tiempo y sus bailes perversos. Las miré con lágrimas en los ojos. Silencio mío y suyo, intentando quebrar el tiempo y hacerlo nada. Silencio. Abrí los brazos y, con un solo gesto de cabeza, les pedí que cerráramos el círculo, que se unieran a mí en un abrazo gigante. ¡Qué importantes son los abrazos! Una fusión de emociones en agradecimiento a aquel lugar y a aquellas personas cómplices en mi redescubrimiento. Volver a recordar cómo pisar, respirar, reír, llorar, vivir y no solo ver, sino sentir la Belleza que había en mí, la Belleza de las cosas, la omnipotencia de la Belleza. Estuvimos un buen rato abrazadas, contagiadas de la energía del poderoso amanecer que nos había cogido por sorpresa a todas. Cuando la inconsciencia se vuelve consciencia, experimentas instantes reveladores que, si eres capaz de descifrarlos, le dan un giro a tu vida. Atreverme a dejar la culpa en la mochila y lanzarme a viajar en soledad incorporó un ángulo más a mi vida. Estoy convencida de que los instantes reveladores nos ayudan a completar el círculo de la vida, avanzando en grados y puntos de no retorno. En ese despunte del día, me vi segura con mi yo, apenas había digerido el no de una mujer, pero más profundo que mi escarceo con Hera, mi desapego con Gonzalo y mis reparos con los libros de autoayuda que escribía, estaba mi yo profundo, pidiendo a gritos ser escuchado y no abandonado en las garras del miedo. Aquella mañana me desprendí de una capa de excusas y me revelé ante mí misma, sin juicio ni exigencia, con ternura y mucho amor. En ese abrazo grupal, dentro de ese círculo de fraternidad, me susurré: «Estoy aquí, contigo, porque somos una al fin». Me sorprendió esa frase, ese comentario. ¿Qué había querido decir yo misma con eso? Un instante de revelación no da para tanta comprensión, y que una voz interior echara a hablar sin mi control… me acojonó un poco. Alcé la vista y me pareció ver en el cielo la figura de Nini, la abuela sabia que me sonreía. Cerré los ojos, los volví a abrir para reafirmar aquella visión. ¡Solo cielo! Azul, claro de nubes y despejado. Había vuelto a sufrir un espejismo, producto de la falta de sueño, de la eclosión de agotamiento y sobresalto de emoción. Por si las moscas, di por terminado el abrazo colectivo y me zampé de un bocado un huevo duro. Un poco de proteína me daría la energía suficiente para no tener más visiones alteradas de la realidad.

—*Girls, we have to continue the march towards the crater. Are you ready?*[7]

¡Estábamos listas! María le seguía dando a los sándwiches de plátano. Le había gustado la combinación y se llevó dos para el camino. Proseguimos la marcha inspeccionando una nueva ladera, apenas eran las siete de la mañana y la claridad era cegadora. El lago Batur y los montes Abang y Agung, sintiendo la inmensidad. Verde intenso, rocas negras volcánicas, follajes silvestres y, muy a lo lejos, los primeros signos de población. Respirar ese aire puro era una sensación de limpieza interior. María y Raquel no se habían encendido ni un pitillo, hacerlo era como ensuciar ese entorno tan puro. ¡Pero el mono es superior a eso y estaba segura de que el momento llegaría!

Cuando ascendíamos por unas rocas, nos asaltaron unos monos que nos dieron un susto de miedo.

—*No problem! They are friendly monkeys.*[8]

¿Monos amistosos? No tenía la misma información al respecto, sino más bien traicioneros y robacarteras.

---

[7] —Chicas, tenemos que continuar la marcha hacia el cráter. ¿Estáis listas?
[8] —¡No pasa nada! Son monos amistosos.

A mí me gustaban los monos, pero no para tenerlos a la distancia de un perro o un gato. Los monos, por muy domesticados que parezcan estar, viven en libertad y son los dueños del lugar, y nosotras, como el resto de turistas, estábamos de paso. Se me acercaron dos, los tenía a menos de medio metro de distancia. Estaba sentada en un pequeño muro de piedra con María y los dos curiosos nos asaltaron por detrás.

—No te muevas, Álex.

—*Don't be afraid.*[9]

No estaba asustada, pero sí alerta. Raquel, cámara en mano, observaba divertida la escena. María sacó de su mochila los sándwiches de plátano. Los monos en Bali, y en cualquier lugar del mundo, se mueren por una banana. Se acercaron un poco más y comencé a respirar de forma entrecortada. Como acto reflejo, encogí los brazos y escondí las manos en la manga del jersey. No quería moverme, pero tampoco que se acercaran más. El más grande tenía toda la cara cubierta de pelo de punta bicolor, marrón y blanco en la barba. Eran de cola larga y manos negras como guantes sin apenas pelo. Me miró fijamente, erguido de cuerpo, sentado sobre las patas de atrás. Tenía unos ojos penetrantes de color miel, y por un instante me pasó por la mente que ese mono me iba a hablar. Sus ojos repasaban cada pequeño movimiento mío. Él estaba tan alerta como yo, mi desventaja es que me ganaba en rapidez y garras. Aunque María me había dado un pedazo de bocadillo, lo tenía retenido en la mano, escondido en la manga del jersey. No

---

[9] —No tengas miedo.

tuve valor para sacarlo y ofrecerle a mi compañero el manjar. No pude sostener tal atrevimiento, aunque lo intenté incluso cerrando los ojos. María fue la valiente o inconsciente que sacó los sándwiches y se hizo con ellos. Como magos profesionales, hacían desaparecer el pedacito de bocadillo de la mano de María a la suya, lo inspeccionaban con sus dedillos y procedían a engullirlo. Todo sin apartar la atención de nuestros movimientos y lo que sucedía alrededor. A mí me dio por la risa nerviosa cuando uno de ellos casi apoya su culo en mis pantalones para pillar con facilidad la comida de María. «No te muevas, Álex... No te muevas». No me moví, pero masculló de acojone:

—María, por favor, deja ya de ofrecerles comida, que a mí me va a dar algo.

El bicho se giró a mirarme y me levanté del miedo, di cuatro saltos y ¡ya! Suficiente experiencia con los monos salvajes. De lejos, capté sus instantáneas, detrás del objetivo contemplé su belleza y *no more...!* Nunca he tenido demasiada bravura con animales salvajes, de los domésticos mi experiencia no pasa de un perro de mis padres y un gato callejero que compartí con mi primer novio y que, al separarnos, se quedó él. «¡Seguro que lo cuidas mejor que yo!». Sí, con los años fui consciente de la responsabilidad de mis actos. Antes era lo que era, inconsciente; hacía y deshacía sin mirar atrás.

Raquel sostuvo uno con ella, Jud los fotografió a dos metros de distancia y Hera los había pintado tantas veces que podía acertar lo que pensaban en ese instante. Las cinco tan distintas en la inmensidad de la naturaleza, caminando a pleno pulmón, alejadas de la humanidad y de cualquier brizna de nuestro mundo exterior. Jud comenzaba a teñirse de isla, tenía el pelo revuelto y una mirada distinta, más relajada, menos juiciosa. La vi sonreír por primera vez con mi sobresalto por los monos. Sentí complicidad con ella y ella conmigo. ¡Estaba guapa también! Su sonrisa fue sincera y se la veía tan extasiada con el paraje como nosotras. Nos sentíamos mujeres silvestres, de isla volcánica. La energía de aquel lugar nos abría la puerta a nuestro interior. Seguimos la marcha para llegar a uno de los cráteres del volcan Batur, uno de los más activos de la isla, que en más de una ocasión ha entrado en erupción en el siglo XX. Su omnipresencia, de forma cónica, me infundió respeto, pues era un poderoso dragón de la tierra al que todos veneraban y ofrendaban para que no expulsara el fuego de la destrucción. Comenzamos a sentir en nuestros pies su calor. De las piedras salía vapor, de algunas de ellas incluso pequeños chorros. Poco a poco, a medida que nos adentrábamos en una de las bocas del volcán, el gentío fue desapareciendo. Busqué las piedras de Made, se acercaba el momento de darles su viaje, pero apenas sabía qué debía lanzar con ellas que ya no quisiera a mi lado.

—Álex, ven aquí, pon el culo. Ya verás…, ¡vas a flipar!

Me senté al lado de María, el suelo ardía. Sostenía en la mano un pedazo de piedra volcánica y jugaba con ella. Busqué otro pedazo para hacer lo mismo. Deseaba conectarme con una de las zonas más salvajes de la isla, una de las dos tripas de fuego. María se colocó en la posición de la flor de loto, cerró los ojos y comenzó a meditar. Hera y Jud prefirieron dar un paseo y seguir poniéndose al día. Raquel hablaba sin parar con los guías. Uno de ellos puso música de su móvil y, al poco, los tres comenzaron a bailar para sorpresa de los pocos turistas que pasaban. Miré a mis compañeras de viaje y observé aquel lugar para retenerlo en mi memoria. Me sentía parte de él y feliz de estar ahí. Su vegetación era de lo más silvestre de la isla, salvaje, caótica. El negro contrastaba con el verde que brotaba desde el más allá, desde cualquier grieta fértil del volcán. Busqué un lugar con vistas al lago, el más grande de la isla y seguro que una enorme bañera de burbujas. Quería encontrar un rincón de soledad para echar al aire mis malos pensamientos y los peores con un tiro de piedra. No sabía si las chicas realizarían el ritual de Made, pero yo necesitaba lanzar al fuego mis propios demonios. Necesitaba elegir mis cinco favoritos, despedirme con una reverencia y tirarlos lo más lejos posible. Apreté con fuerza las cinco piedras y miré a la inmensidad para que me ayudara con ello. Por un momento, me sentí ridícula por hacer todo aquello y estuve en un tris de levantarme e irme a bailar con Raquel. «¿Despertar mis propios demonios?». Tenía poco sentido o nada, pero mi viaje le habría parecido a cualquiera la locura de una mujer que ha perdido el sentido de su vida. ¡Cierto! Lo había perdido, pero en Bali descubrí que lo había perdido mucho antes de lo que yo creía. Era consciente de que estar sentada sobre piedra volcánica, con vistas a la inmensidad, sin haber dormido y sosteniendo cinco piedras pseudomágicas era poco ortodoxo. Pero me dejé llevar… por mí, por mi hijo, por mi padre, incluso por Gonzalo…, por todas las personas importantes de mi vida.

Demonio 1: la muerte de mi madre y el dolor profundo de su ausencia.

¡Qué difícil decirle adiós a ese dolor tan negro, de caverna y rocoso que ya era mi segunda piel. Rugosa y fuerte como la del cocodrilo, que me sirvió de parapeto para evitar sentir un agujero tan negro y volver a vivir en él. La perdí con doce años y seguía llorando su pérdida. Cogí una de las piedras y dejé el resto en el suelo. La miré, era negra y rugosa como mi pena, compañera de viaje que había marcado mi mirada, de fina tristeza, de melancolía que tantos encontraron atractiva. La muerte de mi madre fue un fierro quemador, como el ganado fui marcada de por vida por su ausencia demasiado temprana. «¿Cómo me desprendo del dolor sin olvidarme de ti?». Con lágrimas en los ojos, me di cuenta de que ese dolor era lo único que me quedaba de mi madre. Apenas recuerdos, fotos antiguas y algunos «te quiero» con beso incluido. Fui consciente de mi reticencia a abandonar aquel manto de pena, porque era lo que durante todos esos años me había mantenido tan cerca de ella, tan a su lado. Nos enganchamos a lo que brota de las emociones, las emociones en sí son huecas. Somos nosotros los que las llenamos de contenido y nos volvemos adictos a ellas, porque lo que sentimos nos causa placer. El dolor, aunque dolor es, dolor fue y dolor será…, me atrapó. Todo esos años había sido una yonqui del dolor y lo buscaba en cualquier rincón, porque sentirlo me conectaba directamente con mi madre. Apretaba esa piedra con tanta fuerza que sentía las pequeñas puntas afiladas clavadas en mi palma. ¡Dolor! ¡Placer! Renunciar a ello era desprenderme de una parte muy mía. «¡Basta! ¡Basta!». Sabía lo que debía hacer, porque Made nos lo había explicado.

—*When you recognize your own demon, thank him for being part of you and ask him to free you from his clutches.*[10]

¡Darle las gracias a mi dolor! Era extraño todo aquello, pero necesitaba reconciliarme con mi propia oscuridad, con mis sombras y tinieblas. Abrí la palma de la mano, miré esa piedra. «Gracias por todo, pero libérame de tus garras. ¡Ha llegado la hora de sentir sin dolor!». Me levanté y, con toda la fuerza que fui capaz de encontrar, lancé al más allá el primero de mis demonios.

Demonio 2: no me lo merezco.

¡Maldita frase! Tan inoportuna que, hasta el momento, siempre llegaba cuando estaba en el máximo disfrute, en los brazos del placer absoluto, desconectada. Comprendí la necesidad de desmarcarme del «agujero en el dónut», dura y llena por fuera, pero con un agujero dentro. Sólida en el exterior, pero vacía en el interior. «¡Me lo merezco!», le grité a mi interior, subida a aquella atalaya de naturaleza volcánica, y lancé la piedra lo más lejos que pude para que se fuera ese maldito «no», la negación en mi vida.

Me quedé mirando al infinito. Me sentía exhausta después de desprenderme de todo aquello, al menos de ser consciente de que mi principal saboteadora había sido yo

---

[10] —Cuando reconozcas a tu propio demonio, dale las gracias por formar parte de ti y pídele que te libere de sus garras.

misma. ¿Quién comenzó con esa mala costumbre? ¿Quién sale beneficiado? Si limamos nuestro potencial para la felicidad y nos acercamos al oscurantismo, el mundo involuciona, se pierde la ilusión, la fe en que todo es posible…, y nos conformamos con los grises. Mi padre se había conformado con su tristeza, había decidido acoger el dolor sin discusión y hacer de su vida una sala de espera a la muerte. ¿Acaso se lo merece? Fue su decisión y marcó su destino.

Me quedaban tres piedras todavía. «¿Tengo que gastarlas todas? ¿Y si son mágicas de verdad?». Las observé detenidamente como si mi mano derecha contuviera un tesoro, como si esos pedazos de roca me fueran a extirpar mis demonios de verdad. No tenía ni idea de todo aquello, ni de la fe que mueve las montañas. ¡Jamás la había practicado! Me había pasado más de la mitad de lo que iba a ser mi vida (¡si paso de los ochenta y cinco, corregidme!) saboteándome. Había llegado el momento de ensalzarme y creer en mi propia inmensidad. Miraba aquel cono, símbolo del fuego, del inicio de todo y de la destrucción, respiré profundamente. «¿Por qué no me tomo mi vida en serio?». Mis michelines eran míos, mi celulitis era real, mis penas también y mi derecho a caminar sin miedo. Busqué a las chicas. Hera y Jud eran apenas dos siluetas en lo alto de la ladera. María seguía en flor de loto meditando y Raquel de charla en un corrillo con turistas y guías. Cada una hacíamos lo que podíamos para vivir. Nadie ha nacido enseñado, y lo que nos llega del exterior es más una bruma que debemos quitarnos con los años que un manual de instrucciones válido para cada una.

Me guardé la tres piedras mágicas en el bolsillo y me uní a Raquel. Me gustaba verla contenta y sonriendo, llevaba unos días con el rostro duro.

—*Hey! She's Álex! My friend!*[11]

Raquel les contaba que ella era cantante en su país, mientras les ponía una de las canciones de Casiopea. Tenía a todos embobados, escuchando y ladeando la cabeza. Comenzaron a vociferar su canción, con la misma gracia que cuando nosotras intentamos cantar en indonesio. ¡No pillaban una! Pero resultaba divertida la pseudoversión que estaban haciendo de *Si todo quedara en los huesos.* Las chicas acudieron al miniconcierto, estuvimos un rato disfrutando de la escena, del intercambio de canciones y bailes. Ellos con nuestra música y nosotras con la suya; todos arrítmicos. No sabían cómo bailarla, yo apenas me apañaba con la nuestra, como para darle coherencia al movimiento con su música. Nos reímos. El cansancio es desinhibidor y las alertas se desvanecen. Tiene el mismo efecto que la borrachera y los ligues, cuantas más copas, menos nivel de exigencia. A más cansancio, menos complejos. Terminamos bailando las cinco. ¡Hasta Jud!

—¿Te imaginas un *after* en este lugar? ¡Triunfaríamos seguro!

Raquel estaba en pleno subidón, en su salsa, seguro que echando de menos sus conciertos, sus amigos y sus fiestas madrileñas hasta el amanecer.

—Chicas, ¿no os sentís con la energía a tope?

¡Era verdad! Apenas habíamos dormido un par de horas y no teníamos nebulosa en la cabeza, ni desfalleci-

---

[11] —¡Eh! ¡Es Álex! ¡Mi amiga!

miento corporal, ni lentitud de mente. María estaba en lo cierto. ¿Cómo era posible? Yo, si algún día no dormía, me arrastraba por las esquinas y, en cambio, allí me sentía fuerte, vital y muy serena.

—¿Te has tomado alguna Burn?

—No, no… Todo esto sin Burn.

María preguntó a los guías qué tenía ese lugar de especial. Qué clase de energía era la que desprendía y si era tan sagrado como nos habían contado. Ellos nos dijeron que, si la isla era uno de los centros de purificación de las energías del mundo, el monte Batur era uno de los epicentros. Habíamos escuchado en más de una ocasión la función de la isla como drenadora de la energía vital de la tierra. ¿Difícil de aceptar? ¡Cierto! Aunque me costaba asimilar todo aquello de chacras energéticos, ciudades de luz y geología mágica. La verdad es que experimentaba bienestar y algo se removía en mi interior. En parte era mi proceso, pero por otra parte sabía que aquella isla tenía mucho que ver. Nos sentamos todos en semicírculo con la inmensidad del monte frente a nosotros. Uno de los guías nos seguía contando las propiedades curativas del monte Batur, lugar regido por el elemento fuego, como nos había contado Made. Nos sugirió también el ritual de las piedras e intentar sentir cómo la tierra respiraba en nosotras.

—*We all have vibrations and must learn to feel them.*[12]

Nos concentramos, o al menos simulamos hacerlo —no veía muy dispuesta a Jud con toda aquella parafer-

---

[12] —Todos tenemos vibraciones y debemos aprender a sentirlas.

nalia—, y tratamos de sentir esas vibraciones de las que nos hablaba. Permanecimos un buen rato en silencio.

—*Take a break in your minds. Take a break in your life to feel the real thing.*[13]

Él nos hablaba, nosotras nos concentrábamos. Ese día no sentí mi vibración, pero me relajé hasta terminar tumbada en la tierra caliente y prácticamente dormida. ¡Placer! Apenas escuchaba los pasos y las voces lejanas de otros turistas. ¡Qué bien me encontraba! Quedaban pocos días para abandonar ese lugar y poner fin a ese viaje. Giré las palmas como queriéndome agarrar a esa tierra que tantos frutos me había dado. Había comprendido la necesidad de mi propia libertad, la importancia de respetarme y de escucharme. Me sentía sonreír en esa tierra que, si en algo vibraba, era en agradecimientos y sonrisas. Sentía el viento erizando el vello de mi cuello, respiraba pureza y bienestar. La madre tierra está siempre para acogernos y ayudarnos, pero no nos han enseñado ni a respetarla ni a sentirla. Ladeé la cabeza y abrí los ojos. Todas seguían en su semitrance, inmersas en su interior, respirando sus propias vidas y probando la temperatura de sus sueños. Me dejé llevar, sin pensar en lo raro, en lo incomprensible… Me dejé llevar sin pensar…, como todas.

Llegamos al final de nuestra excursión con las piernas en forma y la luz recibida en los ojos. Eran apenas las doce de la mañana, y convinimos que lo mejor sería estirar el día y no pensar en acostarnos. Queríamos seguir

---

[13] —Dadle un respiro a vuestras mentes. Dadle un respiro a vuestra vida para sentir lo real.

disfrutando de aquella experiencia. Made nos recomendó un restaurante estupendo donde ofrecían un bufet y unas vistas panorámicas del volcán Batur. Nos encantó la idea, mis tripas rugieron como leones hambrientos. Con tanta luz mágica y espiritualidad por los poros, nos habíamos olvidado de los instintos básicos, como alimentarnos.

—Mmm... ¡Qué hambre tengo!

—*Made, how far is it from here?*

—*Twenty minutes.*[14]

Nos metimos en la furgoneta con el deseo de llegar cuanto antes. Jud repasaba en su cámara las fotos hechas, las compartía con Hera y el resto. ¡Qué maravilla de lugar! Estábamos todas en calma y sintiendo el runrún de la furgoneta. Busqué mi propio reflejo en el cristal de la ventanilla para sonreírme y felicitarme por aquel día. Me toqué las tres piedras mágicas que me quedaban de Made. Piedras que conservo como un talismán en la mesa de mi escritorio. Me gusta mirarlas, tocarlas cuando algo me inquieta e incluso llevármelas conmigo cuando necesito encontrar mi coraje. ¡Funciona! Durante un tiempo las creí un mísero placebo, pero me duró poco. Desde que volví, he dejado de excusar las cosas no racionales que suceden en la vida. Simplemente las dejo fluir, sentir sin buscar explicación. Ocupo el tiempo en las certezas del corazón, de las señales de mi cuerpo, y en la escucha de mis propias necesidades. Me ocupo de mi despertar y de sonreír. «¡Estoy guapa!».

---

[14] —Made, ¿a cuánto estamos?
—Veinte minutos.

Lo estaba porque me sentía así. Me dejé llevar, me miré sin más. Disfruté de mi propio reflejo. ¡Placer!

El restaurante se llamaba Batur Sari. Un hombre, vestido con *sarong* de flores, polo a rayas y pañuelo blanco en la cabeza, hacía de guardia urbano para indicarnos dónde colocar la furgoneta. El lugar estaba en medio de la carretera y no parecía gozar de ningún encanto. Las paredes eran de un color rojizo con letras en blanco dibujadas: «Welcome Batur Sari». Los tejados típicos de la zona también eran de teja rojiza. Los marcos de las puertas, anchos y con grandes grabados de madera oscura. Entramos en una estancia rectangular con mesas en el centro y, en los extremos, cuencos y bandejas de comida. En el lado opuesto a la entrada, otra puerta. María y Raquel recorrieron con ansiedad el lugar, buscando el mejor rincón para instalarnos. Desaparecieron de nuestra vista unos minutos y volvieron a entrar excitadas por su hallazgo.

—¡Chicas! ¡Es la leche! ¡Hay que comer fuera! Hay unas vistas increíbles.

Salimos movidas por la curiosidad y casi me caigo de culo al contemplar ese lugar. Decenas de taburetes, dispuestos en una especie de muro de cemento de cara al volcán Batur. Como un inmenso dragón, se erguía allí mismo, ante nosotras y los turistas que disfrutaban de los manjares y el paraje sobrecogedor. Estuvimos congeladas durante unos minutos, sin hablar, hipnotizadas por aquellas vistas. Sentí cierto miedo al contemplar tan de cerca el volcán Batur.

—Si se pone a echar lava…, que sepáis que… ¡no salimos vivas de aquí!

Jud me había leído el pensamiento. Las demás la criticaron por agorera. Yo no la defendí, me callé. Pero había pensado exactamente lo mismo, porque ese paisaje imponía mucho respeto. No solo por su belleza, sino por su rotundidad.

Seleccionamos nuestros taburetes y decidimos ir en dos grupos a por la comida. Primero, María y yo, las más impacientes y hambrientas.

—¿Cómo puede esta gente estar comiendo dentro? No lo entiendo...

Observamos a nuestro alrededor sin dejar de caminar hacia la comida. Había una decena de cuencos de plata, sobre un soporte de madera. Cada uno llevaba un grabado en inglés que identificaba el contenido: *Fried Rice, Fried Noodle...* [15] María se había quedado atrás, yo apenas reparé en ese detalle. Ya estaba diseñando mi primer plato combinado: curry de pollo, arroz... Mmm... ¿Dónde están las verduras?

—Álex, ¡han desaparecido un par de surferos más! ¡¡¡Ya son siete!!!

Dejé el plato en cualquier lugar y miré sorprendida a María. ¿Siete desaparecidos? ¿Y Hendrick?

—¿Cómo lo sabes? ¿De dónde lo has sacado?

Me señaló con el dedo la mesa de una pareja de turistas. Ella estaba leyendo un ejemplar de *The Bali Times*. Nos acercamos para leer la portada del periódico.

—*Found dead two of seven surfers missing.* [16]

Dead? ¿Muertos?

---

[15] Arroz frito, fideos fritos...
[16] —Encontrados muertos dos de los siete surferos desaparecidos.

María y yo nos miramos. Las dos habíamos pensado lo mismo: ¡Hendrick! Sin tiempo a procesarlo, le pedí a la chica que me dejara el periódico. Si no me lo hubiera prestado, creo que se lo habría arrancado de las manos. Nos refugiamos en una de las mesas vacías para leer el contenido completo de la noticia. La cosa empezaba a ponerse fea, no solo habían desaparecido dos más, sino que habían encontrado a dos de ellos muertos en una pensión de la zona de Negara, en el extremo oeste de la isla, con menor afluencia de turistas. No había detalles del hallazgo de los cuerpos, pero sí la consternación de los habitantes de la pacífica isla por las desapariciones y muertes. La noticia recordaba al atentado terrorista que sufrió Bali en octubre de 2002 en la zona de Kuta Beach, en el que murieron 182 personas. Desde entonces, nada había alterado la tranquilidad de la isla: pacífica, bondadosa y receptora de millones de turistas al año.

—¡Aquí hablan de Hendrick! ¡Mira!

María señaló con el dedo. Leí con la esperanza de que siguiera, por lo menos, desaparecido. ¡Así era! Seguía siendo el único surfero extranjero desaparecido. Los otros seis, nativos. Todos sospechosos de intercambiar compañía y sexo por dinero. También se nombraba al inspector Mulyadi.

—*It is too early to draw conclusions, but all disappearances have links in common and one person could be responsible for the terrible events.*[17]

---

[17] —Es demasiado pronto para sacar conclusiones, pero todas las desapariciones tienen vínculos en común y una persona podría ser la responsable de los terribles sucesos.

Todo lo que el inspector nos había contado aquel día en su oficina comenzaba a encajar. María y yo estábamos convencidas de que en Bali había un asesino en serie de surferos.

—Yo creo que a Hendrick también lo han asesinado.

—No pienses eso, Álex... ¡Quizás todo se resuelva pronto y esté vivo!

Nos quedamos un rato con el periódico en la mano y el cuerpo encorvado. Todo parecía sacado de una película. Seguramente, si no me hubiera acostado con Hendrick, ni nos habríamos enterado de las desapariciones ni de las dos muertes. No estaríamos preocupadas buscándole a todo aquello un sentido. Era cierto que, con esas dos muertes, se habían confirmado las sospechas de Mulyadi, y un asesino en serie andaba suelto por la isla. Nos quedamos un buen rato sin hablar, procesando aquellas muertes y sufriendo por Hendrick.

—Tengo que llamar a Mulyadi.

—No te va a contar nada, Álex. ¡No eres nadie!

—¿Cómo que no? Me acosté con Hendrick y fui la última persona que lo vio. ¿Te parece poco?

—Sí, ya te interrogaron por eso y a mí me sometieron a reconocer a surferos *gigolós* cuando Raquel se fue de picos pardos con ese Romeo de las aguas. Pero nada más...

Estaba indignada, me resistía a pensar que no podíamos saber nada más de todo lo que estaba ocurriendo en la isla. María tenía razón, Mulyadi, con su simpatía característica, me enviaría a freír espárragos. ¡Para qué llamarle y ganarme una galleta! Comencé a sentirme agotada, la falta de sueño mostró sus patitas. Era incapaz de pensar con claridad. Las dos muertes me habían golpeado. No podía dejar de pensar en aquel veinteañero con cara y actitud de comerse el mundo al que, desde hacía un mes, se lo había engullido la isla.

—¡Hendrick está muerto! Solo es cuestión de tiempo, te lo digo yo.

Se me había caído la venda de los ojos y toda esperanza de encontrar con vida a Hendrick. Me había metido en una espiral de negatividad y, al mismo tiempo, de realismo. «¿Un mes desaparecido y sigue con vida? ¡Imposible!». María intentaba ofrecerme motivos para seguir creyendo en los milagros, pero yo sentía dentro de mí la negación más absoluta. Lo peor es que podía abandonar la isla sin saber qué había sido de Hendrick y de todas aquellas desapariciones.

—Ojalá todo se resuelva pronto y termine la agonía.

Todo aquello se había convertido en una pesadilla de la que, me gustara o no, formaba parte. Estaba unida a Hendrick y me sentía parte de la desgracia. Sabía que María entendía esa obsesión por Hendrick y mi necesidad de que estuviera vivo; en cualquier rincón de la isla, pero vivo.

—Álex, vamos a estar más atentas a las noticias que vayan saliendo. Y, si te quedas más tranquila, mañana llamas a Mulyadi.

Necesitaba saber más de aquella truculenta historia. El *Bali Times,* un periódico leído sobre todo por turistas, había velado la información para evitar la alarma social. Mulyadi no hablaba de *serial killer* y la noticia terminaba en positivo: la investigación estaba a punto de concluir con las desapariciones. ¿Cómo lo sabían? Yo no pensaba lo mismo. No tenía ni idea de si Mulyadi estaba cerca del hijo de puta. ¿O acaso no podía ser una mujer? Una vengativa mujer que se había acostado con *gigolós* o había sido rechazada o... ¡Uf!...

—No sé... Tengo la cabeza como un bombo...

—Necesitamos comer y, de momento, dejarlo ahí. ¡Estamos cansadas!

Recuperé mi plato, pero no mi apetito. Podía sostener mi estómago en un puño, se había quedado reducido a la mitad. Tragué saliva para darle coraje y sentí la agrura de mi secreción bucal. ¿Dos muertos? No dejaba de pensar en esas muertes, en todo aquello como una maldita realidad tan próxima como nunca había estado de un asesinato. Leerlo o escucharlo en la radio me habría indignado, agraviado, pero no se me habría cortado la respiración ni se me habrían revuelto las tripas. Pensé en los padres de Hendrick —¿estarían en la isla?—, en su tremendo malvivir más allá de la angustia conocida. Me refugié en la respiración para salir de ese círculo de angustia e impotencia. María me esperaba paciente, acariciándome la espalda.

Salimos al balcón mágico con el volcán Batur presidiendo las imponentes vistas de naturaleza salvaje e invasiva. Jud, Hera y Raquel se quejaron de hambre y salieron como hienas a por la comida. María y yo nos abrigamos, hacía frío o la noticia había hecho bajar nuestra temperatura. Comimos en silencio, tragamos despacio y, poco a poco, el instinto animal achicó nuestro pesar. Mastiqué los alimentos y aquellas muertes mirando a la inmensidad y sintiéndome nada. Un punto en el mundo y una brisa de

vida que no vale tanto como para perder la cabeza en preocupaciones ficticias. Miré ese monstruoso y bello cono
de fuego en calma. Le pedí a la madre naturaleza que ayudara a Hendrick y le mantuviera con vida, estuviera donde
estuviera. Cerré los ojos y fui en busca de una señal de esperanza para apaciguar mis temores, mi casi certeza. Hendrick, Hendrick, Hendrick... Solo podía pensar en él y en
Yago, en mi vida. Me di cuenta de que me aterraba tanto
la pérdida de Hendrick como mis temores infundados,
desde que fui madre, de perder a mi hijo o de que le sucediera algo malo. Cogí el móvil —«¡Hay cobertura!»—,
llamé a Gonzalo. Deseaba, necesitaba hablar con Yago.

—¿Gonzalo? Bien, bien, ¿y tú?... Me alegro, me alegro de que estés bien, de verdad... No, no me pasa nada...,
solo que... añoro a Yago... ¿Está por ahí? Ah..., todavía
duerme... No, no le despiertes, tranquilo. ¿Qué tal está?
Ya, ya, yo también lo echo de menos... ¡Normal! Es un
crío todavía... Sí, sí, estoy bien... No me pasa nada, de verdad. ¿Distinta? Quizás, puede..., no sé... Estoy como en
un globo. Me están sucediendo muchas cosas... Gonzalo,
¡por favor! ¿Tenemos que acabar discutiendo siempre? No,
claro que no quiero. Ya sabes que te agradezco todo lo que
estás haciendo y cómo me has respetado en todo esto... ¡No
quiero hablar de esto! Ya sabes que no me fui para pensar
en nosotros, sino para pensar en mí. ¡Sí! En mi vida... ¿Eh?
No sé... Sí, estoy mucho mejor... No digas eso... Sabes que
te he querido... Sé que lo estás pasando mal, pero no puedo
ayudarte sin hacerme daño yo... ¡Por favor!... Sabes que
quiero que estés bien... Gonzalo...

Diez

«Cuando la clara luna del norte se levante, me recordará esta noche como reflejo mortecino y me servirá una y otra vez de advertencia. Será como mi novia, como mi otro Yo. Un estímulo para encontrarme. Yo mismo, en cambio, soy la salida de la luna del sur».

PAUL KLEE

Sentir el viento y levantar el rostro como una veleta en su busca. Reír a su tacto, encararme al sol, sentir mi epidermis facial deformada en ondas como una bandera izada. Podía sentir todo aquello sentada en la cubierta del barco rápido que nos llevaba a las islas Gili, rodeada de las maletas y mochilas de los pasajeros. Nos habíamos colado Raquel, María y yo. Otros tres turistas también disfrutaban del aire libre, mientras el resto estaba como sardinas enlatadas en el interior del barco, rezando para que el mar no se pusiera demasiado bravo, como para echar las tripas. Raquel había conseguido, con su gracia habitual, que nos dejaran subir donde el equipaje a riesgo de salir salpicadas de salitre y empapadas por las escupidas del mar contra el barco. Buscamos en la proa un rincón para apoyar la espalda y sentirnos algo protegidas. Yo me amarré a una barandilla y apenas la soltaba, no fuera a ser que con una embestida de las gordas saliera zumbando a los mares como un delfín. Al principio, no me sentía demasiado segura allí arriba, y reconozco que tuve la tentación de bajar las escaleras y meterme dentro con el grupo. Pero las mismas escaleras verticales me dieron tanto vértigo que decidí no moverme y aguantar los embistes y las olas. Me había tomado dos Biodraminas para evitar el mareo pesquero que me dejaba verde y revuelta para todo el día. ¡Me mareaba! Hiciera buena o mala mar, así que... mejor tragar pastillas que acabar echando la pota. Por ese motivo accedí a subir a la superficie, porque la última vez que viajé en un rápido de ese tipo sin salida al exterior y todos sentaditos en el interior... casi no salgo con vida. ¡Menudo mareo! Para evitar revivir aquella pesadilla, me colé con Raquel y María sin prever el acojone, y que no habría vuelta atrás.

—¿Cuánto tarda este hasta llegar a las Gili?

—Unos cincuenta minutos.

Reconozco que al principio me parecieron una eternidad. Estaba extraña y nada segura allí arriba y, como un gato maullador, no paraba de hacer preguntas a Raquel, la más lobo de mar de las tres, sobre la seguridad de ir allí arriba solo nosotras, dos turistas más, dos chicos del barco y el equipaje.

—No quiero ser pesada, pero... ¿y si nos bajamos?

—Álex, tranquila... ¡No pasa nada! ¡Disfruta!

María me explicó que, si fuera peligroso, no nos habrían dejado estar ahí arriba con ellos. «¿Y por qué no hay más gente?». Nunca me había considerado una afortunada en cuanto a los privilegios que a veces te tocan en la vida. Y, cuando me sentía del grupillo de los elegidos, no podía evitar sospechar en vez de sentirme bendecida por mi buena estrella. Poco a poco, María y Raquel me fueron calmando y fui entrando en la onda del lugar. Dejé la tensión, aflojé mis manos de la barandilla, recoloqué mi cuerpo y me atreví a mirar al mar y su extensión. ¡Íbamos a toda leche! Era una gozada ir a toda velocidad, como si fuéramos en una lancha. Yo nunca había estado en una, pero lo había visto en muchas pelis, y siempre me había imaginado la sensación de libertad. Nada comparado con la realidad, que es muy superior. Tenía la adrenalina a tope y me encontraba con la excitación de la aventura en mis pulsaciones. Tenía ganas de chillar, con cada pequeño bache que daba el barco. Nuestro culo se resentía y el mar protestaba con salpicaduras que se quedaban a varios palmos de empaparnos. Comenzamos a reír divertidas como si estuviéramos en una atracción de Port Aventura. Esperábamos el choque del mar con el barco, el encuentro de las energías opuestas, de las direcciones contrarias y la explosión de agua, viento, sal y sol. Nos quitamos las camisetas y nos quedamos en bikini. Pronto el agua llegaría con la fuerza suficiente como para darnos un buen baño. Era importante mantener la ropa seca para evitar el frío.

—¡Creo que nos vamos a quemar un poquito, chicas!

¡Cierto! Nos habíamos dejado las cremas solares con Hera, Jud y nuestras mochilas.

—¿Crees que Hera y Jud se atreverán a subir?

—No sé... ¿Podrían si quisieran?

Con Raquel y su poder de convicción podían subir, pero no dieron señales de vida. La vida la puedes vivir de muchas maneras, no hay libro de instrucciones ni manual que te asegure el aprobado. No existe el aprobado, ni el suspenso ni el cum laude. Es lo que es y cada uno debe aprender a vivirla como mejor le convenga. Las tres coincidíamos por distintos motivos en bebérnosla a tragos. Hera y Jud eran más de sorbos y siestas. Mientras cada una lo hiciera porque de verdad lo sentía así, era perfecto. El problemas es que a veces los sorbos son miedos escondidos y los tragos, huidas hacia delante.

—¡Me tiene un poco frita doña Perfecta! Estoy un poco hasta las narices de que me mire como si fuera una mierda, ¿sabes?

María seguía incapaz de desconectar de Jud. Tenía la mala costumbre de censurar aquello que ella no sentía, entendía, comprendía o hacía. Se había acostumbrado a reafirmarse con la crítica ajena y, muchas veces, sus palabras o miradas resultaban ofensivas. Yo había dejado de dialogar con ella y la ignoraba cada vez que soltaba una de las gordas. Raquel veía a Jud como una troglodita, como un fósil de la mujer antigua; anclada en costumbres y deberes serviciales al hombre, a la casa y a los hijos. En el fondo, era una mujer prisionera de sus ancestros, de la tradición. Había construido su vida en las garras de los estereotipos y, lejos de mi entendimiento, se la veía convencida y feliz. Me costaba aceptar su felicidad, esa seguridad censuradora sobre la realidad no compartida, pero que existe y no es mejor ni peor que la que ella vivía.

—Ignórala, hermana… ¡Ya te lo hemos dicho más de una vez!

—No puedo, ¿vale? Me tiene harta… La otra noche se atrevió a darme lecciones morales sobre mi decisión de no ser madre. ¡No la soporto! Hera ya podría haberle dicho que se metiera la lengua por el culo…

No le faltaba razón. Hera no detuvo las palabras hirientes de Jud hacia María. La justificó por la mañana con su falta de costumbre de ingerir alcohol. Llamar a María egoísta e invitarla a ir a un psicólogo para tratarse su enfermedad o psicopatía fue una falta de respeto, un exceso que no podía permitirse nadie ni estando borracha. Jud había cruzado la línea y lo sabía. Yo la noté algo avergonzada, pero no quise comprobar si era así. No me apetecía encontrarme con su soberbia y que, para defenderse, fuera a por mí. Por cómo me evitaba y sentía su mirada clavada todo el tiempo, sospechaba que intuía que entre Hera y yo había pasado algo. El interrogatorio sobre mi vida sentimental y Gonzalo… no fue casual. Aunque parecía no haber salido de su castillo de oro y su familia perfecta, Jud no era tonta. Todo lo contrario, se daba cuenta de todo y, desde el principio, sintió nuestro rechazo. Era muy diferente a nosotras, mucho más conservadora. Una mosca cojonera maleducada, soberbia, malcriada señorita de dinero que nunca se ha enfrentado a un desamor, ni a un impago del alquiler, ni a un despido o a la cola del paro. Nosotras también habíamos emitido juicios de valor injustos sobre ella.

—¡Se lo ganó a pulso, la señorita Pepis esta! A mí que no me hable, ¡aviso!

Ninguna de las tres fuimos a por las cremas solares. Yo por el vértigo de bajar y subir escaleras, y las chicas, porque estaban cabreadas con Jud y Hera. El agua rebañó bien nuestros cuerpos, que con el viento se secaron y con el sol se tostaron a gusto. No vimos delfines, pero como si los hubiéramos visto… ¡Un placer! ¡Un momento de privilegio! ¡Libertad!

Llegamos a la costa de arena blanca de Gili Trawangan, la mayor de las tres islas Gili, que significa «isla pequeña» en sasak (el idioma de los indígenas de la zona) y donde, según nos habían contado, se encontraban los vestigios del paraíso perdido. Un lugar sin vehículos de motor, con bungalós, playas de un turquesa cegador y un ambiente de risas, guitarras en el mar y buenrollismo. Tocamos agua y arena, con las mochilas a la espalda. Nuestro objetivo era localizar el alojamiento para dos noches que había reservado Hera.

Raquel no pudo soportar el calor, dejó las cosas en la arena y se dio el primer baño. El resto decidimos hacer lo mismo, refrescarnos y luego emprender la búsqueda. Tuvimos que ir con cierto cuidado de no cortarnos con el coral que bañaba la isla. «¡Yo quiero bucear!». La isla, a pesar de ser la mayor de las tres, era ridícula en extensión: tres kilómetros de longitud, dos kilómetros de ancho y una población aproximada de mil habitantes. Hera nos recomendó alquilar unas bicicletas para recorrerla, aunque nos avisó de que a tramos tendríamos que empujar nosotras las bicis, porque no había camino, sino arena blanca que encallaba las ruedas. Marie, la francesa propietaria de un pequeño *eco-resort* de bungalós que había reservado Hera, nos esperaba con un maravilloso y refrescante zumo de bienvenida. ¡Aquello cumplía con las expectativas de paraíso! Escogimos dos bungalós: Hera y Jud en uno, y María, Raquel y yo en otro. Apenas cuarenta dólares la noche con desayuno incluido y botella de repelente para mosquitos. No era lujoso, pero muy agradable. Con flores en el pequeño porche de entrada a cada bungaló, con una cama de matrimonio y otra individual en la nuestra, y un baño modesto pero limpio. Nada de aire acondicionado, un enorme ventilador y la promesa de no pasar calor. Nos gustó lo suficiente el lugar, con el bar-restaurante a pie de playa, como para dejar las mochilas, pillar lo justo y empezar a investigar la llamada «isla de la diversión».

—Oye... A mí me han dicho que aquí se puede conseguir marihuana, ¿cierto, hermana?

—¡Cierto!

—¡Pues habrá que encargarse! Me muero de ganas de echarme unas risitas.

María estaba excitada con la isla de las libertades. En Bali, el consumo de drogas está castigado incluso con la pena de muerte y allí solo los necios se arriesgan a fumar porros. Quien quiere o lo echa de menos se va a las Gili, las únicas islas donde la policía hace la vista gorda con la marihuana y los restaurantes incluyen las setas alucinógenas en su carta. *Magic mushrooms. Try before die!*[1], ese fue

---

[1] Setas mágicas. ¡Pruébalas antes de morir!

el primer cartel publicitario, que no era más que tiza sobre una piedra, relativo al consumo de setas. Al principio no entendí a qué se refería, pero pronto Raquel me sacó de dudas.

—Si quieres, te pides setas alucinógenas. Te hacen un plato con ellas y... *fly to the moon, my friend!*[2]

—Nunca las he probado y me dan un poco de miedo, la verdad.

Nunca he sido mucho de drogas. Mi mente ha llevado demasiado el control y mi juventud no fue lo suficientemente loca y aventurera como me habría gustado. Me daba miedo el efecto de las setas; ver dragones, luces de colores y monstruos deformes no era mi ideal de paraíso perdido. Aunque no censuraba a quien las probara.

—Si vais a tomar esa droga..., mejor avisad y yo me voy a otro bungaló.

—Jud, no seas tan estricta, tampoco pasa nada.

Hera intentó calmarla, pero se puso hecha una fiera en cuanto oyó a María hablar de los efectos alucinógenos y las ganas que tenía de tomarse unas. No llevábamos ni dos horas en tierra y ya se había armado una gorda.

—Yo, si te tomas las setas, me largo ahora mismo.

—¡Pues lárgate! No pienso decirte lo que voy a hacer con mi vida. No eres mi madre, ¿sabes?

Raquel intentó poner paz en el ambiente. Nos sentamos en un chiringuito de la calle principal, frente al mar, y nos pedimos unas Bintang. Cierto era que habíamos venido en grupo, y el tema de drogarse debía decidirse en

---

[2] ¡Vuela hasta la luna, amiga!

grupo. Aunque no en las formas, estaba de acuerdo con Jud. Había que someter a votación la toma de setas alucinógenas.

—¡No me lo puedo creer! ¿Estáis locas?

Nos costó convencer a María de proceder a una votación sobre consumo de setas sí o no. Hera y Raquel sabían de lo que hablaban, yo desde lo que me habían contado y Jud desde la desaprobación castradora de «¡drogarse es de enfermos!». Fuera desde donde fuera, teníamos que convencer a María de que, si se viajaba en grupo, las acciones excepcionales con efectos extraordinarios debían ser consultadas al grupo. El consumo de setas, y la consiguiente deformación de la realidad en colores, formas y realidades, debía ser aprobada por todas.

—¿Tú también, hermana? No me lo creo. O sea, que estoy en el paraíso de las setas alucinógenas y no me las puedo tomar… ¿Porque el grupo lo decide?

—Exacto, hermana. Además, no creo que sea el momento para hacerlo.

—Mira, tú estás más rara…

—Mary…, apenas estamos dos días.

Comprendí el enfurruñamiento de María. No sabía si volvería a las Gili en su vida y se había hecho a la idea de comerse unas setas y olvidarse durante unas horas del mundo. Estaba en pleno cabreo por tener que renunciar a su deseo y eso nunca es fácil. Estuvo un buen rato callada, contemplado el azul turquesa del mar, cruzada de brazos y piernas, con el ceño fruncido y la boca apretada. La dejamos procesar el «mejor no» colectivo. Preferimos no echar más palabras y esperar a ver por dónde rompía su silencio. Aprovechamos para picar cualquier cosa y evitar que el alcohol hiciera males mayores. El ambiente ya estaba suficientemente caldeado como para que algunas soltaran la lengua. *Fried Rice, Chicken, Spicy Noodles with Meat* (¡cualquier carne!) y *French Fries*[3], el clásico de todo el verano.

—Compro lo de no consumir setas a cambio de marihuana.

Jud fue la primera en negar la mayor. Las demás callamos y nos pensamos la propuesta y devolver cierta armonía al ambiente. Fui la primera en pronunciarme, me parecía una buena idea e incluso yo le daría unas caladitas. Hera no se pronunció a lo de las caladas, pero aprobó lo de marihuana a cambio de setas. Raquel hizo lo mismo. La única del «¡ni de coña!» fue Jud, previsible por su parte.

—Pues entre todas tendremos que buscar, porque el grupo lo ha decidido, provisión para unos porritos de marihuana.

Con voz socarrona y metiéndose una patata en la boca, María zanjó el asunto. Aunque la mirada de flecha de fuego a Jud no indicaba buenos augurios para la noche. Raquel no quiso apuntarse a las bicis, seguía rarucha, con la energía baja, y prefirió descansar en las hamacas de playa y echarse una siesta. Las demás, previa negociación en distintos puestos de alquiler de bicicletas tercermundistas, nos hicimos con cuatro y emprendimos la expedición. El recorrido por la costa fue entre risas y gotas de

---

[3] Arroz frito, pollo, fideos picantes con carne y patatas fritas.

sudor. La mayor parte del trayecto fuimos nosotras las que arrastrábamos la bicicleta y veíamos cómo los taxis de la zona, carro con caballo, nos adelantaban. Apenas había movimiento. Cuanto más nos alejábamos de la calle principal y nos metíamos en el interior, más parecía una isla involucionada, fuera del tiempo y la tecnología. Playas salvajes, con arbustos, grandes piedras y troncos negros que resaltaban con la arena blanca. Siluetas de grupos al sol. Pequeños *resorts* con sus chiringuitos a pie de playa. Su olor era muy diferente al incienso de Bali, a las especias de la isla de los dioses, tenía una fragancia a mar y naturaleza virgen parecida al «aroma a limpio» que prometen algunos suavizantes que había comprado. A cada encuentro con pequeños grupos, había alguien tocando la guitarra y cantando. La música y las artesanías eran parte del encanto del lugar. A los lugareños les pirraba el *reggae* y cualquier canción la versionaban con el ritmo jamaicano. María no entendía la seguridad de Hera de que, si seguíamos el camino, daríamos la vuelta a la isla y en menos de tres horas habríamos llegado a nuestros bungalós. No lo comprendía porque no podía imaginar una isla con un perímetro tan pequeño que con tan solo tres horas y a una velocidad de tortuga terrestre pudiéramos bordear toda su costa y volver a la casilla de salida. La cabezonería no solo es cegadora, sino que puede llevarte a situaciones de lo más divertidas y, sobre todo, si tiene que ver con el sentido de la orientación. El de María era nulo, pero lejos de asumirlo se enfurruñó pensando que nos habíamos perdido y, con el sol bajo por la hora que era, oscurecería, no encontraríamos el camino y no podríamos volver a los bungalós. Se bajó de la bici y mandó al grupo sentarse en la arena para resolver la cuestión: norte, sur, este, oeste. No había manera de convencer a la Velasco de que el equipo iba con buen rumbo y nuestra brújula no se había estropeado. Se fumó un par de pitillos, Hera le pilló unas caladas... Nos relajamos al sol.

—María, he estado en las Gili como unas veinte veces y... ¡confía! De verdad que vamos bien.

Hera nos comentó que estábamos a punto de llegar al inicio-final de la calle principal donde se concentraban las tiendas y restaurantes de pescadito frito frente al mar.

—¿Es tan pequeña esta isla?

Al fin, María abandonó la terquedad, nos miró y sonrió cómplice de su momento de «me resisto a creer, a confiar...». Las demás nos reímos con ella y comenzamos a disfrutar de verdad. Árboles, arena, agua, cielo, sol..., poco más había que ver en esa isla. Una podía imaginarse con tan solo unas horas lo que era la vida allí y lo poco o nada que me gustaría quedarme en un sitio así por tiempo indefinido. Hera nos confesó que su amiga Marie, la francesa, la invitó a pasar con ella un verano entero allí.

—¿Un verano? ¿Cuántos meses?

—Tres meses.

—¿Sin salir de aquí?

—Tres meses completos.

Cada una respiró imaginándose noventa días en esa isla que apenas tiene cuatro bares, restaurantes, buceo y... ¡ya!

—Bueno, para pintar es un lugar maravilloso. Para eso y para recomponer tu corazón.

Marie era conocida de una amiga catalana de Hera y, al poco de llegar a Bali, se puso en contacto con ella. Hicieron buenas migas y la invitó a pasar el verano.

—Ella me dejaba alojarme gratis y yo la ayudaba con los turistas.

Un intercambio, un plan para alguien que había llegado sin una dirección más clara que empezar de cero. Cuando eso ocurre, dicen que lo mejor es dejarte llevar por las ofertas o los caminos que se te abren y… ¡vivir! No es momento para procesar, sino para concentrarse en el caminar. Así descubrió Hera que la vida no era más que eso, concentrarse en el caminar y no pensar en más allá de las horas.

—Júlia, ¿no crees que ya sería hora de que volvieras a España?

Jud no pudo contenerse a tanto discurso idílico de haber encontrado la tierra prometida a tantos kilómetros de distancia de su familia, de sus amigos. Por primera vez, la vimos con un tono de preocupación real y no desde el hacha castradora. Hera la miró con el hartazgo de haber mantenido decenas de veces esa conversación con Jud. María y yo nos sentimos meras observadoras de un pequeño conflicto entre dos viejas amigas.

—Me llamo Hera, Jud… ¡Hera!, no Júlia…

—¡Bobadas! Hera es la artista si quieres, pero para mí siempre vas a ser Júlia. Te conozco desde que tengo ocho años, a mí no me quieras convencer de tu nuevo personaje.

Silencio. Volvió la incomodidad. María y yo nos mirábamos sorprendidas por aquel arranque de sinceridad entre Jud y Hera. En todos esos días, habían sido muy precavidas para no mantener abiertamente una conversación tan íntima. Fue la primera vez que veía a Hera desarmarse. Estaba claro que no le apetecía seguir con la charla, pero Jud no pensaba lo mismo.

—Ya sabes que a mí siempre me ha costado entender tu vida, pero de ahí a que desaparecieras sin contar con nadie... ¡Han pasado siete años, Júlia! Y apenas te dejaste ver cuando enterraste a tu madre.

—Jud, no creo que sea ni el momento ni el lugar para hablar de esto ahora. Ya lo hemos discutido cien veces. ¡Es mi vida y soy feliz!

—¿Feliz? ¿Sola? ¿Renunciando al amor? ¿Crees que así se puede vivir?

Hera me miró de reojo, yo evité mantenerle la mirada. María estaba incómoda y embobada por presenciar ese chorreo de Jud. No estaba bien escuchar todo aquello, pero no queríamos interrumpir nada. María se levantó y me miró cómplice. Tiempo de dar un paseo por la playa, alejarnos de la marejada y dejar que las dos se aclarasen con lo suyo.

—No había visto nunca descompuesta a Hera, ¿y tú?

—No.

María arrastraba los pies buscando la espuma del mar, reflexionando sobre lo ocurrido. Ella estaba convencida de que Hera lo había pasado muy mal. Si era amiga de la infancia de Jud y... si con parte de la herencia de su madre se había podido construir dos villas, su familia era de dinero y conservadora. Apenas hablaba de su padre y sus dos hermanos, y lo de su homosexualidad lo llevaba como el sexo de los ángeles.

—A mí en este tiempo…, desde que la conocemos…, no me ha dado la sensación de que esté con nadie ni quiera estarlo… Y es muy joven, ¿no?

Estuve en un tris de contarle a María mi experiencia con Hera, pero no me atreví. Me contuve, arqueando las cejas, ladeando los labios y simulando ignorar el tema o apenas saber nada. Me sentí mal, pero aún no había digerido que Hera fuera la instigadora de no repetir. ¿Acaso no le había gustado lo suficiente? Seguía algo mosqueada con el tema y, aunque intentaba aparcarlo, no era fácil encajar un rechazo. No llevaba demasiado bien ese «mejor lo dejamos como está». ¿Habré perdido el *swing*? Aunque fuera el desplante con una mujer, o precisamente por eso, siempre revuelve ser el objeto de no deseo. Si apetece, te envuelve y te engalana lo contrario, convertirte en el «no te deseo» es abrir la herida de la sombra del abandono que jamás te abandona, y abrir la compuerta de los complejos. Me sentía guapa. ¡Cierto! Me gustaba. ¡Cierto! Pero eso era mi filosofía de vida, mientras que en lo instintivo, en lo carnal…, me sentía insegura. Desde que me había separado de Gonzalo, había tenido dos experiencias a cual más funesta. Y… volvía a apetecerme ser el objeto de deseo de alguien y olvidarme un poco de mi convivencia diaria con el «no te deseo» que significaba Hera.

—Esta noche vamos a ir de copas, ¿no?

Me apetecía bailar y buscar algún ligue. María estaba dispuestísima, pero le preocupaba su hermana. Raquel no estaba fina y algo le estaba ocurriendo. María no sabía cómo actuar. Era la primera vez que veía a su hermana en ese estado...

—Hasta ahora siempre ha sido ella la que ha tirado de mí, ¿sabes?

Los roles, los hábitos de comportamiento que nos hacen creer que no somos capaces de actuar de otro modo. Todos somos redondos, circulares, infinitos y finitos. Pero nos empeñamos en buscar nuestros límites para barrernos el paso, para construirnos las barreras. María tenía que ejercer de hermana mayor por primera vez y estaba tan perdida como nerviosa. Por eso, no tenía paciencia con Jud, aunque la pija se lo ponía a huevo, por eso estaba que gruñía y había perdido el sentido del humor. Todas lo habíamos hecho un poco.

—Yo creo que lo que nos está pasando es que nos está bajando el globo de que el mundo en Bali es maravilloso, ¿no crees?

Bali era maravillosa, pero era una bola de energía, un lugar para purificar como nos habían dicho y, para limpiar, hay que reconocer los demonios. Y lo estábamos haciendo. Yo lo había hecho en Batur, María se agarraba a su vida y se hacía responsable de sus propias decisiones sin sentirse menos, ni segundona ni dubitativa. Ella había decidido vivir en Bali y no tener hijos... El resto... ¡ya se verá! A priori y fuera de uno mismo, cualquier expiación parece chorra o sencilla. Pero cada uno tenemos nuestros seres de la oscuridad, nuestras manchas que ensombrecen nuestro camino, que tambalean nuestros pilares. Aquel viaje se había convertido en un bucle de reflejos en espejos de otros y vuelta a empezar. ¿Acaso no funciona así la vida? ¿Elegimos a las personas porque nos hacen de espejo de cosas que debemos modificar? Jud y Hera se hacían de espejo y por ello chocaban, porque la una le recordaba a la otra a lo que había renunciado. Jud a su libertad y Hera al compromiso con el otro, más allá de uno mismo.

—Yo creo que Jud no encaja además la homosexualidad de Hera.

Y Hera no encajaba la vida de cenas en los mejores restaurantes, vacaciones en Baqueira, internas en casa y venda en los ojos cuando mi marido me la pega con otra. ¿Quiénes somos para juzgar la vida de los demás? Recordé las veces que me vi con la herida abierta en una discusión, desenfundé mi espada y la clavé en la herida más antigua y dolorosa de mi contrincante, compañero, amigo o quien fuera que me hubiera dañado y ofendido. Bernard, mi jefe, siempre me lo decía: «Álex, sé un poco más tolerante contigo y con la vida». Sus palabras solo conseguían enfurruñarme, cegarme más en la terquedad. La cabezonería es de mentes obtusas, que prefieren cerrarse al conocimiento y vivir en el «yo tengo razón». En Bali supe que la vida no es una competición del «¡y tú más!», que no se trata de tensar la cuerda ni exprimir la vida, sino de relajarse y concentrarse en vivir.

Caminábamos casi como Jesucristo, sobre el agua. Nos sentíamos parte de ella, de la naturaleza, y no elementos discordantes y ajenos. ¿Acaso no es eso meditar y estar en comunión con el universo? Mis libros habían ofrecido dispares senderos, ejercicios, para ese mismo fin. El tiempo que invertí en ponerlo en práctica fue el que tardé en escribirlo en mis manuales. Nunca saboreé las felicitaciones por el bien causado con mis palabras, por haber descubierto el sendero a vidas deseosas de encontrarse. En Bali, me vi ingrata con mis escritos y mis lectores, que le habían regalado a mis libros la calidad de reveladores por su voluntad férrea de encontrar el camino. No eran mis palabras la panacea, pero se convirtieron en una vía para explorar el interior. La respuesta se halla siempre dentro de nosotros, no sirve desear cambiar, lo importante es encontrar la energía para mantener viva la constancia, aunque el desánimo te arrope.

Jud y Hera nos estaban llamando. Volvimos echando una carrera y salpicándonos enteras. Cogimos las bicis y emprendimos nuestra vuelta ciclista a la Gili. Nos pilló, como auguraba María, el atardecer. Paramos a contemplarlo y despedimos al astro rey como se merecía y nos había enseñado Bali. Utilizamos la aplicación linterna del iPhone para alumbrar el camino y, entre risas y oscuridad, llegamos a la casilla de salida. Raquel estaba en el porche de uno de los bungalós, escribiendo canciones. Su tarde había discurrido tranquila, raro en ella. Tejiendo versos y narrando historias inspiradas en las tripas de esta tierra que te convierte en tu demonio más temido para luego mostrarte tu diosa. Pensé en el regalo de Blanca en su última cena, en mi diosa Ishtar, en las otras diosas, y comprendí que la expiación se precipitaba en nosotras porque nuestras diosas así lo habían decidido.

Después de esperarnos unas a otras, salimos de los bungalós para nuestro paseo nocturno de tiendas, para localizar el restaurante y, no se nos olvidara, la marihuana prometida a María. Las Velasco, mucho más expertas en la pesca de estupefacientes que el resto, hicieron de avanzadilla. Mientras Jud, Hera y yo mirábamos artesanías, las hermanas charlaban con unos y con otros con discreción y con ojo para seleccionar. Me apetecía no perderme detalle, me sentía, sin participar de ello, con la adrenalina alta al estar fuera de la ley. Si apenas me había fumado tres porros en toda mi vida, mucho menos había sido yo la encargada de encontrar la mercancía. Me sentía torpe y novata, pero con ganas de observar a las Velasco, que parecía que lo llevaban por la mano. Jud protestaba por lo bajinis y Hera le mandaba callar en el mismo volumen. Estaba segura de que Jud no le había dado una calada a un porro en su vida y, sinceramente, comenzaba a divertirme la idea de convencer a la «novata» para que se estrenara en ese reducto de isla. La cuestión era… ¿cómo convencerla? Apenas bebía alcohol, cerveza, nada más… Tenía que hacer cómplice a Hera. Si alguien podía hacerla aflojar en el tema de las drogas, era ella, y me pareció imprescindible tener a Jud en una sintonía parecida a la nuestra si no queríamos que nos diera el coñazo toda la noche.

—Ahora volvemos. Quedaos aquí, ¿vale?

—¿Es seguro? ¿No queréis que os acompañemos?

Yo seguía en mi burbuja de «fuera de la ley» y, en esos casos, no me parecía que se debiera partir el grupo. Hera estaba tranquila, ladeó la cabeza, me guiñó un ojo y sonrió para indicarme que estaban fuera de peligro. «¿Se habrá fumado muchos porros Hera?». Reconozco que yo era una pardilla en esos menesteres y, con la poca experiencia, no tenía ojo para diferenciar a quien ha sido porrero del que no. Gonzalo estuvo una temporada enganchado al porrito de por la noche. Su amigo Luis le pasaba la piedrecita de chocolate y, durante un año, se lo fumaba antes de acostarse. Era una temporada que estaba muy estresado con el trabajo y le costaba dormir, y le recomendaron que se fumara un porro antes de meterse en la cama. A mí no me hacía mucha gracia, porque se nos acabaron las noches de «sexo alto», y hablo de «alto», porque de rápido y de medio colocón lo hubo, aunque a pequeñas y espaciadas dosis. Al final, con mucho dolor por meterme en su vida y sus decisiones, se trató del porrito de la cama o del sexo conmigo. Dejó los porros diarios, siguió con los de juerga con sus amigos y probó la acupuntura para dormir mejor. «¡Si Gonzalo me viera ahora!». Nunca estamos quietos, evolucionamos y nuestras verdades mutan con nosotros.

En las Gili me entraron unas ganas tremendas de fumar esa marihuana, así que estaba nerviosa por si las chicas lograban con éxito la cacería. Miraba escaparates sin saber qué había en ellos. No podía fijar mi atención en nada. Jud y Hera habían entrado en una tienda de anillos y collares de plata con grabados budistas y gemas. Colocaba el hocico pegado a las vitrinas y trataba de concentrarme en las piezas. Al rato, sin poder evitarlo, salía fuera descalza para ver si las Velasco aparecían a lo lejos. ¡Nada! Entraba de nuevo y hacía lo mismo: vitrina, nariz pegada, simular ver, intentar concentrarme y salir a la calle para otear. Cuando había pasado casi media hora, llevábamos tres tiendas y, sin señales de las Velasco, empecé a preocuparme.

—¿No les habrá pasado algo?

—¿A quién?

¿A quién?... ¿A quién? Me costaba entender a la gente. ¿Cómo que a quién? A dos chicas que iban con nosotras y se fueron con otros chicos a por una cosa que está prohibida en nuestro país y penada con la muerte en este, y a las que hacía media hora que habíamos perdido de vista en una isla que, por cierto, es más pequeña que mi barrio de Madrid. ¿¡A quién!? Una de tres: 1) me estaba gastando una broma, 2) no tenía sangre en las venas, 3) todo le importaba un rábano.

Como cuando me dijo: «Mejor que lo dejemos así»; tuve la misma sensación con su «¿A quién?». Yo estaba medio atacada y Hera y la pija, como si oyeran llover. Concentradas en el más puro consumismo de baratija, en vez de estar por lo que debíamos estar: pendientes de lo que ocurría con Raquel y María, que se habían ido a por drogas.

—Pues a Raquel y María... ¿A quién si no?

—Aaah... Tranquila, Álex, deben de estar haciendo el trapicheo, no pasa nada... Tranquila, ¿vale?

Sinceramente, prefería quedar como una pardilla atacada que preocuparme cuando las cosas se pusieran peor, porque en Bali también sucedían cosas malas, como desapariciones de surferos, muertos y asesinos en serie. E ir a buscar droga con unos muchachos y no volver en treinta minutos no me hacía ni pizca de gracia. A riesgo de parecer una histérica, llamé al móvil de María. Me palpitaba todo el cuerpo y se me había ido la cabeza a lo peor. «Mmm..., tono de llamada..., 1, 2, 3... ¡Bingo!».

—¿Todo bien? ¿Qué hacéis que no venís? Joder, María, deja de fumarte nada con esos y venid ya... ¡Sí! Me he atacado un poco, ¿vale? Hasta ahora...

Colgué y, a pesar de sentirme observada por las otras dos, no dije ni pío. Se me había ido un poco la cabeza... ¡Sí! Pero las otras se habían pasado de tranquilas. Del ataque pasé a la mayor de las vergüenzas, en el fondo me había tocado el orgullo quedar como una histérica con Jud y sobre todo con Hera, doña Perfecta, la mujer inalterable, ni siquiera cuando una mujer heterosexual o lo que sea en esa vida se acuesta con ella. ¿La gente se golpea en la cabeza y se reinicia sin avisar? ¿O soy yo la que me desconecto y le pierdo la lógica a todo acto? Estaba encabronada mirando corales. Nunca me ha gustado el coral, pero, con tal de seguir en esa tienda metida, sometí a la dependienta a un exhaustivo interrogatorio sobre el coral y sus propiedades.

—*Do you like this coral?*

—*Well, I'm looking for something magic and special.*[4]

No sabía que decirle para seguir metida en la tienda y simular cierto interés por si entraba Hera a buscarme. De

---

[4] —¿Le gusta este coral?
—Bueno, estoy buscando algo mágico y especial.

manera casual, descubrí las propiedades mágicas del coral y terminé comprándome una pulsera. Más por haber sido una plasta que por confiar en todas las virtudes sedantes de los minúsculos zoofitos petrificados. Paz, serenidad y equilibrio... Y también un poderoso amuleto que me afané en mostrar a las chicas. María y Raquel llegaron en ese momento con cara de satisfacción. «¡Ya teníamos la maría!». Solo faltaba convencer a Jud de que fumara una caladita. María me pilló por banda y, con el acelerón de su semiglobo, me llevó a unos metros por delante del grupo.

—A mi hermana definitivamente le pasa algo... ¡No ha querido ni una calada! Después de mes y medio en blanco, eso es muy raro. ¿A ti qué te pasaba? ¿Te has asustado de verdad? ¿Te ha dado el coñazo Jud con el tema?

Estaba con la metralleta puesta a preguntas y no me daba tiempo a responderlas. Las chicas entraron en una tienda de bikinis, María y yo aprovechamos para planear la velada. Importante: copas y porro por la noche. El grupo parecía algo fuera de tono y no queríamos que la fiesta se nos viniera abajo. Las dos sabíamos que si Jud fumaba..., la juerga estaba asegurada, y Hera era la indicada para convencerla.

—Yo me encargo de meter en el ajo a Hera. ¡Me debe una! La ayudé con lo de la expo.

Me sentía como una adolescente, excitada por el plan y aliviada por no tener que ser yo quien le pidiera a Hera que hablara con Jud. No le di demasiada coba a María con lo de su hermana. Empezaba a pensar que le ocurría algo con sus canciones. «¡Se habrá bloqueado!». Sabía muy bien los estragos que podía causar el mal de la hoja en blanco. Iniciarse en cualquier faceta creativa era un descenso seguro a los infiernos. Mi primer libro fue un quebradero de cabeza y la caja de Pandora de inseguridades y miedos. Tuve suerte de contar con la confianza y comprensión de Bernard. Soportó mis lágrimas, se emborrachó conmigo, y me enseñó la importancia de soltar para que el bloqueo no termine construyendo muros inquebrantables. Raquel era una cantante de pseudoéxito para adolescentes y, por deseo de la discográfica y por demostrárselo a sí misma, se había metido en el duro proceso de la composición. En todo ese tiempo, apenas había hablado de eso ni mostrado sus creaciones. «¿Cuatro canciones?». No era la cantidad, sino lo falta de ilusión que percibía en su mirada. ¡Quizás quiere abandonar y no sabe cómo! Reconocía a la legua el rostro de quien se ha metido en un buen lío y no sabe cómo salir de él. Había llevado mucho tiempo esa careta y, hasta no hacía demasiado, no era capaz de pedir ayuda. Prefería sufrir, creer, morir con tal de que los demás no se enteraran de mi... equivocación. Nunca me fue fácil mostrar a los demás mis sentimientos y mucho menos mis debilidades. María estaba acostumbrada a ver a su hermana suelta y segura con todo, y no podía imaginarse que ella se volviera un alma en pena al comprobar que componer canciones no es flor de un solo día. Intuía que la pequeña de las Velasco no lo estaba pasando bien, la veía ojerosa, no le apetecía beber, ni fumar... Debía hablar con ella antes de que entrara en la fase de «caída libre al fondo del pozo».

Al fin encontramos un lugar para cenar pescadito fresco a la brasa frente al mar, y con una banda de medio *reggae* amenizando la velada. Vivir así era un *déjà vu* maravilloso, fuera de preocupaciones y con un cielo que se te caía encima de la infinidad de estrellas que lucía. María me confesó que Hera era cómplice nuestra y que, para que Jud probara un porro, había que servirle a gusto de cervezas. *Gin-tonic...* ¡Difícil! No imposible. Por un momento me sentí algo mal de urdir un plan para emborrachar a una mujer que apenas había salido del huevo y, al fin y al cabo, era feliz.

—¡No seas boba! Álex..., en el fondo le estamos haciendo un favor. A ver si se relaja con la vida...

María sabía convencer a una pared y, aunque yo no era material maleable ni nunca lo había sido, ella era mi debilidad. Me divertían sus brotes, sus cabreos, sus empanamientos y su rebeldía a trazo pequeño. Ella lo hacía a medida de su estatura y, sin que te dieras cuenta, ya te la había colado. Si no te dabas por aludida, entonces era cuando recurría al bocinazo.

Cenamos a gusto. Bebimos con más gusto, menos Raquel, que apenas se tomó un par de cervezas. María estaba insistente con su hermana y algo atacada con el tema. Le di varias patadas por debajo de la mesa para que terminara con el acoso y respetara su estado melancólico. A los creativos de repente les da por ponerse lánguidos y surcar los mares de la tristeza para encontrar la fuente de inspiración. María no lo entendía porque no le había dado la importancia que tenía al hecho de que el próximo álbum de Casiopea estuviera compuesto íntegramente por canciones de Raquel. ¡Menuda presión! Hera me miró con complicidad cuando frené a María. ¡Ella seguro que lo entendía mejor que yo! No le había comentado mi preocupación por Raquel, ni mucho menos sugerido que me echara un cable para intentar desbloquearla, porque seguía con el orgullo de la despechada por bandera. Hablábamos lo justo, complicidades las mínimas e ignorancias todas.

Jud comenzaba a estar suelta y se reía por cualquier cosa. Por poco lanza el móvil al mar cuando empezó a sonar y vio que la llamaba Jaume.

—Ahora no me apetece hablar con él.

Nos sorprendió su reacción, aunque ninguna se atrevió a lanzar una pullita, ni de complicidad. Nos dedicamos a observarla y divertirnos con su pequeña metamorfosis. Hera estaba entregada a la causa de entonar lo suficiente a Jud como para luego darnos al porrito. A María se le pasaron todas las paranoias cuando se nos acercó a la mesa un armario alemán preguntando por ella. Se le puso la sonrisa tonta y, después de hablar un buen rato con él, llegó una ronda de chupitos que no pudimos rechazar. La noche se presentaba de las gordas y me dejé llevar. Desde que había llegado a la isla, no la había pillado parda, y me apetecía estar suelta. Había decidido dejar las cosas claras con Hera y decirle lo poco sensible que me había parecido su reacción. Aparte de la primera noche con Hendrick, en la que, por poco, en vez de llevarme a la cama casi me tiene que llevar al hospital por coma etílico, no la había pillado bien. Jud estaba suelta de lengua y comenzó a tirarle chinitas a Hera, que paró como pudo y supo. María se fue a bailar *reggae* con el alemán y Raquel seguía en su mar de dudas, ausente y sin interesarse por nuestras conversaciones de turistas borrachas.

—¡Hermana! Esta te la dedico...

María se paseaba como la reina de la fiesta por entre las mesas. Se había hecho colega del grupo de *reggae* y les había pedido que tocaran una de las canciones preferidas de Raquel. *I Want to Break Free*, de Queen. Me costó reconocerla al principio, mi oído nunca fue virtuoso en musicalidad, y siempre me quedaba la última reconociendo la canción. Raquel sonrió por primera vez en toda la noche y se levantó para bailar con su hermana frente al escenario.

—*I've fallen in love / I've fallen in love for the first time / And this time I know it's for real. / I've fallen in love, yeah, / God knows, God knows I've fallen in love.*

Las cinco terminamos levantadas y canturreando a Queen en versión *reggae*. Solo María y Raquel en la pista. Hera, Jud y yo alrededor de la mesa, moviéndonos al ritmo, aplaudiendo y entonando la letra. Era extraño vernos cantando un homenaje al amor, cuando solo una de las cinco lo tenía, y no estaba demasiado claro que fuera el amor loco y profundo que rezaba la canción. ¡Qué ficción más maravillosa! Entramos en el trance del amor, cada una se enganchó a su deseo infinito de sentir esa plenitud contada y, por mi parte, jamás hallada. ¿Me había endurecido a las garras del amor? María, Raquel, Hera y yo..., todas habíamos experimentado ese amor loco que te deja sin aliento y te cierra el estómago. Ese amor que crees infinito, que te quita el sueño y te mantiene en una ensoñación todo el día. Ese amor que te droga y abre las puertas a la locura. ¡Cuatro supervivientes! Jud no sabía qué cantaba, ni siquiera estaba segura de que hubiera cantado demasiadas veces en su vida a dúo con Freddie Mercury, pero esa noche se permitió hacerlo sin soltar la Bintang. ¿Qué estaría pensando aquella mujer que apenas había cuestionado las normas? Me sonrió con la complicidad de la velada y cuatro cervezas, le devolví el gesto con un choque de Bintang y compartiendo a Freddie.

María le había contado a la banda que su hermana era cantante. Raquel casi mata a su hermana con la mirada. No le apetecía subir y hacer el *show*, pero todas deseábamos verla en el escenario, sobre todo sentirla alegre. El cantante no le había quitado ojo en toda la noche, y ella se había contoneado para él. ¡La química y sus sucedáneos! Raquel se hizo la remolona, María le chivó algo al guitarrista y comenzó a tocar los primeros compases de una canción que emocionó a Raquel.

—Te la dedico, hermana, anda..., ¡cántamela!

Raquel besó a su hermana y cogió la mano del cantante para subir al escenario. Todas la reconocimos al instante, hasta yo con mis retrasos. Alzamos los brazos y los ladeamos al estilo concierto, con las palmas abiertas y entregadas a la Velasco

—*No, woman, no cry. / No, woman, no cry. / No, woman, no cry. / No, woman, no cry.*

Nos miramos las unas a las otras y sentimos el buen rollo del *reggae* en nuestros cuerpos. Raquel parecía despertar al disfrute y entró en trance con el bueno de Bob. Nosotras hicimos lo mismo, María hasta bailó al lado de Jud y chocó su cerveza. Todo iba bien.

—*Everything's gonna be alright. / Everything's gonna be alright. / I said everything's gonna be alright!*

Allí estábamos, en una isla diminuta y perdida en el océano, cantando en grupo, olvidándonos de nuestras diferencias, de nuestras vidas. Una pareja de ancianos salieron a bailar agarrados, no era el ritmo de la canción, pero me pareció bonito ver sus caras, su «te quiero» con la mirada, preferí pensar que se habían conocido de mayores, prefería ver en ellos la esperanza de seguir creyendo en las oportunidades del amor. Hasta Bali los habría colocado en «el amor de toda una vida»; allí prefería pensar en la magia del amor como sentimiento regio, profundo, inmenso, que se te despliega a lo largo de la vida en muchas caras, personas y situaciones. Ese verano estaba experimentando una historia de amor conmigo misma y, aunque me apetecía disfrutar de compañía y buen sexo, en ningún momento deseé enamorarme de nadie. Lo hice de Bali y de mí misma... No hay que tener complejo de Narciso por desearse lo mejor y quererse a la que más. Conseguí la extraña y placentera sensación de plenitud sin más compañía ni cariño que el mío, y comprendí una de las razones por las que llegamos al mundo solos y nos marchamos igual.

Seguimos dándole al baile, Raquel se sumó a la banda durante toda la noche y nosotras ejercimos de *cheer leaders* de la Velasco. A veces, para sonreír hay que darse un empujón y salir del cascarón sin tomar demasiado impulso. No es cuestión de fuerza, sino de determinación, de querer.

—Oye…, ¿nos vamos y nos fumamos el primero?

No estaba segura de abandonar el grupo. Apenas quedaban cuatro personas y el cierre era cosa de minutos. Yo estaba impaciente, pero quería mantener la prudencia de buscar un buen lugar tranquilo para evitar problemas. Raquel seguía cantando y, aunque las noches en aquella islita no se alargaran en fiestas hasta el amanecer, apenas era medianoche y comenzábamos a disfrutar del grupo.

—En cuanto nos echen, buscamos un sitio…

No le agradó demasiado mi respuesta, pero comprendió y pidió otra Bintang. María seguía alterada y, en el fondo, algo nerviosa. Apenas me quedaban unos días de vacaciones, su hermana deseaba seguir con sus viajes de Gulliver y ella debía comenzar a reafirmarse en sus deseos de quedarse en Bali. Apenas había hablado del tema y, aunque estaba decidida, los miedos son grandes expertos en maquillarse de dudas. Hera se acercó a nosotras y me cogió de la cintura sin más. A mí me dio un vuelco todo y casi tiro la cerveza. No me esperaba su mano, ni tenerla tan cerca, ni mucho menos mi alboroto corporal.

—María…, ¿me das un cigarro?

—¿Fumas?

La miré con sonrisa socarrona y pensando: «Álex, ¿a qué coño juegas?». Hera me miró con complicidad y una cercanía que solo saboreé aquella noche en su villa. «¡Está borracha!». Le apetecía jugar o se estaba echando atrás de lo de «mejor que lo dejemos así como está». Si bien es cierto que el hombre, y también la mujer, tropezamos siempre dos veces con la misma piedra, ¿por qué no aprendemos? La seducción es una serpiente que se nos enrosca en el cuerpo hasta hipnotizarnos y dejarnos sin cerebro. Hera había lanzado el guante para comenzar la partida y yo, con mi mirada de besuga, lo había recogido con la misma ligereza que dije: «Mejor también para mí dejarlo como está». Cuando alguien me gustaba, aunque fuera un poquito, y sentía una brizna de correspondencia, toda mi lucidez y arranques de personalidad se evaporaban. «¡Asúmelo, Álex! Se te ha ido otra vez». Por suerte, María no se coscó de nada, pero Jud me clavó la mirada desde la distancia con la botella en la boca. Tuve claro que sabía lo nuestro y me puse del revés solo con pensar que pudiera irse de la lengua.

La banda terminó su noche. Aplaudimos y Raquel se unió a nosotras con faustos para ella y su arte. Jud seguía con la risa cómplice de «¡lo he pillado todo!». María me pilló mi cabreo.

—¿Se le ha ido otra vez la lengua a la pija?

Negué la mayor, pero me protegí en mi amiga para no darle margen ni juego a la lengua viperina. Hera me miraba con deseo y sin cortarse. A mí me entró un ataque de pánico y vergüenza de que la gente lo pillara.

—¿Te has fijado en cómo te mira Hera? ¡Yo creo que siempre le has gustado!

—¡Qué dices!

—Sí, sí... Ja, ja, ja, ja.

Menos mal que María todavía no se había fumado la maría, porque estaba que no perdía detalle de la noche.

Raquel se despidió del cantante del grupo, no tenía ganas de marcha ni le apetecía un acaramelamiento nocturno. ¡Respetable! Para todas menos para María, que volvía a atosigarla.

—¿Me quieres dejar en paz, hermana…? ¡No me pasa nada! A ver si te entra…

No le entraba, pero dejó de insistir por el grito de Raquel y por el bien de la noche. Salimos de allí, dispuestas a encontrar un trocito de playa lo suficientemente tranquilo como para fumarnos el porrito a nuestra bola. Emprendimos el camino de vuelta, por la calle principal, la única de la isla. Parejas de enamorados, jóvenes con los ojos encriptados, turistas que nos invitaban a bailar con ellos en el único bar abierto de la isla, isleños que nos seguían varios metros insistiendo en acompañarnos. Rechazábamos las invitaciones con la mejor de las sonrisas. No nos apetecía compañía por el momento. Estábamos borrachas y a gusto, pero a todas nos gustaba el piropo o un «me gustas tú» en la frente. Jud se lo estaba pasando en grande, iba agarrada de la cintura de Raquel, charlando como nunca. Al paso por nuestros bungalós, la menor de las Velasco nos sorprendió con su retirada prematura. Para ella, la noche había terminado y quería pillar la cama. María no pronunció palabra, su cara lo decía todo. El resto asentimos, comprendimos y nos despedimos con un beso. No era lo planeado, pero seguimos calle abajo, esperando terminar las tiendas, dejar el alumbrado mayor y perdernos en la primera boca de playa solitaria y camuflada por la flora de arbustos silvestres y troncos caídos. Localizamos el lugar, buscamos la comodidad, nos descalzamos y María sacó el porro preparado y listo para encenderlo.

Luces de color azul fosforito, miles de puntos de luz azul eléctrico dentro del agua, en la orilla del mar. Sospeché que esa maría era... ¿alucinógena?, ¿triposa? Medio mar estaba azul fluorescente o yo lo estaba flipando y lo siguiente que iba a ver era una serpiente gigante de color rojo saliendo del agua. Estaba algo insegura con el efecto de aquel porro, hacía años que no fumaba y, con todo lo que habíamos bebido... Quería hablar, pero no me salían las palabras. Me entraba la risa. Lo volvía a intentar. ¡Imposible! Solo conseguía que el resto se riera de mí y conmigo. ¡Colocón! Señalé con el dedo al mar, el resto se puso a gritar. Así comprendí que no estaba alucinando y que la orilla del mar estaba azul fluorescente. Jud se puso de pie y caminó directa a la orilla.

—Jud, no te metas... ¡Puede ser peligroso!

¡Magia! Pura magia, un espectáculo de luciérnagas submarinas que nos alumbraban la noche. ¿Qué coño era eso? Menudo subidón, yo también me puse de pie. Me dio por chillar, manteniéndome apenas en equilibrio. Hera detrás de mí. María entretenida liando otro porrito y Jud con los pies en el agua viviendo su propio viaje.

—No me cojas..., ¡déjame!

No me apetecía esa situación y me cabreaba sobremanera que Hera estuviera en ese plan. Sentirme rechazada y aceptarlo fue un gran esfuerzo de comprensión y un buen trago para el orgullo. Me seguía gustando esa mujer, pero ¡se acabó! Estaba encabronada y colocada.

—¿No era mejor dejarlo como estaba?

—Sí... y así lo hemos hecho, ¿no?

Me tambaleaba buscando la uniformidad inexistente de la arena de la playa. Intentaba parecer verosímil, seria..., ¿lúcida?

—Pues eso... que *c'est fini*. ¿No?

—Sí.

—Y... ¿ por qué *c'est fini*? ¿No te gusté? ¿No lo hice bien?

Había caído en la tontería de querer saber más de la cuenta por dejar saciado mi orgullo herido. No importaba si aquella mujer representaba más o menos, no quería ser yo la despechada. No sin una explicación. No conseguí nada de nada. Hera me dejó con la palabra en la boca y se fue a rescatar a Jud, que por poco se nos desnuda y se mete en el agua. «¡Será posible...! Álex, pasa de ella». Lo pensaba, me lo repetía constantemente, pero la herida de «ser la dejada» no se superaba fácilmente y menos habiendo fumado marihuana.

—Álex, yo sigo pensando que Hera te está tirando la caña.

—Pues ya puede tirar, que no va a pescar...

Me salió la mala leche, la sequedad fuera de lugar de un mísero juego entre amigas. María no le dio importancia a mi brusquedad y yo no alargué el comentario. Hera había pillado por los pelos a la sirena Jud de los mares. Se había quedado en ropa interior, apenas se tenía en pie, pero forcejeaba por irse a nadar con las lucecitas azules. Nos entró la risa de verla en esas condiciones.

—¡Este lo enciendo yo!

Una cosa era compincharnos para que Jud fumara y la otra era contribuir a un susto.

—Jud, tú… ya has fumado bastante…

María fue clara, concisa y cortante. Las demás la apoyamos por su bien. Ya iba suficientemente perjudicada. Lo malo es que ella no estaba en las mismas y no calificaba su estado de peligrosa embriaguez y derivados. Se obsesionó con encender ella el porro y se abalanzo sobre María sin medir sus fuerzas. No llegaron a las manos, pero hubo una refriega de arena algo desagradable, excesiva por ambas partes. Las dos terminaron lanzándose arena y cayéndose al suelo. Hera y yo estuvimos tan lentas de reflejos que, en cuanto nuestro cerebro procesó lo que estaba ocurriendo, ya había sucedido. Jud y María en el suelo, a medio metro de distancia, encabronadas y a punto de llegar a las manos.

—¿Estáis bien?

Hera de conciliadora, yo pensando en que nuestro último porro se había perdido en la inmensidad de la arena blanca. María comenzó a reírse, no podía parar, miraba a Jud y se le encendía más la risa. Hera y yo nos contagiamos por la tontería y la risa tonta. Carecía de importancia que no supiéramos de qué nos estábamos riendo, lo importante era descargar. Reír a gusto y dejarse llevar…

—¿Os hago gracia? No sé de qué os reís. ¡Parad de reír! ¿Queréis parar?

La risa, si no es compartida, se convierte en un acto de perversa crueldad, de burla incontrolada que te taladra la cabeza. Jud nos pidió que dejáramos de hacerlo, pero no fuimos dueñas de nuestra risa. Habíamos entrado en el trance de difícil control. Ella creía que nos burlábamos, nosotras simplemente nos reíamos. Yo quería parar, dejar de hacerlo, porque intuía cómo se estaba sintiendo. María me miraba y todavía me entraba más la risa. Me dolía la tripa, me revolcaba en la arena, tratando de cortar el momento tan incómodo para todas. Al fin, después de unos minutos de cruel descontrol, pudimos con ella y respiramos de nuevo aliviadas.

—Me dais pena. Las tres… me dais pena. Incluida tú, Júlia… ¿Quién te crees que eres? A mí… me dais pena…, como a la mayoría de la gente. Que sepáis que no me afecta nada vuestro cachondeo. De esas dos me lo podía esperar, pero de ti…, Júlia… No te reconozco. Se te ha ido la cabeza…

Hera intentó tranquilizar a Jud, pero estaba desatada, demasiado herida por nuestra escena y muy colocada. María y yo la escuchamos sin demasiada atención, era un animal magullado y colocado que no dejaba de decir tonterías.

—Estoy un poco cansada de que la gente siempre se burle de mí… ¿Que mi marido me la pega con otra? ¡¡¡Sí!!! ¿Y qué? A mí me gusta mi posición, me gusta el dinero que tengo, la casa en la que vivo y permitirme todos los lujos y más. No sois nadie, en cambio a mí, a mí… la gente me hace reverencias cuando voy a un restaurante o salgo a comprar. ¡Me gusta que me hagan la pelota! Me encanta que me llamen «señora»… Señora por aquí, muchas gracias. Señora por allí… Me gusta ser importante y no me importa que mi marido se folle a otra. Yo no lo hago porque el sexo no me gusta… ¡No! No me gusta intercambiar flujos con nadie y menos con otra mujer… ¡Nunca lo he entendido, Júlia! Así que… burlaos, burlaos de mí… ¡No me importa! Yo también me burlo de vosotras…, de vuestra vida de mierrrda… ¡Hipócritas!

—No te pases, Jud…

—Tú tendrías que ser la primera en callarte. La madre perfecta, la separada que se va a Bali para encontrarse, la profunda, la que parece que se ha encontrado… y termina acostándose con mi amiga la lesbiana ¡A mí no me la das! ¡Te pillé desde el primer día! Miradita por aquí, por allí… ¡Falsa! ¿Y te atreves a hablarme a mí de la vida y de cómo vivirla? Yo no voy de nada… No soy como tú…, la gran escritora de libros que no sirven ni para quien los ha escrito… A ver si te aplicas el cuento de verdad y te aclaras…

—Jud… No sabes lo que dices.

No fui capaz de reaccionar a las hirientes y traicioneras palabras de Jud. No me atrevía a mirar a María. Estaba muerta de vergüenza y a punto de lanzarme al cuello de esa mal nacida. Hera intentaba hacerla callar, pero no hubo manera. Le dio por mí y se desfogó a gusto. Me sentí humillada por una cualquiera, me llené los puños de arena, quise gritarle, echarle la misma mierda que ella me había lanzado. Pero no hice otra cosa que fijar mi mirada en el suelo y no levantar la cabeza de la arena hasta que brotaron lágrimas.

—¡Pues que sepas que mi amiga pasa de ti, queridita, porque pasa de todo el mundo! Porque es una mujer hueca, sin sentimientos... ¡Como yo! La diferencia es que yo no disimulo y ella sí...

—¡Quieres callarte! Creo que lo mejor es que te la lleves de aquí.

Me quedé en blanco, no fui capaz de retener las barbaridades que salieron por la boca de esa mujer aquella noche. Estaba claro que había esperado el mejor momento para soltar el dardazo, ridiculizarme y herir a su amiga de la infancia. Hera pudo, no sin recibir algún empujón y soberanos gritos, llevarse a Jud. Alejarla de mi lado, antes de que mi cuerpo despertara para darle el guantazo que se merecía. De lo ocurrido fueron responsables las dos: las amiguitas que se lo tienen que contar todo, todo, todo. Estaba claro que Hera se fue de la lengua. Jud no era tan lista ni liberal como para pillarlo sola con o sin ayuda de su imaginación. «¿Por qué se lo ha dicho?». Me costaba pensar, no se movía un músculo de mi cuerpo. Había entrado en un estado catatónico donde la mente ni va para atrás ni para delante. ¡Bloqueo! Estado de *shock* con los ojos fijos y el cuerpo inmóvil. Me daba todo vueltas.

—¡Será hija de la gran puta...! ¡Cabrona...! Menuda mala leche la tía esta esnob, pija..., so guarra... Jud... ¡Judas!

Escuchaba de lejos la voz alterada de María. Percibía su cabreo, su indignación, pero no podía intervenir. Se me sentó al lado y permaneció en silencio un buen rato. Yo no despertaba ni a la de tres. Me tumbé a contemplar las estrellas, María hizo lo mismo. Poco a poco fui consciente de mi respiración, del parpadeo de mis ojos y la sequedad de mi boca. Seguía colocada, pero empezaba a reaccionar.

—No sé qué decir...

No lo sabía de verdad, pero no quería dejar que pensara en todo aquello que esa salvaje había soltado de mí por su boca envenenada.

—Ya decía yo... que a Hera le gustabas... ¡Joder, Álex..., podías habérmelo contado! ¡Menudo marrón!

¿Contado? Apenas me había permitido contármelo a mí misma. Había sido tan breve que apenas me di cuenta y ya tuve que olvidarlo. ¡Cierto! Era la primera vez que me acostaba con una mujer y era rechazada prácticamente en el acto. ¿Cómo contarlo sin provocar la risa? No dejé de mirar a las estrellas mientras le confesaba mi atracción, mi desconcierto, todos esos días en los que se me revolvía el estómago cada vez que la veía, mi timidez repentina, la noche de sexo y el «mejor dejarlo como está». Me explayé respondiendo a todos sus comentarios, explicándole los cientos de motivos por los que había decidido cerrar el pico y dejarlo estar. María me escuchó con interés, trató de comprender y comprendió sin necesidad de poner una coma de culpa a mis palabras, a mi descoloque por mi experiencia con una mujer...

—Entonces..., ¿te gustan las mujeres?

No supe responderle, porque no tenía una respuesta a eso y porque había decidido no darle más importancia al hecho. Preferí concentrarme en las certezas: me había atraído una mujer, me había acostado con ella, me había gustado, pero ni estaba enamorada ni era correspondida para repetir y seguir experimentando. ¡Sí! Experimentando, ¿por qué no?

—Un surfero desaparecido y una mujer... ¡Joder! ¡Menuda carrera que llevas, Álex!

Así había sido y había sucedido, y aquella noche comprendí que era parte de mi vida y no debía avergonzarme por ello. Ni por Hendrick, ni por Hera. La noche con Hera había ocurrido, había sido real nuestro deseo y no tenía ni por qué ocultarlo, ni por qué esconderlo.

—¿Sabes? Al estar con Hera en la cama he comprendido que no he sabido pedir, explicar o reivindicar mi propio placer. Que soy más cortada de lo que me pensaba. Y que no ha sido tanto culpa de Gonzalo como mía el que muchas veces me quedara a medias. Mmm... No sé si volveré a estar con una mujer, pero sí sé que tengo que estar conmigo siempre y que me debo un respeto. ¡Tú también, María! Todas las mujeres tenemos la responsabilidad de disfrutar en la cama. ¿No te parece? Yo me he cortado tantas veces..., me he mordido la lengua y he cerrado los ojos para dormir, sintiéndome insatisfecha. ¿Culpa del hombre o de nuestra propia vergüenza a reclamar nuestro placer? Con Hera he comprendido, porque las dos somos mujeres, que hay que perder el miedo a mostrarnos..., ya que estamos desnudos, uno frente al otro..., a mostrarnos de verdad. Sinceramente, creo que Gonzalo no tiene ni idea de lo que de verdad me gusta... Bueno, algo sí, pero no todo. ¿Por qué? ¿POR QUÉ? Por corte y te digo y te confieso, colocada como estoy, que con Hera, siendo la primera vez, he disfrutado como en las mejores veces con Gonzalo, contadas con los dedos. ¿Por qué? No voy a caer en el argumento fácil de que es porque ahora me gustan las mujeres, que, si es así, pues ya veré…, es sobre todo porque no hablo, porque no cuento lo que me gusta. Me corto, pienso que el otro lo tiene que saber o intuir y… ¡no! Estaba muy equivocada y…, te digo más, que se agarre el próximo que se acueste conmigo, porque le voy a dar el libro de instrucciones por entregas y espero que él haga lo mismo. No digo que con Hera fuera lo más, pero…, no sé si porque era mujer… no me corté tanto… Tú me comprendes, ¿verdad? Lo que digo…, María…, en Madrid, tú y yo nos vamos a un *sexshop,* pero el más grande que haya en Madrid, damos una vuelta, y nos regalamos algo… Y no me digas que no, porque no lo acepto.

Estaba fumada, lo confieso, pero dije unas cuantas verdades aquella noche. Las dos lo hicimos. Seguimos conversando de la vida, del deseo de amar y ser amadas, de nuestro encuentro, de Bali, de las casualidades, de la magia de estar vivas, de las decisiones, de la amistad, de las petardas que no saben drogarse, de la que le iba a caer a Jud a la mañana siguiente…

—Álex, yo creo que es el momento para darnos un buen viaje.

María extendió ante mí la palma de su mano. Al principio me costó saber lo que contenía…

—¿Setas? ¡Qué fuerte! Te saltaste el pacto del grupo.

No estaba segura de querer hacerlo, nunca lo había hecho, pero María me convenció de que no sería nada peligroso y que la dosis era muy pequeña, porque no había podido conseguir más sin que su hermana la pillara. Lo consideró nuestro homenaje, como con la botella de gran reserva que abres para las ocasiones especiales, unas setas compartidas para celebrar aquella noche de meteduras de pata y confesiones a la extraña luz azul fluorescente de la orilla del mar. Más tarde supe que esa luz proviene de un extraño fenómeno de bioluminiscencia marina causada por unos microorganismos unicelulares que emiten pequeños *flashes* intermitentes de luz con el movimiento de las aguas. ¡Un espectáculo visual de gran belleza! Me sentí encantada con nuestro descubrimiento, privilegiada al observar ese fenómeno. ¡Cuántas cosas ocurren que nuestros limitados sentidos son incapaces de percibir! Estoy cada día más segura de que la nuestra es solo una de las muchas realidades que coexisten. ¿Loca o cuerda? ¡Qué más da! María y yo llegamos a pensar que nos habían abducido extraterrestres y nos encontrábamos en otro planeta de aguas fluorescentes. Al final, todos estamos en el mismo, tratando de montar sobre nuestra vida una película que tenga el mayor sentido posible. Nos dejamos llevar por la fantasía de explorar como Julio Verne el mundo submarino.

—Yo…, en vez de irme de vacaciones a la luna, me pasaría un mes en el fondo del mar.

¡Soñar! Sentir la inmensidad y cómo los límites se desdibujan. Aquella noche fuimos lo que quisimos ser, nos dejamos llevar y hablamos de todo lo que hasta ese momento no habíamos sido capaces por corte o vergüenza.

—Oye..., María..., ¿es cierto que nunca has entrado en un *sexshop?*

—Eh..., sí... ¿Me he perdido algo?

Sexo, sexo, sexo... Al final entramos en el túnel de nuestras vergüenzas, y la mayoría estaban metidas en el mismo saco: sexo. Fumamos y nos reímos hasta quedarnos medio dormidas en la inmensidad de aquella playa eléctrica. No creo en la teletransportación, pero cada vez más en los fenómenos extraños. María y yo recurrimos a uno de ellos para llegar de la playa al bungaló. No recuerdo levantarnos, ni caminar, ni abrir la puerta, ni desnudarme. Prefiero creer que fue un fenómeno paranormal que otro agujero negro o instante de mi vida de soberano pelotazo... ¿Qué más da?

Once

Flotar, sentir que llevas puestas las gafas del cine en 3D, comprobar que la realidad puede llegar a ser tridimensional. Ser capaz de hacer que tus brazos se desdoblen con el mismo arte que Bruce Lee. Tocar las estrellas con la mano, subir al cielo con una cuerda. ¿Marcianos? Ellos me han tirado la cuerda... Dudo... ¿De qué planeta eres? Azul, rosa, violeta... ¡Me encantan las flores que vuelan! ¿Gonzalo hablando con un marciano? Es más guapo él que ellos. Me los imaginaba verdes y son como nosotros. ¡Flotar! Casi como volar, pero a ras de suelo, levitar como los santos, como los astronautas. Todo se alarga, todo es blando, muy jugoso. Mis pies van a velocidad de tortuga; tengo seis en cada pierna. ¿Seis piernas también? ¿Quién de todos soy? Una tortuga rosa sale del agua haciendo burbujas con la boca. ¡Qué simpática!

—¿Aaalguieeen me oyeee?

La arena empieza a moverse hacia los lados, me hundo, no puedo avanzar, un agujero tremendo. Todo va muy despacio, los granos de arena no se caen de mi mano. No tocan el suelo, van hacia el cielo. ¿Estoy al revés? ¿En el cielo? ¿Y el mar? Me río. Escucho mi risa, parece un concierto de risas. Parte de mi mano se va con la arena. Tengo la mano deforme y plana, como un dibujo animado. No puedo tocarme los dedos, son largos. ¿Tengo los ojos abiertos o cerrados? Me gusta andar en la nada. Soy una astronauta que quiere cazar estrellas. ¿Adónde se ha ido la cuerda dorada? Hay muchas estrellas, grandes, pequeñas..., se mueven, unas brillan más que otras. Algunas me deslumbran. Me siento en otra galaxia rodeada de puntos de luz, de estrellas que me sonríen. ¿Tienen boca o es mi boca en las estrellas? ¡Floto! Muevo los brazos como si quisiera volar, son hologramas. No siento mis piernas, ni mis pies, ni mis brazos. No peso, soy muy ligera. Escucho mi risa... ¿De dónde sale? ¿De una estrella? Apenas puedo abrir los ojos, hay mucha luz, demasiada estrella. No veo el suelo.

—¿Mamáá?

Corro sin moverme para acercarme. «¿Te vas?». Mi boca es una fábrica de burbujas. Cazo las estrellas con las burbujas que salen de mi boca. Son muy brillantes y traslúcidas. Me ha salido una enorme, muy grande, parece que nunca se termina de despegar de mi boca. Intento taparme la boca y aplastarla ¿Dónde está mi boca? Es imposible hacerla estallar. Es como de goma, de plástico, como un chicle muy grande. Estoy rodeada de burbujas. ¿Viajo en una burbuja? Estoy en el cielo, vuelo en una burbuja.

—¿Quééé le habéis hecho a la tortugaaa?

No tengo miedo, pero está todo un poco alto. Hace frío y me escucho muchas veces. ¿Es esa mi voz? Mi vello está erizado, puedo sentirlo como navajas afiladas. Tengo frío y mis poros sostienen con esfuerzo el vello, que parece lanzas al mundo. Las estrellas tienen unas puntas muy afiladas y pueden romper mi burbuja. Soy una puercoespín. «¡Que nadie me toque, que ataco!». Sé defenderme. Me siento fuerte, no tengo miedo.

—¿Quién eres?

Es mi otro yo o yo sin mi cuerpo. «¡Que alguien encienda la luz!». ¡Azul! Quiero verlo todo azul. «¿Dónde está Gonzalo?». Me miro, me mira. «¿De qué te ríes?». Soy mi otro yo en otra burbuja. Alarrrgo el brazo, no alcanzo a tocarme... «¡A ti! Sí..., ¡a ti!». Estamos muy lejos o es que no existes o soy yo la que no existo. ¡Una mariposa azul! Puedo escuchar el ruido de sus alas. Siento el viento de su aleteo. ¡Qué bonita! La sigo con la mirada ¿Tiene también ojos? Me gustan sus manchas de color turquesa. Tiene unas antenas gigantes, no se terminan nunca. ¿Qué hace aquí arriba? Muevo los brazos como sus alas, escucho mi risa. Todo es muy brillante, todo vuelve a ser blando, la realidad parece que se me deshace como cuando tiras agua a un cuadro. A la mariposa se le han corrido los preciosos lunares de color turquesa. Las estrellas ya no tienen las puntas afiladas, sino que caen como derretidas.

—¿Cómo te llamas?

No tiene nombre, nadie se ha preocupado de llamarla de ninguna manera. Es azul, mariposa voladora.

—¿Has visto a la tortuga rosa que hace burbujas? Y... ¿a mi madre?

No la entiendo, habla muy bajo. «¿Alguien puede subir el volumen?». ¿Estoy volando? ¡Qué fuerte! Veo las burbujas a lo lejos, quiero ir más rápido, voy a toda leche. Gonzalo sigue hablando con un marciano subido a una burbuja. Escucho mi risa, quiero seguir cabalgando en la burbuja. Esto es muy divertido, me cuesta mantenerme en equilibrio. Mis manos están pegadas a la burbuja. ¡Soy burbuja!

—¡¡¡Gonzaaalooo!!!

«¿De qué hablarán?». Empiezo a tener vértigo, el mar se junta con la tierra. Siento que pierdo el equilibrio, no sé dónde tengo los pies. Me han desaparecido las piernas. ¿Dónde me he metido? ¿Quién soy? Quiero volver con las estrellas, están muy lejos y ya no se mueven.

—Hooolaaa... ¿Alguiennn me ooooye?

La voz no sale de mi cuerpo, retumba en él. Estoy muda. Hay mucha luz... Todo es amarillo. Alguien brilla mucho y me deslumbra. No creo en los ángeles, no creo en el cielo ni en el infierno. ¡Esto es un flipe! ¿Qué hace Hera con una túnica blanca tocando el arpa? Huelo a canela, a incienso de canela. «¡Mmm! ¡Qué gusto! ¡Mmm...!». Hera tira unas flores al mar y... ¡haaala! Han desaparecido. No puedo hablar, no me oigo.

—¿Alguiennn me ooooye?

Más burbujas de colores en el cielo. ¿Adónde se han ido las estrellas? A lo mejor estoy en otro planeta. No hace frío ahora. Mi mano se derrite, se cae. Intento sostenerla con la otra, pero la piel ya no es piel. ¿Líquido? ¿Soy yo? Alguien me habla, oigo voces a lo lejos. «¿Quién se ríe?». Ya no tengo dedos, son tiras que se alargan ¡Qué espanto! Camino otra vez por la arena, hace mucho viento y me cuesta avanzar. ¿Un desierto? ¿Adónde se ha ido todo el mundo? Las risas ya no están. Sigo caminando, voy hacia la luz. Escucho el sonido de un arpa ¿Dónde está Hera? Me cuesta mucho, apenas avanzo.

No veo nada, no…, ¡no tengo ojos! Tengo miedo. No puedo ver, pero siento miedo. ¿Dónde están las burbujas? No puedo gritar, no puedo llorar…, apenas camino. Hay una presencia, no estoy loca. Puedo sentir mi vello de nuevo erizado. Me pongo puercoespín. «¡Si me rajas, te rajo!». ¿Dónde están las burbujas? No veo nada, escucho unas risas al fondo. Siento miedo, no me gusta lo que escucho, no me gustan las risas que no comprendo. ¿De qué se ríen? Son las risas de Hera y Gonzalo. Ha dejado de sonar el arpa, pero no sus risas. ¿Estoy viva? ¿Esto es el cielo o el infierno? No creo en nada. Quiero ver, quiero sentir placer y no miedo. ¿Dónde están mis pies? ¡Quiero burbujas! Ya no floto, quiero volver a levitar como los ángeles, como los astronautas. No puedo ver.

—¿¿¿Alguiennn me ooooye???

Nadie me contesta. Si no camino, no sé cómo me muevo. ¿Estaré dentro de una burbuja? Alguien me mueve. ¿Soy una ficha en un tablero? ¿Blanca o negra? Prefiero ser el alfil y que me muevan haciendo diagonales. Nunca me ha gustado ir en línea recta o retroceder. Un peón es muy aburrido, y la reina y el rey, demasiada responsabilidad. Un alfil sobrevive y piensa de lado. No me gustan los centros, soy de extremos. Si me gusta..., ¡hasta el final! No me siento respirar... ¿Soy una ficha de verdad? ¿Dónde estoy?

—¿Quién ha apagado la luz?

¡Burbujas! Otra vez. ¡Burbujas! Son transparentes y muy brillantes. Se pasean frente a mí sin que las pueda tocar. Son muy finas y no hay nadie dentro. «¿Qué habéis hecho con mi madre?». Quiero meterme dentro de una, quiero abrirla, al fin doy con una pero no puedo meterme. Su tacto es viscoso, se me han quedado los dedos enganchados a ella. Se está haciendo muy grande, no puedo separar mi mano de esa pared transparente. No quiero volar. No me apetece, estoy cansada. ¿Dónde está la tortuga? Exploto y explota la burbuja y me empapo entera de su viscosidad. ¡Qué asco! Huele a muerto, huele a podrido... No me gusta este olor. Me mareo, tengo ganas de vomitar. ¡Uf! ¡Estoy muy enferma! Me duele mi interior. ¿Quién me habla? No quiero escuchar esa voz, me da miedo porque sale de dentro. ¿Me he comido a alguien? Me duele la tripa, tengo náuseas.

He vomitado. He sacado líquidos de colores. Ya estoy mejor. Respiro, respiro, respiro. Cierro los ojos... Respiro, respiro, respiro. ¿Un dodecaedro? Respiro. ¿Un triángulo equilátero? Yo quiero un cuadrado, pero solo veo triángulos. Muchos triángulos que no paran de dar vueltas. Son grandes, pequeños, gruesos, finos. ¿Qué pasa con el dodecaedro? ¿Tengo los ojos abiertos o cerrados? Respiro, respiro, respiro... Respiro, respiro, respiro... ¡Qué bonito dodecaedro! Me río, escucho mi risa. Me envuelve y se vuelve una sinfonía de risas con triángulos y dodecaedros. Vuelvo a sentir la arena en mis manos. Son muy grandes los granos. No caben entre mis dedos. No pesan, todo es blando otra vez, son como pequeñas nubes de caramelo. Dados blandos, tiernos terrones de azúcar. Están por todo el suelo. Son de distintos tamaños. Todos de color blanco. Luces de color caen del cielo. Parece una lluvia de meteoritos. ¿Estrellas fugaces? Hay que pedir muchos deseos. Intento esquivar las piedras blancas que caen del cielo. Se me cuela una en la boca, me gusta su sabor, es muy dulce, como un caramelo de café con leche. Abro la boca al cielo, para comerme todas las bolas que pueda. No tengo dientes, mi boca es como la de un sapo. La lleno de bolas hasta que rebosan y caen al suelo. Me pesa la cabeza con tanta bola. No puedo cerrar la boca, no puedo respirar. Dos bolas han taponado los orificios nasales. ¡Me asfixio! No siento miedo. Siento cómo el aire intenta colarse por la nariz y la boca, cómo mi cuerpo se agrieta por falta de oxígeno. Me dejo llevar, me seco poco a poco. ¿Estoy viva?

¡Floto! Mi cuerpo ha explotado en pequeños pedazos. Veo trozos de mí misma dando cien volteretas por el cielo. No puedo juntarme, no soy una, soy muchas. Parezco de cristal, porque brillo y en cada trocito veo mi propio reflejo: un ojo, un dedo, media mano, la barbilla, el ombligo… Estoy en todos lados, soy omnipresente, infinita. No termino nunca, porque no puedo ver dónde empiezo. ¡Me gusta! Todo parece que va despacio, nada se detiene, pero va a cámara lenta. Todo muy lento. ¿Floto otra vez? Quiero bostezar y no puedo. ¿Dónde estoy?

Estoy tumbada. ¿He abierto los ojos? El mar está en calma. Alargo mi mano, llego hasta el cielo, no alcanzo a tocar una estrella. ¿No tienen puntas? Se deshacen en mis manos. Quiero guardarme una, pero soy incapaz de sostenerla entre mis manos. «¿Por qué me hacéis esto? ¡Quiero una estrella!». Se me cae la baba de la boca, no retengo la saliva. Estoy sedienta, seca, tengo mucha sed. Un gran pelícano se acerca volando a mí. ¿De dónde ha salido? No tengo miedo. Observo cómo se acerca, es más grande de lo que me pensaba. Tiene el pico muy profundo. Vuela justo encima de mí, abro mi boca, abre el pico y suelta… ¡agua!, mucha… ¡aguaaa! Bebo, bebo hasta casi ahogarme. Me ducho entera, me baño, me empapo. ¡Placer! Me revuelco en la arena, es dorada, muy dorada, y brilla en la oscuridad. Cada grano es como un pequeño punto de luz. Quiero resguardarme en ella, hacerme una capa dorada, como las reinas, como las diosas. El ruido de mi cuerpo rebozándose en la arena es ensordecedor, rugoso, áspero, poco agradable. El corazón me va a mil, no puedo parar de girar en la arena. Respiro, respiro, respiro… El suelo se ha vuelto pendiente y ruedo a toda velocidad sin que mi voluntad pueda ordenar a mi cuerpo que se detenga. ¡Vértigo! Respiro, respiro, respiro… Me gusta respirar y sentir la fuerza del aire entrando por todo mi cuerpo. ¡Maravillosa invasión! ¿Estoy con los ojos abiertos o cerrados? Soy como un bloque de viento concentrado, de energía rugosa que desciende a la velocidad de la luz. Soy luz, una bola de luz que avanza en diagonal, que deja una estela dorada que alumbra el camino. ¡Placer! Siento calor, mucho calor. Estoy fuerte. Ya no hablo, ni grito, ni oigo voces, ni me importa mi cuerpo. Estoy a gusto. Me dejo llevar por ese remolino de luz dorada, de nube veloz que recorre libre el espacio. No hay formas, no hay mar, ni estrellas, ni nubes... ¿Dónde estoy? Hay otras luces doradas, que se mueven a gran velocidad. Sueltan chispas de distinto color, se frotan unas con otras formando estrellas de ocho puntas. Todo sucede a una velocidad suprema, me muevo en espiral hacia arriba para volver a caer. «¡No sé nadar!». Vuelo muy alto, muy rápido hacia arriba, tan lejos que pierdo a las otra luces hasta que decido descender a más velocidad... Siento miedo. ¡Me voy a aplastar contra el suelo!

—¿Alguieeennn me oooyeee?

Siento mi corazón palpitar a toda velocidad. Otra vez mi corazón. ¡Qué grande! ¡Bom, bombóm, bom, bombombóm, bom, booom! Latidos pequeños, fuertes, largos, cortos, secos. Latidos, me gustan mis latidos. Son como un tambor enorme que me hace temblar. Bom, booobóm, bommm, bommm bommm. Respiro, latido, respiro, doble latido. Estoy presente. No tengo miedo. Me gusta mi olor, puedo olerme, me huelo. ¿A qué huelo? Acerco mi nariz a mi piel. Qué suave es mi piel. Mis manos ya pueden tocar cosas. Acarician mi piel. Acerco la lengua a mi brazo, me gusta mi sabor, puedo saborearme.

—¿Alguiiieeennn meee escuchaaa?

Me escucho. Mi voz es muy nítida. ¿Desde dónde hablo? Respiro de nuevo. ¿Dónde está mi amiga la tortuga? Me río, porque no la encuentro, porque me siento, porque respiro. Me gusta esa sensación. Ya no floto. Ya no levito. Mis manos ya no son globos. ¿Dónde está María? Respiro, respiro, respiro, respiro, respiro... Me levanto de la arena, tengo los pantalones húmedos.

—¿Maríííaaa?

Apenas puedo caminar, estoy colocada. No sé adónde se ha ido María. ¿Es un sueño? Estoy muy cansada. Necesito encontrar a María. Allí hay una roca, creo que es María la que está sentada con las rodillas levantadas. No puedo ir más rápido, mi cuerpo no me deja o... ¿es mi mente? María no me oye, está hablando con alguien... ¿Sola? Me cuesta avanzar. Vuelvo a ser astronauta. No quiero molestarla. Está bien. Parece contenta. Me siento en la arena, sin dejar de mirar a María. Se le mueve el pelo con el viento. Parece que reza. Estoy drogada. Todo esto es mentira, es un sueño, una paranoia... ¿Qué ha sido eso? Es mi corazón, que late otra vez con fuerza. Me gusta escucharlo, no le entiendo, pero no me importa. Lo escucho, lo siento rebotar, llamar a mi puerta. ¡Estoy viva! ¡Placer! ¡Gusto! Tantas cosas... ¿De qué va todo esto? No me importa, me dejo llevar, me gusta la arena y el viento que sopla. ¡Estoy viva! Soy arena y mar. Me río, me río mucho, me río conmigo, me río, me gusta reírme. ¡Qué gusto! Espero a mi última risa, veo cómo se aleja, cómo me abandona para irse a otros que también quieren reír. Le mando un beso y deseo que vuelva pronto, que no se olvide de mí. ¡Qué gusto! Estoy tumbada, me pesan los ojos, me cuesta parpadear, no veo apenas. Respiro, respiro, respiro, respiro, respiro, respiro… Respiro, respiro, respiro, respiro… … Respiro, respiro… … No estoy, no estoy… ¿Estoy?… … … ¿Soy?… … … Mmm… … … … Respiro, respiro… … … … …

Doce

Me sorprendió que esa especie de araña de madera pudiera ir tan rápido. Era una lancha de motor pero con forma de antiguo y rudimentario catamarán, pintada de azul y blanco, que se adentraba a velocidad media en el mar en busca de bancos de coral. María, Raquel y yo estábamos impacientes, queríamos ver peces de colores, algas, coral y, ojalá, alguna tortuga. Habíamos negociado con dos chicos en la playa cuatro horas de buceo, con aletas y tubo: 250.000 rupias por persona. No era caro para nosotras, aunque tampoco barato para la zona. Pero en las Gili viven de eso y, aunque negociamos intentando rebajar al máximo, no conseguimos bajar de esa cifra. El equipamiento incluido en el precio. ¡Oferta de última hora! Las tres supimos que era el momento de aflojar y ceder. Ellos contentos, nosotras también. Hera y Jud se quedaron en la playa, leyendo en el chiringuito. *¿El aman-te*, de Duras? A ver si la lectura la cambia un poco. María y yo evitamos verlas. Desayunamos por turnos y nos saludamos en silencio, sin voz ni palabras. Raquel intuía que algo había pasado la noche anterior, fue ella quien las avisó de nuestra salida al mar. Cuatro horas viendo peces, entrando y saliendo del agua en expedición. El chico nos explicó la importancia de sujetar bien apretadas las gafas para que no nos entrara agua. Nos recomendó que no nos distanciáramos del grupo. Era gracioso vernos con las gafas, el tubo y las aletas. Dejamos las mochilas en la barca, antes de saltar al mar, María hizo la foto. El chico nos la hizo a las tres. Él también se puso aletas, gafas y tubo y saltó el primero. «¡Qué fría está el agua!».

Metí media cabeza dentro y comencé a aletear. Iba rápido y mis ojos brillaban con tanto color, había cientos de cosas en las que fijarse. Él nos las señalaba con el dedo, distintas texturas y peces de colores de todos los tamaños. Me rodearon pequeños peces de color naranja chillón y raya blanca. El agua movía las algas, no me atrevía a tocarlas no fuera a ser que me envenenara. El mundo marino siempre me ha suscitado respeto. Hay mucha información, seres y formas muy distintas y novedosas. Preferí la prudencia y mantener mis manitas a raya. Aunque todo era una gran tentación. María se había quedado atrasada. La esperamos, sacando la cabeza a la superficie. «¡Qué lejos está el barco!». El chico se zambulló en el agua y, como un gran pez, bajó un par de metros. Intenté hacer lo mismo y casi muero en el intento. Me pitaban los oídos por la presión y me entró agua por el tubo y casi me ahogo. Salí precipitada a la superficie y expulsé toda el agua. Me limpie la nariz y vacié bien el tubo. Me había quedado atrás, nadé a toda velocidad sin mirar qué había en las profundidades. No me gustaba quedarme rezagada, me interesaba el fondo marino, pero su inmensidad me daba cierto cague. María me hacía señales con el brazo. Raquel estaba con la cabeza metida en el agua, era la que mejor nadaba de las tres. María y yo no ganaríamos ninguna carrera ni por velocidad ni por estilo, pero disfrutábamos con el espectáculo. Llegamos al primer banco de coral, festival de colores: lilas, rojos intensos, alrededor decenas de peces cada cual con un estampado diferente. De todos los tamaños. Una gozada, un disfrute para la vista. Deseaba tocar algo, Raquel se atrevió, yo, en cambio, escondí las manitas. ¡Qué cuerpo tenía nuestro guía! Estaba muy fibroso y delgado, era como un pez comido del que solo queda la raspa. ¡Estaba en forma! Todo el día entrando y saliendo del agua, enseñando bancos de coral, peces grandes y buscando tortugas marinas para poder tocarlas. Las tres nos buscábamos con la mirada y sonreíamos dentro del agua. Intentábamos hablar, no las entendía, solo conseguía hacer burbujas y poco más. Los colores allí eran muy intensos, todo se movía en la armonía de la corriente, las formas eran curiosas. ¡Qué raro resultaba todo! Exótico y hermoso. No lo había visto en mi vida y me provocaba un placer muy tierno. Nadaba con cuidado porque el banco de coral estaba poco profundo y María se había raspado y hecho una pequeña herida.

Estuvimos un buen rato disfrutando del vergel submarino, de sus colores y formas, de los peces que subían a nuestra altura y los que nadaban en las profundidades, que apenas alcanzábamos a ver. Sentí ganas de saber bucear, me hubiera encantado descender unos metros y ver más allá. Nunca me había apetecido el submarinismo, me daba miedo eso de la burbuja y la descompresión, pero la curiosidad por descender más abajo pudo conmigo. Al menos en mi pensamiento, de momento no en la realidad, pero sigue en mi mente como un deseo, una fantasía alcanzable y posible.

Retornamos a la barca para movernos de lugar y volver a descender. El chico nos ayudó a subir. ¡Estábamos exhaustas, pero con la sonrisa en la boca! Comentamos lo visto y nos secamos al sol, con el viento de cara y el ruido del motor. Raquel no se mostraba demasiado parlanchina, María en cambio era una ametralladora de sensaciones. Yo estaba emocionada con lo visto. ¿Cómo puede ser tan bonito y tan distinto el fondo del mar? Se me había pasado la resaca con el chapuzón y la sobredosis de peces y colores. Estaba encantada y me apetecía poder tocar alguna tortuga.

—*It's difficult to see them…, but we'll try it.*
—*Yes!!! Thank you!!!*[1]

Era difícil, pero no imposible. El lugar estaba lleno de tortugas, pero no siempre las encontraban. ¡Qué bonitas! Me habían contado que era un gusto tocarlas, que su tacto es suave y que los alrededores de la isla eran uno de sus paraísos. Las Gili se habían ganado el título de la «capital

---

[1] —Es difícil verlas…, pero lo intentaremos.
—¡¡¡Sí!!! ¡¡¡Gracias!!!

mundial de la tortuga». Estábamos excitadas con verlas y nadar con ellas. María les preguntó si era peligroso intentar tocarlas. El sol quemaba y yo me unté bien de bronceador, no fuera a abrasarme. Nunca he sido una loba de mar, pero sabía que en alta mar la reverberación del sol campa a sus anchas. En la barca había otro chico que llevaba el timón, pero no conseguimos arrancarle una palabra. A mí me daba que no hablaba ni pizca de inglés y que no pasaba de los quince. ¡Un niño! Estábamos metidas en esa barca y en manos de dos niños, porque nuestro guía, si era mayor de edad, yo me hacía bombera. ¡Qué locura! En España nos habríamos cerciorado de todas las garantías de seguridad antes de salir a navegar, pero allí, en ese pedacito de tierra convertido en un oasis sin motor del *reggae*, la marihuana, las setas alucinógenas y los bancos de coral, lo de menos era pensar en nuestra queridísima seguridad. Me dio por reflexionar sobre aquellas cosas e inspeccioné un poco más aquella lancha, que, para el rastrillo y como antigüedad en el jardín, quedaría monísima, pero para ir en ella era un poco justa. El motor podía tener más años que yo y a la madera roída poco le faltaba para que dejase de flotar. Decidí no dejarme llevar por el miedo, ni por la angustia de «si nos hundimos, ¿soy capaz de llegar a nado a la costa?». Estábamos lo suficientemente alejadas como para que mis piernas, poco acostumbradas al deporte y menos acuático, fueran capaces de rescatarme. Decidí comerme el marrón de los pensamientos obsesivos negativos yo sola. Observé al chaval del timón y a nuestro guía. Puse en práctica los pensamientos positivos, traté de hacer una lista mental de las cosas buenas que esos chicos tenían: han nacido con ello, lo hacen veinte veces al día, son unos pequeños sabios del fondo del mar, están bregados...

—Chicas, no me encuentro demasiado bien. Estoy un poco mareada.

Raquel cortó de cuajo mi ejercicio de «tú puedes controlar tu mente». Estaba sentada en un lateral de la barca, agarrada a la borda, muy blanca de piel y concentrada mirando el mar. María se acercó a ver qué le pasaba, yo me quedé un poco rezagada para no agobiar. «¡Se habrá mareado!». Era raro, porque ella estaba mucho más acostumbrada que yo a los viajes en barco... «¿Me he tomado la Biodramina antes de salir?». Aquella mañana reconozco que seguía con restos de la borrachera (por llamarlo de alguna manera) de la noche anterior y me costaba recordar las cosas que había o no había hecho. En cualquier caso, no me sentía nada mareada y el mar estaba muy en calma. A veces no tienen nada que ver las incidencias externas, sino las internas. «¡Quizás le haya pillado con mal cuerpo!». María y Raquel estuvieron en la proa del barco agarraditas, abrazaditas, un buen rato.

—*We have to rest to see if my friend feels better, OK?*
—*OK. Is anything wrong?*[2]

Nada estaba mal. Intuía que la pequeña de las Velasco estaba metida en el agujero negro del bloqueo de la creación y, cuando te atrapa, es capaz de provocarte los peores dolores físicos y angustias. Tomé la decisión de ha-

---

[2] —Tenemos que descansar para ver si mi amiga se encuentra mejor, ¿vale?
  —OK. ¿Algo va mal?

blar con ella en cuanto bajáramos de la barca. Yo la podía ayudar a descorchar ese tapón que la tenía en dique seco y con el estado de ánimo descendiendo el Himalaya.

Pararon el motor. Habíamos llegado al punto, al lugar con mayores posibilidades de encontrar y disfrutar de las tortugas.

—Álex, ve tú con él, que yo me quedo con Raquel.

—¿Seguro? Si está mareada, ¿no es mejor que volvamos a tierra?

—No, no, poco a poco se le va pasando.

La cara de Raquel no era de mejoría, sino de estar descompuesta. No me creí las palabras de María, pero capté el subtexto de «¡pírate un ratillo con las tortugas, que necesitamos hablar!». No me lo pensé dos veces, aunque me daba cierto apuro bajar yo sola con el guía a la aventura marina. Todos hemos visto las películas de monstruos marinos, tiburones cabrones y medusas gigantes. Esa mañana a mi mente le había dado por despertar mis miedos y se lo estaban pasando de lujo a mi costa. Me coloqué todo el equipo con la celeridad que pude, salté sin pensar y con la autopromesa de ir a contracorriente de mis «jodidos» pensamientos. «Quiero ver tortugas, tortugas, tortugas… Quiero ver tortugas, tortugas, tortugas». El guía había puesto la directa y se alejaba de mí. Yo no era Raquel y, aunque con aletas, mi pies y mis pulmones no daban para más. El mar seguía en calma, nos alejábamos de la barca, saqué la cabeza para divisarles. Nadé con todas mis fuerzas para seguir el ritmo del chaval. Me hacía señales con el brazo para que fuera más rápido. Estaba a punto de ahogarme y desistir cuando, a dos metros de mí, en las profundidades marinas, ¡vi tortugas! Tres tortugas aleteando, nadando a favor de la corriente con sus bracitos a manchas, sus cabecitas y su caparazón a cuestas. El guía se metió a pulmón y fue en su búsqueda. Al llegar a su altura, las acarició y volvió a la superficie. Yo me conformé con verlas desde la distancia, observarlas en su nado, en su hábitat, sin molestarlas ni poder tocarlas. Reconozco que me quedé con las ganas, pero mis limitaciones eran obvias y, aunque ni siquiera lo intenté, no hubiera sido capaz de llegar a esas profundidades. Las seguimos un buen rato a nado, pasamos por otro banco de coral, lleno de peces de colores fluorescentes, a rayas, de distintas formas y texturas. Algunos no los había visto en mi vida y, aunque bellos, me infundían mucho respeto. Las tortugas se perdieron entre corales y aguas. El guía decidió dejarlas marchar y cambió nuestro rumbo. Yo estaba abstraída con los colores y las texturas. Conseguí acariciar un grupo de algas, después de que él hubiera hecho lo mismo y comprobar que seguía vivo y sin irritación en la piel. Aleteamos un buen trecho hasta que me señaló las profundidades; no había corales, estábamos en una zona muy honda, el mar se había tornado de un color más oscuro. Me concentré en lo que su dedo me indicaba y... ¡un pecio! Allí encallado, un barco pesquero yacía como símbolo de un naufragio. Nunca había visto algo así y me pareció emocionante observar los restos. Era una imagen fantasmagórica que me atrapó por el morbo, la curiosidad y la aventura de un fósil marino. Dudo que, de contar con bombonas y conocimiento suficiente, me hubiera atrevido a descender y observarlo de cerca. Ese lugar respiraba tragedia concentrada, y estaba convencida de que se había convertido en el hogar de los animales marinos más peligrosos. Nos quedamos unos minutos observando ese barco, lo bordeamos y emprendimos el camino de retorno. Había perdido la noción del tiempo y era incapaz de calcular cuánto llevábamos en el agua; mis dedos estaban arrugados y comenzaba a tener ganas de cubrirme con el pareo y dejarme secar por los rayos del sol. Esperaba que Raquel estuviera mejor y, entre la hermana y yo, la ayudáramos a salir de ese pozo de malos pensamientos.

Las dos seguían agarradas al sol, como dos lagartijas, con las gafas de sol, el bikini y cara de pocos amigos. Me deshice de los bártulos y me fui con ellas a secarme y a enterarme de cómo andaba la menor de las Velasco. Por su cara descompuesta, la cosa no se había arreglado ni con la charla ni con el motor parado.

—Tenemos que volver a Bali, Álex.

No me había dado tiempo de colocar mi culo en el suelo, cuando María me soltó aquello. ¿Volver a Bali? ¿Cuándo? Nos quedaba una noche más en la Gili y no había nada que no pudiera arreglarse hablándolo allí, tranquilamente, y tomándonos unas Bintang. Estuve a punto de abrir la boca para protestar, pero la cara de preocupación de María me contuvo en el silencio.

—Raquel…

Antes de seguir con la frase miró a su hermana como pidiendo permiso para seguir. Raquel bajó la cabeza y miró de reojo el mar, cruzada de brazos y encogida de cuerpo. Todo aquel misterio comenzó a alarmarme y le pedí con los ojos a María que no alargara el enigma y escupiera lo que fuera por su boca.

—Puede que esté embarazada y necesitamos ir a Bali para conseguir un Predictor, ¿vale? Un puto test de embarazo.

¿Embarazada? ¿Preñada? Me convertí en estatua, se me secó el cerebro y mi boca solo servía para formar una «o». ¿Embarazada? Mi cabeza ponía toda su resistencia para que esa palabra no entrara, para que se quedara fuera y quizás aquello solo se tratara de un espejismo. ¿Embarazada? No era capaz de pensar en las consecuencias que podía traer aquella realidad. Fue un golpe en el mismo vientre, una sacudida de mis pensamientos, un ¡la hostia! «¿Y ahora qué?». Me quedé tan en *shock* que era incapaz de mirar a María o a Raquel. Todo me cuadraba, pero al mismo tiempo me resistía a creer tan siquiera en esa posibilidad.

—Álex... Tú si quieres te quedas en las Gili, pero nosotras nos vamos en el primer rápido que salga.

¿Quedarme? No entraba en mis planes dejarlas solas, abandonarlas en aquella movida, pero necesitaba un par de minutos para salir del noqueo generalizado. No me atrevía a seguir preguntando, pero la cosa no pintaba demasiado bien y, aunque de momento era una búsqueda de confirmación de las sospechas, no quería ni plantearme qué podía pasar de confirmarse el embarazo. Raquel estaba descompuesta y la notaba avergonzada con aquella situación. Parecía un pajarillo, envuelta con el pareo, temblando de miedo y sollozando. La miré, incapaz de decirle nada apropiado que pudiera calmar su angustia. Comprendía perfectamente por lo que estaba pasando y la infinidad de preguntas que se le amontonaban. Si una nunca está preparada para sentir que la vida puede crecer en tu interior, menos para que la noticia o la sospecha de la noticia te llegue sin esperarla, de sopetón y en una isla en la que los taxis son carros a caballo.

Volvimos a la costa sin apenas hablar entre nosotras. Perdidas en nuestros pensamientos y con la vista puesta en lo que pudiera pasar. «¿Cómo era posible todo aquello? ¿Estaría de mes y poco? ¿Quién podía ser el padre? ¡No me digas que la insensata no tomó precauciones!». Tenía muchas ganas de pillar a María por banda y que me contara todo lo sucedido. Aquello me había dejado helada y necesitaba, como ellas, saber si las sospechas eran una certeza o simplemente todo se quedaba en un soberano susto.

—Y a esas, ni mu de todo esto, ¡nos vamos y punto!

¿Ni mu? ¿Y qué pensaba decirles para que nos fuéramos cagando leches de las Gili? Raquel y, mucho menos, María no querían que Hera y Jud se enteraran de todo aquello, pero tampoco era muy fácil desaparecer sin levantar sospechas de que algo estaba ocurriendo.

—No sé... Tú, que tienes hijo…, te puedes inventar algo, ¿no?

¿Con Yago? No se me ocurría nada lo suficientemente gordo, y que no me diera mal rollo imaginarme, para que nos hiciera volver a Bali. Era muy mala mintiendo, y cabía la posibilidad de que decidieran acompañarnos también en la vuelta.

—No, no, esas se quedan ahí.

—¿Tenemos que darles alguna explicación para volver?

¡No! Nadie está obligado a dar explicaciones, pero todo sería muy raro. Aunque motivos no nos faltaban para pasar de ellas y volvernos a nuestra bola. Raquel se había perdido los fuegos artificiales, los dardos envenenados de la pija borracha. Podía incluso colar que ni María ni yo quisiéramos pasar más tiempo al lado de Jud y decidiéramos volver a Bali sin ellas.

—Pues no les digamos la razón. Solo que nos volvemos y que ya nos veremos a su regreso.

—¡Perfecto!

El tema era quién se acercaba a decirles la buena nueva. A Raquel la dejamos al margen, no era la indicada ni se sentía con fuerzas de ver a nadie. Suficiente tenía con todo lo que llevaba encima. María y yo decidimos echarlo a suertes, porque aquello nos apetecía a las dos como una piedra en la garganta.

—Piedra, papel o tijera… 1, 2, 3…

Nunca se me dio bien ese juego ni ninguno de azar, así que acabé palmando con un claro 3 a 0. María no se escondió de sonreírme victoriosa y respirarme en la cara el alivio de no tener que acercarse a la bicha de Jud. A mí, más que por Jud, me daba apuro acercarme a Hera, en el fondo seguía sintiendo esa tonta atracción del despecho por ella, y la noche anterior ella se había soltado en el jueguecito. Jud me era indiferente, estaba por encima de sus palabras y de sus lanzas a matar llenas de amargura, de una vida tan expuesta para los placeres materiales. No sentía desprecio por ella, pero sí cierto resquemor por sus maldades y prejuicios soberbios. Podía comprenderla porque, por desgracia, por mi vida han pasado especímenes similares y conocía muy bien su manera de proceder, pensar y capturar el mundo. No me apetecía cultivar más la empatía, sino mostrarme implacable en la desaprobación de sus actos, palabras y ademanes. Ella se había labrado su propio exilio, su propia exclusión. Yo no era nadie para impedírselo, ni para rescatarla de ese destierro elegido.

María y Raquel se fueron directas a los bungalós y yo me largué a buscar a las chicas en el trozo de playa acordado. El barco salía en menos de una hora y no había tiempo que perder. Me paré en un puesto ambulante y me compré un zumo de frutas para calmar la sed y recomponer un poco antes del encuentro mi cuerpo, que andaba empachado de sobresaltos. Lo bebí de un trago y lo sentí como savia de nutrición y vitalidad. Seguía pensando que todo aquello no sería más que un retraso cualquiera y un mal pensamiento circular que nos había alertado sin motivo real. Cuando una viaja, siempre sufre desajustes hormonales y retrasos o adelantos con el periodo. Si bien era cierto que Raquel siempre había sido un reloj y llevaba casi quince días de retraso, eso no era suficiente indicador para pensar en lo peor. ¡Sí! ¡Peor! Un embarazo siempre es un notición, pero no siempre de los buenos.

Alcancé a ver a Hera a lo lejos. Estaban sentadas en hamacas con sombrilla. Hera llevaba un sombrero de paja y tenía el pelo recogido en una trenza. Jud…, apenas me fijé en ella. Seguía leyendo a la Duras y tapando su cuerpo con una camiseta de tirantes. «¡Acomplejada!». A la par que me acercaba, me salía la mala hostia, no me apetecía ni mirarla, ni decirle, ni que me dijera, ni que me mirara. Tenía que hacerlo y lo hice.

—Nos vamos a Bali. Raquel, María y yo nos volvemos en el próximo barco.

Mantuve la mirada al infinito, esperando cualquier reacción, palabra o pregunta. No fui capaz de mirar a Hera, menos a Jud.

—¿Ha pasado algo?

Fue Hera la que preguntó. Negué la mayor y me mantuve seca, distante y haciendo notar mi cabreo, mi herida de la noche anterior. Jud no abrió el pico, ni siquiera sé si levantó la vista de su libro, Hera sé que me examinó intentando saber la verdad. Me vio cerrada y desistió en su intento de hacer más preguntas. Me respetó y, en el fondo, comprendió mi huida. Pasarnos un día más en las Gili juntas habría sido una incomodidad después de lo ocurrido. Ante su silencio, bajé la vista y nos cruzamos la mirada. Me enterneció un poco verla preocupada de verdad y con ganas de decirme y hasta disculparse por todo el trago vivido esa noche. Con una rápida media sonrisa la quise tranquilizar, aunque reconozco que me duró poco mi compasión debido a mi cabreo y orgullo. «¡Podías haberte disculpado esta mañana!». Volví los ojos al horizonte, metí el pie en la arena, esperando cualquier comentario más. No lo hubo. Silencio incómodo que rompes contando hasta tres.

—Nos vemos en la villa entonces. Hasta luego.

—¡Pasadlo bien!

No me giré para despedirme, aunque me pesara el cuerpo para lo contrario. Seguí caminado, con la cabeza medio rígida y el pensamiento sumergido en la culpa. ¡Hay que joderse con la maldita culpa! ¿Acaso no tenía yo sobrados motivos para no volverme a despedir? ¿Por qué me sentía mal por demostrar mi malestar? Estaba cansada de ser la que entendía. De tanto consentir, había perdido el norte de mi vida y pasado los años como una apisonadora por todos mis sueños. No quería volver a ser esa, pero los malos hábitos son los más difíciles de erradicar. Y la culpa, más que un mal hábito, era la peor de las consejeras. Siguió a mi lado todo el camino, picoteando mi seguridad y mi calma. No la escuché y, como el mono de fumar un cigarrillo, se dio por vencida y se esfumó de mi lado.

La vuelta a la isla de los dioses fue una pequeña pesadilla. Nos metimos como todos en el interior y viajamos como sardinas con un grupo de australianos empeñados en hacer del viaje un concierto. Las tres no estábamos para fiestas y mucho menos nos apetecía un pseudocantante en nuestra oreja. María intentó a berridos y dosis de mala hostia cancelar el concierto infernal, pero fue imposible. Desistimos, deseando llegar a puerto cuanto antes. Yo tenía la necesidad imperiosa de hablar con María y que me contara cuáles eran los pasos a seguir.

—¿Estamos seguras de que en las farmacias de aquí venden Predictor?

¿Cómo íbamos a tener la seguridad de aquello? Ninguna miró por internet si se podría comprar en Bali el Predictor. Ninguna imaginó que estaríamos metidas en un barco con la sospecha de que una de las tres estuviera embarazada. «¡Qué fuerte!». No dejé de frotarme la cara, deformármela con los dedos, estirarme los ojos a ver si con esos ejercicios de gimnasia facial conseguía darle algo de lucidez a todo aquello. María me hizo un gesto con la mirada y se levantó. No me lo pensé dos veces y fui tras ella. Fue directa al culo del barco y se puso en la cola para el baño con la mirada baja y las manos en los bolsillos.

—Álex…, será mejor que no esté embarazada… ¡Porque se nos avecina un gran marrón!

—Seguro que todo se queda en un susto, ya verás…

Solo se me ocurrió decir eso, porque intuía que la cosa podía empeorar y me sentía algo impotente en aquellos momentos. María me contó que Raquel estaba fuera de sí, que aquello la había dejado con el estado de ánimo por los suelos. Llevaba una semana pensando lo peor y viviendo una pesadilla interior. No podía creer que todo aquello le estuviera sucediendo, siempre había sido muy cuidadosa con tomar precauciones y muy regular, escrupulosamente regular con sus periodos. No había dejado de recordar todas las veces y todas ellas había tomado precauciones. Dejó pasar los días con la esperanza de ver el sangrado y la espera se volvió en su contra, comenzó a sentir náuseas y el cuerpo tan extraño que se asustó. Tardó en contarlo porque no quería ni pronunciar la posibilidad de haberse quedado embarazada, no podía soportar la idea de que pudiera ser una realidad. No estaba preparada para enfrentarse a aquello. Era muy joven o ella se sentía muy joven y, sobre todo, no entraba en sus planes un embarazo.

—Y...

—Será mejor que te concentres en el «y... ¡no!», ¡porque la otra opción no quiero ni contártela, Álex! Mejor que sea que no. ¡Menudo marrón! ¡Menudo marrón!

María estaba también muy desanimada y superada con todo aquello. Estaba claro que ya podíamos rezar para que todo quedara en un susto, porque me temía que, de lo contrario, la cosa podía complicarse. No me atreví a preguntarle más, pero intuí que Raquel no querría seguir con el embarazo y allí se me bloqueó la mente. «¿Abortar? ¿En Bali?». Preferí concentrar mis rezos en que todo quedara en una pesadilla, un toque de atención y... ¡ya!

Pasamos el resto del trayecto en silencio, con los granujas de la canción solfeando en nuestros oídos y el mar revoltoso. Cerré los ojos y quise olvidarme de todo. De nuevo, la vida enseñaba sus garras. Yo solo esperaba que se quedara en un suave zarpazo y no en uno de los envites de los que por poco no te levantas. Desde que Raquel nos lo había contado, había dejado de esforzarse en el disimulo por sonreír, por hablar, por estar presente. Se sentía ausente, era un alma en pena, estaba abducida por el miedo de la sospecha. Necesitaba hacerse esa prueba y comprobar que no había sido nada más que un amago de realidad. María se había quedado frita y apoyaba la cabeza en el hombro de Raquel, que intercambiaba miradas con su propio reflejo en el cristal. No cerró los ojos, era incapaz de despegar la mirada de sus temores. La comprendía muy bien. A los veintitrés pasé por una experiencia parecida, pero estaba en la civilización y apenas me duró dos días, porque amanecí con sangrado. Los recuerdo como unos de los peores días de mi vida, y se me pasaron cientos de pensamientos cruzados por la cabeza. ¿Qué habría pasado de estar embarazada? Siendo ya madre, con cuarenta y tres años y más madurez que entonces, no supe responderme a esa pregunta. No me arriesgué a la certeza de que habría seguido adelante. El padre era un descerebrado alemán y, seguramente, lo habría tenido sola. Con la ayuda de un padre, el mío, que apenas se apaña para asumir su propia desgracia, ¡como para aliviar la mía! No había vuelto a recordar aquellas cuarenta y ocho horas de angustia hasta Bali. Sentada en aquel asiento, con las manos entrecruzadas y los ojos cerrados, viajé en el tiempo. Traté de imaginarme qué habría pasado de no sangrar, de haber fecundado y tener que decidir. Cuando se vive en carne propia, toda la teoría se deshace a tus pies. Raquel llevaba un retraso importante y, si a sus veintinueve años siempre había sido un reloj…, todo estaba bastante claro. Sentí un escalofrío interno, porque había muchas posibilidades de que estuviera embarazada. En el fondo, las tres sabíamos que el milagro sería que no lo estuviera, pero ninguna se atrevía a plantear la evidencia hasta comprobar los hechos.

Made nos estaba esperando con su sonrisa y su flor blanca en la oreja. «¿Existen aquí los embarazos no deseados?». No me lo había planteado y, con mis míseros conocimientos de budismo, apenas sabía qué pensar. «No deseado». Estaba convencida de que no es que no solo no existía el concepto, sino que para ellos sería difícil de entender. Una sociedad que vive para agradecer lo que la vida le ofrece…, es imposible que gaste un minuto para no recibir con agrado un embarazo. María le indicó que necesitábamos ir a una farmacia grande para comprar un medicamento específico de alergias.

—*What kind of allergies?*

—*It's difficult to explain, but I'm sure that we'll find the medicine in the biggest.*[3]

Permanecimos en silencio en la furgoneta. Apenas había intercambiado cuatro palabras con Raquel desde que me había enterado de todo. Pensé en mantener una conversación cualquiera para distraerla, pero desistí ante sus monosílabos por respuesta. No había nada que hablar hasta hacer el maldito test de embarazo. Las tres estábamos casi convencidas de que las farmacias de Bali venderían el producto, pero la certeza absoluta no la teníamos. ¡Ni siquiera si vendían condones! Fue Blanca la que entró en la farmacia cuando me hice el esguince, así que no había pisado una en todas mis vacaciones. La isla era un oasis para casi todo en Indonesia. Un paraíso para turistas, así que todo parecía indicar que encontraríamos el test de embarazo.

A las dos horas llegamos a una farmacia suficientemente grande y la más cercana a la villa. María y Raquel salieron casi de la furgoneta en marcha, yo me quedé con Made. No hablamos tampoco de nada, él no me preguntó, yo rezaba en silencio para que dieran con el Predictor.

---

[3] —¿Qué tipo de alergias?
—Es difícil de explicar, pero estoy segura de que encontraremos la medicación en la más grande.

Gonzalo y yo vivimos unos de los momentos más felices de nuestra vida con ese aparatito y el positivo. Hacía meses que andábamos buscando que me quedara embarazada, era el cuarto test que me hacía y, sinceramente, estábamos más convencidos del no que de lo contrario. Nunca he sido regular en los periodos, sufro de endometriosis y ya comenzábamos a pensar en el proceso de hormonación. Casi me quedo sin tráquea del abrazo que me dio Gonzalo. Los dos comenzamos a botar abrazados y nos comimos a besos. ¡Estaba embarazada! Él lloró; yo no, pero casi. Alegría tuve, pero sentí un golpe de responsabilidad al tiempo que conocía mi estado. «¿Voy a ser madre?». Me cagué de miedo, mientras veía a Gonzalo dando botes por toda la habitación, llevando sus brazos al cielo y gritando de alegría. Ser padre siempre había sido su ilusión, más que mía, y por su insistencia yo he sido madre. Me senté en la punta de la cama, con el aparatito entre mis manos, y me mantuve inmóvil un buen rato. Gonzalo se abalanzó al móvil para llamar a su madre. Daba igual si era precipitado, si lo razonable hubiera sido esperar a ir al médico y confirmarlo. Él llamó con lágrimas en los ojos y, casi sin poder hablar, le dijo a su madre lo que desde hacía tiempo había soñado.

—¡Mamá, vas a ser abuela! Mamá, mamá… ¡Álex está embarazada! ¡Voy a ser padre! ¡Mamá, voy a ser padre!

Iba de un lado para otro de la habitación dando saltos. Parecía un niño, nunca lo había visto tan alegre como aquel día. Nunca lo volví a ver así, hasta que nació Yago. Ese día casi se desmaya de la emoción. Con los años, no se le ha pasado la devoción, sino que ha ido en aumento y se ha convertido en un padre ejemplar, en un padrazo con el que he aprendido muchas cosas sobre eso, y todas buenas. A mí, en cambio, después de la instintiva alegría, me dio un síncope. «¿Voy a ser madre?». Me quedé como un pajarillo caído del árbol que del golpe se ha quedado desorientado y apenas se sostiene en pie. Estaba como drogada, flipada con la noticia. «¿Voy a ser madre?». Era como si me hubieran hecho una lobotomía, y mi cerebro se hubiera quedado hueco con una sola pregunta dando vueltas: «¿Voy a ser madre?». No era capaz de avanzar ni retroceder. Estaba paralizada, vuelta del revés con aquella realidad. Pensé en mi madre, en la de cosas que me habría dicho. En si mi reacción habría sido como la de Gonzalo, marcar el número de casa y, a gritos entrecortados por la emoción, anunciarle que iba a ser abuela. Me puse triste, porque no podía compartirlo con ella, pensé en mi padre. Me alegré por él. Gonzalo seguía dando vueltas por la casa, iba y venía repitiéndose como un papagayo:

—¡Vamos a ser padres! Álex, ¡vamos a ser padres!

Me besaba, me llenaba de besos, me cogía la mano, me abrazaba y volvía con lo mismo. Saltos, vueltas por la casa. Yo, en cambio, creo recordar que me costó casi una hora despegarme de la punta de la cama. Estuve dos días con el Predictor en el baño, entrando y saliendo para mirar otra vez el resultado. «¡A lo mejor con el tiempo cambiaba!». A la semana, el doctor nos confirmó la noticia. Era una realidad: ¡estaba embarazada!

Raquel y María salieron corriendo con una bolsa en la mano cada una. «¡Bien! ¡Lo han encontrado!». Se metieron en la furgoneta y le dijeron a Made que nos llevara lo antes posible a la villa.

—Hemos comprado tres. Por si da error, no funciona o hay que contrastar el resultado, ¿sabes?

Raquel seguía como un pequeño holograma. No pronunció palabra tampoco. Estaba consumida por los nervios. Había llegado la hora de saber si sus sospechas eran infundadas o toda una realidad. Ninguna de las tres habló, el trayecto apenas duró veinte minutos, pero se nos hizo eterno.

Las tres nos metimos en la habitación de Raquel. María, sentada en el suelo, leyó las instrucciones después de casi haber destrozado la caja al abrirla.

—Retire el capuchón. Moje el absorbente directamente mientras orina. Manteniéndolo bajo la orina al menos cinco segundos. Después, mantenga el test hacia abajo sin girarlo. Introduzca otra vez el capuchón. Coloque el *stick* en un lugar plano con los visores hacia arriba y espere cinco minutos.

Yo me sabía el procedimiento de memoria. Pero ni Raquel ni María se habían hecho nunca un test de embarazo. Después de leer las instrucciones con una calma contenida, María alargó el brazo para pasarle el *stick* a Raquel. La pobre tardó unos segundos en recogerlo. Se quedó mirándonos con cara de pena y pocas ganas de proceder.

—Ahora no tengo pis.

—Seguro que, si te sientas en la taza del retrete, te entra pis.

—Son los nervios. Tranquila, Raquel...

De nada servía lo que le pudiéramos decir. Raquel sabía que había llegado la hora de comprobar si sus temores eran ciertos.

—Si no nos sale bien o no nos fiamos del resultado, tenemos dos más, así que tranquila... ¡Haz pis, por favor!

María intentaba mantener la calma. Le costaba, porque todas estábamos muy nerviosas con la situación. María prefería ir paso a paso y, con cada decisión o noticia nueva, pensar el siguiente paso. Raquel entrecerró la puerta del baño y procedió a orinar.

—¡Abre el grifo del lavabo! Te ayudará...

A mí siempre me funcionaba cuando no tenía pis. Y sabía que no sería agradable estar meando mientras nosotras esperábamos fuera.

—No te olvides de mantener el *stick* unos cinco segundos bajo la orina y luego, sin moverlo ni girarlo, ponerle el capuchón. ¿Entendido?

—Sí, hermana, sí. Dejadme unos minutos tranquila, ¿vale?

María y yo nos miramos en silencio. Me había sentado en el suelo también y jugaba con una goma de pelo de Raquel. «Y si está embarazada, ¿qué?». No me atreví a preguntarle a María, porque bastante tenía con hacerse la fuerte y encajar como fuera el marrón que se nos presentaba si Raquel daba positivo en el test.

—¿Qué fiabilidad tienen estos tests?

—Más de un noventa por ciento.

María arrugó la nariz y se rascó el cuello, levantando la barbilla. Pensaba, trataba de digerir toda aquella situación y prepararse para lo peor.

Raquel salió del baño sin el *stick* y se sentó también en el suelo. Estuvimos un buen rato en silencio. Solo se oían nuestras respiraciones y pequeños carraspeos que rompían la tensión del momento.

—¿Lo has hecho bien? ¿Dónde has dejado el *stick?*

—Sí. Está en el baño.

—¿Quieres que lo vaya a mirar yo o prefieres ir tú?

—No sé... Mejor tú, ¿no? Bueno... ¡No! Iré yo..., lo tengo que hacer yo, hermana...

Fueron cinco minutos eternos para las tres. Intenté fijar mi atención en otra cosa que no fuera el reloj del móvil. Me fue imposible, lo miré cien veces antes de que transcurrieran los cinco minutos. Raquel quiso esperar un minuto más por si las moscas y, pasado el tiempo, se levantó y miró si había doble rayita. La vimos por el reflejo del espejo; su caída de brazos, su cuerpo casi inerte e inmóvil, su caída de cuello, su mirada al interior del lavabo. No reaccionaba y a nosotras nos iba a dar un pasmo. María se levantó de golpe y fue al baño. Agarró el *stick* y de un impulso su cuerpo se quedó como el de Raquel. Tardó unos segundos en respirar y reaccionar con una ráfaga de «¡joder!, ¡joder!, ¡joder!» seguidos, y comenzó a dar vueltas por la habitación con el *stick* en la mano. Raquel no se movió ni un milímetro. La escena era de lo más kafkiana. Yo todavía desconocía lo que había ocurrido. Si había dado positivo o negativo.

—María...

No me atreví a lanzar la pregunta en voz alta, la Velasco me miró y afirmó con la cabeza. Sentí un nudo en el estómago, me tapé la cara con las manos y traté de recomponerme de aquello. Raquel estaba embarazada y, por lo que su hermana me había contado en el rápido, ¡no quería tenerlo! Quería abortar... ¿En un país donde el aborto está prohibido por la ley? Tuve claro que el siguiente paso sería hacer las maletas y comprar dos billetes de vuelta a España. Era el final de la aventura para las hermanas Velasco. Suponía que María regresaría con su hermana y que lo de quedarse en Bali se pospondría para el futuro. Supuse muchas cosas sentada allí en el suelo de esa habitación, con Raquel descompuesta en el baño y María como un caballo desbocado saliendo y entrando de la habitación.

Por tozudez y desconcierto, por una y por la otra. Gastamos los otros tests de embarazo. Aunque hubiera más de un noventa por ciento de fiabilidad en el resultado, la cosa era lo suficientemente grave como para cerciorarse con los otros tests. Todos salieron positivos. Claros. Ninguno dudoso. Raquel estaba embarazada y debíamos decidir el siguiente paso.

Estuvimos un par de horas desorientadas. Raquel se encerró en la habitación y no paró de llorar. María y yo nos quedamos fuera, nos pillamos unas Bintang y analizamos la situación en voz baja, sin que Raquel nos oyera.

—¿Cómo que no quiere volverse a España?

—Pues lo que has oído, que no quiere seguir con el embarazo ni abortar en España. Así que ya puedes ayudarme a pensar qué hacemos... En Bali, imposible, ¿no?

—Yo creo que sí. En Indonesia creo que está prohibido, pero…, ¡joder! ¡No lo sé!

Si no me había informado de casi nada sobre la isla, mucho menos sobre si es posible o no abortar. Me temía que no era posible y que…, si Raquel no quería volver a España, tendríamos que buscar otra vía. Estaba claro que ni María ni yo éramos expertas y que a Raquel, tal y como estaba…, mejor no tenerla en cuenta. Cada cierto tiempo, María soltaba un «¡no me lo puedo creer!», y tenía toda la razón. Apenas habían transcurrido cinco horas desde que primero nos enteramos de la posibilidad, luego pasó a certeza y ahora buscábamos un lugar para abortar.

—¿Tú eres pro vida o pro aborto?

Me la lanzó sin venir a cuento. Mirándome a los ojos muy seria, como si, dependiendo de mi respuesta, pudiéramos seguir hablando o sería mejor que me dedicara a tomar el sol.

—Lo digo porque ahora yo soy pro mi hermana, ¿sabes? Y todo esto es muy complicado y apenas sé cómo manejarlo, pero te aseguro que no voy a juzgarla. No pienso juzgarla por la decisión que ha tomado. No voy a perder un segundo en juzgarla. Y no voy a consentir que nadie la juzgue ni la mire mal. Así que… mejor que me digas cuál es tu postura en esto, porque no quiero encontrarme con una mala mirada tuya a mi hermana y tener que partirte la boca.

María se mostraba algo agresiva. Estaba teniendo un ataque de pánico y descargó contra mí. Empezó preguntándome y, sin que me diera tiempo a procesar la respuesta, ya me estaba acusando de ser una intolerante con los problemas de los demás y una sentenciadora insensible.

—Aunque seas madre…, puedes entender que el resto no quiera o decida no serlo, ¿no? ¿O es que toda mujer que se queda embarazada, por los motivos que sea, no puede elegir? ¿Es un derecho o una obligación? Estoy harta de que se demonice a las mujeres que deciden abortar. ¡Sí, abortar! Si mi hermana quiere abortar, yo voy a llevarla a la mejor clínica de no sé qué puto lugar del mundo para que lo haga y… ¡se olvide! ¡Sí! Se olvide de que todo esto ha sucedido, porque todo esto es una putada que no tenía que haber ocurrido. ¿Me entiendes?

No sabía cómo parar su soliloquio. Decidí dejarle soltar toda la rabia y el desconcierto que llevaba dentro. Que mezclara su realidad, sus frustraciones, con las de su hermana. Mi realidad con la suya y viceversa. Le dejé descargar su ira con el mundo, con el universo por permitir que todo aquello estuviera pasando. Le dejé sacar su tormenta hasta que se echó a llorar de agotamiento y desconsuelo. Su hermana pequeña se había quedado embarazada, estaba encerrada en una habitación llorando, no quería salir y… ella tenía que ejercer por primera vez de hermana mayor y solucionar todo aquello. María estaba muerta de miedo por su hermana y por ella. No sabía por dónde empezar a buscar ni tenía ni idea de nada relacionado con aquellos menesteres, y menos en el culo del mundo. Estaba claro que lo primero que debíamos hacer era calmarnos, respirar un poco y buscar a alguien que nos pudiera asesorar. Si estaba decidido que Raquel no quería volver a España a abortar, teníamos que encontrar el lugar para hacerlo.

María se acordó de su amiga Merche, enfermera de una ONG. Merche era una trotamundos que siempre estaba al servicio de los demás y seguro que nos daría la solución. La llamó, pero no contestó. Mensaje y a esperar su llamada de vuelta. Ni cinco minutos pasaron. Estuvieron media hora hablando y acordaron telefonearse en una hora. Merche se asesoraría y localizaría el mejor lugar para acudir. Me parecía increíble estar hablando de aquello, gestionando un aborto por teléfono. Me consideraba una mujer progresista, pero todo aquello me había descolocado por completo. Tras el desconcierto inicial, pasé por distintas fases, incluso llegué a sentir una especie de rechazo por lo que estábamos haciendo. Pero detuve mis pensamientos, porque se lo había prometido a María y porque, si no me había puesto a censurar a la gente, no era el momento de hacerlo.

—¿Y quién es el padre?

María se paró en seco. Ni siquiera había pensado en ello. «¿Y el padre?». Era algo que no había preguntado a su hermana, y quizás debían hablarlo antes de seguir con todo adelante. Raquel seguía sin salir de la habitación, había echado la llave y no había manera de entrar. María llamó varias veces, pero no obtuvo respuesta. Estaba convencida de que el padre era el capullo de Lindonn, el australiano surfero que la dejó por otra, y seguro que hicieron mil y una guarradas en la cama.

—Pueden hacer las que quieran y no pasa nada... La cuestión es haberlas hecho sin protección.

María tenía la seguridad de que el padre era Lindonn y, aunque así fuera, no debíamos perder más tiempo en él si ya se había decidido el tema de abortar. En el fondo, sabía que María tampoco estaba tranquila con aquella decisión tan precipitada de su hermana. Apenas había hablado y no creía que fuera una decisión para tomar a bote pronto. Debía hacerse con calma, reflexionar sobre ello y, una vez hecho todo eso, decidirse. Cabía la posibilidad de que Raquel se echara para atrás y planteara varias opciones.

— Seguir adelante con el embarazo.
— Abortar, pero volver a España.
— Seguir con el plan de abortar cuanto antes fuera de España.

Merche llamó en menos de una hora. Había localizado el mejor lugar e incluso hablado con el centro para saber las condiciones. Era preciso enterarse de todo y no dar ningún paso en falso.

—Sí... De momento, sí. Quiere abortar... Sí, sí... Merche, lo he intentado, pero no quiere llegar a España y ver la cara de mis padres... ¿Qué quieres que haga? ¿Acaso soy yo la que está embarazada? Bueno... Ya, ya, ya... Perdona, estoy algo nerviosa.

Mientras María terminaba de hablar y anotar las instrucciones de Merche, se abrió la puerta de la habitación y salió Raquel con los ojos hinchados y medio descompuesta. María seguía gritando y peleándose con su amiga, y no se percató hasta un tiempo después de que su hermana se había sentado en el porche y escuchaba toda la conversación. Estuvo diez minutos más, anotando y hablando más tranquila. Colgó, se fue a la cocina a por una Bintang y se bebió media de un trago.

—Raquel… ¿Qué hacemos? ¿Qué quieres hacer?

Silencio. Nadie habló en unos minutos. María y yo esperamos a que Raquel se arrancara a hablar y nos diera instrucciones o, al menos, opción a aconsejarla, guiarla en todo aquel lío.

—No quiero tenerlo. ¡Quiero abortar cuanto antes!

Seca. Fría. Sin derramar una lágrima ni pronunciar una palabra de más. Contundente. Firme. Raquel lo había decidido y, con un rechazo sorprendente hacia su embarazo, necesitaba abortar lo antes posible. Reconozco que me contuve de responder, de aconsejarle que se lo pensara con calma. Lo hice por respeto y porque no era yo la indicada.

—¿No deberías pensártelo un poco? Quiero decir…

—¿Quieres decir? ¿Te parece cruel? ¿Raro? ¿Inhumano?

Silencio. Ni María ni yo hablamos. Raquel estaba desconocida y no hubo forma de hacerla entrar en razón para que, como mínimo, se lo pensara con calma. Tampoco era nuestra decisión y, si ella lo tenía claro, el resto… lo único que podíamos hacer era ayudarla.

—¿Qué te ha dicho tu amiga?

Pregunté para romper la tensión, cambiar de tema y comenzar a ser prácticas. Aquello nos había descolocado a todas, pero debíamos tomar decisiones y no había tiempo que perder.

—Sídney.

—¿Sídney?

—Sídney.

Silencio. Fue la primera vez que Raquel levantó la mirada con algo de brillo. «¿Qué ha querido decir María con Sídney?». Todas lo entendimos a la primera, pero aquello empezaba a parecer una locura.

—Sí, Sídney. Billetes de avión, seis horas de ida y seis de vuelta. Cinco horas de proceso... y unos mil euros. Merche ha localizado la clínica y, si nos decidimos, nos dan cita para dentro de tres días.

Ya lo dicen, que hay que tener amigos hasta en el infierno. La enfermera de la ONG había resuelto la cuestión con un par de llamadas y, si lo decidíamos aquella noche, podíamos dejarlo todo organizado. María puso cierta cara de satisfacción porque, en menos de siete horas, había conseguido una solución a todo aquel embrollo. Ahora solo quedaba decidirse, comprar los billetes y darle la confirmación a Merche para que reservara la cita.

—¿Puedo pensármelo unas horas?

Raquel comenzaba a recobrar el conocimiento, la cordura y a reaccionar con cierta lógica. Estaba saliendo del estado de *KO* y necesitaba un poco de tiempo para tomar la decisión de embarcarnos a Sídney. A mí me quedaban apenas cinco días para la vuelta, pero..., después de pensármelo poco menos que cinco minutos, me acerqué a María y le dije que, de ir a Sídney, contaran conmigo, porque yo no las iba a dejar plantadas. María iba a necesitar un apoyo y yo me presté a serlo. Me abrazó como nunca me había abrazado, con tal fuerza que por poco me parte el cuello. Sé que jamás me lo habría pedido, pero mi decisión era un pequeño bálsamo.

Una vez conseguido que se despegara de mi cuello y dejara de agradecérmelo, pensamos que lo mejor sería mirar los vuelos por si… no fuera a… Raquel quería ir a la playa a pasear, pero necesitaba media hora. Se metió en el baño para asearse un poco. María y yo aprovechamos ese tiempo para rastrear el mercado y el precio de los vuelos. Vuelos directos por menos de mil dólares, imposible. Había plazas…

—El dinero no es problema, Álex. El tema es que mi hermana se decida. Compramos los billetes y en unas horas estamos de vuelta.

Made nos pasó a recoger y nos llevó a la playa más cercana a Seminyak. María y yo decidimos esperar a Raquel en el Zanzíbar, lleno de modernos y modernas. Aligeraríamos la carga de equipaje del día con unas Bintang y algo de sentido del humor, si éramos capaces de sacarlo, después de todo. No fuimos la alegría de la huerta, ni el objetivo de los surferos, ni el reclamo de los turistas, pero conseguimos soltar algo de tensión y hablar las cosas con calma, sin la presencia de Raquel. Las dos queríamos lo mejor para ella, pero la idea de volar a Sídney y abortar allí comenzaba a parecernos la mayor de las locuras. Coincidimos que lo suyo era hacerlo en España y aguantar el chaparrón de los padres o, en todo caso, procurar que no se enteraran. ¿Acaso tienen que estar informados de todo? No es de rigurosa necesidad ni de gran inmoralidad evadir verdades y evitar sufrimientos mayores. María sabía bien que se montaría un cristo de descubrirlo sus padres y lo mejor sería evitar tal pifostio.

—¿Y tú qué harías?

María no supo qué responder. Estaba hundida con todo aquello y sus planes de quedarse en Bali habían pasado a segundo plano. Entramos en un bucle insano. Necesitábamos convencer a Raquel de que desistiera de la idea de volar a Australia; dejarnos de aventuras de adolescentes y ser sensatas. Habían pasado ya unas horas desde que nos cayó el chuzo y caímos en la cuenta de que todo aquello era demasiado grave como para hacernos las aventureras. «Pero ¿cómo la convencemos?». María convino que hablaría con su hermana para que cambiara de opción si seguía con la idea de no seguir con el embarazo. Las dos prácticamente habíamos descartado cualquier otra posibilidad, bueno, la de seguir adelante. Nos dimos cuenta de que... quizás podía cambiar de opinión.

—¿Tú crees que podría..., quiero decir..., seguir con el embarazo?

—¿Por qué no?

María fue rotunda en su «¿por qué no?». El hecho de que su hermana siempre hubiera querido ser madre no era suficiente motivo como para que se echara para atrás y decidiera ser madre soltera. Algo muy complicado, de mucha soledad y poca comprensión todavía en la sociedad. Nos encallamos en la rotundidad del «¿por qué no?», no le dimos ninguna opción al «¿por qué sí?», que podía tener la misma fuerza si nos parábamos a pensar, pero lo dejamos estar por puro agotamiento y para dejar descansar a nuestras mentes, que llevaban horas haciendo integrales con el tema.

Sonó el teléfono de Bali. Ninguna de las dos quería responder, no fueran a ser Jud y Hera para preguntar cómo iban las cosas... Al final, María fue la valiente y descolgó.

—*A moment, please.*[4]

Ni Hera ni Jud hablaban en inglés... «¿Quién podía ser?». Me pasó el teléfono y pregunté con gestos y muecas quién estaba al otro lado. María pronunció en silencio y abriendo bien la boca M U L Y A D I. «¿Mulyadi? ¿El inspector de policía otra vez?». Me precipité sobre el móvil inquieta por Hendrick y por que pudieran haberlo encontrado. María me miraba nerviosa, me hacía gestos preguntándome qué pasaba. Yo le pedía con la mano que se callara y me dejara escuchar lo que me contaba Mulyadi. Su inglés era dificultoso para mí y apenas comprendía sus palabras.

—*Tomorrow morning? OK, OK... At twelve? No problem... Could you tell me if there is something wrong? OK, OK... Twelve in the morning... Yes, yes, yes, no problem.*[5]

Me quedé tiesa con la llamada de Mulyadi. Con el viaje a las Gili, el pelotazo de la noche y la bomba estelar de por la mañana, se me habían olvidado por completo Hendrick, las desapariciones y las muertes. De un golpe en la cabeza en forma de voz de inspector de policía balinés, desperté de nuevo y me pareció que había pasado algo gra-

---

[4] —Un momento, por favor.
[5] —¿Mañana por la mañana? Vale, vale... ¿A las doce? No hay problema... ¿Podría decirme si algo va mal? Vale, vale... A las doce de la mañana... Sí, sí, no hay problema.

ve. Mulyadi no me había contado nada por teléfono. Había sido tan parco en palabras como siempre, pero quería que acudiera a las oficinas con urgencia. Me esperaba al día siguiente por la mañana a las doce, y no había dado más detalles. Ni siquiera hizo el esfuerzo de tranquilizarme cuando le pregunté si había ocurrido algo malo. *I tell you everything tomorrow morning*[6]. ¡Será capullo! Me dejó con el corazón en un puño, con la certeza de que algo malo había sucedido con Hendrick y no quería contármelo. No era justo, no me parecía que aquel día se estuviera portando demasiado bien con nosotras. Primero lo de Raquel y ahora la llamada de Mulyadi.

—¿Qué más queda? ¿Gonzalo?

—¿Hera?

Miré a María con semiodio, me duró lo que tardé en soltar una enorme carcajada. Al fin había aparecido nuestro ansiado sentido del humor, y estuvo a punto de terminar con nuestras vejigas. Nos reímos por todo lo que no habíamos llorado aquel día. A veces la risa se confunde con el llanto y, si no, estoy convencida de que hacen el mismo servicio a nuestro organismo. Son perfectas vías para canalizar las energías o emociones que han quedado bloqueadas. Nos dio por la risa, pero podía haber venido perfectamente el llanto. Nos dejamos llevar…, pedimos un par de Bintang más y preferimos seguir riendo que dilucidar sobre tantos frentes abiertos. Esperamos a Raquel sin darle más vueltas, pasamos de enviarle un mensaje a Hera y a Jud… Y a Mulyadi lo enviamos a freír espárragos.

[6] Le contaré todo mañana por la mañana.

Hola, Yago:

¿Qué tal fue la acampada por los Pirineos? Tu padre me ha mantenido informada todos los días. ¡Qué lugar tan bonito! Por las fotos que me mandó tu padre, te lo debes de haber pasado de miedo. Me alegro de que poco a poco estés mejor y veas que tu padre y yo te queremos por igual, sin distinciones ni diferencias. El amor es indivisible y muy difícil de cuantificar, y ya sabes que amor nunca te va a faltar… Sabes que…, aunque esté a miles de kilómetros de distancia, sigo enganchada a ti. Conectada desde mi corazón… ¡Tengo tantas ganas de verte! Y de contarte toda esta aventura que… Ya, ya, «¡mamá, no te pongas plasta!», pero es que esta noche me ha entrado una necesidad de abrazarte, de achucharte, que… no he podido evitar escribirte. Te imagino durmiendo como un ceporrín, con los pies fuera de las sábanas y puesto boca abajo, medio babeante. Ja, ja, ja. Así duermes desde que eras prácticamente un bebé. La primera vez que te vi durmiendo así pensaba que te había pasado algo, porque casi ni respirabas. Yo… te lo he contado mil veces, de madre primeriza fui un horror, suerte de tu padre, que era el padre seguro y apañado. ¡Qué rápido pasa la vida! Tú apenas eres consciente, pero se va en un tris y apenas la estás saboreando. En esta isla, parece que el tiempo va más lento, te deja espacio para vivir y reflexionar sobre lo vivido. Todo anda más en calma y las sonrisas son fáciles de encontrar. No como en Madrid, que en el metro, si alguien sonríe, es el milagro del día. Sé lo que estarás pensando… Que yo tampoco soy la alegría de la huerta…

¡Cierto! Pero te aseguro que a la vuelta vas a verme muy cambiada. No te lo crees, ¿eh? Lo entiendo, porque solo uno sabe lo que ha cambiado cuando lo vive en sus propias carnes. ¿Sabes? Una de las cosas de las que estoy más orgullosa en esta vida es de ti, de ver cómo creces a la velocidad de la luz y te conviertes en un ser que me ayuda, que me enseña a ser mejor persona. ¡Mi hijo! ¡Mi hijo! Sí, Yago, estoy muy plasta esta noche, porque quiero confesarte lo importante que eres para mí, lo maravilloso que es verte crecer… Nunca diré que eres lo mejor que me ha pasado en la vida (es un peso que no te voy a otorgar nunca, hijo mío), pero eres mi firmeza. No he dudado un solo día de ti, desde que te parí en la decisión de traerte al mundo. Reconozco, te lo he contado mil veces, que, al enterarme de que estaba embarazada, entré en pánico. Yago, quería ser la mejor madre del mundo para ti y no sabía por dónde empezar, no contaba con los consejos de mi madre, tu abuela, y me sentí muy sola. Tu padre me enseñó a alejarme del concepto «perfecto» y disfrutar de lo que era. Ya no aspiro a ser la mejor madre del mundo… Soy madre, TU MADRE, y estoy y estaré incondicionalmente a tu lado. A veces tengo la sensación de que no te he dicho todo lo que siento por ti y tú me haces sentir. Mucho menos últimamente, que he estado asumiendo lo de tu padre y yo. ¿Sabes? Nunca te he escondido mis debilidades, no he querido mostrarme como «la perfecta», no he querido que me idolatres nunca, por eso siempre has sabido que la vida te pone en caminos que debes aprender a caminar. A la vuelta, quiero hablar mucho contigo sobre la separación de tu padre y yo. Sé que ha sido y es muy difícil para ti, por eso quiero que hablemos. Antes de que me marchara, no podíamos. Tú, porque me habías culpado de todo, y yo, porque no sabía ni explicármelo a mí misma. Pero te adelanto, como ya te dije, que jamás me oirás una mala palabra de tu padre, porque le quiero, le adoro y, sobre todo, le admiro como padre. Pero... el amor puede transformarse en otras formas... Y nosotros estamos haciendo el esfuerzo para que así sea. ¡Qué difícil!, ¿verdad?

¿Te gustaron las fotos que te envié del volcán? Bonitas, ¿eh? Aquí la naturaleza es gigante, soberana... Te sientes invadida con tanta planta, verde y palmeras. ¡Tu madre subió como una jabata! Ya sabes que cuando algo se me pone en la cabeza... ¡no hay quien me pare! Ja, ja, ja, ja.

¡Qué ganas de achucharte! Estoy en la habitación a punto de echarme a dormir, pero no puedo dejar de escribirte. Tengo una necesidad imperiosa de hablar contigo. ¿Sabes una de las cosas más bonitas de ser madre? Que en cada etapa de tu vida, hijo mío, yo aprendo muchísimo. Fuiste un tardón en levantarte, caminar e incluso... ¡hablar! Tu padre y yo, al ver que solo respondías con sonidos guturales, nos comenzamos a preocupar. Pero tú, ¡nada! Mientras el mundo te entendiera... ¡para qué hacer más! Ja, ja, ja. Luego, la etapa de tus preguntas hasta el infinito y más allá. Lo querías saber todo, te fijabas en la partícula más pequeña, en el detalle más ínfimo, y no te gustaba el «porque sí» o «porque no». ¡Agotador!

Recuerdo la bronca que le eché a Gonzalo porque te llevó con apenas seis años al Museo del Prado. ¡Menos mal que lo hizo! Descubrimos de la manera más casual una de tus pasiones. ¡La pintura! Gonzalo volvió como loco... Me contó que te quedabas extasiado mirando las pinturas. Que estuvisteis más de dos horas paseando y que te entró un berrinche porque no te querías ir. ¡Solo tenías seis años! Ja, ja, ja, ja. Sí, sí, estoy un poco plasta esta noche, pero... ya sabes... La ventaja del correo es que puedes leer en diagonal si no te apetece demasiado la pesada de tu madre. Ya sabes que cada uno con su libertad... Así que... yo me permito esta noche charlar contigo con este correo. ¿Me llevarás al Prado cuando vuelva? Me muero de ganas de ir contigo otra vez. Hace medio año que no lo hacemos y me encanta escucharte.

Yo algún día prometo traerte a conocer esta isla. Podríamos organizar el viaje juntos, ¿te apetece? Aunque tengo que darme prisa, porque en dos días iniciarás «la fase de desapego» y no querrás pasar demasiado tiempo con nosotros. Tendré que aprender de tu «yo y mi independencia». Sí, sí..., ¡no te rías, Yago! Tu madre lo llevará mal al principio, porque estaré en la fase de aceptación de «mi niño ha crecido y no me necesita». Solo espero que no perdamos nunca la comunicación, nuestras charlas, nuestros momentos para contarnos nuestros secretos y dejar volar nuestra imaginación.

Echo de menos la «Noche de los sueños». ¡Hace mucho que no la practicamos! Sí, sí, me volví a ganar lo de «plasta», pero es que tengo tantas ganas de verte, tanta necesidad de compartir cosas contigo que... te propongo cien planes para que elijas el que más te apetezca. A mí la noche de tejer sueños me apetece mucho. Lápiz, papel, quemador de deseos, *pizza,* palomitas, pelis... ¿Qué más se puede pedir?

Propón tú también. Será mejor que vayas pensando, porque a la vuelta vamos a pasar una buena temporadita juntos. Papá se pilla las vacaciones y nosotros nos quedamos en casa. Por cierto, he decidido pintar las paredes y hacerlo yo misma. ¿Te apuntas? Quiero cambiar cosas de la casa y mover muebles, y, si hay que pintarlos también de blanco, lo hacemos. Me apetece mucho el blanco y poco el color madera. Si quieres, también le damos un repaso a tu habitación y cambiamos tu escritorio, que ya tiene unos añitos...

Yago, tengo una energía... Tengo unas ganas de vivir, de compartir, de soñar... Esta isla me ha cambiado por dentro y por fuera. Ya, ya..., estoy un poco delgada, pero no te preocupes, que a la vuelta nos ocupamos de eso, ¿vale? Me han pasado muchas cosas por la cabeza, y una de ellas eres tú.

Aquí se ven muchos niños, he visto alguna mujer embarazada, pero pocas, y es una isla que hace un tributo muy grande a la vida. Por cierto, te he comprado unas pulseras... ¡Te van a encantar! ¡Ya verás! Aquí hay cientos de las que te gustan... Sí, sí, de cuero... Ya sé... ¡Aaah! Y lo del surf..., tu madre no tuvo la mejor de las experiencias, ¡pero a ti te encantaría!

Oye..., sé que estás dormido, que acabas de llegar de la acampada, pero haz el favor de contestarme rápido al correo y contarme qué tal te ha ido. No, no, si no quieres no me cuentes tu reencuentro con Marta… ¡Sí! Ya sabes que… de todas tus pseudonovias… ¡Marta es mi preferida! Eso a ti te tiene que dar igual, que te lo da, pero yo no voy a dejar de decirte lo que a mí me parecen tus gustos, siempre que los compartas conmigo. Otra cosa es… que decidas callarte…

Bueno, hijo…, se me cierran los ojos… Estoy que los dedos seguirían a ciegas escribiéndote y contándote todo lo que tu madre está viviendo en esta isla, pero ya sé que tu paciencia es finita. ¡Eso lo has heredado de mí!

Espero que aproveches los días sin mí, porque tu madre vuelve en plena forma y con ganas de hacer muchas cosas. Aviso a navegantes: ¡¡¡a la vuelta hay cambios a babor y estribor!!!

(Ahora me pongo sentimental, no vale pasar de líneas).

Te quiero mucho, hijo. Te quiero, te quiero, te quiero, te quiero, te quiero… Te quiero muchísimo. Y si algo tengo claro en esta vida, es que no dejaré de quererte ni un segundo de mi vida. Lo escribo y me emociono. Y doy las gracias a la vida por tenerte. Eres un regalo, un aprendizaje constante, el gran reto de mi vida. Ya sabes lo que siempre te digo: da igual lo que el mundo opine, lo importante es lo que tú quieras. ¡Adelante!

Besos,

tu madre

Trece

Denpasar era el rincón de la isla con menos encanto. La capital, el agujero prefabricado, contenedor de burocracias. La humareda gris de Bali, el lugar donde sientes más la humedad y la contaminación. Aquella mañana, el tráfico me insultaba tanto como la incomodidad de volver a pisar los suelos del lúgubre edificio de las oficinas centrales del departamento de policía. Llegaba tarde y no me apetecía preguntarle a Made cuánto quedaba para llegar. Estaba metida en la furgoneta con los brazos cruzados, cara mustia de preocupación y cierto hartazgo de Mulyadi, los surferos y toda esa truculenta concatenación de desapariciones que ya se había cobrado tres víctimas. Lo peor es que podían ser más, y una de ellas, Hendrick. «¡Pobre Hendrick!». Estaba hasta cansada de darle vueltas al tema y no saber apenas nada. ¿Por qué me querrá ver el inspector? No tenía ni idea, pero estaba segura de que no era por una buena noticia. ¿Qué era tan importante que no me podía contar por teléfono? Dejé a Raquel y a María tomando decisiones, las Decisiones. Raquel se había acostado sin dar la Respuesta: Sídney… ¿sí o no? María no había querido presionarla por la noche, prefirió que durmiera la noticia y, por la mañana, hablar del tema con la calma que se merecía.

El día había comenzado que apuntaba maneras. Me había dormido y apenas le di un sorbo al café. Como consecuencia, no pude ir al baño y descargar como suelo hacer. Me fui con los intestinos llenos y con marcas de las sábanas en la cara. Tenía la esperanza de llegar con el tiempo suficiente para beberme un café por el camino. Las doce en punto. Atasco, sin café ni posibilidades de tomarlo y bastante mala hostia. El cansancio desemboca en cabreo, y yo comenzaba a estar más iracunda que legañosa. A pocos días de abandonar la isla, no me apetecía quitarme las chanclas. Los pies, como a los de esta isla, se me habían ensanchado —¡no exagero!— y los zapatos me apretaban.

—*Made, is it still far away?*[1]

Lo hice. Pregunté lo que no quería preguntar. Caí en la maldita responsabilidad de ser puntual. «¡Que espere!». Y, si no, a avisar.

—*I don't know. Maybe twenty minutes.*[2]

¿Veinte minutos? En aquella isla la puntualidad no era un requisito imprescindible, pero no sabía si lo era pa-

---

[1] —Made, ¿falta mucho?
[2] —No lo sé. Quizá veinte minutos.

ra... ¿un inspector de policía? Por si las moscas, tragándome el orgullo, llamé a Mulyadi y le avisé de mi retraso. Ni por asomo una palabra amable, *Thank you for calling!*[3] Nada, colgó casi dejándome con la palabra en la boca. Con ese hombre siempre me sentía al borde de la sudoración y del berrido en la cara. A mí ya comenzaba a molestarme ese trato poco cortés. Al fin y al cabo, yo no tenía nada que ver con el suceso, era tan solo una turista a la que no paraba de molestar y, como mínimo, me merecería un trato más cortés. «¡Esta mañana me pagas tú el café, Mulyadi! Y, si no..., ¡me largo!». Estaba decida a exigir un café con leche del bueno. Tenía que empezar a mostrar cierta autoridad con él, y enseñarle las buenas maneras de la isla, que parecía tener olvidadas.

Made me dejó en la esquina, a menos de cincuenta metros de las oficinas. Aquella mañana el calor era asfixiante o yo andaba con el termostato estropeado. Me sentía estresada, inquieta, angustiada. Nunca habría imaginado un final de vacaciones tan asfaltado y lleno de interrogantes. Me apetecía cerrar los ojos y verme en una de las maravillosas playas de la isla, sin más plan que darme unos baños, una buena siesta y ver la puesta del sol. En lugar de eso, estaba entrando en ese mausoleo habitado por seres sin sonrisa y no sabía si, al final del día, estaría cogiendo un avión con destino a Sídney.

—*Passport, please.*[4]

¿El pasaporte? La otra vez no me lo pidieron. Lo llevaba por si María me llamaba y tenía que salir zumbando de

---

[3] —¡Gracias por llamar!
[4] —Pasaporte, por favor.

allí, directa al aeropuerto. Me pareció raro. Intenté hacerme la despistada, incluso hice como que no lo encontraba.

—*Is it necessary?*

—*Yes!*[5]

¡Simpáticos! ¡Tremendamente agradables! No tuve más remedio que enseñarle mi pasaporte, mi sorpresa fue que me lo requisó sin darme una explicación.

—*Could you return my passport, please?*[6]

No solo no me hizo ni caso, sino que se fue sin decirme nada. La llamé un par de veces y se hizo la sueca. No pensaba moverme de ese mostrador sin mi pasaporte. «¿Por qué se habrá quedado con mi pasaporte? ¿Quieren retenerme en la isla? ¿Qué coño está pasando?». Llamé a Mulyadi, pero no me respondió. «¡El muy capullo ahora no responde!». Intenté sin éxito que alguno de los policías me ayudara a recuperar el pasaporte. Me intentaron tranquilizar con buenas formas y palabras que, con los nervios y su inglés, apenas entendí. Me miraban como si se me hubiera ido la cabeza, y se me fue. Consiguieron el efecto contrario, despertar a la fiera que, en menos de diez segundos, estaba chillando a todo pulmón.

—*If you don't return my passport, I'll call the embassy. Can you hear me?*[7]

Estaba a punto de llamar a la embajada o simular hacerlo cuando el ayudante de Mulyadi se plantó frente a mí. No pensaba moverme hasta que me devolvieran el pasa-

---

[5] —¿Es necesario?
 —Sí.

[6] —¿Podría devolverme el pasaporte, por favor?

[7] —Si no me devuelve el pasaporte, llamaré a la embajada. ¿Me oye?

porte. Si Mulyadi me necesitaba para algo, ¡que espabilara! ¡Yo no subía a ningún lado sin mi pasaporte! Escuchó mis gritos, mis aspavientos, mis amenazas y, cuando estaba a punto de echarme a llorar, la chica que me había atendido me devolvió el pasaporte sin más y desapareció con la misma agilidad que la primera vez. Miré al torpe ayudante, él me miró sin hacer una sola mueca, sin pestañear siquiera. Con las manos detrás de la cintura, esperó mi reacción. Abrí el pasaporte por todas las hojas y comprobé que era el mío y que no le habían arrancado nada. Lo guardé en el bolso. Me estiré la camiseta y respiré hondo.

—*Is everything all right?*[8]

¿Si todo estaba correcto? «Será cínico...». Era la primera vez en todo ese tiempo en la isla que comprobé que los balineses también entendían de cinismo. Aquel edificio resultaba ser el infierno de los dioses. Ni siquiera respondí a su pregunta, bajé la cabeza y esperé a que nos pusiéramos en marcha por el laberinto de pasillos hasta llegar al despacho de Mulyadi. No cruzamos ni una palabra. Mi cuerpo seguía que ardía y sería mejor que el inspector fuera cortés o me iba a entrar otro brote de descarga.

Abrió la puerta del despacho y recibí la bienvenida de Mulyadi con una bofetada de humo de cigarrillo de especias. No solo no se levantó de su silla, sino que ni tan siquiera despegó los ojos de los papeles que tenía encima de su escritorio. Me senté en la misma silla en la que me había sentado días atrás. Esperé en silencio a que Míster Simpatía se dignara a mirarme. La habitación estaba mu-

---

[8] —¿Va todo bien?

cho más caótica, desordenada y llena de papeles. La mesa de Mulyadi era un sinfín de montañitas de carpetas de colores, papeles arrugados, ceniza esparcida, bolígrafos desperdigados y varios paquetes de tabaco vacíos. «¡Es un cerdo!». Sentí un poco de asco de estar en ese despacho tan sucio, con un olor tan desagradable y tan lleno de mierda. Nunca he sido un ejemplo de pulcritud, pero aquello era difícil de sostener por mucho trabajo que uno tuviera, solo un mugriento podía convivir con tanta mierda por centímetro cuadrado.

Al cabo de unos minutos y después de haber apurado su segundo cigarrillo, Mulyadi alzó la cabeza y me miró.

—*Miss Blanc, good to see you again.*[9]

Pues a mí no me parecía bien volverlo a ver, pero no me quedaba otra. Después de saludarme, alzó la vista a las paredes y me invitó a seguirle con la mirada. Los corchos estaban mucho más llenos que la vez anterior. En un círculo, en rojo, la fotografía de tres chicos, supuse que eran los tres surferos fallecidos. Al lado de estos, fotografías de mujeres con semblantes parecidos al mío. «¿Por qué todas esas mujeres y yo nos parecemos físicamente?». Esa pregunta volvió a bailarme en la cabeza al comprobar que seguía existiendo esa particularidad en todas las mujeres.

—*All these women were the last ones to see the boys, isn't it right?*[10]

No me contestó con palabras, solo con la cabeza y de milagro. Había un mapa enorme con posiciones mar-

---

[9] —Señorita Blanc, encantado de verla de nuevo.
[10] —Todas estas mujeres fueron las últimas que vieron a los chicos, ¿verdad?

cadas con chinchetas y con rotulador líneas que unían esos puntos. El ayudante de Mulyadi estaba de pie a mi lado y reposaba su mano derecha sobre su pistola. El inspector se rascaba la cabeza y miraba fijamente el mapa. Empecé a ponerme nerviosa con tanto misterio, tan pocas palabras y un tío a mi lado con una pistola preparada. No me apetecía tirarme toda la mañana jugando a los policías y menos a las adivinanzas.

—*Could you bring me a coffee with milk, please?*[11]

El inspector me miró achinando los ojos y tocándose la barbilla. ¡Necesitaba un café y que ese mequetrefe dejara de pseudoamenazarme con una pistola! Le sostuve la mirada sin pestañear. «¡O me consigues un café o me largo!». Empezaba a estar hasta las narices de todo aquello y decidí dejar de tener miedo y comenzar a pedir. Mulyadi abrió varios cajones hasta encontrar un paquete de cigarrillos, se encendió uno y, sin apartar la humareda ni de sus ojos ni de los míos, se dirigió a su ayudante. Seguí mirándole, pestañeé cuando él no miraba, puse mi mirada más retadora y me mantuve así. Hablaron un buen rato en su idioma, Mulyadi levantó la voz y pegó un golpe en la mesa que me hizo temblar desde los pies hasta la punta del pelo. Mantuve mis ojos en él, aunque mi mirada era para echarse a reír del miedo repentino que me había entrado. Mulyadi me miró, se sentó y su ayudante abandonó el despacho.

Nos quedamos a solas. Silencio. Mulyadi mirando los corchos; y yo, acojonada por estar allí y no saber qué narices hacía. El pulso se me había acelerado, sentía sudo-

---

[11] —¿Podría traerme un café con leche, por favor?

ración en las manos y una ganas tremendas de hacer pis. ¿Dónde se había metido el ayudante? Apreté la vejiga, pero los minutos pasaban y cada vez estaba más incontinente. Crucé las piernas y los brazos para intentar aguantar un poco más, cambié varias veces de postura para entretener mis ganas, tensé las piernas, probé todas las técnicas hasta que no pude más y, por pura necesidad, le pedí ir al baño. Mientras Mulyadi levantaba el teléfono sin demasiado garbo, yo ya me había puesto de pie y en posición de salida para hacer los cien metros lisos. Abrió la puerta otro policía vestido de pantalón, camisa gris y con la pistola a la derecha. De nuevo nos adentramos en el interminable universo de pasillos, esquinas ciegas y más pasillos. Sentí las primeras gotas de orina pidiendo paso, aceleré el ritmo y apreté como pude. Llegamos al baño y, por el ímpetu de la imperiosa necesidad, casi me cargo a una mujer al entrar. «¡Uf!... ¡Qué dolor!». Por un momento pensé que me lo hacía encima. Me quedé un rato sentada en la taza del retrete. Estaba toda sudada y necesitaba recuperarme un poco. Me tomé mi tiempo para salir. Me lavé las manos, la cara, respiré hondo, me vacié de paranoias infantiles y me llené de coraje. Salí siendo otra persona, altiva y con andar parsimonioso.

Entré en el despacho. Sobre la mesa, delante de mi silla, un enorme vaso de plástico. Al lado, un sobre de azúcar y una cucharilla también de plástico. Me senté con satisfacción y me dispuse a tomarme el café.

—*Is everything all right?*[12]

---

[12] —¿Va todo bien?

¿Es que en ese edificio era la única pregunta que sabían hacer? Respondí bajando la cabeza a Mulyadi. Sin palabras. El inspector sonrió, consciente de que había utilizado su mismo lenguaje, poco cortés y muy grosero. Ladeó su silla y siguió mirando los corchos. Me concentré en el café y en disfrutarlo con calma, mientras nadie me hablaba para contarme qué estaba haciendo allí sentada. ¡Delicioso! Era uno de los mejores cafés que había probado en esa isla. «¿Dónde lo han ido a comprar?». Miré en el vaso y en el sobre del azucarillo, no entendí la letra, pero me supo todo a gloria. Era una pena no haber pedido algún dulce para acompañarlo. Me había cambiado el humor, me había bajado la angustia y la mala leche, y mis índices de bienestar comenzaban a ascender. Me concentré en darle sorbos al café y eché una nueva ojeada a las paredes. Había dejado de tener prisa, estiré las piernas, colgué el bolso en el respaldo de la silla, e incluso me habría echado un cigarrillo.

Llamaron a la puerta. Entró el ayudante de Mulyadi y se dirigió al inspector algo excitado. Mantuvieron una breve conversación, Mulyadi se levantó con brusquedad de la silla y, sin apenas mirarme, salió escopetado del despacho. Su ayudante se fue tras él. Portazo y silencio. Mantuve durante unos segundos el líquido en la boca sin poder tragar. ¿Me habían dejado sola? Tragué y me hice la misma pregunta, ladeando absurdamente la cabeza a izquierda y derecha. ¡Estaba sola! Algo grave tenía que haber sucedido para que Mulyadi saliera de esa manera y me dejaran tirada como una colilla en aquel estercolero.

Solté el café y lo dejé sobre la mesa. Me levanté con suavidad para evitar hacer ruido. Miré la puerta para comprobar que no se movía el picaporte. Me puse frente a la puerta delante del escritorio, en el lugar de Mulyadi. Comencé a examinar todos los montones de papeles y carpetas, buscando algo que me diera alguna pista de lo que estaba sucediendo y no querían explicarme. Volvía a tener el pulso acelerado y la yugular alterada. Mis manos iban a toda velocidad, levantando papeles, mis ojos leían en grupos de palabras. Levantaba la vista a cada respiración para evitar ser pillada con las manos en la masa. Al final de uno de los montones, encontré una carpeta amarilla con el nombre de Hendrick van Veeldvoorde. Sentí cómo el pulso se me detenía por la emoción del hallazgo. Me apresuré a abrirlo para inspeccionar los papeles. Una ficha con sus datos, su dirección holandesa… «¡Joder! No entendía una palabra, porque todo estaba escrito en sánscrito. Pasé de los folios a las fotografías. ¿Mías? De Hendrick, del amigo de Hendrick… Había mucha letra, pero no entendía nada. El mapa de Bali y marcada con un círculo la zona de Kuta, con unas flechas, varios teléfonos. ¡Poco más! Antes de que entraran por la puerta, devolví la carpeta a su lugar. Coloqué todas las cosas como las había encontrado, aunque con tanto desorden habría dado igual que lo hubiera dejado tal cual. Me senté otra vez, agarré el café y, como si se tratara de una coreografía medida al milímetro, al punto de darle el primer sorbo, se abrió la puerta.

Mulyadi entró con la respiración algo agitada, acompañado, como un moco pegado a su espalda, de su ayudante. Se colocó frente a mí y me miró en silencio. Encendió un cigarrillo y se sentó en la silla pensativo. «¿Qué ha ocurrido?». No me atrevía a preguntar, pero cada minuto que pasaba en ese despacho sin saber nada me hacía sentirme como un animal enjaulado. Mulyadi le hizo una señal a su ayudante, al que le faltó tiempo para abandonar la habitación y dejarnos al inspector y a mí a solas.

—*We are very close to finalize the case, and we need you to go through the exam room. We have arrested four suspects.*[13]

¿Sala de reconocimiento? ¿Qué había querido decir con eso? ¿Sospechosos? ¿Qué tenía que ver yo con esos sospechosos? Mulyadi examinó con detalle mi reacción física a su comentario y esperó una respuesta. Observó cómo mis pupilas se dilataron, mi cuerpo se tensó y el vello se me erizó, como una gata que intuye peligro. A veces, una sola frase encierra mucho contenido. Y esa era una de las veces: finalizar, sala de reconocimiento, cuatro sospechosos. La buena noticia era que todo podía haber terminado cazando al hijo de puta que había decidido coleccionar y diseccionar surferos en Bali. ¿Por qué lo tenía que reconocer yo? Mulyadi no había apartado un segundo su mirada de mí, yo estaba aterrizando y tenía demasiadas preguntas de las que no estaba segura de querer saber la respuesta. «Si quieren que lo reconozca, es porque piensan que yo conozco al asesino en serie». ¿Había estado cerca del asesino todo ese tiempo sin saber nada? ¿Qué tenía que

---

[13] — Estamos cerca de cerrar el caso, y necesitamos que pase por la sala de reconocimiento. Hemos arrestado a cuatro sospechosos.

ver conmigo? Mis manos estaban clavadas como garras a la mesa del inspector, los dedos casi acalambrados, los brazos tiesos.

—*Can I refuse?*[14]

Ni siquiera gastó saliva para responderme. Movió la cabeza sin despegar sus ojos de los míos. No podía negarme a pasar por la sala de reconocimiento. Nunca había estado en una y no entraba en mis planes pasar por eso. ¿Era seguro? ¿Los detenidos permanecen retenidos o son puestos en libertad? Mulyadi abrió el pico para algo más que para soltar humo y trató de tranquilizarme. Me contó que el proceso estaba absolutamente controlado y que bajo ninguna circunstancia se ponía en peligro mi vida. Le pregunté qué tenía que ver yo con el asesino.

—*Sorry, but I cannot give you more information.*[15]

No me podía explicar qué tipo de relación debía de tener yo con el asesino en serie, pero sí me podía obligar a pasar por la sala de reconocimiento con los sospechosos para que señalara detrás del cristal el que me sonara de algo. Me puse de pie algo nerviosa. Mulyadi me pidió que me sentara y me calmara. Aquello comenzaba a parecerme una encerrona. «¿Por qué yo?». Por mucho que pensara, no obtenía una respuesta válida a ese «¿por qué yo?». Lo que estaba claro es que no pensaba conformarme con un insípido *I can't give you more information*, ceder a pasar por la habitación del pánico y tomármelo como una atracción turística de la isla de Bali. «¿Quién se ha creído que

---

[14] —¿Puedo negarme?
[15] —Lo siento, pero no puedo darle más información.

es?». Mulyadi, sin dejar un segundo su decimonoveno cigarrillo, me pedía, incluso me rogaba, que me tranquilizara. El moco de ayudante entró sin avisar, a mí me dio un vuelco todo, le vi cómo apoyaba de nuevo la mano sobre la pistola. Me puse contra la pared y le pedí a Mulyadi que ese ¡ingrato! dejara de amenazar a inocentes y se dedicara a buscar a los criminales. Lo hizo en su idioma, no entendí una palabra, no lo habría pillado aunque se lo hubiera dicho en inglés. Solo era capaz de escuchar el palpitar de mi corazón, que se había disparado y golpeaba como un tambor ensordecedor.

Miedo. Pánico. Aprensión. Recelo. Sospecha. Me había quedado pegada a la pared, clavándome chinchetas, esperando a que todo aquello cobrara algún sentido para mí. Mulyadi seguía mirándome, su ayudante, con el semblante tenso, relajó las manos.

—*Everything is all right, miss Blanc.*[16]

Como uno de los dos volviera a usar esa expresión, a mí me daba un ataque. Mi móvil balinés comenzó a sonar. Miré mi bolso, ellos hicieron lo mismo. No me apetecía despegarme de la pared. El móvil siguió sonando hasta que enmudeció. Al cabo de pocos segundos, volvió a la carga. Sin dejar de mirar a Mulyadi, metí la mano en el bolso y respondí a ver quién me llamaba.

—¿Sí?

Todos estábamos dispuestos en la sala como si fuéramos los vértices de un triángulo equilátero. ¡Hera! Ni me acordaba de ella, ni de Jud y su vuelta a la isla.

---

[16] —Todo va bien, señorita Blanc.

—Sí, sí, estoy bien. Algo agobiada, solo es eso… No, no… No me pasa nada… Un poco de estrés, por las últimas compras…, ya sabes…

Decidí alargar la llamada para tranquilizarme un poco y tener a mis dos perros guardianes un buen rato sin entender nada de lo que hablaba. «¡Así saben lo que se siente!». Me resultaba difícil concentrarme en la conversación. Hera me hacía muchas preguntas y yo le respondía con escuetos sí o no.

—¿Esta noche? Mmm… No sé… Quizás me voy a Sídney. Sí, sí… Pues…

Sin darme cuenta, había soltado la palabra «Sídney» como si a menos de cinco días para volver a España fuera lo más normal del mundo hacerse un viajecito de seis horas en avión. Hera insistió en verme por la noche y yo, torpe para encontrar una negativa, le confesé el posible viaje a Sídney sin concretar el objetivo del mismo.

—Tengo una amiga allí y… ¡necesito verla! ¿No te lo había contado?… Mmm… No, no le ha pasado nada… Bueno… Nada grave…, necesita hablar conmigo. Ellas también se vienen… Bueno, no sé… A lo mejor… ¿No te han contestado? ¡Están de compras como yo! No lo habrán oído.

¡La exposición! No me acordaba de que la inauguración de *Obsessions* era el día antes de mi regreso. No podía calcular cuánto tiempo teníamos que estar en Sídney, ni si al final habría viaje, ni si yo podría salir de ese despacho en breve o si, dentro de poco, Raquel y María se pondrían en contacto para explicarme los planes. Hera seguía preguntando insistentemente, extrañada por mis respuestas y sin creerse una palabra de lo que le decía. Jud y ella pillarían el último rápido a Bali y calculaban que llegarían sobre las diez de la noche a Villa Gebe. Necesitaba hablar conmigo antes de la exposición, estaba nerviosa y se alteró algo más al oír toda aquella historia de mi viaje a Sídney y mi amiga la española que vive en Australia. Todo era muy poco creíble, lo sabía, pero incluso la verdad también lo era. Mulyadi carraspeó, tosió tabaco para hacerse notar. Estaba siendo maleducada a propósito. Me había sentado en la silla y no puse los pies sobre la mesa de milagro. «¡Jódete y espera!». Me sentía poderosa, manteniendo aquella torpe conversación y teniendo en jaque a los dos sabuesos. Hera me ametrallaba a preguntas y yo era cada vez más incoherente. No me importaba. Ni lo que pensara ella, ni la borde de su amiga. ¿Ahora tenía prisas para hablar conmigo? La mala conciencia se había despertado en la mística y quería pedirme perdón por su falta de tacto, su poca sensibilidad y toda la frialdad demostrada. «Tú también, ¡jódete y espera!». En el fondo me sentía a gusto inquietando a Hera, me apetecía que no entendiera nada y que se rebanara los sesos y, a poder ser, se sintiera culpable. Mi pequeña venganza. Mi pequeña satisfacción con aquella mujer que me había dejado con el caramelo en la boca y me había tratado con mucha menos delicadeza que una de sus pinturas.

—Bueno… Sí, sí, ya te voy contando… Hasta luego… Gracias…

¡Que me vayan bien las compras! Hera se había quedado extrañada, rara y con mucha paja en la cabeza. No me importaba. Mulyadi no se había movido un ápice en toda la conversación, seguía de pie frente a mí con una tranquilidad que te helaba la sangre.

—*Everything is all right, miss Blanc?*[17]

«¡Hay que joderse!». Ni estaba *all right,* ni lo iba a estar mientras siguiera metida en aquel despacho con aquellos dos mentecatos y a punto de pasar por la sala de reconocimiento. Mulyadi me contó que debía esperar un par de horas. Había detenido a un quinto sospechoso y estaba de camino. ¿Dos horas en ese despacho? Me negué rotundamente a permanecer allí encerrada. Una habitación sin apenas ventilación, sucia, impregnada de alquitrán y derivados, y con el caos como filosofía. Mulyadi sonrió con mis explicaciones y súplicas. Era la segunda vez que veía en ese hombrecito gris un amago de sonrisa, un amago de humanidad. Habló con su ayudante y me sugirió que saliera de las oficinas, me fuera a dar una vuelta por la capital, estirara las piernas y me ventilara. En dos horas quería tenerme de vuelta para proceder al reconocimiento. Me pareció la mejor idea que había tenido desde que le conocí. Tardé un minuto en ver la encerrona, su ayudante se convertiría en mi acompañante involuntario. Protesté sin éxito y sin más opción que paseo con ayudante o espera metida en ese despacho. Estaba claro, aceptaba garrapata a regañadientes, pero, sin lugar a dudas, era mejor que permanecer sentada en esa silla dos horas con Mulyadi y los corchos de las paredes como única vista.

---

[17] —¿Va todo bien, señorita Blanc?

Salimos mi sombra y yo del edificio, cada uno por una puerta y sin demasiadas ganas de compartir paseo. Podía haberse vestido de paisano y tratar de pasar más desapercibido. No me apetecía su presencia, y menos como un poli que paseaba a menos de medio metro de mí, con su pistolita y sus maneras. Estaba encabronada y sudada por el calor y el sofocón de las calles. Su asfalto se me enganchaba a la suela de los zapatos. ¿Adónde ir? No tenía ni idea de cómo matar el tiempo en aquel rincón de tráfico, sudor y polución. Eché a callejear, caminaba a ritmo para evitar andar en paralelo al policía. Solo me faltaba ir esposada para aparentar ser lo que ya parecía: una turista en problemas. Las calles no eran atractivas, sus gentes incluso resultaban distintas en ese pedazo de la isla. Estaba un poco estresada buscando algo que desplazara mi mente del lado oscuro a cualquier otro. Eran casi las dos de la tarde y me parecía raro que María no me hubiera llamado. Si tenía que esperar dos horas y pasar por la sala de reconocimiento, podían darme las mil hasta recuperar mi libertad y hacer lo que me viniera en gana. Llamé, pero no obtuve respuesta. Saltó el contestador.

—María, soy Álex... Me queda para rato en Denpasar. A Mulyadi se le ha metido en la cabeza, no sé por qué, que conozco al asesino de surferos y quiere que haga lo del reconocimiento de sospechosos. Estoy dando vueltas con el ayudante de Mulyadi por Denpasar. Por favor, llámame para saber cómo está Raquel y... cuál es el plan. Besos.

Después de andar más de diez minutos con el policía a mis espaldas, empecé a sentirme incómoda con la situación. No me gustaba ir con guardaespaldas y no tenía ni idea ni de hacia dónde iba, ni de dónde estaba. No conocía nada de la capital y, cuanto más andaba, menos atractiva me parecía. Me entraron ganas de llamar a Made y escaparme de allí, pero sabía que, con el moscardón, solo conseguiría una escenita violenta. Tampoco confiaba en que Made me protegiera, sino todo lo contrario, que pensara de mí que podía ser una mujer corrupta con problemas con la ley. Andaba enfurruñada, porque en el fondo sabía que solo ese poli podía hacer mi paseo algo más agradable. Giré la cabeza para verle, simulando que miraba el cartel de una tienda. Me resistía a hablar con él. El pobre chaval no tenía la culpa de estar detrás de mí y, seguramente, le caía tan mal como él a mí. O puede que a quien no soportara fuera a Mulyadi, su jefe, un deshumanizado policía que le trataba como a un zopenco. Sin compasión. Giré la cabeza de nuevo para observarle. Casi me retuerzo el cuello buscándolo. Me detuve. ¿Había desaparecido? ¿Había desobedecido a su jefe y me había dejado plantada? No entré en pánico, pero sí sentí cierto desconcierto. No pasó ni un minuto y, como por arte de magia, lo vi a mi lado izquierdo, fumándose un cigarrillo y medio sonriendo. «Se creerá gracioso...». Seguí caminando y él hizo lo mismo, sin dejarme espacio, ni despegarse de mi lado. Todo el humo de su cigarrillo me lo estaba tragando yo, y me costó mirarle sin mostrar cierto desprecio por su presencia y su cigarrillo. Todo aquello era de lo más absurdo. Me había empeñado en ser autosuficiente y no era capaz de encontrar un lugar mínimamente atractivo para pasear y dejar de dar vueltas como una peonza por esas calles grises, llenas de coches y motocicletas y sin ningún atractivo.

—*Do you know any interesting place to visit?*[18]

No pude evitar que la lógica acabara tomando el mando. Le pregunté, con cierta rabia por mi torpeza, pero le pregunté adónde ir. Me recomendó un mercado de joyas muy importante en Denpasar.

—*Kampung Arab.*

¿Joyas? No me pareció la mejor idea del mundo, pero una opción mejor que lo que yo había conseguido. Caminamos los dos un buen trecho hasta llegar a una explanada llena de puestos de lona y mesas plegables. El lugar estaba bastante transitado por mujeres que cargaban en su cabeza cestas de fruta o ropa doblada. Era un lugar especializado en joyería de plata y gemas. Me habían contado que la plata se trabajaba mucho y a muy buen precio en Bali y me pareció buena idea retomar el tema de encontrar mi anillo. Recordé la historia de Hera y los anillos... Me dio igual. Era su historia y no la mía. Para mí siempre habían sido maravillosos símbolos de compromiso con la vida, con el otro y con uno mismo. Desde que abandoné el de Gonzalo y mío a la suerte de las aguas fecales del inodoro, no me había comprometido con ningún otro anillo, y pensé que ya iba siendo hora de hacerlo. Con el universo caótico de gente, puestos, telas, joyas y comida ambulante, el humor me había cambiado. Apenas me acordaba de la presencia del policía, y me pareció una señal haber encontrado ese microuniverso de joyería en medio de

---

[18] —¿Conoce algún sitio interesante para visitar?

Denpasar. Inicié la Operación Anillo. Contaba con menos de hora y media para encontrar la alianza de compromiso conmigo misma. En esos casos no quería condicionarme ni en formas ni en tamaños, ni en nada de nada. Estaba convencida de que, paseando por aquel lugar, disfrutando de las artesanías, mis ojos se embelesarían con el anillo, el Anillo, y no habría duda para buscar ninguno más. Me compré unas patatas fritas en un puesto ambulante y un zumo de frutas y me perdí por los aromas y pasillos de aquel mercado tan pintoresco. Algunos isleños acudían a él para vender sus propias artesanías. La isla rezumaba arte y prácticamente en cada casa vivía un artesano. Ketut, que así se llamaba mi sombra, se mantenía siempre a menos de medio metro de mí. Me sacaba cabeza y media, o sea, que era imposible perderlo de vista. Le agradecí, comprándole un zumo y arroz con pollo, el haberme hecho de guía hasta ese mercado. El chico se quedó sorprendido y se mostró muy agradecido con mi invitación. No fuimos íntimos, ni amigos, pero acercamos posturas y le quitamos tensión a nuestro paseo. Yo seguía probándome anillos, pero hasta el momento ninguno me atraía lo suficiente. En medio de esos puestecillos, divisé uno que me resultó familiar. Me pareció ver a lo lejos a Nini detrás del mostrador. La madre de Ratu, que se me había aparecido varias veces cuando había sufrido alucinaciones. Era el último puesto de la callecilla y apenas lo veía con claridad, pero fui directa a él, sin apenas reparar en el resto. Aceleré el paso, fui a contracorriente de la multitud y, no sin esfuerzo, avancé. A medio camino para llegar, la imagen de la anciana me parecía cada vez más nítida. Era ella, sentada, vestida de blanco, sonriéndome, como esperando mi llegada. La calle se estrechaba y comenzaba a dificultarse el tránsito. Unos turistas con gorras y una estatura por encima de la media taponaron mi paso y mi visión directa de Nini. Estaba atrapada en la muchedumbre, apenas avanzaba unos milímetros. Me rendí a la marea, bajé mi nivel de ansiedad y me entretuve mirando las joyas de los puestos.

Llegué al final, pero no estaba Nini, ni la anciana ni nada que se le pareciera. Había un hombre detrás de la mesa y, tras él, una tela con letras pintadas a mano: «Karma Jewellery». Después de mi desazón por la desaparición de Nini o por haber sufrido una nueva alucinación, me fijé en las joyas de ese puesto. Me parecieron las más bonitas que había visto hasta el momento. Plata trabajada, simulando lo antiguo, con piedras enroscándose de distinta manera. Agarré medio folio de propaganda de las gemas y joyas del lugar, cada pulsera tenía su nombre, cada collar, cada anillo. Sentí una emoción extraña por haber encontrado el lugar para dar con mi anillo. Inspeccioné todos en una rápida batida y la vista se me clavó en uno. ¡Lo había encontrado! Mis ojos se quedaron fijos en él, tenía forma de herradura invertida con un cilindro de piedra verde en la cima. No sabía qué clase de piedra era, nunca me había interesado por las gemas, pero conocía sus propiedades curativas. Al menos eso creía y practicaba mucha gente. El vendedor me lo dio para probármelo. Antes de ponérmelo, le pregunté por la piedra. ¡Una turmalina verde!

—*A magic stone. It destroys the negative thought forms and is equally effective to change old patterns of behavior and habits.*[19]

Una piedra que ayudaba a destruir los pensamientos negativos y a cambiar los hábitos del pasado. Le sonreí con la complicidad de haber encontrado mi joya. Cerré los ojos antes de desplazarla por el anular y los abrí de nuevo para contemplar el nuevo compromiso que había adquirido conmigo misma. Pagué, le enseñé a Ketut mi adquisición y seguimos agotando el tiempo del paseo hasta que llegó la hora de regreso. Ya no me importó el policía, ni su presencia, ni su pistola. Estaba preparada para enfrentarme a Mulyadi y la sala de reconocimiento.

No me gusta estar a oscuras, ni siquiera en penumbra. No me gusta que me señalen con el dedo y menos señalar. No me gusta sentirme observada, prefiero observar, fijarme en los detalles, en las pequeñas cosas, descubrir aquello que está escondido. No me gusta que me obliguen a nada, menos aún a fijar mi atención y reconocer a un supuesto criminal. Estaba algo acalorada después de volver a paso de marcha militar a las oficinas centrales de la policía. Me llevó cierto tiempo el regateo para el anillo y habíamos agotado el tiempo de recreo que marcó Mulyadi. Su ayudante, más por temor que por fidelidad, me llevó a ritmo de asfixia por las calles de Denpasar, como si fuera la hi-

---

[19] Una piedra mágica. Destruye las formas de pensamiento negativas y es igual de efectiva para cambiar los viejos hábitos y patrones de comportamiento.

ja del viento y él el mismísimo Dios. Le seguí, porque me empezaba a caer bien y porque temía la reprimenda del inspector por los minutos de retraso. Puntilloso, impertinente y cero empático, en nada se había enternecido desde nuestro primer encuentro.

Sala pequeña, cuarto del mismo tamaño que el baño de mi casa. Habitación sin ventilación, con cinco sillas, cuatro desocupadas y yo sentada en la última de todas. La más alejada de la puerta, frente a ella. Con los brazos y piernas cruzados. Sola, sin un botellín de agua, sin hilo musical, ni revistas, ni cuadros en las paredes. Nada. Blanco sobre blanco. Grietas. Suelo nada limpio. Mulyadi y su ayudante me dejaron allí, sin una explicación de cuánto tiempo, cuánta gente, dónde será... Habría sido demasiado pedir para... ¡el Gran Inspector!

Aproveché para llamar a María. No contestó. No dejé mensaje. Mi pierna comenzó el balanceo de nervios contenidos, de no estar a gusto ni querer estar encerrada en aquella habitación, de llevar medio día con Mulyadi y el asesino en serie. ¿Por qué María no me respondía? No sabía nada de las Velasco y, aunque no estaba preocupada, me apetecía enterarme de qué había decidido Raquel. Había decidido no juzgar su decisión, sino apoyarla, pero me resultaba difícil mantener mi palabra. No era nadie para meterme en sus entrañas y opinar sobre ese origen, ese embrión... Pero mi mente se obcecaba en el juicio, en querer juzgar. Todo lo que la mente no entiende, lo etiqueta como «no válido» y establece, como los medicamentos, un prospecto lleno de juicios de valor.

Se abrió la puerta. El ayudante de Mulyadi entró con una mujer, le señaló una silla y, como en la consulta de un dentista, cerró la puerta y nos quedamos a solas. Me miró por el rabillo del ojo, me sonrió con la nariz, no con la boca, y me ignoró por completo. Llevaba puesta una camiseta de rayas horizontales verdes y blancas, unos *shorts* color caqui y unas sandalias enredadera marrones. Tenía media melena, un perfil muy parecido al mío y no era ni alta ni delgada. ¿Qué hacía en esa habitación? Metió la mano en su bolso y sacó el móvil para toquetearlo, jugar con él y seguir ignorándome. Su perfil, porque apenas me había dado tiempo de verla de frente, me resultaba familiar. No era española y tampoco parecía holandesa. No había pronunciado palabra ni dado muestras de apetecerle una charla de sala de espera tan improvisada como insulsa. «¡Estadounidense! Seguro que es estadounidense», pensé en cuanto la vi sacar un bollo y comérselo con ansia, placer y ningún reparo. Me habría encantado tener un nivelador de ansiedad de ese calibre y darme un chute de azúcar a gusto. Rebusqué sin éxito en mi bolso, fantaseé con el más que improbable pastelillo aplastado y olvidado en el fondo. Caído en el olvido para ser picoteado a migajas en situaciones de estrés buscado o encontrado. Improvisé, me mantuve ocupada para no ver cómo la ingrata norteamericana se zampaba sin compartir, ni asomo de hacerlo, ese bollo, explosión de chocolate a cada mordisco. En mi proceso de desconexión para evitar babear, se abrió de nuevo la puerta y entró otra mujer. Sin que yo reparara en ella y tras decantarse por el saludo mudo, se sentó frente a mí con sigilo y parsimonia. La descubrí con sorpresa. En diez minutos había pasado de la absoluta soledad a sentirme invadida. No me había dado tiempo ni a terminar el pensamiento cuando entró una tercera mujer, la más despampanante del grupo. Me entraron ganas de registrarle el bolso a la norteamericana y zamparme un bollo quitaansiedades. ¿Qué significaba todo aquello? Cuatro mujeres metidas en una minúscula habitación sin ventanas ni ventilación, sin conocernos de nada y con pocas ganas de compartir, esperando... ¿qué? Sentí un hormigueo en la punta de los pies que recorrió mi cuerpo como una centella hasta llegar a la punta del último cabello de mi cogote. Fue eso lo que provocó el chispazo que acababa de tener. ¡Somos las mujeres del corcho! Reconozco que sentí cierta emoción, nada compartida, por mi elocuente deducción. Las inspeccioné con detalle para confirmar y dar peso y solidez a mi sospecha. Todas, aunque con estilos muy dispares, de edades parecidas y estaturas en escala... Todas nos dábamos un aire. No teníamos un parecido exacto, pero nuestro físico rezumaba familiaridad, parentesco, incluso, con miopía, sensación de gotas de agua. ¿Por qué solo cuatro? ¿Las otras tres estarían por llegar? La que estaba frente a mí observaba, como yo, a todas y todo. Nos cruzamos la mirada, nos saludamos con los ojos y media sonrisa. Seguimos el paseo visual, cada una por su lado, hasta que caí en la cuenta, detuve el paseo de ojos y sentí cómo se me enrojecía la piel hasta avivar el fuego de la vergüenza. «Si todos los surferos son, según Mulyadi, *gigolós*, todas las mujeres que hay en esta sala han ido con *gigolós*». ¡Maldita deducción! Yo no había pagado por sexo como aquellas mujeres y no quería que me miraran con la complicidad de pertenecer a un grupo que comparte *hobbies* y afinidades. No juzgaba el hecho, simplemente me parecía injusto ser considerada mujer-separada-que-practica-sexo-con-jovencito-por-dinero. Miré al suelo de la habitación, fijé mi mirada, incapaz de alzar la vista hasta que se me pasara el rubor que me había entrado. «¡Serás cabrón, Mulyadi!». Si me hubiera avisado de ese mal trago por teléfono, me habría buscado una buena excusa y, seguramente, en ese momento estaría disfrutando de una buena playa y de un refrescante baño. Todo aquello ya me resultaba cansino antes de saber que tres mujeres malinterpretarían mi intimidad. No pensaba abrir la boca para aclarar «yo no le pagué al mío», cuando caí en la cuenta de que por pesada y por ser la primera de la clase (Hendrick fue el primero en desaparecer), podía saber mucho más que el resto. Mis brazos se destensaron al descruzarlos y con mi nueva deducción a lo Poirot. Levanté la vista para observar a mis colegas de cuarto. Ninguna, excepto la que estaba frente a mí, tenía la mínima intención de inspeccionar al detalle a las otras. La última, siguiendo el orden de aparición, la más atractiva, según mi gusto y opinión, se había sacado del bolso una lima de uñas y estaba en pleno proceso de manicura casera sin complejos ni reparo alguno por nuestra presencia. Aún con la mirada baja, pero algo más avispada, proseguí mi búsqueda de cualquier señal indicadora que me alertara de que una de ellas podía sospechar lo que estaba sucediendo. Después de un tiempo prudencial, descarté que ninguna de ellas supiera la pequeña parte de información que yo manejaba. Me relajé y las observé con mayor descaro, sin miedo ya a ser identificada como una mujer que practica sexo con jovencitos a cambio de dinero. No quería ni me interesaba centrarme en si todas ellas sí lo hicieron, pero me sedujo pensar en las cuatro: todas mujeres solteras, con el desgarro del amor perdido a cuestas, la necesidad de sentir el calor de un nuevo fuego o la decisión de no volver a compartirlo con nadie. Todas pasábamos de los cuarenta y nuestros cuerpos no estaban enjutos, pero tampoco éramos de anatomía atlética, resultado de estar enganchadas a Pilates o al gimnasio cinco días a la semana. Estábamos de buen ver, de belleza natural, ninguna había pasado por quirófano, excepto la de la manicura, que por la redondez, tamaño y altura de sus pechos daba que pensar. Tenía un aspecto más jovial que el resto, parecía la más joven y era la que, desde el principio, se mostró más despreocupada con aquella reunión improvisada de mujeres cuarentonas en un cuartucho del laberinto X de la planta Y de la oficina central de policía de Bali. Mascaba con entusiasmo chicle con la boca abierta y soltando un ruidito impertinente. «¡Si hace un globo, se lo exploto en la cara!». Comenzaba a tener pensamientos algo agresivos. La espera hacía florecer la ira. Si no sabía algo o no se producía algún movimiento pronto…, mi mente amenazaba con despertar el lado oscuro y dar cualquier berrido o patada a la silla. Nunca he sido violenta, pero padezco de cierta claustrofobia y los encierros suelen dispararme la sudoración y la concatenación de actos irracionales. Mis manos estaban empapadas de sudor, las palmas enrojecidas y el pulso comenzaba a acelerarse. Busqué algún punto en el que depositar mi atención y distraer mis constantes, que empezaban a dispararse. La del chicle mascaba más rápido, había entrado en un estado de gustoso bucle aislante del entorno, pero de lo más molesto para el resto. La que estaba a su lado, la segunda en orden de aparición, la miraba de soslayo con un punto de sorpresa y vergüenza a la vez. Apenas había cambiado de postura desde que entró en la habitación. Estuvo unos minutos inspeccionando el nuevo hábitat y al personal, y se volvió a su caparazón con las manos sobre las rodillas y los hombros algo inclinados hacia delante. Estaba algo asustada y yo había observado la alternancia de dos tics: ponerse el labio superior sobre el inferior y rascarse la nariz por dentro y por fuera. No volvimos a cruzarnos la mirada, no volvió a levantar la cabeza del suelo. Estaba claro que no le interesaba ni le gustaba la situación y rezaba para sus adentros para que aquella experiencia terminara cuanto antes. La americana seguía enganchada al móvil, no paraba de escribir… ¿*Whatsapps?*… Allí no había Wi-Fi. Descarté que estuviera manteniendo trepidantes conversaciones por chat. ¿Juegos? Podía ser…, no había dejado un segundo el móvil y mantenía la mirada de yonqui absorta en la pantallita parpadeante. Era la más robusta de todas y, aunque no llegué a escucharle la voz, me la imaginé grave y seca. No era una mujer dubitativa, ni de pensamiento, sino de acción y posesión. No le importaba lo más mínimo aquella reunión, no estaba nerviosa ni se había preocupado de observarnos. «¿Qué les habrán contado para acudir aquí?». Sus pies no se balancearon un segundo. Estuvieron enganchados al suelo en alternancia con sostenerse sobre la rodilla opuesta. Era de todas nosotras la de modales más masculinos, movimientos más bruscos y ropa menos conjuntada. Su encanto, más que físico, residía en su seguridad en ella misma. Estaba segura de que tenía un poder de convicción alto y, si se hubiera arrancado a hablar, habría compartido sus ideas.

Habían pasado más de veinte minutos y la puerta no se había vuelto a abrir. Seguíamos las cuatro y nada indicaba que fuéramos a aumentar en número. «¿El resto estará en la sala de reconocimiento? ¿Entraremos todas juntas, una por una o en grupos de a dos?». Comencé a sentir el gusanillo del «quiero salir de aquí… ¡ya!». Me levanté de la silla a estirar un poco las piernas. Solo la del chicle me siguió con la mirada hasta llegar a la puerta. Necesitaba salir de allí para respirar otro aire y que alguien me contara cuánto tiempo tenía que esperar para el reconocimiento y salir de ese edificio cárcel. Intenté abrir, lo intenté sin éxito porque no se abría ni a patadas. ¿Estábamos encerradas? Forcé el picaporte un par de veces más, intentando asimilar el hecho de que no se abriera. Aporreé la puerta con incredulidad y gran cabreo.

—*Can you open the door, please?*[20]

Sudoración, pánico, temblor de piernas, sensación de hormigueo y asfixia. Presión en el pecho, sudor frío. En menos de diez segundos, presentí la ebullición de un más

---

[20] —¿Puede abrir la puerta, por favor?

que cercano ataque de pánico. No podía creerme que Mulyadi se hubiera atrevido a semejante acto que vulneraba uno de los principios fundamentales: ¡libertad! Aporreé la puerta unas cien veces sin obtener respuesta. Sentí que alguien me agarraba el brazo, me giré alterada y a punto de propinar un buen golpe en un acto reflejo.

—*Keep calm, please.*[21]

La del chicle se había levantado, había acudido a mi rescate para evitar que me diera un ataque mayor. «¿Tranquila?». Me sujetó el brazo con ternura, me habló sin levantar la voz y, con cierta complicidad, me indicó que me sentara a su lado. La miré sin apenas entender de qué iba todo aquello, con los orificios nasales hiperventilando y los ojos de sapo que se me salían de órbita. «¿Tranquila?». Nos habían encerrado y la única que parecía tener una reacción normal ante aquella especie de secuestro era yo. Miré al resto, apenas se habían inmutado. ¿Acaso era la única de allí que no sabía que la puerta estaba cerrada? Me entró miedo y entré en una paranoia envolvente que me hizo sospechar de todas aquellas mujeres. Comencé a verlas deformes, muy raras de aspecto, como ralentizadas. Seguían sentadas, sin inmutarse ni alterarse, metidas en su propio mundo, sentadas a la espera en aquella habitación del pánico. Sentí unas ganas tremendas de gritar hasta perder la voz y golpearlas una por una para ver si reaccionaban a algo del mundo exterior. ¡Serán mustias! Miré a la del chicle, seguía mascándolo, combatiendo la bofetada de estrés y agarrándome el brazo. ¿Llevaba un

---

[21] —Tranquila, por favor.

minuto con su mano en mi brazo o solo cinco segundos? En las situaciones en las que mis sentidos quedan alterados, lo primero que pierdo es el control del tiempo. No soy capaz de distinguir si llevo mucho o poco en una misma posición. A intervalos, pierdo la conciencia real del tiempo… Miré mi brazo, la miré a ella. «Respira, Álex, respira…». Relajé mi cuerpo, ella soltó mi brazo y nos quedamos de pie en silencio. Mi frente se arrugó buscando en ella una explicación a esa clausura, a esa puerta que no se abría y a esas otras dos mujeres que ni se inmutaban, ni despegaban su mirada de sus mundos y habían adquirido semblantes de hologramas más que de personas de carne y hueso.

—*Wait a minute, please.*[22]

Agarré mi bolso, me senté a su lado y llamé a Mulyadi. ¡Desconectado o fuera de cobertura! Seguía en trance para comprender aquella situación de encierro involuntario de cuatro mujeres a punto de pasar por una sala acristalada para reconocer a un supuesto criminal. Mi pulso se había desacelerado, las lágrimas presionaban la puerta trasera de mis ojos. Estaba aturdida, intentaba calmarme y confiar en el surrealismo.

La del chicle se levantó e intentó sin éxito abrir la puerta. Golpeó y pidió ayuda al exterior. Al final las dos pasivas levantaron la vista y mostraron cierta expresión en sus rostros. La norteamericana rebuscó en su bolso, sacó un nuevo bollo de chocolate y se lo zampó con la misma actitud de quien come palomitas en un cine.

---

[22] —Espera un minuto, por favor.

—*Miss, be quiet, the door is stuck, we are trying to open.*[23]

Stuck? ¿Qué significaba *stuck?* Mi inglés no era notable y con los nervios no entendía lo que aquella voz trataba de decirnos. La del chicle intentó explicarme con señas lo que pasaba con la puerta. La norteamericana, con el bollo a medias, se sonrió. «Serás capulla... ¿Qué coño es *stuck?*». Parecía un disco rayado preguntando lo mismo, la voz del exterior nos hablaba pidiéndonos calma.

—*Keep calm, please.*[24]

Al final comprendí las señas de la del chicle. Nadie nos había encerrado, nadie nos estaba recluyendo voluntariamente. La puerta se había atrancado y no se podía abrir. Respiré aliviada y envié a paseo todos los demonios que habían disparado mis miedos, mi paranoia y mi imaginación hasta verme encerrada de por vida como el conde de Montecristo. Con un brusco y sonoro empujón, se abrió la puerta y, por el impulso, el ayudante de Mulyadi casi aterriza en los brazos de la americana, que, para mi gusto, se habría engullido como un mazapán el dichoso bollo. No me dieron ese placer y Ketut derrapó un metro y consiguió controlar. Después de sobreponerse y disculparse por las molestias, pidió a la norteamericana, *miss* Smith, que le acompañara. Se tragó el último trozo de bollo y, con la boca llena, emitió una despedida corta e incomprensible para desaparecer de nuestra vista. Las tres nos miramos y comprendimos que a todas nos habría gus-

---

[23] —Señorita, quédese quieta, la puerta está atascada, estamos intentando abrirla.
[24] —Calma, por favor.

tado ser *miss* Smith para ser las primeras en abandonar la habitación. Me levanté siguiendo su estela y desde el umbral de la puerta llamé a Ketut y le pregunté cuánto tiempo tenía que estar allí metida.

—*No more than thirty minutes.*[25]

Me pareció una eternidad. ¿Treinta minutos? Aquello superaba mi paciencia. Me metí en la habitación y dejé caer mi culo en la primera silla vacía que pillé. Las otras dos me miraban, esperando que compartiera con ellas la respuesta de Ketut. Todas queríamos pirarnos de allí cuanto antes.

—*Thirty minutes.*[26]

Las dos encajaron la noticia a su manera. La del chicle rebuscó en su bolso y sacó una revista de… ¿sudokus? Me hizo gracia. La otra recompuso su postura de manos en las rodillas y mirada al suelo. «¿Estará meditando?». Los seres humanos somos un planeta para el resto, lleno de rarezas, excentricidades y comportamientos difíciles de descifrar. Me daba la sensación de que la metidita para dentro no estaba demasiado en sus cabales. No tenía pinta de ser una *buscagigolós*, sino una mochilera solitaria que había viajado a Bali para meditar y comer verduras ecológicas. Poca playa, menos surf y nada de fiesta. Me daba que había sido cazada, hipnotizada en una cafetería con encanto de Ubud por un bellezón isleño de cuerpo irresistible y labios carnosos. Seguía encogida de hombros y con el susto a cuestas. Era la que menos entendía su presencia en aquella habitación. Me entraron ganas de abrazarla, con-

---

[25] —No más de treinta minutos.
[26] —Treinta minutos.

solarla y que me explicara su experiencia. Seguro que era mucho más penosa que la mía. La del chicle, en cambio, había venido de fiesta, sexo y mucho alcohol a Bali. Estaba segura de su encanto y, si tenía que pagar, lo hacía, pero por bellezas rotundas, compañía y diversión. No era una mujer de reparos, ni tenía pinta de perder el tiempo en prolegómenos. Se gustaba y, como buena aventurera, estaba segura de que no le importó lo más mínimo pagar por un buen sexo y un pedazo de cuerpo. Aunque podía ser como yo, y haberse acostado con un surfero, haber pasado una noche de las mil y una, y no haber sacado ni una rupia de la cartera. ¡Y qué más da! Elucubraba por puro aburrimiento y para que la espera pasara más rápido. Recordé el momento del aporreo de puerta y grito a medio pulmón. Me sentí bicho raro y cierta vergüenza por no haber controlado los nervios. En las situaciones de alto estrés, mi sangre se licúa en vez de congelarse.

—*Feeling better?*[27]

Me encontraba mejor, pero aquella situación seguía pareciéndome un atentado, un maltrato propio de un individuo que se pasa los derechos fundamentales por el forro. ¡Mulyadi! No quería parecer una perturbada que se ha escapado de un geriátrico, pero todo aquello era de lo más raro.

—*I'm Maika. What's your name?*[28]

La del chicle tenía ganas de charla. No sabía si responderle o seguir respetando el silencio grupal que tanto

---

[27] —¿Te encuentras mejor?
[28] —Soy Maika. ¿Cómo te llamas?

me había puesto de los nervios. Sentí pereza de iniciar una conversación con sus protocolarios pasos: nombre, de dónde eres, qué haces en Bali..., bla, bla, bla... No quería ser antipática, ni tampoco era sorda, así que estaba obligada a contestar. A dar mi nombre y dejarme llevar.

—*Álex, nice to meet you.*[29]

Lo hice lo mejor que pude. Sin mostrar excesivo entusiasmo, me presenté y le agradecí la ayuda con la puerta. Excusé mi excesivo comportamiento, los aporreos y patadas varias.

—*I suffer from claustrophobia, you know? Panic attacks...*[30]

Ella acompañó con pequeñas afirmaciones de cabeza todas mis explicaciones que justificaban mi alterado comportamiento. Oí mi móvil sonar y me costó unos segundos caer en la cuenta. Interrumpí con un *sorry!* la conversación, lo pesqué a la primera del bolso y contesté a María con ansia.

—¡María! No, no, todavía estoy con la poli. Sí, sí... No, no..., todavía no he pasado a la sala de reconocimiento. No me cuentan nada. No lo sé. Me han dicho que en menos de media hora... ¿Cómo? ¿En cinco horas? Sí, sí, ya te he dicho que cuentes conmigo, pero a mí no me da tiempo de volver a la villa. ¿Está segura de hacerlo? Ah..., no puedes hablar... Está contigo Raquel, ¿no? Sí, sí..., nada, una minibolsa y... ¡Ya! Entonces..., ¿nos vemos en el aeropuerto? ¡Perfecto! ¿Made? Está esperándome, pero...

---

[29] —Álex, encantada de conocerte.
[30] —Sufro claustrofobia, ¿sabes? Ataques de pánico...

Ah, vale, pilláis un taxi. Espera... Un momento, que no me lo sé de memoria.

Registré mi bolso hasta dar con el pasaporte. Raquel se había decantado por la opción Sídney y las Velasco estaban comprando unos vuelos de última hora a mitad de precio. Le di mi número de pasaporte y mis dos apellidos completos. En cinco horas volábamos a Sídney. No había marcha atrás, no me daba tiempo de pasar por la villa ni de hablarlo con calma con ellas. Contaba con unos segundos para bajarme del barco o seguir hasta el final y viajar a Sídney. Todo aquello seguía pareciéndome una locura, pero no podía echarme atrás. Reconozco que me pilló desprevenida. Con Mulyadi, el encierro y tener que reconocer al asesino en serie, mi cabeza había estado lo suficientemente entretenida como para olvidarse de la posibilidad real de Sídney. María hablaba alto y muy rápido. Estaba alterada, tenía poco tiempo y mucho que organizar. Apenas me dio más explicaciones. Solo un escueto «¿Te unes seguro? ¡No tienes por qué hacerlo, Álex!». Estaba en lo cierto, nadie me obligaba a meterme semejante palizón de horas de viaje en mis últimos días de vacaciones, pero aquellas hermanas me habían llegado muy dentro y la situación era tan loca como urgente. María no tenía demasiada experiencia en burocracias, era resolutiva, pero la emoción la llevaba al caos. Raquel no estaba en sus cabales y no era un cerebro con el que contar. Intuí que mi mente fría sería necesaria para evitar desastres mayores y me vi incapaz de negarme.

—Me uno. Compra el billete y no se hable más.

Después de un gracias que pronunció con todas sus letras, me colgó dejándome con la palabra en la boca y los ojos achinados del susto por la locura que estábamos a punto de hacer. Estuve un rato en silencio, con el móvil entre las manos. «Sídney...». Me rasqué la cabeza con las dos manos y apoyé los brazos en las piernas para hacerme una bola. ¡Pobre Raquel! Aquella decisión no tenía que haber sido nada fácil y solo era el principio de la pesadilla.

Se abrió la puerta otra vez, Ketut me llamó a filas. Me despedí de Maika, que se había metido en el proceso de reconstrucción con la barra de labios, el maquillaje y el rímel. A la timidilla, un adiós con espaldarazo para no perturbar el destierro voluntario. Ketut había salido disparado de la habitación y se giraba pidiéndome que acelerara el paso. No me había dado tiempo de cerrar el bolso y con la carrera y la precipitación me lo colgué al revés y ¡desastre! Todas mis pertenencias provocaron una lluvia de objetos al suelo. ¿Por qué tenía tanta prisa? Llevaba más de una hora esperando en un cuartucho, sin agua, ni atención, ni asomo de información. Por las prisas absurdas se me había caído el bolso y por poco me cargo el móvil. Ketut se agachó para ayudarme, los dos recogimos con prisa alterada mis pertenencias. Llevaba un par de tampones sueltos y reconozco que sentí cierto apuro cuando Ketut me los entregó a modo de testigo.

Me levanté apurada, ruborizada y hasta las narices de todo aquello. Ketut tomó de nuevo la delantera y caminaba un par de metros por delante. Pasillos largos, izquierda, derecha, recorrimos un nuevo laberinto hasta llegar a una gran puerta de metal. ¿Hierro? No sé…, parecía blindada. Ketut me miró antes de pasar su tarjeta sobre un aparato de reconocimiento que validaba el acceso a esa área reservada. Abrió la puerta y me cedió el paso para que entrara primero. Me dio cierto miedo. No tenía ni idea de dónde estaba y nadie me había explicado qué era lo que tenía que hacer.

Bajamos unas escaleras. Accedimos a un pasillo muy estrecho iluminado con luces rojas, como de emergencia. No había ventanas, solo pasillo de hormigón, estrecho y largo. Giré la cabeza para comprobar que Ketut me guardaba las espaldas. Llegamos a una bifurcación. ¿Derecha o izquierda? Me indicó que siguiera por la izquierda, que caminara hasta el final del pasillo y me detuviera delante de otra puerta blindada, hermana gemela de la anterior. Ketut volvió a sacar la tarjeta y a validar el acceso a una nueva zona. Pasó delante, accedimos a un amplio descansillo con cuatro puertas. Me hizo señales para que esperara y se metió por una de las puertas.

Hacía mucho calor, pero la sensación era de helarse la sangre. Podía sentir mi propia respiración. Había un silencio de película de miedo cuando están a punto de matar a alguien. El lugar era lúgubre, gris, triste. Se abrió otra puerta y, del susto, se me escapó un poco de orina. ¡Mulyadi! El muy cabrón… Sonrió al verme asustada, estaba convencida de que aquel hombre era medio sádico, porque disfrutaba con el sufrimiento de la gente.

—*Is everything all right?*[31]

---

[31] —¿Va todo bien?

No pensaba darle el placer de confesar que estaba casi en estado de pánico. Alcé la vista e hice todos los esfuerzos por simular estar a gusto, tranquila, aunque con ganas de zanjar el asunto. Mulyadi me observó, esperó a que terminara con mi simulacro de mujer segura e inmutable y procedió a explicarme con una calma de psicópata el procedimiento que había que seguir. Fue la primera vez que le vi un asomo de brillo en los ojos, estaba con una excitación contenida. No quiso responderme si creía haber dado con el asesino, ni quiso responderme a casi nada. Todo era secreto y yo una ciudadana no autorizada para recibir información reservada.

—*I can only tell you that we're close, very close.*[32]

Eso mismo era lo que yo había leído en *The Bali Times* hacía una semana y todavía no habían pillado al asesino. Estaba claro que no iba a decirme nada, no estaba dispuesto a soltar prenda y, si se dirigía a mí con esa amabilidad, era para sospechar. Me necesitaba para identificar al sospechoso, para pillar al asesino y cerrar el caso. A mí ya comenzaba a darme igual todo aquello, lo único que quería era salir de allí cuanto antes y asegurarme de que ninguno de los sospechosos viera mi cara. Mulyadi me aseguró que no podrían verme, que los sospechosos se encontraban en una sala con un gran cristal opaco y nada traslúcido. Me recomendó que me tomara tiempo con cada uno. Era importante observar todos los detalles; posibles tatuajes, forma de las manos, pelo, ojos. Si quería poner énfasis en cualquier detalle que considerara revelador, una cámara

---

[32] —Solo puede contarle que estamos cerca, muy cerca.

ampliaría el objetivo para poder observarlo desde un gran monitor en la sala. No debía tener prisa, ni precipitarme en señalar o descartar. Mulyadi sabía que llevaba tiempo esperando y era consciente de mi hartazgo por la situación. Me pidió un último esfuerzo, aquel reconocimiento podía ser de vital trascendencia en la investigación. Antes de entrar, me sugirió que no intentara reconocer a simple golpe de vista a ninguno, porque con casi total seguridad no habría tomado una copa con ninguno de ellos, ni intercambiado una sola palabra, pero sí compartido espacio. No supo o no quiso determinar si en una o varias ocasiones.

Entramos en la sala, el corazón se me disparó y respiraba con dificultad. Apenas estaba iluminado, un par de sillas, una mesa auxiliar con un monitor y un cristal enorme que daba a otra sala de luz cegadora. Me pegué a la pared. Prefería mantenerme en penumbra, no fuera a ser que la opacidad fuera tercermundista y algo se pudiera ver desde la sala de los sospechosos. Mulyadi me indicó que me sentara en una silla, pero me hice la sorda o retrasada. Seguí como una salamandra, pegada a la pared.

Se abrió una de las dos puertas de la sala de reconocimiento. Entraron Ketut y dos policías más. Al rato aparecieron cuatro hombres, caminaron unos pasos hasta colocarse cada uno debajo de un número y miraron al frente desafiantes. A mí se me encogió el estómago y me entraron ganas de salir corriendo de allí. Sentía la mirada de Mulyadi sobre mi cabeza, no tenía escapatoria, así que... comencé el paseo visual. Los examiné uno por uno, sin moverme de la pared. Los cuatro eran extranjeros, todos de pelo rubio casi blanco, de cuerpo y barriga cervecera. Mediana edad. Más en los cincuenta que en los cuarenta y piel blanca o color gamba (enrojecida, pasada de sol). Ninguno tenía pinta de asesino en serie, de asesino de surferos. Todos podían pasar por turistas barrigudos de vacaciones en la isla de los dioses. Ninguno a primera vista me resultaba más familiar que un turista como otros tantos que me podía haber cruzado en ese viaje. ¿Qué pretendía Mulyadi? Yo no era una buena sabuesa, era más bien despistada, no se me daba bien recordar caras, ni detalles. Apenas recordaba con exactitud situaciones como para reconocer a alguien con el que no he intercambiado ni un «hola». Me despegué de la pared para dar por concluida la ronda y salir de ese lugar. El inspector se colocó frente a la puerta de salida, impidiéndome el paso. Era cierto que no me había tomado ni cinco minutos para examinarlos, pero era más que suficiente para mí y para dar por finiquitada esa pantomima. No me apetecía más jugar a los policías y asesinos. Quería salir de allí y… «¡No se hable más!». Me encaré con Mulyadi y le dije que ya los había observado y que ninguno me resultaba familiar, le pedí que me dejara salir y le deseé mucha suerte en la búsqueda de su asesino en serie. No se movió, no parpadeó, no descruzó los brazos, no pronunció palabra. Me hizo de pared, me obligó a contener mi violencia y sentarme en la silla, como él me había sugerido, para observar de nuevo a los sospechosos. A simple vista, todos me parecían tan convencionales que ninguno me llamaba la atención. Dos iban con pantalón largo y camisa, los otros, con bermudas y camiseta de tirantes. Los cuatro con chanclas. Uno llevaba barba, los otros tres iban mal afeitados. Uno de ellos llevaba un tatuaje en el gemelo izquierdo hasta el empeine. Pedí que me ampliaran el tatuaje por si las moscas. Ketut le pidió que se diera la vuelta para observarlo mejor. Era una enorme cabeza de dragón que se enroscaba descendiendo por el gemelo como una serpiente hasta reposar la cola en el empeine. Estaba tintado con amarillos, rojos y verdes. Visto con lupa era escalofriante, pero no me resultó familiar. Uno de ellos tenía una mancha de nacimiento en la cara. Pedí que me ampliaran su rostro y que ladeara la cabeza de izquierda a derecha. Me entraron escalofríos de ver su cara tan de cerca. Estaba completamente sugestionada y cuanta más atención ponía en ellos, más crueles me parecían. A todos les veía maldad en la mirada. ¿Acaso no somos todos potenciales asesinos? El maldito prisma de mirar la vida y a las personas. ¿No somos todos muchos yos y parte de ellos pertenecen al lado oscuro? ¿Qué hacía que una persona se convirtiera en asesino, que perdiera la cordura, que pasara al otro lado? Aquellos cuatro hombres a simple golpe de vista me habían parecido inofensivos, pero, al examinar con mayor detenimiento, comenzaron a aflorar sus maldades. De desear estar con los pies fuera de ese agujero, había pasado a obcecarme en observar cualquier nimio detalle que pudiera resultarme familiar. Amplié los rostros de cada uno varias veces, les pedí que se dieran la vuelta…, rastreé sus ropas, incluso los habría olido de haber podido. Ninguno me resultó familiar y todos lo eran al mismo tiempo. Para mí, simple muchedumbre, bultos en mi vida de los cientos de miles con los que me he cruzado y sería incapaz de identificar. Miré a Mulyadi, apreté los labios y negué con la cabeza. Después de pasarme medio día encabronada por la situación, había conseguido ponerme en la piel del insulso inspector y comprender la importancia, la trascendencia de aquel reconocimiento. Había un hijo de puta que se dedicaba a matar a surferos o hacerlos desaparecer. La isla de Bali era uno de los lugares más seguros y paradisíacos del mundo, y esos asesinatos ponían en peligro no solo la seguridad, sino la más que merecida fama del lugar. Aquel escuálido y ojeroso hombre, que sonreía poco y fumaba en exceso, tenía sobre sus espaldas la responsabilidad de terminar con toda aquella pesadilla. No tenía tiempo ni paciencia para lidiar con engreídas turistas como yo, sabelotodos e impertinentes a las que les cuesta ponerse en la piel del otro. Mulyadi comprendió mi mirada y mi sincera frustración por no haber dado con una mínima esperanza en el reconocimiento.

—*Are you completely sure?*[33]

Nunca se está completamente segura de nada. No lo estaba aquel día, pero había examinado todo lo que pude y no encontré nada que me resultara tan familiar como para que llamara mi atención. Lo deseé, porque, por primera vez, quería colaborar para terminar con aquella pesadilla. Pero no conseguí nada más que mi frustración.

—*Don't worry, miss Blanc. We're so close. Thank you!*[34]

---

[33] —¿Está completamente segura?
[34] —No se preocupe, señorita Blanc. Estamos tan cerca... ¡Gracias!

Nos estrechamos la mano y salimos al descansillo para que Ketut me acompañara a la salida. Me despedí pidiéndole al inspector que, si encontraban a Hendrick, me lo hiciera saber. Sabía que era saltarse el protocolo, pero se lo supliqué sin esperar su respuesta. Le dije que en tres días me volvía a España, me despedí estrechándole otra vez la mano, lo miré con respeto y, con un largo silencio, me excusé de mi poca comprensión y comportamiento poco cortés. Tantas horas allí metida me habían otorgado la lucidez para la comprensión de la gravedad del asunto o había desarrollado un síndrome de Estocolmo de caballo, que me hacía ver a Mulyadi como un héroe y no como un villano. Apenas me fijé en el camino de vuelta, en los pasillos estrechos, las puertas, la gente con la que nos cruzamos, el tiempo que anduvimos hasta llegar al ascensor y al vestíbulo principal.

—*Good luck!*[35]

Era lo único que me salió. Aquella experiencia me había enmudecido, me había impactado hasta dejarme sin habla. Hice lo único que pudo dar de sí mi cabeza, bloqueada por la sobreinformación. Le deseé buena suerte, de la que te ayuda en lo que vas buscando. Me estrechó la mano y me sonrió en silencio.

Salí de allí algo mareada, recibí los rayos de sol con muecas y cierto rechazo de vampira. ¿Qué hace que traspasemos la línea? ¿Qué provoca en alguien deseos de matar a otro? Aquellos rostros no eran deformes, ni parecían retener excesivo odio en su cuerpo. Me obsesioné con sus

---

[35] —¡Buena suerte!

caras, no podía dejar de sentir su mirada sobre la mía. Cerré los ojos y respiré profundamente. Me sentía muy cansada, mi mente estaba estresada repasando cada uno de los detalles, tratando de encajar entre todos mis recuerdos del inconsciente un detalle que se me hubiera pasado por alto. Made tocó el claxon, abrí los ojos y me metí en el coche. Sentí frustración por no recordar, por no haber encontrado nada. Cabía la posibilidad de que alguno de esos hombres estuviera a mi lado la noche que conocí a Hendrick, seguramente él se acordaría de mí, pero yo fui incapaz de reconocerlo. Y lo peor es que no sabría nunca si alguno de esos cuatro sospechosos se cruzó de verdad en mi vida. El mundo es enorme y hay millones de personas... Solo unas pocas, muy pocas, sellan nuestra memoria. Las demás, la gran mayoría, van directas a la trituradora. Así es, así debe ser...

Catorce

Lo peor de los aeropuertos y los viajes largos son las colas para el registro de maletas y el paso aduanero. No soporto los olores que desprendemos. La mayoría apestamos, solo unos pocos privilegiados mantienen su nivel de higiene intacto. Son rarezas en la especie. El resto sudamos y segregamos un sinfín de toxinas que necesitan ser expulsadas por las glándulas sudoríficas, o como se llamen. Me obsesiono con los olores, con la falta de higiene y los cabellos enredados.

María fue la única de las tres que durmió; Raquel y yo no hablamos, pero tampoco conseguimos llegar a Morfeo. Con la cara hinchada, la piel marcada por el incómodo cojín y el pelo a lo rastafari, lleno de nudos, el rostro de María reflejaba el agotamiento y el aturdimiento de la preocupación. Llevaba un par de noches sin pegar ojo y, por propia supervivencia, cayó inconsciente nada más despegar el avión. Se despertó con el desayuno, se tomó el café aguado, untó el bollo de mantequilla y, no sin antes habérselo zampado, emitió su primer sonido gutural. Al rato, pronunció con los ojos a media asta su «Buenos días, chicas. ¿Qué tal ha ido el viaje?». Raquel y yo contestamos con palabras sueltas y muchos puntos suspensivos. El viaje había ido lento, pesado...

Avanzábamos en silencio. Pisar el aeropuerto de Sídney nos había colocado en la realidad de lo que habíamos ido a hacer allí. Ni koalas, ni ornitorrincos, ni murciélagos ni la espectacular Opera House, ni el Harbour Bridge, ni las maravillosas playas de esa ciudad. Abortar. Ese era nuestro cometido. Según los planes previos de María, en menos de diez horas Raquel habría abortado y a medianoche volaríamos de nuevo a Bali y...

—¡Todo resuelto!

Raquel no habló. Tenía la tristeza en la mirada, estaba desfigurada, su luz se había apagado. La menor de las Velasco estaba con el sufrimiento a cuestas y a su hermana se le hacía insoportable verla así sin desmoronarse. Me hizo un guiño como para que la siguiera. No supe a qué se refería, pero lo entendí en cuanto habló.

—Necesito ir al baño.

—Yo también.

—Hermana... ¿Te quedas tú en la cola?

María y yo nos escapamos al baño. No habíamos tenido ocasión de hablar a solas, sin Raquel. En cuanto llegamos a la cola, María me vomitó su desesperación, su angustia, sus dudas de estar haciendo lo mejor para su hermana. Había intentado convencerla de que la mejor opción era volver a España, pero no hubo forma. Apenas hablaba, apenas se comunicaba y lo único rotundo era «¡Sídney!». ¿Será que lo gestó en aquella ciudad y querrá devolverlo? María y Raquel habían comenzado su año sabático viajero en esa ciudad, donde conocieron a Lindonn, que fue la razón por la que terminaron en Bali. Las fechas cuadraban y, aunque todo indicaba que el padre era el australiano surfero, Raquel no pronunció su nombre ni el de ninguno de sus ligues en Bali, pero solo insistía en ir a Sídney.

—Álex, Raquel está muy rara y tengo miedo de que esto le pueda marcar de por vida. No estoy segura de lo que vamos a hacer.

Era cierto que todo aquello se había precipitado y que, de habernos negado en rotundo a la opción Sídney, Raquel se habría aventurado sola. María conocía a su hermana y sabía perfectamente de lo que era capaz cuando una cosa se le metía en la cabeza. No sabía cómo explicarle a María que el comportamiento de Raquel era el previsto. Estaba ausente porque se enfrentaba a la decisión más importante, hasta el momento, de su vida y de la que no había marcha atrás. Tenía que asegurarse de que aquello era lo que deseaba y, si así era, viajar por la culpa y todos los demonios que se ponen en marcha cuando una mujer decide abortar. Nunca me había encontrado en esa tesitura, pero tenía un par de amigas que sí y sufrieron mucho en el proceso. La sociedad construye pequeñas cárceles, conocidas como creencias sobre lo que está bien y lo que está mal. Pozos inmensos donde la mente campa a sus anchas emitiendo juicios de valor y autocastigos que, si no consigues invertirlos, convierten tu existencia en un infierno. Raquel se hallaba en ese infierno y ninguna de nosotras podía ayudarla. Solo podíamos estar allí, acompañarla en su proceso y darle tantos mimos como necesitara.

—¡Esto es una locura! ¿No crees?

Traté de tranquilizarla. Locura es la vida que te empuja cada segundo a decidir, a apostar, a aprender a decir no o sí con confianza, a reafirmarte, a subir para bajar, a querer morir para desear vivir. La vida…, ¡menuda es y cómo se divierte a nuestra costa! Ninguna de nosotras se había imaginado que íbamos a estar allí, pero era nuestra realidad y de nada servía estancarnos en el «¡qué locura!, ¡qué barbaridad!». Tenía sentido porque lo estábamos viviendo y así lo habíamos decidido, y era mejor que nos dejáramos de espejismos mentales cuanto antes si queríamos estar al cien por cien en esa realidad.

—Asúmelo, María… Estamos en Sídney, tu hermana está embarazada y en menos de diez horas habrá abortado. ¡Así es! ¡No hay más!

Me miró perdida y en silencio, como digiriendo lo que le acababa de decir. Se perdió en sus pensamientos, voló con sus miedos, me agarró el brazo, me volvió a mirar, apretó los labios y afirmó con la cabeza.

—¡Aguanta la mochila, que me meo de verdad!

El taxi a la zona de The Rocks, la más turística, nos costó treinta y cuatro dólares. María había reservado, por si las moscas, una habitación para cinco en el Sydney Harbour YHA, un albergue de habitaciones compartidas o propias para un mínimo de cinco personas. Con los nervios, esa fue la mejor opción, no quería repetir hotel ni lugar compartido con su hermana, ella y Lindonn. Se estresó con tantas decisiones en tan poco tiempo y terminó por reservar en un albergue.

—¿Un albergue? Ya te vale, hermana, con lo que yo soy con esas cosas… Espero que esté limpio.

Seguro que pasaba los controles de higiene y que aquel lugar no le recordaría en nada a Lindonn, ni sus días en Sídney. A mí no me importaba quedarme en un albergue e incluso compartir habitación, aunque sinceramente no creía que fuéramos a utilizarlo demasiado. Sídney respiraba un aroma de gran ciudad, mucho más espaciosa que Londres, pero me la recordaba en sus contrastes con edificios antiguos y rascacielos. Aproveché el taxi para sentir esa primera impresión de la ciudad; gran amplitud, mucha agua, verde y altura. Sentí contraste y rechazo al mismo tiempo. No deseaba pisar todavía una gran urbe, quería seguir metida en el huevo, en el sueño del paraíso de los dioses, de sol y playa.

Llegamos a una de las arterias principales de The Rocks. Raquel se estaba mareando y María pidió al taxista que nos dejara en esa misma calle, el resto del camino al albergue lo haríamos a pie. ¿Dónde estábamos? Sin apenas haber dormido, con mi nula capacidad de orientación y sin un plano ni nada parecido, estaba completamente desubicada. Hacía calor, parecido a Bali, pero de mucho asfalto y excesiva modernidad. Arrastraba los pies, girando mi cuerpo, estirando el cuello hacia arriba. Tenía tal sobredosis de información que casi me estampo con una farola por el empanamiento y el empecinamiento en no querer perderme un detalle. ¿Por qué íbamos a un albergue? Teníamos el avión a las doce de la noche de ese mismo día, en cinco horas nos esperaban en la clínica de la asociación Help Abortion, y no creía yo que, después, quisiéramos meternos en un albergue. ¿No era mejor pasear al aire libre? Hacía un día magnífico y esas calles desprendían encanto, historia con antiguos edificios, parecidos a viejas fábricas, de grandes ventanales, suelos adoquinados y músicos en las esquinas. Raquel y María se habían quedado atrás, yo seguía enganchada a la sobredosis de información. Un nuevo y extenso lugar, lleno de gente, de edificios, de coches, de calles, de viviendas... Una nueva cultura... ¡Inmenso mundo!

—Álex...

María me llamó e hizo señales con el brazo para que retrocediera. Se habían sentado en la primera terraza que habían encontrado. Raquel estaba amarilla, había vomitado el desayuno del avión y seguía sin hablar apenas.

—Yo necesito una bañera de café... ¿Tú?

—Yo igual... ¿Quieres algo, Raquel?

No era capaz de responder sin la cara de asco de las náuseas. Tenía las dos manos reposando en el bajo vientre, los ojos semicerrados y la boca a punto de arcada. Estaba agotada y necesitaba echarse un rato. Me retracté y agradecí que tuviéramos unas camas en las que poder descansar, aunque solo fuera unas horas. Aproveché el bar para conectarme al Wi-Fi y responder a una retahíla de *whatsapps* que me habían sonado. Bernard, mi jefe, comenzaba a mostrarse nervioso por mi vuelta y quería asegurarse de que en una semana estaba disponible y dispuesta a darlo todo para mi siguiente libro. Necesitaba hablar con él, intuía que, después de Bali, no podría escribir de la misma manera, y lo pactado, un ensayo sobre la «buena fortuna», no me apetecía demasiado. ¡Tenía tantas cosas que contarle! El bueno de Bernard... Necesitaba quedar con él y revisar nuestros planes de futuro. Ya no me apetecía escribir manuales impersonales de autoayuda.

«Vuelvo el 4, pero me incorporo a lo pactado el 7. Comemos el mismo día. Tengo que contarte. ¡Genial el viaje! No quiero que termine :-)».

Todo termina. Gonzalo también me preguntaba por mi vuelta y si quería que me fuera a buscar con Yago al aeropuerto. No sabía... No quería saber todavía, porque no estaba preparada para pensar en el retorno. Estaba deseando ver a Yago, pero no creía que fuera una opción hacerlo en el aeropuerto y con Gonzalo.

Raquel nos pidió andar un rato sola, a solas. Necesitaba mecer sus náuseas y estirar el cuerpo antes de meterse en la cama. Tantas horas de avión te dejan entumecida y llena de contracturas por las posturas endiabladas que una pone en la búsqueda de la quimera llamada comodidad. La vi alejarse arrastrando los pies. Se había quedado muy delgada, su figura había languidecido y apenas se mantenía erguida con la poca brisa que levantaba.

—¿Crees que si yo hablara con ella serviría de algo?

Cucharilla en mano y removiendo el café, María alzó los hombros y enmudeció apretando los labios. El agotamiento la había transformado en una mujer rasgada por la rabia, la culpa de no haber protegido a su hermana pequeña de ese desastre. Intenté quitarle hierro, oxigenarla, que un aborto no era el fin del mundo, que muchas mujeres han optado por ello y ha sido una experiencia más en sus vidas. Una elección más… María estaba muy revuelta con todo aquello. Tenía treinta y cinco años y, desde los veinte, tenía muy claro que ella no deseaba ser madre, pero con el repentino embarazo de Raquel, y poniéndose en la piel de su hermana, no sabía si sería capaz de tomar la decisión de abortar tan rápido.

—Quizás si en algún momento me hubiera quedado embarazada…, habría decidido tenerlo.

—Eso no lo sabes. No es una obligación tenerlo, ¿sabes?

No estaba cómoda hablando de aquello. Siempre me había considerado una mujer progresista y lo era, porque no juzgaba, no quería juzgar y mucho menos me habría atrevido a hablar de asesinato. La vida hay que respetarla y, para hacerlo, hay que empezar por uno mismo. No sabía de ciencia, ni deseaba entrar en la paranoia de a partir de qué semana empezaba a latir una vida. Ni siquiera los médicos se ponían de acuerdo, más que de la ciencia, dependía de los ideales conservadores o liberales del ginecólogo. No quería pensar en eso, pero María, para mi sorpresa, había entrado en barrena. ¿Por qué estaba juzgando a su hermana? Intenté hacerla entrar en razón, recolocar su mente en donde hasta el momento había estado: no juicio, amor sobre todas las cosas.

—Es por amor a mi hermana por lo que me pongo así, ¿sabes? Y… ¿si no se lo perdona en toda la vida?

—María, es su vida y ella elige… Tú acompañas.

Estaba terca y comenzaba a alzar la voz con violencia. Todo aquello le estaba creando un conflicto con sus propios ideales, valores que hasta ese momento no había tenido la necesidad de plantearse. Sus padres jamás compartirían la decisión que Raquel había tomado, habrían preferido cualquier otra opción, incluso la adopción… Ella era la hermana mayor y debía actuar en consecuencia. ¿Era coaccionar a Raquel? ¿Incentivar su culpa por la elección que había tomado? No era nadie para opinar, pero aquello empezaba a tomar un cauce peligroso para Raquel.

—Será mejor que te calmes y después hables con tu hermana. Así no te lo aconsejo.

Necesitábamos dormir todas. Cerrar los ojos y, en la inconsciencia, recuperar el norte perdido. Empezaba a sentirme desfallecida, era incapaz de articular palabras coherentes y aquello era demasiado serio como para que nos explotara sin apenas haber dormido.

Pillamos otro taxi que nos dejó en la puerta del Sydney Harbour Hostel. No me separé un minuto de María, quería evitar que le soltara a su hermana las barbaridades que me había dicho en la terraza. ¡No sin antes dormir y pensárselo dos veces! No nos fijamos en la decoración, ni en la gente, ni siquiera en las sábanas de las camas de la habitación. ¡Nada importaba! Solo descansar, poner el despertador y dejar la mente en blanco. Caímos con el peso de nuestro propio cuerpo, vestidas. María se durmió con los zapatos puestos. Raquel cayó también rendida por el agotamiento. Apenas había llegado la baba a la cama y ya estaba en el séptimo cielo.

Sala blanca rectangular. Unas ocho mujeres en espera y nosotras. Todas jovencitas, ninguna de mi quinta. Acompañadas de madres, padres, novios, hermanas... ¿Alguna sola? Merche, la amiga enfermera de María, había reservado con éxito la cita. No tuvimos problema al entrar, a Raquel le dieron un formulario para rellenar y nos llevaron a esa habitación de blanco cegador. En el techo, seis fluorescentes, ni una planta, ni un cartel. Veinticinco sillas de madera, las conté una por una, dispuestas en filas, como en un cine, pero en vez de la pantalla, una puerta de color verde. Éramos las últimas; por delante de nosotras, las ocho chicas. Siguiendo los cálculos indicados (treinta minutos por chica), faltaban unas cuatro horas para que Raquel fuera atendida. Antes, durante ese tiempo, pasaría el proceso obligado del test de embarazo y visita breve a un psicólogo para informarla de todo el proceso y dar el beneplácito final.

—¿Tenéis un boli?

María rebuscó nerviosa en su mochila y se apresuró a facilitarle uno a su hermana. La siesta la había calmado, recuperó la compostura y estaba dispuesta a acompañar a su hermana en la decisión que estaba a punto de tomar. A Raquel le temblaba el pulso, las dos nos fijamos pero ninguna hizo un comentario.

Name: Raquel. Surname: Velasco
Age: 28
Date of your last normal period:[1]

Las tres estábamos rellenando el formulario. María y yo con la mente, Raquel escribiendo como podía.

—¿Me pones el calendario del móvil, porfa? No recuerdo cuándo fue la última vez que me vino la regla...

Era difícil pensar. Todo era de lo más frío, parecía una consulta de un dentista cualquiera de Madrid y que estuviéramos esperando para sacarnos una muela. Raquel rellenaba el típico formulario preventivo que en algún momento todos hemos cumplimentado. Todo parecía cordial, tranquilo, en calma. Un ambiente de paz artificial, una serenidad prefabricada, en definitiva, eso era lo que debía ser. Un lugar donde las mujeres se sientan personas y sean tratadas con las condiciones de higiene necesarias. Miré a las chicas, podía reconocer por la caída de ojos quiénes eran las embarazadas. María observaba como yo el lugar con cierto estupor. Raquel se levantó a hacerse la prueba de embarazo y a entregar el formulario. Al rato, se abrió la puerta verde y apareció una mujer de unos treinta con los ojos enrojecidos por el llanto. Salió de la sala ca-

---

[1] Nombre: Raquel. Apellido: Velasco.
Edad: 28
Fecha de su última menstruación normal:

bizbaja, incapaz de mirar a nadie. El resto la seguimos con la mirada, comprendiéndola y animándola desde el silencio. ¡Qué decisión más difícil! María comenzaba a sentirse indispuesta, estaba revuelta, muy nerviosa, y necesitaba respirar un poco de aire. Me pidió que le dijera a su hermana que estaba fuera fumándose un cigarrillo. Lo llevaba como podía, como sabía. Raquel vino al rato y se sentó como ausente. No preguntó por su hermana y yo me ahorré los detalles.

—En veinte minutos me veo con la psicóloga.

Silencio. Era una información que no sabía cómo procesar ni si debía comentar algo al respecto. «¿Dónde se ha metido María?». Raquel abrió su mochila y sacó una libreta, buscó una hoja en blanco y comenzó a hacer rayones, muchos rayones. Se dejó llevar y pintó hasta llenar la hoja de círculos, triángulos, ondas y muchos rayones. Me apetecía hacer lo mismo o salir de allí corriendo. La silla me parecía la más incómoda del mundo, no paraba de moverme y respirar con brusquedad. Salí a buscar a María, no podía estar más tiempo en esa sala, callada y con Raquel a mi lado haciendo rayones como una posesa.

La mayor de las Velasco estaba apoyada en un coche fumando un cigarrillo tras otro. ¿Qué hacíamos en esa ciudad? ¡Qué locura! Ahora era yo la que juzgaba, la que me sorprendía de haber viajado hasta allí, de que aquello nos estuviera pasando de verdad. A María le estaba dando todo el solazo en la cara y ni se inmutaba. Mascaba chicle, sacaba humo y se mordía las uñas compulsivamente. En dos días, se había destrozado toda la manicura e iba camino de hacer lo mismo con las manos. ¡Nada importaba más que ese momento! Me acerqué a ella y me senté en el bordillo. Llevaba todo el día enmudecida, no me atrevía a pronunciar palabra, no encontraba ninguna que fuera apropiada. Comprendía las razones de una y de otra, podía intuir en qué infiernos estaba cada una, pero solo se me ocurría callar y estar allí.

Las horas habían ido pasando con lentitud, como las gotas que caen de un grifo mal cerrado. El minutero, muy presente, muy pesado. María había entrado y salido unas veinte veces de la clínica y se había fumado una cajetilla entera. Raquel estaba lista para entrar. La psicóloga la había visitado, había hablado con ella y dado el visto bueno para practicarle el aborto. María pagó los seiscientos dólares, aprovechó para fumarse el último pitillo y no despegarse de su hermana hasta el final. Apenas quedaba media hora, la última chica antes de Raquel acababa de entrar por la puerta verde. No todas las mujeres que salían tenían la cara desencajada. No todas, por suerte, llevaban la culpa a cuestas. María apretó la mano de su hermana y la abrazó con fuerza. Raquel se apoyó en el hombro de su hermana, cerró los ojos y se dejó acariciar el cabello. Todo estaba a punto de terminar, aquella pesadilla estaba en un tris de desaparecer. Todas lo sabíamos y esperábamos que se abriera la puerta cuanto antes. Raquel apretaba con fuerza la mano de María. Le hice señas para indicarles que salía de la sala. Había llegado la hora y preferí dejarlas en absoluta intimidad. María me lo agradeció con una sutil sonrisa y caída de ojos. Para Raquel sería más fácil todo si solo se quedaba su hermana. Salí a la calle y busqué un bar, una cafetería para tomarme el quinto café del día. No sabía cuánto tiempo llevaría, ni me importaba. Caminé calle abajo. Por lo que pude observar, Sídney era una ciudad de mucha cuesta y, a menos de cien metros, en la misma acera, encontré un pequeño restaurante, Cottage Point Inn, con cuatro mesas de madera en el rellano. No había nadie, no era la hora de comer ni de cenar. «¿A qué hora se come en Sídney?». Me pareció el lugar idóneo para esperar a las Velasco y tomarme un nuevo chute de cafeína.

Me conecté al Wi-Fi y comprobé que Gonzalo me había vuelto a escribir, que Pablo-Pixie estaba preocupado por mi viaje relámpago a Sídney (fue al único al que se lo dije) y que Hera buscaba respuestas a tantos interrogantes. Le di el primer sorbo al café, que me supo a gloria, y dispuse mis cinco sentidos para respirar el aire de esa ciudad. Quizás esa iba a ser la primera y la última vez que la pisara y no quería abandonarla sin echarle pulmones y consciencia. ¡Sídney! Las ciudades son como las canciones, las recordamos según las impresiones de nuestra memoria. Después de aquella experiencia, me pensaría dos veces volver allí, para que mi memoria no suplantara ese viaje relámpago por ningún otro. «¿Qué se me ha perdido en Sídney?». Nunca me había llamado la atención, aunque puestos a decir, tampoco Bali. ¿Acudes a los sitios porque te llaman o porque te buscan? Estaba segura de que el cien por cien de los balineses se decantarían por la segunda opción. Yo había abandonado la rotundidad, pero tampoco estaba en la cresta de la espiritualidad como para creer a ciencia cierta que los lugares tienen su propia energía y poder de imantación sobre las personas. Pensé en todo lo que nos acababa de suceder y qué lectura harían los chamanes de la isla de los dioses. Quería encontrar una buena respuesta espiritual para compartirla con las chicas y cerrar el episodio desde la calma, desde el aprendizaje personal. «¡Me encantan los koalas!». A veces me asaltan pensamientos inconexos que pervierten mi voluntad y van por libre. ¿Cómo interpretar ese embarazo no deseado en esas circunstancias personales de cada una? Cerré los ojos para concentrarme y hallar una respuesta a toda aquella maraña. No quería mirar el reloj, ni pensar en Raquel, ni en Yago… Necesitaba procesar, encajar, aunque solo fuera desde mi entendimiento, aquella realidad. Estaba agotada, tan agotada que me quedé dormida tratando de chamanizar nuestra experiencia en Sídney.

Podían haber pasado horas desde que perdí la consciencia. Podía haberse hecho de noche y el dueño del local haberme despertado para sacarme de su restaurante por dar una imagen lamentable. Podía haberme despertado el ruido de un coche, una sirena o mi propia baba. Todo aquello podía haber pasado, pero sucedió lo que menos me esperaba. Oí una voz que con suavidad pronunciaba mi nombre. «¿Forma parte de mi sueño?». Era tan dulce que parecía propia de una entonación. Estaba a punto de entrar en fase REM otra vez cuando escuché de nuevo la voz pronunciando desde la lejanía mi nombre. «¿Un ángel?». Me costaba salir a la superficie, volver a la realidad de nuevo. «¿Dónde estoy?». Abrí los ojos muy despacio, me costó enfocar para ver un primer plano de la cara de Raquel.

—Despierta, Álex. Volvemos a Bali.

¿Bali? Necesité un par de segundos para ubicarme. Raquel me miraba con mucha ternura. «¡Sídney!». De un brinco me incorporé al recordarlo todo, me froté los ojos y me faltó tiempo para preguntar a Raquel mientras la sostenía entre mis brazos.

—¿Qué tal estás? ¿Cómo ha ido? ¿Cómo te sientes? ¿Todo bien?

—Bueno... No ha ido.

¿No ha ido? Miré a María, que se me desenfocaba con la luz. ¿No ha ido? Mi aturdida cabeza era incapaz de procesar ese «no ha ido». Le supliqué que me terminara de contar y no esperara demasiado de mí en aquel estado.

—No he abortado, Álex. No he podido. No he querido. Voy a tenerlo.

Aquello me pareció lo más surrealista de todo mi viaje. «¿Va a tenerlo? ¿Raquel ha decidido ser madre?». Me rasqué las dos orejas como un perro, me froté la nariz y, con los ojos de recién levantada y el sol de cara, respiré hondo.

—¿Cómo?

Ese «cómo» era más impulsivo que explicativo. No quería que Raquel se excediera en los detalles de su decisión, pero aquello me había sorprendido de todas todas.

—Mi hermana y yo nos volvemos la semana que viene a España. La necesito a mi lado. Voy a ser madre, Álex... Siempre he querido ser madre y esto ha pasado por algo. Me muero de miedo, pero estoy llena de ilusión.

Abracé a Raquel, le temblaba la barbilla, pero la vi feliz. Estaba con las emociones a flor de piel y muy porosa. Aquello había sido un descenso en toda regla a los infiernos de los miedos. No la habría juzgado si hubiera decidido abortar, como tampoco la juzgué por decidir embarcarse en la aventura de la maternidad. La abracé del mismo modo, con la misma ternura y deseo de su felicidad. Miré por encima del hombro, buscando a María, que derramaba lágrimas sin parar. Pensé en Blanca y las diosas que nos había regalado antes de partir. Raquel había conectado con su diosa, la Tara Verde, la madre de la iluminación, que ayuda a superar los obstáculos de la vida. María había entendido a la suya, Damara, y, con su dolor enterrado, había dejado a su hermana elegir con la libertad merecida. En ese espacio de tiempo, a María se le abrió la brecha del abismo entre ella y los niños. Necesitaba hablar con María, sus planes de quedarse a vivir en Bali parecían rotos o, por el momento, aplazados.

—Bali puede esperar… —me respondió, leyéndome el pensamiento, mientras seguía abrazando a Raquel, que estaba despertándome y digiriendo el cambio de planes.

La vida son prioridades y María supo que la suya era estar al lado de su hermana, acompañarla en el proceso y envalentonarla cuando desfalleciera. No iba a ser fácil para Raquel, pero todo se andaría.

—Gracias por todo, Álex. Muchas gracias por estar aquí y apoyarme.

La vida se nutre de pequeños momentos como aquel que vivimos las tres, perdidas en un pequeño restaurante, en una calle que ni recuerdo de Sídney. Estuvimos un buen rato charlando, respirando aire nuevo y mirando la vida con otra perspectiva. Raquel iba recobrando su mirada, su vitalidad y repitiendo como un loro «¡voy a ser madre!». Las decisiones más difíciles de mi vida han sido casi tan dolorosas como un parto. No tan largas, pero sí resueltas desde las entrañas. Una vez decides, sientes cómo tu interior se aclara, suelta carga y asciende un globo de colores. Como la fumata blanca cuando un nuevo papa es elegido en cónclave, pero con las decisiones de cada uno. Son mucho más importantes y deben ser ritualizadas de manera similar o superior. De nada sirven los condicionantes ni las presiones externas, solo son piedras para el riñón, para el hígado, para el estómago… Necias cargas que solo puedes romper si eres capaz de escuchar tu propio interior. Aquel día en Sídney, Raquel se silenció para poder escucharse. Su hermana rabió, sufrió y lloró combatiendo consigo misma para no juzgarla por su decisión. Yo vi las fauces del juicio, revisé todas las veces que me había sentido mala madre, todas las situaciones en las que me cuestioné y acepté reproches externos.

Exprimimos la tarde paseando por The Rocks, el barrio más antiguo de Sídney. Divisamos el Harbour Bridge y cenamos al lado de la Opera House iluminada. Raquel y María parecían dos niñas chicas avisando a todos los que se acercaban a la mesa de que la una iba a ser madre y la otra tía. Nos reímos juntas, me ametrallaron a preguntas sobre el embarazo, el parto, la lactancia y los mil y un detalles en los que caes en la cuenta cuando te quedas embarazada y que deseas saber. María estaba feliz y tan sorprendida como yo. Le costaba hacerse a la idea de esa realidad y necesitaba, como su hermana, repetirla en voz alta: «¡Voy a ser tía!». Se dio cuenta de que aquello tenía mayor trascendencia. No sería madre, pero sí tía y le hacía una ilusión mayúscula. Solo nosotras podíamos brindar aquella noche por la vida, por nosotras, por las decisiones, por los infiernos, por la amistad, por la hermandad, por el amor, por ser uno mismo, por la libertad, por los sueños postergados, por meterse seis horas de avión para irse a cenar, por las locuras, por las meteduras de pata, por las pesadillas a medianoche y los sueños de madrugada. Aquella noche sentimos una conexión especial, ninguna de nosotras olvidaría nuestro viaje relámpago.

Mmm… Dejar listas las maletas; ultimar las compras, no olvidarme del incienso de Pixie, Yago y sus pulseras; inauguración de *Obsessions,* la exposición de pintura de Hera —«¡Hera! ¿Qué querrá?»—; despedirme del mar, del cielo pintado de cometas de colores, del aire especiado, de Bali... «No quiero...».

Daba vueltas como un molinillo de papel sobre la cama con los brazos estirados. Me resistía a levantarme, abrir los ojos y ser consciente de que mi reloj de arena en esa maravillosa isla estaba a punto de agotarse. Repasé mentalmente todas las cosas que quería hacer en mi último día. Bostezaba y estiraba mis extremidades como si de esa manera pudiera alargar el principio del final de mi aventura. Era tarde, estaba segura de que mi pereza y resistencia a ese final se habían comido parte de la mañana. Por esos motivos y por la paliza Bali-Sídney-Bali, fui incapaz de abrir el ojo antes de las doce del mediodía. La villa estaba más en calma que nunca. Hacía un sol espléndido, apenas soplaba el viento. Desde la cama, hice realidad uno de mis sueños: levantarme y, sin pasar por el baño, tirarme a la piscina tal cual iba vestida: bragas y camiseta. Aguanté sumergida todo lo que mis pulmones dieron de sí. Moví los brazos y las piernas como ancas de rana. Apenas un minuto o poco más de apnea que me ayudó a limpiar la pena con la que me había levantado y encontrar la ilusión de aprovechar el último día al máximo. «No hay dolor, Álex, no hay dolor». Raquel aplaudió mi hazaña y me dio los buenos días desde una hamaca. Se había levantado muy temprano, la despertaron las náuseas y una letra para una nueva canción. Se la veía feliz, tranquila, reposada después de la Decisión. María todavía roncaba, las cortinas de su habitación estaban echadas y no parecía que fuera a asomar la cabeza en un par de horas. Necesitaba recomponerse del choque emocional de los últimos días y nada mejor que un prolongado sueño reparador. ¡Había tiempo! La inauguración era a las siete de la tarde. Disponía de siete horas para dejarlo todo en orden para la partida. Mi avión salía en veinticuatro horas exactas, a las doce de la mañana del día siguiente. ¡Mes y medio! No quería ponerme sentimental, ni perder un segundo de mi último día procesando, revelando fotos, instantáneas del viaje. Veinticinco horas de avión dan para eso y hasta para escribir un libro. ¡Gonzalo! Tenía que avisarle para que no me pasara a recoger al aeropuerto, había decidido aterrizar y pisar Madrid yo sola, en

compañía de todos mis recuerdos. No sería fácil conven-
cerlo, y mucho menos a Yago. Deseaba tener un aterrizaje suave y recibirme a mí misma como me merecía, abrir
la puerta de mi casa, mirar con lejanía esas paredes obso-
letas, descargar maletas, darme un baño reparador e ir
a buscar a mi hijo. Así lo deseaba y así sería. Sin miradas
examinadoras o instigadoras, ni preguntas que ya no pro-
ceden, ni exigencias de otra época. «Gonzalo... ¡Ojalá me
entiendas!».

—¿Qué planes tienes?

Raquel quería quedarse todo el día en la villa escribiendo la nueva canción, tejiendo su nueva maternidad,
enviando correos y preparando la vuelta a casa. Necesitaba un día para ordenar su cabeza, le apetecían unas horas de soledad, de disfrute con su sí a la maternidad, un
tiempo de reafirmación con su feminidad en su máximo
esplendor.

—María me dijo que la despertaras... ¡Quiere pasar
el día contigo! Si a ti no te ape..., ¡sin problemas!

La buena de María, mi confesora, mi compinche de
risas, mi cómplice y sostén en tantos momentos... Sentí
que me arrollaba una ola de emoción que pude controlar
con un profundo suspiro. Me senté a la mesa del jardín con
el aguachirle de café que, por la nostalgia de no volver a
probarlo, me supo extrañamente a gloria. ¡Sugestión! No
tenía más plan que pasear por Kuta, recorrer sus tiendas,
comprar, comprar y comprar en un ataque de compulsiva
frivolidad, y tirarme como una lagarta al sol. Los últimos
días son jornada de tránsito, días puente entre una realidad

y otra, entre un universo y otro. No has abandonado ese lugar todavía, pero tu mente ha comenzado a volar.

—¿La despierto?

Las cortinas y la puerta corredera de su habitación se abrieron de golpe como el telón de un teatro. En el centro del escenario, María con los brazos alzados y como una estrella de Hollywood se marcó su *show* de baile y canción:

> *Good mornin', good mornin'!*
> *We've danced the whole night through,*
> *good mornin', good mornin' to you.*
> *Good mornin', good mornin'!*
> *It's great to stay up late,*
> *good mornin', good mornin' to you.*

Estaba feliz, contenta, y desprendía una energía de recién levantada que nos contagió la risa. Con las bragas puestas y las tetas al aire, se marcó todo el numerito de Judy Garland. Raquel la acompañó en el estribillo, sobre la hamaca, compartiendo y aplaudiendo la locura de su hermana. Yo me quedé en el patio de butacas, con mi café, tarareando lo que sabía, riendo más que cantando. El final de la canción, su golpe de efecto, fue tirarse a la piscina y tratar de hacer un numerito a lo Esther Williams, la sirena del cine dorado. ¡Menudo despertar!

Made pasó a buscarnos y salimos con el objetivo de quemar los restos de Visa con los regalos. En cada viaje me «propongo» —que no «consigo»— comprar con antelación, pero, como cuando estudiaba, lo pospongo a última hora y lo vivo como una carrera contrarreloj. María estaba encantada con el plan de *Marathon Shopping*, era una adicta a las compras y una de sus aficiones preferidas consistía en distinguir la «ganga» del «timo para turistas», o la «horterada» de la «joya». No había viaje en que no me endiñaran alguna baratija a precio de oro o que no comprara objetos absurdos, a un precio tirado, eso sí, pero destinados a perderse en las inmensidades de cajones o armarios. Esa vez estaba decidida a mantenerme en lo práctico, evitar brotes de compulsividad y apostar por el sabio «menos es más».

—¿Menos es qué?

No sería fácil convencer a la Velasco. No se dejaba una tienda sin entrar, husmear y encontrar objetos a los que venerar y depositar deseos furtivos. Mi lucha era convencerla de mi «menos es más». Hizo oídos sordos a la hoja de ruta marcada, a mi «menos es más», y me tentaba a cada minuto.

—¡Qué bonito! ¡Esto sí que merece la pena! ¡Es una ganga! ¡En España no lo encuentras! ¿No te lo vas a quedar? ¿Te lo pruebas? ¡Me encanta! Uf... ¡Me acabo de enamorar!

Su filosofía era de «más es más y... ¡no se hable más!», así que nos pasamos la mañana entretenidas; ella proponiendo y yo descartando. Después de más de dos horas de pañuelos de seda, *sarongs* para amigas, pulseras de Yago y dos kilos del mejor incienso de Bali..., necesitaba descansar del «¡Pruébate esto!», «¡Es genial!», «¿No te lo vas a comprar?», «¿Y tú qué?». Estaba deshidratada, ma-

reada y enredada en camisetas de colores, aceites esenciales y pequeños budas. *Stop!* ¡Parada técnica! *Reset!*

—¿Yaaaaa?

Observé a María, incrédula por haber escuchado
ese «¿yaaa?». Sin mirarme apenas unos segundos y en-
sordecer mis razones, entró en una nueva tienda; la seguí
arrastrando los pies, con las manos cargadas de bolsas
y la cabeza a punto de explotar. Me quedé en una esquina del establecimiento, mientras el huracán Mary agarraba y soltaba con una celeridad pasmosa todo aquello
que veía hasta dejar la tienda revuelta y a la dependienta resoplando.

—¿De verdad que quieres parar?

Me lo soltó mientras salía de la tienda y murmuraba:
«¡No había nada interesante!». Sin tan siquiera esperarme,
se metió en la de enfrente, una galería de arte con retratos
de mujeres japonesas. «¿Ahora una galería?». Refunfu-
ñé de cansancio, como los pucheros de los bebés cuando
nadie les hace caso, y me senté en un peldaño del rellano,
dispuesta a declararme insumisa de las compras. A veces
pienso que las tiendas sueltan algún gas inodoro que hace
que muchas mujeres y hombres se obsesionen con comprar, comprar, comprar… María estaba poseída, no me
escuchaba, necesitaba agarrar todo lo que sus ojos contemplaban, entrar y salir de las tiendas, ir arriba y abajo y,
de cada veinte cosas, adquirir una. ¿Qué tiene el hecho de
comprar que nos da placer? Yo estaba acalorada y con el
agotamiento llamando a la calma. Me escocían los ojos.
«¿Cuántas veces he pasado por esta calle?».

Observé a los turistas que, como María y yo, paseaban para gastar. Miré a las parejas, seguramente de recién casados, que iban de la mano y apenas rozaban el suelo al andar. Me sorprendí sonriéndoles, deseándoles una bella aventura y comprobando que mi resquemor con los enamorados había remitido. No me dolían sus besos de tornillo a medio caminar, sus caricias más allá del coxis, sus miradas de «eres lo único que veo ahora mismo». No me importaba cruzarme con ellos, ni compartir espacio ni restaurante. No me dolía saber que yo no pertenecía al grupo de los enamorados, aquellos que sueñan con poder echarle el lazo a la luna para alumbrar todas las noches su nidito de amor. No me dolía... Su imagen ya no me pertenecía ni me abría la herida de «¿por qué yo no?». Sentada en ese escalón, me sorprendí sonriéndole a ese amor que ya no compartía ni sabía si volvería a compartir con esa misma ingenuidad. ¡Enamorarse! En la isla de la gratitud, esperando a una mujer abducida por las compras, comprendí que al fin había digerido y entendido que el yo sin el tú es infinitamente más real que el idealizado «tú y yo». Sonreí a los «yo y tú», a los «tú y yo», a los «yo», a los «tú». Dejé que una carcajada interna recorriera mi cuerpo hasta sentir esas cosquillas que te confirman que al fin la ficha ha caído. «¡Gracias!». Miré al cielo y agradecí ese momento de emocionada plenitud por comprobar que mi yo había resurgido y estaba en calma. Me emocioné porque, al fin, había llegado ese instante que tanto había soñado y en el que tan poco había confiado. Todo mi ser recuperó el equilibrio necesario para susurrar, soltar con la mayor de las ternuras: «¡Adiós,

Gonzalo!». Lo había logrado. ¡Al fin llegó! No pude reprimir mis lágrimas en ese instante mágico de dar el portazo final y echar la llave. Sin lucha, sin heridas, sin lamentos, sin reproches. «Adiós…». Ya no me dolía oler en otro su perfume, ni mis carencias ni las suyas. Supe con esa sonrisa espontánea a la escenita de la pareja de enamorados que se besaban frente a mí con el desespero del fin del mundo que había pasado la página y que mi vida definitivamente iniciaba un nuevo capítulo. Sentí cierto vértigo de no saber… De tenerme a mí, pero no saber… De ese futuro incierto, de esa bifurcación con cinco caminos y no saber…

Me metí en la galería para agarrar a María de la camiseta y llevármela a tomar unas Bintang. ¿No tenía suficiente con la dosis de pintura y emociones que nos esperaba por la tarde? Casi como estirando la correa de un perro que no quiere alejarse de su hueso, me llevé a María al mar, al aire fresco, al viento y al sol reluciente. Caminamos por la extensa orilla, nos remojamos los pies, nos salpicamos enteras…, disfrutamos del agua y de la brisa acariciándonos la piel y secándonos las gotas de mar. Nos perdimos en el horizonte y en el culo de algún bañista… «¡Hay que aprovechar!». Llegamos a La Plancha, nos pedimos dos Bintang y nos lanzamos al mar para desprendernos del calor del camino. ¡Gusto! Meter la cabeza bajo el agua fría y arremolinada. ¡Placer! Cargar la boca de agua y soltarla, con el cuerpo flotando panza arriba a lo espiráculo de ballena. Correr hasta la orilla y desplomarse sobre uno de los enormes pufs de colores de nuestra mesa y beber un buen trago de Bintang helada. ¡Gustazo! Cuántas Bintang compartidas con María… Cuántos momentos con ese botellón verde de etiqueta roja y blanca. En Bali, en parte por María, me volví una *Beerby Girl*, el clima tan húmedo hacía que bebieras más y apenas sintieras sus efectos.

—Te voy a echar de menos…

—Mary, me prometiste que no ibas a montar ninguna escena lacrimógena y estás a punto de cruzar el límite…

No quería despedirme de María, pero entendía su tristeza, su necesidad de recapitular lo vivido y soltar alguna lagrimilla, para descargar el nudo en el estómago. Nos permitimos unos diez minutos de elogios mutuos, abrazos varios y promesas de amistad eterna. Brindamos al sol y, ya recompuestas de nuestro ataque de acaramelamiento y ensalzamiento a la amistad, respiramos hondo y sonreímos cómplices cara al mar. María estaba muy nerviosa con su regreso a España, el «hola, papás, Raquel está embarazada, yo me voy a vivir con ella, no quiero ser abogada y en año y medio me vuelvo a Bali», y todas las jodidas explicaciones que una se ve forzada a dar cuando no le apetecen lo más mínimo. A lo largo de nuestra vida, llenamos minutos de justificaciones hasta rozar el absurdo:

—Vuelta del baño: «Perdona, es que me estaba meando».

—Después de beber un vaso agua: «Perdona, es que me moría de sed».

—«¿Te importa que cierre la puerta? Es que tengo frío».

—«Pago con tarjeta, es que no tengo suelto».

—«Al final no voy a cenar, es que no me encuentro demasiado bien».

Es que, es que..., ¿es que qué? ¿A quién carajo le importa? María y yo brindamos por el derecho a no dar explicaciones, por el poder del no a secas, sin más ni menos. No. ¿Por qué nos cuesta pronunciar un no y cerrar la boca?

—Yo voy a echar de menos este lugar, ya me había hecho a la idea de quedarme, ¿sabes?

María seguía procesando, digiriendo su vuelta a España y la próxima maternidad de su hermana. Estaba preocupada, porque Raquel había decidido ser madre soltera y, aunque iba a tener su apoyo incondicional, iba a ser madre soltera.

—Yo sé que me vuelvo a Bali. Hay muchos turistas con niños... He pensado que puedo especializarme en visitas por la isla para familias con niños. ¿Qué te parece?

María también había mutado y su rechazo absoluto a los niños se había transformado en un posible futuro plan de vida. De todas era la que tenía el espíritu más libre y su comportamiento de adulta era muy compatible con el de los niños. Miraba el mundo desde un prisma tan naíf que no había perdido la esencia de captar las cosas con la ingenuidad que maravilla a los niños. Al principio me sorprendió su propuesta, pero intuí que era el embrión de su nueva vida. Al fin se atrevía a husmear en sus deseos y comenzar a darles forma sin preocuparle el lugar que ocuparan en los demás o la aprobación del resto.

—Estaré con Raquel hasta que nazca la criatura y como mucho medio año más, y luego... ¡me las piro! Necesito volar por mí misma.

—Te va a costar...

María sabía que sería una de las mayores pruebas de su vida; acompañar a su hermana, vender su casa, preparar el camino, ver nacer a su sobrino o sobrina, despedirse de sus amigos y poner rumbo a un principio. En el proceso, antes de abandonar España, podían pasar muchas cosas, llegar las tentaciones y aflorar los miedos.

—¿Y si te enamoras?

María me miró y reflexionó sobre mi pregunta. Intuía que era una probabilidad que no se había ni planteado. Con Félix había terminado de relaciones hasta la coronilla, no quería una pareja al uso y... primero estaba ella, pero... si algún hombre se cruzaba en su camino que le hacía temblar de abajo arriba...

—No lo sé... No te lo puedo decir, porque no lo sé, pero intuyo que necesitaría irme igualmente. Por un tiempo solamente, por tiempo indefinido... No lo sé.

María había crecido con ese viaje y, sobre todo en las últimas cuarenta y ocho horas, había expulsado al exterior toda la madurez retenida en ese cuerpecillo con alma de Peter Pan. Hablaba desde un lugar nuevo dentro de ella, desde una seguridad que hasta a ella le sorprendía. De vez en cuando, me miraba con cara de pilla por lo que acababa de soltar.

Nos habríamos quedado toda la tarde y la última noche bebiendo unas cuantas Bintang y soñando despiertas. Esa tarde fue de las de tejer sueños y soltarlos al viento con la esperanza de alcanzarlos en algún momento. ¿Cuántos días de nuestra vida dedicamos a reforzar nuestros sueños?

¿Cuántos minutos dedicamos a repetirnos el poder y no encallarnos en la excusa? El problema de vivir una tarde de ensoñaciones es que la realidad se te echa encima como una ola de diez metros o un puñetazo en la cara. Miramos el reloj y salimos de allí con el atropellamiento del que se ha colgado y llega tarde a una cita. Estábamos con el cuerpo lleno de arena y sal, en *shorts* y camiseta desgastada. Poco glamurosas para la exposición de Hera. En hora y media teníamos que estar en Ubud y... ¡radiantes! Ni siquiera un milagro podía salvarnos de llegar, por lo menos, cuarenta minutos tarde. Nos organizamos en la furgoneta, de vuelta a la villa. Lo mejor era que Raquel se fuera de avanzadilla y aplacara los nervios y la tensión en el ambiente.

—Raquel, hermana, con la mejor de tus sonrisas nos excusas por el retraso...

El tráfico, un pinchazo, cortaron el agua, se fue la luz, mucha cola para el cajero... Una excusa, cualquier excusa estaría bien para evitar males mayores. ¡Nos habíamos colgado! ¡Cierto! Ya no había remedio y de nada servía el lamento. Corrimos lo máximo que pudimos con la ducha y el acicalado. María me hizo cambiarme tres veces de ropa. Yo no quería arreglarme en exceso, no fuera a pensar que... ¿me había vestido para ella? María se pasó por el forro mis excusas y me arregló a lo *Gata sobre el tejado de zinc caliente*. A mí me ruborizó el exceso y la falta de costumbre, pero la Velasco se puso testaruda y no estábamos para liarnos a llenar la cama de modelitos hasta decidirnos.

—¡Estás que te sales de guapa!

Me onduló el pelo, me maquillé…

—¡Como me arreglo cada noche que quiero ligar!

Me pinté como si fuera a una boda o a un bautizo, pero lo hice. Me divertí en el proceso, me miré unas cien veces en el espejo y me sonreí a mí misma, a mi celulitis, a mi poco o escaso pecho… Lo hice porque estaba medio borracha y porque comenzaban a hacerme gracia. Entramos en una pequeña discusión sobre su empecinamiento en ponerme tacones. ¿En Bali? Había cedido en todo, pero no iba a salir de la villa con tacones. ¿En Bali? María estaba poseída, no era capaz de ver la tontería y la incomodidad de llevar semejantes zapatos, cuando unas sandalias eran las solución.

—¿Acaso no quieres pasar tu última noche acompañada?

Me senté en el inodoro y miré a María, procesando lo que acababa de decir. Ella me correspondió con picardía. Yo negué con la cabeza medio ladeada y sonriendo al tiempo. Silencio. La pregunta de María sobrevoló unos segundos nuestras cabezas. Masqué con ganas el chicle, mientras la Velasco hacía un discurso en mímica para convencerme del plan. Seguí negando con la cabeza en silencio y escondiendo mi sonrisa. Las dos sabíamos de qué estábamos hablando, pero ninguna de las dos quiso pronunciar el nombre. Era una irrealidad, un comentario pasajero con mucha malicia, un pensamiento de última noche de despedida de un lugar que estaba a miles de kilómetros de mi hogar. Nadie sabe lo que puede ocurrir en cada instante de su vida, pero era cierto que tenía pocas probabilidades de terminar acompañada en mi última noche. Ya fuera de quien estábamos pensando o de cualquier otra persona.

—¿Estás nerviosa?

A menos de diez minutos de llegar y emperifollada como iba, me sentía algo fuera de mi hábitat y con algunas cosquillas en mi interior.

—¿No nos hemos pasado un poco con el vestuario?

María se rio por mi pregunta y seguramente por mi cara de sudor frío y no querer llamar la atención. Estaba convencida de que íbamos correctas para la ocasión, y, si la gente no lo entendía, es que no tenía nada de gusto.

Había personas fumando en la puerta. El interior estaba lleno, todos arreglados a lo hortera hawaiano. Definitivamente nuestro vestuario daba el cante y, al entrar, todo el mundo nos miraba como si nos hubiéramos escapado de una fiesta de la *jet set,* de una boda, una comunión o un bautizo. «¿Sabrán lo que es?». Estaba muerta de la vergüenza, quería matar a María, que estaba sufriendo un ataque de risa a mis espaldas, y salir de allí pitando antes de encontrarme con Hera. Jud fue la primera en vernos, ¡cómo no…! Ya no había escapatoria, la pija le dio un codazo a Hera, que se giró para saludarnos. De camino, pillamos dos copas de no sé qué, pero ni cava ni champán. Me dio igual, necesitaba llevar algo en la mano y simular que me encontraba de lo más cómoda vestida de aquella manera. Le hice una seña a Jud con la mano, que no dejaba de otearnos, de que íbamos a ver un poco la exposición antes de acercarnos. Necesitaba algo de tiempo para recomponerme del apocamiento y saludar como una persona a

Hera. María me miró inquisitiva y no tuve más remedio que seguirla, mientras se abría paso por la muchedumbre, recogía a Raquel y su sonrisa por el camino y nos deteníamos detrás de Hera, que conversaba con tres personas. Alcé la vista como queriendo rezar, pero me había quedado embobada por la belleza de la exposición. Las veinte diosas de Hera estaban escrupulosamente iluminadas y te llamaban a ser observadas como si sus miradas desprendieran una música celestial embriagadora. Eran sus obsesiones, sus diosas de corta y pega, de brocha, pincel, de agua corrida, de retazos, de recuerdos llorados, vividos e impregnados sobre un lienzo que había sido de lo más terapéutico. A lo lejos, una de ellas, con la silueta de perfil, con verdes y rosas y un ojo mirando al cielo, colocada sobre una flor de loto. Me quedé petrificada mirándola. Recordé el estanque de lotos, las risas con María y los monos guardianes. Cerré los ojos para disfrutar del recuerdo, intentando desacelerar mi pulso y recobrar la calma. ¿Qué diosa era aquella? Hera nos saludó brevemente y en grupo, la mirada más personal, pero esa noche tenía que atender a sus clientes y al marchante. Estaba de embajadora de sus propias diosas y debía rendirles la pleitesía que se merecían. Apenas crucé palabra con Jud. María se dejó llevar por el buen rollo del día y se acercó a la metepatas con cariño y sin rencor. Jud mostró afecto y cierto arrepentimiento, no se despegaron la una de la otra en toda la noche. Las observaba de lejos, parecían amigas bien avenidas. Quizás era un principio… Compartieron la noche y Jud se soltó la melena, hablando de lo más risueña con desconocidos. Estaba más joven, tenía una mirada menos juiciosa... Me alegré por ella, por ellas. ¿Raquel? Raquel estuvo con Hera todo el tiempo, escuchando los elogios, los comentarios a la artista, y salvándola de momentos comprometidos, de pequeñas garrapatas que se piensan que todo tu tiempo les pertenece. Yo me dejé imbuir por todas esas mujeres que desprendían sentimientos contrastados, opuestos y, al tiempo, complementarios. Sus veinte diosas, su referentes, sus deidades femeninas, construidas a trazos de creatividad de color coronando la sala, enlazando sus energías y su poder sobre nosotros. Los presentes, hipnotizados por ellas, por una, por varias... Me resultaba difícil dejar de contemplarlas. Raquel se unió a mí cuando me maravillaba con la mujer sobre el loto.

—Es Kuan Yin, diosa de la compasión, que hace aflorar la belleza y el amor hasta en el lodo. Como el loto. ¿Quieres que te las presente?

Raquel estaba encantada ejerciendo de guía por el olimpo de las diosas de Hera: la *geisha* Afrodita; el perfil de Artemisa con su arco mágico y protector; el fuego inspirador en Bridgid; la bella y abundante Lakshmi, nacida de la espuma del mar; viajé al antiguo Egipto con la enigmática y poderosa Hathor, envuelta en sagrados triángulos; o Bastet, la diosa gata de pechos prominentes que simbolizaba la autoridad sagrada del deseo sexual.

—Aine, mi preferida, la reina de las hadas. Diosa de la fertilidad y creadora de la verbena de San Juan.

La única diosa alada de las veinte, tributo al verano y a la imaginación sin límites. Las miraba y me embelesaba con sus formas, colores, miradas. Hera había creado una galaxia de divinidades que, al contemplarlas, te daban coraje, te emocionaban e incluso podías llegar a escuchar cómo te hablaban. Me planté delante de Nini. ¿En cuántas ocasiones se me había aparecido? Cerré los ojos varias veces para comprobar que la estaba viendo de verdad en un cuadro. Me giré para comprobar que Raquel la estaba observando como yo.

—¿Te acuerdas de Nini, la madre del sanador Ratu?

Al fin era real y no una imaginación. Dudé si en las otras ocasiones había sido una realidad o algo más allá que escapaba a mi pensamiento.

—¿A qué diosa representa?

—Es la anciana diosa celta Nemetona, protectora de los árboles, que te acompaña para surcar tu mundo interior.

—Es una de mis preferidas..., Nini-Nemetona.

Hera se había unido a nuestro recorrido por su olimpo. Tomó el relevo de Raquel y nos habló del resto de diosas: Sedna, Sarasvati, Atenea, Pele, Dana, Kali, Maeve, Isolda, Coventina, Ixchel y Sekhmet. Nos habló de su proceso creador, de las texturas elegidas para cada una de ellas, algunas inspiradas en mujeres que había conocido a lo largo de su vida. Veinte musas celestiales que la habían acompañado y ayudado en su proceso de reconciliación y búsqueda de sí misma. Esa noche Hera habló como nunca la había oído hablar en todo aquel tiempo, se expresó sin palabras a medias, ni frases cortas ni excesivos puntos suspensivos. La miraba, intentando encontrar a la silenciosa y cauta Hera. Nos contó su transformación, su huida hacia delante y sus fantasmas, que todavía la poseían por las noches.

Poco a poco nos fuimos quedando solas. La inauguración había sido un éxito y Hera, en agradecimiento, nos quería invitar a cenar en El Sardine, un maravilloso restaurante en Jalan Petitenget. Estaba algo lejos, pero nos aseguró que merecía la pena el viaje. María seguía de risas con Jud, que se agarraba a la mayor de las Velasco para mantener el equilibrio.

—¿Os apetece andar un poco?

Jud y María necesitaban algo de aire antes de meterse en la furgoneta, así que decidimos caminar hasta dar con Made. Hera se acercó a mí y me pidió que frenara el paso. Lo hice, con cierta timidez y algo desconcertada. Me cogió la mano y me la puso sobre su cara. ¿Qué significaba aquello? Se me bloqueó la mente por el corte y por lo inesperado de la situación. Hera me acarició y me besó en los labios, se me dispararon todos los sentidos, me puse en tensión, apenas podía respirar de la impresión, pero dejé que me besara hasta calmarme y reengancharme en su beso, para besarla yo. Nuestros labios estuvieron unidos un largo espacio de tiempo. Miré a los lados de la calle, habíamos perdido a las chicas. Sabíamos dónde aparcaba Made, seguro que se habían esfumado a propósito. Hera me giró la cara con una caricia hasta ponerla frente a la suya. Hice un amago de bajarla, pero me la levantó. ¿Qué significaba todo aquello? ¿Qué provocaba aquella mujer en mí? Nos miramos sin besarnos, manteniendo selladas nuestras bocas de besos y palabras. No existían respuestas a aquel aturdimiento, a aquella maraña de sentimientos. La vida… Aquella noche comprendí que amaba a aquella mujer y que ella me amaba a mí. Supimos verlo, reconocer aquello, pero nos sentimos incapaces de materializarlo más allá del sueño de una noche de verano en Bali. Nos besamos un par de veces más en silencio, nos cogimos de la mano y nos comprendimos la una a la otra. Hera pertenecía a la raza de los malheridos, de los flechados en exceso que, para evitar el sufrimiento, habían decidido vivir sin el Amor.

—¡Gracias! Porque desde que me fui de España no había vuelto a creer que el amor fuera posible.

Me llevó tiempo comprender las palabras de Hera de aquella noche. Su agradecimiento y sus años de renuncia, de despecho, su tiempo de lamer las heridas para volver a la superficie. Para amar hay que lograr el mayor de los amores: a uno mismo, y desde allí irradiar al resto y al mundo. Hera me lo enseñó, me mostró el camino de la honestidad y la generosidad con uno mismo y con el otro. Hera me rechazó por amor y porque ni ella ni yo estábamos preparadas para vivir con todas las consecuencias ese amor. Ella no deseaba clavarse la flecha, autoinfligirse, y yo… comprendí más tarde que no estaba preparada para vivirlo. Una mujer… ¡sí! La quería, pero… ¿tanto como para enfrentarme al Goliat llamado sociedad?

Caminamos de la mano, hablamos de nosotras. Nos confesamos en la intimidad y nos perdonamos nuestros propios límites. Esa noche comprendí nuevamente que el amor no es suficiente… No lo fue con Gonzalo y tampoco lo habría sido con Hera. ¿Qué significa amar? ¿Qué es?

Le agradecí que me contara, que se abriera a mí para comprender desde el empecinamiento de quien desea seguir explorando; desde la inconsciencia de seguir ahí sabiendo que un día mi propio límite echará el freno. ¿Culpables? Ninguna. No existen los culpables. Esa noche, Hera rompió su ostracismo, rasgó su caparazón y se comprometió de nuevo con el amor. Esa noche, desde el inconsciente, con el deseo de besarla de nuevo, me reconcilié con el amor y, sin saberlo, me prometí entregarme a él sin red. No lo había hecho con Gonzalo y ya era demasiado tarde, y demasiado pronto para Hera.

—¿Sabes? Eres la persona que mejor me ha besado.

Qué extraño fue todo y, al mismo tiempo, qué revelador. Las chicas se habían metido en la furgoneta. María y Jud seguían de cháchara, Raquel se había sentado delante con Made para no marearse.

—Venga… ¡Nos morimos de hambre!

El viaje se hizo corto, todas jugamos con las miradas y los silencios. ¡Menudo viaje! En todas nosotras había germinado una flor de loto en nuestro interior, un epicentro para construir y no destruir sobre nuestras propias fauces.

—Me ha encantado la exposición. ¿Has vendido algo?

Dos cuadros y una exposición en… ¡Ámsterdam! Era una magnífica noticia y algo más por lo que brindar aquella noche.

El Sardine era como un pez enorme, rodeado de los símbolos de Bali: un jardín con un pequeño arrozal, las piedras volcánicas, un espantapájaros vestido con *sarong*.

La luz era muy tenue. Predominaban el blanco y el gris metalizado, como la raspa del pescado. Todo era muy *cool*, exquisito en el trato y en el servicio. Un lugar maravilloso para disfrutar de la última noche, la mejor de las guindas.

—Quiero brindar por mi hermana.

María se quedó muda al ver que Raquel levantaba su copa de agua para arrancarse con un brindis. Todas la acompañamos y juntamos nuestras copas con la suya cual mosqueteras.

—Quiero brindar por ti, María, por ese corazón tan grande que tienes. Por tu talento para comprender, por estar ahí cuando tu corazón te decía lo contrario. Por amarme por encima de todo. Por soportarme, por apoyarme y dejar que me apoye en ti. Por ser mi sostén, cuando creía que la vida se me caía. Quiero brindar por ti para darte las gracias. Y por vosotras, chicas, porque este es un viaje que nunca olvidaré. ¡No te escapas, Álex!

Todas se rieron, porque lo de aguantar los elogios o brindis dedicados seguía llevándolo fatal. Cuando Raquel volvía a arrancarse de nuevo, sonó mi móvil, no quería interrumpir a Raquel, pero vi en la pantallita que me estaba llamando el inspector Mulyadi. «¿A estas horas?». Sin procesar si era procedente o no cortar el brindis, sin pedir permiso ni excusarme, contesté por impulsividad, con mucha inquietud.

—*Now? I'll flight tomorrow morning. What happens?*[2]

Sentí que el corazón me estallaba por la gravedad del asunto. Sabía que habían encontrado a Hendrick, sabía que

---

[2] —¿Ahora? Vuelo mañana por la mañana. ¿Qué pasa?

algo malo le había ocurrido y no quería ni escuchar ni saber el final. Mulyadi hablaba muy deprisa y parecía no tener tiempo para discusiones.

—*You have to come as soon as possible.*[3]

Y... sin dejarme responder, con el miedo entre los dientes, me colgó. Seguí un buen rato con el móvil enganchado a la oreja, necesitaba mantenerme inerte, no moverme un milímetro para poder sostener mis palpitaciones. Las chicas se habían quedado en silencio, todas me miraban esperando a que me arrancara. No podía, se me había trabado la lengua y secado la boca. ¿Estaba ocurriendo? ¿Por qué otra vez? ¿Tenía que ir? Hendrick...

Todas quisieron acompañarme. Ninguna entró conmigo. El edificio de las oficinas centrales daba mucho más miedo de noche. Lúgubre, oscuro, gélido... Me abrió uno de los policías del turno de guardia y esperé con la luz a medio gas a que Ketut me fuera a buscar. Me temblaba la rodilla derecha al andar. Me detuve. Daba igual lo que hiciera, el temblor más que cesar aumentaba. Lo mismo que el palpitar de la yugular. Me fijé por primera vez en el techo tan alto de aquellas oficinas. No había reparado en la estratosférica cúpula que dejaba al descubierto, en forma de colmena, en los pasillos más exteriores. «¿Habré caminado por alguno de ellos?». Fijé mi atención en los detalles arquitectónicos de aquel inmenso y sombrío mausoleo tan poco lucido, pero tan lleno de ornamentos fúnebres lo suficien-

---

[3] —Tiene que venir cuanto antes.

temente curiosos como para distraer por unos minutos mi mente. No podía estarme quieta, no podía mantenerme en la misma postura, no podía respirar sin sentir que alguien me apuñalaba el estómago. ¿Qué hora era? Desde que había recibido la llamada de Mulyadi, el tiempo se me había desdibujado, había perdido de vista mi reloj de arena.

— *Miss Blanc.*

¡Ketut! Estuve en un tris de abrazarlo, de lanzarme a sus brazos para que me confesara que mis temores no eran ciertos. Apenas me saludó, me dio la espalda y comenzamos la procesión. Aquella vez no ascendimos, sino que descendimos al – 4. Intenté sin éxito tragar saliva, mi garganta estaba tan seca que me dolía el paso del aire al respirar. Me puse la mano en el pecho, tratando de controlar mis constantes. Estaba a punto de desmayarme, de perder el conocimiento. El ascensor emitió un pitido, el clásico pitido que indica que se ha llegado al destino. Las puertas se abrieron. Ketut salió primero, mis pies pesaban como dos yunques y me resultaba difícil moverlos. Respiraba con dificultad. Pasillos, de nuevo pasillos interminables y una agonía que comenzaba a provocarme sudoración y visión doble. Sentí la mano de Ketut en mi brazo, su fuerza, su firmeza, su seguridad y su sostén. Lo miré, le supliqué que terminara con esa angustia, que me hablara y me lo confesara. «¡¿Qué le ha ocurrido a Hendrick?!».

No lo hizo. No estaba autorizado para ello y yo lo sabía. Mulyadi me esperaba al final del pasillo, con los brazos cruzados, las piernas abiertas y el semblante serio. No levantó una ceja, ni movió los labios, ni siquiera parpadeó.

Esperó a tenerme tan cerca que me pudiera oler y yo escucharle sin el menor esfuerzo. Desplegó los brazos y me pidió que nos sentáramos. Obedecí, no rechisté, no pude cerrar la boca ni despegar mis ojos de los suyos. Me senté en la esquina de la silla y esperé deseando no escuchar lo que mi cuerpo ya sabía.

—*Tonight we've found the killer. We've found three of the surfers missing. We believe that one is Hendrick. I cannot force you, but I need you to recognize his corpse.*[4]

No recuerdo cuánto tiempo estuve muerta. No recuerdo cuántos minutos pasaron, no recuerdo si le dije algo a Mulyadi o si me resistí a su petición. No recuerdo cuánto tiempo permanecí en el depósito de cadáveres. En blanco. *Shock*. Tampoco recuerdo quién descubrió el plástico y me enseñó el cadáver. He borrado los detalles, pero no he conseguido desprenderme de su rostro, su piel ennegrecida, su pelo caído, su color de muerto, su vida esfumada. Recuerdo cómo se me cayó la vida a los pies cuando vi a Hendrick en aquella camilla. Mi cuerpo salió disparado hacia atrás por el impacto, por el puñetazo en el estómago que me hizo encogerme y caer en cuclillas al suelo. ¿Era posible tal injusticia? ¿Era posible morir así? Esa noche volví a emitir un llanto mudo y seco. Me dejé morir, ahogarme en las tempestades de la furia, de la rabia, de la impotencia. No comprendí, no quería volver a entender que la vida consistía en eso, en que nos la arrebataran sin que fuéramos dueños de ella.

---

[4] —Esta noche hemos encontrado al asesino. Hemos encontrado a tres de los surferos desaparecidos. Creemos que uno es Hendrick. No puedo obligarla, pero necesito que reconozca el cadáver.

Hendrick había sido brutalmente asesinado por un hijo de puta enfermo de celos que decidió odiar a todos los surferos que fueran con mujeres parecidas a su amada. Ella lo había dejado porque se enamoró de un surfero en Bali, él la mató y decidió hacer de su vida un charco de venganza ensangrentada. Como si todos nosotros jugáramos a la puñetera ruleta rusa… A Hendrick le tocó la única bala del tambor. Yo me parecía a la amada del hijo de perra, él estuvo aquella maldita primera noche en el KU DE TA, nos siguió y desató su locura. Hendrick… Hendrick… ¡Pobre Hendrick!

Mulyadi se sentó a mi lado en el suelo. Me acompañó con la mirada en mi descenso a los infiernos. Me dejó bajar, comprendió y compartió mi caída, él… se sabía de memoria el camino. Me cuidó dejándome estar, permitiendo que soltara los alaridos más profundos de mi vida hasta conectar con mi niña y llorar hasta despellejarme. No me censuró, ni me calmó, aceptó mis aullidos, mis golpes en el suelo, mi desgarro. Volví a ese dolor tan indescriptible que consigue arrancarte de cuajo, y con una violencia de machete, una parte de ti. Me descompuse, viajé a la oscuridad hasta casi perder la consciencia.

No recuerdo cuánto tiempo permanecí en el suelo tirada en posición fetal. No recuerdo mi desfallecimiento ni mi despertar. ¿En qué momento decidí levantarme y salir de allí sin mirar atrás? No importa ahora, ni me importó. «¿Qué hora era?». Mulyadi y Ketut estaban fuera esperándome.

—*Is everything all right, Miss Blanc?*[5]

---

[5] —¿Va todo bien, señorita Blanc?

Fueron las palabras mas tiernas que he oído en mi vida. Un nuevo espacio en blanco. «¿Estoy soñando o es real?». Sentí el peso de los párpados, la tristeza me arrastraba.

—*Is everything all right?*[6]

Ketut ni siquiera tuvo fuerzas para levantarse de la silla. Estaba con la mirada baja y las manos encogidas. Era una pesadilla demasiado negra para un alma tan joven y tan pura. Miré a Mulyadi, sus ojos se aguaron muy despacio. Mientras me miraba fijamente, comenzaron a llenarse como se llena una bañera hasta derramar una sola lágrima, no más, una sola lágrima que acompañé, mimé y cuidé en su viaje; pómulos, mejillas, comisura izquierda del labio, barbilla..., hasta caer en picado para explotar en el suelo. Mulyadi no pestañeó, estaba de pie como un bloque de hielo, con los brazos tiesos y los puños cerrados. Lo miré compartiendo dolor e impotencia y no pude reprimir abrazarlo. No sabía si aquella cultura abrazaba o entendía los abrazos como la nuestra, pero necesité abrazarlo como abracé a mi padre, como abracé a Gonzalo... Lo hice y me sentí en paz por escuchar mis instintos. No hicieron falta las palabras, Mulyadi y yo nunca nos comunicamos bien a través de ellas. Todo estaba dicho, todo estaba hecho y resuelto. Me despedí de él con ese abrazo..., todo había terminado.

Salí de las oficinas centrales y vi a las chicas y a Made durmiendo en la furgoneta. Me quedé mirándolas. «¡Qué pena despertarlas!». Apenas quedaban cinco horas para

---

[6] —¿Va todo bien?

que saliera mi avión, apenas tiempo para una ducha y un café. Me acompañaron hasta el final, decidieron estar conmigo hasta la puerta de embarque. Hera, Jud, Raquel, María... No pude reprimir salirme de la cola para abrazarlas de nuevo. ¿Todo aquello había sido real? Me giré una vez más para ver sus rostros y comprobar que era cierto y existían de verdad. Jud, Raquel, María, Hera y... una isla: Bali.

Quince

33B. Mi asiento y veinticinco horas de vuelo por delante. Ya lo había vivido y andaba con la energía a medio gas, pero dispuesta a soportarlo. No sería fácil por mi estado y por las ganas de llegar... «Espero tener suerte con quien tenga en el asiento de al lado. ¡Ojalá no lo ocupe nadie!». Un asiento de momento vacío. Acomodada en el mío, me entretuve mirando, observando y jugando a acertar quién sería el elegido. Jamás me ha dado por hablar o entablar amistad en los vuelos; apenas he viajado sola y, en estos casos, me da por aislarme y desplegar la capa de la antisocial que llevo dentro. El auxiliar de mi pasillo me parecía un regalo: atento, sonriente y atractivo. ¡No se puede pedir más! De momento, no había bebés en la costa... ¡Buena señal!

Me pasé un buen rato buscando señales que detuvieran mis pensamientos y me dieran el empuje necesario para sentir la vida en positivo. Su muerte me había dejado partida en dos, abierta en canal y revuelta por no saber entenderla o no querer encajarla. Miedo. ¿Por qué muere la gente? ¿Cuándo será mi turno? ¿Y el de Yago? ¿Papá? Me sigue costando encajar las noches, el fin del día. ¿Despertaré? Pocos, solo algunos valientes hablan de la muerte sin reparos. El resto nos pasamos la vida esquivando a la muerte, pensando que tenemos poder sobre ella. «¿Por qué estoy asustada?». Me daba miedo tenerla tan cerca; la señora de la oscuridad que con su guadaña decide segar una vida u otra. ¿Y nosotros? Seguía en lucha con la muerte por haber danzado por mis lares y decidido arrancarme una vida sin avisar.

—¿Me dejas pasar?

Abrí los ojos y me encontré con mi compañera de vuelo. Joven, de pelo largo y rizado, de no más de cuarenta, sin la sonrisa puesta ni la complicidad de aliada. Intuía que mi suerte había cambiado, porque al fin me había tocado alguien con mi misma energía para el viaje: ¡a tu rollo! Sin charlas inocuas, vacías, ni ruidos desagradables, ni malos olores. ¡Un lujo para un trayecto tan largo! Sonreí con la satisfacción de los afortunados, me abroché el cinturón, decidida a echarme la primera siesta del viaje.

Estaba tan impaciente por llegar que solo el sueño podía relajar mi conciencia y facilitarme un vuelo más llevadero. Me vino Hendrick a la cabeza, su muerte, su final, el mío. Mi mente disparó a gran velocidad infinidad de imágenes que creía olvidadas. ¿Dónde guardamos esos recuerdos que solo sacamos en estados de *shock* emocional? Bali, las Velasco, el embarazo de Raquel, Jud, Hera, Made, templos, sonrisas, olor a incienso, humedad, verde, calma, sol, pies descalzos por la playa, cometas, niños, colores, cientos de ofrendas...

No quería, me había propuesto no derramar una sola lágrima en todo el viaje. Cerré los ojos con fuerza, para impedir que saliera ningún recuerdo más, ninguna imagen de ella, de sus caricias, de sus consejos, de su sonrisa, de su paz, de su generosidad. Abrí los ojos y me desabroché el cinturón a la desesperada, quería evitar que mi mente entrara en barrena. No había dormido en toda la noche, no había podido y necesitaba parar la maquinaria del desconsuelo, del dolor de su ausencia..., de sentir que una nueva muerte me dejaba huérfana. El simpático auxiliar me retuvo y me pidió, amablemente, que volviera a mi asiento y me abrochara el cinturón. El avión ya había encendido los motores y se preparaba para el despegue. Le hice caso, no tenía más remedio que sentarme. Mi compañera de asiento me miró de soslayo, con cierta preocupación de que le hubiera tocado al lado una desquiciada. ¡Lo estaba! La miré desafiante y con la cara más loca que pude poner en esas circunstancias. Bajó la mirada con asombro y yo me recoloqué sin pudor. La tristeza desquicia, absorbe los colores de la vida, los tiñe de gris y negro. Crea realidades en espiral y te convierte en un hámster, que le da a la ruedecilla desesperadamente para lograr la porción de queso, llamada «por qué» o «por qué a mí».

«¿Por qué no nos dijo nada? ¿Por qué no me dijo nada?».

Respiré hondo y con ansiedad, hojeé la revista de la aerolínea. Reportajes de viajes, entrevistas, los... ¡productos del *Duty Free!* No me canso de mirarlos: anillos, bolígrafos, cremas, pulseras, perfumes, ositos de peluche, chocolate, alcohol y algunos objetos como la maqueta del avión que me resultan tan divertidos como horteras. Nunca he comprado nada dentro de un avión y algún día debería hacerlo para ver qué se siente pensando que te llevas una ganga. Sonreí al pensar en la cantidad de gangas que, con esa excusa, compró María y con las que llenó por lo menos un par de maletas. Ya tenía ganas de verla y de abrazarla de nuevo... La respiración me ayudó a bajar el nivel de angustia y prepararme para el viaje. Nunca he estado dispuesta para encajar cómo la gente desaparece, se marcha de esta vida. Nunca se me ha dado bien. Necesitaba todas esas horas para digerir su muerte y celebrar su vida. ¿Acaso no era lo que quería?

«Blanca, Blanca, Blanca...». Intenté sin éxito no pronunciar su nombre. «Blanca, Blanca, Blanca...». No logré darme la tregua deseada y dormir para no sentir ni pensar. «Blanca, Blanca, Blanca...». Me costaba hacerme a la idea de todo, de volver, de regresar...

Apenas hacía dos semanas que había recibido la llamada de su hijo Miguel.

—Álex, estoy en Madrid. ¿Podemos vernos?

—¿Ocurre algo?

No me dio más detalles, ni me quiso contar por teléfono. Necesitaba verme y nos vimos ese mismo día. Llamé al móvil de Blanca, no me respondió y me dio un pálpito. ¿Le habrá ocurrido algo? Apenas hacía un mes que nos habíamos visto, estaba más delgada, pero nada preocupante. Hace quince días que supe que no volvería a verla, que había expirado para embarcarse en otras aventuras fuera de este mundo, tiempo y lugar. «Lo siento, Blanca, pero todavía me cuesta eso...». Era algo que siempre decía cuando hablaba de la muerte, solía hacerlo con frecuencia, lo hacía porque sabía que su final estaba cerca.

«¿Por qué no nos dijo nada? ¿Por qué no me dijo nada?».

Desde que volví de Bali, comprendí muchas cosas y mi vida cambió en pequeños y grandes trazos. No fui la misma y, en parte, fue gracias a ella. Lloré su muerte con Miguel en una terraza de la plaza de Oriente —¡le encantaba ese lugar!—, lloré con Raquel al teléfono y seguía llorando dos semanas después metida en ese avión, dispuesta a cumplir su sueño y celebrar su marcha de igual forma que ella celebró la vida. La última lección de Blanca, así quería tomármelo, apretando las entrañas para dar con la comprensión necesaria. Mis jugos gástricos trabajaban con rabia, ira, tristeza, enfado, mucho enfado. De nuevo..., ¿cómo encajar una muerte? ¿Cómo encajar una vida?

Apenas hacía un mes que había nacido Zoe, la pequeña y adorable Zoe, la hija de Raquel. ¡Una niña! Su madre eligió llamarla Zoe porque le gustan los nombres cortos y porque en griego significa «vida». ¿Habrá algún nombre que signifique «muerte»? Miré el mapa de ruta fijamente, observé la pantallita con ternura y recordé la primera vez que vi el trazo interminable del recorrido. ¡Nueve meses! Un embarazo, un parto, dos muertes... Nueve meses, toda una vida. Mi cuerpo ya no se convulsionaba en temblores, ni andaba cuestionándome mi vida y mis sentimientos. Ahora trato de vivir y no me cuestiono. No me culpo de estar sola, de no haber encontrado a nadie y sentir la necesidad de que me amen. A veces me embarga la tristeza, pues en todo este tiempo no he pasado de la mera diversión del ligue. ¿Compañero de vida? No creo en la eternidad cuando tengo la muerte tan presente. ¡Vivo! Concentro todas mis energías en sentir la magia, el no retorno de cada día. Exprimo la vida. No resulta fácil, pero elijo ese camino.

Inspeccioné el mando y todos sus botoncitos. Volaba con Singapur Airlines, más moderna y con aparatitos último modelo que suelen sacarme de quicio. Películas, juegos, series de televisión... Mmm... Mi compañera leía en su iPad. «¿Qué lee?». Lo malo de que la gente lea libros electrónicos es que el resto no nos enteramos de cuál es su lectura. Intenté buscar su complicidad, simulando carraspera y movimientos algo bruscos en la batalla con la supertecnología y el supermando que acababa de iniciar. ¡No me aclaraba! No desvió un segundo la atención de su lectura. ¿Por qué solemos sacar la lengua al concentrarnos o esforzarnos en algo? Me sentía inepta, torpe, incompetente. ¡Yago se habría reído a gusto! No era capaz de pasar del menú de bienvenida. A grandes males, mejores remedios. Llamé al guapo auxiliar que, pacientemente, me explicó cómo poner el operativo en marcha y me sugirió, en un pequeño coqueteo, ver *The Sopranos*, su serie favorita, sobre unos mafiosos de ¿Nueva Jersey? Reconozco que mi atención estaba más en sus ojos y sonrisa que en sus palabras. No me gustan las pelis de mafiosos, soy de la minoría que no ha visto la trilogía de *El Padrino* entera. El auxiliar y yo no compartíamos gustos cinematográficos, pero no me importó. Me puse tonta, me deshice en sonrisas y coqueteé a gusto. ¿Acaso no había empezado él? Le guiñé un ojo, me atreví a hacerlo y me quedé tan ancha. Quedaban muchas horas de vuelo y tenía que buscar momentos de ocio, de recreo. No debía de tener más de treinta años, me recordó a Hendrick y sentí dolor y nostalgia. Desde Hendrick, hubo más jovencitos con los que me acosté, tampoco han sido muchos, pero me sirvieron para evitar la culpa y, de paso, aumentar mi autoestima.

Tengo cuarenta y cuatro años. Estoy soltera, los compromisos…, los míos, y deseando encontrar a alguien. Pero estoy soltera, con un hijo de trece que tiene novia nueva y no es de mi agrado. Discutimos por ello. Yo no me callo, él tampoco. Nos respetamos. Por el momento no la ha traído a casa, espero que tarde en hacerlo. La pobre chica no tiene nada que ver con esto, soy yo y mi sentimiento de suplantación femenina, de nueva orfandad. Yago me quiere, pero comienza la fase de «no te necesito y quiero a otras mujeres en mi vida». Con ese tema me vuelvo pantera y doy zarpazos a sus novias por el hecho de ser mujeres como yo. Si fuera gay y tuviera novios me, ¿ocurriría lo mismo?

Los hijos… A veces pienso que me habría gustado tener uno más; nunca he pasado del pensamiento. Gonzalo volverá a ser padre, lo sé porque ya tiene novia formal, bastante más joven que él y que quiere ser madre. Gonzalo siempre quiso tener muchos hijos. Él ya me ha suplantado, le costó digerirlo, pero no echarse novia. Lo llevé mal un tiempo, pero me había hecho responsable de mi elección, como de todas las que tomo, y… la realidad es que Gonzalo tenía una novia de treinta años y yo estaba soltera con cuarenta y cuatro. Nos hemos distanciado un poco, lo normal para poder reconstruir nuestras vidas. Yo le solté en Bali, él necesitó sus vacaciones y encontrar a Alicia para darse cuenta de que había mucha vida sin mí: su vida.

Soy una mujer madura con alma de aventurera que cada día sonríe para no olvidar su sonrisa. Bali me enseñó a venerar mis propios demonios y comprender que no existiría sin ellos. No lucho contra mis ataques de compulsividad, ni mis atracones de helado de chocolate con *cookies.* Trato de disfrutar de ese atracón, la única vía que he encontrado para paliar la angustia repentina de la soledad. Mi padre tiene setenta y siete años, está fuerte de salud, pero con los años su autismo emocional aumenta. Nos vemos cada semana, le compro pastelillos para el té, él realiza todo el ritual: ebullición al punto, tres cucharadas de té en la tetera y esperar siete minutos exactos antes de servir. Nos sentamos en la mesa redonda que me vio hacerme mujer. Removemos y escuchamos el ruido de la cucharilla golpeando suavemente la taza. Pocas preguntas, pocas palabras. Nos hacemos compañía y nos queremos como podemos y mejor sabemos. No le exijo, él tampoco. Acepto a mi padre, él me acepta como su hija. Los días de sol salimos agarrados del brazo a pasear, damos la vuelta a la manzana, llegamos al parque y nos estamos media hora en un banco. Si el tiempo no acompaña, le ayudo con sus maquetas o nos hacemos el crucigrama del día en el periódico. Es un maestro de las palabras, a pesar de haberlas usado tan poco para comunicarse. Al morir mi madre dejó de practicarlo y perdió el uso. Ganó otros. Hacer maquetas y ser la persona más rápida que conozco en completar un crucigrama. ¡Un verdadero hacha! Me gusta mi padre, me gusta abrazarlo en el sofá y quedarme dormida un rato en su hombro. Me siento protegida, cuidada y muy querida. A veces me imagino su muerte y... decido cerrar los ojos y suplantar esos pensamientos.

—Perdona..., ¿puedo cogerte la revista del vuelo?

Me había perdido en mi mundo y me costó algo de tiempo aterrizar e identificar esa voz con mi compañera de vuelo. ¿Qué revista?

—La revista del avión, es que no la tengo...

¿Qué tipo de imantación tendrán esas revistas? Se la pasé y la avisé de que había un reportaje sobre Bali muy interesante. Me contó que viajaba a Singapur, a ver a su chico, que lo habían trasladado por trabajo. No le atraía esa isla, le parecía un hervidero de turistas, surferos y fiestas locas.

—La horterada de la luna de miel...

La miré sin deseos de rebatir sus argumentos. Sin ganas de compartir mi vivencia en esa maravillosa tierra. En el fondo me alegré de que no sintiera ningún tipo de deseo de conocer Bali. «¡Así hay más Bali para mí!». Hablamos sobre la incomodidad de los asientos, lo largo que era el viaje y... poco más, y carente de interés para mí.

Pensé en Blanca y en cómo nos conocimos. Cómo me ayudó a orientarme, a encender la cerilla e ilusionarme con mi viaje.

«Blanca, Blanca, Blanca...». Repasé con mi recuerdo su sonrisa, su mirada casi traslúcida, su vitalidad conociendo casi la fecha de su muerte. Fue su último viaje a Bali, iba a despedirse, a prepararse para la muerte. Fue y estuvo con su sanador, sanó sus heridas, se enfrentó a sus demonios y se cultivó en la muerte. En saber encararla, aceptarla y vivirla como un paso más de la vida. «¡La carta!». Me apresuré a buscar en la mochila de mano un sobre, una carta de Blanca que Miguel me había dado. No había podido abrirla, no había querido abrirla. La aplasté contra mi pecho, me daba mucha tristeza leerla, pero me había preparado para hacerlo en el aire, en el mismo lugar que la conocí. Quería compartir con ella ese viaje, ese retorno a la isla de los dioses, a mi paraíso perdido. No lo habría descubierto sin ella, sin su ayuda y su cariño. Necesité sostener la carta entre mis manos, comprobar que no me la había olvidado. Era imposible, porque me aseguré unas cien veces de que la había metido en la mochila.

—Mamá, no seas plasta... ¡Está en la bolsa!

Yago no quiso acompañarme. No le insistí. Me comprendió y yo cedí con peticiones de su padre y él. Gonzalo fue el primero, junto con Pixie, que me apoyó para que me fuera a Bali a despedir a Blanca y esparcir sus cenizas, como ella deseaba. Blanca lo preparó todo para su fiesta, para la ceremonia de «¡feliz viaje!». Habló con el sanador y no descuidó ni un detalle. Incluso dejó dos habitaciones de hotel pagadas para sus hijos en el Desa Seni. Me alegré de que ninguno de los dos, ni Yolanda ni Miguel, se lo pensara y que decidieran cumplir la voluntad de su madre. Ellos ya estaban allí. Se habían preparado el viaje con antelación, se habían pedido las vacaciones, hablado con sus respectivos jefes. ¡Si se quiere, se puede! Era una de las máximas de Blanca y llevaba toda la razón, como en muchas otras cosas. Ninguno de los dos conocía Bali, y estaba segura de que Blanca les había preparado una buena guía.

Blanca, Blanca, Blanca… no quiso un entierro ni una ceremonia. Solo Bali y que sus cenizas se mezclaran con el aire de la isla de los dioses, el epicentro de la gratitud. No he pensado cómo quiero que sea mi entierro. Ni siquiera he hecho testamento. Me cuesta enfrentarme a la muerte de los otros, enfrentarme a la mía… no sé si quiero.

El contador comenzaba la marcha atrás. Apenas tenía diez días para volver a esa isla, para pasearla y respirarla de nuevo. Con una ausencia más y muchos reencuentros de sensaciones, aromas y lugares. Apenas había vuelto a saber de Hera, como mucho tres mensajes en todos esos meses. Le escribí para alquilar habitación en Villa Gebe. No consintió en el alquiler, sería su invitada, como María. Raquel no viajaba, era demasiado pronto para Zoe y apenas acababa de estrenarse con la maternidad.

—Hermana, te enviaremos fotos y tú… háblale a Zoe de su tía para que no se olvide de mí, ¿vale?

María llevaba una semana en la isla. Quería aprovechar el viaje y prepararse el terreno para su llegada. No se había olvidado de Bali ni tampoco de su deseo de quedarse un tiempo en aquella isla. No se había enamorado, pero tampoco había perdido el tiempo. Dejó la abogacía y durante todos estos meses había preparado con una amiga las rutas turísticas por Bali para familias y otro tipo de servicios. Su padre ni lo entendió ni lo entiende, a María le dejó de importar y renunció a luchar para ser entendida, comprendida. No siempre una comprende sus actos o sus deseos, no suelen ser fruto del raciocinio, sino de la entraña más pura y profunda, que poco sabe de palabras. Tenía muchas ganas de ver a María, de abrazarla y de recorrer con ella lugares de la isla. ¡Bintang! ¡Qué maravilla!

Habíamos llegado al ecuador del viaje y yo ni siquiera me había levantado para estirar las piernas. Dormitaba entre pensamientos, entre realidades del ahora y del pasado. Bajé la barbilla y me fijé que seguía apretando la carta de Blanca contra mi pecho. Estaba arrugada, había perdido todo el brillo de tanto sostenerla entre mis manos. Más o menos a esa altura de mi primer viaje a Bali reparé en Blanca y comenzamos a charlar. Se acercaba el momento elegido para abrir y leer su carta. Sentía cómo mis dedos se tensaban, arrugaban el sobre en señal de resistencia. Sentía mi estómago encogido y respiraba con dificultad. «¿Qué habrá en esta carta? ¿Por qué me la dejó?». Esos días pensé mucho en mi madre y en si me habría gustado que me hubiera dejado una carta. Pensé por un momento en no leerla nunca, en romperla y dejarla hecha pedazos en aquel

avión. Me entraron ganas de hacer pis, de pasear un rato
y encontrar el coraje para abrir y comenzar a leer, por
mí y por Blanca.

Álex:

Me marcho llena de vida y con muchas ganas de probar
otras cosas. Me marcho sin queja ni lamento. Con una
sonrisa y como aprendí de ellos: con mucho agradecimiento. La vida... La vida me ha tratado bien y me ha
dejado muchos regalos inesperados. Entre ellos... ¡tú!
En ese avión, camino a Bali para preparar mi muerte,
apareciste, llena de reproches a la vida, al mundo y a los
otros. Te observé desde la cola de embarque; despeinada,
con la mirada en otra órbita y el miedo en tus pupilas.
Te comprendí, porque apenas hacía dos meses que me
había enterado de mi pronta muerte (me dieron un año
de vida y ni siquiera creo que vaya a llegar...). Por ellos,
por mis hijos y el dolor que les iba a causar, me rebelaba
a dejar este mundo. Morir... ¿Cuántas veces morimos en
esta vida sin saberlo? Sabía tan poco como tú y, aunque
por diferente causa, acudí a esa tierra para llorarlo todo.
Ambas por una muerte; yo la mía, y tú la de un ciclo de
tu vida.

Muerte, muertos, males, lamentos, misterios sin resolver que pocos quieren crecen como un nuevo resurgir.
No soy vieja, ni joven... Podría..., ¡sí!..., haber vivido
más. No vale la pena quedarse en eso, Álex... Tú y tus porqués... No hay respuesta que calme tu dolor por la ausencia, el vacío de una muerte. Forma parte de la vida, es

vida porque es muerte y es muerte porque es vida. Cuesta mucho soltar… ¡Lo sé! La pérdida es lo más doloroso y dejarlos ir mucho más. Se va una parte de ti con ellos, desaparece un reflejo, un espejo en tu vida para siempre. La orfandad se convierte en una enfermedad del alma que, si no la curas, se hace grande con los años. ¿Acaso no morimos cada día? Ellos me lo enseñaron, Bali me ofreció las respuestas que necesitaba para soltar y ofrecerme a la vida. Y… ¡sucede, Álex! Como vienen el amor, las risas, las lágrimas, los viajes…, llega la muerte y tenemos la obligación de rendirle la pleitesía que se merece. No te rebeles contra mi muerte y déjame libre para seguir mi camino sea donde sea. Hasta aquí llegué… Ni más ni menos. Fue bonito, fue bonita. No tengo miedo, me costó desprenderme de él, libré una dura batalla, como don Quijote con los molinos. No quiero que llores demasiado, no quiero que sientas que no compartí… La muerte es una bella dama muy celosa que quiere y señala a su antojo, y quise conversar primero con ella. No pude, no quise avisar a mi muerte, quise vivir la vida en vida hasta que mi cuerpo aguantara. En el momento que uno dice que se está muriendo, el resto ya lo ven más muerto que vivo. Puede que no compartas mi decisión, pero debes respetarla y no ocupar tu tiempo en reproches o culpas. Todos vivimos en este gran misterio, todos hacemos el esfuerzo por comprender, y la gran mayoría terminamos sin entender. Solo unos pocos lo consiguen…

Muchos me juzgarán por no enterrarme junto a mi Fernando. Por no descansar junto a él. A mis hijos, les costó entender y, con mucho esfuerzo y amor, sé que me van a respetar. Ser fiel, Álex, ser fiel a lo que uno quiere es lo único que tenemos en la vida. ¿Qué importaba yacer a su lado? ¿Qué iba a cambiar? Malditas costumbres, malditos juicios que encadenan en vida, incluso para tu propia muerte. Fui mujer de un solo hombre, madre de dos hijos maravillosos, que nunca viajó sola ni fue al cine sola hasta que Fernando falleció. Morí con él, una parte de mí se fue, pero otra renació para darme calma, paz y sosiego. Quiero ser ese aire puro que levanta cometas, que huele a canela de ofrendas y humedece pieles que no se olvidan de sonreír. Quiero estar cerca de esos dioses y diosas para vivir eternamente en ese lugar bendecido. No creo en religiones, ni en personas que castran, dividen..., creo en la magia, en la ilusión, en la belleza. Tierra hermosa, lugar perdido que ofrece y ofrenda. Todo aquel que va a buscar... ¡encuentra!

Querida Álex, me llevo todas las sonrisas que compartimos, todo tu cariño. ¡Luchadora! Abandona las batallas, suelta las armas. Vive como quieras, levanta las manos y quítate las cadenas invisibles que el miedo nos construye a base de lamentos. Comprueba la fortaleza, siente la energía que, como de la misma tierra, brota dentro de ti. Recuerda el loto, tu loto que emerge sobre el lodo tremendamente bello. Vive con hermosura y comparte. No me despido de ti, ni de nadie. No hay despedidas. Hay encuentros y desencuentros. ¿Sigues creyendo en la casualidad? Nos encontramos en un avión... ¿Dónde estarás ahora?

Muy pronto seré aire, viento que sopla en contra o a favor. Huracán que destruye, ráfagas que despejan, brisa que alivia…, pero viento. Libre, hermoso e imposible de atrapar. Mis hijos llevarán mis cenizas a Bali, como quiero que sea. Kemang lo tiene todo previsto, y no hace falta que te diga que estás invitada a mi fiesta. Te prometo que será grande.

Vive como el viento y no te encadenes a otro llanto de muerte. Celebra mi vida, brinda por ella, por todo lo vivido, por mis hijos… ¡Brinda como ellos lo hacen! Mi alma está lista para viajar, para volar a otro lugar…

Yo estoy lista… ¿Tú?

Tu querida siempre…

Blanca

No la leí veinte veces, sino treinta. La arrugué por estrujarla entre mis pechos. La olí buscando su aroma. Sentí cada una de sus palabras y me comprometí a festejar su muerte. ¡Extraño! Raro, difícil… Necesité releerme su carta para que sus palabras ayudaran a modo de mantra. Cuando lloro una nueva muerte, vuelvo a llorar uno por uno a todos mis muertos. No puedo parar hasta que no me he vuelto a despedir de cada uno de ellos, hasta que no han aparecido y me han sonreído o hablado. Mis muertos me hablan. ¿Estoy loca? Por miedo, pocas veces los escucho, pero comienzo a pensar que escuchamos más a los vivos necios que a los muertos sabios.

Seguí un buen rato en el desvarío de la muerte, la vida y la confusión con la que debemos acostumbrarnos a vivir.

Mi compañera de asiento se pasó todo el viaje sumida en un dulce y revitalizante sueño. El guapo auxiliar no jugó más a seducirme, ¿fue un espejismo?

Apenas quedaba una hora para llegar a Bali. Estaba nerviosa, impaciente por aterrizar. María me había prometido que me pasaría a buscar con Made... ¡Made! «¿Cómo estará?». Qué ganas de verlo, qué ganas de imbuirme otra vez de ese maravilloso espejismo que te enchufa energía de la buena. Me fui al baño, me lavé la cara, me aseé. Me miré al espejo. Me quedé en silencio absorta un buen rato, contemplando mi reflejo. Ladeé la cabeza a un lado y a otro sin dejar de mirarme. Me reconocí en ese espejo, con el paso de los años, con el cansancio del viaje, con la ausencia de una amiga. Me reconocí... ¿Acaso no va de eso?

Suma de Letras es un sello editorial del Grupo Santillana

www.sumadeletras.com/mx

Argentina
Avda. Leandro N. Alem, 720
C 1001 AAP Buenos Aires
Tel. (54 114) 119 50 00
Fax (54 114) 912 74 40

Bolivia
Calacoto, calle 13, 8078
La Paz
Tel. (591 2) 279 22 78
Fax (591 2) 277 10 56

Chile
Dr. Aníbal Ariztía, 1444
Providencia
Santiago de Chile
Tel. (56 2) 384 30 00
Fax (56 2) 384 30 60

Colombia
Carrera 11 A, n.º 98-50. Oficina 501
Bogotá. Colombia
Tel. (57 1) 705 77 77
Fax (57 1) 236 93 82

Costa Rica
La Uruca
Del Edificio de Aviación Civil 200 m al Oeste
San José de Costa Rica
Tel. (506) 22 20 42 42 y 25 20 05 05
Fax (506) 22 20 13 20

Ecuador
Avda. Eloy Alfaro, 33-3470 y Avda. 6 de
Diciembre
Quito
Tel. (593 2) 244 66 56 y 244 21 54
Fax (593 2) 244 87 91

El Salvador
Siemens, 51
Zona Industrial Santa Elena
Antiguo Cuscatlan - La Libertad
Tel. (503) 2 505 89 y 2 289 89 20
Fax (503) 2 278 60 66

España
Avenida de los Artesanos, 6
28760 Tres Cantos (Madrid)
Tel. (34 91) 744 90 60
Fax (34 91) 744 92 24

Estados Unidos
2023 N.W 84th Avenue
Doral, FL 33122
Tel. (1 305) 591 95 22 y 591 22 32
Fax (1 305) 591 74 73

Guatemala
26 Avda. 2-20
Zona 14
Guatemala C.A.
Tel. (502) 24 29 43 00
Fax (502) 24 29 43 03

Honduras
Colonia Tepeyac Contigua a Banco Cuscatlan
Boulevard Juan Pablo, frente al Templo
Adventista 7º Día, Casa 1626
Tegucigalpa
Tel. (504) 239 98 84

México
Avda. Río Mixcoac, 274
Colonia Acacias
03240 Benito Juárez
México D.F.
Tel. (52 5) 554 20 75 30
Fax (52 5) 556 01 10 67

Panamá
Vía Transísmica, Urb. Industrial Orillac,
Calle Segunda, local 9
Ciudad de Panamá
Tel. (507) 261 29 95

Paraguay
Avda. Venezuela, 276,
entre Mariscal López y España
Asunción
Tel./fax (595 21) 213 294 y 214 983

Perú
Avda. Primavera, 2160
Surco
Lima 33
Tel. (51 1) 313 40 00
Fax. (51 1) 313 40 01

Puerto Rico
Avda. Roosevelt, 1506
Guaynabo 00968
Puerto Rico
Tel. (1 787) 781 98 00
Fax (1 787) 782 61 49

República Dominicana
Juan Sánchez Ramírez, 9
Gazcue
Santo Domingo R.D.
Tel. (1809) 682 13 82 y 221 08 70
Fax (1809) 689 10 22

Uruguay
Juan Manuel Blanes, 1132
11200 Montevideo
Tel. (598 2) 402 73 42 y 402 72 71
Fax (598 2) 401 51 86

Venezuela
Avda. Rómulo Gallegos
Edificio Zulia, 1º - Sector Monte Cristo
Boleita Norte
Caracas
Tel. (58 212) 235 30 33
Fax (58 212) 239 10 51

Esta obra se terminó de imprimir en julio de 2013
en los talleres de Programas Educativos S.A. de C.V.
Calz. de Chabacano No. 65-A, Col. Asturias,
C.P. 06850, Mé xico, D.F.